AtV

THOMAS LEHR wurde 1957 in Speyer geboren und lebt in Berlin. Für seinen ersten Roman »Zweiwasser oder Die Bibliothek der Gnade« (1993) erhielt er u. a. den Rauriser Literaturpreis für die beste deutschsprachige Erstveröffentlichung und den Mara Cassens Preis des Literaturhauses Hamburg für den Ersten Roman. 1994 erschien sein zweiter Roman, »Die Erhörung«, für den er den Förderpreis Literatur zum Kunstpreis Berlin erhielt. Der Roman »Nabokovs Katze« (1999) wurde mit dem Rheingau Literatur Preis und dem Wolfgang-Koeppen-Preis der Hansestadt Greifswald ausgezeichnet. Die Novelle »Frühling« erschien 2001.

Der erste LSD-Trip, den der fünfzehnjährige Georg einwirft, wird zu einer Horrorreise. Er schwört sich, daß von nun an »sehen und denken« als wirkliche Rauschzustände sein Leben bestimmen sollen. Da jedoch begegnet ihm Camille, und noch fünfundzwanzig Jahre später erscheint sie ihm als die wirkungsvollste und gefährlichste Droge seines Lebens.

Georg und Camille durchleben eine kurze Jugendliebe, aber ihre Trennung bildet nur den Auftakt einer Liebesgeschichte, deren Reiz und Fatum in der Bild- und Sprachphantasie des späteren Regisseurs Georg liegt. Bei ihren über die Jahre verstreuten Begegnungen wächst Georgs Ungewißheit, ob es sich bei Camille um seine einzig wahre Liebe handelt oder um die von ihm übersteigerte Gestalt einer erotischen Obsession.

»Nabokovs Katze« ist die Geschichte einer Besessenheit, eine ironische und cineastische Abhandlung über das Kopfkino männlicher Sexualität, die über die Frau und das Bild der Frau nachdenkt und wie nebenbei auch etwas über die Nach-68er-Generation erzählt, »die stets zu klug war, um an irgend etwas zu glauben«.

»Lehr erzählt in einer in der deutschen Literatur einzigartigen Intensität des Erotischen die Geschichte vom menschlichen Hirntier zwischen Sterblichkeit und Unsterblichkeit, das als Natur in Fesseln geschlagen ist, dem Tode verfallen, und als intelligibles Wesen fähig, Raum und Zeit zu überwinden.«
Sibylle Cramer, FAZ

Thomas Lehr

Nabokovs Katze

Roman

Aufbau Taschenbuch Verlag

ISBN 3-7466-1741-3

2. Auflage 2002
Aufbau Taschenbuch Verlag Berlin
© Aufbau-Verlag GmbH, Berlin 1999
Umschlaggestaltung Torsten Lemme
unter Verwendung eines Fotos von Andreas Klehm
Druck Elsnerdruck GmbH, Berlin
Printed in Germany

www.aufbau-taschenbuch.de

Für Dorle

Es ist müßig, herausfinden zu wollen, warum sich eine Idee unserer bemächtigt, um uns nicht mehr loszulassen. Man sollte meinen, daß sie aus der schwächsten Stelle unseres Gehirns hervorbricht, genauer gesagt, aus der gefährlichsten Stelle unseres Gehirns.

Cioran, Der zersplitterte Fluch

Doch es reicht nicht aus, eine Idee zu haben. Es ist auch nötig, daß diese Idee uns hat, daß sie uns erschreckt, daß sie uns umtreibt, daß sie unerträglich wird.

Jean Cocteau, Cinémonde vom 25. September 1950

Vorläufiges Ende

Man möchte vor dem Anfang anfangen.

Ludwig Wittgenstein,
Philosophische Untersuchungen

Die Geschichte der Erfindung Camilles könnte in der Badewanne beginnen oder in einem Bordell in Mexiko City, wo es zum Äußersten kommt. Auch eine Intensivstation der Zukunft wäre als Ausgangspunkt vorstellbar, mit Flachbildschirmen, auf denen vor den Augen der Sterbenden der Film ihres Lebens vorüberzuckt, dank des direkten Zugriffs auf ihren Gedächtnisspeicher. Georg denkt weiterhin an den mit Hollywood-Plakaten dekorierten Keller eines Einfamilienhauses, in dem er neben Camille und ihren bildsüchtigen Zwillingen sein Dasein fristet. Aber dann wieder wünscht er sich als Beginn und definitives Ende nur noch den mit Kies bestreuten Parkweg in seiner Heimatstadt S., auf dem Camille mit fünfzehn Jahren ihr Leben ließ, aus purem, unentrinnbarem Zufall.

»Camille ist heilig wie Dantes Beatrice«, ruft er während eines Telefonats mit seinem Freund Hermann. Camille sei aber auch das, was ihn wütend machen werde bis ans Grab: »Sterilität und Gewöhnlichkeit! Sie ist oberflächlich wie das Kino. Sie ist ein Bild, ein Schatten, die selbstschaffene Statue, die der König Pygmalion in sein Bett legte, um sie zu beschlafen!«

»Heilig, flach und steril – das ist schlecht für eine Frau«, erwidert Hermann. »Aber das Ende macht mir wieder Hoffnung, da erscheint sie dreidimensional.«

»Ich muß das Ende erst noch erfinden«, sagt Georg und starrt empört auf einen gleichmäßig dahinrauschenden Gebührenzähler, der in die verschwommene Winterkulisse der Lexington Avenue eingebaut scheint, als würde nun jeder Passant, jede Änderung des Lichts, jede Regung in den Gebirgsschluchten der Stadt erfaßt und berechnet werden. »Dabei weiß ich nicht einmal den Anfang.«

»Erfinde den doch auch«, schlägt Hermann vor. »Oder fang dort an, wo du gerade bist.«

Georg notiert die Gebühren des Telefonats in einen Haushaltsblock, reißt dann eine Seite des Blocks heraus und schreibt:

»Manhattan. Dezember 1994. Das Jahr des Hundes geht zur Neige.« Kurz kann er über diese drei Zeilen lachen wie über seine ganze hundserbärmliche Geschichte. Immerhin.

Nein, er wird nicht in New York beginnen, sondern mit der Erfindung eines sentimentalen und womöglich in Schwarzweiß zu filmenden Endes, das im Jahr 1995 spielt. Drehort: Heidelberg. Es ist Dezember wie jetzt, der gleiche Tag in genau einem Jahr. Der zukünftige Georg steht im Wintermantel neben dem Stamm einer Kastanie. Ein Spielplatz mit leeren Schaukeln und einem eingeschneiten Klettergerüst grenzt an ein efeuüberwachsenes Haus und eine Bushaltestelle. Zwei Krähen streiten sich im kahlen Astwerk über seinem Kopf. Er ist achtunddreißig geworden. Bald wird es wieder schneien. In der Nacht werden die Flocken wie Asche herabsegeln. Auf der gegenüberliegenden Straßenseite leuchtet die Reklame eines Cafés in der Dämmerung. Georg greift nach seinem Koffer, dann – erschrocken, weil er dies fast vergessen hätte – nach Michaels kleiner kalter Hand.

»Wo hast du deinen Handschuh? Den linken?«

Michael sagt nichts. Sein rotes Gesicht unter der Mütze ist fest auf das Café gerichtet. Er hat Hunger, er will überleben. Georg hebt ihn mit einem Arm hoch, und sie überqueren die Straße.

Im Café sitzt Michael regungslos auf seinem Stuhl. Eine freundliche ältere Bedienung kommt heran. Der Fünfjährige mustert sie aufmerksam. Offenbar fasziniert ihn ein Silberstreifen am Ausschnitt ihrer weißen Bluse. »Du Arschloch«, sagt er zu der Frau. »Mama hat auch so ein Hemd. Sie ist damit abgehauen.«

Nachts will Georg einen Brief schreiben. Sie haben ein Zimmer über dem Café bekommen. Bevor er zum Einschlafen zu bewegen war, hat Michael ein großes Stück der braunen Rautentapete abgerissen. Jetzt liegt er auf der linken Seite des Doppelbettes, unter einem mächtigen Kissen begraben. Aber sein Atem ist außerordentlich kräftig und erfüllt das Zimmer mit der rhythmischen Gewißheit, daß alles unbedingt weitergehen müsse. Statt zu schreiben, sieht Georg regungslos aus dem Fenster. Dann legt er sich neben seinen Sohn. Er will Michaels lange, schön geschwungene Wimpern küssen – und erschrickt, weil er es mit der gleichen, einstmals routinierten

Bewegung tun möchte wie bei seiner Mutter. Hat auch so ein Hemd, du Arschloch. Georg beugt sich zum Ohr des Jungen und atmet den schwachen Honigduft der kleinen Säugetiere ein. In den ruhigen Zügen des Kindes sind Klara und er unauflöslich und endgültig vermischt, es gibt kein Zurück. Ein Kind haben heißt sterben lernen.

Am Morgen erst erscheint Camille. Sie schickt ihm diesen einen, nur für ihn bestimmten Traum als Rache dafür, daß er sie erfunden hat. Noch einmal kommt er in der Stadt an, an einem Bahnhof, der dem flachen Heidelberger Bahnhof zunächst ähnelt, dann aber gänzlich transparent wird und verschwindet. Die Gebilde des Traumes sind fast abstrakt, es ist ein Denktraum am Rand des Erwachens und der Sorge, daß Michael aus dem Bett fallen könnte. Georg fühlt sich erschöpft und hungrig. Nirgendwo findet er einen Menschen, um nach einem Hotel oder einem Restaurant zu fragen. Als er schon aufgeben will, befindet er sich plötzlich im Inneren eines Cafés, nicht in dem, über dem sein realer Körper schläft, sondern in jenem großen, ihm nur zu bekannten Haremscafé der Erinnerung. In der Mitte des Cafés steht ein runder Tisch. Georg setzt sich. Um ihn herum sitzen all die Frauen, die er einmal umarmt, geliebt oder auch nur geküßt hat. Sie sprechen zu ihm in ihrer eigenen, unvergleichlichen Art. Er kann sie gut verstehen – als redeten sie nicht durcheinander, sondern als wäre er mit jeder einzelnen von ihnen auf die zärtlichste Weise allein.

»Mein lieber Georg«, sagen sie zu ihm, »weshalb haben wir uns verloren?«

Georg weiß es nicht, er ist nur froh, daß sie ihm keinen Vorwurf machen.

Und wie jedesmal fällt ihm erst nach einer gewissen, nahezu glücklichen Zeit auf, daß Camille direkt neben ihm sitzt. Sie behauptet, man befände sich in *ihrer* Stadt, da könnten die anderen vorgeben, was sie wollten. Dieses Café stünde in der Stadt *ihrer* Liebe, und jede Liebe habe ihre eigene Stadt, die man unter keinen Umständen verlassen dürfe.

Georg will sich nicht einschüchtern lassen. »Wenn das so ist«, ruft er, »dann müssen wir eben gleichzeitig in ganz verschiedenen Städten leben!«

Camille sieht ihn kopfschüttelnd an, und Georg verläßt das

Café. Eine große Müdigkeit überkommt ihn. Er sinkt in die Knie und legt sich mitten auf den Bürgersteig. Schritte nähern sich, es sind etliche Fußgänger unterwegs, aber das stört ihn nicht; er hofft nur, daß ihm niemand ins Gesicht trete. Seine Augen schließen sich langsam. Bevor das Trottoir ganz aus seinem Blick verschwindet, erkennt er plötzlich die kleinen blauen Schuhe von Michael und die glänzenden Pumps seiner Frau.

»Was tust du hier?« sagt seine Frau wütend. »Du liegst da wie ein Hund!«

»Ich bin ein Hund«, flüstert Georg. »Ich habe mich an Camilles Bein gerieben. Deshalb wurde ich so berühmt. Und übrigens: Das hier ist *ihre* Stadt.«

»Dann ist dir nicht mehr zu helfen!« ruft seine Frau und geht davon. Ihr Weggehen ist unaufhaltsam und endgültig, schrecklicher noch als damals in Bangkok. Aber Michael, wo ist Michael?

Michael dreht sich unruhig hin und her. Mit dem ganzen Körper windet er sich aus dem Schlaf, wird fröhlich wie ein entsprungener Sträfling und hält dann erschrocken inne, weil er die Zimmerdecke nicht erkennt und auch nicht die Tapete, von der er am Vorabend ein Stück abgerissen hat, um herauszufinden, ob Mäuse darunter sind. Hat er ebenfalls geträumt? Georg streichelt das kleine schweißnasse Gesicht des Jungen und denkt: Sag bloß nicht Mama!

»Winter«, murmelt Michael nahe an Georgs Ohr.

Georg steht auf und zieht die Vorhänge beiseite. »Da liegt Schnee. Siehst du?«

Der Junge nickt, geistesabwesend und bedrückt, als wolle er Georg nur eine Freude machen.

Camille entspringt der Phantasie, die zum Überleben nötig erscheint und als Dämon wiederkehrt, um den Träumer zu zerstören.

Georg hat dennoch überlebt, wiederum mit Hilfe der Phantasie. Es kommt darauf an, den nächsten Traum zu spinnen, bevor der letzte endet. In manchen Kinos läuft noch immer sein Film *Die Lust der anderen* (D/I, 1993). Nun gibt man ihm eine Drehbuchförderung für seine Darstellung der Eroberung und Zerstörung Mexikos durch Hernán Cortés; ein Kinofilm soll entstehen, für den die kammerspielhafte Fernsehfassung unter dem Titel *Malinche*, die Georg im Juni 1995 fertigstellen konnte, nur ein bescheidener Vorläufer gewesen sein wird.

Lieber Karl Herfeld, schreibt er an seinen Produzenten, 15 000 Mark sind ein sehr angenehmer Vorschuß. In längstens sechs Monaten dürfte ich fertig sein, sofern mir mein Sohn dafür Zeit läßt. Bezüglich der ethnologischen Details verfüge ich über eine hervorragende Quelle, Frau Dr. Mary Proctor, die zur Zeit an der Columbia University lehrt ...

Lieber Hermann, nach zehn Tagen habe ich eine passable Unterkunft gefunden, dank der Vermittlung meines Vaters. Was sollte ich tun, es wäre dumm gewesen, Hilfe abzulehnen. Natürlich ist es prekär, meine Mutter zur Babysitterin zu machen, aber Michael braucht jemand Vertrauten. Es kostet mich Mühe, die Trennung von Klara zu erklären. Ich werde dir auf die Nerven fallen mit meinen Briefen. Seit der Vorschuß für das Drehbuch gekommen ist, bin ich beruhigt. Herfeld weiß eben nicht, daß es schon fertig in meinem Schreibtisch liegt. Ich habe Zeit, mein Lieber, und Geld für ein ganzes Jahr! Ich strebe die Gleichförmigkeit der Tage an. Morgens bringe ich Michael zu meiner Mutter. Die Nachmittage gehören ihm und die Nächte dann wieder meinen Dämonen. Kein Fernsehen. Kein Kino. Mein Leben rückwärts leben. Wie es zu diesem Hundejahr kam. Wie ich Klara verloren habe und all diese verrückten Dinge tun konnte. Alles beginnt natürlich unnatürlich mit Camille.

»Sehr gut, konzentriere dich ganz auf Camille«, sagt mir Mary, meine New Yorker Freundin, an deren Laptop dies hier geschrieben wird. Atemberaubend, wie meine Geständnisse, zu Spannungsbögen zerhackt, über den Meeresgrund dahinschießen, gebündelt mit digitalisierten Bildfetzen, Nachrichtenpaketen, Programmsplittern, wissenschaftlichen Artikeln, Sexangeboten und den Blödeleien der Computerfreaks.

Lieber Hermann, ich danke dir für die Idee des erfundenen Anfangs, es hat tatsächlich funktioniert. Ich bin bei meinen Alpträumen angekommen, und nun also kann ich mich tatsächlich auf Camille konzentrieren. Mary steht hinter mir und hat zugesehen, wie ich an ihrem Laptop elektronische Briefe aus einer erfundenen Zukunft in Heidelberg schreibe. Jetzt sieht sie mir bei diesem wirklichen Brief an Dich zu, während draußen vor dem Fenster Schneeflocken in den hohen Kanal der Lexington Avenue fallen. Der Schnee ist wirklich, der Dezember 1994 ist wirklich, Klara, die Alpträume, Mary – aber ich muß Michaels kleine, traumnasse, vollkommen erfundene Hand loslassen, jetzt, nachdem er mir so sehr geholfen hat. Ich habe Mary zuliebe in Heidelberg begonnen, weil sie dort einmal einen German lover hatte, und nun muß ich zurück nach S., kinderlos, kopflos, mitten hinein in den grauenhaften Schlamassel der frühen Tage.

»*Hilf mir*«, *sage ich zu Mary*, »*ich weiß nicht, wie ich es machen soll.*«

Mary schaut mich verwundert an. »*Was ist da so Besonderes in S.? Weshalb sagst du immer nur S. und nicht S.?*«

Hinter der leuchtenden Initiale der Geburt, *schreibe ich*, im Kreiskrankenhaus von S., steckt die kleine syntaktische Todeskugel, die aus dem Lauf der Gewöhnung und des Überdrusses stammt.

»*Weshalb sagst du dann nicht C. für Camille?*«

»*Menschen darf man nicht abkürzen! Sonst werden sie zu Figuren!*«

»*Aber wahrscheinlich wäre das die Lösung.*«

Camille hieß nicht Camille. *Ich tippe das ein.*

»*Past tense, nice*«, *sagt Mary.* »*Es war einmal! Wie geht es weiter mit Camille, die nicht Camille hieß? Was folgt nun?*«

»*Die Hölle. Präteritum. Nicht verfilmbar.*«

»*Und weiter?*«

»*Nach der Hölle? Was weiß ich! Ich weiß nur, daß am Eingang der Hölle Camille steht, die auf mich gewartet hat.*«

»*Also: Es waren einmal Georg und Camille ...*«

Nein, noch nicht. Zunächst haben wir Georg und Hermann, auf ihrem Streifzug, auf der Suche nach dem Licht, in dem Camille erst erstrahlen wird. Es ist Sommer, es ist dieser Abend im Juli 1972. Wir gehen die Straße entlang, am Nordrand von S. Unsere fünfzehnjährigen Milchgesichter. Die Streichholzschachtel in meiner Hirtentasche, in der wir die beiden LSD-Trips versteckt haben, die Scheinwerfer für Camilles ersten großen Auftritt. Ich sehe die Straße zum letzten Mal mit vorhöllischer Unbefangenheit, nur diese elende Straße, diesen auf dem Grundstock eines einstigen Kraft-durch-Freude-Familienhaus-Programmes aufsetzenden Besitztraum von Schichtarbeitern, kleinen Beamten und mittleren Angestellten am Nordrand der Stadt. Die Grundstücke von Führers Gnaden waren groß genug, um einen Vorgarten anzulegen. Ein oder zwei amerikanische Bomben fielen hinein. Dann wurden Zäune aus Schmiedeeisen, versetzt gemauerten Backsteinen oder Palisaden aus zersägten Telefonmasten um sie herum errichtet, und hinter diesen Schutzwällen nahm die Bautätigkeit ihren Lauf. An jenem Sommerabend im Juli 1972 sind jene einstigen Einfamilienhäuser schon längst auf die doppelte oder gar dreifache Größe ausgewachsen, mit eternitgedeckten Garagen und gepflasterten Einfahrten versehen. Balkone haben sich ausgestülpt, Pampagras wankt über den Goldfischteichen, und gemauerte Wendeltreppen ranken sich empor. Die Witze unserer Kindheit klingen uns noch in den Ohren, auch wenn wir mittlerweile Jimi Hendrix hören und den Schattenriß von Che Guevara an unsere Kellerwände malen. Wie viele Juden passen in einen VW? Und Adenauer, Chruschtschow und Churchill ... Mama, ich will nicht nach Amerika! (Halt's Maul, schwimm weiter.) Dieses Spiel, bei dem es immer weniger Stühle gibt: Reise nach Jerusalem ... Wir gehen fast blicklos durch die Straße, angetan mit Batik-Shirts und Levi's-Jeans, die unsere Mütter uns in einem neu eröffneten US-Army-Shop kaufen mußten. Kurz halten wir noch vor einem Zigarettenautomaten, an dem es Packungen mit elf Stück zu einer Mark gibt, die klassischen Lungentorpedos *Reval*, *Roth-Händle* und *Eckstein*. Was sagst du? Es klingt besorgt. Ja, jetzt höre ich es wieder, am Eingang zur Hölle: »Bist du sicher, daß deine Eltern nicht da sind?«

Und ich nicke bedächtig – und Schluß, Klappe, Präteritum.

1
Die Abenteuer in S.

»Es war einmal ...« – der schönste Anfang jeder Erzählung, zu nüchtern! – »In der kleinen Provinzialstadt S. lebte« – etwas besser, wenigstens ausholend zum Klimax.

E. T. A. Hoffmann, Der Sandmann

1

»Bist du sicher, daß deine Eltern nicht da sind?« fragte Hermann (besorgt).

Georg nickte (bedächtig).

Nachdem sie drei Stunden vor dem Fernsehapparat im Haus von Georgs Eltern verbracht und immer wieder unschlüssig die kaum stecknadelkopfgroßen rautenförmigen LSD-Trips betrachtet hatten, bewies Hermann eine Klugheit, um die ihn Georg bald beneiden sollte: Er sagte, er habe Kopfschmerzen und wolle auf seine Dosis lieber verzichten. Georg dagegen gab sich routiniert. Um zu beweisen, daß er auf der Höhe der Hippiezeit war, schluckte er beide Trips. Seine Beine fühlten sich unangenehm schwer an, als er Hermann kurz darauf an der Haustür verabschiedete.

»Bist du wirklich okay?« fragte Hermann.

»Klar, geh schon. Aber – falls ich morgen nicht komme ... Grüße Camille von mir. Weißt du, ich glaube, sie ist eine Indianerin.«

Hermann sah Georg erstaunt an. »Weshalb lachst du jetzt?«

Georg schüttelte den Kopf. »Vergiß das nicht, das mit Camille.«

»Vielleicht sollte ich doch lieber bleiben?«

»Nein, ich bin okay.«

Noch bevor Hermann sich umdrehte, erschien ein Regenbogen zwischen ihren Körpern. Weitere funkelnde Lichtmuster kamen hinzu, wie von verborgenen Prismen ausgeschickt. Sie erinnerten an die Schmuckbordüren eines Winnetou-Kostüms, das Georgs Mutter einmal zum Fasching genäht hatte. Der Gedanke, daß Hermann diese indianischen Muster nicht sehen konnte, erschien Georg absurd. Die Angst jedoch, die rasend zunahm, die seine Hände zittern und ihn erneut auflachen ließ, wurde durch ein rasches Anwachsen seines Schädels bewirkt. Ein erschreckendes Hallen, ein Echo aus anderen, nie geahnten Räumen begleitete die Ausdehnung seines Kopfes.

Es kommt aus mir, ich bilde mir das nur ein! beschwor sich Georg. Er schloß die Haustür. Hermanns Schatten zog sich blitzschnell hinter dem rauhen Glas zu einem Punkt zusammen, als sei die Nacht draußen wie eine Bildröhre zerstört worden. Bald würden Georgs Eltern von einem Besuch bei Freunden zurückkommen. Er mußte die Unordnung im Wohnzimmer beseitigen. Quallenartige, tennisballgroße Gebilde stiegen vom Boden her auf, krochen über seinen Körper und zerplatzten funkensprühend an der Decke des Flurs. Georg wollte auf die steile Treppe zugehen, die in den ersten Stock führte. Aber seine Füße gehorchten ihm nicht. Sie steckten in einer schlammgrauen, gurgelnden Masse, tief unten, und seine Beine und sein Oberkörper waren nur noch eine Art langgezogenes Gummiband. Er mußte ruhigbleiben! Schriftzüge tauchten vor ihm auf, türkisblau und orangefarben, begleitet von hallenden Geräuschen. Plötzlich hörte Georg seinen Namen rufen. Verwirrt sah er sich um. Aber die Stimme, die den Ausruf wiederholte, kam aus der Tiefe seines eigenen Körpers, einer schrecklichen, unauslotbaren Tiefe, die auf irgendeine Art mit dem Weltraum in Verbindung stand. Verzweifelt hielt er sich an den Wänden des Flurs fest. Es wollte ihn hinausziehen – ohne Raumanzug, ohne Mutterschiff –, direkt in die Leere zwischen den Sternen. Neue Schriftzeichen wurden auf ihn zugeschossen. Es spielte keine Rolle, ob er die Lider schloß oder öffnete. Seine Augen mußten sehen, das heißt, sie waren gar nicht mehr nötig, sie hätten ihm ebensogut aus den Höhlen genommen sein können, denn alles bohrte sich unmittelbar in sein Gehirn.

Längere Zeit stand er wankend im Flur. Daß er sich noch im Haus seiner Eltern befand, konnte er nur an den Umrissen der vertrauten Umgebung erkennen, die wie auf einer Überblendungsfotografie schwach in den Kosmos gezeichnet schienen. Eine violette Galaxie lag zu seiner Linken, ein Spiralwirbel mit einem Durchmesser von Tausenden von Lichtjahren.

Ich darf nicht aufhören zu denken! befahl er sich. Ich muß mich zusammenreißen! Es kann nicht sein!

Für einige Sekunden wurde das Bild des Flurs wieder deutlicher. Er nutzte die Gelegenheit, bis zu seinem Zimmer vorzustoßen. An der Türschwelle empfing ihn ein mächtiger Vogel, der einen Spiegel auf dem Kopf trug. Sein Gefieder bestand aus Feuer oder rotglühendem Eisen. Dann schillerte er in den Farben des Regenbogens. Eigentümlich ähnelte er Camille, ihrer kräftigen, etwas aufgeplustert wirkenden Schönheit. Georg fragte sich, ob er den Vogel berühren und dadurch zerstören könne. Noch bevor er einen Entschluß fassen konnte, schossen mächtige Spiralen in Türkis, Orange und Purpur heran. Nichts half mehr, nichts brachte ihn mehr zurück. Eine furchtbare Macht war in ihn gekrochen, in jede Windung seines Gehirns. Er betastete die Wände, er schlug sich ins Gesicht, ohne zu spüren, daß er sich traf. Es gab keine Rettung vor diesen widerwärtig organischen, glucksenden und hallenden Geräuschen, vor diesem Sog, vor dem schrecklichen Ausrufen seines Namens. Alles, was er sah, war Betrug, jede Empfindung für Materialien, wie das Holz seines Bettes, das Papier einer Zeitschrift, das Glas seines Zimmerfensters, verwandelte sich in eine nicht vorhersehbare Sensation. Es gab keine Gerüche mehr, keinen zuverlässigen Geschmack im Mund, keinen festen Knochen im Körper. Der Feuervogel flatterte mit den Flügeln und flog davon – in den ungeheuren Kuppelraum, den Georgs eigene Schädeldecke umschloß, die zur fliehenden Grenze des Weltalls geworden war.

Es sind meine Gedärme, die diese Geräusche machen, dachte Georg, es ist nur das Gift in meinem Gehirn, das diese Farben hervorbringt, alles ist Täuschung! Er wollte sich mit lauter Stimme Befehle erteilen, aber seine Stimme befand sich irgendwo in einem weit entfernten Zimmer und war kaum zu vernehmen. Durch einen brennenden Farbvorhang sah er die Konturen seines Schreibtischs und darauf den dolchartigen Brieföffner, dessen Länge sich ständig veränderte. Hätte es die geringste Hoffnung gegeben, daß der Tod besser wäre als das, was gerade mit ihm geschah, hätte Georg sich den Brieföffner ins Herz gestoßen. In seiner Schädelkathedrale flatterte der Regenbogenvogel. Georg begann zu weinen, und seine Tränen verwandelten sich in hinwegspritzendes violett funkelndes Glas.

Endlich beschloß er, sich nicht mehr gegen den Sog zu wehren. Vielleicht kam seine Angst nur aus dem Widerstand gegen die Droge. Er kroch in sein Bett und zog sich die Decke über den Kopf. Ein mächtiges Brodeln setzte ein, als brächte eine Flamme den Raum um ihn her zum Sieden. Dann ergriff eine ungeheure Beschleunigung das Bett, es schoß durch die Zimmerwand hinaus, durchbohrte die Nacht und raste direkt ins

Weltall, zwischen Sternbilder und Strahlungen, wirbelnde Spiralnebel und flackernde Galaxien. Große brennende Schlangen begleiteten diesen Flug. Lichtdrachen zischten über ihn hinweg, die wie Feuerwerksraketen zerplatzende Zeichen aussandten. Obwohl Georg sich dem Sog überlassen wollte, packte ihn erneut die Todesangst. Er flog nicht ins Endlose, sondern auf etwas zu, das nicht sichtbar war, das sich hinter der irren kosmischen Landschaft versteckte, das zu sehen bedeutet hätte, nie wieder ins Leben zurückzukehren.

Nach einem – wie sich später herausstellte – zweistündigen Kampf schrie Georg laut gegen die düsteren Verschlingungen und grellen Farbwirbel an, warf sich über die Bettkante, fand durch einen stechenden Schmerz in den Knien und an den Ellbogen halb in die Wirklichkeit zurück und kroch auf allen vieren die steile Treppe zum ersten Stock empor. Seine Eltern waren inzwischen nach Hause gekommen. Er fand sie schlafend, das heißt durch sein panisches Hereinplatzen augenblicklich wach.

»Ich muß ins Krankenhaus!« schrie er. »Sofort! Ich habe Rauschgift genommen!«

Das Erschrecken, der Ärger, die Beschwichtigungsversuche seiner Eltern bildeten tödliche Hindernisse. Er hatte das Gefühl, mit brennenden, von Erstickung gequälten Lungen aus einer großen Tiefe her aufzutauchen, und sie verlängerten und verlängerten die Auftauchstrecke, bis er ihnen endlich definitiv erklärt hatte, daß er sterben müsse, daß er einen Horrortrip habe, daß sie mit ihren Überlegungen sein Leben gefährdeten. Nichts mehr war von der Kraft übriggeblieben, mit der er Hermann hatte gehen lassen.

»Ich stelle es mir heute noch mit peinlicher Genauigkeit vor«, würde er Hermann Jahre später einmal erzählen. »Diese ganze Szene ... Daß meine Eltern damals jünger waren als wir jetzt. Daß ein Fünfzehnjähriger, gestern noch ein Kind, vor ihrem Bett steht und vor Angst kreischt, wütet, sie zu Idioten stempelt oder zu Verbrechern, die sein Leben aufs Spiel setzen.«

Nur der bildlose, abstrakte Teil seines Gehirns funktionierte. Solange das möglich war, solange er denken konnte, war er nicht verloren. Aus dem Gesicht seiner Muttter schossen blaue Stacheln auf ihn zu. Er wandte sich ab, um es nicht sehen zu müssen. Sie zog sich hastig an und verfrachtete ihn ins Auto.

»Rede mit mir! Irgendwas! Du mußt mit mir reden!« schrie er. Die Häuser der vertrauten Straße bogen sich schwarz und violett in den Himmel. Seine Mutter fragte ihn, wie es ihm gehe, was er sehe, welches Rauschgift er genommen habe. Auch der zweite und dritte Blick in ihr Gesicht zeigte nur eine glühende, vibrierende Masse von Äderchen, zerlaufenden Augen, Reißzähnen und vielfachen Lippen. Auf der halben Strecke zum Krankenhaus überkam ihn etwas wie Scham, und er versicherte ihr, daß er sie liebe. Es täte ihm leid, so dumm gewesen zu sein. Außer einigen Zügen Marihuana habe er noch nie Rauschgift genommen, das müsse sie ihm glauben. Es sei das Schrecklichste, was er je erlebt habe. Er wolle in Zukunft alles tun, was sie ihm auftrage, widerspruchslos.

Endlich tauchte das Krankenhaus vor ihnen auf: für Georgs Mutter ein weißes fünfstöckiges Gebäude mit einer schwach beleuchteten Auffahrt; für Georg ein geborstenes Schiff, das auf hoher See tanzte und silberne Strahlung nach allen Seiten verschickte.

In der Notaufnahme vergingen Minuten, bis man den Sachverhalt erfaßte. Ein griechischer Assistenzarzt hatte Mühe, Georgs stammelnden Auskünften zu folgen.

»Er versteht mich nicht! Ich will keinen Ausländer! Ich will einen deutschen Arzt!« schrie Georg. Die Hoffnung, irgendeine Spritze, eine Infusion, ein wie auch immer gearteter, noch so schmerzhafter chirurgischer Schnitt würde den Brand seines Gehirns löschen, erfüllte sich nicht. Man stach ihm eine Kanüle in den Arm und führte, als er entsetzt feststellen mußte, daß er nicht mehr in der Lage war, seine Blase zu entleeren, einen Gummischlauch durch seinen Penis ein.

Statt in einem Krankenzimmer lag er in einem turnhallengroßen weißen Kubus, an dessen Wänden flammende Zeichen und Feuerfahnen in Purpur, Grün und Orange emporschossen, und nur mit Anstrengung sah er zu seiner rechten Seite, auf einem winzigen schiefen Stuhl, seine Mutter sitzen, deren Gesicht wie auch die Gesichter hereinkommender Ärzte oder Krankenschwestern von farbigen Stacheln und flammenden Aureolen verzeichnet wurden, als überkritzele sie ein Wahnsinniger in jeder Sekunde neu.

Bis um fünf Uhr morgens hielten die Halluzinationen in unverminderter Stärke an. Georg war der Überzeugung, jede

Sekunde um sein Leben kämpfen zu müssen, indem er alles, was er sah und fühlte, mit nicht nachlassender Konzentration bestritt, als irrsinnige Verzerrung seiner Wahrnehmung. Er war wie ein Gefolterter, der sich von seinem Schmerz lossagt, oder wie ein Reisender in einem Science-fiction-Roman, den es auf einen sich pausenlos verändernden apokalyptischen Planeten verschlagen hatte. Er leugnete seine Sinne, er definierte als Grenze seines Ichs nur den bildlosen, abstrakten Teil seines Gehirns, der in der Lage war, jedes dieser Bilder zu widerrufen und Sätze zu formen, die das Gespräch mit seiner Mutter in Gang hielten. Er teilte ihr mit, was er sah, sofern er Worte dafür fand; er machte ihr etliche Geständnisse und strengte sie so sehr an, daß sie später behauptete, in dieser Nacht habe sie ihn ein zweites Mal geboren.

Als sich das Dunkel hinter dem Krankenzimmerfenster aufhellte und die ersten Vögel sangen – langgezogene, schilfrohrähnliche Flötentöne –, spürte Georg, wie ihn der Dämon verließ. Immer deutlicher traten die Konturen des Zimmers hervor. Das übernächtigte Gesicht seiner Mutter wurde nur noch schwach von grünen Linien übermalt. Um den Fensterrahmen spielten Farbmuster, wundervoll geschliffene Regenbögen, deren Grundfarben sich immer tiefer auffächerten zu schimmernden, namenlosen Untertönen. Das ist sensationell, dachte Georg und wagte es zum ersten Mal seit Stunden, die Augen zu schließen. Er flog. Er war ein schwerer dunkler Vogel in einer grauen Welt. Unter ihm lag eine Ebene, in der Pyramiden mit abgebrochenen Spitzen eine Art Allee bildeten. Georg orientierte seinen lautlosen Flug an der Allee. Die Pyramiden glitten vorüber, überragten ihn jetzt. Seine Flügelspitzen streiften fast den Boden, dann die Steinstufen eines der fensterlosen Gebäude. Eine Tür öffnete sich. Georg flog durch den Spalt, verlor die Flügel, war nur noch ein weißer nackter Körper, der sich in einem Gemenge anderer nackter Körper bewegte. Edelsteine, Ketten aus Türkisen und Smaragden glitzerten auf der tiefbraunen Haut der Menschen. Irgendein Ritual ging vor sich. Der Bauch einer mächtigen Frau tauchte vor Georgs Gesicht auf, und ihr Nabel war eine dunkle feuchte Grube, gegen die er von anderen nackten Körpern gepreßt wurde.

»Ich ging mir mit einem ungeheuren Behagen verloren«, sagte er später zu Hermann. »Zuerst war es mir peinlich – dieser

Genuß nach all der Aufregung und dem Schrecken. Aber dann versank ich mit einem umfassenden, elementaren Gefühl für die Welt in einer Art Licht- und Lustgeborgenheit. Das war etwas, das es in unserer Kultur nicht mehr gibt und eigentlich ja auch nie gegeben hat.«

2

Gegen Mittag erwachte Georg aus einem traumlosen Schlaf. Die Sonne schien durch das Fenster. Seine Umgebung war auf die köstlichste Weise wirklich und normal. Fasziniert betrachtete er die Staubpartikel, die in den Lichtstrahlen flirrten, die scharf umrissenen Blüten und Stiele eines Blumenstraußes auf seinem Nachttisch, das abgewetzte, zuverlässige Metall seines Bettgestänges. Er sah diese Dinge mit dem Gefühl einer ungeheuren Befreiung und Dankbarkeit, im Bewußtsein ihrer Fragilität, das sich der erlebten Verzerrung durch die Droge verdankte. Zugleich dachte er sich stärker von seiner Umgebung abgegrenzt als je zuvor. Er war sicher und zuverlässig in die Realität dieses hellen sonnigen Krankenzimmers eingebettet, und doch existierte er auch außerhalb, außerhalb seines eigenen Körpers, außerhalb seiner eigenen Empfindungen sogar – mit einem bestimmten, hartnäckigen und wehrhaften Teil seiner Persönlichkeit, so wie er während der Alptraumfahrt seines Gehirns immer noch hatte außerhalb sein können, um sich vor dem Selbstmord zu bewahren. In dieser wie neuen und geheimen Kammer, im innersten Fluchtpunkt seines Ichs, würde er sich weiterhin jedem Zwang und jeder Einverleibung entziehen können, ob es sich nun um die irre Farbwelt eines LSD-Trips handelte oder um die Strafpredigten und sonstigen pädagogischen Maßnahmen, die unweigerlich einen Fünfzehnjährigen erwarteten, der nach einem Drogenunglück in einem Provinzkrankenhaus lag.

So überstand er die Gespräche, die er im Laufe des Nachmittags mit seinen verärgerten und besorgten Eltern und einem schläfrigen Krankenhauspfarrer führen mußte, recht gut.

»Ich wollte es ihnen nicht so direkt sagen«, erklärte er Hermann. »Aber sie brauchten überhaupt keine Angst zu haben, daß ich noch immer ein hippie-artiges Wesen sein wollte. Ich war doch mit dem Tod erschreckt worden! Ich hätte jedem Drogendealer den Hals umdrehen mögen und hatte nur eins im Sinn: nämlich mit Überlichtgeschwindigkeit erwachsen zu werden, erwachsener als sie alle zusammen.«

Als der griechische Arzt sich auf seiner Bettkante niederließ, machte sich Georg heftige Vorwürfe. »Ich habe etwas gelernt«, sagte er wütend. »Die braune Scheiße kommt hoch, wenn man Angst hat. Und die Scheiße ist auch in mir!«

Der Arzt nickte sanft und nahm eines der Taschenbücher, die Georgs Mutter mitgebracht hatte, vom Nachttisch. Es handelte sich um ein neomarxistisches Pamphlet über den Nord-Süd-Konflikt. »Worum geht es da?«

»Um die Zusammenarbeit zwischen der Bourgeoisie der industrialisierten Länder mit der Bourgeoisie der Entwicklungsländer«, erwiderte Georg. »Sie beuten gemeinsam ihre Völker aus.«

»*Burschwasie*«, sagte der Arzt. »Es ist ein französischer Begriff.«

Nie wieder! durchfuhr es Georg, nie wieder würde er sich bei einer solchen lächerlichen Unwissenheit ertappen lassen! Er wollte sich nicht damit entschuldigen, daß ihn seine Eltern überredet hatten, auf dem Gymnasium Latein und nicht Französisch als zweite Fremdsprache zu wählen. Der Blick aus der neu erworbenen inneren Fluchtkammer traf gnadenlos ihn selbst, dieses Milchgesicht mit den schulterlangen Haaren, das im Zustand der Angstverdummung einen Arzt beleidigt hatte und zu wenig Fremdsprachen beherrschte.

»Was interessiert dich am meisten?« fragte der Arzt.

»Das Denken.«

»Das Denken? Weshalb?«

»Weil es mir das Leben gerettet hat.«

Der Arzt nickte zufrieden – erstaunlicherweise, denn Georg fiel nun auf, daß er wohl die ärztliche Kunst und nicht seine geistige Selbstkontrolle hätte loben sollen.

Noch vor dem Abendessen ging es ihm an den Katheter: ein mürrischer älterer Arzt in Begleitung einer weißen weiblichen Flotte stürmte das Zimmer, packte Georgs Schwanz, zerrte daran und ließ Georg dann mit bis in den Hoden und den tieferen Beckenraum brennenden Schmerz- und Schmerzbefreiungsgefühlen und drei Krankenschwestern allein. Georg mußte aufstehen, damit das Bettlaken gewechselt werden konnte. Bei dieser Gelegenheit zog man ihm auch das hinten offene, zwangsjackenähnliche Krankenhaushemd aus. Die drei Frauen, eine Oberschwester und zwei junge Lernschwestern, umringten ihn und schienen auf etwas zu warten. Worauf? Nackt, mit seinen schulterlangen Haaren, fühlte sich Georg in der unbehaglichen Rolle des jungen Wilden, der einem Forscherteam in die Hände gefallen war.

»Es ist fast schade, ihm ein neues Hemd zu geben«, sagte die Oberschwester.

Eine der Lernschwestern betrachtete aufmerksam Georgs vom Schlauche befreiten Schlauch, als sei dies medizinisch unbedingt erforderlich. Tropfte es aus ihm heraus? Er wagte nicht hinzusehen.

»Ich meine – weil er doch morgen entlassen wird, nicht weil er so ein hübsches Kerlchen ist«, verkündete die Oberschwester. »Seht euch doch nur den kleinen Arsch an.«

Die blonde Lernschwester färbte sich marzipanrosa. Ihre dunkelhaarige, vielleicht gerade achtzehnjährige Kollegin zeigte aber weiterhin kein Anzeichen von Verlegenheit. Dieses neugierige Mäusegesicht mit den zurückliegenden grauen Schneidezähnchen war im optischen Sinne die erste persönliche, ganz offenkundig unsachliche weibliche Bekanntschaft seines Schwanzes. Infolgedessen störte es Georg vor allem, daß er selbst noch nie eine reale, vollkommen nackte Frau gesehen hatte, noch nicht einmal unter ähnlich sterilen Umständen wie denen, unter denen er gerade zur Schau gestellt wurde. Beinahe wäre er als Jungfrau gestorben – oder wie auch immer man das bei Männern nannte (es hätte schon wieder des Französischen bedurft, um den *Demi-homme* als *Pendant* der *Demi-vierge* zu finden). Beim Überstreifen des frischen Krankenhaushemdes ging ihm die Oberschwester auf eine seltsam grobe Weise zur Hand, die offenließ, ob es sich um eine als humorige Feindseligkeit getarnte Zudringlichkeit handelte oder umgekehrt.

Nach dem Abendessen stellte sich Georg in seinem frischen, glücklicherweise nicht mehr arschfreien Patientenhemd vor das Fenster. Die Kirchturmspitzen von S. stiegen aus der dämmrigen Häusermasse empor wie Raketen. Über ihnen wölbte sich ein orange- und purpurfarben glühender Himmel, der über dem Feuerball der untergehenden Sonne zu zerbrechen schien, als sei gerade eine Wasserstoffbombe explodiert. Wirklich sehen können! dachte er. Denken können ohne Angst! Dies waren die großen, tatsächlichen Rauschzustände, die von nun an sein Leben bestimmen sollten. Noch einmal sagte er sich, daß ihn die Droge hätte töten können. Die Ungeheuerlichkeit dieser Tatsache schlug um in die atemberaubende, stille Ungeheuerlichkeit jeder einzelnen Sekunde, in der er beobachtete, wie das natürliche Bombenspektakel über den Dächern seiner Heimatstadt langsam erlosch, seine Intensität verlor wie die Zeichnung auf den Flügeln eines riesigen sterbenden Schmetterlings, befriedet wurde unter der ruhigen, purpurfarbenen Welle der Nacht. Er hatte seine Kindheit und bisherige Jugend in der Illusion von Unsterblichkeit verlebt, seltsamerweise ganz unbeeindruckt von all den Jesus-Leichen am Kreuz, den blutigen Zeitungsmeldungen, den dahinscheidenden Western- und Krimihelden im Fernsehen. Als er im Bett lag und die Augen schloß, sah er wieder die Krankenschwestern vor sich, die bloßen Stellen ihres wissenden, erwachsenen Fleisches, diese Arme und Hände, die den Leuten Nadeln in die Venen jagten, die Nachtgeschirre leerten, die tote Patienten in die Anatomie rollten, OP-Haken über geöffneten Brustkörben hielten. Nicht nur denken und sehen! Er brauchte noch einen dritten realen und erwachsenen Rauschzustand, plötzlich so sehr, daß er in das Taschentuch ejakulieren mußte, mit dem ihm seine Mutter in der vorangegangenen Nacht den Schweiß von der Stirn getrocknet hatte. Dann schlief er auf genau die gleiche vertrauensvolle Art ein, die er in seinem kurzen fünfzehnjährigen Leben gewohnt war.

Man entließ Georg am darauffolgenden Vormittag, kurz vor dem Mittagessen. Dieser Sommertag, hervorgegangen aus der Bombenexplosion der Nacht, erschien mit der Deutlichkeit und Frische einer neuerschaffenen Welt: die feinen Abstufungen und Schattierungen der Farben, der Geruch von Früchten, Rauch und Benzin, das zusammenhanglose Strömen der Fußgänger und Autos, aufflatternde Tauben, die Lichtreflexe auf einem Teich, das raschelnde Laub in den Baumkronen, die mit seinen Schritten vorbeiziehenden roten Sandsteinfassaden. Es gab keine unnötige Sekunde mehr! Er hatte keine Zeit zu verlieren! Schon morgen konnte ihn ein Auto überfahren, eine rätselhafte tödliche Krankheit befallen, eine unvorhersehbare Nachwirkung der Droge für immer um den Verstand bringen. Hier, in S., mußte und konnte er die Vollkommenheit des Lebens erreichen! Dafür brauchte es nicht nur diese gesteigerte Wahrnehmung des ihm wiedergegebenen natürlichen Blicks, sondern auch neue, radikale Gedanken, die über alles bisher Gelesene hinausgingen, die das traumhaft selbstverständliche Gewebe, das ihn umgab, wie mit Röntgenstrahlen durchdrangen. Er ging in eine Buchhandlung. Schlafwandlerisch sicher stieß er auf Sartres *Das Sein und das Nichts*, das er sich leisten konnte, weil er in seiner Jackentasche noch den Lohn eines zweiwöchigen Ferienjobs bei sich trug.

»Willst du das wirklich lesen?« fragte die Buchhändlerin.

»Um damit einen Nagel in die Wand zu schlagen, ist es wirklich zu teuer«, hätte er gerne gesagt.

Auf der Straße kamen ihm Frauen in leichten Sommerkleidern entgegen. Er registrierte genau die Eigentümlichkeiten ihrer Erscheinung, ihre Lässigkeit und Ruhe, das Versprechen auf tatsächliche Sensationen, die seine Erfahrungen mit den Mädchen der Clique so weit übersteigen mußten wie die rasende, tödliche Wirklichkeit der vorvergangenen Nacht die einmal gehegte naive Idee eines Drogenrausches.

Noch im Gehen schlug er das Buch auf, dessen Umschlag – Feuerrot und Schwarz – in den Farben der Hölle gehalten war. Das Bewußtsein, las er, habe nichts Substantielles an sich, es existiere nur in dem Maße, in dem es sich erscheine. Aber gerade weil es eine reine Erscheinung und vollständige Leere sei, die ganze Welt also außerhalb seiner liege, wegen dieser in ihm steckenden Identität von Erscheinung und Existenz könne es als das Absolute betrachtet werden. Ein Schwindelgefühl ergriff ihn. Besser konnte man diesen Ort nicht beschreiben, dieses äußerste Außerhalb, an dem er die Feuerwalze der Droge überlebt hatte, die durch seinen Körper und durch sein Gehirn gerast war. Dankbar preßte er das Buch an seine Brust. Mit Hilfe dieses 800 Seiten starken Generators harter intellektueller Strahlung würde er gelassen und bei vollem Bewußtsein erblicken, was ihm das LSD nur als angstkreischendem Idioten präsentiert hatte: den wahren Hintergrund der Dinge; den Sinn und Unsinn der Existenz; die großen leuchtenden Denk-Raumschiffe, die die schwarze Galaxie des Todes durchstreiften. Er wußte nicht, ob er nach Hause gehen und sich mit dem Buch in sein Zimmer einschließen oder immer weitergehen und die funkelnde Oberfläche der Welt mit seinem geschärften Blick betrachten wollte. Für ihn gab es nun zwei neue Arten des Sehens, die wohl auf komplizierte Weise miteinander zusammenhingen.

In einem Tabakladen kaufte er sich zur Feier des Tages ein Päckchen englischer Zigaretten. Das Geschäft lag im Schatten eines mittelalterlichen Wehrturms. Die starke, hochkonzentrierte Mittagssonne traf ihn, als er den Schatten verließ, zerschoß in einer blendend weißen Sekunde das Bild der Straße. Blinzelnd, eine Hand vor die Augen haltend, ließ er die Gegenstände zurückkehren, ihre sichere Ankunft genießend wie die Kristallisation eines bekannten Motivs auf einem Fotopapier. Als er die Hand aus dem Zentrum des Bildes nahm, erschien Camille – übergangslos und unausweichlich, als gehöre sie wie die Stadtmauer und der Wehrturm seit Jahrhunderten in dieses Bild. Sie war gerade noch zwei Armlängen von ihm entfernt. Das Licht funkelte in ihrem schulterlangen schwarzen Haar, auf ihrem orangefarbenen Batik-T-Shirt, in einem Winkel ihres Mundes, in dem sich weißer Zahnschmelz, klarer Speichel und das helle Rot ihrer Lippen zu einer Zuflucht trafen. Noch bevor sie sich küßten, dachte Georg, daß dies ein vollkommener und endgültiger Augenblick war, und er bemerkte ein Aufblinken in der überwirklich klaren Sommerfotografie ihres weichen jungen Körpers, eine nahezu irrsinnige, aber nicht beängstigende Erweiterung des Bildes, als wäre eine Intarsie aus einer anderen Dimension hinzugefügt worden, etwas wie ein kleiner tiefer Spiegel. Der Spiegel war nicht in Camilles glänzenden braunen Augen, die sich fest auf ihn richteten, sondern in ihrer Brust oder kurz unterhalb des verletzlichen Ansatzes ihrer Schlüsselbeine. Georg sah sich selbst in diesem Spiegel – auf eine unbegreifliche und doch auch selbstverständliche Weise, nämlich ohne sich wiederzuerkennen, obgleich das nicht sein konnte, es sei denn, er sah sich vollkommen vom Standpunkt Camilles oder auf die Art, in der man überrascht in der Reflexion einer Schaufensterscheibe die eigene Gestalt wiederfindet, die man eben noch für das Bild eines beliebigen Menschen hielt. Er fand sogar noch Zeit zu glauben, daß Camille das Gleiche geschah: Sie wurden *auserwählt*, jetzt, in dieser Sekunde. Dann spürte er ihre tastende

Zunge in seinem Mund, preßte sie fester an sich, roch ihr Haar und den Vanilleduft ihrer Wangen. Der seltsam vertraute, camille-ähnliche Feuervogel zu Beginn seines Horrortrips fiel ihm wieder ein und auch, daß er Hermann in der Vorahnung eines möglichen Unglücks aufgetragen hatte, dieses Mädchen von ihm zu grüßen. Er hätte also vollkommen glücklich sein müssen, er war es auch bis ans Ende der folgenden Stunde, in der sich Camille in seinen Arm schmiegte, während sie durch die Straßen bummelten. Camille erzählte ihm, in der Clique habe sich das Gerücht verbreitet, er sei an einer Überdosis Rauschgift gestorben. Daß sie sich weniger für die Halluzinationen interessierte, die er erlitten hatte, als für die schwerwiegenden intellektuellen Schlußfolgerungen, die man aus einem solchen Erlebnis ziehen mußte, begeisterte ihn. Sie hatte nie zu den tauschbaren Frauen der Clique gehört, mit denen man für einen Nachmittag oder längstens eine Woche zusammen war, um herauszufinden, ob man eine Hand unter ihren Pullover schieben durfte. Camille bestach durch ihren Ernst und ihren Stolz, und der ausgeprägte asiatische oder vielmehr indianische Zug ihres von glänzendem schwarzem Haar umrahmten Gesichts verlieh diesem großen und eher kräftig gebauten Mädchen noch einen zusätzlichen Reiz.

»Ich habe immer gewußt, daß wir einmal zusammenkommen«, sagte sie ruhig. »Ich glaube, ich habe sogar gewußt, daß ich dir als erste begegnen würde.«

Georg wollte ihr von dem Feuervogel erzählen, von seinem Auftrag an Hermann – aber das schien plötzlich wie erfunden oder zu dick aufgetragen. So behauptete er nur, ebenfalls gewußt zu haben, daß sie sich auf eine ganz besondere Weise begegnen würden.

Sein Gedächtnis ließ ihn zuverlässig im Stich, wann immer er sich später herauszufinden bemühte, was sie im Verlauf dieser Stunde noch geredet hatten. Er erinnerte sich nur an das Schwebende und Märchenhafte des Spaziergangs, daran, daß sie durch das Gassengewirr und über die belebte Hauptgeschäftsstraße gebummelt waren, als gäbe es nur sie beide und kein auch nur denkbares Hindernis ihrer Bewegung. Um eine ähnlich intensive, glückliche Gehempfindung wiederzufinden, mußte er siebzehn Jahre lang warten, bis er an einem sonnigen Montagmorgen an der Loire neben seiner Frau über eine weite, von Kegelbüschen gesäumte Zufahrt auf ein Schloß zuwanderte. Leichte Zahnschmerzen würden ihn an diesem zukünftigen Morgen beeinträchtigen. Aber auch dies spiegelte sich in der ersten Stunde mit Camille wieder, in Gestalt zweier ganz unerheblicher, jedoch einprägsamer Störungen. Die erste wurde durch Sartres ein Kilogramm schweres Buch hervorgerufen, das allmählich seine linke Hand ermüdete. Die zweite Störung ergab sich erst bei ihrem Abschied an einer Bushaltestelle, nachdem Georg eingefallen war, daß ihn seine Eltern wohl dringend zu Hause erwarteten. Es war nur ein Gedanke im entfernten, aber nicht zu tilgenden Randstreifen seiner Vernunft, auf dessen schmaler Sichel er den LSD-Trip überlebt hatte: Weshalb hatte er als erstes nun wirklich und ausgerechnet Camille getroffen, weshalb keinen seiner Freunde, weshalb kein anderes Mädchen?

3

Acht Monate lang gingen sie miteinander. Das Gehen vereinnahmte mehr als die Hälfte ihrer gemeinsamen Zeit. Da sie keinen ungestörten Raum und wenig Geld hatten, waren sie wie Flüchtlinge und Bettler auf die schmale, bedrängte Öffentlichkeit angewiesen, die die Kleinstadt S. zwischen Kaiserdom und mittelalterlichem Wehrturm zur Verfügung stellte. Sie trafen sich auf der Straße und froren. Kein Winter dauerte acht Monate lang, und sie hatten sich doch im August kennengelernt. Aber die Parkanlagen, die Wiesen am Rhein, all die natürlichen Schlupfwinkel, die Georg vor und nach seinem Gehen mit Camille gefunden hatte und finden sollte, konnten aus irgendeinem Grund nicht genutzt werden. Dieser Grund war wohl kennzeichnend für die Art ihrer Beziehung; er schien sogar für den jähen Wintereinbruch verantwortlich.

Nie wieder kehrte die Schloßallee-Empfindung ihrer ersten Gehstunde zurück, obwohl an ihrem gemeinsamen Gehen immer etwas Besonderes, Unvergleichliches blieb. Anstelle der wunderbaren neuen Welt, die mit ihren durchscheinenden Sommertönen zurückwich, um sie mit der verschwenderischen Nachlässigkeit eines großen Parks zu umgeben, traten von einem Tag auf den anderen die undurchdringlichen, kältefeuchten Mauern der Bürgerhäuser im hirnähnlich angelegten Stadtkern von S. In den engen Gassen hatten sie das Gefühl, zwischen den Backen eines Schraubstocks zu stecken. Sie flohen, lebendig und verletzlich, im ausgesetzten Zustand einer Heiligen Familie, der selbst das Stroh eines Stalls fehlte (um ihrer Kinderlosigkeit das Ende einer pubertären Schwangerschaft zu machen). Der Zustand der Vertreibung hielt so lange an, wie sie darauf bestanden, zusammen zu sein und nicht getrennt als wohlbehütete Gymnasiasten neben den Zentralheizungskörpern ihrer Eltern zu existieren. Einmal saßen sie unter dem Warmluftgebläse des Hinterausganges eines Kaufhauses und rauchten, bis man sie davonwies. Sie drückten sich in Plattenläden und schlecht sortierten Buchhandlungen herum, ohne etwas kaufen zu können. Schweigend betrachteten sie die Schaufenster mit den Reliquien des bürgerlichen Lebens: Küchenmixer, Autolandkarten, Berge von Porzellan. Eine Imbißstube, fettig und grellweiß zwischen die Bürgerhäuser gesetzt, schien sie zu bedrohen, obwohl oder weil sie dort nie etwas aßen. Um sich aufzuwärmen, spielten sie im Hinterzimmer einer Gaststätte Pool-Billard, das sie beide nicht mochten.

Das Sein, las Georg bei Sartre, sei *massiv*. Hinter den Dingen verberge sich nichts, nichts löse sie auf, ihr *esse* (Georgs herzverfetteten, lustigen und alkoholsüchtigen Lateinlehrern war die Entzifferung der kursivierten Begriffe zu danken) könne von keinem *transzendentalen* (alles überschreitenden), *reflexiven* (sich selbst entdeckenden: wie Georg zu dieser Zeit mit steifem Schwanz auf den Mittelspiegel eines von ihm grün und rot lackierten Schrankes zugehend und die kühle Wiedergabe seiner Lippen küssend, um sich in Camille hineinzuversetzen, wenn sie ihn eines Tages in sich aufnehmen würde) oder wie auch immer gearteten *cogito* (*ergo sum!* Der berühmte Spruch von Descartes, nachzulesen im Lexikon Großer Philosophen; vgl. auch Sartre: »Als ich zwanzig war, betrank ich mich und erklärte anschließend, ein Kerl vom Schlage Descartes zu sein.«) in ein bloßes *percipi* (eine wolkige philosophische Konstruktion, als wäre der Stein, gegen den der Bischof Berkeley trat, nur aus Styropor oder ein kleiner davonfliegender Vogel) verwandelt werden. Noch die winzigsten Details drängten sich dieser Philosophie des Anstarrens auf, die ihre absolute Freiheit nur unter dem Eindruck eines Zermalmtwerdens durch die Übergewalt der realen Gegenstände gewinnen zu können schien. Es galt, *diesen* Tisch, *dieses* Tabakpäckchen, *diese* meine *fettbäuchige* Hand zu fixieren, bis sie so irrsinnig erschienen wie der Feuervogel oder die glühenden Schriftzüge seines LSD-Trips. Noch zwei Jahrzehnte später litt Georg an einer zwanghaften Assoziation kaffeefleckiger weißer Plastiklöffelchen mit dem französischen Existentialismus – hervorgerufen durch die exemplarischen Nöte des Tchibo-Stehcafés, in dem er Camille das Geworfensein und die Faktizität des Fürsich zu erörtern versuchte.

Camille hörte zu. Manchmal konzentriert, manchmal mit Anzeichen von Zweifel, die ihn nur noch mehr anspornten. Für das Verbrechen an der Liebe, das er durch seine Monologe beging, suchte er später nach Entschuldigungen (die es ihm ermöglichten, es auch an anderen Frauen zu begehen). Immerhin war es ein Zauber, ob er die französische Philosophie nun verstanden hatte oder nicht. Er gab sich und Camille das Gefühl, daß sie nur noch für kurze Zeit in die Tristesse und Stumpfheit der Kleinstadt verbannt waren, aber bald weit hinaus finden würden, in den Rahmen eines engagierten und geistreichen Lebens, in dessen Mittelpunkt sie dann unweigerlich stünden.

Georg hatte den störenden skeptischen Randgedanken an ihrem ersten Tag rasch vergessen. Es gab jedoch Freunde, die nicht begriffen, was er an Camille finden konnte.

»Das könnte man doch umgekehrt ebensogut Camille fragen!« sagte er empört, obgleich er Hermann eingestehen mußte, daß Camille ihm noch keinen Griff an ihre mittlerweile unter dicken Winterpullovern verschwundenen Brüste erlaubt hatte. Allerdings hatte er es auch nach zwei Monaten noch gar nicht versucht. Die Abenteuer, behauptete Sartre, stünden nur in den Büchern. Camille war wie jenes feierliche ernste Buch, das aufzuschlagen auch bedeutete, es geduldig vom komplizierten Anfang bis zum gewiß mitreißenden Ende durchzulesen. Jeden Abend saß Georg in seinem Zimmer und kämpfte mit seinem Vorsatz, weitere zehn Seiten aus *Das Sein und das Nichts* bewältigt zu haben, bevor er sich leichtere Lektüre gönnen durfte. Beim geringsten Nachlassen seiner Aufmerksamkeit erstarrten die gnadenlos ineinandergeschraubten Sätze des

Höllenwerks, und die eben gerade in das transphänomenale percipi, das im Unterschied zum Seinsphänomen das ontisch-ontologische Sein des Phänomens bildete und das transphänomenale, stets aktiv-spontane, nirgendwoher ableitbare Bewußtsein zerlegte, schwankende und flirrende Zirkusmanege der Welt schoß zu einem schwarzen Klumpen auf seinem Schreibtisch zusammen, unzugänglich wie ein Lavabrocken. Er mußte Unterstreichungen mit verschiedenen Farbstiften machen, und er brauchte Geduld und nochmals Geduld, bis er eines Tages, nach der Durchbohrung Hunderter von Seiten, die wahrhaft aufregenden Kapitel über Begierde, Haß, Sadismus und *meinen Tod (!)* erreichen würde. Und so wie er jeden Abend von neuem hoffte, den entscheidenden Dingen näherzukommen, so nahm er das Licht, in dem er Camille am ersten Tag seines neuen Lebens erblickt hatte, als Zeichen eines langen Advents. Es erstrahlte sogar in der Kulisse der einigermaßen herabgewirtschafteten Kneipe, die sie ausfindig gemacht hatten, um nicht zu erfrieren, und in der es an den Nachmittagen zulässig war, sich über den Tisch hinweg zu küssen und unter den Stühlen mit den Füßen zu berühren. In einer samtenen Aureole glänzten Camilles weiche Haare, ihre von kaum merklichen bläulichen Flämmchen durchtanzten dunkelbraunen Augen, ihre perfekte glatte Mädchenhaut. Es mochte sein, daß die zärtliche Genauigkeit, mit der Georg sie betrachtete, sie stärker beeindruckte als seine Ansichten über Sartre und Camus. Es mochte auch sein, daß sie gar nicht so verzweifelt in S. – einem punktlosen, sie auf ihre Zukunft vorbereitenden S. – lebte wie Georg und vor allem über die Willkür staunte, mit der er ihre Heimatstadt verwandelte: einmal in ein lächerliches Provinznest, das sie beide nicht mehr lange würde halten können; einmal in einen Ort ewiger Verdammnis, dem zu entkommen es sich gar nicht lohne, da alles Wichtige sofort und hier zu denken (und eigentlich auch zu tun) sei.

»Ich glaube, ich werde einmal viele Reisen machen«, erklärte sie bestimmt. »Und du? Was willst du tun?«

»Ich weiß nicht genau. Ich glaube, ich will ein besonderer Mensch werden«, erwiderte er etwas verlegen.

»Dazu muß man aber die Welt kennen. Da bin ich ganz sicher.«

»Aber was ist die *Welt*?«

Sie hob die Augenbrauen und erreichte dadurch einen unangreifbaren Ausdruck der Ironie und Verunsicherung.

»Wenn man viel reist, dann sieht wahrscheinlich nach vierzehn Tagen alles ganz gleich aus, egal wo man hinkommt«, sagte er, die für Camille unsichtbare Partitur ablesend, die ein dreißigjähriger Gymnasiallehrer anno 1936 im Zustand des Weltekels verfaßt hatte. »Man muß sich dort, wo man ist, mit den großen Rätseln beschäftigen.«

»Große Rätsel? Was soll das denn sein?«

»Der Tod ist das größte Rätsel«, rief er. »Da kannst du sehen, wie absurd diese Kultur ist, denn eigentlich müßte darüber jeden Tag etwas in der Zeitung stehen, auf der Titelseite. Ich meine etwas Philosophisches, nicht nur Kriege und Unfälle. Das Leben ist ein Sein zum Tode. Wir sind verdammt.«

Camille reagierte mit einer eigentümlichen, scheuen Bewegung. Es war ein kleines Erschlaffen, fast wie das, das einem Schwächeanfall vorausgeht, begleitet von einem Gläsernwerden ihres Blickes. Georg sollte nahezu die gleiche Körperbewegung unter unvorhersehbaren traurigen Umständen wiederfinden (als Katzenzeichen, das sich ganz allmählich mit Camille so eng verknüpfte, wie das Jahr des Hundes es dann mit einem Schlag tun würde). Er begriff, daß sie ihn jetzt um Schonung bat, um eine ausgleichende Zärtlichkeit für die Gräber, die er inmitten einer heruntergekommenen Weinkneipe für sie öffnete. »Aus dem Sein zum Tode kommt aber andererseits die absolute Freiheit«, erklärte er nachdrücklich.

Sie nickte erleichtert. »Glaubst du, daß es richtig war, die Olympiade in München fortzusetzen – trotz der Toten?« fragte sie dann. »Wir diskutieren das jetzt im Unterricht.«

War das nun lächerlich? Oder war es lächerlich, daß er so wenig über diesen Konflikt wußte, der auf dem Fernsehschirm die Farben der olympischen Ruderer mit einem Schlag durch die Schwarz-Weiß-Aufnahmen vermummter Gestalten des Terrorkommandos *Schwarzer September* ersetzt hatte?

Kurz vor Weihnachten sahen sie in einem Schaufenster Fotografien aus der Camargue und träumten seither davon, in den Sommerferien gemeinsam nach Südfrankreich zu fahren.

Im neuen Jahr wandten sie sich weiterhin dem Leben zu und besuchten ein Liedermacherfest gegen die Berufsverbote (alle Lokomotivführer schienen der DKP anzugehören), ein Rockkonzert, eine Aufführung von *Warten auf Godot*, die sie sterbenslangweilig fanden, die aber Georg im nachhinein anspornte, den ersten halben Akt eines absurden Theaterstücks zu verfassen. Einmal hörten sie in der Stadthalle eine Sängerin, die begleitet von einem Pianisten Moritaten und Balladen vortrug; nach der Vorstellung kamen sie kurz mit ihr ins Gespräch, das heißt, Georg fragte die Dame im Abendkleid, wie sich der Emanzipationsgedanke mit einigen der Liedtexte vertrage, die sehr verächtlich mit den Frauen umgingen, und Camille schien sich unsichtbar machen zu wollen, obgleich die Sängerin nur lachte und rief: »Ach, die Emanzipation, das ist uns so durch die Brust ins Auge gekommen!«

Georg prägte sich begeistert die noch nie gehörte Formulierung ein und überging die Frage, ob Camille errötete, weil sie auf ihn stolz war oder sich seinetwegen schämte.

Aber kurz darauf rief sie beim Vorbeigehen an den Mauern der Stadtbibliothek einen ihrer wenigen absolut zutreffenden Sätze: »Ich werde dich nie verlassen, Georg!«

Erschrak er wirklich oder wollte er sich nur als besonders erwachsen zeigen? Er sah zögernd in ihr weiches Gesicht. »Das kannst du nicht wissen«, sagte er langsam. »Vor uns liegt noch das ganze Leben.«

Camille machte ihm daraufhin eine große Szene. Er begriff bald nicht mehr, welcher Teufel ihn geritten hatte, und wollte sich nichts anderes mehr vorstellen, als auf ewig und immer neben ihr herzugehen. Erfüllt von Schmerz und Widerspruch liefen sie eine Stunde in der Dämmerung auf und ab, bis Camille sich beruhigt hatte.

»Dabei war nicht sie es, die daran glaubte – sondern ich«, gestand Georg Jahre später Hermann ein. »Sie sprach es aus, aber im Grunde war ich der Überzeugung, daß wir niemals auseinandergehen sollten. Nur hätte ich das unter keinen Umständen zugegeben.«

4

Dennoch hatte Camille die Grenze überschritten; von da an gab es den dringenden Wunsch, die Notwendigkeit sogar, offen auszusprechen, was sie füreinander empfanden. Es war

Liebe. Auf einem schwankenden, nervösen Untergrund zwar, aber es war Liebe, es mußte Liebe sein, sie kannten kein vergleichbares Gefühl. Bei Sartre gab es keine genau passenden Ausführungen, sondern nur Abhandlungen zu Besitz und Begierde oder Sadismus oder eine Hotelwirtin, die *dabei* die Strümpfe anbehalten wollte. Georg und Camille liebten sich; nur war in dieser Art von Liebe ein Problem verborgen, das genau dann entstand, wenn sie sich in die Augen sahen und dicht davor waren, das Geständnis zu machen. Das Problem schien logischer, wenn nicht gar philosophischer Natur. Es ging darum, etwas zu sagen, das in dem Augenblick, in dem man es sagen würde, infolge eines anscheinend unvermeidlichen Fehlers unmöglich voll und ganz aufrichtig sein konnte, obwohl oder gerade weil das Gefühl für den anderen eine quälende Eindringlichkeit besaß. Die Lösung des Problems war so einfach, daß sie es kaum glauben konnten. Sie sagten sich, daß sie sich liebten. Sie wiederholten es und beobachteten mit angehaltenem Atem, was mit ihnen geschah. Sie wiederholten es noch einmal – und plötzlich schien es absolut zutreffend zu sein, plötzlich existierte auch nicht mehr die geringste Abweichung oder mögliche Unaufrichtigkeit. Die Gefühle, Empfindungen und Gedanken für den anderen, die sich gerade ihrer Intensität wegen vor der Taufe gescheut hatten, lösten sich vollkommen in der Formel auf, die ihnen zu allgemein oder zu großspurig erschienen war, um das Besondere zwischen ihnen zu fassen, und Camilles Gesicht schimmerte vor der Winterkulisse der Stadt wie von einer Flamme erhellt. Bald begriffen und ertrugen sie keinen anderen Zustand mehr als den ihrer offen ausgesprochenen Liebe.

Allerdings sagten sie »Ich hab dich lieb«, nicht: »Ich liebe dich.« Vielleicht wollten sie nicht unbescheiden wirken. Vielleicht hielt sie eine geheime Korrespondenz des späteren Erwachsenendaseins mit ihrem fünfzehnjährigen Leben zurück, die den Vorbehalt übergab, den Georg vor der Stadtbibliothek ausgesprochen hatte: daß nämlich alles noch vor ihnen liege. Oder konnte man die stärkere Formel nur dann aussprechen, wenn man auch richtig miteinander schlief? Der Advent war vergangen, die Tannenbäume lagen verkahlt und ausgetrocknet auf den Straßen zur Abholung durch die Müllabfuhr, die sich schon um die Gräten der Silvesterkarpfen und die schillernden Leichen der Knallkörper gekümmert hatte. Allmählich bedrückte es Georg, daß Camilles Leidenschaften auf den Kopf beschränkt schienen, als befänden sich all ihre erotischen Sensoren auf ihren Lippen und ihrer Zunge, auf ihren glatten Wangen und an den Seiten ihres Halses. Er fragte sich – nicht ohne Scham –, wie sich seine Geschichte entwickelt hätte, wäre ihm nach der Nacht im Krankenhaus Monika begegnet oder Erika (mit der er einmal in einem Partykeller hinter eine grob gezimmerte Theke gefallen war, um dort eine Berg- und Talfahrt aus Aufforderungen, Verweigerungen, schlangenhaften Windungen, geflüsterten Verboten und lauten Seufzern unter einem dröhnenden Pink-Floyd-Klangteppich damit zu beenden, daß er ihr ein Knie zwischen die Oberschenkel preßte, an dem sie sich rieb, bis sie ihm glücklich und ermattet ins Ohr biß). Er zählte nach, wie viele Mädchen er vor Camille geküßt hatte (sieben), wie viele ihm den Zugriff auf ihre in Büstenhaltern geborgenen Schätze gestattet hatten (vier), wie viele gar ein Vorantasten zu den ihm bislang allein von den anatomischen Querschnitten (irritierendes Sägezahnprofil) des *Großen Brockhaus* dargebotenen Mysterien des dunklen Bereichs (nur Reni, ausschließlich im trockenen Areal dieser knisternden Wolle hinter einem störrischen, die Haut ritzenden Jeans-Reißverschluß). In Sartres Romanen wurden Kriegsveteranen von gnädigen Krankenschwestern masturbiert. Eine Besprechung zu John Updikes *Unter dem Astronautenmond* erschien; darin wurde im Wortlaut wiedergegeben, wie der Autor auf den Punkt brachte, was man mit einer Frau anstellen konnte: drei Löcher, zwei Hände (gewiß: ein gnadenloser kalter Krieger, der den Vietnamkrieg guthieß; gewiß: eine eingeschränkte Phantasie, denn in einem romanhaften Bericht über eine experimentelle WG in Kalifornien erinnerte sich eine Frau schwärmerisch an einen Erguß in oder an ihrem *Ohr*). Georg las Henry Miller, die Erinnerungen der Josefine Mutzenbacher und Alberto Moravia, bei dem ein Metzgerlehrling sich an einem Stück Fleisch verging. Bald wunderte er sich über gar nichts mehr, es sei denn, ein Wort war ihm unverständlich. *Fellatio, Cunnilingus, Phänomenologie.* Vom Taschengeld eines Monats hatte er sich ein Fremdwörterlexikon gekauft: als Bibel, als Waffe. Das Laster, die Perversionen, alle erotischen Freuden gehörten ihm, so wie ihm die Wissenschaften gehörten, aus denen die Wörter des Lexikons stammten, welche bald mit unsicherer, oft wie angetrunkener Grandezza in seine Deutschaufsätze entliefen.

Das einmal klebstoffartig verfestigte, einmal klarflüssige Ejakulat, das je nach Häufigkeit der Übung auf Georgs Hände oder seinen Bauch schoß, fiel oder tropfte, schien jedoch einer versiegelten einsamen Wirklichkeit anzugehören, bis plötzlich, während sie zwischen Kaiserdom und mittelalterlichem Wehrturm wandelten, Camille leise zu ihm sagte: »Übrigens, mein Frauenarzt hat mir die Pille verschrieben.« Ihre Augen waren zu Boden gerichtet, und er hielt den Atem an. »Es ist wegen des Hormonspiegels.« Schließlich traf ihn ein strenger, brennender Blick. »Aber ich denke nicht daran, das auszunutzen!«

Weshalb erzählst du mir's dann? dachte er verblüfft und mußte nun seinerseits den Kopf senken (die Bürgersteigkante, Kopfsteinpflaster, der letzte zerfetzte Knallfrosch des Jahres und ein breitgetretener rosa Kaugummi). Er kam zu dem Schluß, daß es sich um einen Test handelte. Sie forderte die ruhige, freundliche Einfühlung eines wahrhaft Liebenden, eines Partners, der sich gedulden konnte. Also nickte er einfühlsam und verbarg vollständig den Reiz, den ihre Eröffnung mit sich brachte. Stolz erfüllte ihn; er hatte einwandfrei reagiert, es lag eine unbezweifelbare Schönheit darin, daß sie ihm etwas anvertraute und er sich dieses Vertrauens würdig erwies. – Camille wirkte jedoch im weiteren Verlauf des Nachmittags mürrisch und unzufrieden.

Kurz darauf ließ sie ihm durch eine Freundin ausrichten, daß sie seine langen, manchmal schmutzigen Fingernägel peinlich fände.

»Nur an der rechten Hand sind sie lang. Ich spiele doch Gitarre. Sie sind zu weich. Wenn ich sie morgens saubermache, sind sie schon nach zwei Stunden wieder schmutzig«, verteidigte er sich – vor der Freundin, nicht aber vor Camille.

So entstand ein heimlicher Dialog zwischen ihnen, zu dem manchmal die offen ausgesprochenen Sätze oder das Verschweigen und Übergehen eines Themas paßten. »Du willst mit mir schlafen, obwohl ich erst vierzehn bin«, sagte Camille in der Stille eines visierenden Sportschützinnenblicks. – »Natürlich, wann und wo wollen wir es versuchen?« erwiderte Georg leichtsinnig. Und jetzt fügte sich das laut ausgesprochene: »Ich denke nicht daran, das auszunutzen!« ganz natürlich ein, als wäre ein nur fragmentarisch bekanntes Theaterstück durch den Fund eines Forschers endlich ergänzt worden.

Camille wurde neben der Pille auch ein Eisenpräparat verordnet, eine Flüssigkeit anscheinend, die auf ihren stets frisch gebügelten Jeans in Höhe der Leisten kleine rostfarbene Flecken hinterließ. Der Blick darauf, durch seine vermeintliche Absichtslosigkeit und Flüchtigkeit unterhalb der Zeitschwelle des verpönten Begehrens, bewirkte eine starke und doch auch unbestimmte Spannung.

Bei einem der wenigen Male, die Camille in Georgs Zimmer zu Besuch war, gelangten sie zum vorläufigen Höhepunkt ihrer sexuellen Nähe. Seine Hand arbeitete sich unter ihren Winterpullover, unter ein Flanellhemd, unter ein eng anliegendes T-Shirt und einen BH und lag dann glücklich und besinnungslos auf ihrer nackten rechten Brust. Sonst bewegten sie fast nur ihre Zungen, und plötzlich sagte Camille: »Bei dir schläft man ja ein!«

»Aber nein! Bei dir!« hatte Georg ausrufen wollen. Sie war ihm so starr und angespannt vorgekommen, daß er geglaubt hatte, vorsichtiger sein zu müssen als je zuvor. Dennoch traf ihn ihr Vorwurf, und er begriff es nicht recht, aber auf eine gewisse Weise handelte es sich nicht nur um Rücksichtnahme, sondern auch um Selbstverteidigung.

Also blieben zunächst die Rostflecken auf den feinen Rillen ihrer Jeans und Camilles Zungenküsse, mit denen sie durchaus freigiebig war.

Camille, nur einen Zentimeter kleiner als der hochgewachsene Georg, spielte Basketball in einem Mädchenverein. Auch das gehörte in den erotischen Zusammenhang, obgleich er ihr nie beim Spielen zuschaute. Später wurde ihm dieser Zusammenhang deutlich, als er Jean-Luc Godards Film *Je vous salue Marie* sah. Eine in die Gegenwart transportierte Jungfrau Maria wurde aus einem offenbar der biblischen Vergangenheit entspringenden Grund zeugungslos schwanger. In einer ausgefeilten Einstellung sah man ihr sparsam möbliertes, säuberlich aufgeräumtes Zimmer, auf dessen Bett ein Basketball ruhte, vollendet und still, eine Riesenorange, eine makellose Frucht aus der reineren Welt.

»Es war gleichsam das Idealbild Camilles«, sagte Georg zu

Hermann, als er das unwiederbringliche Licht, die Verzweiflungen und Erregungen der Tage mit Camille einzufangen versuchte. »Ein fortgeschrittener Liebhaber hätte allerdings daran gedacht, daß jede Orange diesen Punkt besitzt, an dem der Stil ansetzt. Bei den Basketbällen ist es der Nabel des Ventilzylinders.«

War er damals nur schüchtern gewesen, oder gab es auch eine Furcht oder ein ästhetisches Erschrecken davor, die Jungfräulichkeit zu zerstören, die heilige unsaubere Stelle zu suchen? Bei solchen hygienischen Betrachtungen fiel ihm später stets eine blonde hübsche Englischlehrerin seines dritten Gymnasialjahres ein, die einen fürchterlichen Mundgeruch verströmte. Mit spitzen Fingern hielt sie sein Vokabelheft vor der Klasse in die Höhe. Ein Pausenapfel, zu lange im Schulranzen gelegen, hatte das Heftchen mit braunen Flecken verunziert. Nachts war sie dann über ihn gekommen – Frau Doktor Köppler –, ein steinalter Sukkubus über Dreißig. Es war eine Art Gespritze zwischen ihnen gewesen, ein Geschiebe mit braunen Flecken, blondem Haar und rotem Nagellack, und das Gefühl hatte dem beim Urinieren entsprochen, wenn man es sich zuvor lange hatte verkneifen müssen. Diese aus den Unsauberkeiten erwachsenden kindlichen Sehnsüchte lagen während seiner Gehzeit mit Camille aber schon weit hinter ihm (weiter vielleicht als in der Erinnerung eines Vierzigjährigen). Frau Doktor Köppler unterrichtete immer noch Englisch in seiner Klasse. Im Wochenabstand warf seine Phantasie sie über eine Schulbank, und er spritzte nach allen Regeln der Kunst, wenn auch allein und in eine allein aus Buchstaben bestehende, sensationelle Gefühle versprechende Leerstelle jenseits der feinen rötlichen Kreise, die der Rand ihrer Seidenstrümpfe auf ihren Oberschenkeln hinterlassen mußte.

Camille verwarf so entschieden alles Schmuddelige und Unsaubere, daß er plötzlich seinerseits begann, gewisse Mängel zu entdecken. Beispielsweise hatte sie am Ende des einzigen Nachmittags, den er in der Wohnung ihrer Eltern verbrachte, großen Hunger und aß eine Dose in Paprikatunke eingelegte Heringe. Anschließend gingen sie zu der Turnhalle, in der Camilles Basketballverein übte. Zum Abschied küßte sie ihn lang und innig wie bei jedem ihrer Abschiede. Er begriff nicht, wie sie die Heringe hatte vergessen können. – War hier ihre Fähigkeit zur Leidenschaft sichtbar geworden, zu einem Moment des Selbstvergessens, der auf die Lust des anderen vertraute, so, wie ihn spätere Geliebte verschwitzt oder verschlafen oder während ihrer Menstruation empfingen?

Nein, sie handelte nur aus einem Machtgefühl heraus. In der elterlichen Wohnung hatten sie Schach gespielt, und Camille hatte, wohl gänzlich gegen ihre Befürchtungen, gewonnen. Der überraschende Sieg gab ihr das Recht, unangenehm zu sein. Es ging mehr und mehr um einen Zusammenhang von Macht und Schmutz, den Georg nicht recht begriff und der ihn zumeist hilflos und linkisch machte.

Einmal rauften sie spielerisch miteinander, im Stadtpark, in den Grünanlagen hinter dem Kaiserdom. Camille fiel unversehens heftig zu Boden, schlug mit dem Hinterkopf auf den gepreßten Kies eines Parkweges und lag für Sekunden regungslos. Zwei Tage zuvor hatten sie ihren fünfzehnten Geburtstag gefeiert. Alles hätte hier sein Ende finden können, ihre ganze verworrene Geschichte, für die es keinen Ausweg gibt. Georg glaubte die Schmerzen in Camilles Kopf zu spüren; im Moment des Aufpralls auf den Kiesweg war er in Camilles nun still daliegenden Körper gesprungen, und er sah einige Sekunden lang durch ihre Wimpern sein eigenes Bild, das eines Mörders, fassungslos, idiotisch jung, mit bis über die Brust fallenden Haaren und einem noch femininen Gesicht. Er wollte Camilles Sterben teilen, mit ihr aus der Welt verschwinden, in diesem Augenblick. Nie hätte er mit ihr raufen dürfen! Nie würde er, wenn ihn jetzt – als wieder aufrecht Stehenden und betroffen Herabsehenden – kein Blitzschlag traf, diesen schönen Kopf auf der Erde vergessen, in all den Zuchthausjahren, die ihn erwarteten und in denen er sein großes Buch zu Ehren Camilles schreiben würde, um seine Schuld der Welt zu offenbaren. Er ging in die Knie und beobachtete mit Entsetzen, wie sich die Schatten blattloser Äste über ihre Wangen bewegten. Sie hatte die Augen geschlossen, so daß man ihre langen Wimpern und die zart schimmernden Lider wie auf dem Gemälde einer Schlafenden studieren konnte. Aber mit einem Mal, an winzigen, jedoch untrüglichen Zeichen, begriff er, daß Camille ihn täuschte. Sie war gar nicht ohnmächtig geworden. Sie spielte ihm etwas vor und wollte nur sein schlechtes Gewissen und damit wieder einmal eine Form der Macht. Der Anblick der schwarzen Härchen in ihren Nasenhöhlen setzte sich in ihm fest.

»Wo bin ich?« fragte sie, nachdem sich ihre Lider wieder geöffnet hatten.

»Du bist bei mir«, sagte er. Damit konnte er sie nicht trösten. Er entschuldigte sich mehrmals. Sie gab ihm zu verstehen, daß es – für heute jedenfalls – keine Entschuldigung geben konnte. Und dennoch liebte er sie – er konnte und wollte nichts dagegen tun. Glücklich darüber, daß sie unverletzt war, ging er neben ihr durch den Park. All diese vertrackten Zusammenhänge würden sich auflösen, dessen war er gewiß. Das Abenteuer war ihre gemeinsame Zukunft in einer anderen, größeren Stadt. Mit sechzehn oder siebzehn würden sie miteinander schlafen und gemeinsam über diese traurigen Kämpfe ihrer unbefriedigten Körper lachen.

5

Im Laufe der Zeit hielt Georg sich für unentschlossen und verträumt, für einen bloßen Fleißarbeiter, für einen Idioten, der zwei intellektuelle Punkte nur durch die denkbar umständlichste Linie miteinander zu verbinden verstand, für einen langweiligen Bücherfresser, für einen Provinztrottel mit dummen Allüren, für einen traurigen, hoffnungslos untalentierten Bildermacher und in einigen – den schlimmsten – Fällen sogar für ausgesprochen normal. Nur dieses eine Jahr lang, vielleicht auch nur in den acht Monaten neben Camille, hegte er eine zuverlässige Meinung über sich selbst, zumindest in der Form eines überzeugenden Verdachts. Der LSD-Trip hatte bei ihm den Pfropf gesprengt, der in den Köpfen der meisten Leute zu stecken schien; seither arbeitete sein Gehirn ohne Unterlaß, denn es lag nahe, daß in ihm das Genie eines Sartre (wahlweise Schopenhauers, Heideggers usf.) biochemisch freigelegt worden und er infolgedessen verpflichtet war, sich auf das Leben einer Ausnahmeerscheinung vorzubereiten.

Es mochte die Skepsis Camilles gewesen sein, die die zuverlässige Meinung zum Verdacht hin schwächte. Im Stehcafé trafen sie auf den gleichaltrigen Sohn eines Autohändlers, der ebenso wie Georg den *Ekel* las. Er bezeichnete sich als Genie, vor allem in musikalischer Hinsicht.

»Das ist doch unglaublich! Was hat er denn komponiert? Was hat er denn gemacht?« rief Camille, als sie wieder allein waren.

»Vielleicht spürt es es nur«, meinte Georg. »Vielleicht kommt es bald zum Ausbruch. Er komponiert Sachen wie Stockhausen.« Daraufhin erntete er eine Menge ironischer und spöttischer Bemerkungen, die ihn zugleich einschüchterten wie für Camille gefangennahmen. Diese schnippische, herablassende Art hatte sie ihm gegenüber noch nie an den Tag gelegt. Obgleich sie selbst nichts hervorbrachte, verfügte sie über die Kraft einer urteilenden Instanz.

Was hatte er selbst nun gemacht, bis kurz nach seinem sechzehnten Geburtstag? Eine Geschichte im Stile Bölls geschrieben (trauriger Mann mit an den Rollstuhl gefesselter Frau beobachtet die frivolen Silvesterfeierlichkeiten in der gegenüberliegenden Villa eines Pelzwarenhändlers), den halben ersten Akt des Beckett-inspirierten Theaterstückes *Das Weiß* (ein Philosoph, ein irrer Psychoanalytiker und ein avantgardistischer Filmregisseur brachen pausenlos redend aus einer psychiatrischen Klinik aus), den fünfseitigen Auftakt eines Science-fiction-Romans, bei dem das letzte Exemplar der Spezies Mann auf einem ausschließlich von Frauen bevölkerten Planeten aus dem Kälteschlaf erweckt wurde (die Frauen trugen weiße, die Brüste freilassende Raumanzüge), Skizzen zu dem Drehbuch *Der Verschwindende* schließlich, eine geplante Kooperation mit Hermann, der gerade das Geld für eine Super-8-Kamera zusammensparte ... Es schien ihm besser, Camille nicht in die Einzelheiten dieser Projekte einzuweihen.

Tief in den Eingeweiden von *Das Sein und das Nichts* entdeckte Georg dann eine Passage, die erschreckend mit Camilles illusionsarmer Sicht der Dinge übereinstimmte. Es war die Spekulation über die Bedeutung eines jungen dreißigjährigen Schriftstellers (Weshalb jung? Dreißig – mein Gott, wieviel Zeit ihm da noch blieb!), der gerade sein erstes (!) Buch publiziert hatte. In dem Augenblick, in dem er ängstlich »auf sich wartete«, ob er Stoff habe, weitere Bücher zu schreiben, traf ihn der Tod (ins Herz, an einer Straßenecke – mit dem gleichen Resultat). War sein Buch nun hervorragend, dann konnte es ein bloßer Glücksfall gewesen sein. War es nicht sehr bedeutsam, hätte es dennoch den Auftakt einer großen Künstlerexistenz bilden können. So nahm der Tod dem Leben den Sinn. Denn wären dem Schriftsteller auch zehn Bücher geglückt – am Ende entschieden über seine Qualität oder Genialität nur die anderen Menschen und die unvorstellbare Zukunft, die auch ihr Urteil über folgendes fällten: *ob jene Pubertätskrise eine Laune oder eine Vorausbildung meiner späteren Selbsteinsätze war.*

Gut, sie würden herausfinden, was es zu bedeuten hatte, daß er sich immer häufiger ein *Entschuldigung* genanntes Attest für das Fernbleiben vom Unterricht ausstellte *(Mein Sohn Georg konnte infolge eines grippalen Infekts leider in der Zeit vom ... bis ... nicht am Unterricht teilnehmen)*, um sich – erzwungen durch die kalte Witterung – unter der Dauerberieselung mit deutschen Schlagern in der Bahnhofsgaststätte den Schriften Sartres und testweise auch Heideggers zu widmen oder die Dialoge für *Der Verschwindende* auszuarbeiten. Man würde vielleicht auch das Verhalten seiner Freundin beurteilen, die sich neuerdings über seinen unmäßigen Gebrauch von Fremdwörtern beklagte und der jener eigentliche, umfassende, von der nackten Existenz der Dinge ausgelöste EKEL trotz ihrer empfindsamen Reaktion auf schmutzige Fingernagelränder nicht beizubringen war. – Aber hatte er es denn wirklich versucht? Hatte er ihr jemals überzeugend dargelegt, daß das menschliche Bewußtsein zur totalen Freiheit verurteilt, daß alles Bürgerliche und Seriöse nichts als Lüge war, hervorgerufen von der existentiellen Angst vor eben dieser Freiheit? Oder hatte Camille es immer verstanden, von den wirklich packenden Themen abzulenken?

Sie erzählte ihm von einer Freundin, die sich zur Jugendgruppe der DKP hingezogen fühlte. Sie selbst hielt die Jungsozialisten für vernünftiger.

»Weder die einen noch die anderen lesen die Bücher von Marx«, erwiderte Georg.

»Woher weißt du das?«

»Ich habe sie gefragt.«

»Aber tust du es denn?«

»Ich habe gerade mit den Feuerbach-Thesen angefangen.«

Camille schwieg beeindruckt. Dann fragte sie nahezu kläglich: »Muß man denn alles lesen? Glaubst du das wirklich?«

»Aber nein – nur das Wichtige.« Georg schilderte ihr die Sartresche Figur des *Autodidakten*, eines lächerlichen Typs aus dem *Ekel*, der intellektuell zu sein versuchte, indem er sich wie ein Maulwurf entlang des Alphabets durch die Reihen der Bibliothek von Bouville fraß. »Er weiß alles und gar nichts. Zum Schluß kommt dann auch noch heraus, daß es sich um einen Päderasten handelt.«

»Einen was?«

»Einen Schwulen, einen Knabenschänder.«

Georg schwebte drei Sekunden lang in der Ungewißheit, ob Camilles sich versteifende Haltung (Ausdruck ihres profanen Ekels) dem Lese- oder Knabeneifer galt.

»Bouville«, überlegte sie. »Boue-Ville. Das heißt ja *Schlammstadt*.«

»Phantastisch!« rief Georg. Sein Fremdwörterlexikon hätte an dieser Stelle gegen Camille verloren, wäre er als unfreiwilliger Lateiner überhaupt auf die Idee gekommen, Bouville *etymologisch* zu nehmen. Schlammstadt begann mit S. Er war ganz stolz auf Camille.

»Oder Eiter-Stadt«, setzte sie kopfschüttelnd hinzu.

»Sehr schön!«

»Man sollte nicht nur lesen, sondern auch etwas tun«, sagte Camille dann zu seiner Überraschung.

»Etwas Politisches, meinst du?«

»Mein Bruder ist bei den Jungsozialisten.«

Georg schüttelte den Kopf, nickte – er wußte nicht recht, was er sagen sollte. Von Sartre war ja bekannt, daß er politisch sehr engagiert war und ein zweites, *Das Sein und das Nichts* an Umfang einholendes Buch mit politischen Thesen geschrieben hatte. Dennoch glaubte Georg, daß das Individuum in der Partei unterging, und er konnte das nicht gutheißen.

Camille stimmte ihm – erstaunlicherweise, sogar wie erleichtert – zu.

Wenig später zeigte eine Studenteninitiative im Keller der in S. beheimateten Verwaltungshochschule Erwin Leisers Film *Mein Kampf*. Sie sahen die Bagger, die die ausgemergelten Körper erfaßten, die schrecklichen passiven Bewegungen der Leichen, ihr Hinabstürzen in die Massengräber vor dem Hintergrund der Lagerbaracken. Leise verließ das Publikum den Kellersaal. Sie weinten nicht, als sie in der Winterdämmerung nebeneinander hergingen. Aber sie waren außerstande, ein Wort zu sagen. Ein Abgrund lag unter dem feuchten Trottoir. Eine nie gefühlte Kälte ging von den Metallmasten der Straßenlaternen aus, deren grünliches Eislicht ihren Gesichtern die Farbe nahm. Die mit sinnlosen Waren gefüllten Schaufenster, die nassen Blätter, die sich an ihre Stiefel klebten wie Hautstücke, die flachen Nachkriegsbauten, in denen sich kein Mensch zu regen schien, winterstarre Büsche, die an ihren obligaten US-Army-Parkas kratzten – sie erstickten an der Gleichgültigkeit der Dinge, die nichts bewahrt hatten, nichts bedeuteten, nichts verhießen außer der vollständigen Zerstörbarkeit des Menschen. Georg war sicher, daß Camille genau wie er empfand. Als sie sich zum Abschied stumm mit den Wangen berührten, wollte er ihr sagen, daß er sie liebe (nicht »lieb habe«) und wie leid es ihm tue, daß sie in dieses Schlammstädter Schülerleben verbannt waren, in dem man nichts ausrichten und nichts verändern konnte. Er brachte aber keinen Ton heraus, und er besaß noch nicht einmal ein Zimmer, über das er frei verfügen konnte, um ihr dort einen Tee zu kochen und sie beim Einschlafen in die Arme zu nehmen.

Nach diesem Abend masturbierte er einige Zeit mit einer gewissen Verachtung für den augenlosen, fast jede Nacht aufbegehrenden Stengel zwischen seinen Beinen; es handelte sich um ein bloße Abfuhrübung, die ihn Camille gegenüber sanfter und geduldiger machen sollte.

Schließlich ging ihm auf, daß es nicht genügte, die Dinge anzustarren und sich den Kopf darüber zu zerbrechen, daß sie die Unverschämtheit besaßen, ohne Regung und Begründung zu existieren. Er mußte sich selbst verstehen, den Menschen überhaupt, seine Begierden und seinen Wahnsinn, so wie Sartre auch nicht beim *Ekel* stehengeblieben war.

»Also lesen wir Sigmund Freud«, meinte Hermann. »Wir müssen das Unbewußte begreifen.«

»Es gibt sogar eine existentialistische Psychoanalyse«, fiel Georg ein (er hatte einmal waghalsig auf Seite 700 von *Das Sein und das Nichts* vorgeblättert). »Aber wann machen wir den Film?«

Sie beschlossen, noch bis zum Sommer zu warten. Neben Sartres theoretischen Büchern las sich *Die Traumdeutung* wie ein Unterhaltungsroman.

»Wann lernst du eigentlich für die Schule?« fragte Camille, aufrichtig interessiert.

»Nie«, sagte Georg ebenso aufrichtig.

Die meisten Schulfächer erschienen ihm so langweilig und seinem Genie abträglich, daß er unter der Schulbank bedeutsamere Bücher las. Seine Klassenarbeiten in Mathematik und in den Naturwissenschaften gab er bereits nach einigen Minuten ab, da er nicht sah, wie man sich in diesen Disziplinen als selbständiger Kopf erweisen konnte. Infolge heftiger Auseinandersetzungen mit einigen Lehrern, die er als Menschen begriff, die eine akademische Ausbildung genossen hatten, ohne vom Geist auch nur gestreift worden zu sein, hagelte es Verweise und Arreste. Seine Versetzung schien gefährdet, aus disziplinarischen Gründen und wegen eines Halbjahres-Zeugnisses von bestechender Schizophrenie, das sich zur Hälfte aus Einsen, zur anderen Hälfte aus Fünfen und Sechsen zusammensetzte, nur durch ein *Befriedigend* (Frau Dr. Köppler) in Englisch wie um einen nüchternen Drehpunkt vermittelt.

Camille sah dieser Entwicklung wohl befremdet zu. Daß sie sich fürchtete, entging Georg, wie ihm in der Neige des Winters die wehmütige Häßlichkeit der Schneereste an den Straßenrändern entging. Er sah und sah es nicht, und manchmal wagte er es auch, Camille in einer Mischung aus Vergnügen und Vertrauen auf ihre Liebe zu schockieren. So schloß er eine Wette mit Klassenkameraden ab, daß er, passend zu seinen schulterlangen Haaren, in der Schule im Minirock erscheinen würde. An dieser Sache, die natürlich ein Skandal war, mochte er später hauptsächlich den Humor seiner Mutter, die ihm, den Lachtränen nahe, ein schottisch kariertes Modell aus den fünfziger Jahren zur Verfügung stellte, das er mit entschlossenem Scherenschnitt noch verkürzte. Der Fahrer des Busses, mit dem Georg jeden Morgen zur Schule fuhr, schien einem Herzinfarkt nahe; die Klassenkameraden tobten; der Direktor brüllte ihn an. Allein der Religionslehrer war von Georgs These, daß Männer auch das Recht auf die Kleidungsstücke des anderen Geschlechts hätten, wenn Frauen in Jeans daherkämen, aufrichtig begeistert. Erstaunlicherweise setzte es dieses Mal keinen Arrest, aber dafür die heilige Abscheu Camilles, die Georg nun keinesfalls küssen oder umarmen wollte, sondern sich mit allen Kräften bemühte, Luft aus ihm zu machen, eine gefährliche Luft freilich, erträglich nur aus etlichen Metern Distanz in der gemeinsamen Raucherecke des Doppelgymnasiums, auf dem Georg den naturwissenschaftlichen und Camille den neusprachlichen Zweig besuchte. Es war leicht zu begreifen, daß sie sexuell irritiert war, daß sie das Transvestitenhafte von Georgs Aufzug schockierte und mit bizarren Phantasien verband, die ihr ausgeprägtes Über-Ich ihr nicht gestatten konnte.

Georg und Hermann dagegen machten sich nichts mehr vor. Sie erfreuten sich der permanenten Aufdeckung der polymorphen Perversion. Unnachgiebig entlarvten sie die Kastrationsängste in ihren Träumen (ausfallende Zähne und Haare), die Vaginalsymbolismen, die Manifestationen des Ödipuskomplexes. Für jede Regung, jedes Erröten und noch den scheinbar zufälligsten Versprecher gab es einen genau feststellbaren Grund. Weshalb also war Georg immer noch mit Camille zusammen, die außer ihren Schulbüchern allenfalls den einen oder anderen Roman las und ihre Tugend so gekonnt verteidigte?

»Sie ähnelt deiner Mutter«, fand Hermann, der diese Frage aufgeworfen hatte – und das war nun wirklich keine Erklärung, abgesehen von der Tatsache, daß Georgs Mutter eine großgewachsene ruhige Frau war. Kein Mädchen und keine Frau ähnelte Camille, denn sie hatte diesen unerklärlichen indianischen Zug, diese fast blauschwarzen Haare, diesen Goldbronzeton der Haut. Keine verstand es, so erhaben traurig auszusehen, keine war so mitreißend schnippisch und arrogant, wenn es um die Beurteilung von gemeinsamen Bekannten ging. Und es hätte ihm wohl auch keine andere so ernst und prüfend zugehört.

6

Im späten Frühling öffneten die Eiscafés der Stadt.

Eines davon gehörte dem Vater einer Schulkameradin. Georg und Camille saßen auf einer von Spiegeln eingefaßten, plastikbezogenen weichen Eckbank, die die Gesäße der Besucher nur mit bedauerndem Schmatzen entließ. Sie diskutierten, ob es moralisch vertretbar gewesen sei, das Töten und Bombardieren in Vietnam mit der Kamera zu beobachten. Georg beschwor die Fernsehbilder herauf, die der Krieg unauslöschlich in die Gehirne geschrieben hatte: das wimmernde, napalmverbrannte Mädchen auf der Straße nach My-Lai; die Exekution eines Vietkong durch den Saigoner Polizeipräsidenten mit jenem schrecklich lautlosen Kopfschuß. Es sei nicht mehr möglich, sich romantische Vorstellungen vom Krieg zu machen.

»Aber die Leute haben ihr Abendessen gegessen, während das in der *Tagesschau* kam«, sagte Camille.

Von diesem bemerkenswerten Gedanken lenkte das Eintreffen ihrer Schulkameradin ab. Brigitte grüßte zu ihnen herüber und stieg dann über eine Wendeltreppe in den Privatbereich des ersten Stockwerks. Ihre wie mit riesigen Eislöffeln geformten Brüste folgten der spiraligen Aufwärtsbewegung nach den lasziven Gesetzen der Masseträgheit. Camille hatte Georgs Blick wohl bemerkt. Deshalb beeilte er sich, sie zu küssen. Sie warf sich ihm entgegen, und die Hitze und Elektrizität unter ihren Pullovern erreichte ein kaum gekanntes Maß. Die Zündung erfolgte jedoch beim Hersteller der Eisbälle, dem fast zwei Meter großen fetten Cafébesitzer, der unversehens vor ihrem Tisch stand. Lauthals verbat er sich ihre »Hurereien«, verlangte sein Geld und wies ihnen dann die Tür, wobei er den Zehnmarkschein, den Georg ihm reichte, in seinen Pranken zerknüllte.

Georg, der Debatten mit Erwachsenen liebte, um ihre erstaunlich oft auftretende argumentative Schwäche unter Beweis zu stellen, fand zunächst keinen Angriffspunkt. Er begriff, daß der Eiscafébesitzer (wie er selbst auch) kein befriedigendes Sexualleben hatte und darüber erzürnt war. Als der Mann aber die sattsam bekannten Phrasen über die »heutige Jugend« drosch und damit kein Ende finden konnte, wurde das kleine rhetorische Hebelchen sichtbar, mit dem sich diese drei Zentner rechtschaffene Empörung aus dem Gleichgewicht bringen ließen. Möglichst kaltschnäuzig wies Georg den Wirt darauf hin, daß er seinem erklärten Ziel, das hurende Paar loszuwerden, selbst im Wege stand, indem er fortgesetzt Moral predige, anstatt endlich den Zehnmarkschein zu wechseln, damit sie, was er sich doch so dringend wünsche, unverzüglich das Café verlassen könnten. Außerdem sei der Begriff *Hurereien* im Jahre 1973 absurd. Der Wirt nahm daraufhin die Farbe seines Blaubeereises an. Es war ganz fürchterlich, und alle Gäste sahen ihnen zu.

Bei ihrem nächsten Treffen mochte Camille Georg nicht küssen. Schweigend gingen sie nebeneinander her. Als er den Mut aufbrachte, sie zu fragen, was denn nicht stimme, sagte sie erschrocken: »Ich mache Schluß, Georg!«

»Okay«, sagte er. »Wenn du das willst.«

Sie trennten sich sofort nach diesem Satz. Seine Erinnerung brachte nie mehr zutage, wer sich als erster abgewandt hatte. Er war sich nur sicher, daß er augenblicklich mit seinem Schmerz hatte allein sein wollen, als hätte sie ihm ein großes, vollkommen unverdientes Geschenk gemacht oder ein Messer in den Bauch gerammt. Seine Hände zitterten bei dem Versuch, sich eine Zigarette anzuzünden. Was sollte er jetzt tun? Der Schmerz war eine dröhnende Musik in seinem Inneren, die die Geräusche der Außenwelt übertönte. Sein Körper schien durchzogen von schwarzen Schlingpflanzen und feuerroten Striemen. Er ging die Hauptstraße auf und ab. Dann stapfte er durch die Seitengassen, ziellos, mit Blicken, die nichts festhalten wollten, als hätte ihm so das Kunststück gelingen können, sich in S. zu verirren. Bis zum Einbruch der Dämmerung war er unterwegs, stumpfsinnig und zirkulär wie eine Kugel in einem Flipperautomaten, ein Fiebergedanke in den morschen Gehirnwindungen der Stadt. Daß Camille ihn derart verletzen konnte! Plötzlich hatte er Angst. Es schien ihm, als dehne sich etwas unter dem Straßenpflaster aus, als kämen von irgendwoher tiefe, bedrohliche Töne, als sei ein augenhaftes opakes Glühen im Himmel – als hätten Reste der Droge aus jener farbdurchschossenen Nacht in seinen Zellen überwintert und strömten nun durch die hauchfeinen Membranen seiner Gehirnzellen, um ihn zurückzuholen. Er blieb stehen und atmete tief durch. Aber nein, das war unmöglich! Es verhielt sich doch genau umgekehrt wie auf dem Horrortrip: Er wollte gar keinen sinnvollen Gedanken finden, und wenn er auf seine Umgebung achtete, dann frohlockten die Häuser, Laternen und Schaufenster von S. geradezu über ihre sartresche Massivität, um ihm zu beweisen, daß sein Hochmut zerschmettert war durch einen einzigen Handstreich Camilles. Der Kaiserdom mit seiner Steinkälte und seinen dunklen, weihwassergetränkten Eingangsmäulern. Die erzbischöflichen

Flachbauten. Die Polizeistation. Die Stadtbibliothek. Ich werde dich nie verlassen, Amen, Scheiße! Dieser unsägliche Brunnen vor dem ebenso unsäglichen *Café Hindenburg*, in dessen Bassinrand man die Sätze eingemeißelt hatte: *Deutschland muß leben, auch wenn wir sterben müssen* und *Deutsche Frauen, Deutsche Treue, Deutscher Wein*.

»Wir sollten das Ding in die Luft jagen, mit ein paar Stangen Dynamit«, hatte er Camille vorgeschlagen und selbst dann keinen Beifall geerntet, als er hinzufügte: »Nachts, damit keiner verletzt wird.« Blöde Votze. Alberne, feige, oberflächliche (sic) Votze. Scheiß-Treue. *Deutsche Frauen!* Gut, er dachte wieder! Gut, er schäumte vor Wut! Er war ein Idiot gewesen, ein Bücherwurm, ein Schwätzer. Man mußte bösartiger, wütender, zupackender sein! Er knöpfte seine Jacke auf und begann zu laufen, erst unschlüssig, dann an Kraft und Rhythmus gewinnend. Die Mauern von Schlammstadt mußten von ihm abrücken, er würde sie zum Tanzen bringen. Sieben Kilometer bis zum Haus seiner Eltern. Eine Kraftprobe, ein Beweis. Camille würde es einmal bereuen, ihn, das einzige Schlammstädter Genie, verlassen zu haben. Er würde nie mehr mit ihr reden, er würde über sie hinwegsehen, wenn sie sich begegneten. Sie war nichts weiter als eine Randfigur im Leben eines zukünftigen düsteren Intellektuellen, der die Gesellschaft, in der er lebte, abgrundtief verachtete (und gleichgültig mit ihren Frauen schlief). Ein Nebensatz! dachte er wütend, diese willkommene Assoziation den grammatischen Analysen verdankend, die sie am Vormittag in der Schule hatten durchführen müssen. Schwacher Frühlingsregen fiel mit der Langsamkeit von Schneeflocken herab, flimmerte in den Lichtkegeln der Altstadtlaternen. Unaufhaltsam stürmte sein Körper voran – und mit diesem Lauf hätte das Kapitel beendet sein können, wenn nicht jenes Gesetz gewirkt hätte, das er einmal die *Grammatik der Nebensätze* nennen sollte. Er rannte an dem Eiscafé vorbei, aus dem man sie zwei Tage zuvor vertrieben hatte, rutschte gleich danach, als er um die Ecke biegen wollte, auf dem Kopfsteinpflaster aus, stieß schmerzhaft mit einer kleineren weichen Gestalt zusammen, wobei etwas mit dumpfem Knall zu Bruch ging, und schob noch im Fallen auch dafür die Schuld auf Camille, als handele es sich um einen besonders abgefeimten Trick, seine Niederlage zu vergrößern und diesen

Tag unvergeßlich zu machen. Instinktiv schützte er mit den Händen den Kopf der Frau, die er mit sich zu Boden riß. Zwei Gläser mit Sauerkirschen waren in ihrer Einkaufstasche zersprungen, und der Kirschsaft tropfte von seiner Hand, als sie sich aufrichteten und Georg Entschuldigungen zu stammeln begann.

»Du hast meinen Kopf gehalten!« rief die untersetzte blonde Frau verwundert. »Du hast meinen Kopf gehalten!«

»Ich ... ich weiß nicht. Ist Ihnen was passiert?«

»Mir? Nein, ich denke nicht. Aber deine Hand, ich glaube, du bist verletzt. Wir müssen sehen, wie schlimm es ist.«

Es fühlte sich nicht schlimm an, auch wenn er stark blutete. Ein Schnitt kurz unterhalb seines rechten Ellbogens.

Benommen stieg Georg eine Treppe in einem der schmalen Bürgerhäuser gegenüber dem Eiscafé empor, ein Papiertaschentuch auf seinen Unterarm gepreßt. Die Frau dirigierte ihn von hinten, indem sie eine Hand zwischen seine Schulterblätter legte. Im zweiten Stock schob sie sich an ihm vorbei, um eine Wohnungstür aufzuschließen. Sie stolperten gegen eine Kommode. Ein Bücherregal schwankte in einem diffusen orangeroten Licht. In der rechts angrenzenden Küche sprang zögernd eine mit gelber Farbe überpinselte Neonröhre an. Georgs T-Shirt und die Seidenbluse der Frau waren durchnäßt und von Blut und Kirschsaft befleckt, als seien sie gerade einem Krieg auf der inzwischen vom Regen überschütteten Straße entronnen.

»Es ist die Wohnung meiner jüngeren Schwester. Sie liegt im Krankenhaus«, sagte die Frau, wohl um die Popart-Bilder, die Yellow-submarine-Beleuchtung und die anscheinend in allen Räumen gleiche Tapete zu erklären, dieses zum Schielen verleitende Muster konzentrischer, sich von Tiefrot zu Grellgelb erhellender Farbringe auf braunem Untergrund. Im Küchenschrank fanden sie einen Verbandskasten. Die Frau zog Georgs Arm unter den Lichtkegel eines an ein Regal geklemmten Spots, um den Schnitt zu betrachten. Nachdem sie ihn mit Mull und einer elastischen Binde verarztet hatte, schlug sie ihm vor, sich zu waschen. »Wir sehen aus als hätten wir ein Schwein geschlachtet!« rief sie lachend und führte ihn über den Flur in ein kleines Badezimmer. Geschickt half sie ihm, das T-Shirt auszuziehen.

»Wie heißt du denn übrigens?«
»Georg.«
»Ich heiße Lisa«, sagte sie.
Sollte er sie duzen? Sie war gewiß vierzig. Ihre Stimme klang belegt, und ihre Bewegungen verlangsamten sich auf eine Art und Weise, die ihm die Kehle zuschnürte. Als sie mit einem Frotteelappen, den sie in warmes Wasser tauchte, seinen rechten Arm und seine Brust wusch, schloß er die Augen – minutenlang, wie ihm schien. Er sah Camille auf der Straße. »IchmacheSchlußGeorg IchmacheSchlußGeorg IchmacheSchluß-Georg«, wiederholte sie wie eine hängende Schallplatte, während das Wasser über seine Brust lief, rasch aufgefangen von der rauhen gierigen Zunge eines großen Tieres, das den Geschmack der Seife liebte. Er befand sich in einer vollkommen fremdartigen Welt. Es war wie zwischen den drei Krankenschwestern oder eigentlich und mehr noch wie in seiner aus diesem Umzingelungserlebnis gewonnenen Geschichte von dem Mann, der auf dem Planet der Frauen erwachte. Nur war er nicht im dritten Jahrtausend aus dem Kälteschlaf erwacht, sondern Camille hatte ihn einfach durch eine Wand in ein unbekanntes Paralleluniversum gestoßen, dessen Grenzen direkt durch S. verliefen, mit einem geheimen Zugang vielleicht nur an dieser einen Stelle gegenüber dem Eiscafé. Er betrachtete aufmerksam ein Zahnputzglas mit einer grünen Bürste, eine Tamponpackung, einen geöffneten, ziemlich verschmierten Schminkkasten, um sich erneut zu vergewissern, daß sich die Dinge nicht wie in seinem LSD-Trip verzerrten und aufzulösen begannen. Das gepuderte Gesicht der Frau, die nun mit den bloßen Händen über seinen Bauch fuhr, hatte zugleich etwas Intellektuelles und Schlangenhaftes, da sie eine schwarzgerandete Brille mit oval zugeschnittenen Gläsern trug, wie er sie nur aus Filmen kannte. Mit einer raschen Bewegung öffnete sie den Reißverschluß seiner Jeans. Nach der zärtlichen Waschung erschien es absolut folgerichtig, wie die Brutpflege bei gewissen Fischarten, daß sein zunächst noch kindlich schlaffer Penis in ihrem Mund verschwand. Die kleinen kratzenden Störungen ihres Brillengestells beeinträchtigten aber das natürlich Unterseeische dieses Vorgangs und machten ihm die ganze Ungeheuerlichkeit bewußt, so daß er bald fürchtete, die Frau mit seinen zitternden Knie zu stoßen.

»Du hast meinen Kopf gehalten, das war sehr schön«, sagte sie, ihn kurz entlassend und aufsehend. »Jetzt halte ich dein Köpfchen.«

Wie konnte man so etwas sagen? Vielleicht ist sie krank oder verrückt! dachte er. Erneut und energischer umschlossen, berührte er ihr glattes Haar, während sich ihr Scheitel langsam mit seiner Erregung hob. Sie wußte genau, was sie tat. *Fellatio.* Darum handelte es sich, das war das Wort. Es war in Ordnung, es stand in den Büchern. In freier Wildbahn hatte es etwas Bergendes und Zärtliches, aber auch erregend Gemeines, und in keinem Buch war je von diesem sachten Reiben der Zähne die Rede gewesen, obwohl es logisch war, denn er steckte ja in einem Mund. Wie endete Fellatio? Er konnte doch nicht ... Aber sie schien es zu ahnen und gab ihn mit einem spielerischen Widerstand und Vergnügen frei, so wie Kinder mit Hilfe eines Fingers ein Schnalzgeräusch erzeugten.

»Nimm mir die Brille ab«, flüsterte sie, und: »Hilf mir doch mit der Bluse« und »Ich bin doch nicht deine erste? Du bist so hübsch, mein kleiner Hippie. Du hattest schon andere, nicht wahr? Ihr bumst doch alle miteinander.«

Er nickte nur. Bumsen. Camille bumsen. Unmöglich. *Du willst mit mir schlafen, obwohl ich erst vierzehn bin!* Eine hervorquellende, seidenweiche Hitze und Glätte nahm sein Gesichtsfeld ein, die hier und da wie Lichtfiguren auf einer Wasseroberfläche feine hellere Hautrillen durchliefen. Ihn an den Armen mit sich ziehend, rollte sie plump nach hinten, auf eine Badematte. Er begriff, daß er ihr beim Ausziehen ihres knielangen grauen Flanellrocks behilflich sein sollte. Plötzlich gab es keinen Ausweg mehr, keinen einzigen Gedanken an Camille, keine Möglichkeit, in dieser gekachelten Enge einen Fehler zu machen, auch wenn sie beim Kampf mit ihren Kleidern gegen die Badewanne und das Abflußrohr eines Waschbeckens stießen. Sie führte seine Hände an ihren Slip. Es kam ihm vor, als schäle er eine mächtige weiße Frucht, die an den Rändern wie ein Porzellanteller blau geädert war. Ein Geruch nach Pfirsichen und übersäuerter Milch umfing ihn. Dann roch es intensiv und auf eine etwas traurige und vertraute Art nach Pilzen – wie auf allen feuchten Badematten –, und Georg sah unter einem geringelten Buschwerk den schimmernden vertikalen Mund mit den glänzenden Rändern und zugleich sein Raumschiff, das ihm angesichts der ausgebreiten Fülle fast bleistifthaft dünn vorkam. Zeitlupenartig und unaufhaltsam wie in einem perfekt geplanten Weltraum-Andock-Manöver schwebte es auf den ziemlich unbeteiligt oder sogar mürrisch wirkenden Fruchtmund zu. Weiches fremdes Haar berührte seine von einem blinden Piloten bemannte Spitze. Nichts oder allenfalls eine Sekunde des Hinabgleitens trennte sie jetzt wohl noch voneinander. Sein Blick verirrte sich über den Wölbungen ihres leise aus der Kehle lachenden Körpers. Dann überwand er einen kleinen Wulst oder ein anderes Hindernis, glitt wohl daneben, wurde von einer ruhigen Hand gefangen und wie zuvor von diesem Mund, der ihm jetzt keuchend entgegenlachte, so daß er zwei Goldkronen darin erblicken konnte, von der nicht mehr sichtbaren, erst gummiringartig widerstehenden, dann plötzlich schwammigen und vollkommen nachgiebigen Version zwischen Lisas Beinen verschluckt oder gar aufgelöst … Nach einer Weile wurde ihm klar, daß er sich bewegen mußte. Es fragte sich nur, wie (Auf und ab? Kreisförmig? Im Uhrzeigersinn?) und wie schnell. Aber der große weiße Körper übertrug seinen Rhythmus auf ihn, er brauchte nur zu folgen. Er hätte vor Begeisterung schreien mögen. Er war tatsächlich *in* einer Frau! Rein technisch gesehen, gab es vielleicht nichts Rätselhaftes an diesem Vorgang (außer der Tatsache, daß dies alles so funktionierte, wie es funktionieren sollte), und dennoch verstand er nicht genau, was mit ihm geschah, oder es geschah so vieles, daß er sich auf keine – noch nicht einmal seine am stärksten betroffene – Einzelheit konzentrieren konnte. Etwas zerbrach, etwas Unsichtbares, die gläserne Trennwand, die zuvor jeden weiblichen Körper verstellt und versiegelt hatte. Plötzlich war Lisa so nah, als würde er sie unter einem Vergrößerungsglas erblicken, nur daß es ja kein Glas mehr gab, sondern nur noch diese wahnsinnige Lupe des Raums, deren Brennkraft immer stärker wurde, bis er jede Pore dieses ihn umklammernden, stöhnenden Körpers begehrte und die Augen schloß, um gleich darauf dieses vertraute, allerdings tiefer und nachdrücklicher als je zuvor ansetzende Zucken an seiner Wurzel zu spüren. Lisas Sog verstärkte sich, und sie packte ihn fest an den Arschbacken, als wolle sie ihn wie ein kleines Kind zu ihrer Brust emporheben. Er mußte sie verlangsamen, wußte aber nicht, wie er es anstellen sollte.

Eine gewisse hygienische Verlegenheit war da noch – aber er konnte sich nicht mehr zurückhalten, und es war gewiß zulässig, es mußte so sein. Man spritzte nicht mehr herum, man bewunderte nicht mehr die rotgeschwollene einsame Erdbeerspitze, sondern man *ergoß* sich, aber was hieß das schon: Man schoß seine Seele jubelnd in die Nacht, und diese Nacht in Lisas Bauch überwölbte wie eine dunkle Kugel das gesamte morsche Stadtgehäuse von S. Seine Sintflut wurde frei und schäumte durch die Straßen. Sie füllte die Gassen. Sie stieg an den Mauern empor. Sie verschlang ganze Häuserzeilen, dieser bläschentreibende Tapetenleim der Lust, diese weiße Lava, dieser gallertige Nebel, der nun schon die Fenster und Dächer und Schornsteine überzog. Alles verschwand darin, selbst die Kuppeln und Turmspitzen des Kaiserdoms, das letzte, was man dann noch erblicken konnte wie durch eine trübe Eisfläche oder den Zuckerguß einer Torte hindurch, endlich bedeckt, endlich vollkommen bedeckt (irgendwo mußte Camilles Leiche dahintreiben, eine Fliege im flüssigen Milchbernstein). Stundenlang hätte er so verweilen können, ein auf einem atmenden warmen Berg ruhender Gott, der zusah, wie die Sonne über der von ihm übergletscherten Stadt versank.

Lisa rüttelte ihn sanft an der Schulter. Alles verkleinerte sich, gewann wieder die Konturen des engen, schlampigen Badezimmers. Er zog sich tropfend zurück. Sie verharrte noch eine Sekunde mit glasig gefülltem offenem Fruchtmund. Genau diese organische Sauerei war es wohl, die Camille immer befürchtet hatte.

»Gib mir bitte dieses Handtuch«, sagte Lisa kopfschüttelnd und lächelnd. »Du warst sehr produktiv.«

Und ja, natürlich konnte man jetzt auch lachen, man konnte – und genau das war anscheinend das richtige – gerade jetzt zuvorkommend und *höflich* sein. Erst hinter der Trennscheibe hatte die Höflichkeit überhaupt einen Sinn.

»Es war doch nicht dein erstes Mal?« fragte sie plötzlich eindringlich und wie erschrocken.

»Nein«, sagte er. »Wir bumsen ja alle miteinander. Aber –«
»Ja?«
»Es war irgendwie großartig«, sagte er, »irgendwie –«
»Irgendwie?«
»Großartig. Ich meine: Es war das erste Mal.«

Als sie seinen Armverband noch einmal erneuert hatte und Georg zur Wohnungstür brachte, knapp zwei Stunden später, fiel ihm auf, daß er in der Pause vor dem zweiten Mal (ohne viel zu sehen, in einem quietschenden mit fliederfarbener Wäsche bezogenen Bett, jetzt ganze fünf Minuten durchhaltend) unentwegt geredet hatte: über Sartre und den Tod, über die Schule, über seine Schreibversuche und schließlich auch über seine unglückliche Liebe zu Camille.

»Such dir ein fröhlicheres Mädchen, eines, das gerne tanzt«, riet ihm Lisa.

Er würde sie nicht wiedersehen, da sie in S. nur zu Besuch war; ihre jüngere Schwester werde vielleicht schon morgen aus dem Krankenhaus entlassen.

»Ich war verrückt, als ich dich mitnahm«, sagte sie, ihn sanft aber nachdrücklich durch den Flur schiebend. »Aber manchmal muß man verrücktspielen. Merk dir das, mein kleiner Hippie, wenn es dir schlechtgeht. Mach etwas Verrücktes, bevor du auf die Idee kommst, dir etwas anzutun.« Kurz blieb sie vor einem Bücherregal stehen, und ihre zärtlichen grauen Schlangenaugen musterten ihn genau. »Nimm dieses Buch mit, als Andenken. Wenn du klug bist, dann begreifst du auch die Mathematik. – Und komm nicht wieder, verstehst du? Ich will nicht, daß meine Schwester Ärger hat. Wir hatten ein schönes Erlebnis. Daran erinnern wir uns, ohne darüber zu reden, nicht wahr?«

»Ich will nicht gehen, ich will mit dir leben«, sagte Georg.

»Dummkopf, geh und such dir ein liebes Mädchen. Aber sag ihr nie, was du schon weißt.«

Er schämte sich und ging. In der Dunkelheit konnte er den Titel des Buches nicht entziffern. Er war zu aufgewühlt, um im Schein einer Laterne oder vor einem Schaufenster stehenzubleiben. Der Regen hatte aufgehört. Eine knappe Stunde marschierte er durch die Frühjahrskälte und wußte nicht, ob ihm alles ungeheuer leicht oder ungeheuer schwer erscheinen sollte.

Leider war seine Mutter noch wach, als er um Mitternacht zu Hause eintraf. Hatten sie beide nicht eine Absprache, was das Ausgehen betraf? Werktags bis zehn Uhr, am Wochenende bis Mitternacht? Er verhielt sich demütig. Sie war ein Jahr jünger als Lisa, mein Gott.

Endlich sank er in das Bett, von dem aus er einmal direkt ins Weltall gestürzt war. Camille erschien. Ich mache Schluß, Georg, ich werde dich nie verlassen, Georg, ich mache Schluß, Georg. Er war von ihr verraten worden und hatte alles verraten. Wo hatte er nur Lisas Buch hingelegt? Es wurde schwarz, schwärzer. Kleine halluzinogene Lichter tanzten vor seinen Augen. Er sah Camilles empörten und staunenden Blick, das verärgerte Gesicht seiner Mutter, die seinen verbundenen Arm und sein rotgeflecktes T-Shirt betrachtete (Kirschsaft, eine Party, er hatte sich an einem Glas geschnitten), und Lisas weiche Hände auf seiner Brust. Was sollte er nun fühlen? Er schien in seinen eigenen Körper zu stürzen wie in einen Brunnen. Vielleicht starb er jetzt. Einfach so, ohne bemerkenswerten Gedanken. Aber er hatte es geschafft, hier, in S. Er hatte die Vollkommenheit des Lebens erreicht!

7

Sie lasen bei Freud, daß nichts schmerzlicher sei als der Verzicht auf einmal gekannte Lust. Georg neigte dazu, nichts tiefsinniger zu finden als diesen Satz. Dreimal stand er abends vor dem Haus gegenüber dem Eiscafé, in der Hoffnung, er könne eine zufällig aussehende Begegnung mit Lisa arrangieren. Am letzten Abend erschien dann tatsächlich eine untersetzte blonde Frau. Ihr Haar schimmerte in der Dämmerung, und die einmal gekannte Lust ließ ihn vor Erregung zittern. Er überquerte vorsichtig die Straße. Er betete (wie er zumeist nur bei solchen Gelegenheiten oder großen körperlichen Schmerzen betete), sie möge sich über seine Anhänglichkeit freuen und ihn noch einmal mit ihren weichen Mündern verschlucken. Die Frau sah ihn jedoch nur erschrocken an. Ihr Gesicht war jung, knochig und fahl, ausgezehrt von einer langen Krankheit. Was konnte er sagen? Daß er ihre Tapeten kannte, ihr Badezimmer, den Körper ihrer älteren Schwester vor dem Hintergrund der fliederfarbenen Wäsche ihres Bettes? Hastig erkundigte er sich nach der Uhrzeit.

Er redete mit niemandem über Lisa. Seine Freunde hätten es ihm ohnehin nicht geglaubt; wenn er niedergeschlagen und kraftlos wirkte, schoben sie es auf die Trennung von Camille. Das war ganz und gar nicht falsch, und vielleicht lag eben darin – ob nun Freud widersprechend oder ergänzend – das Entscheidende: der Verzicht auf eine nie gekannte Lust, auf die paradiesische Ungeheuerlichkeit, die es bedeutet hätte, mit einer keuchenden, seidenglatten, fassungslosen Camille nackt in einem Badezimmer zu liegen.

Als er Camille einige Tage nach der Trennung in der Raucherecke des Doppelgymnasiums begegnete, lächelte er ihr entgegen seiner Absicht so freundlich und zuvorkommend zu, daß sie errötete und anscheinend sogar zu schwitzen begann. Diese Erhitzung rief auf der Assoziationsbahn seines verzweifelten abendlichen Laufes die Umarmungen mit Lisa zurück, so deutlich, daß er glaubte, seine Kleider fielen von ihm ab inmitten der rauchenden Gymnasiasten und sie könnten zusehen, wie er sich über Lisas üppiges aufgespreiztes Fleisch beugte, oder zumindest den erregenden Pilzgeruch wahrnehmen, der noch immer aus seinen Poren zu strömen schien. Erika und Monika schienen an diesem Tag außerordentlich stark an ihm interessiert. Irgendwo, irgendwann auf diesem Cliquen-Karussell, dessen unberechenbare, rasch veränderliche Kräfte die Körper in Parkanlagen und Partykellern aneinanderpreßten und trennten, hatte er sie beide schon einmal geküßt, das ein oder andere an ihnen gesucht. Jetzt, wo er wußte, was es zu finden gab, fühlte er sich verflucht erwachsen und verflucht hilflos zugleich. Die Blicke Camilles trafen ihn mit einer kaum erträglichen Intensität. Am Ende der Pause verfolgte er mit der Sucht der Niederlage nach Präzision, wie sie hinter Waschbetonpfeilern und teils mit Folie verklebten Glasflächen verschwand, lautlos und sequentiell, in Standbildern des Abschieds, und er hatte Tränen in den Augen. Er nahm sich vor, nie wieder die Raucherecke aufzusuchen. Neben Hermann ging er auf den naturwissenschaftlichen Betonblock zu, der durch einen überdachten Weg mit dem neusprachlichen Betonblock verbunden war. Bei jedem Schritt schien ihm etwas deutlicher zu werden, als öffne sich ein auf einen Vorhang gemaltes Bild vor dem Hintergrund einer schmerzlich mathematischen Konstruktion. Diese Konstruktion unterschied sich auf der Oberfläche nicht vom Bild des Vorhangs; sie zeigte diese tiefere, bestürzende, haltlose Art des Sehens an, die er schon einige Male erlebt hatte, die im Grunde ein Wegnehmen war, ein versagender Schutz, als hätten alle Dinge zuvor eine unsichtbare Haut besessen, die nun endgültig zerriß. Er sah die gläserne Eingangstür, den Kiosk des Hausmeisters, die eisernen Papierkörbe, die von kartenspielenden Quartanern umlagerten Tische der Aula, als wäre gerade das Urteil über ihn verhängt worden, die nächsten tausend Jahre hier zu verbringen. Weshalb packte ihn dieses Gefühl einer unendlich zähen, trostlosen Zeit, das ihm sogar seinen eigenen Körper verleidete, dieses unglücklich zwischen einem Jungen und einem jungen Mann steckende, linkische und nervöse Ding, das auf den Steinfliesen des zentralen Treppenaufganges emporstieg, umfangen von der dunklen Masse der anderen? Nun, sie waren – ihn selbst (halb, nahezu) eingeschlossen – nichts anderes als junge Schleimtiere, die sich unsterblich wähnten. Sie sahen nicht die geringste Veranlassung, jetzt und sofort etwas Außergewöhnliches zu leisten, zu lernen oder zu erleben. Sie fanden sich mit dem ab, was man ihnen vorsetzte, hofften auf ein paar Witze und gute Noten und ein friedliches Dahinvegetieren zwischen Blumenkübeln, Kartenständern und Fotokopierern. Dieses laue organische Miteinander und Gegeneinander vor den kreidebeschmierten Schultafeln genügte ihnen offenbar. Ihre Ängste waren camillisch, ihre Wünsche camillarisch, ihr trübes camillistisches Schicksal, in dem sie sich jenseits von Freiheit und Verantwortung wälzten, war der Schlamm, in dem sie als bewußtlose camilloide Onanisten die Jahre bis zum Abitur verbringen würden.

»Das muß man erst einmal verstehen: Die Hölle sieht ganz normal aus, irgendwie ganz erträglich. Es gibt Schallplatten, Rockkonzerte und Kaffeeautomaten«, sagte Georg zu Hermann. »Das eben ist der Trick. Wenn sie uns alle in Kittel stecken würden, wäre die Sache zu deutlich.«

In der Folge beleidigte er einen miesen kleinen Napoleon von Sportlehrer (»Ich fürchte, Sie leiden an einem Minderwertigkeitskomplex«), die sechzigjährige Deutschlehrerin, die sich mit der Anzüglichkeit einer Mae West, der Figur einer Magenkranken und dem Gesicht eines Kragengeiers vor ihnen auf dem Pult räkelte (»Wenn Sie als Lehrerin den Kategorischen Imperativ nicht kennen, wie wollen Sie dann Schiller verstehen?« – Replik: »Mein lieber Georg, du bist doch ein armes Würstchen.« – Unterdrückte Replik: »Sie wollen wohl mein

Würstchen sehen?«), den holzbeinigen (70 Kilometer vor Stalingrad, nicht gründlich genug operierender Rote-Armee-Granatsplitter) Geographen, der Anekdoten aus dem Rußlandfeldzug zum besten gab – und schließlich erwischte man ihn, da er sich ja von Camille fernhalten wollte, beim Rauchen außerhalb des Sperrbezirks. Im Rahmen einer Direktoratskonferenz (»Ich begreife nicht, weshalb hier zehn erwachsene Leute wegen einer Zigarette, die ich am falschen Ort geraucht habe, ihre Zeit vertrödeln. Haben Sie nichts Wichtigeres zu tun?«) drohte man ihm den Schulausschluß an. Das ängstigte ihn nicht besonders, da er hinter zehn verdrießlichen Gesichtern nur die zehn blanken Schädel sah, die aller Wahrscheinlichkeit nach dreißig Jahre vor seinem eigenen in der Erde vermodern würden.

Seine *Entschuldigungen* wurden immer zahlreicher. Da die Möglichkeit des arithmetischen Ausgleichs der Sechsen durch die Einsen auf zwei Fächer begrenzt war, gab es bald keine Hoffnung mehr auf die Versetzung in die Oberstufe.

»Ich war wütend, aber ich mochte sogar den ein oder anderen Lehrer. Manche wiesen Anzeichen von Intelligenz auf«, erklärte Georg Hermann zwanzig Jahre später (auch da konnte er nicht über Lisa sprechen).

»Du warst mutig, damals. Ein *armes revolutionäres Würstchen, ein kleiner RAF-Sympathisant,* wie die alte Mechthild immer sagte, wenn du ihr den Spaß an Schiller und Kleist vermiesen wolltest.«

»Die RAF interessierte mich nicht, sie hatten keinen Philosophen. Ich war vorlaut, besserwisserisch und ignorant wie so viele unerträgliche Menschen in meinem Alter. Und ich hatte eigentlich nur zwei große Fragen: Welchen Sinn hat das Universum, und weshalb verläßt mich Camille, anstatt mit mir zu vögeln? Diese Monate waren meine erste großangelegte Übung in Melancholie.«

Georgs Mutter, den Ernst der schulischen Situation noch verkennend, sprach leichthin vom *Weltschmerz.*

Heftig verwahrte er sich gegen diesen Begriff, denn anscheinend wollte sie damit ein pubertäres Phänomen abtun. Die *Welt* konnte kein pubertäres Phänomen sein, und daß sie oder ihr Anblick *schmerzen* konnte, mußte erst einmal philosophisch erklärt werden. Sartre hatte den Ekel mit der Seinsfülle begründet, mit der widerwärtigen Prallheit der Existenz. Der Schmerz dagegen – und dies war nun seine eigene, gewiß publikationswürdige Theorie – mußte aus dem Nichts kommen: einmal aus dem amorphen Nichts, das über seiner mit höllischen Banalitäten gleichsam fugenlos ausgefüllten Heimatstadt S. lag, einmal aus dem scharf umrandeten und infolgedessen brennspiegelhaft wirksamen, gewissermaßen lokalen Nichts, das aus der Abwesenheit Camilles in seinem Leben resultierte. In einer Fernsehzeitschrift fand er die Fotografie einer Schauspielerin, bei der er nur die Kinnpartie abzudecken brauchte, um direkt in Camilles Augen zu sehen. Immer wieder berauschte er sich an dem Effekt, den dieser fotografierte Blick auf ihn ausübte. Wenn er die Zeitschrift in die Hände nahm, war ihm zumute, als balanciere er über die Tragfläche eines Flugzeugs. Der Blick Camilles stürzte ihn hinab, in den dunklen Organismus einer Gewitterwolke.

Die Erinnerung an den Abend mit Lisa machte es ihm nicht leichter, zumal die zweimalige Verschlingung ihrer Körper immer verrückter und erfundener erschien, aber doch einmal existiert hatte, wodurch sie womöglich der von Sartre erwähnten Kategorie des *flimmernden* Nichts zuzuordnen war. Nur im Augenblick der Tat, als das vaginale Nichts um seinen Schwanz herum für Minuten verschwunden war, hatte er Camille völlig vergessen. Folglich brauchte er die baldige, fortgesetzte, skrupelloseste Wiederholung. Er starrte die Mütter seiner Freunde an, sofern sie einigermaßen hübsch und in Lisas Alter waren, da sie doch ähnlich erfahren sein mußten; sie hielten sich aber zunächst so vollkommen bedeckt wie der Sartresche Kellner, der sich vollkommen für einen Kellner hielt.

Ein weiteres Mal las Georg *Der Ekel*. Das Buch erschien noch perfekter und zutreffender, da er nun wie Antoine Roquentin eine Geliebte verloren hatte. Es blieb nur die Hoffnung auf die surreale Katastrophe. Die Steine würden nach oben fliegen, die Bürgersteige aufbrechen und Blut spritzen, Wildfremde auf den Straßen vögeln, unsichtbare Wände sich auftun, um nie dagewesene Gestalten mit zwölf erigierten Schwänzen zu offenbaren, die sich unter schreiende Mädchenklassen mischten. Zu Gehirnen mutierte Wolken würden herabfallen und die Passanten mit ihren ungeheuerlichen, bildwerdenden Gedanken zu Tode erschrecken. Jeder begänne mit jedem zu diskutieren unter Vernachlässigung sämtlicher Bürgerpflichten. Wohin man auf den Straßen auch sähe, es gäbe nur Autounfälle oder tiefe Krater im Asphalt, aus denen langustenähnliche Wesen hervorkröchen. Infolge der allgemeinen Verwirrung müßten die Büros und Fabriken geschlossen werden. In den Kirchen entstünden grandiose Bordelle, die Amtsstuben würden verwahrlosen, Politiker und Manager sähen sich von einer Sekunde auf die andere in Schweine verwandelt, Schulen würden zu Laboratorien, in denen man Metaphysik und Gruppensex betrieb, während die wahren Denker wie Georg in aller Seelenruhe durch diesen zur Realität mutierten LSD-Trip schritten (den sie ja schon einmal überlebt hatten) und die Grundlagen einer neuen, magischen Physik erstellten.

Bis in den November hinein, in dem ihm die Ölkrise mit leergefegten Straßen und ihren aufgeregten Visionen zusammenbrechender *Infrastrukturen* zu Hilfe kam, gönnte er sich immer wieder diese ermunternden Tagträume, flackernde, wüste Projektion des Nichts auf die langweilige Folie der Stadt, in der technischen Form einer Überblendung. Er nahm diese Phantasien jedoch immer weniger ernst, und in bescheideneren Zuständen verlangte die saisonale Karte seines Gefühls nur eine gewisse Harmonie der Umgebung, also vorgezogenen Winter mit Eisstürmen und Hagel, undurchdringliche Frostnebel und ewige Dämmerung.

Die kalendarische Notwendigkeit brachte indes den Frühsommer, den Juli, eine gescheiterte Versetzung, schließlich Ferien und den Entschluß seiner Eltern, ihn auf ein anderes Gymnasium in einer größeren, zwanzig Kilometer entfernten Stadt zu schicken. Oder bildete er sich etwa ein, ohne Abitur und Studium der berühmte Intellektuelle werden zu können, der er so gerne sein wollte? Konnte er sich einen geeigneten Beruf ohne Schulabschluß vorstellen?

»Fliesenleger oder Badezimmerfabrikant«, sagte er trotzig, im Hinblick auf die gekachelten Lusträume des Paralleluniversums, in denen ihn der real und tatsächlich existierende weich umrandete Schlitz in einem Frauenkörper empfangen hatte.

Sein Vater bekam einen Wutanfall. Er würde wohl am besten in eine Fabrik gehen!

»Warum nicht«, sagte Georg, denn es erschien ihm lehrreich,

das wirkliche Proletariat und seine unkomplizierten jungen Frauen kennenzulernen.

Er ging zum Friseur und kehrte mit einer gemäßigten Prinz-Eisenherz-Frisur zurück. In der sechswöchigen Ferienpause zwischen den Gymnasien mußte er eine Methode finden, mit der er die Aussicht ertragen konnte, noch wenigstens vier Jahre lang Schüler zu sein und in S. wohnen zu müssen. Er hatte kein Geld, um mit einer Gruppe von Freunden per Interrail-Ticket durch Europa zu fahren, und wollte auch keinen Job annehmen, um sich die Reise zu ermöglichen. Nur wenn man allein unterwegs war, erlebte man etwas – sei es während eines LSD-Trips oder durch den Zusammenprall mit einer älteren Frau infolge eines verzweifelten Dauerlaufs. Um aber allein durch Europa zu fahren, fehlte ihm der Mut, und dies hing auch mit einer Ahnung zusammen, daß die endlosen Zugfahrten, die das Ticket ermöglichte, nur etwas zeigen würden, dem er erst viel später gewachsen wäre: das Bild Camilles in einem Rahmen von Schlaf, Lust und Schmerz.

Er blieb also in ihrer und seiner Stadt, entschlossen, jeden freien Tag zu ertragen und für sich zu nutzen. Am Morgen stand er zeitig auf und lernte eine Stunde Algebra, um eines Tages Lisas Buch zu verstehen, das eine anscheinend für sämtliche Wissenschaften wichtige Behauptung eines Mathematikers namens Gödel mit zahlreichen Formeln illustrierte. Dann fuhr er mit dem Bus in das Zentrum von S., vorbei an den Schauplätzen seiner langen Spaziergänge und verwickelten Szenen mit Camille. Wenn ihm bestimmte Augenblicke wieder einfielen, machte es ihn fassungslos, wie der helle Sommer und die Freiheit der Tage die Traurigkeit und Sehnsucht zu steigern vermochten. Aber von Tag zu Tag verringerte sich der Schmerz, fast gegen seinen Willen, so daß jedesmal, wenn er das aus der Fernsehzeitschrift geschnittene Bild Camilles betrachtete (die Schauspielerin war fünfzehn Jahre älter, und gewissermaßen vermißte er dann Camille in einer Lisa-ähnlichen Form, ein bloßes Phantom also, die Ausfüllung eines Nichts mit einem flirrenden Nichts), die Gewitterwolke etwas weniger dunkel und etwas weniger abgründig erschien. Etwas wie ein unsichtbarer Nebelfahrstuhl brachte ihn immer schneller an die sonnige Oberfläche der Hölle zurück.

Wenn er dann mit einem neuen Buch aus der Stadtbibliothek

den Schatten des Kaiserdoms durchschritt und ihn das Smaragdlicht der großen zum Rhein hin gelegenen Wiesen empfing, genoß er seine Einsamkeit und gewann eine ihm selbst rätselhafte Zuversicht, daß sich alles klären würde. Das war wohl, wie es am Ende von Sartres Buch hieß, das *Lächeln des Parks*, das wahre Geheimnis der Existenz.

Im Park lernte er einen Rentner kennen, mit dem er einige Schachpartien spielte. Der mit rasselnden Lungen seine Zigarrenstummel rauchende Mann erzählte Georg, wie er aus der Wehrmacht desertiert war. Auf einem gestohlenen Pferd konnte er, von Ungarn kommend, die österreichische Grenze erreichen und war bis Kriegsende von einem Bauern versteckt worden zum Dank dafür, daß er ihm das Pferd zum Geschenk gemacht hatte.

Vielleicht ist das meine Bestimmung, dachte Georg, vielleicht bin ich der geborene Deserteur. Aber wo war der Krieg, das konkrete unmenschliche Ereignis, dem er so viel lieber als der von zugigen Löchern des Nichts durchbohrten und doch wieder vollkommen kompakten, teigig-klerikalen Seinsfülle seiner Heimatstadt entlaufen wäre?

Ebenfalls im Park geriet er an einen französischen Soldaten, der von phänomenologischer Ontologie nicht die leiseste Ahnung hatte, aber Georg gerne küssen wollte. Georg stellte fest, daß seine Fähigkeit zur polymorphen Perversion schon von dem versuchten Zungenkuß eines Schwulen beschränkt wurde, und er stieß den glücklicherweise schmächtig gebauten jungen Soldaten von sich.

Einige Tage später lud ihn ein buntes, ziemlich verwahrlost aussehendes Grüppchen unter den im Sommerwind schaukelnden Ästen einer großen Weide ein, sich zu ihnen zu setzen. Sie amüsierten sich darüber, daß Georg weder Marihuana rauchen noch Rotwein aus einer Zweiliterflasche trinken wollte. Ein blasses Mädchen mit erschreckend knochigem Oberkörper schmiegte sich an ihn, nachdem er seine bürgerlichen und antibürgerlichen (wodurch unterschieden sie sich von anderen hirnlosen Konsumenten?) Abwehrinstinkte unterdrückt und sie ihn dazu überredet hatte, einige Akkorde auf einer im Gras liegenden Gitarre zu spielen. Um sich ihrer zu erwehren, fragte er sie aus wie ein Sozialarbeiter. Sie entstammte nachweislich dem Proletariat, in ihrem ganzen Leben hatte sie nur ein Buch

(Der Fänger im Roggen) gelesen, und die Erkenntnis eines Höheren drang ausschließlich durch die entsetzlichen, von kleinen Blutergüssen unterlaufenen Einstiche in der Innenseite ihrer Armbeuge in sie ein. Nach einigen sanften feuchten Küssen, die sie ihm aufdrängte, griff sie ihm vor den Augen der anderen zwischen die Beine. Ihre Freunde amüsierten sich sehr darüber, und sie schlug ihm vor, eine einsame Stelle zwischen den Büschen aufzusuchen. Plötzlich fühlte er sich ganz und gar aus einem camilloiden Material gefertigt: spröde, aufreizend und eisern darauf bedacht, sich nicht wegzuwerfen. Mit einer Ausrede und einem nachwirkenden schlechten Gewissen machte er sich aus dem Staub.

Kurz darauf begegnete ihm Camilles beste Freundin. Sie tat sehr geheimnisvoll. Das leiseste Zeichen der Ungeduld genügte jedoch, ihr zu entlocken, was er so genau gar nicht hatte wissen wollen. Des Pudels Kern war sein Bart, ein schwarzer Lockenbart, der sich Camilles verbriefter Aussage nach weich wie das Fell des besagten Schoßtieres anfühle. Hubert, ein achtundzwanzigjähriger Grafiker, dem zuliebe sie Georg verlassen hatte, besaß einen grasgrünen Sportwagen und zwei Dalmatinerhunde. Als Georg seinen Nachfolger einige Tage nach dieser Enthüllung an einem Kneipentresen kennenlernte, erfüllte ihn vor allem die Furcht, daß der andere Geist besitze. Hubert, offensichtlich im unklaren über Georgs Rolle im Camilleschen Spiel, zerstreute die Furcht mühelos und vollständig in nur wenigen Minuten und lud Georg zu einer »Vernissage« ein. Daraufhin kultivierte Georg (später zweifelnd, ob er diese Entwicklung bedauern sollte oder nicht) für lange Jahre den Verdacht, daß sich die kleine Kunst und die große Dummheit naturgemäß in der Bohème verschwisterten.

Er wollte Klarheit und Logik, aber auch das Bizarre und künstlerisch Gewagte, das sich ihm auftat, wenn er Sartre las, in Lisas seltsamem Buch blätterte oder die frühen Filme von Buñuel und Faßbinder sah, die das Fernsehen, sichtlich erschrocken über den eigenen Mut, zur fortgeschrittenen Nachtzeit brachte. Die Logik konnte sich jedoch auch gegen ihn richten.

»Wenn das Bewußtsein immer Bewußtsein von etwas ist, dann heißt das doch noch nicht, daß das Etwas, von dem das Bewußtsein Bewußtsein ist, nicht vom Bewußtsein gemacht wird. Ich kann mir ja auch einbilden, daß ich mir etwas einbilde, obwohl alles meine Einbildung ist«, sagte Hermann am Gipfelpunkt einer Diskussion über den Solipsismus.

»Kann deine Einbildung aber so genau sein, daß du immer wieder Dinge entdeckst, die du nicht gewußt haben kannst?« erwiderte Georg.

»Du glaubst nicht an Gott, das weiß ich. Aber du bist doch so logisch. Alles hat seinen Grund, seine Ursache. Wenn du jetzt aber immer weiter zurückgehst, dann muß es doch einen Anfang geben – die erste Ursache«, sagte Georgs Mutter. »Das nenne ich eben Gott.«

»Gut, da mag ETWAS sein. Aber woher weißt du, daß ES katholisch ist?« rief Georg.

In beiden Fällen erschienen ihm die Antworten, die er gefunden hatte, nicht schlüssig genug. In beiden Fällen hatten ihn philosophische Amateure aus dem Gleichgewicht gebracht, ohne daß ihm das kiloschwere Werk Sartres zuverlässig zu Hilfe gekommen war. Die mangelnde Schärfe und Klarheit des Gedankens traf entweder ihn selbst, insofern er *Das Sein und das Nichts* nicht recht begriffen hatte, oder – aber das erschien ketzerisch! – sogar die Person des französischen Meisterdenkers.

Georg beschloß, solange ihm die Ferien noch Zeit ließen, zu den Quellen vorzudringen, aus denen sich *Das Sein und das Nichts* speiste, weil dort wohl längst die amateurhaften Fragen beantwortet waren. Die Stadtbibliothek reichte für seine Zwecke nicht mehr aus. In S. gab es noch die sogenannte Landesbibliothek, ein düsteres graues Gebäude mit verwitterten Bibliothekaren und quietschenden Karteischränken (et vice versa). Nirgendwo sah man Bücher. Vergilbte Katalogkarten wiesen aber tatsächlich die *Gesammelten Werke* von Edmund Husserl aus – eine der Quellen, zu denen Georg vorzustoßen gedachte. Zwei Tage nach Abgabe seines Bestellscheins fand er sich vor dem Ausgabeschalter der Bibliothek wieder ein. Eine gerade noch weibliche Person begann, Buch um Buch vor ihm aufzuhäufen. Fünfzehn oder gar zwanzig Bände Husserl lagen hinter ihr auf einem Rollwagen. Sie reagierte sehr ungehalten, als Georg die ersten beiden Bücher an sich nahm und erschrocken murmelte, er wolle es, angesichts der Leihfrist von vier Wochen, vorerst doch lieber bei diesen bewenden lassen.

Plötzlich schien es ihm, als sei er tatsächlich nur, was Sartre einmal mit bitterer (jedoch selbstredend wieder verfliegender) Ernüchterung geschrieben hatte: ein gewöhnlicher Mensch, gemacht aus dem Zeug aller Menschen, soviel wert wie jedermann. Also würde er Jahre brauchen, um diesen entsetzlich gründlichen, entsetzlich professoralen Husserl zu lesen.

Im strengen Sinne endete mit diesem Erlebnis das L'an Sartre in seinem Leben, das nahezu identisch mit dem L'an Camille war. Es handelte sich um eine sehr spezielle Art, etwas zu beenden, wie Georg insbesondere im L'année du chien, mehr als zwanzig Jahre später, erfahren sollte. So konnte er eigentlich nur sagen, er *verließ* die beiden Menschen, die ihm am nächsten standen und doch auch vollkommen unerreichbar schienen: Jean-sans-terre in der monatelangen Krise sieben Jahre vor seinem Tod, nahezu erblindet, sich bepinkelnd und besabbernd, in Gefahr, sein Gedächtnis zu verlieren, ausgepumpt vom jahrzehntelangen mit Nikotin, Alkohol und Aufputschmitteln geführten Krieg gegen seinen Körper, von einer Negerin fantasierend, die sich auf seine Altmännerknie gesetzt habe, umfangen von solipsistischen Fluktuationen, in denen er einmal glaubte, vollkommen unsichtbar zu sein, und dann wieder, als Erfinder des Menschen, erklärte, er könne die Passanten, die ihm begegneten, durch einen bloßen Gedankenstrich beiseite fegen; Camille dagegen springlebendig zu diesem Zeitpunkt, wenn vielleicht auch in einem ähnlich eingebildeten und verwirrten Zustand, der Sensation eines achtundzwanzigjährigen Liebhabers hingegeben, der diese stets frisch gebügelten rostfleckigen Jeans achtlos herunterzog und sein Sporthundsperma in die glücklicherweise gynäkologisch geschützte Heiligkeit (und doch auch nur ein Schlitz!) spritzte.

Zugegebenermaßen hatte ihm Camille die Arbeit, sie zu verlassen, weitestgehend, gewissermaßen unter dem faktischen Aspekt der Existenz, abgenommen. Ihm fiel nun die Aufgabe zu, endgültig auch ihr Nichts zu verlassen, das ihn noch immer heimsuchte, obgleich es nicht in der Form einer einmal gekannten Lust flimmerte. Hierzu benötigte er die ganzen restlichen Ferien, für die er sich zunächst einmal vornahm, nur noch kurzgefaßte und einführende philosophische Bücher zu lesen. Um seine Nerven zu beruhigen, begann er zusammen mit Jürgen, einem spirituell interessierten Freund, Yoga und transzendentale Meditation zu lernen. Eines Nachmittags nutzten sie ihren neuen Status als Sechzehnjährige und sahen sich nach einer Meditationseinheit im Park das spirituelle Meisterwerk *Der Schülerinnenreport* im Kino an, umgeben von weiteren Sechzehnjährigen, Gastarbeitern und älteren Männern mit undurchdringlichen Gesichtern. Hinter den entsetzlichen blöden Figuren, der schwachsinnigen Handlung, dem Scheingebumse und der schmierigen Anbiederei pseudoaufklärerischer Off-Kommentatoren an den Geist einer angeblich stattgefunden habenden sexuellen Revolution traf Georg auf etwas, das ihn ansprach und befreite. Die Körper existierten tatsächlich und genau auf diese einzigartige Weise. Ihre falschen Gebärden und albernen Bewegungen konnten und sollten dies nicht überdecken. Irgendwo schienen sich die Produzenten des Films mit den allen Schwachsinn erduldenden Zuschauern über den geheimen visuellen Wert verständigt zu haben. Georg dachte daran, wie absurd sich Lisa und er auf der Leinwand ausgenommen hätten, wären sie auf diese Weise gefilmt worden, und sogar daran, wie man sie hätte filmen müssen, um das Dunkle und Kosmische der Minuten im Badezimmer auf die Leinwand zu bringen. Dann wieder – und hier setzte das befreiende Moment ein – mengte er in der Phantasie eine nackte Camille unter diese geruchslosen glatten Figuren angeblicher Schülerinnen. Er war nicht fähig, sich Camille nackt vorzustellen. Aber er konnte sich vorstellen, daß sie in diesem Reigen nicht mehr als etwas Besonderes auffallen würde; sie wäre durch das Objektiv um ihr Geheimnis gebracht worden.

»Diese Schauspielerinnen sind doch total irre«, sagte Jürgen. »Frauen, die Mädchen spielen, die nichts anderes im Kopf haben, als gefickt zu werden. Ich kann mir nicht vorstellen, daß es die wirklich irgendwo gibt, daß die irgendwo leben.«

Der Gedanke des Objektivs, das sah, ohne zu fühlen, das das Besondere einfing, um es dann gerade durch das präzise Bild seiner eigenen Oberfläche zu zerstören, beschäftigte Georg noch einige Tage lang ohne praktische Konsequenz, bis er sich schließlich für einige Minuten auf den Kopf stellte, nur mit einer Unterhose bekleidet. Jürgen, in dessen mit einem dicken weichen Teppich ausgestatteten Zimmer sie Yoga übten, stand gleichermaßen orientiert an seiner Seite. Unvermittelt öffnete sich die Tür. Der Blick von Jürgens Mutter verirrte sich eine

Sekunde lang mit einem kleinen ungeheuerlichen Anhaften unter (eigentlich also über) Georgs Nabel. Sie war in diesem verdrehten, peinlich erregenden Moment wie das Sartresche Bewußtsein: das, was sie nicht war, und nicht das, was sie war, also eine belustigte und ironische Hausfrau und Mutter das eine Mal, das andere Mal dagegen das weibliche Dunkel, das prinzipiell (und eben auch jetzt, wäre Jürgen nicht dagewesen), im Inbesitz seiner totalen subjektiven Freiheit, so weit gehen konnte wie Lisa auf der Badematte. Niemandem fiel eine passende Bemerkung oder ein Scherz ein. Als Georg Jürgens Mutter eine Stunde später im Wohnzimmer in einem Fotoband blättern sah (sie fotografierte selbst, und einige ihrer Schwarz-Weiß-Landschaftsaufnahmen hingen im Treppenhaus), erinnerte er sich wieder an die Kamera, die man ihm zur Kommunion geschenkt hatte.

Er mußte zu Hause lange suchen, bis er die Kamera fand.

»Du fotografierst? Auf einmal?« fragte sein Vater verwundert. »Was willst du denn aufnehmen?«

»Die Hölle. Ich will der erste sein, der die Hölle fotografiert«, erwiderte Georg.

Wenig später stand er auf der Hauptgeschäftsstraße von S., am Fuße des mittelalterlichen Wehrturms, vor dem fast genau ein Jahr zuvor seine Liebe zu Camille begonnen hatte. Er fixierte die Spitze des Turms, ein fernes Kupfergrün, das sich gegen den wolkenlosen Himmel abzeichnete, und drückte auf den Auslöser. Gespannt drehte er sich um. Auf der anderen Straßenseite gab es dieses Geschäft für orthopädische Artikel, an dem er so oft wortlos und peinlich berührt mit Camille vorübergegangen war. Wieder drückte er auf den Auslöser. Sein Herz schlug schneller. Der Bahnhofskiosk mit den Busenstars, der aktuellen *Bravo*, den Nazi-Zeitungen und neuesten Terroristenberichten. Der Imbißstand. Dieses Mal ließ er sich etwas mehr Zeit; der Besitzer hatte nichts dagegen, daß er ihn beim Zerhacken der Currywürste aufnahm. Der Brunnen mit den militaristischen Aufschriften. Das Eiscafé, sicherheitshalber nur von außen. Dann dreimal die Fassade des gegenüberliegenden Bürgerhauses, hinter der er mit Lisa verschwunden war (er hatte den Gedanken, daß diese Aufnahme Jürgens Mutter besonders beeindrucken würde). Dann fotografierte er die Stadt- und die Landesbibliothek, das Tchibo-Stehcafé, einen werktäglich verwaisten Marktplatz. Vom Jagdfieber gepackt, drang er in das einzige größere Kaufhaus vor und nahm mit Blitzlicht Jugendliche auf, die wie er und Camille die Platten durchwühlten, die sie sich nicht leisten konnten. Zweimal sprach man ihn an. Er erklärte aber so bestimmt, daß er für eine Schülerzeitung die Stadt fotografieren müsse, daß man ihn gewähren ließ.

Am Ende dieses Nachmittags hatte er vier Filme verschossen. Als er eine Woche später die Abzüge in der Hand hielt, sah er die Hölle in aller Deutlichkeit, seine eigene, konkrete, irgendwie lächelnde Hölle, unverrückbar, präzise und banal, ohne Übertreibung, in ihrer schlammlosen, kleinstädtischen Wirklichkeit. Es war wie vor einem Spiegel, der alles vor ihm Liegende zurückgab, nur Georgs eigene Gestalt nicht – als wäre er aus Glas oder eben gar nicht vorhanden. In dieser Abwesenheit, in diesem wundervollen Nichts, lag die Botschaft. Er hatte sich aus der Hölle davongestohlen, indem er zugegebenermaßen unphilosophisch, aber schlagend bewies, daß sie ohne ihn vorhanden war und eben dadurch weder erträglich noch unerträglich schien.

Kurz darauf schenkte er den Fotoapparat seinem jüngeren Bruder. Er legte die Abzüge zusammen mit Lisas mathematischem Buch in eine Schublade, die er erst zwei Jahre später und nur des Buches wegen wieder öffnete. Die Idee, Jürgens Mutter mit den Aufnahmen zu beeindrucken, existierte nicht mehr, und zugleich war auch die Hoffnung auf die Zugänglichkeit älterer Frauen verschwunden. Auch der Einfall, daß er irgendein Talent für das Bildermachen habe, lag ihm fern. Er spürte nur eine Beruhigung, ein Abschließen, etwas, das ihm zuflüsterte, nun habe er Zeit.

In den letzten Ferientagen kehrten die meisten Freunde vom Urlaub mit ihren Eltern oder von ihren Interrail-Reisen zurück, und die Clique traf sich am Strand eines der um den Nordrand der Stadt verstreuten Seen. Das Gerüst eines ausrangierten Kiesbaggers warf den einzigen Schatten, ein Streifengitter, in dem sie ihre Handtücher ausbreiten konnten. Hochsommer, Hochdruck – die hohe Zeit, dachte man wie Camille, die auf dem Bauch lag und John Steinbecks *Die Straße der Ölsardinen* las. »Die schönste Zeit in meinem Leben«, würde sie zehn Jahre später zu Georgs Ärger verkünden.

Damals ruhte sie stumm in ihrem eigenartigen, blaß herbstblätterfarbenen Bikini auf einem Sandbett und machte sich ganz andere, ölsardinische Gedanken. Er betrachtete sie kühl und objektiviert, um herauszufinden, was so besonders an ihr war. Aber es fiel ja ins Auge. Sie war die *Indianerin*, sie selbst dachte diesen Begriff, insgeheim, für sich, als verborgenes Privileg oder Rechtfertigung einer exquisiten Traurigkeit, die sich von der Tatsache nährte, daß sie nicht würde leben können, was sie gerne gelebt hätte. Ihr glänzendes schwarzes Haar und die hochsitzenden Wangenknochen gaben ihr das Gefühl, eine Verbannte zu sein. Dies war nicht sehr weit von Georgs Beschwörung der Hölle entfernt. Aber er hatte das nun fotografiert und abgetan.

Wo war eigentlich ihr pudelbärtiger Liebhaber geblieben? Wie fühlte sie sich in ihrem neuen Zustand (Entjungfert! dachte er, erregt und traurig, nein, er fühlte es mehr, als er es dachte, als ob sie durch eine neue Öffnung atmete). Weshalb sah sie so nachdenklich und verloren in die hitzeflirrende Luft? Hatte der Grafiker sie überwältigt und danach hier im Sand liegenlassen? Oder hatte er sie am Ende damit enttäuscht, daß er ebenso leicht wie Georg einzuschüchtern gewesen war? Sie redeten nicht miteinander, aber sie lächelten sich ab und an beflissen zu, im Interesse einer späteren Freundschaft vielleicht.

Die Anderen, dachte Georg. Wenn Sartre glaubte, die Hölle seien immer die Anderen, dann hatte man nur die Wahl der Hölle. Er sah sich um. Auf der Erde ruhten: Hermann, halb eingegraben in eine Sandmulde, mit einer plaidartig gemusterten Sonnenmütze und den *Psychologischen Schriften* Freuds; Kerstin, die sich ungeschickt eine Zigarette vor den großen Brüsten drehte; Samuel neben seiner zwölfsaitigen Gitarre; Erika mit E. T. A. Hoffmanns *Elixieren des Teufels*; Norbert mit einer in der späteren Erinnerung zu einer monochromen Blendfläche geratenden Tageszeitung, die über den Grundlagenvertrag mit der DDR berichtet, den Händedruck des mit einer Zigarrenspitze gespickten Ludwig Erhard mit dem neuen CDU-Vorsitzenden Helmut Kohl abgelichtet oder die erste KSZE-Konferenz in Helsinki kommentiert haben mußte (flüchtige Akzidenzien über diesen auf einem Sandstreifen im blauen Weltall schwebenden Körpern, die nirgendwo sein wollen). Aber natürlich konnten mit der Hölle nur die Körper der

Frauen gemeint sein oder besser die Verstrickungen, in die man sich begab, wenn man auf ihre Körper hereinfiel, in der irrtümlichen und dummen Annahme, sie seien wie diese fleischfarbenen Filmsilhouetten. Jeden dieser sonnengeölten Mädchenkörper umgab eine unsichtbare atmosphärische Hülle, die man nur vermessen konnte, wenn es schon zu spät war, den schmerzlichen Aufprall zu verhindern. Er kannte sie nicht im mindesten. Aber etwas konnte man gerade von den Mädchen wissen, die ihm bislang am besten gefallen hatten und die er später, von Camille und von den Perlenkettchen, Silberreifen und Lederarmbändchen ausgehend, die sie trugen, die *Indianerinnen* nannte. Er begriff es instinktiv, mit einem Frösteln in der Julihitze. Die Zeit der Spielereien war für diese wagemutigeren und selbstbewußteren Mädchen endgültig vorbei. Gerade als Camille sich erhob und allein auf ihren langen festen Beinen auf das an den Ufern wie geflochtene glänzende Metall des Sees zuging, spürte er, daß sie keine Chance mehr hatten. *Sie* – das waren er selbst, Hermann, Jürgen, Norbert und Samuel. Sie waren, was auch immer sie sich einbildeten, einfach nur Gymnasiasten, die diesen indianischen Demi-vierges weder ein Auto noch einen Dalmatinerhund noch eine eigene Wohnung bieten konnten. In diesen Besitzständen wurden sie allesamt von den älteren Studenten der in S. ansässigen Verwaltungshochschule übertroffen, die alsbald die Jungfernhäutchen der Indianerinnen, wäre es denn möglich gewesen, wie Skalps an den Ledergürteln ihrer Jeans hätten befestigen können.

»Du siehst so nachdenklich aus. Hast du was Bestimmtes?« fragte ihn Monika, die an seiner Seite lag.

»Was liest du denn?« fragte er, mehr aus Verlegenheit, zurück.

Sie reichte ihm Simone de Beauvoirs *Das andere Geschlecht*. Wie seltsam, da er doch gerade sein erotisches Husserl-Erlebnis hatte und die Hoffnungen auf Camille ebenso aufgab wie drei Wochen zuvor die Einbildung, er könne ohne Vorbildung Sartres Werk verstehen. Er blätterte in dem umfangreichen Buch. Dann fand er im Anhang eine Aufstellung der seltsamen Gegenstände, die man in Pariser Krankenhäusern infolge schwerer Masturbationsunfälle aus dem Unterleib französischer Hausfrauen entfernt hatte. Und wie um seine gerade entstandene Erkenntnis von der Unzugänglichkeit der Indianerinnen zu widerlegen, beugte sich Monika zu ihm her und sah auf die aufgeschlagene Seite, so daß sie sich gleich darauf inspiriert küßten. Er wagte mehr als sonst, vielleicht aus Verzweiflung, vielleicht nur, um Camille auf eine schlimme Art den Rücken zuzuwenden. Monika bestätigte ihn, zog ihn auf ihren aufregend belastbaren, zierlichen Körper, spreizte die Beine und drückte sich ihm so offen entgegen, daß allein der Stoff ihrer Badehosen den Verkehr abwendete. Dies war selbst für die Verhältnisse der Clique provokant. Georg spürte die Nachgiebigkeit ihrer Scham, und es erschreckte ihn, daß er in Monikas schmalem Becken (also auch in Camille, die nun mißvergnügt über diese temporäre Vereinigung südwestlich ihres Liegeplatzes hinwegsehen mußte) tatsächlich hätte verschwinden können wie in Lisas üppigen feuchten Polsterkissen. Im nachhinein wird es ihm unheimlich zumute, wenn er Camilles auf ihn gerichtete Augen, Monikas Körper und die Lektüre Hermanns und Erikas in einen Zusammenhang bringt. Er vermutet dann auch, daß die gleichzeitige Anwesenheit dieser Menschen und Bücher eine Fiktion sei, eine dieser fast unwillkürlichen Montagen der sentimentalen Gehirnfotografie.

»Weshalb ist eigentlich nach diesem Strandtag nichts weiter aus uns geworden?« würde er Monika einmal fragen, um sicherzugehen, daß er die Szene nicht erfunden hatte. »Ich meine, das war doch viel mehr als die belanglose Cliquen-Küsserei zuvor.«

»Aber du bist doch abgetaucht! Mit Stella, diesem verwöhnten kleinen Biest«, würde die fünfundzwanzigjährige Monika erwidern, scheinbar empört, um ihm einen Gefallen zu tun.

8

Von Stella hätte er wohl vom ersten Augenblick an sagen können, wie sie in seiner Erinnerung einmal erscheinen würde. Stella ist die leise Traurigkeit an den Spätsommertagen, die jenem Tag in S. gleichen, an dem er sie das erste Mal sah. Die Stadt belebt sich gegen Feierabend, die Menge wirkt nahezu versöhnt. Ein marineblauer Himmel sinkt auf die Straßen herab und löst die Blätter der Kastanien, die sacht auf die

Buchauslagen im Freien fallen. Mit einem Mal scheint doch noch alles möglich, was im Hochsommer nicht geschehen ist, als beginne eine fünfte, endlose Jahreszeit vor dem Herbst oder als hätte man weder Camille noch sonst eine Liebe gekannt. Im Licht zwischen den Körpern, im schon kühlen Schatten der Kastanien, trifft Georg auf Stellas Dämon, der, verglichen mit Camille und den Dämonen der erwachsenen Frauen, die ihr folgten, der sanfteste seiner erotischen Dämonen ist. Geistesabwesend und zärtlich streift Georg ihn von sich, wie der Buchhändler, der die herabgesegelten Blätter mit den Fingerspitzen von seinen Auslagen wischt. Zögernd, aber scheinbar interesselos, in der Art, in der Katzen ein Zimmer betreten, kehrt der Dämon zurück und sieht zu, wie Georg die Schaufenster der Antiquariate betrachtet. Georg denkt vielleicht nur daran, wie es wäre, mit einer neuen Geliebten ein Glas Weißwein unter den Bäumen zu trinken. Er sehnt sich nach ruhigen, etwas entgleitenden Gesprächen, in denen die Vergangenheit keine Rolle spielt. So hatte es mit Stella begonnen, an diesem Spätsommertag, an dem er neben Jürgen auf die blau lackierte Bank einer Bushaltestelle in S. zuging. Stella saß angespannt und mit gerötetem Gesicht neben Jürgens neuer Freundin auf der Lehne der Bank. Ihr schulterlanges Haar war so perfekt frisiert, daß Georg erschrak und zugleich eine Art erregtes Mitleid empfand. Er kann nicht hören, was sie sich damals sagten. Aber weil sie beide stumm sind in dieser Erinnerung, sind sie vollständig erwachsen, und er erkennt die Chiffre wieder, die ihn von diesem nach-camilleschen Augenblick an immer wieder zur Liebe brachte: das Gefühl, daß der andere verbannt sei und es ihm allein obliege, ihn zu erlösen. Man könnte meinen, dies sei eine Eitelkeit, die allenfalls dem Tod zustehe; aber der Tod fühlt nicht, die Illusion der absoluten Nähe bleibt das Privileg der Liebenden ebenso wie die, alles vorherige übertreffen zu können.

War es so gewesen? Hatte er tatsächlich auf Stella zugehen können, ohne sich auch nur im mindesten an Camille zu erinnern? Mißtrauisch richtet er das Objektiv noch einmal auf die blaue Bank und sucht den kleinen dunklen Spiegel der beginnenden Liebe. Er ist da, es gibt ihn, glücklicherweise. Erneut findet er diese vollkommene Erwartung, in der keine Spur von Camille oder Lisa hineingemengt scheint. Georg ist der Prinz, der die Hecke der Verbannung zerteilt und ohne Gesicht und Vergangenheit nähertritt, eine ungeahnte Figur in einer gänzlich zu erfindenden Geschichte. Stellas Blick scheint offener als der Camilles. Er ist Neugierde, eine hilflose und sinnliche Aufforderung, sich in ihrem märchenhaft unordentlichen, verwilderten Garten zu verirren, ganz gleich, ob für den Rest seines Lebens oder nur für diesen einzigen Tag. Es ist der Blick, mit dem die erfüllte Liebe beginnt. Und vielleicht packt Georg deshalb jedesmal, wenn er sich so genau an Stella zu erinnern versucht, ihr zunächst so sanfter Dämon plötzlich mit ungeahnter, alles beiseite schiebender Gewalt und zischt ihm ins Ohr: »Mit siebzehn hättest du sterben müssen!«

Als Liebender sterben, als Hoffender – um dann ganz zu der Maschine zu werden, die die Welt bezahlt, oder zu dem rasenden Heiligen, den sie zu benötigen scheint.

Anders als Georg interessierte sich Stella nicht für die Kriege auf den Fernsehschirmen. Aber sie hatten eine Phase, in der sie Aquarelle und Ölbilder malten. Auf Stellas Bildern ertranken große Schwäne in Blutmeeren oder lagen aufgeschnitten an den Ufern wie Papiertaschentücher, mit denen eine Wunde gestillt worden war. Woher kam diese Gewalt? Weshalb schlitzte die Liebe immer die doch von ihr angebetete Haut auf (oder weshalb konnte sich Georg nie vorstellen, daß Camille auf irgendeine Weise krank oder verletzt sein könnte oder auch nur menstruierte)? Lange Zeit sah man noch die feine Narbe an Georgs Unterarm, die er sich bei dem Zusammenprall mit Lisa zugezogen hatte, und zu den Erinnerungen an Stella gehört unweigerlich der Tag, an dem er sie verletzte. Leichtsinnigerweise hatte er sie vor sich auf der Rahmenstange seines Fahrrads sitzen lassen. Irgendein Hindernis blockierte das Vorderrad – nein, es war Stellas Fuß in den Speichen! Georg riß an den Bremsen und wurde über den zu einem stierschädelähnlichen Aufbau verdrehten Rennlenker geschleudert, über Stellas Kopf hinweg in einem wundersamen, später kaum mehr zu rekonstruierenden Salto. Stellas weiche puppenhafte Zehen (sie nannte sie *Eskimos in Schlafsäcken*) waren von Staub und getrocknetem Blut überkrustet, das sich unter dem Wasserhahn der Badewanne im Haus von Georgs Eltern roséfarben aufhellte. Geplagt von Schuld und Hilflosigkeit, spürte er schon das Verschwimmen und Flächigwerden der Dinge, mit denen eine Ohnmacht oder ein Rausch beginnt, schaffte es aber doch noch, sich zusammenzunehmen, redete unentwegt auf Stella ein, küßte und streichelte sie, während er sich um die Wunde kümmerte. Endlich war die von den Speichen geschlagene Kerbe gereinigt, und es schien sicher, daß keinem der Eskimos, die jetzt in Mullschnee ruhten, das Rückrat gebrochen war.

»Du hast mich die ganze Zeit *Camille* genannt, weißt du das?« sagte Stella schmerzlich verwirrt, als Georg das Verbandszeug wieder zusammenpackte.

Nie wieder brachte er Stellas Namen mit dem Camilles, überhaupt den Namen einer Vorgängerin mit dem einer Nachfolgerin durcheinander, auch wenn er selbst etliche Male mit einem seiner zeitlichen oder räumlichen Nachbarn verwechselt wurde. Er beherzigte Lisas Ratschlag, dem netten Mädchen, das er finden sollte, nicht zu sagen, was er schon wußte. Es fiel ihm nicht schwer, da er ohnehin nur wußte, was zu tun war, wenn eine erwachsene Frau unversehens auf einem Badezimmerteppich nach hinten kippte und ihn mit sich zog. Stella ähnelte weder Lisa noch Camille. Wenn sie eines ihrer dünnen Sommerkleider trug, erinnerte ihre grazile, sinnlich weiche Figur an die Jugendstil-Jungfrauen, die man auf Dekorspiegeln oder in Kunstkalendern sah. Ihre Nase war zu groß, so daß sie manchmal, im Profil betrachtet, einem trotzigen kleinen Schaf glich; zumeist aber wirkte ihr helles Gesicht, eingefaßt von schulterlangen blonden Haaren, kindlich-ernst und vornehm zugleich, *Greta-Garbo-haft*, wie Georg begeistert zu vergleichen lernte. Eine Woge kleiner femininer Dinge stürzte in sein Leben und hinterließ ihr Strandgut zwischen seinen Büchern; und weil sie diesen Strumpfhosen und Seidenstrümpfen, Nagellackfläschchen, Lippenstiften, Make-up-Döschen und Taschenspiegeln mit einer innigen Haßliebe verbunden war, gab es für Stella die Möglichkeit, noch reizvoller zu wirken, wenn sie sich in den Phasen ihrer Niedergeschlagenheit *vernachlässigte* (um einen Kampfbegriff ihrer Mutter zu gebrauchen).

Schon bei ihren ersten Küssen fand Stella einen bislang unbekannten Nerv, der seine Lippen direkt mit seinen Schwellkörpern verband, so daß er von ihr abrücken wollte, um ihr eine Peinlichkeit zu ersparen. Sie hielt ihn jedoch fest, lockte seine Hände unter ihre Bluse, sah zu, was er tat, als zeige sie ihm ein Paar neugierige Haustiere, die durchaus emporgehoben und fester gedrückt und gestreichelt werden wollten, als er es für möglich gehalten hätte. Auf einem Spaziergang zwischen den Feldern und Wiesen, in denen Georg die Abenteuer seiner Kinderzeit erlebt hatte, schufen sie sich wie Achtjährige ein von hohen Wildgräsern umrahmtes Nest. Sie umarmten sich erst zögernd, dann mit einer Leidenschaft, die zentimeterweise, aber unaufhaltsam ihre Körper in die klassische Stellung brachte und in einer immer rascher werdenden Folge von Stößen zum beiderseitigen Höhepunkt – »in voller Montur«, sagte Stella, da sie keinen Knopf oder Reißverschluß an ihren Kleidern geöffnet hatten. Georg hatte noch nie einen in die Hose gegangenen Erguß unter einem heraushängenden Hemd verbergen müssen (und bemerkte erst nach dieser vollkommen symmetrischen und beiderseitigen Verzückung, daß ihn Lisa wohl eher beschenkt hatte als zu ihrer wirklichen Zufriedenheit benutzt). Bei gerade noch freundlichen Oktobertemperaturen, an einem hellen Nachmittag kurz bevor Georg ein verschließbares Kellerzimmer im Haus seiner Eltern erhielt, konnten sie nicht mehr widerstehen, obgleich sie sich auf einem aufgelassenen kleinen Friedhof in einer städtischen Parkanlage befanden. Rechts bot wenigstens die Backsteinmauer einer Kapelle Schutz; zur Linken gab es aber nur einige Büsche, zwei schüttere Tannen und einen verwitterten Grabstein, dessen Inschrift sie vergeblich zu entziffern versucht hatten, kurz bevor sie sich küßten und dabei keuchend und stolpernd zu Boden gingen. Über Stellas Tennissöckchen kamen ihre festen Waden, die runden Knie, noch etwas kindlich gerundete Oberschenkel zum Vorschein, ein durchbrochenes weißes Höschen, die schwach rötlich in ihren duftenden Bauch geprägte Schmuckbordüre, die der breite Rand dieses Höschens hinterlassen hatte, ein durchscheinender Pelz schließlich, unter dem im Vergleich zu Lisas saugender ödipaler Muttertasche alles enger und köstlicher erschien, rosenknospenhaft empfindlich, verschlossen infolge zartester Überlappungen, die sich unter dem Druck von Georgs nahezu schmerzhaft gespannter Eichel zu einer feuchten Blüte öffneten. »Steck ihn nicht rein, o Gott, ist er samtig«, flüsterte Stella. »Ich ... ich reibe nur daran, okay?« flüsterte er. »Ja, reibe, o Gott, paß aber auf! Spürst du das?« Er sah nur noch in ihre Augen. Dadurch schien das Verfahren vollkommen sicher zu werden, und die Gefahr, daß sie jemand zwischen den Büschen und Grabsteinen im

Herbstlaub entdeckte, wurde zu einer Raffinesse, die ihnen um so unerhörter vorkam, als sie diese doch nicht im geringsten benötigt hätten, um vor Lust um den Verstand zu kommen, bis an die in ihrem Augenkontakt zuverlässig vereinbarte Grenze mit dem Hinweisschild »Spritze irgendwohin, aber *bitte* nicht in diese Blütenblätter!« Es dauerte vielleicht nur vier, fünf Minuten, ganz wie bei Lisa. *In* jener schweren reifen Feigensüße zu vergehen, war nicht neuartiger und wahnsinniger gewesen als das gourmethafte, aus der Not heraus auch noch mit dem Kitzel der Gefahr intensivierte Reiben *an* Stellas Möse, das sie sich so wenig hätten vornehmen können, wie sie ohne Hilfe einer Menükarte darauf verfallen wären, in einem Restaurant frische heiße Feigen mit grünem Pfeffer oder sonst einer überraschenden exhibitionistischen Zutat zu bestellen. Und aus der irrsinnigen, interstellaren Anonymität des Weltraumvögelns mit Lisa in ein enges warmes Badezimmer zurückzukehren, hatte wohl einen klandestinen und hygienischen Vorteil, war aber trotz der Herbstkühle im Park und der Hast, mit der Stella und Georg sich gleich nach ihrem in äußerster Knappheit verfehlten intrastellaren und erneut geteilten Höhepunkt aufrappelten, entschieden weniger poetisch als: die Suche nach diesem weißen Höschen; das Abstreifen von Tannennadeln und Laubresten von Stellas gerötetem und vorübergehend wirr gemustertem Hintern; diese Hast-du-kein-Taschentuch-dabei-was-machen-wir-nur-mir-geht-es-so-gut-daß-ich-umfallen-könnte-Verlegenheit, mit der sie dieses verdammte Klebt-ja-wirklich-überall-du-Kleckerer-Sperma Georgs mit bloßen Händen irgendwie hatten beseitigen müssen. (Wir nehmen deine Unterhose!) Stella hatte einmal die Idee, daß es entschieden praktischer wäre, wenn dem verzückten Schwanz etwas Trockenes entströme, ein sich in der Luft verflüchtigendes weißes Wölkchen vielleicht.

Auf dem neuen Gymnasium in der neuen (125jährigen) Stadt konnte er ein neues Schülerleben unter gänzlich von ihm bestimmten Voraussetzungen beginnen. Als er das Treppenhaus des neuen Betonblocks das erste Mal betrat, wurde ihm klar, daß ihm wie beim Betrachten des bekannten Kippbildes zwei Möglichkeiten blieben: entweder er sah den Furunkel auf der Nase der Hexe und kam nicht darüber hinweg, daß die Gymnasien eines Landes, das einen Kant, Hegel, Nietzsche und Heidegger hervorgebracht hatte, sich zu modern fühlten, um noch die Philosophie zu kennen; oder er sah die Brustwarze der knienden Schönen, also das Abitur und den Zugang zur Universität als Belohnung einer hinzunehmenden vierjährigen Gruppenhaft. Er hatte die *Wahl*, und er entschied sich. In der ersten Mathematikstunde fixierte er die Kreide in der Hand des Lehrers mit der Konzentration eines Zen-Bogenschützen. Am Ende der Stunde war ihm kein Zeichen auf der Tafel unverständlich geblieben, aber er hatte noch einige Fragen, die zu einer ihm selbst nicht geheuren Zuneigung zu Formeln jeglicher Art führten und damit zum Ende seiner schulischen Probleme. Bald hatte er sich daran gewöhnt, als guter Schüler zu gelten. Aber das Entscheidende geschah nicht zwischen diesen modernen Holzmöbeln, Overhead-Projektoren, Sprach- und Chemielaboratorien und wäßrige Brühe absondernden Kaffeeautomaten, sondern außerhalb (immer geschieht es außerhalb jeder Arbeit, jeder Fabrik, jedes Büros, jeder Universität), in den Büchern, die er liebte, in dem von Stellas Launen und Einfällen bestimmten Leben zu zweit, in der immer noch reichlich zur Verfügung stehenden freien Zeit. Erst Jahre später begriff Georg neben all den Nachteilen auch die kreativen Vorteile der Provinz. Wollten sie sich nicht allwöchentlich besaufen, Heroin spritzen oder von Rockfestival zu Popfestival reisen, dann mußten sie sich etwas einfallen lassen. Gemeinsam spielten sie Folksongs auf ihren Gitarren. Mit Hermann als Kameramann und Schnittechniker und einer wechselnden Gruppe von Mitspielern realisierten sie drei Super-8-Kurzfilme, darunter auch endlich *Der Verschwindende*, bei dem ein Mann auf einer Party sich inmitten der anderen Gäste seiner Kleider entledigte, ein Fenster öffnete und aus dem fünften Stock sprang, ohne die geringste Aufmerksamkeit zu erregen; das Produkt krankte an der Beleuchtung, dem jugendlichen Alter der Darsteller und der Tontechnik (sie nahmen die Dialoge mit einem Kassettenrekorder auf), bestach aber durch das letzte Bild eines nackt in einer Blutlache (angedickter Kirschsaft) liegenden Menschen (Norbert, der in dieser Pose von zwei Rentnerinnen angefallen wurde).

Stella schrieb an den Drehbüchern mit. Sie konnte weinen, daß Georg schier das Herz brach, und sie hatte einige fröhlich perverse Ideen. So zum Beispiel an dem Tag, an dem sie nur ihr grünes indisches Seidenkleid trug: Am Ende der hohen Treppe, die im Haus von Georgs Eltern zum ersten Stockwerk führte, schlug sie das Kleid über ihre Hüften hoch und zeigte ihm, der am Fuß der Treppe stand, in aller Ausführlichkeit ihren glatten Hintern und die kleinen Früchte dazwischen. An einem anderen Tag saß sie nackt auf seinem Bauch und erklärte, daß ihre Blase schrecklich voll sei, es seiner Fantasie überlassend, ob sie nun äußerst verlegen war oder nur seine Zustimmung wollte für ein kindisch-verrücktes Spiel (er zögerte eine Sekunde zu lang, so daß der unwiederbringlich bedenkenlose Punkt der Leidenschaft überschritten wurde und es in seiner Erinnerung einmal wie in Sartres Buch *eine kleine Lache des Nichts* geben würde, die aus Stellas goldenem Springbrunnen über seinen Körper hätte kommen können). Ihre Versuche mit Kondomen führten zu slapstickhaft grausigen Szenen. Deshalb behielten sie, süchtig nach der unbedingten Berührung ihrer Haut, aber von der Angst vor einer Schwangerschaft verhalten, die Methode bei, die sie in der Parkanlage entwickelt hatten. Fast ein Jahr lang, bevor Stella sechzehn wurde und die Pille auf Rezept erhielt, ejakulierte Georg höflich, stolz und melancholisch auf ihren flachen, daunenweichen Bauch. Kaum eine spätere Erregung übertraf den Augenblick, in dem er sich herabbeugte, um Stellas Nabel zu küssen, einen engen kleinen Schlitz, in dem sich immer wieder Härchen und anonyme Fusseln ansammelten, die sie lachend zum Vorschein brachte. Die Komposition ihres natürlichen Kinderdufts mit dem Geruch seines Spermas, ein durch den Druck ihrer Körper einmassiertes Öl auf Stellas Haut, hatte die Reinheit frisch gewaschener Bettwäsche.

Endlich wurde Stella die Pille verschrieben. Sie warteten genau den vorgeschriebenen Zeitraum nach Beginn der Einnahme ab, bevor sie sich erregt und festlich in Georgs Zimmer entkleideten und sich in ihrer vertrauten Art zueinanderlegten, um das ein Jahr lang erwartete Hochamt ihrer Liebe zu feiern. Doch Stella schrie vor Schmerzen auf. Georg machte sich Vorwürfe, weil er geglaubt hatte, er könne in diesen zarten duftenden Blumenkelch so einfach vorstoßen wie in Lisas geübten Schoß. Aber er war so sanft gewesen, wie nur möglich, und es stellte sich eine angeborene Verengung heraus, die nur durch eine gynäkologische Operation beseitigt werden konnte (»Wenn Sie jemals glücklich sein wollen, junge Frau ...«). Georg mußte

Stella heimlich im Krankenhaus besuchen, damit ihre Eltern nicht mit ihm, dem auch nach einem Jahr ihrer Liebe nur theoretisch akzeptierten Nutznießer des Eingriffs, unliebsam zusammenzutreffen brauchten. Mit Hilfe eines spritzenähnlichen Geräts, das Georg bedienen lernte, mußte eine die Wundheilung fördernde Salbe in Stellas Vagina eingeführt werden. So wurde er auf eine ehrfürchtige und vorsichtige Art mit ihrem Inneren vertraut, und am Ende der langen Behandlung hatte er sich soweit in die Empfindlichkeit und Verletzlichkeit des anderen Geschlechts hineingedacht, daß er trotz Stellas Aufforderungen zögerte, seinen blinden Piloten voranzutreiben. Schließlich drückte sie ihn so fest und verlangend an sich, wie es Lisa in jenem Badezimmer getan hatte, und er erkannte im Verlauf der folgenden langen Nachmittage etwas, das bei Lisa nicht so deutlich geworden und bei Camille selbst als kühnste freudianische Hypothese gänzlich undenkbar gewesen war: die erschöpfende Uferlosigkeit weiblicher Lust. Er hatte sich nicht vorstellen können, daß er einmal genug haben würde. Stella brachte es ihm bei, an manchen Tagen so gründlich, daß er wünschte, sie müsse früher nach Hause und er könne endlich in Ruhe ein Buch lesen. Dann wieder verschloß sie sich, verfiel in Depressionen, stieß gemeinsame Freunde mit ihren Launen vor den Kopf oder produzierte regelrechte hysterische Anfälle, bei denen sie mit Gegenständen um sich warf, oder sie fühlte sich nur noch elend und verdammte ihn zwei Wochen lang zu den läppischen einsamen Übungen seiner Zeit mit Camille.

»Du nimmst mich nicht ernst!« rief sie, wenn er sie dazu bringen wollte, vernünftiger mit ihren Stimmungen umzugehen. Weshalb deutete er nicht die Hieronymus-Bosch-Gestalten in ihren düsteren überschwenglichen Träumen und Ölbildern oder versuchte auf sie anzuwenden, was er über Hysterie, Neurose und andere pathologische Kunststücke der Seele gelesen hatte? Er weigerte sich, sie in einen Zusammenhang mit diesen Büchern zu bringen, obwohl sie ihm doch so vieles über ihre Eltern erzählte, über diese Mesalliance eines schnurrbärtigen, freundlich melancholischen Besitzers eines gutgehenden Bekleidungsgeschäfts mit einer innerlich vollkommen erfrorenen Dame, deren Gesicht erschreckend abgeschliffen wirkte und die in endlose Schlachten mit dem Hausstaub der Familienwohnung verwickelt war. Manchmal redete Stella sehr lange mit

Hermann, der vor keiner freudianischen Deutungsmaßnahme zurückschreckte. Georg spürte kleine Stiche der Eifersucht, wenn die beiden so innig die Köpfe zusammensteckten, aber im Grunde war er erleichtert, da er – noch dunkel, noch allein aus männlicher Intuition – begriff, daß der analysierende Mann die Frau immer nur verlieren konnte. Es war Sache des Gynäkologen gewesen, Stellas verengten Scheideneingang mit dem Skalpell zu weiten; seine Sache war es, zwischen ihren duftenden weichen Oberschenkeln zu liegen und mit seiner Zunge andächtig das klitorale Kapellchen im Feenwald unter ihrem Nabel zu besuchen (was Stella außerordentlich schätzte, obwohl sie ihre Lippen nicht über sein maurisches Minarett stülpen mochte, sondern es immer nur aus sicherer Entfernung mit ihren Fingern drückte, liebevoll und prüfend und Worte erfindend für die unterschiedlichen Härtegrade).

»Du kannst nichts dafür, daß deine frustrierte Mutter es haßt, wie jung und lebendig du bist«, hätte der Analytiker ihr wohl sagen müssen. »Weil du aber immer noch ihr nettes, adrettes, einziges Töchterlein darstellen willst, haßt du dich selbst für deine natürliche Fähigkeit, Frau zu sein.«

Georg zog es vor, gemeinsam Bilder zu malen oder zusammen ein Drehbuch zu schreiben. Wenn Stella sich dennoch einsam und traurig fühlte, kochte er ihr Schokolade und sah mit ihr fern, bis er fürchtete, sein Gehirn schmelze dahin. Am nächsten Tag ging es ihr meist schon besser; sie las dann zufrieden in einem Roman, so daß er für die Schule lernen oder in einem seiner »kalten grauen Bücher« lesen konnte. Kopfschüttelnd sah sie über seine Schulter, wenn er sich über das schulisch geforderte Maß hinaus den Kopf zerbrach, ob das Differential Delta x zugleich etwas, das heißt nicht Null, und doch auch nichts, das heißt unendlich klein, also immer kleiner als jede noch so kleine endliche Zahlengröße sein konnte, um sich dann wieder in unendlichen Summen über jede beliebige Größe ausdehnen zu lassen. In einem gewissen Sinn war dies ein nachwirkender Schatten Sartres, mit dessen ein Normkilogramm schwerem Höllenwerk (französische Marktfrauen der Nachkriegszeit pflegten damit Fisch abzuwiegen) er sich erst wieder in einigen Jahren beschäftigen wollte, wenn er einige andere Philosophen handlicherer Statur gewogen und befunden hatte.

»Du kleiner verrückter Schmusekater. Krallst du dich wieder in deinem Stoffbällchen fest«, sagte Stella, wenn er bei Nietzsche oder Adorno blätterte, um ihm zu zeigen, daß sie dem Nachflackern seines genialischen Jahres nicht nur ablehnend gegenüberstand – und diese zärtliche, verblüffend mütterliche, verblüffend überlegene Kraft in ihrer Stimme wäre zerstört worden, hätte er sie auf die Couch gelegt, um mit einer Freudschen Zange an ihr herumzupfuschen. Stella würde Malerin werden, Georg Professor für Philosophie oder Psychologie. Oder sie würden nach Kanada auswandern, um dort in einem Blockhaus zu wohnen und als Farmer, Schriftsteller und Holzfäller zu leben, weil sie beide gleichermaßen die Leistungsgesellschaft verachteten, auch wenn Georg ein guter Schüler geworden war.

Selten hatte er das Bedürfnis, Stella zu erklären, was er gerade las. Wenn sie spazierengingen, dann zumeist zwischen den Feldern und Baggerseen am Nordrand von S., in der Nähe von Georgs Kellerzimmer, in dem sie tun konnten, was sie wollten, seit er seine schulischen Angelegenheiten in Ordnung gebracht hatte. Während eines solchen Spazierganges zwischen abgeernteten Feldern suchte Georg aber doch einmal der Dämon Camilles heim oder die Heideggersche Seinsschwere der umgepflügten fetten Brache, über die ein dünner Schleier von Strohstoppeln ausgebreitet war, weit hinausreichend an eine Reihe hoher Silberpappeln vor dem fahlblauen Horizont. Er sprach lange, umständlich und verzweifelt über die Zeit an sich, über die Sterblichkeit des Menschen, über die unverrückbar erscheinende Macht der Dinge, vor der sie einmal wie die Gestalten eines Traumes verblassen würden. Sie erreichten eine Brücke, die über einen von Brennesseln überwucherten Bach führte, und setzten sich auf das im Spätnachmittagslicht wie zersprungenes Elfenbein leuchtende Steingeländer. Erschrocken sah Georg, daß Stella weinte.

»Du redest, ohne anzuhalten! Wie ein Nachrichtensprecher!« rief sie, von Tränen erstickt.

Sie fühlte sich auch alleingelassen, wenn er zu ausgiebig mit Freunden theoretisierte, und auf einem etwas unübersichtlichen großen Sommerfest, das auf den ersten Jahrestag ihrer Liebe fiel, sah er sie plötzlich in den Armen eines anderen Jungen.

»Wir haben doch nur ein wenig geknutscht«, sagte sie. »Es war doch nichts Ernstes!«

Aber er dachte an ihre laut und fraulich gewordenen Orgasmen, in denen ihre zarte Stimme für einige Sekunden tief und unpersönlich wurde. Stella begann ausgefallenere Stellungen zu schätzen, bei denen sie die Beine über Sessellehnen spreizte oder ihn aufforderte, mit seinem Schwanz über ihren ganzen Körper (nicht aber das Gesicht) zu fahren als – wie sie es ausdrückte – *Omnibus auf zwei pelzigen Rädern*. Abgesehen von den Tagen, an denen seine Eltern mit seinen beiden jüngeren Geschwistern verreisten und sie das Haus in Beschlag nehmen konnten (auf der Treppe; unter der Dusche; beinahe auch, wäre nicht Georgs tiefenpsychologische Einsicht oder was auch immer dazwischengefunkt, im Bett seiner Eltern), blieb ihnen weiterhin nur Georgs Kellerzimmer, da Stellas Vater zwar begonnen hatte, Georgs Einfluß zu schätzen – ohne ihn hätte Stella kein Schulbuch mehr aufgeschlagen –, aber in Stellas perfekt und teuer möbliertem Zimmer, einer Art Puppenstubengefängnis mit pinkfarbener Couchgarnitur, Chromtischchen und gläserner Kommode, nicht der geringste Ausfall denkbar war. So fuhr Stella, die ein Mädchengymnasium in S. besuchte, bei Kälte, Schnee und Glatteis auf ihrem Mofa jeden Nachmittag zu Georg ins Souterrain der Freiheit. Manchmal traf er später zu Hause ein als sie, da er nach Schulschluß in der neuen Stadt nur die Wahl zwischen einer einstündigen Zugfahrt oder einer einstündigen Busreise nach S. hatte.

Im Dezember erschien Jean-Paul Sartre auf dem Fernsehschirm anläßlich seines Besuchs bei dem inhaftierten Baader. Die Blitzlichter der Pressefotografen zuckten über den gekrümmten kleinen alten Mann. Georg geriet außer sich, kaufte alle Zeitungen, die über den Besuch berichteten, litt und fluchte, ohne recht zu wissen, woran und worüber.

»Wie er schielt, wie häßlich er ist, ganz süß. Ich glaube, er ist krank«, sagte Stella. »Warum muß er immer so kämpfen? Weil er so klein ist?«

»Ich verstehe nicht, wie sie ihn so mißverstehen können«, rief Georg. »Ich finde die RAF-Leute zum Kotzen, das sind Killer. Aber man hat nicht das Recht, sie zu foltern! Sensorische Deprivation! Darum geht es, um nichts sonst.«

Stella konnte ihn kaum beruhigen. Sie hatten drei Tage und

Nächte ganz für sich, weil ihre und Georgs Eltern gleichzeitig verreist waren. Nun verdarb er die Stimmung mit seinen Zeitungen und Fernsehberichten.

»Die Leute, die die umlegen, sind mir völlig egal«, sagte Stella. »Banker und fiese Manager. Weshalb regst du dich so auf? Das hat bestimmt psychologische Gründe.«

Ihre Gleichgültigkeit erschreckte ihn – aber wahrscheinlich hatte sie recht, und es gab tiefere und ganz persönliche Ursachen für seine Verstörung. Es hing vielleicht damit zusammen, daß ihn manchmal, während er doch mit ihr glücklich war, der Wunsch überkam, wieder Roquentin zu sein, dieser Enddreißiger aus dem *Ekel*, der nur seinen intellektuellen Neigungen lebte und ab und an mit einer Hure schlief. Es hatte etwas mit der auf einmal wieder sehnsüchtigen Erinnerung an Camille zu tun und auf eine unklare Weise auch mit Simone de Beauvoir. Zu Stellas siebzehntem Geburtstag hatte er ihr *Das andere Geschlecht* geschenkt, es dann aber selbst lesen müssen, da sie ihre phantastischen Romane und Bildbände über Malerei bevorzugte. Sie mochte aber die passive, plüschtierhafte Anwesenheit des Werks in ihrer Nähe und trug es in ihren Schultaschen herum oder legte es sich neben das Kopfkissen. Dort lag es auch an jenem Dezembermorgen, an dem Sartre wieder nach Frankreich zurückkehrte. Gegen zehn Uhr fiel für eine knappe Stunde die Sonne direkt und ungehindert durch den Lichtschacht ins Kellerzimmer. Das kostbare Licht wanderte über *Das andere Geschlecht* und dann zu Stellas Kopf, der noch ganz ruhig auf dem Kissen lag. In ihrem feinen blonden Haar, das an den Rändern zu sprühen schien, gab es dunklere glatte Unterströmungen, kleine sandfarbene Nester unter einem ruhig und schläfrig dahinfließenden Strom. Vorsichtig küßte er ihren Nacken und sog ihren zugleich kindlichen und fraulichen Geruch ein. Ich war noch nie in Paris! dachte er und erschrak, weil er mit diesem Gedanken den kleinen alten Sartre direkt zwischen Stella und sich in das Bett gezaubert hatte. Schwer atmend lag er da, in einem arbeitskittelähnlichen blauen Pyjama, eine erkaltete Gauloise zwischen den Fischlippen, stumm, mit seinen unter der dicken Brille leuchtenden Augen in zwei verschiedene Richtungen sehend. Georgs immer noch erbärmliches Bücherregal schien ihm zu mißfallen. Womöglich durchstrahlte sein Röntgenblick den brikettschwarzen Rücken seines *Das Sein und das Nichts* und stellte fest, daß Georg gerade ein Drittel des Buchs hatte bewältigen können; womöglich ärgerte ihn ein aufgeklapptes mathematisches Lehrwerk, in dem Georg gerade den Beweis seines Vornamensvetters Cantor nachzuvollziehen versuchte, daß man die Menge der Punkte einer quadratischen Fläche umkehrbar eindeutig auf die Menge der Punkte einer Seitenlänge dieser Fläche abbilden konnte (eine raffiniert mit Hilfe von Dezimalbrüchen organisierte Sache). Als Stella im Schlaf seufzte, schielte das linke Auge Sartres in ihre Richtung. »Es ist das ganz Besondere an ihr! Das ist nicht einfach nur Fleisch, das mein Fleisch erhitzt!« wollte Georg ausrufen. »Davon verstehst du nichts!«

Sartre schüttelte mitleidig den Kopf und löste sich in dem schmalen Spalt auf, der Georg von Stellas Körper trennte. Obwohl Georg noch näher an seine Freundin heranrückte, blieb der Spalt bestehen, etwa wie das Grinsen der Katze in Alices Wunderland, nur viel ernster, als rißförmiges Nichts, das den warmen Kokon aufzutrennen drohte, der ihr gemeinsames Leben, ihre Gedanken und Hoffnungen umfing. Plötzlich sagte Sartre doch noch etwas, ein einziges, schwach durch den Spalt dringendes Wort. »Verklebt!« sagte er, und Georg haßte es, weil er sofort begriff, was damit gemeint war, nämlich diese glückliche Unklarheit, dieses Durcheinander von Lippenstiften, Gitarrensaiten, Mathematik, Filmrollen und Kerzenstummeln auf dem Tisch und natürlich und vor allem auch Georgs Versuch, Gymnasiast zu sein wie andere Kellner oder Hausfrau zu sein versuchten. Am liebsten hätte er Stella geweckt, um ihr den historischen Satz Camilles zuzurufen: »Ich werde dich niemals verlassen!« In diesem stillen und aufgeregten Augenblick bedauerte er es sogar, daß Lisa ihn zu der schwitzenden und spritzenden Reise im Badezimmer ihrer Schwester verlockt hatte. Er wollte auslöschen, was zuvor gewesen war, aber wohl noch viel mehr das, was kommen würde. Es war noch kein formulierter Gedanke, aber er empfand doch so deutlich wie eine Musik oder den Nachhall eines Gedichts für lange, schwebende Minuten, was ihm Stellas Dämon viel später einmal ins Ohr zischen würde: jetzt, kurz vor seinem achtzehnten Geburtstag, hätte er sterben müssen, an Stellas Seite, im Schutz vor einer Zukunft, die alles nur schlechter machen würde. Dann erwachte Stella, drehte sich zu ihm hin und betrachtete ihn mit einem verschlafenen zärtlichen Blick. »Fick mich, Liebster«, murmelte sie vergnügt, »aber langsam.«

9

Ein Jahr später, wiederum im Dezember, feierten sie bei Jürgen, der mittlerweile ebenfalls einen exterritorialen Kellerraum im Haus seiner Eltern bewohnte, den Abschluß ihres dritten und längsten Films, eines 23-Minuten-Projekts. Das Drehbuch stammte von Stella und Georg, Hermann hatte die Kamera und den Schnitt übernommen und gemeinsam mit Georg die Regie geführt. Das Werk trug den Titel *Die Olympiade der Ideologien*. Es war ein rein komisches, seltsam prophetisches und ziemlich aufwendiges Vergnügen, da sie zwölf Gymnasiasten mit selbstgeschneiderten Kostümen einsetzten, eine Tonspur aufzukleben gedachten und etliche technische Tricks anwendeten wie etwa eine Sequenz mit auf den Kopf gedrehter Kamera gefilmter rückwärts hüpfender Darsteller, die ausgeschnitten und verkehrt herum wieder in die Filmrolle eingeklebt wurde, was eine recht groteske Vorwärtsbewegung ergab. Eingedenk des Münchner Debakels traten zwei Terroristen und zwei Polizisten, ein Maoist, ein Existentialist (Hermann mit Hornbrille), der Papst (Jürgen mit geschultertem Kruzifix), ein Kapitalist und eine Art Edelhure (Stella als Hedonistin) in verschiedenen absurden Disziplinen auf einem unbeaufsichtigten Sportplatz gegeneinander an. Am Ende wurden sämtliche Ideologien von zwei blutrünstigen Sanitätern (Georg und ein Cousin von Hermann in Karate-Kitteln) auf den Müllhaufen der Geschichte beziehungsweise in die Weitsprunggrube des Sportplatzes geworfen. Da aus der Tonspur aus irgendwelchen, nur Hermann verständlichen Gründen nichts geworden war, mußte Georg während der Premierenfeier den von ihm geschriebenen Off-Kommentar eines Sportreporters sprechen, ohne den die wirren Bildfolgen nicht verständlich wurden. Stellas anzügliche Gesten als Hedonistin wirkten sehr talentiert.

Im Anschluß an die Filmvorführung wurde viel getrunken, und auf der engen Tanzfläche kamen sich Stella und der zweite

Sanitäter des Films immer näher, ohne sich um Georgs Anwesenheit zu scheren. Sollte er sie trennen? Sollte er sich lächerlich machen? Handelte es sich wieder um etwas Unernstes? Er ging aus dem überfüllten musikdröhnenden Raum. Im Flur des Kellers begegnete ihm Jürgens Mutter, die zwei Stunden zuvor die Filmvorführung anscheinend amüsiert verfolgt hatte, ihn nun aber spöttisch musterte.

»Es wundert mich, daß du so einen kindischen Kram filmst«, sagte sie und wandte sich nach links, so daß ihm, wollte er sich verteidigen, nichts anderes übrigblieb, als ihr zu folgen.

»Es war nur ein Spaß, wir sind doch keine richtigen Filmer«, erklärte er.

»Ich brauche noch etwas für meine Bowle.« Sie öffnete die schwere Metalltür zu einem Vorratsraum, die sie dann mit zwei Fingern und einer Geste offensichtlich bald ersterbender Anstrengung geöffnet hielt. Als er ihr die Mühe abnahm, ging sie weiter, ans Ende eines schmalen Ganges zwischen hohen Metallregalen. »Komm ruhig näher, die Tür hat auch innen eine Klinke. – Es war also nur Spaß?«

Er ließ die Tür ins Schloß fallen und ging auf sie zu. »Du kannst mehr als das, mehr als nur Spaß, das weißt du«, sagte sie. »Du bist sehr ... *unruhig*. Ich glaube wirklich, daß da eine Kraft in dir ist, etwas Außerordentliches.«

Ihre Feststellung traf ihn, sie durchschlug eine Barriere in ihm, die so tief lag, daß ihm die Tränen in die Augen stiegen. Draußen knutscht meine Freundin mit einem anderen! hätte er rufen sollen; aber er spürte mit einem Mal wieder die Hoffnung, die Gier und die Scham, die diese schlanke zierliche Frau mit dem hochtoupierten, kastanienrot gefärbten Haar in ihm auslösen konnte, als stünde er erneut wie damals, vor mehr als zwei Jahren, vor ihr auf dem Kopf, nur mit seiner Unterhose bekleidet. Vielleicht hatte er schon immer darauf gewartet, daß sie etwas in dieser Art zu ihm sagte, daß sie ihn *erkannte* (wenn es sonst schon keiner tat). Vielleicht war es falsch gewesen, ihr nie die Fotos zu zeigen, die er von S. gemacht hatte, oder die Geschichten, die er schrieb. Vielleicht hätte er doch nicht aufhören sollen, sich für ein Genie zu halten. Jürgens Mutter hielt ihm ein Einweckglas entgegen. Verwirrt griff er danach, aber sie bewegte es zur Seite, und seine Hand geriet dadurch fast automatisch auf ihre linke, überraschend tief hängende, kleine

Brust. Sie erstarrte. Was tat er da? War er wahnsinnig geworden? Oder hatte sie ihn übertölpelt, vielleicht nur, um ihm eine Ohrfeige zu geben und sich zu empören? Sie begann sich zu verkrampfen und zitterte plötzlich am ganzen Körper. Bekam sie irgendeinen Anfall? Er kannte sie seit seinen Kindertagen, und sie war ihm immer nur beherrscht und ironisch vorgekommen. Er mußte ihre Brust freigeben, diese kleine undefinierbar wahnsinnige Masse in seiner Hand, die er nur noch festhielt, weil ihm keine richtige Bewegung mehr einfiel.

»Verzeihung, ich wollte nicht, ich meine ...« stammelte er. Aber gerade als er seine Hand zurückziehen wollte, stieß sie sich wie von einem unsichtbaren Startblock ab und prallte fast so heftig gegen ihn, wie er einmal an jener Straßenecke gegen Lisa geprallt war. Eines der mit Konservenbüchsen und Flaschen gefüllten Regale fing klirrend seinen Schwung auf. Er wollte nur noch hinaus zu den anderen, Stella an der Hand nehmen und verschwinden – nach Kanada, in ein einfaches, klares Leben oder wenigstens in seinen eigenen Keller, so deprimierend, so erstaunlich deprimierend war es, daß Jürgens kühle, kunstvoll fotografierende Mutter nun an ihm klebte, daß sie in den schmalen, nach süßem Parfum, Haarspray und Schweiß riechenden Körper eines ältlichen Mädchens eingesperrt war und sich wie eine Ertrinkende an ihn klammerte, während ihre Hände ihn schnell und seltsam systematisch abtasteten und ihm zumute war, als erginge eine Flughafenkontrolle über ihn.

»Ich möchte wieder zu den anderen! Entschuldigung!« rief er halblaut.

»Ja, nein, warte –« Sie löste sich von ihm, heftig atmend. »Du hast recht! Wir können nicht zusammen Liebe machen. Das kann ich nicht für dich tun. Verstehst du das?«

Er verstand, dankbar und verzweifelt; aber sie war noch nicht mit ihm fertig, sie befand sich noch jenseits der Grenzlinie zur Aufrichtigkeit oder zum Wahnsinn. Etwas mußte noch geschehen, gerade weil sie beide wußten, daß sie die Linie nie wieder übertreten würden. Kleine rote Flecken hatten sich auf ihrem Gesicht gebildet, und er konnte, obwohl sie sich nicht mehr berührten, die Erhitzung ihres schmalen, immer noch bebenden Körpers spüren. »Du darfst sie küssen! Einmal! Willst du das? Willst du sie küssen? Du darfst es, einmal!«

Ihm war nicht unbedingt klar, was sie meinte. Er nickte vorsichtig, bereit, einen Preis dafür zu zahlen, daß er zu Stella und seinen Freunden zurückkehren konnte.

»Es ist – damit du dich erinnerst«, sagte sie, fast genau wie Lisa bei ihrem Abschied, als wäre die Liebe für diese älteren Frauen sofort oder immer nur Erinnerung. Rasch zog sie ihren Rock hoch und streifte ihre Strumpfhose bis zu den Knien herab. Wie erschaffen von einer bösartigen Phantasie, die plötzlich an Kraft verloren hatte, um diese Frau in der Pose der kleinen Mädchen festzuhalten, die einem – ganz kurz nur – ihre geheime Stelle zeigen wollen, stand sie vor ihm. Sie wartete. Er mußte in die Knie gehen und sich der scharf umrissenen sengenden Schwärze nähern, durch die sein Freund Jürgen achtzehn Jahre zuvor als blinder, blutverschmierter rosa Klumpen in die Welt gepurzelt war. Kaum hatte er ihren Salz- und Schweißgeschmack auf den Lippen, preßte sie seinen Kopf gegen sich, als wolle sie einen umgekehrten Gebärvorgang einleiten. Weil sie ihm dabei die Ohren zuhielt, verwandelte sich der Rolling-Stones-Song, der immer noch halblaut durch die geschlossene Eisentür zu hören gewesen war, in einen reinen hämmernden Puls, den sein jagender Herzschlag synchronisieren wollte. Er verlor die Orientierung in einem schaumigen, Mund und Nase verschließenden Gemenge, und wenn er eben noch hatte ausrufen wollen, alles täte ihm leid und er sei doch nur ein Gymnasiast, so dachte er nun auch, daß er genau dies hier gewollt hatte, diesen heimlichen, ihm die Luft nehmenden Dienst – aber schon stieß sie ihn wieder von sich. Irgendwo fielen Konservenbüchsen zu Boden. »Mehr kann ich nicht für dich tun, Georg, mehr nicht«, keuchte sie nach einer Sekunde, in der er nur benommen auf das von ihm befeuchtete Haar starrte, einen auf die weiche zweihöckrige Spitze gestellten schwarzen Christbaum, überzogen vom künstlichen Rauhreif seines Speichels. Schon verschwand alles hinter einem enzianblauen Slip, dem Trauerschleier einer Strumpfhose, einem herabfallenden Rock, der energisch geglättet wurde. Sie fuhr ihm mit den Händen über das Gesicht, wie um ihn abzuwaschen oder ihre eigene Nässe darauf zu verteilen. »Steh auf, Georg! Schnell! Das bleibt unter uns, nicht wahr?«

Er erhob sich mit schmerzenden Knien und nickte; dieser Satz kam ihm bekannt vor.

»Nimm das hier mit nach oben –« Sie drückte ihm zwei Einweckgläser in die Hand und schob ihn voran. Erst als er durch den mit Tanzenden überfüllten Flur gegangen war und sie die Treppe zum Erdgeschoß erreichten, sah er, was sie ihm zum Tragen mitgegeben hatte: schon wieder Sauerkirschen!

»Ein hilfreicher junger Mann, vielen Dank«, sagte sie, als er die Gläser in der Küche abstellte. Durch eine Schiebetür kam Jürgens Vater vom Wohnzimmer herein, klopfte Georg auf die Schulter und erklärte, daß er sich auf die Bowle freue. Georg konnte den grauhaarigen Bankangestellten nicht ansehen. Aber der war so gut gelaunt, daß er ihn in ein nahezu halbstündiges Gespräch über den Unterschied zwischen klassischer Musik und diesem »Underground-Zeug« verwickelte, das vom Keller her heraufdröhnte, während seine Frau gelassen ihre Kirschbowle zubereitete, Georg sacht beiseite schiebend, wenn sie weitere Zutaten suchte oder Gläser, ein Tablett schließlich, das er mit nach unten nehmen sollte. Er schaffte es nicht, sich von ihrem Mann loszureißen, obwohl ihm nichts dringlicher erschien, als sich in der an die Küche angrenzenden Toilette das Gesicht zu waschen. Mit dem Tablett in der Hand ging er dann endlich hinter Jürgens Mutter, die die Bowle trug, die Treppe zum Keller hinunter. Aus einer dunklen Ecke kam ihm Stella entgegen, sichtlich angetrunken und mit Tränen in den Augen. »Es tut mir leid, es tut mir so leid!« rief sie.

»Nein, mir! Ich habe mich nicht um dich gekümmert, ich weiß!«

»Trotzdem – es tut mir so leid!«

»Aber was denn nur?«

Erst nachdem sie sich von den Freunden verabschiedet und das Haus verlassen hatten, erklärte sie, was sie meinte. Sie hatte mit dem zweiten Sanitäter (diese Dämonen des medizinischen Hilfspersonals!) gevögelt, im Stehen, kurz und häßlich, wie sie sagte, in eben jenem Vorratsraum, den Jürgens Mutter und er nur wenige Minuten zuvor verlassen hatten.

Sie verloren sich unaufhaltsam im Laufe des folgenden halben Jahres. Stellas Auseinandersetzungen mit ihrer Mutter nahmen bedrohliche Ausmaße an. Als Flittchen und Hure beschimpft, wußte Stella sich einmal nicht mehr anders zu helfen, als sich weinend in eine Zimmerecke zu verkriechen und mit einem Türschlüssel den Rücken ihrer linken Hand zu zerkratzen. Ihr hilflos zwischen den Fronten stehender Vater mietete daraufhin ein kleines Apartment im Zentrum von S. an. Stella bezog es begeistert, um dann ganze Tage bei Kerzenlicht vor sich hin zu träumen und die Schule zu schwänzen. Nachdem er sich schon einige *Entschuldigungen* ausgestellt hatte, um mit ihr die Freiheit der eigenen Wohnung zu feiern, ließ sich Georg noch weitere Erkrankungen einfallen, weil er fürchtete, sie würde sich etwas antun, wenn sie zu lange alleine blieb. Wenn er über Nacht bei ihr war, hielt sie ihn am Morgen mit Schilderungen ihrer Alpträume, kleinen Sexüberfällen oder plötzlich ausbrechenden rätselhaften Schmerzen hin, so daß er wieder einmal den Bus zur Schule verpaßte und erneut Verweise erhielt, obwohl er nun schon mechanisch gute Noten schrieb. Die engen Gassen und schmalbrüstigen Häuser, die Weinkneipen und zwei Szenecafés von S., die sich um Stellas Apartment lagerten, flößten ihm Widerwillen ein – noch immer, wie er dachte, aber es war bereits eine neue Art von Abscheu, die Maske einer Angst. Stella fand immer mehr Freunde, mit sicherem Instinkt für zweifelhafte Figuren. Schon wollte sie einen LSD-Trip nehmen, woraufhin Georg sie das einzige Mal im Lauf ihrer Beziehung anschrie. Sie hatte keine Lust mehr, von ihm Nachhilfeunterricht zu erhalten, obwohl sie eine Klasse hatte wiederholen müssen und Georg sich sehr bemühte, ihr zu verdeutlichen, daß ihr Glück darin lag, einmal aus S. wegziehen und studieren zu können.

»Ich will nicht studieren – ich will nach Kanada«, sagte sie und nannte ihn noch einige Male den »Nachrichtensprecher«, wenn er ihr zu erklären versuchte, daß man die Gesellschaft analysieren müsse, statt sie rein instinktiv zu verachten. Schließlich begann die Scientology-Sekte sich in S. breitzumachen. Georg verspottete die Verballhornung von Philosophie und Religion, auf die in den Kneipen von S. ein Dummkopf nach dem anderen hereinfalle. Dann lagen plötzlich Broschüren und Bücher der Sekte auf Stellas Bücherregal. Er bedrängte sie, versuchte ihr das Widerwärtige dieser Schriften klarzumachen, karikierte die Afterpsychologie der Persönlichkeitstests der Sekte, die die Runde machten und den Leuten einen psychischen Defekt einredeten – und spürte doch, daß er Zentimeter für Zentimeter verlor. Stella wollte nach München, zu einem Kurs in die Sektenzentrale.

»Aber die Schule! Du wirst wieder die Versetzung nicht schaffen!«

»Die Schule ist Blödsinn, das sagst du doch selbst. Es geht um das wirkliche Leben«, erwiderte Stella.

»*Wir* sind das wirkliche Leben! Wir müssen selbst bestimmen, was für uns richtig ist.«

»Aber das tue ich doch! Sie helfen einem dabei, sich zu entdecken – das Genie in jedem Menschen.«

»Es ist gefährlich, was du da vorhast! Warum willst du denn ein Genie sein? Du bist doch nicht mehr fünfzehn! Du bist wunderbar, so wie du bist. Du kannst Kunst studieren, schon in einem Jahr!«

»Ich bin in zwei Wochen wieder zurück. Wenn du mich liebst, dann hältst du zu mir.«

Georg konnte sie nicht einmal dazu bewegen, bis zu den Sommerferien zu warten. Als sie aus München zurückkam, gestand sie ihm, mit einem der Kursleiter geschlafen zu haben. Ihm fiel nichts Besseres ein, als ihr keine Vorwürfe zu machen, weil er glaubte, nur so unterscheide er sich von ihrer Mutter oder ihren Lehrern. Aber schon bald darauf fuhr Stella ein weiteres Mal nach München, ohne Vorankündigung, ihm nur einen Brief auf dem Bett ihres Apartments hinterlassend, daß sie schließlich volljährig sei, daß sie ihn unbedingt liebe, daß er sich nicht sorgen und, falls nötig, ihren Vater beruhigen solle.

Mit dem Brief in der Tasche ging er über die Hauptstraße von S. und traf, nahezu an der gleichen Stelle, an der sie sich nach seiner Nacht im Krankenhaus umarmt hatten, Camille. Sie erschraken. Dann umarmten sie sich, wiederum im Sonnenlicht, wiederum unter dem mittelalterlichen Wehrturm. Drei Jahre waren seit der Trennung vergangen. Georg schien es, als käme er nach einer langen und strapaziösen Reise nach Hause, versöhnt mit allem, was einmal gewesen sein mochte. Dieses Gefühl einer vollkommenen, innigen Freude überraschte ihn so sehr, daß seiner Vernunft kein Randstreifen mehr übrigblieb, um sich darüber zu wundern.

»Noch immer in Schlammstadt«, sagte er lächelnd.

»Ach, nur noch ein Jahr!« erwiderte Camille. »Es ist so schön, dich wiederzusehen.«

»Wollen wir an den Rhein gehen und etwas trinken?«

»Gerne.«

Ohne sich zu berühren, folgten sie dem Weg, den sie früher so oft gegangen waren, vorbei am Stehcafé, am Kaufhaus, an der Stadtbibliothek. Der Sommer, der damals, nach ihrer entscheidenden Begegnung, sogleich verschwunden war, begann nun gerade und schien durch nichts gefährdet. Beide hatten sie genügend Taschengeld, um sich den Ort in S. aussuchen zu können, der ihnen gefiel. Sie plauderten unbefangen und bewegten sich leicht wie Taucher in einer Lagune, in der das Modell einer Kleinstadt versunken war, dicht unter der Wasseroberfläche, so daß alles taghell und doch auch entfernt wirkte, moderiert durch den sanften Widerstand eines Mediums, das vor heftigen Bewegungen und Verletzungen schützte.

»Und plötzlich ist man erwachsen«, sagte Camille. Sie trug weiterhin Turnschuhe, Jeans und einen ihrer hellen Pullover, der ihre nie von ihm erblickten Brüste andeutend hervorhob, ohne sie zu verraten. Während sie von einem Theaterstück erzählte, in dem sie demnächst auftreten würde und zu dem sie ihn herzlich einlud, ging ihm Stellas kompliziertes Verhältnis zu der umfangreichen, teuren Garderobe durch den Kopf, die man ihr geschenkt hatte, um sie herauszuputzen und abzurichten. Er hatte sich an elegant geschnittene Blusen gewöhnt, die sie achtlos beim Lackieren und Malen befleckte, an damenhafte Mäntel mit Pelzbesatz, an das Jeanskleid irgendeines Mode-Designers, an den Wechsel der Phasen, in denen Stella einmal verwaschene Jeans und immer dasselbe tintenblaue T-Shirt, dann wieder lange und kurze Röcke und Seidenstrümpfe trug, auch wenn der Lack ihrer Fingernägel schon nahezu vollständig zersprungen war. Hätte er ihr nicht sofort nach München nachfahren müssen? Sie aus den Klauen der Sekte befreien, ob sie sich nun ernst genommen fühlte oder nicht? Mit ihr nach Kanada auswandern, unverzüglich, ob mit oder ohne Geld und Vernunft?

»Du kannst viel besser zuhören als früher«, sagte Camille, als sie die Straße vor dem Kaiserdom überquerten. Zufälligerweise hatten sie beide gerade Faulkners *Licht im August* gelesen; sie stimmten darin überein, daß man das amerikanische Original anstelle der Übersetzung hätte lesen müssen, es aber doch zu schwierig sei. Die achtzehnjährige Camille war eine selbstbewußte, aufgeschlossene, nun sogar schauspielerisch begabte Oberschülerin geworden, um die man sich nicht sorgen mußte.

»Wie geht es dir auf der Schule? Ich habe gehört, du seist so unheimlich gut geworden?« fragte sie mit einem gewissen Nachdruck.

Er erklärte, die sorgsam assortierten, kultusministeriell vorgekosteten, didaktisch sterilisierten Häppchen satt zu haben, die man ihnen alltäglich verabreiche, die auf eine schale pharmazeutische Weise, etwa wie Astronautennahrung, nach Wissenschaft schmeckten und immer schon verdorben waren vom ranzigen Beigeschmack der permanenten Abprüfbarkeit in jedweder Form. Es ginge ihm nur noch darum, eine möglichst gute Abiturnote zu bekommen, um freie Hand bei der Auswahl der Universität und Fakultät zu haben.

»Mir geht es ganz genauso. Die Schule hängt mir zum Hals heraus!« rief Camille und verschränkte im Gehen die Arme, eine Geste, die er immer sehr an ihr gemocht hatte. »Ich bin so froh, wenn ich endlich an die Uni kann und dieses Kaff nicht mehr sehen muß!«

Sie befanden sich fast genau an der Weggabelung im Park, an der Camille einmal infolge ihres Ringkampfes zu Boden gefallen war, um ihn mit dem Anschein einer Kopfverletzung zu erschrecken. Aber diese Schatten hatten sich nun verflüchtigt, und der Anflug von Traurigkeit, den er verspürte, galt allein Stella und ihrer unglücklich-kindlichen Verzweiflung. Er war dankbar dafür, daß Camille keinen Versuch unternahm, etwas über Stella herauszufinden. Ebenso würde er sie nicht über ihre vergangenen oder gegenwärtigen Beziehungen ausfragen. Ein neues, entspanntes Verhältnis entstand zwischen ihnen. Es war wie der rein malerisch interessierte Blick auf das Park-Schachspiel mit den kniehohen Holzfiguren, den Gestalten der auf dem schwarz-weißen Mosaik grübelnden, von den Rauchfäden ihrer Zigaretten umsponnenen, sich am Kopf kratzenden Spieler – anstelle eines Erfaßtwerdens von der dicht gepackten logischen Brut, der aggressiven Mathematik der Konstellation, bei der es immer einen Verlierer geben mußte.

»Ist es schlimm für dich, daß du erst einmal zwei Jahre zur Bundeswehr mußt, bevor du an die Uni kannst?« erkundigte sich Camille.

»Ich werde verweigern.«

»Natürlich. Bestimmt fragen sie dich, was du tun würdest, wenn du nachts im Park mit deiner Freundin spazierengehst und einige Typen sie vergewaltigen wollen. Aber du hast deine Maschinenpistole dabei.«

»Der Verhandlungstermin ist in drei Wochen. Ich finde es unglaublich, daß man mir zwei Jahre meines Lebens stehlen wird«, sagte Georg. »So oder so.«

»Ja, aber was würdest du tun? Mit der Maschinenpistole?«

»Ich würde sie meiner Freundin geben und sagen: Mach sie fertig, Schatz, sie wollen dir ans Bärchen« – hätte Georg sich einmal an diesem Punkt der Vergangenheit gerne sagen hören. Aber er gab Camille die gleiche juristisch abstrakte Antwort, die ihn drei Wochen später durch seine erste Verhandlung als Kriegsdienstverweigerer fallen ließ.

»Wenigstens hat man hier mal einen Vorteil davon, Frau zu sein«, erklärte Camille mit der ihr eigenen Fähigkeit, eine Unzufriedenheit durchschimmern zu lassen. »Es ist nicht einfach für euch.«

»Für den richtigen Soldaten ist die Sache einfach. Da seine Braut das Gewehr ist, hat er immer eines dabei, wenn er mit ihr spazierengeht.«

»Du bist immer noch so ein Logiker«, sagte Camille.

Als sie sich auf den Holzbänken des Cafés am Rhein gegenübersaßen, erzählte sie von ihrem vier Jahre älteren Bruder, der zu ihrer Bewunderung Physik und Chemie studiere, von dem Stück des Schülertheaters, in dem sie auftreten würde, von einer besorgniserregenden Affäre einer ihrer Freundinnen mit einem über vierzigjährigen Mann. Lisa und die erregende und peinliche Episode mit Jürgens Mutter erschienen daraufhin, sein Leid und die ganze Lust mit Stella – in einem Spiegel wiederum, der aber nicht mehr auf eine kaum begreifliche Weise im Körper Camilles geborgen war, sondern gewissermaßen neben ihr stand, unter dem von der Sonne durchschossenen Blätterdach einer Kastanie. Die Bilder des Spiegels, ein kristallscharfer Film seiner Erinnerung, ermöglichten es ihm, jeden Satz Camilles freundlich und aufmerksam zu verfolgen. Georg konnte sich nun sogar eingestehen, daß ihn Camille mit ihrer eigenwilligen indianischen Schönheit stärker fesselte als jede andere ihm bekannte Frau. Es ist schade, daß sie nicht bei unseren Filmen mitgemacht hat, dachte er, nahezu gelassen und versöhnt von dieser neuen Art, sie zu betrachten.

»Es ist wirklich wunderbar, wie man mit dir reden kann«, sagte sie. »Ich kann mit dir über alles reden, besser als mit einer Frau. Eigentlich aber kann ich mit Frauen über gar nichts reden. Weißt du, was Michael mir erzählt hat?« Es handelte sich um einen Schicksalsgenossen Georgs, den sie einige Wochen zuvor verabschiedet hatte. »Daß er noch heute an mich denkt, wenn er masturbiert.«

»Na und?« fragte Georg.

»Ich weiß nicht. Es ist irgendwie beunruhigend.«

»Es tut dir doch nicht weh. Was soll's?« Auf diese Weise beendete Georg das Thema, aber mit einem Male gab es wieder ihren versteckten Dialog, in dem er hinzufügte: »Ich weiß, du willst jetzt herausfinden, wie oft ich beim Onanieren an dich denke. Das ist dir unheimlich, weil du nicht zugeben kannst, daß es dir gefällt.«

»Also – wie oft?« lautete Camilles virtuelle Frage.

»Nie«, hätte er ehrlich antworten können. Erst nachdem Stella ihn betrogen und dann für Wochen alleine gelassen hatte, war er wieder zu dem einsamen Sport gekommen, um sich dabei Chimären auszumalen, in denen die aufregenden Körperteile von Jürgens Mutter, Erika und Monika, von ehemaligen Lehrerinnen und neuen Klassenkameradinnen im glänzenden Überfluß von Tintenfischarmen pulsierten. Camille war durch irgend etwas in ihm vor dem Einsatz in einen solchen polyvaginalen Organismus vollkommen geschützt, und sie verweigerte sich auch dem Solo-Auftritt, als er es an den folgenden Abenden auf ihre Anregung im Stadtpark hin mit besonderem Einsatz versuchte. Es war wie mit Romy Schneider oder Catherine Deneuve – ein wunderbarer Anfang und dann ein absolutes Verschwinden des Bildes, noch bevor das erste Kleidungsstück von der Haut gestreift werden konnte.

So erschien ihm auch der Sommerabend, an dem sich verschiedene Cliquen zu einem Grillfest am Baggersee trafen, folgenlos und irreal. Stella hatte ihm geschrieben, daß es ihr bei den Scientology-Kursen wunderbar ergehe, sie endlich ihre Probleme begreife und bis zum Ferienende in München bleiben werde. Im Grunde hatte sie ihn schon verlassen, im Grunde war er schon frei. Er redete mit niemandem darüber;

aber Camille sah ihm seine Traurigkeit an, setzte sich an seine Seite in den dunklen Sand, starrte mit ihm lange in ein ausglühendes Lagerfeuer und küßte ihn dann mehrmals mit einer neu erworbenen Leidenschaft, die ihn zugleich tröstete und noch trauriger stimmte. Weshalb taten sie das?

»Das war jetzt einfach nur schön«, sagte Camille, und er glaubte, nie etwas Zärtlicheres von ihr gehört zu haben. Sie mußten nicht einmal aussprechen, daß sie es bei diesen Küssen bewenden lassen wollten.

Bei ihrer Rückkehr aus München weinte Stella bereits, als sie die Tür zu Georgs Zimmer öffnete. Sie bemühte sich tapfer, ihm auf eine nicht verletzende Weise zu erklären, weshalb sie ihn verlasse, wurde von neuen Tränen erstickt, bat ihn, sie festzuhalten und noch einmal zu küssen. Er küßte sie und hielt sie eine lange verzweifelte Stunde im Arm. Dann bat er sie, ihm zu versprechen, nicht wieder zu dieser Sekte zu gehen. Sie versprach es, behauptete, schon für sich zu dieser Entscheidung gekommen zu sein, schluchzte auf, klammerte sich an ihm fest. Auch jetzt noch, wo sie ihn verließ und ihr gemeinsames Leben zerstörte, war es an ihm, den Überblick zu behalten.

»Es ist gut, daß du nichts mehr mit Scientology zu tun haben willst. Aber du mußt auch dabei bleiben. Man sollte durchhalten, was man sich vorgenommen hat.«

Sie gab ihm erneut ihr Wort. Zitternd begann sie, die zahlreichen kleinen Gegenstände in seinem Zimmer zusammenzusuchen, die ihr gehörten. Er half ihr dabei, ergriffen von einer scheußlichen Ruhe, einer Kälte und Empfindungsarmut, als hätte man ihm in jeden Muskel ein Betäubungsmittel gespritzt.

»Verzeih mir, bitte!« rief sie, schon vor dem Haus seiner Eltern, auf der Straße, den Lenker ihres Mofas umklammernd.

»Du kannst immer zu mir zurückkommen«, sagte er – zu mechanisch und abwesend.

Das Mofa sprang nicht an, er mußte es schieben, dann, als dies nichts half, sich selbst auf den Sattel setzen. Beinahe wäre es ausgerissen wie ein Pferd, weil Stella bei der Übergabe die von ihm angezogenen Bremsen nicht fest genug packte, und als sie losfahren wollte, hätte sie um ein Haar ein Gartentor gerammt, aus der Richtung gebracht von den am Lenker hängenden Tüten mit ihren Habseligkeiten. Endlich surrte sie in gerader Linie davon. Er schloß die Augen, nachdem sie etwa die Hälfte der übersehbaren Strecke zurückgelegt hatte. Weil er auf der Straße stehengeblieben war, schien es ihm zehn langsam gezählte Sekunden lang, daß ihre beiden nun auseinandergerissenen Leben in genau der gleichen Gefahr schwebten. Es gab nichts zu verzeihen. Er fühlte Kälte, Trauer und eine ihm widerwärtige Erleichterung. Als er die Augen wieder öffnete, war die Straße seiner Kindheit vollkommen leer. Wie vor einem Bombenangriff, dachte er.

In den darauffolgenden Tagen und Wochen fand er Gründe, ein System von Gründen, eine schlüssige Theorie, die erklärten, weshalb es mit Stella nicht hatte gutgehen können. Manches davon mochte sogar zutreffend gewesen sein. Aber er vergaß bald, was er sich da ausgedacht hatte, und erst einige und dann etliche Zeit später glaubte er dies alles zu begreifen, nämlich als er Stella zwei Jahre nach der Trennung zum letzten Mal begegnete, stärker und inniger jedoch zu Beginn des Hundejahres, im Februar 1994, als ihn Stellas Dämon zu eben dieser Begegnung zurückführte. Dies war in einem Meo-Dorf am Rand des Goldenen Dreiecks. Die Klugheit der thailändischen Regierung, es sich mit den westlichen Investoren nicht zu verderben, hatte den Opiumanbau hoch in den Bergdschungel und nach Burma vertrieben. Die Einwohner des Dorfes überlebten als Händler und Fotomodelle für Abenteuertouristen. An der Seite seiner Frau stolperte Georg über die rote ausgebrannte Erde und glaubte auf einmal Stella während ihrer letzten Begegnung zu hören. Es hing mit dem Opium zusammen. Plötzlich sah er dann auch Stella vor sich sitzen und erregt auf ihn einreden. Sie schilderte ihm die Qualen der Junkies. In der Lust, nicht mehr einig sein zu müssen, hatte er ihr damals erklärt, daß ihn die Luxuskrankheiten der Industriestaaten wenig interessierten. Faszinierend sei doch allein die Ironie der Verhältnisse: aus dem mit Bomben und Napalm überzogenen Dschungel fließe der Tod wieder zurück, als hätte man den vergifteten Regen in Ampullen gesammelt, ein freiwilliger arterieller Import der verstörten Kinder der Angreifer.

»Was hat das denn mit uns in Deutschland zu tun?« rief Stella empört.

Er erinnerte sich, irgend etwas über die Verwicklung der Bundesrepublik in den Vietnamkrieg dahergeredet zu haben. Dann verlor er Stellas Bild, weil sich ein kleines Mädchen, das auf Strohstiele gesteckte Blüten verkaufen mußte, an seinen Arm hängte und unentwegt rief: »Give me ten Baht! Give me ten Baht!«, obwohl oder weil er schon eine Handvoll Blumen gekauft hatte. Er sah auf sie hinunter und bemühte sich, den Schwerpunkt in diesem unruhigen, mit nackten Füßen zappelnden Gemengsel aus Not, Koketterie und Spiel zu finden. Und plötzlich streifte ihn Stellas Dämon erneut, und er sah durch einen Raum-Zeit-Tunnel wieder die damalige Auseinandersetzung über die Junkies, so deutlich wie das struppige schwarze Haar des Mädchens. Alles war gleich nah und gleich weit: die verdorrten Korallenbänke des Dschungels, das heruntergekommene Altstadthaus am Rhein, in dem Stella nach ihrer Trennung damals wohnte, die weiche schmutzige Hand des Meo-Kindes, seine wunderbare Geistesabwesenheit beim Betteln, Stellas braune Augen, die Mandelaugen vor der roten Erde des thailändischen Dorfes ... Was soll man tun? dachte er verzweifelt. In seinem Kopf errichteten sich Industrien, Autobahnen, Hochhauskomplexe, Börsensäle, Rohrtrassen, Fabriken, Hörsäle, Bilder von Kabeln, die unter den Meeren liefen. Er betrachtete die blasse Stella in ihrem ramponierten Sperrmüllsessel (einer ihrer Vorderzähne war abgebrochen, und er wagte nicht zu fragen, weshalb) und das Kind, das sich mit den Enden der Blumenstiele das zarte schmutzige Genick kratzte, mit einer sprachlosen Anwesenheit. Sie mußten begreifen, daß sich seine Augen in Okulare verwandelt hatten, durch die sie einen Blick auf die rasende, übermächtige Wirklichkeit werfen konnten, die sie umgab. Weshalb zündeten sie die Welt in seinem Kopf an? Weil er nicht für sie verantwortlich sein wollte. Stella redete von Drogen, und genau das hatte er für sie immer gefürchtet. Daß sie irgendwann an einer Straßenecke stehen würde. Daß irgendeiner käme, mit ihr aufs Zimmer ginge, sie töten würde mit dem beiläufigen Stumpfsinn, mit dem ein Säufer eine Flasche zerschlägt ... An jenem Nachmittag im Jahr des Hundes, an dem diese letzte Begegnung mit Stella so nah und doch auch unwirklich erschien wie der Grünschimmer in den weißen Blüten des Schlafmohns, als Tourist in den Opiumbergen und als Tourist im Halluzinogen seiner Erinnerung, sah er mit schmerzhafter Deutlichkeit den Grund, weshalb Stella sich von ihm getrennt hatte. Weil er gute Schulnoten schrieb und weiterhin den Intellekt hochhielt, war er für sie ein Vertreter des »Systems« geworden. Er nahm in dem Altstadthaus am Rhein die Rolle so grimmig an wie die des großen weißen reichen Affen, der nun, fast zwanzig Jahre später, wieder in den Ausflugsbus nach Chiang Mai stieg, der sie in das Meo-Dorf gebracht hatte. Stella war nie auf dem Drogenstrich gelandet. Er hörte von einem Selbstmordversuch, etwa drei Jahre nach ihrer Trennung, bei dem sie sich die Handgelenke quer zum Verlauf der Arterien aufgeschnitten hatte. Kurz bevor er S. verließ, erhielt er eine Postkarte aus Schottland, einige traurig klingende Zeilen in ihrer schönen verschnörkelten Handschrift, und glaubte, dies sei nun die letzte Nachricht von ihr. Aber dann schrieb ihm seine Mutter nach New York, daß sie die 37jährige Stella in S. getroffen habe: Sie lebe schon lange mit ihrem Mann und ihren Kindern im Alsace, auf ihrem eigenen Bauernhof. Kanada also, dachte er. Sie war nur ihren Weg gegangen, ganz wie er selbst. Seine Mutter hatte dem Brief einen von Stella geschriebenen Zettel mit ihrer französischen Adresse beigelegt. Stellas Schrift erschien nahezu unverändert.

»Von wem ist der Zettel?« fragte ihn Mary. »Von einer Frau? Von einer Verehrerin von früher?«

»Von viel früher, aus dem 12. Jahrhundert. Es ist die Adresse von Lady Ginevra«, sagte er. Weil er ihre romantischen Vorstellungen über das alte Europa kannte, las er ihr dann aus einem der wenigen Bücher, die er noch besaß, ein provençalisches Liebesgedicht aus der Zeit der Troubadoure vor, über ein Paar, das sich ins Gras fallen ließ, während die Nachtigallen sangen (Quan lo rossinhols escria / ab sa par la nueg el dia / yeu suy ab ma bell' amia / jos la flor ...)

Er hätte sterben müssen, aber er hatte wie Stella überlebt. Langsam und ungeschickt, da er schon lange aus der Übung war, faltete er den Zettel mit Stellas Adresse zu einem Flugzeug von der Größe eines Streichholzheftchens, öffnete das Fenster und ließ es über die schneebedeckte Lexington Avenue hinaussegeln, auf der die Autos im Schrittempo vorankrochen, turmhoch verschleiert von grauen Flocken. Ein Kristallwirbel erfaßte das Flugzeug, trieb es zur Hauswand zurück. Es verfing sich auf einer Gitterstufe der Feuerleiter.

»Das kann ich jetzt nicht sehen«, murmelte Georg. Er öffnete das Küchenfenster und stieg auf die Feuerleiter im vierten Stock hinaus. Als er sich nach dem Flugzeug bücken wollte, glitt er auf dem vereisten Metall aus, schlug sich das Knie an und wäre fast die Stufen hinabgestürzt. Nur dadurch, daß er nachgab und sich fallen ließ, konnte er den Schwung bremsen und saß nun schief, wütend und mit schmerzendem rechtem Knie auf der Treppenstufe, in deren Gitterrost auch das schon durchnäßte Flugzeug steckte. Mary war ans Fenster getreten und betrachtete interessiert den allmählich zuschneidenden Sir Lancelot. Nach einer Weile griff Georg neben sich, knüllte das Papier zusammen und warf es in die Tiefe. »Ich glaube, ich sollte doch wieder arbeiten«, sagte er achselzuckend und lächelnd. »Und denk dir, es geht mir gut.«

10

Mit einem ähnlichen Lächeln hatte er zwei Tage nach der Trennung von Stella die Schublade mit den Fotografien von S. geöffnet. Er steckte sie in den Mülleimer und begann ernsthaft, das Buch über den Gödelschen Beweis zu studieren. Die Intelligenz und Kühnheit des Beweises versetzten ihn in einen nahezu glücklichen, entrückten Zustand, der ihm die Trauer um Stella zu überwinden half. Er erlebte eine unbezweifelbare Klarheit in jedem Gedankenschritt und den berauschenden Effekt sich sternschnuppenhaft ergebender Konsequenzen – auch und weil diese, anders als die labyrinthischen Analysen in *Das Sein und das Nichts*, nicht direkt auf den weichen verletzlichen Kern, auf das Unmittelbare seines Lebens zielten. Dieses Buch hatte Lisa gelesen? Plötzlich entdeckte er schmerzhafte Leerstellen in der Erinnerung an ihre Begegnung; mit seinem pubertären Gerede hatte er sich die Chance genommen, mehr von dieser Frau und ihrer gewiß bemerkenswerten Sicht der Dinge zu erfahren. Aber wie dem auch war und obgleich er keine Geduld mehr für die verknäulten Sätze seiner Schriften aufzubringen vermochte: Sartre hatte recht behalten, in theoretischer Hinsicht und noch mehr mit seiner verdrießlichen, höchst inoffiziellen Erscheinung an jenem Morgen zwischen Stella und Georg im Bett. Es ging um klare Gedanken, um Freiheit und Begierde, nicht um romantische Illusionen. Befreit von Stella, konnte er ganz über seine Zeit verfügen. In den

Regalen der Stadtbibliothek der größeren Stadt, in der er das Gymnasium besuchte, entdeckte er eine unerschöpfliche Reihe gelb eingebundener Bücher zur Zahlentheorie, Topologie und mathematischen Logik. Er entlieh sich einige davon, deren Gedanken er mit mäßigem Glück, aber großer Leidenschaft verfolgte. In den letzten Sommerferien seines Schülerlebens reiste er endlich, zu Beginn der Ferien eine Woche mit Hermann nach Amsterdam und während der letzten drei Wochen in die Bretagne, gemeinsam mit Klassenkameraden.

Zwei Monate nach der Trennung von Stella gehörte Camille auf eine ganz selbstverständliche Weise wieder zu seinem Leben. Es war auch naheliegend, denn schließlich teilten sie viele Interessen: sie liebten das Kino, lasen gerne, masturbierten viel (eine seiner freudianischen Vergangenheit entlehnte These) und pflegten dieselbe, nicht immer dezente Verächtlichkeit im Umgang mit ihrer Heimatstadt. Was einmal zwischen ihnen geschehen war, bewirkte noch immer eine ungewöhnliche Nähe, lag aber doch so lange zurück und war im Vergleich zu Stellas Liebe und Lisas Offenbarungen so wenig gewesen, daß es auch hier nichts zu verzeihen gab. Also schien es natürlich, daß sie sich in diesen Jahren, in denen sie das Abitur vorbereiteten und bestanden und Camille ihr Studium in einer nahegelegenen Universitätsstadt begann, während Georg seinen Zivildienst in S. ableistete, immer wieder trafen, in einer lose auf der Zeitachse verstreuten Folge zwischen ihrem achtzehnten und einundzwanzigsten Lebensjahr.

Kaum etwas wäre Georg lächerlicher vorgekommen als die Behauptung, daß diese Begegnungen eine bedeutsame Rolle in seinem Leben spielen würden. Mit der formalen Kühnheit aber, die er gerade an mathematischen Ideen schätzen lernte, hätte er die Bedeutungsakzente auf einen Schlag verschieben können. Es bedurfte nur einer leicht durchzuführenden mnemotechnischen Operation, nur eines kleinen Gedankenexperiments auf der Folie der Erinnerung – und schon sah es nicht mehr so aus, als ob die über Wochen und Monate verstreuten Begegnungen ein schemenhaftes Bild Camilles am Rand seines Lebens lieferten, sondern als ob er selbst, mit allem, was für ihn wichtig war, nur noch punktuell existierte, in den erlesenen und oft genug jämmerlichen Augenblicken ihrer raum-zeitlichen Koinzidenz.

»Lebensphilosophie ist keine Philosophie. Man muß experimentell leben, mit technischen Vermutungen«, sagte er zu Hermann.

»Aber gerade das ist eine Lebensphilosophie, du beißt dich ja selbst in den Schwanz«, erwiderte sein Freund.

Erst in jener Zukunft, in der Georg diese Bemerkung als beste Zusammenfassung seiner letzten drei Jahre in S. erschien, war er auch zu der Mathematik a posteriori fähig, die Camille wieder in das magische Licht ihrer ersten Begegnung tauchte. So ragt die verschneite Feuerleiter in Manhattan am Ende des Hundejahres erneut ins Bild, der zukünftige Brief seiner Mutter eigentlich, der es ihm ermöglichen wird, Stella gerettet zu glauben und sich endlich die Wut auf sie einzugestehen, den Zorn darüber, daß sie einmal für so lange Zeit die Idee der romantischen Liebe in ihm zerstört hatte.

Zunächst aber sah er Camille in jenem angekündigten Theaterstück. Es stammte von einem osteuropäischen Autor. Drei von Schülerinnen gespielte Herren im Frack stellten auf einem untergehenden Boot endlose absurde Betrachtungen an. Georg war zu sehr mit Camilles Anblick beschäftigt, um sich auf den Text konzentrieren zu können. In ihrem Frack sah sie aus wie ein schöner indianischer Pinguin, und sie agierte etwas übertrieben, ohne sichere Nuancierungen. Aber vielleicht konnte sie ja eine Schauspielschule besuchen. Nur entfernt dachte er noch an seine eigenen Versuche, Stücke zu schreiben. Da Hermann sich verstärkt auf die Schule konzentrierte, um den hohen Numerus clausus für Psychologie zu schaffen, hatten sie ihre weiteren filmischen Ideen schon seit längerem verabschiedet. Sie waren nicht mehr oder auch noch nicht in dem Alter, sich mit eigenen Projekten lächerlich zu machen. Es war das Alter, um zu studieren und aufzunehmen – ungleich geduldiger und bescheidener, als man sich das in der genialischen Phase hätte vorstellen können.

Am Ende der Vorstellung holte Georg seine alte Freundin Camille am Bühnenausgang ab, beglückwünschte sie und lud sie zum Essen in eine Pizzeria ein. Eine Stunde lang lebte er in der seltsam glücklich stimmenden Illusion einer zehn Jahre entfernten Zukunft, in der sie eine bekannt werdende Schauspielerin wäre und er der vielversprechende Wissenschaftler, der sich über ihr Talent freute und ihr mit seiner analytischen

Art half, ihre künstlerischen Schwächen und Stärken zu entdecken.

»Ich werde Biologie studieren«, eröffnete sie ihm dann jedoch am Ende des Essens, ungefähr in dem Ton, in dem sie ihm damals berichtet hatte, daß man ihr die Pille verschrieben habe.

»Und ich Mathematik«, parierte er.

Sie erschrak – auf eine ganz bestimmte, aber schwer benennbare Art, etwa als wüßte sie ein Wort in einer fremden Sprache nicht.

Einige Wochen später bestand sie die Führerscheinprüfung. Sie besaß auch schon einen Wagen, einen blauen Renault, und bat Georg, sie auf ihrer ersten Fahrt zu begleiten, da sie allein zuviel Angst habe. Das war ein verblüffendes Argument, denn auch noch zehn und zwanzig Jahre später konnte Georg nicht autofahren. (Anfangs zitierte er Adorno und Heidegger, um dies zu begründen; dann gab er zu, sein Geld für Urlaubsreisen und Bücher ausgegeben zu haben; schließlich fürchtete er tatsächlich, seine Zerstreutheit und Tagträumerei könne ihn unversehens zum Killer am Lenkrad machen.) Während der gemeinsamen Autofahrt in die nächstgelegene größere Stadt mußte Georg unangenehm häufig an Camilles Ex-Freund Michael denken. Über dessen Masturbationsphantasien konnte Camille wohl aus dem gleichen, etwas beleidigenden Grund mit Georg reden, der sie dazu veranlaßte, ihn zum Beifahrer ihrer Jungfernfahrt zu machen. Sie hielt ihn für harmlos, sie vertraute ihm wie einem Kastraten. Oder hing es nur damit zusammen, daß er behauptet hatte, nach dem Desaster mit Stella habe er fürs erste von Beziehungen genug? Camille kämpfte sich erfolgreich durch den Abendverkehr und dann in eine enge Parklücke vor einem Kino.

Man zeigte den ersten Teil von Bertoluccis *1900*. An einer bestimmten Stelle zuckte Camille zusammen. Auch im Dunkeln erkannte Georg den Schreck wieder; erneut war das unbekannte Wort aufgetaucht, das sie noch nicht nachgeschlagen hatte.

»Phantastisch, eine ganze Welt!« rief er, als sie das Kino verließen. »Ein wunderbarer Regisseur!«

»Ja, aber das eine, das fand ich überflüssig.«

»Du meinst den Anfang, wie der faschistische Verwalter von

den Bäuerinnen mit Mistgabeln umgebracht wird«, schlug er vor.

Sie verneinte, und er erwähnte eine weitere Gewaltszene. Schließlich mußte sie deutlicher werden.

»Ach das. Ich fand das gut«, sagte er dann. Daß seine Ankündigung, Mathematik studieren zu wollen, die gleiche Reaktion wie die beanstandete Filmszene ausgelöst hatte, beschäftigte ihn eine Weile. Man hatte zusehen müssen, wie die beiden Helden des Films, ein Grundbesitzer- und ein Bauernsohn, eine mittellose junge Frau aus dem Arbeitermilieu prostituierten. Nackt lagen sie nebeneinander auf dem Rücken. Die junge Frau, der sie gegen ihren anfänglichen Protest Alkohol eingeflößt hatten, saß zwischen ihnen und masturbierte sie in einer tristen Parallelaktion, bis sie plötzlich von einem epileptischen Anfall gepackt und so erbärmlich geschüttelt wurde, daß die beiden Freunde Reißaus nahmen. Georg fielen mehrere Argumente (und das Zittern von Jürgens Mutter) ein, die Szene zu verteidigen. Dagegen stand allein Camilles unausgesprochene Empörung über den Anblick zweier halbsteifer Schwänze. Mit jedem und jeder anderen hätte er eine Diskussion begonnen. Aber die Regeln ihres heimlichen Dialoges hielten ihn davon ab: »Was hast du nur mit diesem Hubert und diesem Michael angestellt, als du mit ihnen im Bett warst? Die Augen geschlossen?« fragte er stumm. – »Ich will etwas tun, aber ich will mich nicht daran erinnern müssen«, sagte sie ebenso stumm, und laut und ausführlich schilderte sie ihm während der Fahrt nach Hause ihre Ängste vor dem »harten« Teil des Biologiestudiums, insbesondere den Mathematikkursen und den (unsauberen?) Physikpraktika.

»Du wirst das schon schaffen, da bin ich ganz sicher«, tröstete er sie.

Die Begegnung, bei der er sie mit einem ironischen und wütenden Forscherblick betrachtete, lag noch um einiges in der Zukunft. Dort erst kam er auf die Idee, daß sie an diesem Kinotag, in einer belanglosen und ziemlich symbolischen Weise die Komödie des verweigerten Coitus wiederholt hatten, die sie schon Jahre zuvor gespielt hatten. Camille fuhr sicher, sobald sie dem Stadtgewirr entronnen und auf den breiten Zufahrtsstraßen waren. Als sie ihn vor dem Haus seiner Eltern absetzte, spürte er schattenhaft wieder den Haß und

Ärger, mit dem er als Sechzehnjähriger von ihr weggelaufen war, um gleich darauf gegen Lisa zu prallen. Aber er dachte eben nicht oder er bemühte sich, sich nichts dabei zu denken.

Am Telefon, wenn sie einen Konzert- oder Kinobesuch verabredeten, wenn er Camille nicht sah und sich auf ihre Stimme konzentrierte, ohne von ihrem Blick abgelenkt zu werden, konnte er nicht umhin zu bemerken, daß keines ihrer Gespräche unverfänglich oder einfach sein konnte. Hier ahnte er das Bildungsgesetz der Folge, das zu entwickeln er sich beinahe so standhaft weigerte, wie er sich an einem oder zwei Abenden in der Woche bemühte, wirkliche Mathematik zu treiben, um sein Talent zu prüfen.

Gemeinsam mit Erika, Hermann und dessen Freundin Kerstin faßten sie den Entschluß, sich regelmäßig zu treffen, um sich Passagen aus Büchern vorzulesen, die sie besonders beeindruckend fanden. Es gab jedoch nur ein einziges Treffen, in Georgs Kellerzimmer, kurz nachdem die RAF den Generalstaatsanwalt Buback ermordet hatte und auch durch die zwei Szenekneipen von S. die Frage ging, ob man nun eine »klammheimliche Freude« empfinde oder nicht. Erika las aus dem *Mann ohne Eigenschaften* – dies war für Georg die größte denkbare literarische Entdeckung –, und Camille trug ein Gedicht von Heinrich Heine vor, in dem fortwährend von »deutschen Eseln« die Rede war. Sie las gut, aber viel zu laut, ganz als stünde sie auf der Bühne. Georg nahm ihr die Esel übel. Oder war es nur die theatralische Art, auf die sie die Esel daherkommen ließ, jenes völlig unnötige Deklamieren? Camilles blitzende Augen und perfekt weiße Zähne mißfielen ihm zum ersten Mal. Die Trennung von Stella lag ein Dreivierteljahr zurück, und seither war er allein. Er war zwei möglichen Beziehungen auf der Pettingschwelle entlaufen, weil sie vom ersten Kuß an Beziehungen zu werden drohten (im zweiten Fall zu einer vollkommen blonden und vollkommen raffiniert dummen Zahnarzthelferin, hätte er sie doch nur gevögelt!). Camille verdarb ihm Heine bis zu einem acht Jahre später stattfindenden Besuch in Düsseldorf, der zwischen Bierkneipen, Thyssen-Stahl, karierten Edel-Hosen und Edel-Hunden auf der *Kö* nur mit Hilfe von Heine überlebt werden konnte.

Der Gedanke, daß man nicht Heine in den Mund nehmen durfte, wenn man vor Bertoluccis Schwänzen erschrak, half ihm in einer gewissen halblogischen Verbindung am Tag nach dem Leseabend über die Skrupel beim Kauf seines ersten Porno-Magazins hinweg. Nach den langen Monaten, in denen er allein auf die überraschungsfreie Geborgenheit seiner rechten Hand angewiesen gewesen war, schien es ihm, als würde ein eisiges Licht in das Dunkel seiner eigenen Erinnerung geworfen. Das Heft war ein schlechter Vierfarbdruck aus Schweden, der alles Fleisch im fahlen Graurosa anatomischer Atlanten zeichnete. So wie mit diesen aufgespreizten Blondinen mußte es sich aber mit Lisa und auch mit Stella zugetragen haben. Weshalb sich etwas vormachen? Wie in den läppischen Sexfilmchen bestach auch hier das Objektiv. Es zeigte nicht einfach nur das Behauptete, das Kategoriale der Pornografie, mit der sie sich abtun ließ, sondern das Detail, das die Sucht hervorrufen sollte: wirkliche Körper, wirkliche Durchdringung. Kein Jahrhundert zuvor hatte mit dieser Folgenlosigkeit und Präzision den Blick auf den Koitus erlaubt (und schon dieser historischen Erstmaligkeit wegen schien es wissenschaftlich gerechtfertigt, das Heft genau zu betrachten). Mit diesem farbfotografischen Durchbruch erhielten die Geschlechtsorgane Gesichter. Das Bild der körperlichen Liebe war kein Symbol mehr, sondern die Kopie eines tatsächlichen Vorgangs. Georgs Sperma lief über das Glanzpapier, hilflos wie eine Schneckenspur über frischen Asphalt. Gleich darauf überkam ihn ein Elend, das in dieser Form wohl ebenfalls eine Errungenschaft seines Jahrhunderts war.

Camille, über deren Liebschaften oder Nicht-Liebschaften er kaum etwas erfuhr und erfahren wollte, schien dieses erotische Elend überhaupt nicht zu kennen. Man konnte es im Zusammensein mit anderen auch leicht überspielen; es war eine Sache der einsamen Nächte. Die Postkarten, die sie sich aus Urlauben in Frankreich und Italien schickten, schienen, was Camilles Nachrichten anlangte, stets einer durchgängigen, kompakten Zufriedenheit zu entspringen, während Georg zwischen jedem Kartengrußwort eine existentielle Verzweiflung darüber verstecken zu müssen glaubte, daß einer Gruppe von Back-pack-Touristen mit knappstem Geldbeutel vor all diesen leuchtenden Hotels und glänzenden Restaurants, auf den Campingplätzen am Meer und in den Diskos und Jazzkneipen in der Regel ebensowenig zustieß wie in S. Man lernte vielleicht die Tochter eines Postbeamten aus Koblenz kennen, der man drei einigermaßen byroneske Briefe schrieb, um dann für immer zu verstummen. Man stahl das schüchterne Lächeln einer jungen Supermarktverkäuferin aus Saint Malo, das einen tagelang wie der Refrain eines traurigen Liedes verfolgte. Zwei kanadische Studentinnen schlugen neben Hermann und Georg ein Zelt auf einem Münchner Campingplatz auf, nahmen bei jedem freundlichen Wort die Farbe überreifer Tomaten an und brachen bei jedem verunglückten englischen Satz in nicht enden wollendes Gelächter aus. Sartre behielt also schon wieder recht, dieses Mal mit der im *Ekel* behaupteten Vergeblichkeit des Reisens. Aber das war nur der Gedanke einer Romanfigur. »Nach drei Wochen sieht alles gleich aus«, hatte Roquentin behauptet. – »Deshalb fahre ich ja nach drei Wochen wieder nach Hause«, sollte Georgs Frau einmal auf dieses in einem überdrüssigen Reisemoment geäußerte Zitat erwidern. Selbst das erotische Elend, in das Stella ihn entlassen hatte, sah anders aus und schuf einprägsame, starke Erinnerungen: die Minuten einer verzweifelten Masturbation unter der lauwarmen Dusche einer Jugendherberge; das lausige Gefühl, für all diese sommerlich gekleideten hübschen Frauen, die in Val André an den Cafétischen saßen, zu jung und zu arm zu sein, dann aber auch ein fast maßloser innerer Jubel gerade über diese beiden Tatsachen während eines Spazierganges an der Steilküste; der vollkommen weiße Körper, der in den Straßen einer Stadt, die er vergessen würde, für eine Sekunde im Zwielicht eines Wohnungsfensters erschien. Bei einem Aufenthalt bei seinen Hamburger Verwandten konnte er sich für einen Abend absetzen und ging mit wild klopfendem Herzen allein über die Reeperbahn. Er ließ sich von keinem der Schlepper entführen, weil es ihn anwiderte, daß sie ihn für dumm hielten, nur weil er erst zwanzig war. Die Huren der Bücher, welche Schwachköpfe auch immer sie erfunden hatten, waren poetische Lügen im Vergleich zu den realen Nutten, vor Fleisch überquellende Lack- und Netzstrumpfwürste, die auf ihn zukamen und ihn in ein Gespräch zu verwickeln versuchten. Aus zehn Meter Entfernung entsprachen sie genau einer wilden Spießer-Phantasie; aus zwei Meter Entfernung begriff man, daß alles, was mit ihnen geschehen konnte, vergeblich sein mußte. Man brauchte nur kurz mit ihnen zu sprechen, um zu begreifen, wie gnadenlos sie waren. Dennoch gefielen sie ihm in einer bestimmten Art und Weise, unter dem künstlerischen Aspekt vielleicht – als mutige, ramponierte Schauspielerinnen der Lust. So blieb er, feige und hellsichtig zugleich, ein schüchterner Pornograph, und wenn er sich im weiteren Gedanken darüber machte, ob es zulässig war, ein Porno-Heft zu besitzen, oder nicht, dann spürte er zwei entgegengesetzte Regungen. Dachte er an Stella und die Monate, bevor sie die Pille nahm, begann er, sich für das Heftchen zu hassen. Denn die voyeuristische Verordnung, die die Pornodarsteller zwang, stets im Freien, eine Handbreit über dem Schamhaar ihrer Gespielinnen zu ejakulieren, war wie die böse Karikatur der Methode, die er mit Stella entwickelt hatte, aus der Not heraus, im Bemühen, möglichst lange und möglichst viel von der wärmsten und intimsten Stelle des anderen Körpers zu spüren (nach der Operation, als sie die Regel beherrschten, waren sie manchmal zu dem alten Brauch zurückgekehrt, weil Stella sich dann »nicht so aufgespießt« und sich beschenkt fühlte durch das, was in den Magazinen die Form eines gezielten Bespeiens annahm). Dachte er dagegen an Camille, dann verspürte er keinerlei Skrupel mehr, sondern hätte sich immer wieder auf die polyvaginale Chimäre der Hefte und Filme stürzen wollen, obgleich er bei den wirklichen Zusammentreffen mit seiner Ex-Freundin nichts weiter zu spüren glaubte als verhaltene geschwisterliche Zärtlichkeit.

Als Georg seinen Zivildienst in einem Altersheim in S. antrat, begann Camille ihr Studium in einer fünfzig Kilometer entfernten Stadt. Sie kam nur noch jedes zweite Wochenende nach S., und sie verabredeten sich nicht mehr, sondern trafen sich eher zufällig in einer der Kneipen.

»Früher konnten wir viel mehr miteinander reden«, sagte Camille leise zu ihm, als sie bei einem solchen Treffen mit einer Gruppe von Freunden zusammensaßen. Georg stimmte ihr zu. Daraufhin legte sie ihm einen Arm um die Schultern und küßte ihn vor den anderen, die sich auf dieses Verhältnis ebensowenig einen Reim machen konnten wie Georg selbst. Noch am gleichen Abend vereinbarten sie, zu viert, mit Norbert und Erika, eine Woche in Berlin zu verbringen. Es würde ihre erste gemeinsame Reise werden.

Am Morgen der Abfahrt standen unerwartet zwei Autos vor dem Haus von Georgs Eltern: Camilles blauer Renault und der verbeulte VW von Norbert. Wollte Camille mit dem eigenen Wagen fahren? Camille stieg aus und erklärte, daß sie leider nicht mitkommen könne. Sie wirkte untröstlich, und bevor sich Georg auf den Rücksitz des VW setzen konnte, preßte sie ihn an sich, als wäre sie nun wirklich seine aktuelle Freundin, und untersuchte ausgiebig mit ihrer langen warmen Zunge seinen Mund.

In Westberlin kamen sie in einer Wohngemeinschaft unter, die ihnen Camille vermittelt hatte, im Zimmer eines gerade verreisten Jurastudenten. Georg vermutete, daß Camilles Beziehung zu diesem Studenten nicht eben platonisch gewesen war; womöglich hing dessen Reise auch mit ihrer Absage im letzten Augenblick zusammen. Aber in dieses Dunkel mochte er nicht hineinsehen, und er begriff auch nicht, weshalb Camille sich in einer kleinstädtischen Universität verkroch, wenn sie doch eines dieser geräumigen stuckverzierten Zimmer hätte haben können, den Jurastudenten wohl noch dazu und die tägliche Nähe eines lustigen offenherzigen Paares, das die drei Provinzler in ihr Zimmer einlud, damit sie über Eduard Schnitzlers *Schwarzen Kanal* staunen konnten und darüber, daß diese Theologiestudentin und ihr Maschinenbau treibender Freund offenbar kurz vor dem *Schwarzen Kanal* miteinander geschlafen hatten und sich nur notdürftig bedeckten, bevor sie die Besucher zum Fernsehen hereinriefen. Das größte Zimmer wurde von einer blonden Medizinstudentin bewohnt. Über dem Abschluß einer doppelflügeligen Tür hatte sie einen Basketballkorb in der regelüblichen Höhe befestigen können. Dieser Korb erschien Georg wie ein ferner Gruß von Camille, der fast zwangsläufig ein besonderes Verhältnis zwischen ihm und der hochaufgeschossenen Medizinstudentin Kristina herstellte. Realistisch betrachtet, mochte es aber vor allem Camilles Kuß vor der Abfahrt gewesen sein, der die Blicke und kurzen Sätze, die Kristina und er wechselten, mit Bedeutsamkeit auflud: Georg war der einzelne, der verfügbare Mann, denn seit jenem Kuß fühlten und benahmen sich Norbert und Erika, die zuvor nicht sehr viel miteinander hatten anfangen können, wie ein Paar. Georg ärgerte sich, wie es Camille verstanden hatte, die beiden anderen zu verbinden und ihm ein Etikett mit der Aufschrift »Reserviert« anzuheften, ohne ihm mehr als einen Kuß gegeben zu haben. Andererseits konnte er aus der

Einzelgängerposition heraus die Stadt stärker auf sich wirken lassen, sich leise und eindringlich die Frage stellen, ob er hier studieren wolle. Hätte man ihn direkt gefragt, hätte er wohl sofort zugestimmt. Es schien klar, daß Berlin die einzige deutsche Stadt war, die in jedem Fall den *Ekel* verhindern konnte. Sie verhieß Gleichgültigkeit, Freiheit und historische Wahrhaftigkeit in einem Atemzug. Helle großzügige Bürgerhäuser aus dem 19. Jahrhundert stießen an Brandmauern und verwitterte Mietskasernen, auf denen noch die MG-Narben des Zweiten Weltkrieges prangten. Plakate für irische Folklore klebten neben revolutionären Verlautbarungen unbekannter kommunistischer Sekten und den Angeboten der Billig-Supermärkte. Hinter den Brandmauern oder den sandfarbenen wie mit einem Messer geschnittenen Kanten der Wohnblöcke taten sich unvermutet Grünanlagen auf, in die aus Backsteinen gemauerte Dorfkirchen oder seltsame scheingotische Rathäuser gesetzt waren. Phantastische Eisenbrücken überspannten die Spree, zerfallene Botschaftsvillen bröckelten in einem grasüberwucherten Niemandsland inmitten der Stadt vor sich hin. Einblicke in lichtlose Straßen öffneten sich, in denen gerade der Krieg beendet schien, so daß Georg sich ohne weiteres einen russischen Panzer vorstellen konnte, der drohend um die Ecke bog, um zwischen den Häuserfronten dahinzurollen, an denen die verwitterten Balkone hingen wie herausgezogene leere Schubladen.

Sie orientierten sich am Mercedesstern über dem Europa-Center, wenn sie den Überblick zu verlieren drohten. Von dort oben aus schien es in dem riesigen am Boden liegenden und bis zu den Seen am Horizont reichenden märkischen Steinrelief mit seinen tortenstückhaften Segmentierungen, eingelagerten Parks und Wäldern keinen Unterschied zwischen Ost und West zu geben. Aber dann fuhren sie unterirdisch an den toten U-Bahnhöfen des Ostens vorbei, standen zwischen knipsenden Japanern und Amerikanern am Checkpoint-Charlie oder vor der Mauer am Brandenburger Tor und erhielten nach einstündigem Schlangestehen im Labyrinth des Grenzübergangs Friedrichstraße einen DDR-Stempel in den Paß. Frierend verirrten sie sich in der anderen Hälfte, in der die Lichter trüber, die Farben blasser, die Waren und Menschen häßlicher, alle verrottenden Monumente bedrohlicher erschienen, beherrscht von einer irgendwie kläglichen und schäbigen Macht, über deren Karottensaft-Restaurants und rote Spruchbänder zu lachen einem nach und nach verging. Die irreale Wirklichkeit von Preußentum, Faschismus und Realsozialismus, die die Westberliner Insel durchzog und umschloß, erschien Georg als notwendiges Gegenstück zu seinen wirklichkeitsfernen Interessen. Er brauchte nur noch ein Zeichen, einen Hinweis darauf, daß er in diesem Dschungel von Alternativkneipen, Galerien und Kinos willkommen war, um den Eindruck von Kälte und Desinteresse zu überwinden, den ästhetischen Schmerz, den er mit seinem noch weichen provinziellen Empfinden verspürte, wenn sie wieder einmal bis zur Erschöpfung durch die Straßen gelaufen waren.

Am letzten Abend ihres Urlaubs beschlossen sie, Stanley Kubricks *Barry Lyndon* anzusehen. Das lustige WG-Pärchen war nun ebenfalls verreist. Kristina, der sie anboten, mitzukommen, entschied sich nach einem gewissen Zögern, daß sie doch für eine Prüfung lernen müsse. Georg las in ihr Zögern das schwache Aufblitzen einer Nachricht hinein. Er wußte inzwischen, wie gerne man sich in einem solchen Fall täuscht; aber plötzlich sah er eines der Ostberliner Spruchbänder vor sich, mit einer leichten Abänderung des Textes. Kurz bevor sie aufbrechen wollten, behauptete er, sich nicht ganz wohl zu fühlen und lieber lesen zu wollen. *Von Camille lernen heißt siegen lernen!* stand auf dem imaginären Spruchband. Tatsächlich brachen die beiden anderen ohne ihn auf. Sie wußten nicht, daß der Film vier Stunden dauerte. Aber Kristina wußte es und ließ Georg zunächst einmal eine halbe Stunde mit seinen vorgeblichen Kopfschmerzen in der Küche sitzen. Dann forderte sie ihn zu einigen Basketball-Probewürfen und einem kleinen Match heraus. Beim Stand von 3:1 zu ihren Gunsten mußte Georg mehr Körpereinsatz zeigen. Sie fielen auf eine mit afrikanisch gemustertem Bettzeug belegte doppelte Matratze. Kristina war keine Schönheit, aber vollkommen wirklich mit einem unberechenbar in den Gelenken knackenden langen Körper, einer kleinen schiefen Bauchfalte, einer bereitwillig angebotenen Möse und dem Gesicht einer neugierigen Kaufmannsfrau, wie man es von alten Gemälden her kannte. Um ihre Kleider loszuwerden, brauchten sie eine halbe Stunde. Kristina hatte kalte Hände, die sich nicht aufwärmen wollten. Ihre Wangen und ihr seltsam vorgewölbtes Brustbein röteten sich auf eine ungesund wirkende Art, wie bei einer allergischen Reaktion. Georgs Schwanz verkroch sich, als sie ihn zu sich nehmen wollte (ihre eisigen, aber sehr schönen langen Finger; der jähe Gedanke an die Anatomieatlanten auf ihrem Schreibtisch). Dann rollten sie eine weitere halbe Stunde über die Matratze, als wollten sie das Basketballspiel im Liegen fortsetzen, woraufhin Georg wieder zu Kräften kam, aber so rasch den Übergang und Erfolg suchte, daß sie ihn an den Haaren ziehen und ihm streng ins Ohr flüstern mußte, daß »da überhaupt keine Lubrikation ist, du kleiner Idiot!« – »Uns fehlt immer irgendwas mit -ion«, sagte er. Sie einigten sich darauf, zu kopflastig zu sein, hörten eine Bob-Dylan-Platte, rauchten, erzählten sich übertriebene Anekdoten aus ihrer Kinderzeit, um dann plötzlich, fast ohne ihr Zutun, ineinander zu sein, immer noch redend, fast spöttisch, dann aber still und andächtig auf einen Schlag, ganz in ihren gemeinsamen Geruch versunken, begeistert, daß sie Teil einer perfekt konstruierten, hemmungslosen Maschine wurden, die sich, wie Kristina im nachhinein anmerkte, die Evolution in Jahrzehntausenden klug ausgedacht habe.

Das erste Mal nach fast zwei Jahren! dachte Georg. Dies war für ihn ein endloser evolutiver Zeitraum gewesen. Kristina wirkte ebenso vergnügt und erleichtert, wie er sich fühlte. Sie rollte den Basketball über seinen Bauch und Unterleib. Dicht neben dem Ventilstutzen nahm er eine Restspur seines Spermas auf. So kam Georg wohl, als einige Zeit später Godards *Je vous salue Marie* fertiggestellt war, auf die Idee einer zukunftsweisenden Verknüpfung Camilles mit der Cinematographie und seinen damit verbundenen Abenteuern. Man konnte sich eine Linie denken, die von Bertoluccis Schwänzen zu der an Kristinas Seite nun definitiv werdenden Entscheidung führte, in Berlin zu studieren.

»Aber weshalb?« fragte Kristina, als wären ihr jetzt gleichmäßig erwärmter, sich mit den Beckenknochen notenschlüsselhaft verbreiternder Giraffenkörper, ihr Humor und ihre Intelligenz unter gar keinen Umständen eine mögliche Antwort. Der Kontrast zur Orangenfarbe des Basketballs ließ ihre Haut noch weißer und glatter erscheinen. »Das ist eine hektische, gleichgültige Großstadt. Hier muß man genau wissen, was man will.«

»Mathematik und Kino«, sagte Georg entschieden.
»You're welcome. Noch ein Verrückter. – Und die Frauen, was ist damit?«
»Ich weiß nicht. Das kann man sich doch nicht vornehmen.«
»Denkst du. Du bist noch ganz weich. Aber das ist gut so.«
Bevor er sie fragen konnte, ob er ihr schreiben dürfe oder sie im Lauf des kommenden Jahres noch einmal besuchen, sah sie auf ihre Armbanduhr, erschrak und stand hastig auf. Es sei gut möglich, daß ihr Freund noch vorbeischaue! Außerdem könnten die beiden anderen Besucher jeden Augenblick zurückkehren.

Beides traf zu. Eine halbe Stunde später saß Georg Norbert und Erika gegenüber am Küchentisch. Kristinas Freund, ein erstaunlich bürgerlich aussehender freundlicher Assistenzarzt trank eine Flasche Rotwein und entfesselte eine nostalgisch wirkende, aber einprägsame Diskussion um Marcuses Begriff der *repressiven Entsublimierung*. Georg sank gegen zwei Uhr morgens ins Bett, träumte, mit einem Skalpell und einer Knochensäge ermordet zu werden, und erklärte beim Frühstück, daß er sich den mathematischen Fachbereich an der Technischen Universität anschauen wolle. Wie er es sich erhofft hatte, fanden die beiden anderen vergnüglichere Ausflugsziele. Während eines langen Spaziergangs durch die Stadt wollte er seine Gedanken und Gefühle ordnen. Es gelang ihm nicht, er war anscheinend wirklich noch ganz »weich«, viel zu stolz darauf, mit Kristina geschlafen zu haben, viel zu empfindlich gegenüber der Tatsache, daß sie nichts weiter von ihm wollte. Aber er war entschlossen, dazuzulernen. An jeder Straßenecke, in jedem der Cafés gab es eine neue Chance, wenn er nur die Augen offenhielt. Sich selbst aufrichtend und dann vor sich hinpfeifend wie eine Figur in einem Musical schlenderte er über die Kantstraße, stand am Savignyplatz vor den Auslagen einer Buchhandlung, bog nach links ab, um zur Technischen Universität zu gelangen. Ohne aufzufallen, mischte er sich unter die Studenten, die in der Aula des Hauptgebäudes vor roten Betonsäulen und gelben Plastikbänken beieinander standen. Er fand heraus, in welchem Institut und Gebäude demnächst eine Mathematikvorlesung begann.

Kurz darauf saß er in einem Hörsaal zwischen Informatikstudenten, die anscheinend nicht sehr davon angetan waren, daß ihnen ein mit Anzug und seidener Krawatte auftretender dynamischer Mathematiker ganz exakt die Grundlagen der Analysis darlegen wollte. Nur wenige starrten so konzentriert (und wohl keiner so verklärt) wie Georg an die Tafel, auf der noch einmal – und hier endlich auf eine zureichende, jeden Einwand berücksichtigende Weise – das Drama des unendlich Kleinen abrollte. Georg erfuhr, daß er mit der intellektuellen Beunruhigung, die ihn Jahre zuvor während des Schulunterrichts beim Anblick seines ersten Differentials ergriffen hatte, etwa auf dem Stand des frühen 19. Jahrhunderts gewesen war, als man sich daranmachte, klar zu begründen, worüber die Mathematiker des 18. Jahrhunderts – wie es auch die Oberschüler des späten 20. Jahrhunderts taten – fröhlich hinweggerechnet hatten.

»Differentialia sunt quanta, et non sunt«, zitierte der Professor aus der Antrittsvorlesung, die ein gewisser Kummer am 26. Oktober 1842 in Breslau gehalten hatte, erinnerte an Cantors Satz vom »infinitären Cholera Bacillus der Mathematik« und zeigte dann, wie man mit Hilfe eines definierten nichtarchimedischen Systems zwischen der Null und den positiven reellen Zahlen unendlich kleine Größen einführen konnte. »Dennoch«, sagte er schließlich in das Rudel halb eingeschlafener oder unterdrückt stöhnender Informatiker hinein, denen dieser numerische Morast zwischen der Null und der Eins so suspekt war, als könne er bei ihren Computern einen Kolbenfresser auslösen, »dennoch muß man sich hier noch nicht zufriedengeben – zumindest als Mathematiker. Denken Sie an die Stetigkeit, denken Sie an unendlich kleine *Strecken* ... Aber das steht auf einem anderen Blatt.«

Dieses Blatt würde Georg aufschlagen, in dreizehn Monaten, an genau der gleichen Stelle. Er ließ sich in seinen Klappstuhl zurücksinken und das Bild des Hörsaals in der Totalen auf sich wirken, so daß es auch eine gewisse illusorische Unschärfe in der Zeit erhielt; beinahe schien es, als habe er das zweite Jahr des Zivildienstes, das noch vor ihm lag, schon überwunden. Er sah sich in seinem Zivi-Kittel dahineilen. Eine gleißende Neonlampe in seinem Kopf leuchtete die Szene aus. Er schob den mit Puder, Creme, Mülltüten und Windeln bepackten Wagen über die Korridore. Die Alten lächelten ihm aus unklaren Zeiten heraus zu – Achtzig- und Neunzigjährige.

Viele blieben am Rand ihres Bettes stehen, ohne Blick, wenn er ihnen die Trainingshosen vom schlaffen Bauch zog, um das Paket aus Mull und Kot zu entfernen, sie abzuwischen, zu pudern und wieder in ein neues Windelpaket zu klemmen, das in wenigen Stunden erneut ausgewechselt werden mußte. Die Männer zu windeln fiel schwerer, weil ihr Kot strenger, ammoniakalischer roch. Bei den Frauen, die nicht mehr aufstehen konnten – eine gewesene Oberstudienrätin, eine gewesene Ärztin, eine gewesene Putzfrau –, erdrückte das Elend des verdorrten Geschlechts: die Brüste, die angehoben und gereinigt werden mußten, weil sich unter ihnen rote Entzündungsherde bildeten; das traurige Gemenge aus grauem Schamhaar und brauner Schlacke, Öffnungen, die nur noch ließen, das Ende des Endes. Hier aber, in diesem Hörsaal, lag ein neuer Anfang für ihn bereit, der vielleicht so eindringlich und kostbar erschien, weil Georg mittlerweile nur zu genau wußte, wie die Geschichte seines eigenen Körpers einmal ausgehen würde. Der erstaunliche kleine Leberfleck an Kristinas schmalem linkem Fußgelenk. Der Geruch ihrer Möse stieg von seinem Schoß her auf (unerklärlich, er hatte seither zweimal geduscht). Wie hatte sie sich nur so professionell gegenüber ihrem Freund verhalten können, nachdem sie doch anfänglich ebenso nervös gewesen war wie er? ... Als er wieder die Formeln an der Tafel zu entziffern versuchte, begriff er nichts mehr. Aber das schadete nichts, im Gegenteil, er wollte genau diese Form von Konzentrationsstörungen haben, diesen Übergang von unbeschriebenen Blättern zu noch nahezu unbeschriebenen jungen Körpern. Er mußte sich mit nichts zufriedengeben.

An einem Bücherwühltisch vor der Mensa kaufte er sich ein Buch über Georg Cantor und den ersten Band der Autobiographie von Bertrand Russell. Mit den Büchern unter dem Arm ging er über die Hardenbergstraße und blieb vor den Vitrinen des Steinplatz-Kinos stehen. *Apocalypse Now* von Coppola war angekündigt, ein neuer Faßbinder, aber auch Stummfilm-Klassiker aus der Weimarer Zeit. Zwei Dutzend Filme liefen gleichzeitig. So einfach war hier der Übergang von der Mathematik zum Kino, in dieser eingemauerten und deshalb notwendig traumsüchtigen Stadt.

Als er sich einen Platz in dem winzigen, dem Kino im Souterrain angegliederten Café erkämpft hatte, gegenüber einem reichhaltigen Kuchenbuffet, eingezwängt zwischen den TU-Studenten, dachte er an Camille. Hier hätten sie zusammen ihren Kaffee trinken können, immer wieder, während ihrer ganzen gemeinsamen Studienzeit. Aber wie kam er nur auf diese Idee? Er sah über die rot-weiß-karierten Tischdecken hin, hörte den Gesprächen am Nebentisch zu, beobachtete sich und die jungen Leute um ihn herum in einem schmalen, auf der rückwärtigen Seite des kleinen Raums angebrachten Spiegel und fühlte sich glücklich – seltsam glücklich darüber, daß Camille nicht mit nach Berlin gekommen war.

Anscheinend ging seit diesen Stunden im Hörsaal und im Café eine verstärkte Anziehung auf Frauen von ihm aus. Kristina küßte ihn beim Abschied saugend auf den Mund und flüsterte ihm ins Ohr, daß er ihr doch einmal schreiben solle. Während der langen Rückfahrt im Wagen betrachtete ihn Erika von Zeit zu Zeit mit einer Art feindseliger Begierde. »Ihr solltet mich auch einmal besuchen«, schlug sie vor. »In Calw.« Sie hatte dort nach dem Abitur eine Ausbildung als Bibliothekarin begonnen.

11

Fast ein Jahr verging, bevor sie die Idee verwirklichten, Erika übers Wochenende im Schwarzwald zu besuchen. Georg stieg in Norberts hellblauen VW-Käfer und nahm auf dem Rücksitz Platz, neben einem ihm unbekannten vollbärtigen Studenten der Verwaltungshochschule. Dem Kerl war nicht anzusehen, welche Skalps er am Gürtel trug. Vor ihm saß Camille, die darüber klagte, daß sich ihre Semesterferien dem Ende zuneigten. Während der Fahrt legte sie den Kopf einige Male weit in den Nacken, um Georg etwas zu fragen oder eine Anspielung auf ihre gemeinsame Vergangenheit zu machen, die er unwillkürlich als an den Studenten adressiert empfand.

In Calw verbrachten sie den Tag mit Wandern und Gesprächen. Erika beabsichtigte, nach Hamburg zu gehen, um Psychologie zu studieren, wofür Hermann, um zwei Zehntelpunkte am Numerus clausus gescheitert, nach Amsterdam gegangen war; Norbert hatte sich für Geologie in München entschieden; Georg würde demnächst eine Postkarte nach Berlin schicken, denn mehr brauchte es nicht, um sich für Mathematik einzuschreiben. Die Aussicht, sich in Zukunft nur noch selten zu begegnen, steigerte die Empfindung füreinander. Vor dem Hintergrund der unwillkürlich wetteifernden, mit den Schuhen das Herbstlaub durchwühlenden Männer wurden Camille und Erika so klar ausgeleuchtet, wie es sich Georg einmal lange Zeit vergeblich für seine Bilder wünschen sollte. Er genoß es, daß Erika und Camille jetzt Frauen waren, daß jede eine eigenwillige, unverwechselbare Schönheit und eine eigene Vorstellung vom Leben besaß. Unter den feuerroten und verschwenderisch gelben Laubkronen kamen sie ihm wie zwei unterschiedliche Länder vor. Das Camillesche Land – so europäisch war ihm damals noch zumute – hatte den südlichen Reiz der Provence mit einem Schimmer von Zitrusfrüchten und starken Wechseln aus Schatten und Licht. Erika dagegen wirkte verhaltener, blasser und komplizierter; sie hatte etwas Russisches, das, wie Georg erfuhr, als er sie neu und näher kennenlernte, gluckloser Sünden und heftiger Schuldvorwürfe fähig war.

Bei den Gesprächen während des gemeinsamen Abendessens in einem Gasthof hielt er sich zurück, obwohl Norbert und der bärtige Student heftig über Sartre fachsimpelten und Camille ihn wegen seines Schweigens zu diesem Thema verwundert ansah.

»Warum sagst du nichts dazu, du hast doch viel von ihm gelesen?« fragte sie nach einer Weile.

»Es interessiert mich, was die anderen denken. Außerdem ist Sartre wie ein riesiger schielender Frosch, der einen bespringt. Heute kann man nicht mehr zugleich Künstler und Intellektueller und auch noch Revolutionär sein.«

Erika und der Student widersprachen ihm. Dann gingen sie zu den Anti-Atomkraft-Protesten über, zu der Serie der RAF-Attentate, der Mord-Selbstmord-Debatte um Stammheim mit der Detaildiskussion über zu Würgeschlingen umfunktionierte Stromkabel, selbst beigebrachte oder wie selbst beigebracht aussehende Schußverletzungen, die man an toten Schweinen nachvollzog, und schließlich zu Rudolf Bahros Buch *Die Alternative* und der Ausbürgerung Biermanns – bis Georg behauptete, ihn kotze der Staat in beiden Teilen Deutschlands nahezu gleichermaßen an, die terroristischen Killer aber erst recht.

»Aber wo willst du dann leben? Oder wo lebst du jetzt?« fragte ihn Erika, als sie auf den von Fachwerkhäusern umgrenzten Marktplatz hinaustraten.

»Ich will nach Berlin, und ich lebe in England.«

»Was soll das heißen?«

Er erzählte ihr, wie er am letzten Tag ihrer Berlinreise auf die Autobiographie Bertrand Russells gestoßen sei. Dessen Bücher lese er jetzt und finde in ihnen Philosophie, Mathematik und politisches Engagement, klares Denken und britischen Humor. Inmitten dieser widerwärtigen deutschen Querelen und während er Tag für Tag im Altersheim mit ansehen müsse, wie Menschen dahinsiechten und starben, vermittle ihm die Lektüre ein tröstliches und entscheidendes Gefühl, mit dem er überleben könne, ohne zu verzweifeln.

»Was für ein Gefühl?«

»*Bürger der Welt* zu sein. Statt ein ohnmächtiger Idiot auf einem blutigen hirnkranken Planeten.«

Wären sie allein gewesen, hätte ihn Erika nun vielleicht geküßt, und Camille, die zwischen dem Studenten und Norbert ging, schien diese Regung zu spüren und warf ihnen einen brennenden Blick zu. Weil keiner Geld für ein Hotel hatte, mußten sie eine preiswerte Unterkunft für die Nacht finden. Erika konnte allenfalls zwei Gäste in ihrem Studierzimmer unterbringen und schlug deshalb vor, es im örtlichen Jugendhaus zu versuchen. Dort feierte man eine »Titanic«-Party, da das Haus allen Protesten zum Trotz am übernächsten Tag abgerissen werden sollte. Die Obrigkeit habe ihren Willen durchgesetzt und kümmere sich nun nicht mehr um das Gebäude, so daß ohne weiteres zwei Leute die Nacht darin verbringen könnten. Man bat sie nur, das elektrische Licht nicht anzuschalten. Da es keine Matratzen und Decken in dem Haus gab und nur Georg und Camille Schlafsäcke mitgenommen hatten, ergab sich die Zuteilung auf die Nachtquartiere von selbst.

Gegen zwei Uhr morgens war die Party beendet. Sie hatten das Ende der Titanic-Feier herbeigesehnt, weil sie sich vor Müdigkeit kaum mehr auf den Beinen halten konnten. Die knarrende und seufzende Stille des alten Hauses umgab sie, und bald lagen sie im Schein einer Kerze wie zwei große Seidenraupen beieinander, zum ersten Mal allein für eine Nacht.

»Georg?«

»Ja?«

»Sartre behauptet, daß wir in die Welt *geworfen* wurden, nicht wahr? Mitten hinein in S.«

»Das ist nicht das Aufregende. Das passiert jedem Hund.«

»Was ist das Aufregende?«

Georg sah sie verwundert an. Camilles nahes Bild im Kerzenlicht glitt von ihm ab, schien seltsam unerreichbar, obgleich sie sich fast mit den Nasenspitzen berührten.

»Das Aufregende ist, daß du dich in jeder Sekunde wehren kannst, daß du immer frei bist. Es ist in der Struktur des Bewußtseins verankert. Wenn du aufrichtig bist, dann erkennst du, daß du nie darauf festgelegt werden kannst, dieses oder jenes zu tun. In dir ist immer ein Nichts, eine Negation gegenüber jeder denkbaren Alternative. Du bist frei, weil du Nichts bist.«

Camille umfaßte daraufhin seinen Kopf, und sie küßten sich wie üblich, in der Art eines langsamen genußvollen Kauens. War es wieder einmal zu kalt gewesen? Erst am nächsten Tag fiel Georg der Bertolucci-Film ein – nicht *1900*, sondern der *Letzte Tango in Paris* als Variation auf ein Liebespaar in kahlen, verlassenen Räumen. Mit Stella wäre es undenkbar gewesen, nicht eine Nachstellung der sexuell ausgetragenen Verzweiflung zu versuchen. Aber vielleicht kannte Camille den Film ja nicht (sie hätte danach wohl nie mehr Margarine kaufen können). Camille lag still auf dem Rücken und bewegte nur die Zunge, und die zahlreichen Hindernisse und Umständlichkeiten zu überwinden, die zwischen ihrer Mumienform und der Vision ihres geöffneten, sich hingebenden Körpers lagen, formte sich kaum als Idee.

Am Morgen fühlte er sich frisch, ausgeschlafen und jung. Er spürte Camilles Blick auf seinem kräftiger gewordenen Oberkörper, als er sich an einem Waschbecken zwischen Mauersteinen und leeren Weinflaschen wusch. Durch einen Freiraum in den rot und violett bemalten Fensterscheiben sah er über das enge Gewürfel des Schwarzwaldstädtchens. Er war wie aus Versehen an diesem Ort, ein Reisender, der weiterging. Er lebte halb schon in Berlin, halb in seinem inneren, phantastischen Cambridge. Wie klar doch Bertrand Russell die beiden philosophischen Probleme dargestellt hatte, deren Behandlung im Höllenlärm der Sartreschen Schriften unterging. Die Frage, ob tatsächlich eine Welt außerhalb existiere. Die von seiner Mutter einmal aufgeworfene scholastische Spitzfindigkeit des kausalen Gottesbeweises ... Georg wandte sich wieder Camille zu, die noch auf dem Parkettboden lag, und rollte seinen Schlafsack zusammen. Sie hatte schlecht geschlafen und wirkte verstört, aber auf ihre Squaw-Art auch schön. Er berührte sie nicht mehr. Lächelte sie jetzt, weil sie froh darüber war, daß er sie nicht bedrängt hatte? Sie blinzelte und schloß dann noch einmal die Augen. Der Nachmittag im Stadtpark fiel ihm ein, seine damalige Furcht, sie getötet zu haben. Dann, bevor ihn ihr Blick wieder traf, sah er die Gesichter der alten Menschen, die er am Morgen, gleich nach Dienstantritt, tot in ihren Kissen fand – wie aufgelöst und wieder eins mit der namenlosen Welt. Er verließ den Raum, damit sie sich unbeobachtet waschen konnte. So hatte die Folge ihrer Begegnungen zum ersten Mal den unwahrscheinlichen Grenzwert einer gemeinsam verbrachten Nacht überschritten.

Bevor er selbst Student wurde, besuchte er Camille an ihrem Studienort. Er kam mit einigen Freunden, mit seiner neuen Freundin sogar. Sie feierten Silvester in Camilles Wohngemeinschaft, in der auch ihr Partner lebte. Dennoch fanden Camille und Georg unbeobachtete Momente, in denen sie den Zeitsprung zurück vollziehen konnten – in einer Mauerecke, zwischen Bäumen während eines Spazierganges, in der WG-Küche um halb vier Uhr morgens. Sie küßten und preßten sich aneinander ohne Konsequenzen und ohne den Versuch, sich für ein ungestörtes Zusammensein zu verabreden. Anstelle des langanhaltenden Bedauerns aus der Gefühlsfamilie des Coitus interruptus verspürte Georg nach diesen hastigen, unverändert pubertären Begegnungen ein kleines schlechtes Gewissen gegenüber seiner Freundin und das Behagen, das man empfindet, wenn es gelingt, einer unangenehmen, bohrenden Frage zu entgehen.

Dann verließ er die Kleinstadt S.

2
Ein Tag und eine Nacht

> Denn man begehrt keine Frau, indem man sich ganz und gar außerhalb des Begehrens hält, die Begierde zieht mich in Mitleidenschaft; ich bin der Komplize meiner Begierde ... man weiß, daß in der Begierde das Bewußtsein wie verklebt ist.
>
> *Jean-Paul Sartre, Das Sein und das Nichts*

1

Vier Jahre lang schickten sie sich Briefe und Postkarten. Camille schrieb nichts, was sie nicht auch ihrer Mutter hätte schreiben können, und Georg antwortete fast immer in derselben Manier. Stets versäumten sie, bei der besten und einfachsten Gelegenheit zusammenzutreffen, nämlich wenn sie ihre Familien in S. besuchten. Schließlich rief Georg Camille an, im März 1983, von einem Telefon im Foyer des Amsterdamer Van-Gogh-Museums aus. Er sei gerade mit seiner Freundin Maria bei Hermann und Rike zu Besuch, käme aber in fünf Tagen wieder einmal nach S. Als Camille ihren Terminkalender vorlas, um herauszufinden, ob sie ebenfalls nach S. kommen könne, unterbrach er sie und schlug vor, sie in ihrer sechzig Kilometer von S. entfernten Universitätsstadt zu besuchen.

»Wenn du das gerne möchtest, wenn du soviel Zeit hast«, erwiderte sie zögernd.

»Ich wäre am Montag dann bei dir. Und ich kann immer noch nicht autofahren.«

»Dann ... müßtest du wohl bei mir übernachten?«

»Ginge das?«

»Ja, wenn du das möchtest ...«

Später wunderte er sich darüber, daß er von dem Augenblick an, als er den Hörer auflegte, bis zu jenem eigenartigen Traum fünf Tage danach überhaupt nicht mehr an Camille gedacht zu haben schien. In dem durch das weiße Glasdach feingesiebte Licht des Museumsbaus wirkte seine Freundin Maria, die neben Hermann und Rike auf ihn wartete, zerbrechlich und fern.

Zu viert sahen sie in einem Kino Ridley Scotts *Blade Runner*. In den Nachbildern, die Georgs unmittelbare Erinnerung in den nächsten Tagen lieferte, schimmerten das Schwertliliengrün und die glühenden Kornfelder von Arles durch die ungeheuren futuristischen Stadtarchitekturen des Films. Die düsteren Alkoven Rembrandts kamen hinzu, das Gewimmel Brueghelscher

Erzählungen, Gestalten und Landschaften ihm bislang unbekannter oder nur dem Namen nach bekannter Meister, nach Besuchen im Stedelijk und im Rijksmuseum. Es begeisterte ihn, diese Werke sehen zu können, daß sie öffentlich waren, daß er das Glück und sogar das Recht hatte, sie zu betrachten.

Am dritten Tag des Besuchs, in einem surinamesischen Restaurant an der Keizersgracht, sprach er so begeistert über die visuelle Raffinesse der Maler und Regisseure, daß die anderen sich über ihn lustig machten und er sich unbehaglich fühlte, fast als würde ihm – wie bei einer sich anbahnenden Grippe – allmählich bewußt, daß sein euphorischer Zustand nur das Vorzeichen einer Infektion sei. Hermann, der sich einige Wochen zuvor noch an einem Dokumentar-Video-Projekt über die Kraaker-Bewegung beteiligt hatte, hätte ihn unter normalen Umständen mit seiner Begeisterung nicht alleingelassen. Er mußte jedoch eine Entscheidung treffen, die ihn ganz gefangennahm. Während die beiden Frauen Schuhgeschäfte auf den Kopf stellten, konnten sie in Ruhe darüber reden. Es war vorteilhaft für Hermann, sein Psychologie-Studium nicht in Amsterdam, sondern in Berlin zu beenden. Rike wollte aber Amsterdam um keinen Preis verlassen, und sie hatte bereits einen zweiten Freund oder wenigstens Liebhaber. »Was ich auch tue, es ist falsch und richtig!« rief er. »Ich sehe nicht, wie ich es entscheiden soll.« – »Du kannst nie die Alternative bewerten, die du nicht wählst. Sie findet in deinem Leben nicht statt«, sagte Georg. »Das ist unvermeidlich, das ist die Struktur einer Entscheidung.« So einfach nahmen sich die Dinge aus, wenn die anderen davon betroffen waren.

Allein kehrte er nach Berlin zurück, weil Maria noch Verwandte in Norddeutschland besuchen wollte. Die Prüfung in numerischer Mathematik, deretwegen er eigentlich nicht hätte verreisen dürfen, verlief überraschend gut.

Die Nacht darauf verbrachte er mit Kristina, saß am nächsten Tag schon im Zug, schlief auf der Gästecouch seiner Eltern und hatte dort am Morgen jenen verwunderlichen Traum: er lag auf dem Rücken, und Camille kniete sich nackt über sein Gesicht; als sie ihre Scham gegen seinen Mund preßte, entdeckte er, daß sie eine lange vaginale Zunge besaß, die seinen Kuß leidenschaftlich erwiderte. Wo bleibt die Zensur? dachte er – und jetzt fiel ihm wieder ein, wie zurückhaltend Camille auf sein Angebot, sie zu Hause zu besuchen, reagiert hatte. Nun, sie kannten sich seit über zehn Jahren. Sie hatten sich lange nicht mehr gesehen, aber den Kontakt gehalten. Was sich daraus ergab, war eine Funktion mit zwei unabhängigen Variablen, kalkulierbar erst im Augenblick des Zusammentreffens.

»Georg, das ist aber lange her«, sagte Camille, als er vor dem Bahnhof ihrer Universitätsstadt aus dem Bus stieg. Flüchtig umarmte sie ihn und ging auf ihren Wagen zu, den nun sieben Jahre alten blauen Renault. Was für ein Sauwetter! Im Februar sei sie in Österreich gewesen, es habe geregnet, statt zu schneien. Eine reihum gehende Darmgrippe habe den Skiurlaub ihrer Studentengruppe dann ganz verdorben. »Und du hast immer noch keinen Führerschein!«

»Hängt das irgendwie zusammen?« fragte er.

»Wie?« Sie lachte, stieg in den Wagen und öffnete ihm von innen die Beifahrertür. »Weshalb kannst du immer noch nicht autofahren?«

»Es ist mir zu kompliziert.«

»Ich glaube, du bist kompliziert, das ist es!« Sie schüttelte den Kopf. »Und mit fünfundzwanzig siehst du gar nicht so viel anders aus als früher.«

»Kompliziert?« sagte er.

Camille schüttelte den Kopf. Die Universitätsstadt lag in einer Senke dicht bewaldeter Hügel. Eine kurvenreiche, steil ansteigende Straße nötigte Camille bald zu raschen Schaltmanövern und kurzen Sätzen. Da er ihr nicht helfen konnte, sah er etwas beschämt und rücksichtsvoll wortkarg nach rechts aus dem von zitternden Regentropfenketten überzogenen Seitenfenster. Heftige Unwetter hatten die Märzlandschaft in den vergangenen Tagen matschig aufgelöst und zerzaust. Georgs Blick strich über die aufgeschwemmte rötliche Erde einer kahlgeschlagenen Waldfläche, kehrte zur Windschutzscheibe zurück und sprang müßig in die Höhe – »Genau da oben wohne ich«, sagte Camille. »Es ist eine Neubau-Sozialwohnung. Dort geht es mir viel besser als in der WG, in der ich zuvor gewohnt habe.«

»Wie bekommt man eine Sozialwohnung?« erkundigte sich Georg. Auf dem Armaturenbrett des Renault war eine Fotografie von Camilles acht Jahre älterem Freund befestigt, eine

Automatenaufnahme in Schwarzweiß, die dem hochstirnigen Gesicht die Nacktheit einer Glühbirne verlieh. Camille schilderte ausführlich ihre Wohnungssuche. Sie hatte sich das schwarze Haar akkurat auf Schulterlänge kürzen lassen und trug einen grünen Lodenmantel über einem Pullover und ausgewaschenen Jeans. Ihr großes ruhiges Gesicht verriet nicht leicht, was sie dachte. Der indianische Zug kam durch die flache Nase und den Gegenschwung der Jochbeine zustande, von denen aus die Wangen sanft, ohne eine Wölbung zu bilden, in das feste Kinn übergingen. Sie war etwas blaß, aber im Sommer würde ihre Haut gewiß wieder indianisch werden, sich in diesem schönen Goldbronze-Ton färben.

»Spielst du eigentlich noch Basketball?« fragte er, als sie auf einem kreisförmig angelegten Parkplatz hielten.

»Heute abend, um sechs. Ich habe gerade wieder damit angefangen, beim Unisport, nicht in einem Verein. Es hat mich ein bißchen Überwindung gekostet, aber jetzt will ich dabeibleiben – und deshalb wollte ich dich fragen, ob es dir etwas ausmachen würde, wenn ich dich heute abend für zwei Stunden allein lasse? Und zuvor müßte ich auch noch dringend in die Universitätsbibliothek.«

Georg nickte verständnisvoll, aber in diesem Augenblick bereits gab es ein leises alarmierendes Knacken in seinem Kopf, und es schien ihm, als zerbreche eine feine gläserne Ampulle, gefüllt mit dem traurigen Antiseptikum ihrer Pubertät. Sie hatten den heimlichen Dialog ihrer frühen Gehtage wieder aufgenommen. »Wenn du schon darauf bestehst, in mein Leben hereinzutrampeln, dann erwarte nicht, daß ich auf dich Rücksicht nehme«, sagte Camille in den Lettern des Untertitels, der sie beim Überqueren des Parkplatzes begleitete, bei der Annäherung an einen granitfarbenen fünfstöckigen Neubau, der wie ein Zahnstummel im Kiefer des Bergrückens steckte. »Weshalb hast du mir nicht am Telefon gesagt, daß es dir unangenehm ist, wenn ich dich zu Hause besuche?« lautete Georgs Untertitel.

Sie gelangten in einen nach Putzmitteln und Mittagessen riechenden Flur. Georg bemühte sich, vertrauenerweckend harmlos zu erscheinen, als sie in einer engen Fahrstuhlkabine standen. Es half nichts, Camille fuhr mit einem Fremden, schweigend ins Leere blickend, den Atem anhaltend, den Kopf gesenkt, so daß sie ihm wie einem Vampir die helle Winter-Bronze ihres Genicks bot. *Man muß die Situation definieren* – hatte Erika gesagt, als er sie ein knappes Jahr zuvor in Hamburg besucht hatte. Beim Aufspringen der Fahrstuhltüren zeigte Camille eine zwar nicht stummfilmhaft deutliche, aber doch sichtliche kleine Erleichterung, die ihn noch mehr verwunderte als ärgerte. Er sah auf ihre Hände, die nervös einen Schlüsselbund drehten.

»Ich koche uns einen Kaffee«, sagte sie, als sie ihre Mäntel an einen Garderobenhaken im Flur gehängt hatten. »Die Wohnung ist eigentlich nur dieses Zimmer.«

Ein großes Bücherregal, üppige Grünpflanzen hervortreibend, teilte den Raum in eine ordentliche Arbeitshälfte und eine nicht minder ordentliche Schlafabteilung mit Wäschetruhe und Kiefernholzschrank. Ein braves Studentenzimmer, dachte er, und schon erschien ihm die tiefhängende Decke des Zimmers wie die Reproduktion des psychischen Drucks, unter dem Camille, die in der angrenzenden Küche mit dem Geschirr klapperte, wohl immer gestanden hatte. Er nahm sich vor, unbefangener zu sein. »Camille? Wo hast du deinen Basketball?«

»Wie bitte?«

»Ich wollte nur wissen, ob ich dir irgendwie behilflich sein kann«, sagte er lauter, ging nach rechts und blieb im Rahmen der Küchentür stehen. Sein Rücken verdeckte das Licht der Flurlampe. So warf er einen Schatten über den geöffneten Geschirrschrank, vor dem Camille am Boden kniete – und natürlich erschrak sie, dezent zwar, aber zielsicher, mit der kleinen Vokabel der Angst und Erstarrung, die ihr vor etlichen Jahren die gewisse Szene des Bertolucci-Films und wenige Minuten zuvor die Enge des Fahrstuhls entlockt hatten. Wieder flackerten die Untertitel auf. »Du bist auch nur einer dieser Kerle, die mich flachlegen wollen«, stand unter Camilles spiegelnden dunkelbraunen Augen. Sein Gegentitel hieß: »Natürlich, aber nur wenn du ohne Vorwarnung auf mich losgehst.« Dachte er sich das nun aus, oder war es so? Oder war es so, weil er es sich ausdachte?

»Liest du immer noch so viel?« fragte sie ihn, als sie sich an einem kleinen Tisch gegenübersaßen und Zigaretten anzündeten.

»Wie man's nimmt.«

»Und was gerade?«

»Über Regisseure, die mich interessieren. Und die Feynman-Lectures.«
»Die Feynman-Lectures? Welchen Band?«
»Zur Quantentheorie.«
»Ach, ja. Ich hatte mir das mal ausgeliehen.«
»Er schreibt aufregend, findest du nicht? Es ist schon intellektuelle Erotik«, sagte er, und daraufhin fiel ihr ein Zuckerwürfel aus der Hand. Georg erwischte den Würfel mit der Linken, bevor er sich über die Tischkante aus dem Staub machen konnte. Ein Blick der erstaunten Anerkennung traf ihn, der erschrockenen Anerkennung – der *Konkurrenz*, genau, das hatte er vergessen, Camilles älteren Bruder, der ihn damals, bei dem einzigen Besuch in ihrer elterlichen Wohnung, interessiert, aber finster gemustert hatte, der Bruder, der wohl noch heute alles besser konnte. Hierzu passend dann die Gestalt des um acht Jahre älteren Freundes ... Schlag mich! dachte er und mußte doch sehen, was passieren würde, wenn er sie mit der Physik kleiner harter Gegenstände konfrontierte. »Zuckerwürfel sind aufschlußreich. Wenn man sie im Dunkeln zerbricht, dann sieht man mit etwas Glück kleine blaue Blitze.«
»Die Triboluminiszenz, ich weiß.«
»Und du hattest einmal solche Angst vor der Physik!«
»Die hab ich noch immer.«
»Ach was, das glaub ich dir nicht. Wenn du Feynman gelesen hast, dann liegt das doch hinter dir.«
Sie schüttelte den Kopf. »Ich hab nicht mal die Schrödinger-Gleichung kapiert, fürchte ich.«
»Ich glaube, sie ist ohnehin zu suggestiv. Die Physiker sagen, daß die Diracschen Formulierungen die Sache besser –«
»Entschuldige.« Das Telefon hatte geläutet. »Sesemann«, meldete sie sich und sprach nun überaus warm und einladend, wohl um ihm den Unterschied zu der Art zu verdeutlichen, in der sie mit ihm telefoniert hatte. Ich hätte nicht mit Physik anfangen sollen, dachte er. So begannen sie, über die Vor- und Nachteile des Lebens in Wohngemeinschaften zu sprechen, unterbrochen von zwei weiteren Anrufen. Er bemühte sich, die Differenz zwischen einer natürlich vernommenen Stimme und ihrem über die Drähte gejagten elektronischen Schatten in Rechnung zu stellen. Aber es blieb dabei, Camille genoß es, ihm vorzuführen, wie herzlich sie mit anderen umgehen

konnte, sei es absichtlich oder aus einer ganz unwillkürlichen Koketterie heraus, über die zu lächeln schwerer fiel, als ihm lieb war. Wegen einer dringenden Terminabsprache mußte sie noch ein weiteres warmherziges Telefonat führen.

»Weißt du«, erklärte sie ihm dann ernsthaft. »Erst seit ich hier wohne, habe ich gelernt, etwas mit mir alleine anzufangen.«

Er reagierte prompt mit dem nächstliegenden bösen Gedanken. Aber nun wollten sie, da Camille in die Universitätsbibliothek und dann noch anschließend in ihr Labor mußte, die Gelegenheit zu einem Spaziergang nutzen, und sie gingen erleichtert ins Freie.

2

Draußen besuchten sie das *Kriminalmuseum* – so jedenfalls taufte Georg ein Waldstück, das am Rand der ins Stadtzentrum führenden Straße lag. Camille hatte eine Tasche mit den abzugebenden Büchern der Universitätsbibliothek geschultert. Sie deutete in das verwachsene Unterholz. »Drei Frauen wurden hier letztes Jahr vergewaltigt, alle im Herbst«, erklärte sie bestimmt. »Stell dir das vor!«

Georg sah pietätvoll auf Baumwurzeln, die sich in den bemoosten Waldboden fraßen, auf die Steintrümmer, die den Weg beengten. Wir gehen wieder, dachte er. Ihre Schuhe schleppten feinen nassen Sand mit sich. Manchmal traten sie nach links auf den Asphalt und stapften auf; aber schon wenige Meter danach wurden die Sohlen wieder schwer. Autos dröhnten vorbei; Camilles Lodenmantel wurde von Wasserspritzern getroffen.

»Ich meine, das ist eine Kleinstadt, aber du kannst als Frau nicht alleine spazierengehen. Auch das vorletzte Jahr gab es Vergewaltigungen.«

»Das ist schlimm.«

»Ich will mir das gar nicht vorstellen!« erklärte sie heftig.

»Aber –«

»Was?«

»Nichts.«

Sie nickte und schritt rascher aus, und Georg wurde langsamer und blieb schließlich stehen.

»Was ist los? Hast du was?«

»Von hier aus kann man über die Stadt sehen.«

»Nicht auf die Altstadt. Was siehst du?« Sie kam zu ihm zurück, mit einer kleinen Irritation, über die er sich freute.

»Ich stelle mir vor, ich wäre in einem Museum oder in einer Galerie.« Georg deutete einen unsichtbaren Bilderrahmen an, der die Neubauten auf den abgeschorenen Hügelkuppen umfaßte, Skelette aus Beton und Eisenträgern daneben, die hohen Baukräne, die in einem Gelee von Buschwerk und überschwemmten Wiesen standen und die fragilen Hälse reckten, als nagten sie an den Baumwipfeln.

»Was für eine Galerie?«

»Die große Galerie des Alltags, in der nichts Ungewöhnliches geschieht«, sagte Georg. »Oder es ist wie auf den Bildern von Brueghel. Irgendwo passiert etwas, aber es geschieht immer am Rand, beiläufig, unter anderem, ob es nun eine Predigt von Jesus ist, der Sturz des Ikarus oder eine Vergewaltigung. Nie gibt es die Kamera, die die entscheidenden Dinge heranzoomt.« Er vergrößerte den Bilderrahmen, so daß er auch Teile des Himmels erfaßte. Kondensstreifen der anscheinend unablässig über die Stadt jagenden Düsenflugzeuge kreuzten sich in einem klammen Blau. Gerade schoß ein Flugzeug aus der Sonne, drehte ab, kam einen Augenblick so nah, daß man den Piloten in seiner Kanzel ausmachen konnte wie ein in Bernstein gefaßtes Insekt. Dann erschütterte der Überschallknall das Tal.

»Das haben wir hier jeden Tag«, erklärte Camille. »Nato-Übungsgebiet.«

»Vielleicht sollten wir über Mathematik nachdenken. Der Pilot da oben hat keine Ahnung, nach welchen Formeln man die Tragflächenprofile seiner Maschine berechnet. Aber er drückt auf einen Knopf und vernichtet eine Stadt.«

»Die Ambivalenz der Wissenschaften«, seufzte Camille – erleichtert, weil Georg ihre stumme Aufforderung weiterzugehen jetzt annahm. »Im letzten Semester habe ich mich auf Neurophysiologie spezialisiert. *Neurophysiologie*, das klingt gut, nicht? Dabei zerlege ich nur Stabheuschrecken, ein weltwichtiges Problem.«

Die Schrödinger-Gleichung war ihr unverständlich, Neurophysiologie bestand aus dem Zerlegen von Heuschrecken ... Sie mußte alles herunterspielen. Georg erinnerte sich an einen ihrer frühen Gehtage, an dem sie sich über einen Lehrer mokiert hatte, der das Wort »abstrus« liebte: Mehrmals hatte sie es laut ausgesprochen, theatralisch, parodierend im Tonfall, maßlos eifersüchtig im Grunde – auf diejenigen, für die ein aus ihrer Schülerinnensicht so elitäres und funkelndes Wort ganz natürlich war.

Das Zentrum der Universität bildete eine Handvoll großer moderner Gebäude. Man sah Betontürme aus quadratischen Sockeln wachsen; eiserne Außentreppen verstrebten die Stockwerke; die Wände wiesen alle das gleiche Muster schießschartenähnlicher Fenster auf. Camille und Georg betraten das Hauptgebäude. Der Bauch der Wissenschaften war vom Fett entkleidet, säuberlich präpariert und eingefärbt wie in den anatomischen Atlanten. Von der Decke her erhellten regelmäßig angeordnete Punktstrahler ein samtenes Tagesdunkel und schufen Operationszonen für violette Heizungsrohre, absinthgrüne Geländerstäbe, ochsenblutrote Heizkörperreihen und weiß schimmernde Anschlagbretter. Ein Kaffeeautomat an einer Wegkreuzung wirkte mysteriös und feierlich wie das Steuerpult eines U-Bootes.

»Weißt du, was mir guttut?« fragte Georg die gelassen wie jedermann über den schwarzen Noppenboden schreitende Camille.

»Nein, was?«

»Daß wir hier im Fachbereich Biologie sind. Ich weiß, daß schon eine einzige partielle Differentialgleichung jeden zu Tode erschrecken würde.«

Camille bemühte sich zu lächeln. Er hatte zu laut geredet, es bestand die Möglichkeit, daß einer der Studenten, die sacht wie die Finger eines Chirurgen durch den Bauch der Wissenschaft glitten, den Satz aufgeschnappt haben könnte. Ihre schreckliche Furcht aufzufallen! Sie wollte ihm zeigen, wie selbstverständlich und dezent sie sich auf dem Campus bewegte. Weshalb nur trug sie diesen Lodenmantel? Er verlieh ihr die fusselfreie Gediegenheit gutsituierter Hausfrauen um die vierzig. Am Schalter der in das Hauptgebäude integrierten Universitätsbibliothek gaben sie Camilles Bücher ab. Dann stiegen sie einige Treppen empor, gelangten durch einen Tunnel in ein Nachbargebäude und von diesem in einen weiteren Bau (hier erst begann der Fachbereich Biologie), indem sie durch eine Glasröhre in Höhe des zweiten Stocks gingen. Gerade durchstieß die Sonne wieder eine Wolkenschicht, und helles blendendes Märzlicht verfing sich in der nur von dünnen Metallstreben parabolisch gestreiften Transparenz der Röhre, so daß sie für einige Sekunden halb geblendet und lautlos dahinzuschweben schienen.

Weshalb malt oder filmt das keiner? dachte Georg. *Das* ist doch unser Leben! Vor diesem Hintergrund zeigten sich Camille und er in ihrer Einmaligkeit, so wie sich im Rijksmuseum noch heute die Bauern- und Bürgerfamilien unter einer Ölfunzel in ihren schwarzgeräucherten Katen oder im Glanz ihrer reich ausgestatteten Wohnstuben offenbarten. Den niederländischen Genremalern des 17. Jahrhunderts wären diese lichtgefüllte, mit einem blauen Rippenteppich ausgelegte Glasröhre und die erneut von Punktstrahlern durchglühte künstliche Nacht des nächsten Gebäudes etwa so verrückt erschienen wie die futuristischen Kulissen des *Blade Runner* dem zeitgenössischen Kinopublikum.

Camille schloß die Tür zum Labor ihrer Arbeitsgruppe auf. Kurz sah sie auf einen Wandkalender und öffnete dann einen Kühlschrank, während Georg die Tuschespitze eines Schreibers beobachtete, die schlafwandlerisch langsam über einen Bogen mit Endlos-Millimeterpapier glitt.

»Was macht dieses Ding hier?«

»Da siehst du die Reaktionspotentiale, das heißt die Änderung – er schreibt gleich die Ableitung mit.«

»Das ist nett von ihm.« Er erwartete, daß sie ihm nun erklären würde, was diese Anordnung von Kolben, Petrischalen, Spannungsmessern und Kabeln vorstellen solle. Aber sie trug schweigend einen Wert auf einer Tabelle ein, rückte eine Klemme zurecht und goß eine zitronensaftähnliche Lösung aus einem Kolben in einen anderen. Ein Minute lang verharrte sie dann, wohl um zu kontrollieren, ob sie alles richtig gemacht hatte. Er überlegte zu fragen, ob die Kurve des Schreibers einer Fourier-Analyse (apage!) unterzogen würde, oder ob er Camille durch einen eher cineastischen Witz (Wann beginnt das hier zu leben?) aus dem Gleichgewicht bringen könnte – als ihm erneut die niederländischen Meister in den Sinn kamen. Vermeers *Küchenmagd* fiel ihm ein, vor der er sehr lange im Rijksmuseum stehengeblieben war, diese kräftige Frau, die Milch aus einem tönernen Krug in eine Schüssel goß. Sie sah mit ihrem Kopftuch, mit ihren derben weißen Armen und dem fast männlichen Gesicht Camille nicht ähnlich. Er fand aber den gleichen Ausdruck ruhiger Hingabe an eine Tätigkeit wieder, einen Augenblick des Selbstvergessens in einer Umgebung, deren Alltäglichkeit Vermeer im Falle der Küchenmagd minuziös festgehalten hatte, während Camille und dieses im nahezu gleichen pastellfarbenen Tageslicht liegende Labor von niemandem gemalt werden würden.

»Fertig, wir können weiter.«

Eine Minute später gingen sie wieder auf den Plastikknoppen der Korridore.

»Liebst du das, was du da tust? Bist du davon begeistert?« fragte er Camille.

»Es ist meine Arbeit, was soll ich dazu sagen?« erwiderte sie, und daraufhin überkam ihn eine Traurigkeit, die beinahe so unüberwindlich erschien wie die Winterdepression ihrer Schlammstädter Spaziergänge. Sie waren nur einige Jahre weitergekommen auf dem Weg der Abrichtung, der industrialisierten Verfertigung technischer Intelligenz. Die Töchter und Söhne der unteren Mittelklasse, aus der Camille und er stammten, erhielten ihren ersten Drill und ihren ersten Vorrat an Arroganz auf den Gymnasien, traten sich in den sterilen Lehrsälen der Massenuniversitäten auf die Füße, waren angelockt vom Besonderen, wurden trainiert zum Mittelmaß und ausgestreut in die Apparate. Sie erfanden wirksamere Medikamente, bessere Computer, kleinere Fernsehgeräte, glänzendere Karosserien, schnellere Schaltkreise, tragfesteren Beton, härteren Stahl – nichts beim alten, aber alles im Gängigen belassend, eine Armee des technologischen Komparativs, die (schon) schlicht tat wie Camille oder (noch) Purzelbäume schlug wie Georg, die sich klüger wähnte, aber doch ebenso gebrauchen und verbrauchen ließ wie ihre unstudierten Eltern, deren einmal verachtete Lebensweise sie von Jahr zu Jahr mehr übernahmen.

»Eigentlich ist das eine ganz bescheuerte Architektur«, sagte er, als sie wieder im Freien waren.

»Deine Uni sieht doch genau so aus, oder?«

»Schlimmer. Wir haben da noch diese Sechziger-Jahre-Bauten am Ernst-Reuter-Platz. Aber die neuen Gebäude werden genau so schick sein.«

»Deine Freundin ist Architektin, oder?«

»Noch nicht ganz. Aber Maria allein wird wohl das Ruder nicht herumreißen können. – Und dein Freund? Mit dem bist du noch nicht so lange zusammen, oder?«

»Seit zwei Jahren. Er schreibt an seiner Habil. Weshalb bist du eigentlich von Amsterdam aus zuerst wieder nach Berlin gefahren?«

»Ich mußte eine Prüfung machen und unsere Katze umsiedeln, weil die Bekannte, die sie gehütet hatte, in Urlaub fahren wollte.«

»Du hast eine Katze?«

»Ja, wir haben eine Katze.«

»Einen Kater, nehme ich an. Und er heißt bestimmt Schrödinger.«

»Es ist eine Katze. Sie heißt Ayshe – nach einer Prinzessin in den Märchen aus Tausendundeiner Nacht.«

Camille schien überrascht, wenn nicht betroffen. Sie wählte einen kürzeren Weg zurück, und so erreichten sie das *Kriminalmuseum* vom Tal aus auf einer neu geteerten Straße, die wohl erst vor wenigen Monaten mitten durch einen Hügel geführt worden war. Zerschnittene Wurzelfasern ragten aus roten Sandflächen in die Luft. Georg wartete auf die Wiederkehr der vergewaltigten Frauen.

»Ich habe Michael getroffen«, verkündete Camille, im Tonfall eines Geständnisses. »Du weißt doch, der, mit dem ich kurz vor dem Abitur zusammen war.«

Michael? Aber ja: der Onanierkünstler! Hatte er, im Versuch, sich eine Pin-Up-Version Camilles auszumalen, ebenfalls die vaginale Zunge gesehen?

Camilles Ansicht nach habe sich Michael zum Nachteil verändert. Das käme davon, daß er in der Großstadt lebe. Frauen seien für ihn zum Freiwild geworden. Er rechne nur mit Quantitäten, etwa wieviel an einer dran sei oder die wie vielte sie in seiner Sammlung wäre. Eine Nacht, mehr interessiere ihn nicht. »Es ist nicht so, daß ich das nicht verstehe«, sagte sie dann unvermittelt heftig.

»Wirklich?«

»In der Großstadt, bei dieser Vermassung, dieser Anonymität!«

Georg nickte. Massensex war sehr anonym. Es gelang ihm, sich Michael wieder vor Augen zu rufen. Er war ein großgewachsener, gutaussehender, aber etwas grobschlächtiger Mann, ein typischer Camille-Mann, nach dem Muster ihres älteren Brudes gestrickt. Camilles Grammatik: suche das Vorbild, bekomme das Monstrum, das dich vergewaltigt, mache es von dir abhängig, gib ihm den Laufpaß und beklage dich bitter über die Schnödigkeit der Welt. Konnte es wirklich so einfach sein? Er sah in ihr weiches, jetzt trauriges Gesicht.

»Wenn es nur Ausnahmen wären«, versicherte sie ihm. »Aber alle, die in der Großstadt leben, entwickeln sich so. Zumindest die, die ich kenne.«

Was sollte er dazu sagen? Daß sie sich peinlich provinzielle Vorstellungen über das Leben in den Großstädten machte? Oder wie er selbst sein Berliner Massensex-Leben organisierte, wo er doch seit drei Jahren mit Maria zusammenlebte? Sie hatten es sich nicht verboten, mit anderen zu schlafen, sofern es selten geschah, und es brauchte auch nicht gestanden zu werden, wenn es nichts bedeutete. Auf diese Weise gab es keine Visionen über Vergewaltigungen in Unterhölzern, kein *Kriminalmuseum* und keine Hausfrauenphantasien über urbane Sexprotze, die reihenweise über ausgebeutete Körper stiegen.

»An was denkst du?« wollte Camille wissen.

»An einen klugen Spruch, den ich kürzlich gelesen habe. Er heißt: *Das Leben hat keinen Meister.* Man sollte hinzufügen: *Aber so viele Doktoren.*«

»Daß du immer noch so viel Zeit zum Lesen hast! Aber ich komme mir nicht schlau vor, nur weil ich bald meine Doktorarbeit anfange«, sagte Camille. Und dies verschlug ihm erst einmal die Sprache.

Im Fahrstuhl starrte er mit akribischer Schamhaftigkeit auf seine Schuhspitzen. Sie waren mit kriminellem rötlichem Staub bedeckt. Camille mußte sich beeilen; der Basketballkurs begann in einer halben Stunde. Die Suche nach ihrem Sportzeug verlief hinreichend verworren, um nebenbei und auch sehr beiläufig zu überlegen, was Georg in der Zwischenzeit anfangen wolle. Er könne allein durch die Stadt bummeln, da sei aber nicht viel zu sehen. Er könne natürlich auch dem Spiel zusehen.

»Ich werde hier auf dich warten und etwas lesen«, sagte er, so entschieden, daß sie keinen Einwand vorbringen konnte.

Nachdem sie gegangen war, trat er unschlüssig ans Fenster. Die Hügel der Neustadt schienen in der Abendsonne zu dampfen. Über der orangefarbenen Anhöhe lag eine Kuppel intensiven und transparent wirkenden vornächtlichen Blaus, bedroht von den Rabenfedern sich wohl bald wieder verdichtender Wolken. Solche Ausblicke hatte er in Berlin nicht, das mußte er Camille lassen. Es war wohl das beste, einen Zettel mit einer kurzen Nachricht auf den Tisch zu legen und zu verschwinden. Aber was sollte er schreiben? Die Situation war nicht ohne Peinlichkeiten auflösbar. Er hätte Camille nicht anrufen sollen oder Camille sein Angebot, sie zu besuchen, nicht annehmen dürfen. Was wäre einfacher gewesen, als ihren Freund, der in einer nahegelegenen Stadt arbeitete, als Schutz zu ihrem Treffen hinzuzuziehen? Aber wohin dann mit gleich drei schlafenden Körpern? Wohin mit der Enttäuschung darüber, daß weder der Versuchung noch der Kraft, ihr aus eigenem Willen zu widerstehen, Raum geblieben wäre? Er dachte an die Nacht mit Kristina zurück – mit einem schlechten Gewissen, denn seit Beginn seines Studiums in Berlin schliefen Kristina und er immer wieder miteinander, zu häufig, zu entspannt und zu regelmäßig eigentlich, als daß es dem Vertrag mit Maria noch entsprochen hätte. *Man muß die Situation definieren* – hatte Erika gesagt, vor einem knappen Jahr in Hamburg. Sie hatte eine Abtreibung hinter sich und balancierte unglücklich zwischen zwei Liebhabern. Stundenlang hatten sie über diese Dinge geredet, um dann die Verkrampfung ihrer Diskussion in eine *Definition* zu verwandeln (Erikas eigenartig unsymmetrisch erregte Brustwarzen, ihr perfekt saugender Mund, der sich um seine Eichel schloß ... Konnte Camille ähnliche Fortschritte gemacht haben?) und diese *Definition* einer heftigen, stoßhaften Lösung zuzuführen. Es war ebenso eine Lösung gewesen wie der Beginn eines Problems. In den darauffolgenden Wochen schrieb ihm Erika unklare und wütende Briefe. Er hatte nur das Durchbrechen der pubertären Sperre genossen, das feuchte Moos zwischen ihren Beinen und ihren kleinen Schrei, der seinen jahrelang nicht mehr gehörten Spitznamen als Fünfzehnjähriger wiedergab. Für ihn war es eine Rückkehr zum Strand des Baggersees gewesen, die gebührende Antwort der Zukunft im Sinne einer endlich erwachsenen gegenseitigen Befriedigung. Jetzt sah es so aus, als würde ihre Freundschaft daran zugrunde gehen, und sie hatten sich schon monatelang nicht mehr geschrieben. Wollte Camille eben das verhindern? – Beinahe versöhnt, wandte er sich vom

Fenster ab und betrachtete ihren Schreibtisch. Unter einer Schreibunterlage aus durchsichtigem Kunststoff lagen ein Periodensystem, ein Rezept für die Pille und eine handtellergroße Europakarte. An der rechten hinteren Ecke des Tisches stapelten sich Körbchen mit säuberlich geschichteten Papieren und den Aufschriften: *Anatomie, Botanik, Genetik (klass., molek.), Vergl. Zoologie,* umwunden von einer Schlange aus Lochern, Schächtelchen mit Heft- und Textklammern und einer weitgefächerten Phalanx von Buntstiften. In dem raumteilenden Bücherregal gab es eine Menge Lehrbücher, dickleibige, blaugrüne Bände. Er studierte die Titel und stellte fest, daß Camille sich kaum an die Ränder der experimentellen und beschreibenden Biologie gewagt hatte, weder in den Untergrund der »harten« Disziplinen noch zu den beliebten spekulativen Werken bekannter Naturwissenschaftler. Die Auswahl an Belletristik und aktueller Sachliteratur war beachtlich, aber ohne erkennbaren Schwerpunkt. Endlich, zwischen den Wedeln einer Dieffenbachie und einem weiteren Körbchen, das Briefe von Freunden enthielt, angeordnet in alphabetischer Reihenfolge und durch Sortierkarten getrennt (»G« wie Georg, er las seinen letzten Brief und fand ihn zu offenherzig), entdeckte er eine Reihe von Frauen-Erotika, Nachgeburten der wilden siebziger Jahre, die ihn mit der schwierigen, ja unmöglichen Aufgabe belasteten, sich Camilles Rehblick vorzustellen, der auf ihren Zeilen ruhte ... flatterte ... zurückzuckte? Und dann, wichtiger oder in der Kombination wichtig, gab es noch eine kleine Reihe von Büchern über Indianer. Georg hatte Camilles Hang, ihre indianischen Gesichtszüge im Sinne einer mythischen Herkunft zu deuten, immer nur erahnt. Nie hatten sie darüber gesprochen, nie hatte er ihr gesagt, daß ihm gerade dies so sehr an ihr gefiel. Es war seiner- und ihrerseits ja auch nichts weiter als spießige Romantik. Oder? Das Recht, sich aus anderen Zusammenhängen abzuleiten. Ein Symbol für das eigene Leben zu erfinden, das der Gewöhnlichkeit und Enge des Studentendaseins in einer Kleinstadt widersprach, der säuberlichen Büroordnung ihrer Wissenschaft. Der Morgen in dem kurz vor dem Abriß stehenden Jugendhaus fiel ihm wieder ein. Fast fünf Jahre war es her. Camille, die sich verworren in ihrem Schlafsack aufrichtete. Georg wußte nichts über das erotische Dasein der Squaws. Etwas Passives und Robustes kam ihm in den Sinn, im Rauch der Tipis, unter Biber- und Wolfsfellen. Was sollte man sich vorstellen? Waren sie Künstlerinnen oder Stuten? Hatten sie Sexualneurosen? Wuschen sie sich davor oder danach? Cremten sie sich mit Bärenfett ein? Er öffnete eines der Bücher, die Autobiographie einer Sioux-Indianerin. Die Schlacht bei Wounded Knee, in einem Remake von anno 1973, gegen Regierungstruppen und das FBI. Nach einer unglücklichen Liebesgeschichte hatte die Indianerin einen Forty-Niner-Song getextet:

> *Du läßt mich sitzen, mein Süßer,*
> *für 'ne Crow-Kuh und für 'n Rodeo.*
> *Ich hoffe, du holst dir 'n Dünnschiß,*
> *heya – heya – heyo.*

»Dichterinnen also«, murmelte er, schlug das Buch zu, stimmte Camilles hörbar vernachlässigte Gitarre, klimperte ein paar Akkorde, überlegte noch einmal, unter Zurücklassung einer kurzen Nachricht zu verschwinden, und las zuerst resigniert und dann aufmerksam einen Artikel in einer ausliegenden, nicht mehr ganz aktuellen Ausgabe des *Scientific American*. Es ging, als hätte sich das Journal mit Camilles Darmgrippen-Geschichte und dem Indianerinnen-Song verabredet, um die Verdauungszellen im menschlichen Dünndarm. Faszinierend waren die Selbstversuche, die Spallanzani vor zweihundert Jahren angestellt hatte, um die Existenz von Verdauungssäften zu beweisen. Er schlug hundert Gramm Hühnerfleisch in ein Leinensäckchen ein, verschluckte es und wartete. Nachdem es den üblichen Weg gegangen war, konnte er feststellen, daß das Fleisch sich größtenteils zersetzt hatte.

»Ich habe mich beeilt. War es dir langweilig?« fragte Camille, die in das Zimmer hereinkam, als er gerade den letzten Satz des Artikels las. Er sah in ihr leicht verschwitztes, gerötetes Gesicht und war verblüfft über seine einfache und natürliche Freude, sie wiederzusehen. Später sagte er sich, daß diese Freude das Ergebnis einer Rückblende gewesen sein mußte, einer Rückkehr zu dem Tag, an dem er Camille unter dem Wehrturm in S. wieder getroffen hatte, als seine Liebe zu Stella bald am Ende zu sein schien (Stellas Brief mit der Nachricht, sie sei erneut in München bei Scientology, in der Jackentasche); andererseits hätte es sich aber auch um eine geheime Vorblende handeln können, in der Camille und er eine gemeinsame Wohnung besaßen, so daß sie zu ihm nach Hause kommen konnte. Für Camille aber sah diese Sekunde wohl vollkommen anders aus. Eine eigene Wohnung war wie die Hülle eines Körpers, eine zweite Haut, in die er während ihrer Abwesenheit eingedrungen war, fast als habe er sich im Schlaf an ihr vergangen oder ohne ihr Einverständnis ein Porträt von ihr gemalt. Sie warf ihre Sporttasche auf den Boden, öffnete die Tür zu ihrem kleinen Bad und rief: »Gleich können wir essen gehen. Es dauert nicht lange. Ich habe keine Lust zum Duschen. Ich wasche mich nur schnell.« Ein delikater Gegenzug! Bevorzugte sie den ungeduschten Verkehr? Sollten die Stellen, die man bei einer Katzenwäsche aussparte (damit den Katzen wieder unähnlich), ihren Hautgout nicht verlieren? Natürlich war dieser Gedanke so unpassend wie der an den Ventilstutzen, den sündigen Pol der Basketbälle. Selbstverständlich würde sie, darauf angesprochen, sich gar nichts dabei gedacht haben, schon gar nicht das Signal, ihren hygienisch schlecht für die Liebe präparierten Körper zu verschonen. Oder wollte sie ihm zeigen, daß sie die Phase des ästhetischen Entsetzens über schmutzige Fingernägel überwunden hatte? Ich hätte wirklich gehen sollen! warf er sich vor. Er zündete sich eine neue Zigarette an und schüttelte den Kopf, ohne recht zu wissen, ob er damit Camilles wunderliche Taktiken meinte oder seine Neigung, ihr wunderliche Taktiken zu unterstellen.

»Fertig«, sagte Camille, die tatsächlich schon nach drei Minuten aus dem Badezimmer kam. »Wir können los.« Ihr Gesicht glänzte (eine Hautcreme, Bärenfett, heya, heya, heyo ...)

Ich werde sie immer mögen und mich immer über sie ärgern, dachte er und drückte die Zigarette wieder aus. Im Fahrstuhl suchte er irgendein Thema, um ihnen peinlich schweigsame Sekunden zu ersparen. Er kam auf ein Schulbeispiel aus der Topologie: Wenn man einen Basketball in unendlich dünne Scheiben schneide und diese Scheiben wieder zusammensetze, könne man sie beliebig hoch stapeln, etwa bis zum Gipfel des Mount Everest. (Hätten Sie's gewußt? Und: War das noch Sport?)

»Ihr seid schon arg verrückt, ihr Mathematiker«, sagte Camille, als sie erneut ins Freie traten. Weshalb erzählte er ihr nichts über Dinge, die ihn wirklich fesselten, zum Beispiel die Bilder Vermeers? Ein mehr fühlbarer als sichtbarer Nebel lag vor der Außentür des Neubaus in der Dunkelheit. Die Laternen des Parkplatzes schienen in der Feuchtigkeit zu knistern. Leise winselte der Renault die Hänge hinab. Das *Kriminalmuseum* war nur noch eine Verwerfung von Schatten, die sie jetzt in sicher gepanzerter Eile passierten.

»Was hast du gelesen, als ich weg war?«

Er schilderte ihr Spallanzanis Selbstversuche.

»Die waren noch mutig, damals.« Camille wirkte unruhig. Vor dem Hintergrund der pfeifenden und brummenden, schwach ausgeleuchteten Fahrzeugkabine hoben sich die Untertitel deutlich ab. Die rechte Wagentür wurde entfernt, so daß man den Aufbau für den Kamerakran befestigen konnte. Schnittfolge Georg *(zunächst eine Pause, in der er zuhörte, dann mit dem Ausdruck schlechten Gewissens)*: »Du meinst diese drei chinesischen Hefte, schwarz, mit aufgesetzten roten Ecken?« – »Soll ich dir dazu etwas sagen?« Nun wurde die rechte Wagentür wieder eingesetzt und die linke entfernt. Gegenschnittfolge Camille: »Hast du meine Tagebücher gelesen?« – »Ja, die meine ich.« – »Ich hätte dich nicht einladen sollen!« *(Mit großer Empörung!)* Woraufhin sich, nach dem Wiedereinsetzen der linken Wagentür, der Kameramann in den Fond des Wagens quetschen mußte (»Mit mir könnt ihr's ja machen! Erst der Aufzug und dann das! Aber ich hab ja auch schon in Toiletten gefilmt!«), um die beiden starr geradeaus gerichteten Köpfe einzufangen, zwischen denen auf der spiegelnden Windschutzscheibe die verschwommenen Rubine der Rückleuchten eines ebenfalls im Tempo von dreißig Stundenkilometern dahinfahrenden Opels glühten, um dann, genau berechnet, in einer lange gesuchten Haarnadelkurve abgelöst zu werden von den speziell ausgerüsteten Frontalscheinwerfern eines entgegenkommenden Wagens, die so grell aufleuchteten, daß (aber erst vollständig mit Hilfe einer nachträglichen Materialbearbeitung gelingend) das Bild auf der Leinwand sich vollständig in einer blendenden Lichtfront auflöste. So umfing die nachfolgende stille und kurze Szene, in der der Wagen stand und Camille schon den Zündschlüssel in der Hand hielt, eine intime Dunkelheit und Ruhe. »Ich möchte dir etwas sagen, Georg.«

»Ja?«

»Wegen damals.«

»Wegen damals?«

»Als ich mit dir Schluß gemacht habe ... Es war nicht wegen diesem Hubert. Es war wegen der Szene in dem Eis-Café.«

»Schwamm drüber. Das ist doch so lange her!« sagte Georg, berührte kurz ihren rechten Oberschenkel und stieg aus dem Auto. Daß sie es für möglich hielt, er brenne noch als Fünfundzwanzigjähriger darauf, den wahren Grund einer Pubertätslaune zu erfahren! Daß sie es ihm jetzt gesagt hatte und nicht vor Jahren schon, bei einem ihrer doch zahlreichen Zusammentreffen! Daß sie glauben konnte, er sei als Sechzehnjähriger zu einfältig gewesen, um zu verstehen, was da passiert war ... »Wo gehen wir hin?« fragte er betont freundlich, als sie auf ihrer Wagenseite auftauchte.

Es gebe kein ausgesprochen empfehlenswertes Restaurant. Sie könnten einfach durch die Altstadt bummeln und irgendwo einkehren, wo es ihm annehmbar erscheine. Die Straßen waren nur spärlich ausgeleuchtet. In mittlerer Höhe tauchten die Fenster und die spröden Sandsteinsimse der Häuser in das schwache Laternenlicht; die Giebel blieben in der Nacht vergraben. Nur wenige Fußgänger bewegten sich an diesem Montagabend über die kopfsteinbepflasterte Leere zwischen den schummrigen flaschengrünen und bernsteinfarbenen Butzenglasfenstern der Weinkneipen. Georg prallte im Geist ein halbes Dutzend Mal gegen Lisa, bis er, was die Szene in dem Eiscafé anging, von einer gewissen Dankbarkeit gegenüber Camille erfüllt war und sich entspannter fühlte. Sie gingen in eine Pizzeria. In der Ecke am Tresen hielt die Familie des Wirtes einen Tisch besetzt, vor dem ein tragbares Fernsehgerät flimmerte.

Nachdem sie ihre Bestellung aufgegeben hatten, fragte er Camille nach ihren Zukunftsplänen. Nicht mehr von »aufgeblasenen Nullen« belehrt werden. Sich einer »netten Arbeitsgruppe« anschließen. Ihre Doktorarbeit schreiben. In zwei oder drei Jahren eine große Reise nach Australien unternehmen.

»Wegen der Heuschrecken? Oder weil es genau auf der entgegengesetzten Seite der Erde liegt?«

Sie lachte. »Und wie ist es bei dir? Mathematik stelle ich mir sehr schwierig vor.«

Man müsse es sich einpauken wie vergleichende Zoologie und sämtliche Heuschreckenarten, versicherte er. »Das ist das Deprimierende. Ich dachte, man bräuchte gar nichts zu lernen.«

»Hast du deshalb dieses Studium angefangen?«

»Natürlich, gibt es einen besseren Grund?«
»Du bist so lakonisch.«
»Entschuldige, das wollte ich nicht. Ich meine, man wird Spezialist wie ein jeder. Für Zahlentheorie, für irgendwelche Topologien oder Algorithmen. Du siehst Leute, die ihr ganzes Leben auf einem winzigen Segment der Erkenntnis zugebracht haben, und ihre größte Befriedigung beruht darauf, daß sie nur noch von hundert anderen Leuten auf der Erde verstanden werden. Das ist die rechte Art von Elite.«
»Aber reizt dich das denn nicht? Paßt das nicht zu dir?«
»Ich weiß nicht. Ich glaube, ich habe kein richtiges Talent. Es gibt nur ganz wenige, die geborene Mathematiker sind. Und nur die werden wirklich glücklich mit ihren Leistungen und bringen etwas Neues hervor. Der Rest, die Heerschar der Mittelmäßigen und Halbtalentierten, Leute wie ich, die werden Programmierer oder Lehrer, oder sie landen bei irgendwelchen Versicherungsgesellschaften.«

Camille sah ihn mit einem Bedauern an, das – im indianischen Ungewissen eines zweihundert Jahre zurückliegenden Damals der Savannen, Ponys und Tomahawks – einen kleinen blauen Widerhaken hatte. Ja, richtig, er, das ehemalige Schlammstädter Genie, bezeichnete sich als mittelmäßig. Es war ein Angebot, aber sie ging nicht darauf ein. Womöglich näherte sich ihre Arbeitsgruppe dem Nobelpreis für Heuschrecken-Forschung. Während der Mahlzeit redeten sie über Wohnungsumzüge, Zahnärzte und weitere elementare Dinge des Daseins, die bald der Schnittechnik von Georgs Erinnerung zum Opfer fallen sollten.

»Metamathematik, das wäre noch ein Feld«, sagte er, als man ihnen Cappuccino brachte. »Schließlich habe ich mit Cantor und einem Buch über den Gödel-Satz angefangen. Aber dieses Feld ist schon um die Jahrhundertwende abgeerntet worden. Deshalb wollte ich eine Zeitlang unbedingt etwas Konstruktives machen. Etwa Fermats Theorem beweisen. Oder auch etwas Praktisches.«

»Du – und etwas *Praktisches*?«

»Warum nicht? Ich wollte mich nützlich machen. Zusammen mit einem Freund hatte ich angefangen, Programme zu schreiben, mit denen sich die Evolutionsmodelle von Sternen schnell und einfach durchspielen ließen. Damit konnte man zum Beispiel bestimmen, wann ein Stern die Chandrasekharsche Grenze erreicht. Das ist der Punkt, an dem die Sterne unter ihrer eigenen Gravitation zusammenbrechen. – Er war Indianer, quatsch: Inder«, setzte er hinzu, während Camille gedankenverloren in ihre Tasse sah. »Schon in den zwanziger Jahren fand er diese Möglichkeit des Zusammenbruchs ... Aber laß uns gehen, du siehst müde aus.«

»Gut, wenn du möchtest.«

Sie zahlten. Draußen hatte sich die Nacht noch verdichtet. Die Strahlenkegel, die die eisernen Laternen auf das Pflaster schickten, besaßen jetzt scharfe Konturen und schnitten einen Mann und seinen Hund entzwei. Ein kalter Wind war aufgekommen, eine schwarze Februarerinnerung an ihre Gehzeit in S. Georg ärgerte sich, weil sie ihn stets besser aus der Reserve locken konnte als er sie. »Spielst du eigentlich noch Theater?«

»Nein, ich habe einfach nicht genug Zeit«, sagte sie nervös.

»Wollen wir noch irgendwo hingehen?«

»Ich weiß nicht. Gibt es hier etwas Sehenswertes?«

»Eigentlich nicht. Wir könnten vielleicht noch einen Tee trinken. Aber es gibt nichts Sehenswertes.«

»Dann laß uns den Tee bei dir trinken«, schlug er vor, und Camille willigte ein. Bringen wir's hinter uns! dachte er, als er die Wagentür auf der Beifahrerseite öffnete. Unsere unglaubliche zweite Nacht!

3

Camille saß – etwas davon abgerückt – an dem kleinen Tisch und hielt eine dampfende Teeschale in den Händen. Langsam streckte sie die Arme aus, bis die Schale wie in einer klassischen Opfergeste oder wengistens Tempelszene vor ihrem Schoß schwebte. Georg vermißte auf einmal die Rostflecken des Eisenpräparates, das sie als Fünfzehnjährige hatte einnehmen müssen, auf ihren frisch gebügelten Jeans. »Georg – bist du mir böse, wenn ich mich in einer Stunde etwa ins Bett lege? Ich muß morgen um acht aufstehen.«

»Nein, natürlich nicht.«

»Wenn ich mit dir zusammensitze, kommen mir all die Erinnerungen an früher«, erklärte sie nach einer Weile.

Er rührte die kupfernen und goldenen Reflexe in seiner Teeschale durcheinander. Weshalb hatte er nicht die geringste Lust, über ihre Vergangenheit zu reden? Mit Erika (post coitum) war es möglich und ganz amüsant gewesen. Nun, vielleicht war es überhaupt nur post coitum amüsant, wenn man auf einem schmalen Plateau gemeinsamer Gegenwart beieinander lag, die nackte einsame Haut des anderen spürte und dann gegen die Richtung des Zeitpfeils nach S. zurücksah wie auf eine Puppenstube, der man glücklicherweise und gerade noch mit heiler Haut hatte entrinnen können.

»Die Zeit vorm Abitur ... Das war die schönste Zeit in meinem Leben«, sagte sie leise.

»Weshalb? Wie kannst du das sagen! Ist dein Leben denn schon vorbei?« hätte er nun ausrufen müssen, und er wollte ihr auch klarmachen, daß dieser voreilige Superlativ lebensgrammatisch hoch bedenklich sei. Aber dann entschied er sich, nur auffordernd zu nicken. Während Camille von der Clique erzählte, vom gemeinsamen Treiben am Baggersee, vom spielerischen Ernst der Beziehungen, den Abenteuern, die doch keine Abenteuer, den Risiken, die doch keine Risiken waren, ergriff ihn eine rasch zunehmende Müdigkeit, und er wünschte sich schließlich, er säße schon wieder im Bus nach S. oder im Zug nach Berlin.

»Damals lag noch die gesamte Zukunft vor uns, so weit entfernt, daß wir nichts planen mußten.«

Damals, in ihrem Leben als Squaw, das zweihundert Jahre zurücklag ... Ihr nicht zuzustimmen war alles, was er noch tun mochte.

Schließlich zog sie die Schultern hoch, gähnte und sah auf die Uhr an ihrem Handgelenk. »Es ist ganz schön spät.«

»Hast du keine Semesterferien?«

»Ich habe morgen früh einen Termin – bei meiner Psychotherapeutin. Es ist eigentlich gar keine Psychotherapeutin, nur eine Gesprächstherapeutin. Richtige Psychoanalytiker kann ich nicht ausstehen.«

Weil sie polymorph pervers sind, dachte er mechanisch. »Bringt es dir etwas?«

»Ja, schon ... Es wird einiges klarer.« Camille stand auf und strich mit den Händen über ihre Hüften (eine ganz wunderbare kindlich schamlose Bewegung, die wohl der unsichtbaren

Befleckung seines einzigen, im Gefolge der Teeschale unter die Gürtelschlaufen ihrer Jeans entglittenen Blickes galt). Dann lächelte sie ihm zu. Zögernd trat sie in den Flur. Von seinem Stuhl aus konnte er die Badezimmertür sehen. Das Licht einer Neonröhre flackerte auf, die helle Zone wurde von der sich schließenden Tür zu einem L-förmigen Rand eingeengt – und verbreiterte sich plötzlich wieder. Camille streckte den Kopf heraus. »Übrigens«, rief sie, »wo willst du denn schlafen?«

»Unter Beherrschung meiner männlichen Virulenz neben dir im Bett«, sagte Georg und schämte sich – gleichsam im vorauseilenden Beisein der Gesprächstherapeutin – schon für diesen dämlichen Satz, kaum daß er ihn ausgesprochen hatte.

Camille lachte und zog den Kopf ins Badezimmer zurück. Für einige Sekunden waren sie in einer gespannten Stille miteinander verbunden. Dann drehte sie die Wasserkräne auf und klapperte eifrig mit der Zahnbürste oder mit was auch immer. Georg erhob sich, als Camille die Tür wieder öffnete. Sie streiften sich in dem schmalen Flur und lächelten beide entschuldigend.

Als er in das Zimmer zurückkehrte, ließ Camille, noch völlig angekleidet, die Metalljalousie vor dem Fenster herunter. Mit hängenden Armen blieb sie vor der herabgesunkenen Lamellenwand stehen. »Das Bettzeug liegt schon da, du mußt es nur aufdecken.«

Georg grüßte im Geist die postkartengroße Porträtaufnahme ihres Freundes, der aus einem der unteren Böden des Bücherregals die Aufsicht über das Geschehen zu führen gewillt schien. Er nahm die Überdecke ab und ließ sie über die Wäschekiste gleiten. Ohne einen Blick zu Camille zog er sich aus und setzte sich auf die vordere, tieferliegende Hälfte des aus zwei Matratzen bestehenden Bettes. Ein Frösteln vortäuschend, verschwand er unter einer Daunendecke, um gleich darauf wieder aufzutauchen, so daß seine Arme und sein Oberkörper freilagen. Er zündete sich eine letzte Zigarette an.

Langsam trat Camille vom Fenster zurück. Vor dem Kleiderschrank am Fußende des Bettes blieb sie wie unschlüssig stehen, um dann ein folkloristisch geblümtes Nachthemd hervorzuziehen. Er fragte sich, wohin er bei der nun unvermeidlichen Gelegenheit sehen sollte. Sie machte es ihm einfach und wandte sich von ihm ab, der Ecke zwischen Schrank und der weiß tapezierten Wand zu. Daraufhin studierte er den halb gefüllten Aschenbecher aus Glas, so beeindruckt von der peinlichen Gravitation dieser Sekunden, daß ihm die Streichhölzer wie verkohlte Balken in einer Ruine vorkamen und die zerdrückten und aufgeplatzten Körper der Zigarettenstummel wie die Opfer einer Schlacht. Er blickte gerade noch rechtzeitig auf, um zusehen zu können, wie Camille das Nachthemd mit einer langsamen Bewegung über ihren Kopf zog. Noch Jahre später mußte er über den Gehorsam seiner Blicke staunen, denn er sah nicht auf ihren Hintern, um zu erkunden, ob sie kein oder ein ebenfalls geblümtes Höschen trug, sondern folgte ihren Händen wie ein Kameramann einer präzisen Regieanweisung, verharrte also einen Augenblick auf dem Bronzebogen ihrer Schultern, wartete, bis Camille das Nachthemd erneut ergriff, um ihm über das Hindernis ihrer Brüste zu helfen. Jedoch zögerte sie hier plötzlich und fuhr mit beiden, sich an den Fingerspitzen berührenden Händen ins Genick hinauf, auf diese Weise ihr Haar aus dem Stoffwulst ziehend. Kurz erhaschte er den Ansatz ihrer linken Brust. Dann fiel das Nachthemd mit einem Schwung hinab bis zu den Fußgelenken. Camille löschte die Deckenbeleuchtung, schlüpfte nahezu erschütterungsfrei unter ihre Bettdecke und wandte sich ihm zu. Für einen Augenblick lagen sie so nah, als hätten sie sich gerade aus einer Umarmung gelöst.

»Wann soll ich dich wecken? Am besten, wenn ich von der Therapeutin zurückkomme, oder?«

»Ja, das ist gut.«

»Wir können dann zusammen frühstücken.« Sie drehte sich auf die andere Seite, um den Wecker zu stellen. Ein feingliedriges goldenes Kettchen, das er jetzt zum ersten Mal bemerkte, löste sich aus ihrem Haaransatz im Genick und rieselte in den Nackenausschnitt ihres Hemdes. »Gute Nacht, Georg«, sagte sie brüsk, den Kopf von ihm abgewandt.

Verdutzt sah er in den Bausch ihres schwarzen Haars. »Gute Nacht, Camille.« Er drückte seine Zigarette aus und fand mit etwas Mühe den Schalter der Stehlampe an seiner linken Seite. Der Versuch, rasch einzuschlafen, hatte den Widersinn der Kinderspiele, bei denen man den toten Indianer markierte, während das Herz noch den Takt der letzten Verfolgungsjagd schlug. Camilles ängstliche Blicke, ihre Furcht vor dem *Krimi-*

nalmuseum, sämtliche Untertitel des Tages sammelten sich zu einer vorwurfsvollen Erinnerung. Er hätte sich wohl doch besser mit einer Matratze auf die andere Seite des Bücherregals legen sollen. »Ich habe einen Puls von 120«, sagte er nach einer Weile, in der der hellwache, mißtrauische Körper gleichsam aus jeder Pore ins Dunkle gesehen hatte.

»Was?«

»Ich sagte, daß ich einen Puls von 120 habe. Das ist doch dumm.«

Sie lachte leise, stützte sich auf und griff über seine Schulter, um die Stehlampe wieder anzuschalten. »Es ist seltsam«, sagte sie, im Licht blinzend. Den Kopf auf die Innenfläche ihrer linken Hand gelegt, betrachtete sie seine Brust.

»Obwohl wir uns doch gut kennen.«

»Vielleicht kennen wir uns gar nicht so gut, Georg. Wir sind vielleicht anders geworden.«

»Ängstlicher? Mißtrauischer?«

»Ich weiß nicht, ich habe dich schon lang nicht mehr gesehen. Aber jetzt, wo du es ausgesprochen hast, geht es mir besser.«

»Das ist gut. Ich wäre mir blöd vorgekommen, wenn ich es nicht gesagt hätte.«

»Dann wollen wir jetzt wirklich schlafen.«

»Ja, sicher.« Georg berührte leicht ihre Schulter. Es war die tieferliegende, mit der sie nun zurückwich, um die andere nach vorne zu drehen, so daß sie sich fast über ihn beugte. Er zog seine Hand zurück und gestattete ihr dadurch, sich ohne Hindernis auf den Bauch zu legen.

»Gute Nacht, Georg.«

»Gute Nacht.«

Nachdem er erneut die Lampe ausgeschaltet hatte, sah er noch eine Weile ins Dunkle, bis die Umrisse des Bücherregals hervortraten. Weshalb waren die Gespräche mit Camille so langweilig und unergiebig? Mit Erika hatte er sich über Rousseau streiten können. Kristina, obwohl schon lange in die Dienstmaschine einer Kreuzberger Klinik eingespannt, interessierte sich immer für den aktuellen Diskurs und hätte ihm jederzeit zwischen zwei Umarmungen erklärt, daß die Zeit des Monsieur Sartre abgelaufen war und nun Monsieur Foucault den intellektuellen Laufsteg beherrschte. Wann war Sartre eigentlich gestorben? Vor zwei oder drei Jahren? Er konnte sich vage an einen Zeitungsartikel erinnern. Als er die Augen schloß, sagte Camille plötzlich laut und doch wie zu sich selbst: »Ich muß an unsere erste sexuelle Erfahrung denken!«

Das ist etwas für die Gesprächstherapeutin, dachte er. Es ging um die Vorgeschichte ihrer Orgasmusschwierigkeiten. Oder bedeutete der Satz in Camilles komplizierter erotischer Grammatik das gleiche wie das am Ende der Treppe hochgehaltene Seidenkleid in Stellas phantastisch-hysterischem System? Die Versuchung, Camille daran zu erinnern, daß ihre erste, das heißt die einzig nennenswerte sexuelle Erfahrung mit ihrem Vorwurf geendet habe, bei ihm schliefe man ja ein, reizte ihn so sehr, daß er sagte: »Ach ja, schlaf also gut.«

Sie gab einen etwas unzufriedenen matten Laut von sich. Georg drehte sich auf die Seite zum Bücherregal – und fühlte sich mit einem Mal glücklich und rein wie ein frisch aus der Produktion kommender Basketball. Es handelte sich wohl um einen enormen sublimatorischen Effekt. Er würde Camille nur dann berühren, wenn sie ihn mit einer schriftlichen eidesstattlichen Erklärung ihres Willens dazu aufforderte. Nie als erster beginnen. Es war eine Partie, die Weiß garantiert verlor. Camille mußte lernen anzufangen, so einfach und so kompliziert war das. Dachte sie jetzt an das *Kriminalmuseum*? Vor seinen Augen, ausgeleuchtet vom physikalisch rätselhaften, blendenden Licht der Erinnerung (gewiß irgendeine Luminiszenz, Camille hätte ihm gerne etwas Neurophysiologie beibringen können), erschienen die Grafiken, die an den Wänden des Zimmers hingen. Tagsüber hatte er sie nicht näher beachtet, weil er sie genau kannte. Sie waren von M. C. Escher, insgesamt fünf Plakate. – »Mein Freund hat viel mehr davon, bei ihm hängt die ganze Wohnung voll«, hörte er Camille noch einmal sagen. Er mochte die mit verschachtelten Perspektiven und Täuschungen arbeitenden Grafiken, besaß selbst zwei großformatige Reproduktionen – und verachtete doch plötzlich ihre vordergründige Klugheit, ihr Protzen mit vertrackter Geometrie. Das Gefängnis, schlau sein zu müssen, dachte er. Immer nur diese Ameisen und Holzpuppen! Farben tauchten auf, die Grafiken Eschers zogen sich in das Dunkel über den Wänden zurück. Schwanen- und Schlangenlinien in Gold und Silber rankten sich um hingetuschte Mädchengesichter und Frauenkörper. Hubert, richtig, er hatte einmal die Bilder des lockenbärtigen

Kunstmalers gesehen. Sie waren versiert, kitschig und dumm. Camille hatte also den Fortschritt von der blasierten Dummheit der Kleinstadtbohème zur industriell standardisierten Klugheit der Laborkühlschränke, Oszillographen, Elektroden und Taschenrechner gemacht. *Seine* Furcht vor den Bildern, darum ging es! Weshalb Camille belästigen und herabsetzen? Sie war bieder und etwas langweilig, und nach etlichen wohl schmerzhaften Erfahrungen hatte sie eben einen Mann gefunden, der zu ihr paßte und dem sie die Treue halten wollte, ganz gleich, ob sich ihre vaginale Zunge regte oder nicht. Sie konnte nichts dafür, daß sie ihm am Wendepunkt begegnet war, damals, als man ihn aus dem Krankenhaus entließ, als die Farbstrudel des LSD-Trips seinen Körper in die Länge gezogen hatten wie einen Astronauten, der in den Sog eines schwarzen Lochs im Weltall geriet, als grüne Strahlen aus dem Gesicht seiner Mutter auf ihn einschossen, als der Boden unter seinen Füßen sich in einen blubbernden, fluoreszierenden Schlamm verwandelte, so daß er im Flur des Krankenhauses in die Knie gegangen war wie ein von einem Schwächeanfall gepackter Greis. Als er Camille in der Sonne unter dem mittelalterlichen Wehrturm in die Arme geschlossen hatte, hatte er sich gegen die Bilder entschieden, gegen die Visionen und unkontrollierten Farben. Deshalb waren seine Malereien mit Stella und die Kurzfilme, die sie gedreht hatten, immer nur Spielereien geblieben. Aus Angst, aus einem angsterfüllten Sich-Festklammern an Rationalität und Abstraktion war er schließlich zur Mathematik gekommen, für die er sich noch immer begeistern konnte, auch wenn er sich für das wissenschaftliche Leben womöglich viel weniger eignete als Camille. Leise seufzte sie im Schlaf und bewegte sich, ohne ihn zu berühren. Diese Nähe, diese Sprachlosigkeit und unüberwindliche Distanz zwischen ihnen war wie ein Fluch und hatte doch auch etwas Wunderbares. Mit keiner Frau war es so aufregend, nicht miteinander zu schlafen. Eingesperrt in die Schatten ihrer Jugendliebe, in die nahezu vollkommene Dunkelheit der Wohnung, in den Käfig einer gemeinsamen Nacht, befreite er sich mit immer stärker und heller werdenden Bildern. Er sah die Gemälde in den Amsterdamer Museen so deutlich, als stünde er direkt vor ihnen. Sie übersteigerten sich zu wandbedeckenden Visionen, zu hellen Landschaften in pastellweißen und blauen

Tönungen, Meeres- und Himmelsansichten, die er nun selbst gestaltete und zwischen denen er dahinschwebte wie auf den langen Zugfahrten, die ihn in dieses kaum noch vorhandene Bett befördert hatten. Endlich verlor er jeden Bodenkontakt, stieg in die Höhe eines weiten, fast schwindelerregenden Tableaus, eines Befreiungsbildes, das ihm den Atem nahm. Er schien sich auf einem Turm oder extrem hohen Gebäude zu befinden. Unter ihm lag, im vermeintlichen Zentrum eines Ozeans, der am Horizont mit der gewölbten Grenzlinie der Wolken verschmolz, eine in der Sonne glänzende Stadt oder ein riesiges, mit verwirrenden Aufbauten beladenes Schiff. Noch nie hatte er etwas Tröstlicheres und Verheißungsvolleres gesehen. Aus diesem Grund dachte er später, es müsse die absolute Gewißheit seiner eigenen Zukunft gewesen sein, gepaart jedoch mit einem überschwenglichen, vollkommen fehlgeleiteten Gefühl. Auch daß jemand bei ihm gewesen sei, eine schemenhaft dunkle Frau, zu zartgliedrig und bestimmt, als daß es sich um eine Projektion der neben ihm liegenden Camille gehandelt haben konnte, schien immer gewiß, obgleich es unmöglich war. Mit einem verwirrenden Wechsel von Licht und Schatten verwandelte sich die Stadt in einen weißen Ozeanriesen, auf dessen Deck sie mit einem Mal standen. Himmel und Meer bildeten eine graugrüne, gewittrige Verschlingung, signiert von Willem van der Velde oder Ludolf Backhuysen, und die Passagiere des Schiffes klammerten sich an der steigenden und fallenden Reling fest. Die Farben ihrer Pullover und Windjacken leuchteten wie Drachenseide gegen die Front aus Wasser und rauschender Luft. Georg erkannte plötzlich Maria, die sich mit einem verzweifelten Gesichtsausdruck an ihm festzuhalten versuchte, Hermann und Rike, die sie an seiner Stelle auffingen, andere Freunde, verkleidet als über das Deck stolpernde Seemänner und nostalgisch gekleidete Damen, denen die Hüte davonflogen. Schade, daß ich jetzt einschlafe! dachte Georg, als mit einem Mal eine große Ruhe das Schiff und das Meer umfaßte, eine Dunkelheit, in der die Gesichter feierlich und gespannt aufschimmerten. Sie bewegten sich auf etwas zu, das kein Mensch sich mehr vorstellen konnte, das wie ein Mahlstrom das Wasser in sich sog und unweigerlich auch das Schiff. »Es ist nur mathematisch erfaßbar!« rief Hermann. »Das weißt du doch!« Aber ja, dachte Georg,

158

ich habe eine Erektion! Er drehte sich auf den Bauch und begrub das Phänomen, als wollte er ein kleines Kind schützen. Dann schlief er ein, noch bevor er darüber lachen konnte.

4

Er erwachte früh genug, um duschen und sich rasieren zu können, bevor Camille von der Therapie zurückkam. Auf der Innenseite der Badezimmertür hingen keine Escher-Grafiken, sondern Fotografien, die den ästhetischen Reiz von Mikroorganismen offenbarten.

Camille hatte Brötchen mitgebracht und den Tisch unter der Strohlampe für das Frühstück gedeckt. Eine ungewöhnlich kräftige Morgensonne beleuchtete das Geschirr.

»Hallo, guten Morgen«, sagte er und setzte sich rasch an den Tisch.

Camille lächelte zerquält. Sie hatte Schattenringe unter den Augen, die schlecht zu ihrem Squaw-Gesicht paßten. »Wie hast du geschlafen?«

»Zuerst etwas unruhig, dann aber wie ein Stein.«

»Ich habe fast gar nicht geschlafen.«

»Hab ich geschnarcht?«

Sie schüttelte den Kopf. Die Untertitel waren infolge des starken Sonnenlichts kaum sichtbar – das heißt, sie existierten womöglich gar nicht, denn er wußte nicht, was er denken sollte, und er fand auch kein klares, benennbares Gefühl.

»Wann fährst du?« fragte Camille am Ende des recht wortkargen Frühstücks.

»Um elf geht ein Bus.«

»Gut.« Sie nahm sich eine Zigarette. »Ich bringe dich mit dem Auto nach unten. Ich muß sowieso an die Uni.«

Die letzte gemeinsame Fahrstuhlfahrt, ein zwanzig Sekunden langes, wortloses Hinabrattern, verlief ohne Spannung. Es bestand keinerlei Gefahr mehr.

Draußen schien es, als habe sich der März einen Sommertag ausgeliehen. Durch den wolkenlosen Himmel tönte das Vogelgezwitscher ohne Hindernis. Die Bauten, die das noch spärliche Grün der Hügel zerfurchten, hatten das glücklich Vorläufige einer schlechten Idee, und durch die Wipfel und über die Stämme der Kiefern, die um den Parkplatz standen, flutete weißes Licht. Während sie schweigend »nach unten« fuhren, in die Niederungen zu Füßen der Sozialwohnungen, betrachtete Georg von Camille nur noch die vom Jeansstoff eingehüllten Knie und von Zeit zu Zeit ihren rechten Ellbogen, wenn sie nach dem Schalthebel griff. Einmal verfing sich sein Blick auf dem gutgeformten Schädelvorbau ihres Freundes auf dem Armaturenbrett. Für eine Sekunde glaubte er, die Venen an den glatten Schläfen pochen zu sehen.

Als der Wagen vor dem Busbahnhof anhielt und sie zögernd die Sicherheitsgurte lösten, sagte er: »Du brauchst nicht mit mir auszusteigen, der Bus muß jeden Augenblick kommen.«

»Gut«, erwiderte sie. »Es ist kurz vor elf. Ich bin ohnehin ein bißchen eilig, wegen der Uni.«

Er stieg aus, beugte sich dann noch einmal zu ihr hinunter. Sie lächelten beide. »Tschüß, mach's gut«, sagte er.

»Du auch, Georg. Wir sehen uns ja mal wieder.«

Sacht ließ er die Tür ins Schloß gleiten. Er sah dem Renault nach, der in einer kurzen Schleife über den Platz winselte und gleich darauf hinter dem Bahnhofsgebäude verschwand. Wenige Minuten später stieg er in den Bus. Keiner der anderen Passagiere schien jünger als sechzig zu sein. Es mußte an der Tageszeit liegen. Ein Herbarium, dachte er grimmig, wütend auf Camille, auf sich, auf die Leere in seinem Gehirn und seinem Herzen. Nach einer knappen halben Stunde konnte er es nicht mehr aushalten, still dazusitzen und inmitten des Herbariums durch den Frühlingstag gerüttelt zu werden. Sie erreichten die einzige Stadt auf der Dorf um Dorf durchziehenden Straße, eine Kleinstadt, bekannt durch ihre süßen Weine. Georg half einer alten Frau die Treppe hinab. Als er ihren dünnen Arm wieder freigab, fiel ihm auf, daß er noch die Griffe beherrschte, mit denen man einen gebrechlichen Menschen stützt, obwohl er seit seiner Zivildienst-Zeit keine Gelegenheit mehr gehabt hatte, sie anzuwenden. Er winkte dem Busfahrer ab, der sich daran erinnerte, daß er eine Fahrkarte bis zur Endstation gelöst hatte. Jetzt mußte er sich bewegen, es war ihm, als habe er die vergangenen vierundzwanzig Stunden in einer Zelle verbracht. Nein, es war eine Art Zeitmaschine gewesen, freilich in einer paradoxen Version. An Camilles Seite hatte er sich abwechselnd wie fünfzehn oder wie fünfzig gefühlt, zwei Altersstufen, die etwas gemeinsam haben mußten; retrospektiv und extrapolierend kam er zu dem Schluß, daß sie im Denken hemmungslos, im Handeln aber entsetzlich bieder machten, einmal aus Mangel, einmal aus Überfülle der Erfahrung. Dann lieber achtzig sein – oder eben fünfundzwanzig! Er genoß es, frei und ohne Vorgabe durch die Straßen und Gäßchen zu schlendern. Alles, was ihm in Camilles Gesellschaft wohl auf die Nerven gegangen wäre, gefiel ihm: die Fußgängerzone, ein Wochenmarkt, ein chinesisches Restaurant zwischen den Weinkneipen, in dem er zu Mittag aß. In einer Buchhandlung kaufte er sich ein Reclam-Bändchen, Kleists *Die Marquise von O*. Er kannte die Novelle nicht, und als er in einem Café einige Seiten las, schien es ihm, als stünde diese Geschichte über Vergewaltigung, Liebe und Mut in einem tieferen ironischen Zusammenhang zu seiner Nacht mit Camille. Allerdings hatte es im achtzehnten Jahrhundert keine Basketbälle gegeben.

In der Nachmittagssonne erstieg er einen der Weinberge, die das Städtchen umrahmten. Nur das Unkraut stand schon im Grün. Die unbelaubten Reben und Drahtverspannungen erinnerten an die Schützengräben und Frontlinien des Ersten Weltkrieges. Vereinzelt blühten aber einige Kirschbäumchen, und er fand eine Bank, die rings von Blütenschnee umgeben war und in der Sonne stand. Dort saß er wie in einem japanischen Garten, sah auf die Stadt und drehte das Reclam-Bändchen in den Händen. Nicht Camille war das Problem, sondern er selbst. Sie hatte ihm den Alptraum des beherrschten Lebens vorgespiegelt, der ihn erwartete, wenn er demnächst in die Diplomarbeits-Phase kam. Er sah mit einem Mal seine eigene Wohnung auf die gleiche Art, mit der er am Vortag Camilles Zimmer betrachtet hatte: das selbstgezimmerte Doppelbett mit der marokkanischen Überdecke; eine Stereoanlage auf einem wackeligen alten Teewagen, den er bei einem Trödler gefunden hatte; zwei Escher-Grafiken im Flur, das Arbeitszimmer, in dem Marias Schreib- und Zeichentisch schräg zu seinem Schreibtisch stand; überall Bücher, Aktenordner, Hefter zwischen Topfpflanzen und Ikea-Regalen; eine größere Vielfalt von Plakaten, immerhin, mehr produktives Chaos ... Aber eigentlich war es doch das gleiche! Studentisches Leben in den achtziger Jahren, zehntausendfach mit geringer Schwankungsbreite von Kreuzberg bis

Zehlendorf, von Berlin bis K. variiert, von keinem modernen Meister des Interieurs je verewigt. In einem Brief an Hermann, den er wenige Wochen zuvor geschrieben hatte, hatte er die These vertreten, daß man die entscheidenden Leistungen seines Lebens zwischen fünfundzwanzig und dreißig vollbringen müsse: denn dies sei das Alter, in dem man genügend ausgebildet wäre, um selbständig, aber auch noch genügend unwissend, um originell zu sein. Die große Zeit des Gehirns. *Die schönste Zeit in meinem Leben!* dachte er wütend in die von Vogelgezwitscher und dem fernen Brummen einer Schnellstraße durchzogene, weit ausgespannte Frühlingsluft hinein. Das sagte eine Fünfundzwanzigjährige über ihr Dasein als Gymnasiastin! Mit fünfundzwanzig hatten die meisten wirklich begabten Mathematiker und Physiker ihre bahnbrechenden Arbeiten schon erledigt. Also was wollte er nun? Er legte sich mit dem Rücken auf die Bank. Durch das fast unbewegte Spalier der blütenbesetzten Zweige summten die ersten Bienen. Eine tiefere Ebene im wolkenlosen Himmel gehörte den Lerchen, die wie Steine hinaufzufallen schienen. Noch tiefer, gerade noch mit dem Auge faßbar, blinkte der Rumpf eines Passagierflugzeuges. Die souveräne Gleichförmigkeit, mit der sich die Maschine im Vergleich zu dem Taumeln der Bienen und Lerchen bewegte, beeindruckte ihn. Es war eigentlich kein Fliegen, sondern ein Durchbohren des Himmels (unter Zuhilfenahme des Bernoulli-Prinzips). Die großen Flughäfen, das Stimmengewirr, die Städte und internationalen Hotels! Er wünschte sich einen Beruf, der jeden Tag in einer anderen Stadt auszuüben wäre. Mit fünfzehn hatte er sich das Leben eines philosophierenden Greises gewünscht, um über der Beschränktheit seiner Heimatstadt S. und ihrer Gymnasiallehrer zu stehen. Jetzt kannte er die eigene Beschränktheit und das Stupide der Massenuniversitäten. Die klare Zeichnung der Blütenzweige gegen den Himmel gab ihm erneut eine japanische Vision, und es verlangte ihn im selben Augenblick nach der vollkommenen Ruhe eines klassischen Tuschezeichners und der vollkommenen Fremdheit eines weißen Frauenkörpers mit strengen blauschwarzen Schattierungen, der mit ihm durch sämtliche Variationen der Lust und kunstreich katalogisierten Perversionen ging. Sein Schwanz versteifte sich, traurig wie der eines abgerichteten Hundes, der einen Blinden führen mußte. Er war kein Mathematiker, obwohl auch den

Mathematikern Erektionen zustanden und er auch dies wollte: von einer formelübersäten Tafel zurücktreten, erhitzt, den Kreidestaub an den Fingern und in der Kehle, in leidenschaftliche Diskussionen verwickelt mit gleichgesinnten intelligenten Leuten *(Eine nette Arbeitsgruppe!)*. Sollte er nicht noch einmal versuchen, das Fermatsche Theorem zu beweisen, nach dem die Gleichung $x^n + y^n = z^n$, für die ganzen Zahlen x, y und z keine Lösung für ganzzahlige Exponenten größer als 2 besitze? In den vergangenen Semesterferien hatte er einige Wochen lang mit dem Problem gekämpft, zehn Stunden am Tag, und die Zustände, in die er dabei geraten war, erschreckten ihn noch jetzt. Wenn es nicht die Nachtvorstellungen in den Berliner Kinos gegeben hätte, wäre er wohl durchgedreht. Er schloß die Augen und versuchte sich zu entspannen, die Frühlingsluft tief in seine Lungen saugend. Schemenhaft, von dem durch seine Lider dringenden hellen Licht in Brand gesetzt, sah er noch einmal das Bild vor sich, das ihn in der Nacht neben Camille so beeindruckt hatte, dieser hohe Turm, diese Stadt, die sich in ein Schiff verwandelte. Camille war immer mit starken visuellen Eingebungen verknüpft, sie reizte seine Phantasie, schärfte seine Gedanken, machte ihn wütend – sie war ein sublimatorisches Kleinkraftwerk. Was hatte er denn erwartet? Daß sie ihm tatsächlich die vaginale Zunge zeigte? (Ein kurzes Fantasiegespräch mit Camilles nymphomaner Psychoanalytikerin ergab hierzu: erstens den verdeckten homoerotischen Impuls, wenn man die Schambehaarung als Bart dachte; zweitens erschien der erschrockene, zitternde Wunsch, bereits mit Camille geschlafen zu haben, bevor er sie wiedersah, indem er ihre zahlreichen nostalgischen Küsse als Oralverkehr ausgab.) Es hätte gar nichts zu geschehen brauchen. Ihn hatte vor allem die Wiederkehr dieser versteckten Dialoge und pubertären Spielchen geärgert, die sich daraus ergaben, daß Camille den Sex-Appeal von Madame Curie an den Tag gelegt hatte und kontaminiert war von der Pechblende ihrer Verdrängungen.

Georg machte sich auf den Weg zurück in die Stadt. Um sich zu betäuben, setzte er sich zwischen Schüler und Lehrlinge in eine Spätnachmittagsvorstellung. Das Kino nannte sich *Astoria*. Man zeigte den ihm schon bekannten zweiten Teil der *Star-Wars*-Trilogie. Weshalb hatte er Camille nicht gefragt, ob sie wie er an den Demonstrationen der Friedensbewegung teilnehme?

Er vermutete, daß sie es mißbilligen würde, sich ein militantes Zukunftsmärchen anzuschauen, in dem den Bewohnern des wahren Imperiums das Pathos künftiger Rebellen eingeredet wurde. Immerhin gab es keine entblößten Penisse mehr in der Zukunft. Aller Schmutz klebte, in erstaunlicher Realitätsnähe, auf den interstellaren Jagdbombern, diesen mit halber Lichtgeschwindigkeit dahinrasenden Schrotthaufen, die sich mit keimfreien blauen (für Jungen) und rosafarbenen (für die Mädchen) Laserstrahlen attackierten.

Durch einen grauen Vorhang taumelten sie nach der Vorstellung direkt aus der Tiefe der Galaxien in das nüchterne Trivialensemble eines Hinterhofes. Die Wirkung der Droge, die ihm und dreißig Jugendlichen der Kleinstadt einen solchen Götterschritt ermöglichte, immunisierte ihn nahezu gegen die Vorhöllen-Stimmung der Bahnhofskneipe, in der er, einen nach Teer schmeckenden Kaffee trinkend, zwischen Bierpfützen, deutschen Schlagern und quengelnden Spielautomaten wartete. Als ihn der Käfig des Busses gegen eine immergleiche Dunkelheit drehte, als säße er im Kopf eines schnaubenden erblindeten Tieres, klang die euphorisierende Wirkung des Films ab, geriet aber nicht in die Zone der Depression, sondern bildete eine sacht niedergehende Asymptote an eine Sockelhorizontale, die von einer gewissen Wut, einer gewissen Begeisterung, einem gewissen Gefühl der Bedeutsamkeit sicher über der Nullinie gehalten wurde. Vielleicht hätte er Camille erzählen sollen, daß er sich im vergangenen Jahr erfolglos bei der Filmhochschule in München beworben hatte (eher spielerisch, wie er zunächst glaubte). Oder daß er die Katze aus der überraschend starken Enttäuschung heraus gekauft hatte, die auf die Ablehnung folgte, spontan, nach einem Blick in das Fenster einer Zoohandlung, plötzlich getrieben von dem Bedürfnis, unbefangenes, unbeeindrucktes, seit Jahrtausenden gleiches Leben um sich zu haben. Er sah lange in die Dunkelheit und war auf eine schwer bestimmbare Weise mit sich – und dies hieß: mit seiner Unruhe – versöhnt. Etwas bereitete sich vor, etwas fügte die Dinge zusammen, von den Gemälden der holländischen Meister bis hin zu dem eigenartigen Traum an Camilles Seite und der diffusen sexuellen Erregtheit, die von den Stößen und Schwingungen, die die Sitzbank des Busses auf seinen Körper übertrug, auf einem konstanten Niveau gehalten wurde ... Das Schiff in jenem Traum hatte sich einem Strudel genähert, was im freudianischen Sinne natürlich Camilles absichtlich naturbelassene (weshalb gab es oder kannte er keine weibliche Variante zu *Smegma*) Squaw-Möse bedeutete, im mathematischen und höheren Sinne nichts anderes als einen singulären Punkt, in dessen hochkritischer erotischer Zone sich die Differentialgleichungen verknoteten, verwirbelten, Strudel und Sattel bildeten – infolge der Verletzung ihrer *Eindeutigkeit* (Ich bin *eindeutig* eine monogame brav arbeitende Demnächst-Doktorandin des Fachbereichs Biologie an einer Kleinstadtuniversität!), mit der Folge einer formal gesehen *katastrophalen* Veränderung ihres Zustandes ...

Georg stand unversehens auf dem Pflaster seiner Heimatstadt S., im Schatten des Kaiserdoms, gegen neun Uhr abends, in einer Zone unbestimmter Zeit, in der ihm sein sechzehnjähriger, vor-Gödelscher, gerade noch jungfräulicher Schemen begegnete, gerade vom fünfzehnjährigen Schemen Camilles verlassen, zitternd vor Schmerz und Wut. »Reg dich ab, es gibt noch viele Mösen«, sagte er zu dem Jungen. »Gleich wirst du gegen Lisa prallen.« Zum Teufel aber, dieser Milchbart war im Augenblick oder vielmehr im nächsten ihm zugedachten Augenblick besser dran als er, der verärgert einem nur mit Hilfe seines Feuerzeugs lesbaren Fahrplan entnahm, daß er mehr als eine Stunde auf den Bus zum nördlichen Stadtrand warten und sich zu dem fünf Kilometer langen Marsch entschließen mußte, den dieses mit halbverdauter existentialistischer Phraseologie vollgepumpte Kerlchen erst nach Mitternacht in seiner Eigenzeit antreten sollte, nachdem es sich in jenem Badezimmer, in jenem schmalen Bett, hinter genau dieser Fassade, an die nun im Erdgeschoß eine Apotheke grenzte, in einem vierzigjährigen üppigen Frauenkörper ausgepumpt hatte. Was aus Lisa wohl geworden war? Was sie wohl von ihm und seinen Fortschritten gehalten hätte, wenn es denn Fortschritte waren? Immerhin ging von diesen Gassen und Altstadtwindungen nichts Bedrohliches mehr für ihn aus, und er wandte sich nahezu gelassen dem Eiscafé auf der gegenüberliegenden Straßenseite zu, das er nach jenem dramatischen Ende seiner Gehtage mit Camille und dem erregten Warten auf Lisas Wiederkehr nur noch flüchtig, aus dem Augenwinkel, wahrgenommen hatte. Seit er in Berlin lebte, war er, bei seinen wenigen Aufenthalten in S., schließlich gar nicht mehr durch dieses Gäßchen gekommen. Das Café existierte noch – geradezu maßlos unverändert. Hinter den weißen Vorhängen brannte Licht. Immer noch legte man größeren Wert auf den Schutz der Gäste als auf die Anlockung Neugieriger. Georg mußte die quietschende Tür öffnen, um feststellen zu können, daß die arschküssenden Jacques-Tati-Plastikpolstermöbel, die Spiegel und Nierentische mit einer grausigen Dornröschen-Persistenz überlebt hatten. Nur zwei Tische waren besetzt. Die riesige Gestalt des Besitzers schwante ihm erst, als er schon an der Theke stand. Mit Unbehagen sah er auf den Perlenvorhang am Ende der Theke, der sich um den Bug eines mit Teekännchen besetzten Tabletts teilte.

»Guten Abend – das darf doch nicht wahr sein!«

»Einen schönen guten Abend«, sagte Georg erleichtert.

»Georg! Daß ich dich noch einmal sehe! Bitte warte eine Sekunde!« Brigitte brachte rasch das Tablett an einen der Tische. »Bist du gekommen, um mich zu besuchen? Möchtest du etwas trinken?«

»Gerne.«

Sie sah Georg begeistert an. »Was machst du? Du studierst bestimmt?«

»Mathematik.« Georg fing eine kleine Enttäuschung in den Seestücken ihrer meergrünen, langbewimperten Augen auf, suchte mit einer ihm zunächst ganz unbegreiflichen Erregung auf den sacht sommergesproßten Leerflächen ihres kleinen Gesichts nach einem Anhaltspunkt, als glitte er in gefährlicher Höhe von einer Felswand ab, fand eine reizvoll kurze Nase mit kaum ausgeprägten Flügeln, einen schmalen Mund, dem ein greller Lippenstift etwas Synthetisches verlieh, ein Mädchenkinn mit der Andeutung eines Grübchens, die Grenzlinie eines pfirsichfarbenen Make-ups auf einem äußerst nackt, weiß und weich in das strenge V einer weinroten Bluse mündenden Hals – und wußte mit einem Mal, daß alles, worauf er seit dem Aufbruch in Amsterdam oder seit dem Kauf der Katze und wohl länger noch gewartet hatte, in eben dieser Sekunde geschehen war. Er befand sich auf der *anderen Seite*, jenseits der Katastrophe des singulären Punktes, in der spin-vertauschten und auf den Kopf gestellten, wundersamen Geometrie eines neuen Lebens. »Nun ja, Mathematik«, sagte er aufatmend. »Aber nur noch nebenbei. Ich werde Filme machen. Ich schreibe ein Drehbuch.«

»Das ist ja toll! Um was geht es?«

»Um – eine Reise. Eine Reise auf einem Schiff. Sie führt von Indien nach England, im Jahre 1928. Der Held ist ein indischer Physikstudent namens Chandrasekhar. Auf seiner Reise entdeckt er, daß ein Stern unter bestimmten Umständen in sich zusammenbrechen und im Nichts verschwinden kann, in einem Schwarzen Loch. So wird es einmal der ganzen Welt ergehen.«

»Ich interessiere mich sehr für Sterne!« Brigitte glaubte an Horoskope, sofern sie von chinesischen Astrologen erstellt wurden. Vor drei Jahren hatte sie das Café von ihren Eltern übernommen. Gerade als sie es komplett renovieren wollte, waren die fünfziger Jahre wieder in Mode gekommen. Sie hatte die alten Getränkekarten originalgetreu nachdrucken lassen, im Keller noch zwei Nierentische gefunden und diese Hildegard-Knef- und O.-W.-Fischer- und James-Dean-Plakate, die er da sehen könne. Es kamen sogar frühere Lehrer, die es nicht mehr schlimm fanden, daß sie vor dem Abitur vom Gymnasium abgegangen sei wie Stella (ein kleines Vakuum, in das sein nächster Herzschlag stolperte) übrigens ja auch, und natürlich die Klassenkameraden X, Y und Z, die manchmal von Georg sprachen und sich darüber wundern würden, daß er nun Filme mache ... Weil es Dienstag sei, könne sie auch einmal um elf schließen, anstatt wie üblich erst um Mitternacht. Eine älteres Ehepaar traf noch ein und eine Gruppe angetrunkener Männer vom Stadtratsherrentypus, die sich in einer gefährlichen Wenn-auf-Capri-die-rote-Sonne-versinkt-Stimmung befanden und chamäleonartig die Farben der italienischen Liköre und Schnäpse wechselten, die Brigitte ihnen im Viertelstundentakt servieren mußte. Sie kam spielend mit den alten Knaben zurecht, auch als diese jede Drehung ihrer Hüfte unter dem langen schwarzen Rock und jedes elastische Herabsenken ihrer schon zu Schulzeiten berüchtigten Honigmelonenbrüste gierig verfolgten. Wenn sie sich Georg näherte, der zweieinhalb Stunden lang auf einem Barhocker an der Theke saß, änderte sich der Ausdruck ihres Gesichts. Eine wachsende Erschöpfung wurde deutlich, eine Gelöstheit, wie die verschleierte schöne Passivität, die unmittelbar vor einem Kuß entsteht. In den zahlreichen Pausen ihrer Unterhaltung, in denen sie Gläser spülte,

Cocktails mixte oder an den Tischen stand, machte er sich auf einem Bestellblock Notizen für das Drehbuch, wobei er sich vornehmlich an Chandrasekhars Berechnungen zu erinnern versuchte (von der anderen, der künstlerischen Seite her betrachtet, erschien die Mathematik wieder verblüffend reizvoll, aber das war die Romantik des Abschiednehmens) und mit einem Kugelschreiber zwei Skizzen anfertigte, eine in Leonardo-da-Vinci-Manier, die jene umgekehrt spitzhutförmige Deformation der Gravitationsfeldlinien in der Umgebung eines Schwarzen Lochs nachzuahmen versuchte, eine zweite, die den Ozeandampfer seines Traums und künftigen Films in der Schraffur eines Nachthimmels am zwölften Breitengrad verschwinden ließ. Er fragte sich, für was ihn die Gäste wohl hielten und ob sie die Kraftlinien zwischen Brigitte und ihm spürten, die sich schon längst auf eine gemeinsame Nacht verständigt hatten. Stillschweigend definierten sie die Situation, sobald sie ihre Ellbogen nebeneinander auf die Theke stützten und sich so höflich und befangen unterhielten, als sei er immer gerade erst zur Tür hereingekommen. Das Versprechen einer unbekannten, einstmals ganz unvorstellbaren Lust – denn wie hätten er, der schüchtern-arrogante Existentialist mit den schmutzigen Fingernagelrändern, und die robuste Eiscafébesitzertochter je zusammenfinden sollen, ganz gleich, welche Gefühle ihre auf der Wendeltreppe emporschwingenden Brüste damals in ihm ausgelöst hatten – versöhnte ihn nun vollkommen mit der Gegenwart und der sich aufdrängenden Präsenz des neun Jahre zurückliegenden, gerade eine Gassenbreite und zwei Etagen einer engen Bürgerhaustreppe entfernten Abenteuers mit Lisa. Jetzt, wo er sich entschlossen hatte, zu erfinden und zu betrachten, Phantasie zu werden, die um mehr als ein halbes Jahrhundert zurückglitt in die ozeanische Nacht zwischen Indien und dem arabischen Meer, Auge, das jede Nuance und jede Lichtveränderung aufnehmen und wiedergeben wollte, sei sie vergangen oder gegenwärtig, fühlte er sich nirgendwo mehr fehl am Platz. Er kostete die Zeit der Erwartung zwischen Eispokalen und Cappuccinotassen aus, beobachtete Brigitte in ihrer Arbeitsumgebung, so wie er Camille in ihrem neurophysiologischen Laboratorium betrachtet hatte. Nichts und niemand war uninteressant, keine Geste, kein Ereignis. Alles hing von der Art der Beobachtung ab. Man konnte ein

Vermeer der Eiscafés und Studentenbuden werden oder der Schöpfer einer dröhnenden Zukunft wie George Lucas und Ridley Scott, man konnte hinabtauchen in den Grenzbereich zwischen Traum und Zelluloid wie Murnau oder Jean Cocteau, ein Jahrhundert erzählen wie Bertolucci, die Bourgeoisie verhöhnen wie Buñuel, man – das hieß: er – konnte tatsächlich alles tun – das hieß: wenigstens versuchen, es zu tun –, ganz gleich, wie schwer es fiele, und ob ihn die Filmhochschulen einer Ausbildung für würdig erachteten oder nicht. Zwei Dinge hatten sich endgültig geklärt: er wollte eine *eigene* Welt erschaffen, um den »netten Arbeitsgruppen« zu entkommen, den Laboratorien, den Bürotopfpflanzen in den Versicherungshochhäusern, den Kühlgebläsen in unterirdischen Rechnerzentralen oder was immer ihn erwarten mochte, wenn er als allenfalls durchschnittlicher Mathematiker endete; und er wollte dies *um jeden Preis* versuchen, alle Vorsicht und scheinbare Vernunft radikal aus dem Wege räumend. Brigitte, die für beschränkt zu halten einmal in den Gymnasiasten-Cliquen Mode gewesen war, hatte viel mehr mit ihm gemein als Camille. Sie *regierte* etwas, wenn auch nur dieses hermetisch erscheinende Relikt aus den fünfziger Jahren, das an die Kantine im Raumschiff *Orion* erinnerte. Sie führte die Bücher, entschied über die Ausstattung, steuerte die Schüler, Rentner und Ratsherren, die sich an Bord begaben, sie stellte sogar die drei beliebtesten Eissorten nach eigenem Rezept her. Und dennoch ging eine befreiende Unzufriedenheit von ihr aus, ein nicht leicht ersichtlicher, aber gleichwohl in vielen Gesten vorhandener Protest, in ihrer Rolle aufzugehen, für die sie zu jung und zu lebendig war. Sie wußte, daß sich das Raumschiff im Schlamm von S. festgefressen hatte und nicht herausbewegt werden konnte, und daß sie nur durch ihren eigenen Mut entkam, sei es für die Sekunden, in denen sie Georg einen eindeutigen Blick zuwarf, sei es für eine ganze, unwahrscheinliche Nacht.

Kurz vor Mitternacht konnte sie endlich die Ratsherrenrunde hinausbefördern. Als Brigitte die Tür abgeschlossen hatte und sich ihm zuwandte, erschien ihr kleines Gesicht mit den schwach ausgeprägten Zügen hilflos und leer. Das Dunkel ihres halbgeöffneten Mundes, dünn und unscharf von dem verwischten grellen Lippenstift umrahmt, wirkte erschreckend und enthemmend zugleich, es war wie die passive Saugöffnung der verzweifelten aufblasbaren Puppen, die in den Sexshops verkauft wurden. Der Reibungsgeruch des Kondoms, das sie benutzten, verstärkte noch diesen plastikartigen, synthetischen Beigeschmack. Sie stellten sich nicht ungeschickt an, erreichten aber nur eine lokale, enttäuschend funktionale Erhitzung, also jene bloß physikalische Form des Koitus, die seinem Vertrag mit Maria entsprechend zulässig war, aber für diese Nacht, in der er sich für ein neues Leben entschieden hatte, nicht ausreichen konnte. »Das Mineralwasser ist alle, zu dumm«, seufzte Brigitte, als sie still nebeneinander lagen.

»Ist hier nicht irgendwo ein Café? Ich werde runtergehen und uns etwas besorgen.«

»Das wäre lieb. Ich habe immer so viel Durst nach dem Vögeln. Der große Kühlschrank, gleich hinter dem Vorhang.«

Georg stieg die federnde eiserne Wendeltreppe zum Gastraum hinab. Nur mit Mühe fand er einen Schalter, da die Außenjalousien selbst das Licht der noch leuchtenden Neonreklame des Cafés abschirmten und er die Schlafzimmertür im oberen Stockwerk hinter sich zugezogen hatte. Die Deckenlampen, fünf wie fliegende Untertassen über den Tischen schwebende Scheiben, sprangen nach einem kurzen Zögern an. Nackt, die Flasche Mineralwasser in der Rechten, verweilte er vor der saugend weichen Eckbank, in der er einmal zu tief mit Camille versunken war. Seine Erinnerung gab ihm kein Bild wieder. Es schien, als hätte er nur irgendwo gelesen, hier eine Fünfzehnjährige geküßt zu haben. Er berührte mit dem kalten Glas seinen Oberschenkel. Der Geruch der Liebe, von seinem hängenden, im Gummikäfig des Kondoms mit dem eigenen Sperma gebadeten Gliedes ausgehend, erschien ihm wild und befreiend. Die schönste Zeit in meinem Leben! hörte er Camille noch einmal sagen. Die schönste Zeit war jetzt, in der Phase des verschwundenen zweiten Differentialquotienten, in der er nackt im Café zur Vertreibung stand, sich von der Eckbank abwandte, die Wendeltreppe nach oben nahm und seine Zukunft als mittelmäßiger Formelkünstler zum Teufel schickte.

Brigitte hatte inzwischen ein Seidentuch über ihrer Nachttischlampe drapiert. Bunte Lichtflecken schwebten im Halbdunkel des Zimmers. Sie gaben dem Raum das grausig Künstliche einer Dorfdiskothek oder eines privaten Partykellers. Aber hinter der verunglückten romantischen Maßnahme stand das gleiche Bedürfnis, sich noch einmal und überhaupt erst zu berühren, das Georg nicht müde werden ließ. Er erzählte Brigitte vom *Blade Runner*. Während er ihr die Metropole des Jahres 2019 schilderte, die Geschichte eines auf täuschend menschenähnliche, aufsässig gewordene »Replikanten« angesetzten Killers, der sich am Ende in eine Replikantin verliebte, betrachtete ihn Brigitte so anerkennend, als käme er gerade aus dieser Zukunft zu Besuch. Erst jetzt, die zerknitterte dunkle Seide ihrer eingesunkenen, unscharf gerandeten Brustwarzen im Blick, wurde ihm bewußt, daß der Film, der ihn vor allem wegen seiner futuristischen Stadtbilder fasziniert hatte, das alte Thema von der künstlichen Frau variierte – ein Sexpuppenthema, seltsam passend zu den Plastikempfindungen, die ihm Brigittes geschminktes Gesicht und der Kondomgeruch eingegeben hatten. »Diese Art von Filmen ist aber immer auch enttäuschend«, sagte er, während sie eine Zigarette anzündete. »Vielleicht weil sie nie stimmen können, sie schmecken nach Styropor. Ich glaube, das Aufregendste und Verrückteste ist die Wirklichkeit.«

»Es ist verrückt, daß wir hier im Bett liegen, in Wirklichkeit aber auf einem Stern sind.«

»Auf einem dunklen Planeten, am Rand des Universums, im Seitenarm einer von Milliarden Galaxien. Und dabei ist das wohl noch viel zu einfach gedacht.«

»Trotzdem liegen wir nur über meinem Eiscafé.«

»Ganz sicher. Wie eingegraben.« Er hatte eine Sekundenvision des Schlammes, der draußen, hinter dem Schleier der Neonreklame, die Gassen von S. erstickte. »Und zwischen der Theke und der Eckbank mit dem Spiegel braucht das Licht Tausende von Jahren.«

Etwas verdutzt reichte ihm Brigitte die Wasserflasche. Sie küßten sich, und sie griff mit zwei Fingern nach seiner Eichel wie nach einer großen Kirsche. Aber erst als sie das Licht gelöscht und eine Weile im Dunkeln nebeneinander gelegen hatten, sacht ihre Geschlechter reibend, flutete die Tiefe des Universums in das Zimmer. Sie streiften die Bettdecke von sich. Die Jalousien des Schlafzimmers waren nicht heruntergelassen. Im Neonlicht der Caféreklame erschienen ihre Körper unscharf und bleich, so, als begegneten sie sich unter Wasser. Alles war plötzlich so nah und überwältigend wie neun Jahre zuvor bei jenem kosmischen Ereignis mit Lisa, das im gleichen Stockwerk, in räumlich fast durch einen großen Sprung überwindbarer Distanz stattgefunden hatte. Sie lachten, keuchten, drehten und packten sich dann mit todernster Geilheit, umfangen von einem schwarzen Rauschen, in dem die Geräusche und die Reizungen der Haut das Unentrinnbare eines Naturereignisses hatten.

Was du nie können wirst, Camille! dachte Georg, kniend, sich niederbückend. Was er bei Lisa und auch bei Stella noch lange nicht gekonnt hatte – genau diese die Sterblichkeit des Augenblicks hinauszögernde Ruhe im Sturm ... Langsam spreizte er Brigittes Hinterbacken mit seinen Händen, spürte mit seiner Zunge den ersten Härchen nach, den kissenweichen erdigen Wölbungen um den Schließmuskel. Einmal werden wir in Altersheimbetten verrotten, von sarkastischen Krankenpflegern gewindelt, bedauert und verhöhnt, denk dann an diese schamlos betende Zunge deines Liebhabers, an diese intimste, leicht kühle Waschung – »Oh, Gott – macht dir das nichts aus?« stöhnte sie. Fast hätte er ausgerufen: »Nein, alle, die in der Großstadt leben, entwickeln sich so!«, aber sie begann so sehr zu beben und zu zittern, daß er sich rasch aufrichtete, um in den folgenden Minuten mit ihr zusammenzusein, nahezu, aber nicht vollständig besinnungslos, denn er war (entsprechend der von ihm vergessenen Philosophie, die ihm jener Sechzehnjährige noch hätte erklären können, der in seiner Eigenzeit nun in sein Jugendbett fiel, weiter von seinem Samen getrennt als je zuvor) zwischen dem dunkeln Keil seines Oberkörpers und dem breiten, weiß und wasserpflanzengrün im Neonstreulicht gebeugten Rücken immer auch noch: dieses kaleidoskopische Flackern seines Bewußtseins, diese honig- und magentafarbenen Splittergedanken, die zu Lisa irrten, zu Stella, zu dem überaus die Erregung steigernden Umstand, daß dies keine Plastikpuppe aus den Sexshops und keine Replikantin aus dem dritten Jahrtausend war, sondern der atemlose Leib seiner Schulbekanntschaft Brigitte, so weit entfernt in jener entfernten Zeit – und nun, in den letzten Sekunden, unumkehrbar verengt zu der brennend heißen Purpurröhre, die er, oder was von ihm übrig war, flutete, deren Salzgeschmack seine Lippen netzte, aus der, schon fünf Jahre zuvor, das Kind gekommen war, das plötzlich im Nebenraum mit sich redete und angstvoll zu singen begann.

»Sie träumt wirres Zeug, seit ihr Vater sich aus dem Staub gemacht hat. Aber es ist gut jetzt«, sagte Brigitte, nachdem sie ihre Tochter beruhigt hatte und wieder an seiner Seite lag. »Du hast mir die Seele aus dem Leib gefickt, meine Güte.«

»Bei mir war es umgekehrt«, erwiderte er dankbar. »Ich bin jetzt wieder bei Trost.« So einfach war das, ein Musterfall der antirepressiven Desublimierung. Er schlief nahezu bildlos ein, nur kurz durch eine wellige abstrakte Landschaft streifend, die ihm nicht weiter bekannt vorkam, eine Hand in Brigittes Melonenbrustgarten, im Schoß den Gegendruck ihres von einem warmen Tau befeuchteten Hinterns, der infolge der Seitenlage ohne Gewicht zu sein schien und ihm das Kinderglück eingab, einen erstaunlich großen Ball gefangen zu haben.

Als er erwachte, blutprall an der entscheidenden Stelle, glaubte er für eine Sekunde, ihre gemeinsame Schlafposition habe sich nicht verändert und er müsse nur leicht Brigittes rechten Oberschenkel anheben, um in das Weltall der Nacht zurückzugleiten, bevor ihn der erste Gedanke an einen trüben Märzmorgen in S. erwischte (der ihn indessen schon erwischt hatte, da er es dachte und einen bedächtigen weihwäßrigen Nieselregen gegen die Fensterscheibe trippeln hörte, schon durchschlagen von der Glocke der nahegelegenen Stiftskirche, die ihm unvermittelt gegen die Stirn knallte und dröhnend davonschwang, höhnisch mit ihrem Klöppel wackelnd). Die andere Hälfte des Bettes war leer und nicht einmal mehr warm. Mutter und Tochter unterhielten sich vor der Tür. Jetzt stiegen sie die Wendeltreppe zum Café hinab. Alles, was kommen mußte, deprimierte ihn im voraus: sein verlegenes, scheinzärtliches Getue; wahlweise dann Brigittes verwirrte Zurückhaltung, übertriebene Fröhlichkeit oder beleidigte Passivität, begründet in der höheren Einsicht, daß es zwischen ihnen keine Fortsetzung geben konnte. Im Badezimmer, dessen Zuschnitt und Enge fast genau dem Badezimmer auf der gegenüberliegenden Gassenseite entsprach, mochte er nicht in den Spiegel über dem Waschbecken sehen. Verlegen studierte er das anheimelnde Durcheinander von Kinderpflege und mütterlicher Genitalität. In einem Plastikwäschekorb häuften sich gestreifte Leibchen, und ein schwarzer BH hing über den Rand, dessen mächtige Hohlformen ihn schon wieder erregten. Es gab eine sommerhimmelgleich schimmernde *Intim-Wasch-Lotion*, neben einem

Folienstreifen mit Antibabypillen, der auf den Rücken gedreht war, so daß man die kleinen leeren Abschußsilos einsehen konnte, umrandet von den Zackenrändern stiller Explosionen unter Brigittes Fingern. Ein nicht unkomplexer Geruch nach Kolibakterien, Drogerieparfum, Duschbad und Zahnpfefferminze hüllte ihn ein, und das leicht abgeschabte Grinsen einer Gummiente schien ihn ebenso treffen zu wollen wie das tief gekerbte Lachen einer als Krokodil geformten Spritzpistole. Der Vermeer der Tagesbleichen, der er noch lange nicht war, hätte hier Stunden in der Kontemplation zubringen können. Er aber war noch und wieder aufs neue: GAR NICHTS, wenn er es durchhielt, zu glauben, im Verlauf zweier vollkommen unvergleichbarer Nächte die Passage durch den singulären Punkt gegangen zu sein. Oder er war der gefühllose Großstadt-Replikant, der in der Maske des nett und höflich sein wollenden alten Bekannten und Sieh-das-ist-ein-neuer-Onkel die Wendeltreppe zum Café hinabstieg. Brigittes fünfjährige Tochter hatte die Zuckerstreuer von den Tischen geholt und auf der untersten Treppenstufe versammelt – ein bedrohliches Arrangement überdimensionierter scharfer Kanülenspitzen, bereit durch den nur bestrumpften Fuß eines werdenden Regisseurs zu stoßen und ein Kilogramm kristalliner, saccharider Romantik in seinen Organismus zu jagen, damit er, vollständig kariös geworden, den Rest seines Daseins als Eiscafé-Mitbetreiber verbringen mochte.

»Du bist ein ganz lieber Typ. Und so leidenschaftlich. Das hätte ich früher gar nicht gedacht«, sagte Brigitte. Sie hatte an ihrer Einkaufsliste für den bevorstehenden Tag geschrieben und behielt ihre Lesebrille auf, während sie frühstückten. Ihr ungeschminktes Gesicht widersprach mit einem gewissen Schülerinnentrotz dem Melonengarten zwischen ihren kräftigen Oberarmen. Sie wirkte nicht vorwurfsvoll, eher zerstreut und etwas verwundert. Wie jung sie noch war und wie erwachsen im Vergleich zu ihm. Nach einigen Schlucken Kaffee und vorsichtig tastenden Sätzen kam er jäh zu der Erkenntnis, daß die Nacht mit Camille auf jeden Fall sein Leben verändert hätte. Denn wenn mit Camille geschehen wäre, was mit Brigitte geschehen war, hätte er die Universitätsstadt K. wohl kaum mehr verlassen mögen. Er sträubte sich gegen diesen Gedanken; aber jeder absichtlich verschwommene, auf diese gutmütige und warmherzige Schulfreundin gerichtete Blick, der sie mit der Gestalt Camilles überblendete, brachte nur die hypothetische Wahrheit zutage. Er hatte gut daran getan, bei Camille keine einzige falsche Bewegung zu machen! Der ganze Schrecken der tragischen Farce, die sich an Camilles Seite oder zu ihren Füßen in K. hätte abspielen können, erfüllte ihn Brigitte gegenüber noch einmal mit genau der gleichen Dankbarkeit, mit der er wenige Stunden zuvor aus ihrer Möse geglitten war, so wohlig erschlafft, daß ihre junge, kontraktionsstarke Muskulatur ihm mit einem stillen Akt mütterlicher Fürsorge die Vorhaut wieder über die Eichel gezogen hatte, seine Zipfelmütze, damit er draußen nicht friere.

»Ich schreibe dir einen Brief, sobald ich in Berlin bin«, sagte er. »Wir könnten uns überhaupt schreiben.«

Brigitte errötete. Sie schreibe nicht so gerne, weil – ach, das könne sie ihm nicht genau erklären. Aber wenn man seinen ersten Film über diesen indischen Physiker und das Universum zeige, dann würde sie sich über eine Einladung zur Premiere freuen. Dieses Versprechen fiel ihm leicht.

In dem Reichsbahnabteil, in dem er tags darauf nach Berlin zurückfuhr, kramte er seine an der Theke des Cafés hingekritzelten Skizzen hervor. Er bemühte sich lange Stunden, eine Handlung zu entwerfen, soweit er das ohne genauere Kenntnis der Biographie von Chandrasekhar tun konnte. Jedoch verfing sich der Projektor seiner Phantasie immer wieder in der letzten Einstellung des Films, diesem Bild eines Ozeandampfers, unter dem sich die nächtliche See zu einer gewaltigen dunklen Spirale formte. Anscheinend war die ganze Rolle verkehrt herum eingelegt und konnte nur rückwärts abgespult werden. Als er dies einzusehen begann, mußte er feststellen, daß der schnelle bildlose Rücklauf, mit welcher Anstrengung und wie lange auch immer er auf den Knopf mit dem Doppelpfeilsymbol drückte, defekt war. Die Projektion verließ nicht dieses auf einen sternüberladenen malachitgrünen Himmel zusteuernde Schiff, und schon lief der Abspann, ein die ozeanische Nacht übergitterndes Buchstabennetz, in dem er der Schiffsgesellschaft Hapag Lloyd, der BBC, der Royal Academic Society, der Universität Cambridge und der deutschen Botschaft in Delhi dankte. Kurzum: Er hatte keine Ahnung, wie er es anstellen sollte. Nach vierhundert Kilometern Fahrt konnte er vor Müdigkeit die Augen nicht mehr geöffnet halten. Die Bilder, die ihm nun zwanglos zuströmten, waren die Vermeer-Studien der vergangenen Woche seines Lebens, die ihn über Gebühr erregten und traurig stimmten. Camilles gleichgültiges Gesicht. Hermann, der noch nicht wußte, daß er Rike bereits verloren hatte. Der kalte Dämon, der Georg die Kraft und den Hochmut gegeben hatte, innerhalb einer Woche mit Maria, mit Kristina und mit Brigitte zu schlafen und sich noch darüber zu empören, daß die vierte Frau ihm widerstanden hatte. Die schönste Zeit in meinem Leben! Eine Vorahnung von Schmerz, von außerordentlichem, schneidendem Schmerz durchfuhr ihn, als der Zug über die Grenze zur DDR rüttelte, hinein in dieses abendgraue und anscheinend immergraue andere Deutschland. Was will ich in Indien? dachte er verwundert, als die Abteiltür aufgerissen wurde und die lindgrünen sächselnden Grenzer mit ihrem Bauchkoffer vor ihm standen. Was waren die letzten vierundzwanzig Stunden anderes gewesen als der Versuch, sich Camille aus dem Kopf zu radieren? Der kleine, lächerliche, etwas Sperma und Gehirnschmalz verspritzende Ausflug eines Mathematikstudenten, der sich einmal als Künstler fühlen mochte? Er war für Maria schon lange der Alptraum, der Camille für ihn hätte werden können! Seine Untreue, seine Unersättlichkeit, in die sich das Gefühl von Trivialität schlich. Mit Hermann, Rike und Maria scherzend durch das Amsterdamer Bordellviertel gehen und dabei im Untergrund diese zerreißende Gier spüren, die im Marzipanfleisch dieser wie von Blumenlampen violett und rosa gefärbten Huren verschwinden wollte. Er war noch immer zu feige oder zu klug gewesen, es mit einer von ihnen zu versuchen. Kunstfrauen ... Schön, wenn der bekehrte Blade Runner, dessen Begierde die Differenz zwischen Mensch und Puppe eingeebnet hatte, mit seiner perfekten Replikantin in seinem Flugporsche aus der Großstadthölle hinaus und über die freie Natur hinwegzischte. Aber was einen wahrhaftigen Künstler doch interessieren sollte, das waren *The weeks after*, in denen dieser futuristische Sam Marlowe daran verzweifelte, seiner aus synthetischer DNA erzeugten Puppe die Mysterien der Verliebtheit beizubringen, und die weiteren Jahre, in denen sie um keine Sekunde alterte, um keine Sekunde reifte und keine Träne vergoß, während er im alkoholisierten Fleisch des gewesenen Helden verrottete. Sollte Georg die grausamen Fortsetzungen dieser und anderer illusorischer Machwerke drehen? War das nicht eine originelle Idee und vielleicht auch seine Bestimmung? Seine Sicht der Dinge in die Dinge bringen – wie auf den glühenden Bildern van Goghs, die bewiesen, daß nichts ohne den Menschen war, was es war (das Fiebern der Bäume, die lavendelfarbene Schizophrenie provençalischer Felder, die Psychose unendlicher Sommerhimmel). Er fragte sich, ob er genügend Wahnsinn besäße, um die alltäglichen Vorkommnisse mit einer solchen Kraft zu verändern, daß sie Bestand hatten, oder genügend Vorstellungsvermögen, um neue, nie dagewesene Gemälde zu erzeugen. Schon wollte er sich eingestehen, daß dem nicht so war – aber dann fiel ihm sein allererster, schon lange gedrehter Film ein, und Hermann gegenüber behauptete er später, daß er nur wegen dieser Erinnerung seinen Entschluß, ein möglichst nicht-camilleoides und einigermaßen größenwahnsinniges Leben zu führen, nicht rückgängig gemacht habe. Seit jener Heimfahrt nach Berlin trägt ihn jede Zugfahrt, die länger als eine Stunde dauert, unweigerlich an den ersten Drehort seiner Kindheit zurück. Er sitzt als Neunjähriger auf einer braun gepolsterten Bank am Abteilfenster, alleine unterwegs nach Hamburg. Man hat ihm ein Schild mit seinem Namen, seiner Adresse und der Telefonnummer seiner Eltern um den Hals gehängt, für den Fall, daß er verlorengehe. Viele Stunden gleitet die Landschaft in großen Bildern an ihm vorbei. Er liest, er ist stolz auf seinen ihm mehrfach attestierten Mut, er trinkt Fruchtsaft aus einer bald schon blutwarmen, nur vom Druck der Flüssigkeit gefestigten Aluminiumpackung. Irgendwann aber ist die letzte Seite des Buches umgeschlagen, haben sich die Fruchtsafttüten in zusammengerollte Rechtecke verwandelt, sind die Kekse und Äpfel, die seinen Rucksack füllten, gegessen. Draußen bleiben die Bilder: Häuser, Gleise, Bäume, Fabrikanlagen, wieder Häuser, Drahtverspannungen, wieder Bäume, immer der Himmel und die endlose Fülle der Einzelheiten, für die er keinen Namen weiß. Von irgendwoher entstehen, ganz leise zunächst, dann aber rasch stärker werdend, ein Schmerz und ein Glück. Der Schmerz hat etwas mit der Zeit zu tun, die nicht verfliegen will, mit der unaufhörlichen Anhäufung der Gegenstände. Georg kann nicht sagen, weshalb es das alles gibt, all diese Bilder, die im Rahmen des Zugfensters vorbeiziehen, und weshalb ihn diese Aussichten schmerzen. Die Gleichförmigkeit der Bewegung spielt eine Rolle, die die Landschaften und Städte zusammenfügt, obwohl er weiß, daß sie nichts miteinander zu tun haben, daß er überall wohnen könnte und nie von einem anderen Ort erfahren müßte. Die von schmalen Rahmen getrennte Reihe der Zugfenster ist der Zelluloidstreifen, und das Malteserkreuz seines Gedächtnisses stellt aus den getrennten Ausblicken jenen ersten großen Film her – einen so überwältigenden und sprachlosen Film, daß er in den Armen seiner Tante, die ihn am Bahnhof in Hamburg empfängt, stets zu weinen beginnt.

»Sie wollte, daß ich es ihr erklärte, aber wie hätte ich es ausdrücken sollen?« sagte Georg zu Hermann. »Es war doch nicht das Selbstmitleid oder die Erleichterung, meine Tante zu sehen. Es war vor allem die Wirkung dieses Films, den ich so lange betrachtet hatte. Es ist der einzige Film, der zählt, am Ende aller Reisen. Sein Titel lautet: *Das Herzzerreißende der Dinge.*«

In Griebnitzsee, kurz vor Berlin, stiegen die Grenzer aus. Einer schlug mit einem eisernen Hammer gegen den Unterbau der Waggons (an dem wohl festgeklammerte Republikflüchtlinge hingen, die beim kommenden Sternenkrieg auf der Seite der Gewinner stehen mochten). Schäferhunde drehten ihre widerlich schlanken Rücken in der Nacht neben den Gleisen. Worin hatte das Glück bestanden, das Georg seiner Tante noch weniger hätte erklären können als die sprachlose Entdeckung der Melancholie, und das ihn immer veranlaßt hatte, seinen Eltern zu versichern, auch in den nächsten Ferien wieder allein die Fahrt nach Hamburg antreten zu wollen? Dieses unbändige Maß an Glück, das ihn verächtlich lächeln ließ, als er am Bahnhof Zoo zwischen Junkies, Pennern und indignierten Reisenden sein immer noch weiches, immer noch vollkommen arglos wirkendes Gesicht in der beschmierten Spiegelscheibe eines Fotoautomaten betrachtete? Dieses Glück, das ihn zwei Stunden später als zufriedenes promiskes Ungeheuer in Marias Arme legte, wo er, die schildpattfarbene Katze im Blick, die ein Wollknäuel um den Fuß des Kachelofens jagte, erklärte, daß sich sein Leben nun vollkommen geändert habe?

3
Nabokovs Katze

Sie sagten bei irgendeiner Gelegenheit, daß in Ihnen der Mensch zuweilen gegen den Erzähler aufbegehrt. Können Sie uns verraten, warum? (Anmerkung: Ich denke dabei an das Bedauern, mit dem Sie einzelne Elemente Ihrer Lebensgeschichte an Ihre Figuren weitergeben.)

Man haßt sich selbst, wenn man einem Nachbarn ein Haustier in Pflege gibt und es nie wieder abholt.

Vladimir Nabokov
in einem BBC-Interview am 8. September 1969

1

Zwischen der Idee zu einem Drehbuch über Chandrasekhars Reise von Indien nach England und der ersten vorzeigbaren Fassung lagen fast zwei Jahre Arbeit, obwohl Georg sein Studium nach Kräften vernachlässigte. Das Licht aus dem Inneren seines Kopfes verfing sich in der zu bedenkenden Mechanik der Kameras, wurde von imaginären Schneidemaschinen zerhackt, versickerte in den schwarzen Löchern seiner handwerklichen Unkenntnis. Um möglichst rasch zu lernen, beteiligte er sich an Kurzfilmprojekten, trieb sich mit neugieriger Distanz im Umfeld der Film- und Fernsehhochschule herum, verdiente Geld als Komparse bei Berliner Produktionen, das er sogleich wieder für einige ihm notwendig erscheinende Seminare über Regiebuch, Montage, Kopiertechnik und Ton ausgab. Nach einigen Monaten schon hätte er – mit der gleichen Bestimmtheit, mit der er Camilles Naturwissenschaftler-Leben unter die Lupe genommen hatte – begreifen können, wo er sich befand. Denn da hatte sich sein Bekanntenkreis um zahlreiche Filmenthusiasten erweitert. Angelockt von den Lichtgemälden der großen Meister, die ein jeder sich für zehn Mark im nächsten Kino kaufen konnte, niedergedrückt und aufgepeitscht von den enormen Geldsummen, die nötig waren, solche Bilder auf die Leinwand zu bringen, schwammen die hungrigen kleinen Fische im Nachtwasser der Großstadt und fraßen sich selbst. Einmal in einer Werbeagentur zu landen, war noch der glimpflichste Abgang. Georg debattierte mit ewigen Taxifahrern, die an ihren Story-Boards feilten, mit Kellnern, die in ihrer Freizeit von Kurzfilmfestival zu Kurzfilmfestival reisten. Vierzigjährige, die von der Hochschule der Künste träumten, kamen hinzu, Fanatiker mit kostspieligen Videoausrüstungen und erbärmlichen Wohnungen, aufgeregte und verworrene junge Schauspielerinnen, talentierte Alkoholiker, Theoretiker, die mühe- und folgenlos Bazin, Kracauer, Pudowkin, Balázs und den Vorrang der Montage gegenüber der Mise en scène diskutierten, liebenswerte Romantiker schließlich, die ein Jahresgehalt daransetzten, nach New York zu fliegen und eine weitere Schicht Zelluloid um die Wolkenkratzer zu wickeln, die ohne den Film schon lange zerfallen wären, als fehlte dem Auge die klare, von den Sekundenschnitten der Lider stets wieder erneuerte schützende Flüssigkeitsmembran, die unvermeidliche feinverteilte Träne, durch die es die Welt betrachten muß.

Es waren durchweg ohnmächtige, immer auch etwas peinliche und im nachhinein natürlich hoch bedeutsame Monate und erste Jahre. Chandrasekhar hatte darauf verzichtet, die zusammenbrechenden Sterne weiter zu untersuchen, weil die Idee ins Nichts zurückstürzender Materie die Autoritäten der damaligen Physik entsetzte. Georgs Verzicht auf seine Vision eigener Filme hätte nur ihn selbst entsetzt – jedoch mehr als alles andere. Er führte das Haushaltsbuch der armen Studenten, stand halbe Tage in den Copy-Shops, um sich Auszüge aus teuren Büchern zu verfertigen, unternahm keine Urlaubsreisen mehr. Der nach Japan und ins aufregende internationale Leben verweisende Kirschblütenzweig, der ihm nach der Befreiung aus Camilles Wohnung erschienen war, rückte, wie von der Hand eines zynischen Gottes bewegt, tiefer in den Himmel, noch jenseits der Flugebene der großen Verkehrsmaschinen, für die er sich weniger denn je ein Ticket hätte leisten können. Aber dies störte ihn in den heiligen Anfängen der schöpferischen Eitelkeit wenig. Denn während er im Kreuzberger Winter Kohlen in seine Wohnung schleppte und an den Kassen der Billig-Supermärkte anstand, lebte er mit Chandrasekhar in Madras, Oxford und Cambridge, in den auf die singulären Punkte zusteuernden Formeln der allgemeinen Relativitätstheorie, auf der Reise nach England in einer der gefürchteten Steuerbord-Kabinen, in denen während der 1400 Meilen langen Schiffspassage von Colombo nach Aden die Hitze selten unter 100 Grad Fahrenheit fiel.

Nachdem er zwanzig Exemplare seines Drehbuchs vergeblich an Produzenten und Förderungskomitees geschickt hatte, lud ihn ein Kölner Fernsehredakteur zu einem Gespräch in den Sender ein. Seine Filmfreunde waren von dem Angebot überrascht und begeistert.

»Aber es ist ein *Kino*film!« protestierte er. »Was soll ich damit beim Fernsehen?«

Maria erklärte ihn für größenwahnsinnig. Jäh erblassend und anscheinend spontan fügte sie hinzu, daß sie aus ihrer gemeinsamen Wohnung ziehen werde. Es gehe ihr darum, die Beziehung zu retten, indem sie sich einen Abstand zu seinem immer chaotischer und rastloser verlaufenden Leben verschaffe.

»Aber es gibt außer dir keine Frau mehr!« rief er, mußte lachen, obgleich er das Schlimmste befürchtete, und setzte leise hinzu: »Seit fast zwei Jahren.«

Drei Wochen später wohnte er mit der Katze Ayshe allein in der unverhältnismäßig groß und leer erscheinenden Wohnung. Er betrachtete das Tier mit der Zärtlichkeit der Vereinsamten, obwohl Maria sich ja nicht von ihm getrennt hatte und nun gerade einige Straßenecken entfernt wohnte. Wann immer er nach Hause kam, schoß die Katze geradewegs auf ihn zu, den Schwanz wie eine an der Spitze abgeknickte Antenne in die Höhe gestellt, und ihr glühender, zeitloser Augenbernstein richtete sich auf ihn, wenn sie auf seinem Schreibtisch lag, während er bis zum Morgengrauen arbeitete. Sie war eine stille Kumpanin seiner Nächte, unbürgerlich, stolz, gnadenlos ehrgeizig bei der Verfolgung ihre Ziele, ob es nun darum ging, die glatten Wände der Duschkabine zu erklimmen oder mit einem drei Meter weiten Sprung die Distanz vom Küchen- zum Kühlschrank zu überwinden, wobei sie einmal so kläglich scheiterte, daß sie sich einen Reißzahn ausschlug. Oft aber war er ihrer auch überdrüssig und verstand nicht mehr, wie er auf die Idee verfallen war, ein nach Freiheit strebendes Tier lebenslänglich in einer Wohnung einzusperren. Das Drama ihrer Abrichtung auf Stubenreinheit und die Verstümmelung ihrer Sexualität deprimierten ihn im nachhinein, und noch Jahre nach ihrem Tod hatte er ein schlechtes Gewissen und träumte davon, unbedingt ihre Streu auswechseln zu müssen, oder gar, es seit Jahren vergessen zu haben.

Ausgerechnet an jenem Morgen, an dem er zu dem Gespräch mit dem Fernsehredakteur in Köln aufbrach, fand er eine Postkarte aus K. in seinem Briefkasten.

Ich bin jetzt in ein kleines Dorf ganz in der Nähe gezogen, schrieb Camille. Im Zug betrachtete er lange diese Postkarte, ein ästhetisches Attentat der Deutschen Bundespost, das ein avocadogrünes Tastentelefon vor moosgrünem Hintergrund zeigte, mit der Aufforderung »RUF DOCH MAL AN!« Seit ihrer Begegnung in K. hatten Camille und er sich in Vierteljahresabständen Postkarten geschickt, waren in Verbindung geblieben, ohne sich zu sehen oder doch mal anzurufen, keinen Brief mehr wagend, aber wie U-Boote oder Computer in den dunklen Kanälen ihrer Einsamkeit immer wieder ein *ping* sendend und empfangend, ein simples Ansichtskarten-Signal, dem auch bei wiederholtem Lesen nichts zu finden war außer der unerklärlichen Wirkung dieser wenigen Zeilen: ein Gefühl der Scham und Hilflosigkeit, das einige Stunden oder Tage anhalten konnte, als sei man nicht gegrüßt, sondern geröntgt worden und habe eben auch keinen Gruß zurückgeschickt, sondern den verlangten schmerzlichen Ausriß seiner Seele. Aus dem Zugfenster starrend und bereits wieder nahe an den Welt-Hypnosen seiner Kindheit, brachte er Camilles Umzug mit Marias Auszug aus ihrer gemeinsamen Wohnung zusammen. Er sah sich traurig und demütig die Wände in Marias neuer Wohnung streichen, dann nackt, mit Tupfern von Dispersionsfarbe auf den Unterarmen und Händen, über Maria gebeugt. Sie hatte sich ihm plötzlich entzogen, mit einer sie selbst wohl überraschenden Heftigkeit. Ihr winterblasser, in einer Abwehrbewegung fast wie im Schmerz gekrümmter Körper war ihm so fremd erschienen, als wäre er zu einem Unfall hinzugekommen und hätte sich in einer irren Schamlosigkeit einem der entblößten Opfer genähert. *Ich bin in ein kleines Dorf ganz in der Nähe gezogen.* Dies verbarg womöglich soviel wie die kurze Mitteilung seinerseits, daß Maria sich eine eigene Wohnung genommen hatte. Camille schrieb weiter: *Das Dorf liegt mitten im Wald.* Sie befanden sich am Ende des Orwell-Jahres 1984, und Camille zog mitten in den Wald, als Rotkäppchen in den sterbenden deutschen Nato-Nachrüstungs-Wald, aus dem die Atomraketen ihre Spitzen dem Ozonloch entgegenreckten. Ein rechteckiges Kraftfeld, eine nicht faßliche, aber auch nicht abzustreifende Aura von Sehnsucht und Ärger umgab dieses Postkarten-Telefon, das Georg auf der Zugfahrt immerzu in die Hände fiel, weil er die Karte als Lesezeichen für sein Drehbuch benutzte.

Beim Betreten des Kölner Sendehauses mit seinen Glastüren, Abteilungsnummern, Anschlagbrettern und Wegweisern überfiel ihn die spezifische Depression, die ihn seit dem Besuch in Camilles Labor und eigentlich schon seit seinen

Gymnasialtagen in all diesen realitätsgerechten Gebäuden überkam. Nur während der ersten Semester seines Studiums hatte er sich dem entziehen können, hatte die Leidenschaft für die Mathematik das elegische Potential der Plastikmöbel, Kaffeeautomaten und immergleichen Seminarsäle gemindert. Aber kein Weg, auch nicht der in die Nacht über dem indisch-arabischen Meer des Jahres 1928 und in die tiefste Schwärze des Universums, führte offenbar an solchen Häusern vorbei. Der mit einer sorgfältig gestutzten Bartleiste verzierte fünfzigjährige Redakteur, der sich vage in der überirdisch schwarz glänzenden Platte seines Schreibtisch spiegelte, wußte dies schon lange. »Es ist ein *Kino*film!« sagte er bedauernd.

»Ich weiß«, sagte Georg, etwas eingesunken auf einem mit Rollen versehenen Stuhl ohne Armlehnen.

»Große Bilder!« rief der Redakteur. »Tatsächlich große Bilder, junger Mann!« Seine ausgebreiteten Arme öffneten sich langsam. Das Gewicht eines, nur eines der einhundertzwanzigtausend Zelluloidrechtecke des möglichen Spielfilms zwang die widerstrebenden kräftigen Hände unbarmherzig nieder und preßte sie auf die spiegelnde Schwärze des Schreibtischs. »Machen Sie das in zehn Jahren, wenn Sie berühmt sind.«

»Und was mache ich bis dahin?«

»Kleine Bilder, das, was Sie kennen.«

»Haben Sie mich deshalb kommen lassen?«

Es sei auch seine Aufgabe, sich um Talente zu kümmern, versicherte der Redakteur, und nachdem er einige Zusammenhänge zwischen Produktion, Finanzierung und Verleih in ungemütlicher Schärfe beleuchtet und Georg sacht darauf hingewiesen hatte, daß der Autorenfilm und insbesondere der Westberliner Autorenfilm im Grunde schon nicht mehr existiere, strengte er einige im Prinzip interessante, in der Ausführung jedoch seltsam hilflose Überlegungen über die Vision des atomaren Weltkrieges im zeitgenössischen (Hollywood-)Film an.

»Dazu paßt doch mein Schwarzes Loch«, warf Georg ebenso hilflos ein. Er würde eine weitere, bessere Version des Chandrasekhar-Drehbuchs schreiben, mit der er irgendein Förderungskomitee, irgendeinen Mäzen, irgendeinen Menschen, der Einfluß auf die Kinoproduktion hatte, begeistern konnte. Dennoch war dieses Gespräch wichtig, einer einzigen verborgenen Mitteilung wegen, die er von Minute zu Minute deutlicher begriff. Sie lautete: du bist einmal von der Schule weggelaufen, du bist gerade von der Universität weggelaufen – aber Leuten wie mir und Häusern wie diesem hier kannst du nicht mehr entfliehen. Die Alternative war das grabsteinplattenhafte marmorglatte Nichts des Redaktionsschreibtischs, in dem sich plötzlich auch das grüne Tastentelefon Camilles zu spiegeln schien.

»Kleine Bilder, ja, ich könnte so etwas versuchen«, sagte Georg schließlich. Sie verabschiedeten sich mit einer dem äußerlich ergebnislosen Verlauf des Treffens ganz unangebrachten Herzlichkeit.

Wieder draußen vor dem Funkhaus, erschien ihm der leuchtende Einband seines Drehbuchs gefährlich wie eine Markierung, die unsichtbare Scharfschützen aufs Korn nehmen sollten. Camilles Karte fiel heraus und landete zwischen seinen Schuhen. Er hob sie auf. Für einen Augenblick der Schwebe, den sämtliche in der Sonne glänzenden Funkhausfenster zu beobachten schienen, dachte er, daß er nur noch die Wahl hatte, Camille sofort anzurufen (Aber wozu? Was sollte er nur sagen?) oder sie aufzuspießen wie einen Schmetterling oder wie ein erigierter Wolf, der jenes im Wald unter den Nato-Bombern hinter ihrem Basketball dahinhüpfende indianische Rotkäppchen nahe beim *Kriminalmuseum* überfiel.

Weshalb hat sie mir auch diese gräßliche Karte geschickt! dachte er. Ein kleines Bild, etwas, das er kannte, unwichtig und doch berührend, nur alltägliche Szenen, die ihm Freiraum für die Erprobung von Dialogen, Schnittsetzungen, Bildanweisungen gaben. Weshalb denn nicht? Weshalb nicht so etwas wie eine Vermeersche Studie über Camille, etwas wie dieses Küchenmagd-Bild, das ihn im Amsterdamer Rijksmuseum eineinhalb Jahre zuvor so stark beeindruckt hatte?

2

In drei Monaten arbeitete er das Drehbuch zu einem Film über das knapp vierundzwanzigstündige Wiedersehen mit Camille aus. Er wollte präzise und einfach sein; es sollte keine Vorgeschichte und kein Fazit geben. Kurze Zeit rang er mit der Versuchung, die Nacht mit Brigitte hinzuzufügen. Es war unmöglich. Allenfalls Bertolucci oder Antonioni konnten die nackte Aufregung (eben die unterwasserbleichen, aber doch deutlich sichtbaren Muschelöffnungen der Frau, eben die pralle und doch leichte Masse des eigenen Glieds) auf die Leinwand bannen, deren schneeweiße Präzision die Gerüche, die Gedanken, das Fühlen und Schmecken mit einem Lichtschnitt tötete und bei dem geringsten Fehler nur noch eine Konserve der Porno-Industrie zurückließ. Also blieb er bei den durch und durch gewöhnlichen Ereignissen zwischen Camille und Georg an jenem Tag in K.

Seine Filmfreunde kritisierten die Vielzahl der Kameraanweisungen und die belanglosen Dialoge.

»Ich weiß nicht, was das soll«, sagte der Dramaturg eines Off-Theaters, dem Georg das Drehbuch in der Hoffnung gegeben hatte, technische Hinweise zu erhalten. »Es ist weder eine Geschichte noch ein Ereignis.«

»Das ist ganz nett, wenn man dich kennt«, fand eine Kommilitonin. »Gerade das, was du über die Mathematik gesagt hast. Aber die Frau kommt furchtbar schlecht dabei weg. Hättest du Lust, mit mir im kommenden Semester eine Arbeit über Funktionentheorie zu schreiben?«

»Der Typ ist scharf auf die Frau, liebt sie aber nicht. Die Frau ist scharf auf den Typ, hat aber eindeutig einen Knall«, meinte Georgs Wohnungsnachbar, der in einem Steuerbüro arbeitete. »Und wieso heißt der Typ Johannes?«

Hermann, der seit einem Jahr in Berlin lebte und mittlerweile an seiner psychologischen Dissertation schrieb, war der einzige, dem das Drehbuch wirklich gefiel. »Obwohl ich nicht verstehe, was du immer mit Camille hast. Aber in diesem Film wird es so schrecklich zugehen wie im wirklichen Leben.«

Georg glaubte zu verstehen, weshalb Hermann sich angesprochen fühlte. Es ging eben nicht um irgendeine Frau, mit der es irgend jemandem an irgendeinem Ort auf eine beliebige Art und Weise mißlang, sondern um die Bilder eines fortwährenden, genau umrissenen Verlusts. So wie es Hermann einmal einzig und allein um Rike gegangen war, konzentrierte sich das Drehbuch auf das Mißlingen zwischen Georg und Camille in K. (und schon immer in S. und wahrscheinlich in jeder Stadt, in jedem Land und auf jedem Kontinent oder Planeten, wo er Camille antreffen würde). Er hatte die Szenen mit Camille gewählt, weil die kleine Wunde der Eitelkeit, die sie ihm bei jeder ihrer Begegnungen schlug, mit erträglichen Schmerzen beschrieben werden konnte. Wäre er aber mutiger oder erbarmungsloser gewesen, dann würde er beschrieben haben, wie er sich in diesen Monaten der Drehbucharbeit so weit von Maria entfernte, daß sie plötzlich verzweifelt auf einer Parkbank saßen, vier Stunden lang, und Rotz und Wasser in zahllose Papiertaschentücher heulten. Sie hatten große Vorräte, weil sie zusammen einkaufen gewesen waren und zunächst auch nichts anderes hatten tun wollen, als auf dem Rückweg durch einen Park zu gehen und sich dort einen Augenblick zu setzen. Aus der Plastiktüte zwischen Georgs Füßen ragte ein Bund Lauchzwiebeln, und in Marias Umhängetasche schmolz ein tiefgekühltes Hähnchen. Schließlich fragte Maria, ob es denn nun wirklich aus, ob es denn aus sein könne, wenn man gar nicht wisse, weshalb.

Georg begriff, daß sie ihm ein letztes Angebot machen wollte, daß er es in der Hand hatte, das Blatt zu wenden. Aber er wählte die Vernichtung, einem nicht benennbaren, ihm ungeheuerlich erscheinenden Reiz folgend, wie damals, als er die beiden LSD-Trips heruntergeschluckt hatte.

»Es ist aus, weil du das überhaupt fragst«, sagte er. »Weil man niemals umkehren kann.«

So fand ein Hauptsatz seiner Liebe den Schlußpunkt, unumkehrbar, unverfilmbar, unerklärlich – nein, alles mußte so klar und entschieden gedeutet werden, wie es not tat, eine lebensbedrohliche Wunde zu nähen. Sie waren zu jung gewesen; ihr Vertragssystem der offenen Beziehung hatte ihre Liebe fragwürdig gemacht und zersetzt; sie hatten sich auseinandergelebt; sie waren unaufmerksam und gleichgültig geworden; die Zukunftspläne einer angehenden Architektin und eines untergehenden Film-Freaks ließen sich nicht vereinbaren ... Endlich glaubte Georg sogar, daß sein Camille-Drehbuch die Schuld trug oder wenn nicht dies, so vielleicht doch sein Besuch in K., der ihn von einem eigentlich ganz erfolgreichen Mathematikstudenten ... unumkehrbar ... verwandelt hatte in ... *Unumkehrbar*. Dieses Wort faszinierte ihn immer mehr. Als ihn ein Bekannter spaßeshalber als »abgebrochenen Studenten« bezeichnete, exmatrikulierte er sich am darauffolgenden Tag. Hermann warf ihm seinen Leichtsinn und sein Pathos vor.

»Weshalb soll ich nicht pathetisch sein?« rief Georg. »Die Alternative dazu ist ein Leben, wie Camille es führt, verstehst du das nicht? Ich habe mich entschieden, und nun ist es wie ein Krieg: Man muß Dörfer niederbrennen, Geiseln erschießen und den Wald vergiften.«

»Bist du übergeschnappt? Was willst du denn aus dir machen? Den *Terminator*?«

»Ich möchte nur nicht umkehren können, das ist alles.« Er wollte Hermann an Rike erinnern, unterdrückte aber diesen Impuls und akzeptierte auch Hermanns These, daß ihm sein Schuldgefühl gegenüber Maria das militaristische Vokabular eingegeben hatte. Zu der Trennung von Maria gehörte in seiner späteren Erinnerung immer dieser Alptraum, der damit begann, daß er eine Treppe hinabstieg. Immer schwächer beleuchtet führte diese enge Treppe in einen Keller mit nassen schwarzen Wänden. Mit jeder der tückisch unregelmäßigen Stufen, die er nahm, verlor er etwas von seiner Hoffnung und Würde. Neonschriften in schummrigen Zwischengängen ließen darauf schließen, daß es sich um einen Club der organisierten Perversion handelte. Aber dann wurde es so finster, so ernst, so endgültig, daß man nicht mehr glauben konnte, jemand könne sich noch aus freien Stücken so tief in diese unmenschliche Nacht unter der Erde begeben. Was ihn antrieb, sich dennoch immer weiter die Treppe hinabzutasten, gegen die Todesangst und gegen einen unaussprechlichen Ekel, war nur noch das Bedürfnis, sich selbst zu zerstören. Endlich erreichte er die Tür zum letzten Keller. Er hörte Peitschenhiebe knallen und warf sich gegen das krachende Holz der Tür. In die nahezu vollständige Finsternis des Raumes taumelnd, spürte er mehr, als er es sehen konnte, daß sich eine widerwärtige Gestalt vor ihm zurückzog, der *Peitschenmeister*, den Georg trotz seiner Schwäche mit bloßen Händen getötet hätte, wäre er nicht geradewegs durch eine Wand oder verborgene Tür gehuscht. Georgs Herz krampfte sich zusammen, als er in dem aufschimmernden weißen Fleck in der Mitte des Raumes die Konturen eines menschlichen Körpers zu erkennen begann, eines nackten und gefesselten Körpers, einer auf die Knie gezwungenen Frau – »Maria!« rief er verzweifelt. »Was machst du denn hier?« – Maria lächelte verworren. »Ich lasse mich auspeitschen, Georg«, flüsterte sie, »ich will das.« –

»Aber du wirst hier nicht mehr herauskommen! Das ist doch Wahnsinn!« – Sie schüttelte den Kopf, schwach, kraftlos, das Gesicht überströmt von Tränen, grauenhaft verformt und behindert von ihren Fesseln. »Es ist gleichgültig, was das hier ist. Ich will es, und du kannst nichts mehr dagegen tun.«

Seit dieser Nacht stand er unter dem Zwang, Maria regelmäßig zu sehen oder wenigstens anzurufen, und noch Jahre später ängstigte es ihn, wenn in ihrem Leben etwas schiefzugehen drohte. (Sie verlor beinahe ihre Stelle in einem Architekturbüro, sie mußte eine Schilddrüsenoperation über sich ergehen lassen, sie versammelte in ihrem Harems-Café einen ignoranten jungen Fahrschullehrer, einen zu alten schwergewichtigen Rechtsanwalt, einen Designer, dessen Alkoholkrankheit sich langsam herausstellte, und noch als sie schwanger wurde und einen Arzt heiratete, blieb Georg längere Zeit mißtrauisch.) Unmittelbar nach der Trennung versuchte er sich aus der Finsternis seines Kerker-Alptraums und seiner Schuld emporzuarbeiten, indem er das haarsträubende, glücklicherweise nie ans Licht der Öffentlichkeit gelangende Drehbuch über den DEUTSCHEN KELLER schrieb, das ihn hätte bekannt machen können: der Freischütz traf darin auf lüsterne Gartenzwerge, kampferprobte Walküren ritten in Lackkostümen auf geißbärtigen Nietzsche- und Heidegger-Spezialisten, ein schwer hessisch dahinbrabbelnder Mephisto hockte im Nacken eines rumpelstilzchenhaft umherhüpfenden Erich Honecker, SS-Schergen zerfleischten eine weinende und singende Lorelei, Schäferhunde lasen aus der *Phänomenologie des Geistes* vor, eine Adenauer-Parodie mit einer Dauer-Erektion in Form eines Atomsprengkopfes bot in einer Kellernische selbstgezüchtete Rosen feil, daneben verkaufte Friedrich der Große in abgerissener Uniform sodomistische Pornos, während ein Eva-Braun-Zombie eine bigamistische Hochzeit mit einem RAF-Kämpfer und einem Vorstandsmitglied der Deutschen Bank unter dem leicht abgewandelten Emblem der IG-Farben feierte ... Erst als Georg auf der Suche nach einem geeigneten Soundtrack Bach-Kantaten und Sinfonien von Brahms hörte, gelangte er an eine Sperre, die er nicht mehr durchbrechen konnte, kam zur Besinnung und warf die hastig beschriebenen Seiten in den Mülleimer. Er wollte das Camille-Drehbuch das gleiche Schicksal teilen lassen. Aber ein unerklärlicher Widerstand hielt ihn davon ab. Ein letzter vergeblicher Versuch der Überarbeitung endete damit, daß er an den Rand einer Manuskriptseite einige Dreisätze kritzelte, um herauszufinden, wohin es führen würde, wenn man all seine Erlebnisse auf die gleiche Vermeersche Art behandelte, in der er beschrieben hatte, wie zwei kleine Studenten in einer kleinen Universitätsstadt einen aller Wahrscheinlichkeit nach kleinen Fick verpaßten. Bei einer mittleren Lebenserwartung von 70 Jahren bräuchte man etwa 6 300 Jahre, um das Drehbuch zum Film des eigenen Lebens anzufertigen. Die Laufzeit dieses Films würde indes nur sechs Monate betragen, einen Projektor vorausgesetzt, der Tag und Nacht arbeitete. Sein eigenes, bedeutungsloses und doch wie unendliches siebenundzwanzigjähriges Leben konnte in knapp fünf Wochen aufgeführt werden. Er mußte es von sich stoßen, auf irgendeine Weise mußte es sich auflösen und gegenstandslos werden, das heißt, er mußte aufhören, sich leid zu tun, und zwar genau in dem Augenblick, in dem er sich eingestand, nach zwei Jahren angestrengter Arbeit nicht das geringste erreicht zu haben. Es war ihm nur gelungen, seine akademische Karriere und die Liebe zu Maria zu zerstören.

3

Seine Film-Freunde halfen ihm, indem sie ihn weiter anspornten, seine Eltern, indem sie ihm Geld liehen, Hermann, der geduldig mit ihm diskutierte. In einer verderblich warmen Julinacht machte ihn Kristina auf die Stellenanzeige eines wissenschaftlichen Instituts aufmerksam, das einen Halbtags-Programmierer suchte. »Schlaf bei mir, ich bin vielen Männern treu«, sagte sie leichthin, und er versuchte ihr zu erklären, daß er hoffnungslos romantisch sei, bis er, gegen Morgengrauen, plötzlich mit ihr aufs Bett fiel und ihre Eistüte sein wollte, ihr Tampon, ihre drängende Klistierspritze, und dies noch in verdrehter Reihenfolge, erst am darauffolgenden Tag etwas schockiert über sich selbst und Kristinas dreifach routinierte Nachgiebigkeit einer gurrenden und gnädigen Saug-Guillotine, eines sukkulenten Blumenkelches, des reizvollen Würgetrichters inmitten ihrer geröteten hippokratischen Hügel.

(»Wie viele Männer hattest du denn bislang?« – »Ich denke, so um die vierzig.«)

Ich bin auf einem Kongreß in den Pyrenäen. So international ist die Heuschreckenwissenschaft! teilte ihm Camille auf einer Postkarte mit, die eine erblühende Bergwiese zeigte. Er konnte nicht antworten. Jedesmal, wenn er sich eine Ansichtskarte nahm, um die üblichen fünf Sätze hinzuwerfen, begann er, Dinge zu schreiben wie: *Mir geht es gut. Ich lebe wie ein Mönch. Gestern hatte ich zum ersten Mal seit zwölf Jahren eine Pollution.* Oder: *Ich arbeite jetzt als Computerwärter in einem kristallographischen Institut. Mein Hirn ist vollständig leer. Ich stopfe es mit Formeln und Instruktionen, mit dem Ziel, ein Roboter zu werden, dem es ein Programm verbietet, sich umzubringen.* Seine Unfähigkeit, einige arglose Zeilen in ein argloses Dorf zu schicken, hing wohl mit dem Drehbuch über Camille zusammen. Er brachte es nicht über sich, die mißlungene Arbeit von seinem Schreibtisch zu nehmen. Es war eine Besiegelung seines Versagens, ein Indiz seines Verrats. Das weiße, schon bald zerknitterte Deckblatt des schmalen Papierstapels erschreckte und fesselte ihn. Wenn er einen Titel oder wenigstens einen Arbeitstitel hätte finden können, wäre es ihm vielleicht möglich gewesen, das Drehbuch wegzuschließen. Aber es fiel ihm nichts ein.

Als die anscheinend nicht beantwortbare Postkarte Camilles einen Monat lang auf dem nicht zu beseitigenden Drehbuch gelegen hatte, traf er sich zum ersten Mal seit der Trennung von Maria (und der verteufelt einprägsamen Nacht mit der für längere Zeit verreisten Kristina) allein mit einer Frau. Er kannte sie von einem früheren Universitätsfest her. Sie arbeitete als wissenschaftliche Assistentin in dem nur eine Straßenbreite von seiner Arbeitsstelle entfernten Institut für Organische Chemie. Bei ihrer zufälligen Begegnung vor einem aus wackelnden und quietschenden Metallsäulen bestehenden Alibi-Kunstwerk, das den Eingangsbereich ihres Instituts schmückte, hatte sie vorgeschlagen, gemeinsam ins Kino zu gehen. Nach der tatsächlich erlittenen Pollution, die ihn so sehr überrascht hatte, als habe er sich beim Beten eines Rosenkranzes ertappt, war seine Sexualität auf verächtliche fünf Minuten in jeder zweiten oder dritten Nacht eingeschrumpft; stets an der gleichen Stelle des fototechnisch einwandfreien Hochglanzmagazins *Color Blue Climax 18* entlud er sich, weil die üppige Schwarze, in der von den Bildrändern her zwei anonym gereichte Exemplare steckten, für den offensichtlich vom Zensor unbemerkten Sekundenbruchteil der Aufnahme ziemlich verärgert und gelangweilt aussah. O verdammt, sie brauchte mehr! Noch mehr! Ihn, mit seinem ganzen Triumvirat, der sie gnadenlos simultan triangulierte, wie er Kristina in der Folge einer Sommernacht getripelt hatte! – *Scham* wäre vielleicht ein Titel für das Camille-Drehbuch gewesen, für den feigen Hausgebrauch, von dem er sorgfältig die Katze ausschloß, die üblicherweise auf seinem Bett schlief, für die nervöse, leicht eingefrostete Höflichkeit, mit der er der Chemikerin vor der Kinovorstellung die Hand schüttelte. Als abgebrochener Student, gescheiterter Drehbuchautor und Verräter einer jahrelangen Liebe, in dieser ganzen elenden Dreieinigkeit, hatte er kein Recht, Hoffnungen zu erwecken.

»Ich bin eher der literarische Typ«, sagte die Chemikerin an der Kinokasse. »Vielleicht interessiert mich deswegen Godard.«

So sah Georg nun endlich *Je vous salue Marie*, jenen Film, der für ihn in der stillen Fotografie des Mädchenzimmers mit dem zum Symbol der Reinheit erhobenen Basketball gipfelte. Die Chemikerin empörte sich über die »perfide und altmännerhafte« Art, in der die Reinheit der Heldin gegen die gelebte sexuelle Tristesse eines Liebespaares in den Nebenrollen ausgespielt wurde. Georg verteidigte Godards Spiel, vorsichtig zunächst, dann engagierter. Und ehe er sich versah, sprach er über Kamera, Montage und Licht, über die Bilder Vermeers im allgemeinen und im besonderen über das Camille-Drehbuch und seine Unfähigkeit, es zu beenden oder wenigstens zu betiteln. Er ging so weit, der Chemikerin zu versprechen, ihr die Arbeit zum Lesen zu geben. Vor dem Tor ihres Mietshauses aber gelang ihm der geordnete, gentlemanhafte Rückzug, so daß er einen Schimmer orange-reiner Marienseligkeit mit sich nahm, bis in sein einsames Bett, in dem er dann davon träumte, einen Basketball penetrieren zu wollen.

An einem der nächsten Tage rief ihn Hermann während des Abendessens an. Beim Telefonieren sah Georg aus dem Fenster, und als er den Hörer auflegte, mußte er feststellen, daß die Katze seine Unaufmerksamkeit genutzt und ein großes Stück Fleisch von seinem Teller gestohlen hatte, das sie wild hinunterschlang.

»Du Gierschlund!« rief er. »Kriegst du denn nichts zu fressen bei mir?«

Die Katze floh unter den Küchenschrank, auf eine seltsam erbärmliche, unelegante Art, die ihn erschreckte. Nach einigen Minuten kam sie zitternd wieder hervor und begann zu würgen. Anscheinend bewegte sich der Brocken weder vor noch zurück. Sie spie Schleim aus, würgte, spie erneut Schleim. Er versuchte zu helfen, indem er auf ihren Rücken klopfte, wie man es bei einem Kind tut, das sich verschluckt hat. Es bewirkte nicht viel, aber nachdem er sie zum Trinken gebracht und eine Zeitlang auf dem Schoß gehalten hatte, schien es ihr besserzugehen.

Am nächsten Morgen lief sie fröhlich auf ihn zu und verlangte ihr Frühstück. Kaum hatte sie den ersten Bissen in der Kehle, spie sie ihn aus, schnappte sogleich wieder danach, mußte ihn erneut freigeben – und nach drei weiteren schmerzlichen Versuchen betrachtete sie fassungslos den auf dem Boden liegenden, kaum zerdrückten weichen Fleischwürfel. Georg fütterte sie einen Tag lang mit Milch. Dann erbrach sie Blut. Er legte eine Decke in Marias alte weinrote Sporttasche, setzte die Katze darauf, schloß den Reißverschluß so weit, daß sie gerade noch herausschauen konnte, und brachte sie zu einer Tierärztin. Die Speiseröhre sei wahrscheinlich von dem hastigen Würgeversuch verletzt worden. Man gab ihm ein in Milch und Wasser aufzulösendes Pulver mit, das die wichtigsten Nährstoffe zuführen sollte, bis die Speiseröhre wieder verheilt wäre.

Eine Woche lang mußte er zusehen, wie es der Katze immer schwerer fiel, den Brei aufzunehmen, obwohl er ihn in wohl schon unsinnigen Graden verdünnte.

»Ich kann nichts fühlen«, sagte die Tierärztin, die vorsichtig den Hals des schon mager gewordenen Tieres abtastete. »Versuchen Sie es noch zwei Tage lang. Wenn es sich nicht bessert, gehen sie dahin.« Sie gab Georg die Adresse eines Spezialisten.

Selbst pures Wasser wurde Ayshe zur Qual. Ihre Kehle schien zu einem Nadelöhr verengt. Am Vorabend des Besuchs bei dem Spezialisten war sie verspielt und von einer unbegreiflichen Fröhlichkeit, vielleicht weil sie so viel Gewicht verloren hatte und nur dann Schmerzen empfand, wenn sie zu trinken versuchte. Auch am nächsten Morgen legte sie fordernd ihr

Lieblingsspielzeug, ein zu einem Bällchen geformtes Stück Alufolie, vor Georgs Füße. Er sollte es in die Zimmerecken werfen, damit sie es apportieren konnte, und sie schien enttäuscht, weil er das Kügelchen in der Absicht, sie zu schonen, nicht weit genug warf. Durch die staubigen Fenster seiner Wohnung (er war dabei, junggesellig trüb zu werden) fiel das Licht eines mediterranen Sommertages, und das wolkenfreie, azurblaue Parallelogramm des Himmels, das er und die Katze sehen konnten, wenn sie sich nebeneinander auf das Fensterbrett des Schlafzimmers stützten, gab ihm die absurde Empfindung einer freiwilligen Gefangenschaft, als beginne gleich hinter der gegenüberliegenden Brandmauer der langgezogene Strandstreifen des Kreuzberger Meerbusens. Kein Mensch nahm eine Katze mit an den Strand. Sie hatten noch drei Stunden Zeit bis zu dem Arzttermin. Es war sehr still, aber keineswegs drückend. Eine Atmosphäre vollkommener Aufmerksamkeit und Konzentration war entstanden, die es Georg verbot, sich mit etwas anderem zu beschäftigen. Ayshe versuchte nicht mehr zu trinken. Manchmal saß sie ruhig auf seinem Schoß, dann wollte sie wieder mit dem Kügelchen spielen. Sie bewegte sich mit der Fröhlichkeit und Leichtigkeit ihrer ersten Lebensmonate, und Georg, dem allein das Verzweifelte dieser Stunden zufiel, dachte, daß die Idee einer Seele wohl immer nur die Idee eines unbeschädigten jungen Körpers sei. Fast hätte er Maria angerufen, die sich doch oft mehr um die Katze gekümmert und gesorgt hatte als er. Aber Ayshe war seine Katze, und er glaubte, das beste, was er nach all der Zerstörung, die er angerichtet und den Niederlagen, die er erlitten hatte, tun konnte, wäre, die Kraft aufzubringen, mit dem Tod eines anderen Lebewesens allein zu bleiben. In dem sonnigen Zimmer verstrich noch einmal die kurze Zeit dieses eingesperrten Katzenlebens, angefangen bei dem Kauf im Zoogeschäft, über den ausgeschlagenen Reißzahn infolge des kühnsten Sprungversuchs und jenen Nachmittag, an dem Maria Ayshe von der Sterilisation zurückgebracht hatte, ein verworrenes, nach Narkosemitteln stinkendes Bündel mit rasiertem, von grünem Nylon grob durchsticktem Bauchfell. Endlich mußte Georg sich vom Teppichboden erheben. Ayshe sträubte sich nicht, als er sie von seinem Schoß nahm und in die alte rote Sporttasche setzte – ein offenbar ganz unpassendes Transportmittel, wie ihm dann auch die indignierten Blicke der Katzenkorbbesitzer in jener großen Kleintierpraxis kundtaten, die einem blinkenden Feldlazarett der beim Kampf um die Arche Noah Unterlegenen glich.

»Es sieht schlecht aus, aber wir sollten sichergehen, bevor wir sie einschläfern«, sagte der Spezialist.

Dreimal wurde der Katze ein Kontrastmittel gepritzt, dreimal half Georg dabei, sie auf einem Röntgentisch auszustrecken. Die Prozedur zog sich bis in den Nachmittag hin; dann hatte man endlich eine zuverlässige Aufnahme, die über dem Skelett eine schleierhafte Weichteillandschaft zeichnete. Wie von einem Faden eingeschnürt, verengte sich die Speiseröhre in Höhe des Herzes. Der Spezialist erklärte, daß nur eine Operation helfen könne, prinzipiell in einer Kleintierklinik durchführbar, von zweifelhafter Aussicht indes, da die Nähe zum Herz ein kompliziertes Umfeld schaffe. Man könne für nichts garantieren, und die Kosten würden sich zwischen ein- und zweitausend Mark bewegen. Georg hatte nun keinesfalls dieses Geld, war froh darüber, daß er nicht über einen zweitausend Mark teuren sicheren Heilerfolg und die Verrücktheit entscheiden mußte, Geld, mit dem man etliche Menschenleben hätte retten können, für das Überleben eines Tieres auszugeben. Aber er mußte sich doch gegen die *Chance* entscheiden – und tat es dann auch, fürchterlich allein, im knapp oder nur sehr undeutlich zustimmenden Angesicht des Spezialisten, der ihm vorschlug, das Tier noch für einen Tag mit nach Hause zu nehmen, bevor er die Tötung durchführe. Georg sah auf das verwirrte zitternde Fellbüschel in seinen Armen. »Sie wird nichts mehr trinken können, oder?«

»Wohl kaum«, sagte der Spezialist.

»Dann machen Sie es gleich, es ist genug«, hörte sich Georg sagen.

Mit einer Schere schnitt der Arzt ein zwei Zentimeter langes Stück Fell am rechten Vorderbein der Katze heraus, um einen wie ein menschliches Handgelenk freiliegenden Zugang für die tödliche Spritze zu erhalten. »Möchten Sie lieber nicht dabei sein?« fragte er, als sich die Katze plötzlich zu wehren begann, fauchte, sich unter Georgs Händen mit der elastischen Kraft spannte, die er immer an ihr bewundert und geliebt hatte.

»Nein, ich will hierbleiben«, sagte Georg.

»Ich muß sie ruhigstellen. Wir werden ihr erst eine Narkose geben.«

Unmittelbar nach der Injektion wurde die Katze so wild, daß Georg sie nur noch mit brutalen Griffen hätte halten können. Eine Arzthelferin brachte einen engmaschigen Käfig, dessen Deckel mit Hilfe zweier Längsstangen gesichert werden konnte.

»Zehn Minuten«, erklärte der Spezialist und verließ mit der Helferin den Raum.

Nach einer kurzen Weile entfernte Georg den Deckel und begann vorsichtig die Katze zu streicheln. Eine Kraft preßte sie zu Boden, die man nicht sanft nennen konnte, da man ihren Zugriff nicht am eigenen Leib spürte; sanft war nur die Art und Weise, in der Ayshe dieser Kraft nachgab, millimeterweise, in einem brennenden inneren Kampf womöglich, der auf der Außenseite jedoch monoton dem Gefälle der Niederlage folgte. Kurz bevor ihre Beine einknickten, preßte die Katze die Schnauze gegen eine Käfigecke, so noch einmal Halt findend und als suche sie den Ausweg *durch* das Gitter. Von oben sah Georg in die Glaskörper ihrer klaren, smaragdgrünen Augen, die anscheinend einen unendlich weit entfernten Punkt fixierten. Ein letzter Brechreiz versetzte den Körper in Zuckung. Es kam nichts mehr heraus. Dann lag Ayshe still am Käfigboden. Ihre Flanken hoben und senkten sich vage. Die Augen blieben weiterhin geöffnet und klar.

Als der Spezialist wieder hereinkam, wollte Georg fragen, weshalb die Narkose so viel Zeit in Anspruch genommen habe und weshalb es kein sofort wirksames tödliches Gift gäbe, das man anstelle der Betäubung hätte spritzen können. Aber er sah dann nur schweigend zu, wie der Arzt die Katze aus dem Käfig nahm und sie auf einen Metalltisch legte. Die letzte Spritze wurde ohne weitere Umstände durch das Fell ins Herz gestochen. Das Maul der Katze stand jetzt offen, und man sah weißen Schaum darin. Georg war sich nicht sicher, ob er den Augenblick des Todes erkannt hatte. Er mußte den Arzt fragen, ob es vorbei sei.

Es gab die Möglichkeit, den Kadaver mitzunehmen und selbst zu bestatten, ihn zu konservieren und einem Präparator zu übergeben, ihm auf jenem Tierfriedhof im Süden, auf dem

Georg einmal kopfschüttelnd mit Maria Hundebüsten bestaunt hatte, eine letzte Ruhestatt zu gewähren. Die fachgerechte spurlose Beseitigung des Kadavers kostete 30 Mark. Hinzu kamen 160 Mark für die vorgenommenen Untersuchungen und Röntgenaufnahmen.

Im Hinterhof seines Mietshauses öffnete Georg eine Mülltonne und warf Marias Sporttasche hinein. Das kalte Beseitigen-Lassen des Kadavers und diese unsentimentale Entsorgung der Tasche waren das Eingeständnis seiner Schuld. Hätte Maria sich umgebracht – und sie erzählte ihm später, daß sie in den Monaten nach der Trennung mehrmals daran gedacht habe –, wäre er ihr dann in den Tod gefolgt? Oder hätte er mit Hilfe einer kassenärztlich finanzierten Psychoanalyse zweifelsfrei erkannt, daß kein Mensch ganz und gar für einen anderen Menschen zuständig wäre?

Zwei Wochen lang machte er Überstunden im kristallographischen Institut, so daß er sich einreden konnte, allein die abendliche Erschöpfung hindere ihn daran, vor seinen Schreibtisch zu treten, das Camille-Drehbuch in die Hand zu nehmen und es loszuwerden, wie er die Katze losgeworden war (von der er noch Jahre später träumen sollte). Er fürchtete sich davor, die Chemikerin anzurufen oder zu besuchen, weil sie ja ihre Meinung zu seinem Drehbuch sagen mußte; bei einem kurzen Zusammentreffen vor Ayshes Tod hatte er ihr eine Kopie überlassen. Dann aber fiel ihm ein, daß sie es womöglich noch gar nicht gelesen hatte. Je früher er es zurückforderte, desto besser. Das kristallographische Institut, in dem er halbtags die Rechner fütterte, war ein unscheinbarer Bau, der sich hinter einigen großen Kastanien versteckte. Dagegen hätte das Laborgebäude der Organischen Chemie auf der anderen Straßenseite mit seiner kompakten Metallplatten-Architektur sich nahtlos in den Universitätskomplex von K. eingefügt, durch den ihn Camille zwei Jahre zuvor gelotst hatte.

»Chloroform – entschuldige, es ist hierfür das beste Lösungsmittel. Laß uns nach draußen gehen«, begrüßte ihn die Chemikerin. Sie trug einen fleckigen weißen Kittel und hielt eine Gasmaske in der Hand, als sie auf einen Kaffeeautomaten in einer Flurecke zustrebten. »Ist dir das Drehbuch sehr wichtig? Ich finde es ganz schön, keine Angst. Aber es wundert mich.«

»Mich wundert es auch – inzwischen.«

»Wie soll es überhaupt heißen?«

»Das ist ein großes Problem!« Der Institutskaffee schmeckte nach Chloroform. Georg fühlte eine nicht unangenehme Schwäche, die er mit den grünen Augen der Chemikerin und dem Lösungsmittel gleichermaßen in Verbindung brachte. Ich bin in sie verliebt, dachte er, durch einen leichten Schleier in ihr blasses, von einer kastanienbraunen Haarflut gerahmtes Gesicht sehend und dann auf die schwarze Gasmaske in ihrer Rechten, diesen abgerissenen Kopf einer großen Fliege. »Es ist bloß eine Übung gewesen, es ist mir peinlich. Ich brauche aber einen Titel, damit ich es wegwerfen kann.«

»Aber weshalb? Es ist sehr persönlich und ziemlich bösartig, aber es hat auch etwas Zärtliches, weil du dich so genau mit dieser Camille beschäftigt hast. Hier sind alle sehr genau mit Stoffen, aber nicht mit den Frauen.«

»Wie soll ich den Film nennen, den ich nie daraus machen werde?«

»*Nabokovs Katze*«, schlug die Chemikerin vor, ohne einen Augenblick zu zögern.

»Das mache ich, was auch immer es bedeuten mag«, sagte Georg. Er lud sie für den Abend zum Essen ein.

»Am schönsten ist die Szene, in der Johannes im Bücherregal von Camille ihr Kinderfoto findet«, sagte sie, als sie in ihrem Schlafzimmer auf dem Bett saßen, seltsam unentschlossen, beide mit nacktem Oberkörper, aber noch in Hosen und Straßenschuhen. Sie hatten während des Essens einen schweren italienischen Rotwein getrunken. »Wie Camille da inmitten einer Gruppe von Kindern steht, größer und plumper als die anderen. Wie er entdeckt, daß sie einmal eine Lippenspalte hatte, und ein ganz klammes, zärtliches Gefühl für sie bekommt, obwohl er sie für knallneurotisch hält. – Ich will dir nichts vormachen, Georg. Ich glaube nicht, daß ich im Moment für eine feste Beziehung tauge.«

Er fürchtete, daraufhin so blöd und erleichtert gelächelt zu haben, wie er sich fühlte. Sie liebten sich durch einen Schleier von nachglühendem Alkohol, in den noch das Chloroform des Instituts gewirkt schien; trancehaft langsam fanden sie zueinander, mit einer gewissen glücklichen Mühe, so daß jede Zärtlichkeit und jede leidenschaftliche Aktion beim ersten Versuch knapp scheiterte und beim zweiten auf eine etwas betäubte, aber wundersam zufriedenstellende Weise ans Ziel fand.

Manchmal glaubte er, daß sich in den gesamten zwei Jahren ihrer Beziehung der Schleier nie gehoben hatte. Die Chemikerin taufte ihr Verhältnis gemäß der Nomenklatur ihrer Wissenschaft eine »Schwache Bindung«. Es bedeutete, daß sie beide viel arbeiteten, sich nicht sehr häufig sahen und gemeinsam nur an einigen Wochenenden verreisten. Alles, was sie miteinander anstellten, geschah unaufgeregt, etwas zu entspannt vielleicht, so wie er sich nicht erinnern konnte, vor ihrer ersten gemeinsamen Nacht je in einem derart pummeligen Partialzustand in einer Frau gewesen zu sein. Selbst als sie rief: »Oh, ist das gut, ich fühle dich wieder spritzen!«, war er nur sacht belustigt über dieses »wieder«, das ihrem Ex-Freund gelten mußte.

Am Tag nach ihrer ersten Nacht schrieb er auf das weiß gebliebene Deckblatt des Drehbuchs *Nabokovs Katze*, heftete es in einen Aktenordner und glaubte tatsächlich, es nie mehr hervorziehen zu wollen.

Wenig später schilderte er der Chemikerin auf einem Spaziergang den Plan zu einem Kurzfilm. Sie mochte düstere Landschaftsfotografien, elegische Gedichte und deutsche Streichquartette und hatte über ihrem Bett eine Reproduktion der *Toteninsel* von Böcklin aufgehängt. Deshalb gefiel ihr die Idee sofort, auf die er gekommen war, nachdem ihn Kristina angerufen und vom Tod einer jungen Frau auf ihrer Station im Urbankrankenhaus erzählt hatte. Die Frau war Zirkusartistin gewesen. Kurz bevor sie starb, hatte sie ihren Geliebten aus dem Krankenzimmer geschickt, weil sie allein aus der Welt gehen wolle, da sie auch allein zur Welt gekommen sei. Georg erfand den anschließenden Selbstmord ihres Freundes. Um das Motiv eines leer schwingenden Trapezes und einige wenige Sätze am Krankenbett sollten zwei Bildreihen montiert werden. Jede zeigte einen der Liebenden als Kind, das langsam auf einer verlassenen Straße näherkam, aus entgegengesetzter Richtung. Die Kinder begegneten sich nicht, aber ihre Gesichter sollten sich am Ende des Films in derselben Totale befinden, in dem Augenblick, in dem man die letzten Bilder der Sequenzen erwartete, die den Tod der Frau im Krankenzimmer und den Selbstmord ihres Geliebten zeigten.

»Als wäre es möglich, sich in den Tod zu folgen, als könnte man sich da treffen, als wäre die Kameralinse der Grenzwert zweier unendlicher Reihen«, sagte Georg am Telefon zu dem Kölner Redakteur, der sich von dem fertiggestellten Drehbuch angetan zeigte. »Es soll aber nicht aufdringlich wirken, nicht zu formal, verstehen Sie. Es hängt sehr von der Verfilmung ab.«

»Ich werde es einem unserer besten Regisseure zeigen.«

»Aber –«

»Sie wollen es selbst drehen, ich weiß. Haben Sie etwas Geduld, und schreiben Sie erst mal weiter.«

4

Weitere Fassungen des Chandrashekar-Drehbuchs entstanden. Georg blieb unzufrieden, obwohl oder weil er immer mehr Material über relativistische Astronomie und das Indien und England der zwanziger Jahre auf seinem Schreibtisch anhäufte. Er arbeitete bei Kurzfilmprojekten seiner Freunde mit, Lowest-Budget-Produktionen, bei denen, wenngleich im doppelten Format und auf vierfach höherem Niveau, die Tücken und Beschränkungen zutage traten, die er schon von den 8-Millimeter-Versuchen ihrer Schülerfilme kannte. Die knappste Kalkulation für seinen eigenen Kurzfilm mit dem Arbeitstitel *Robert und Anna* belief sich auf 40 000 Mark. Manchmal aber gelangen trotz kleiner Budgets bemerkenswerte Arbeiten, und so begann er, Mathematik-Abendkurse an einer Volkshochschule zu geben und diese Einnahmen und alles, was er sonst entbehren konnte, auf ein »Filmkonto« zu überweisen, das wohl nur mit der tröpfelnden Monotonie eines Stalaktiten anwachsen würde.

Er mußte einfach nur weiterarbeiten – ohne Furcht und ohne Hoffnung. Dies war jedoch so unmöglich zu bewerkstelligen wie der vollkommen emotionslose, tatsächlich objektive Film, dessen Konzept er einer abendlichen Runde werdender Regisseure, Kameramänner und Schauspieler vorstellte. Eine Kamera müßte an einem von Zufallsgeneratoren gesteuerten Roboter befestigt werden, der sich mit dem unverletzlichen Durchdringungs- und Bewegungsvermögen eines Engels über und auf der Erde bewegte, Tag und Nacht, ohne Gnade und Scham.

»Du bist ein Rechner, ein Formalist«, sagte ein schnauzbärtiger Kameramann.

Georg wehrte sich, hauptsächlich weil ihm das Ur-Berliner Aussehen und der Dialekt des Kameramanns mißfielen. Thorsten Maier schien geradewegs aus einem der nur noch Bierkneipen verunzierenden Jahrhundertwende-Ölgemälde dicklicher junger Offiziere in ein rotes Cordhemd und schlimm am Hintern hängende Jeans entlaufen. Seine Schnurrbartspitzen aus einer Molle hebend, behauptete er wenig später, daß seine Mathematikkenntnisse immerhin in einer genauen Kenntnis des Unendlichen gipfelten. Dieses beginne nämlich bei zehn Meter Entfernung vom Objektiv, wie man leicht am Entfernungsmesser einer Kamera ablesen könne.

»Dann sind zwanzig Meter wohl zweimal unendlich?« erwiderte Georg.

»Du darfst mich verbessern – aber was soll denn größer als unendlich sein?« Thorsten fixierte Georg auf eine fast säuferhaft provozierende Art. Aber irgend etwas, der Tonfall womöglich oder ein zweiter Blick in seine Augen, veranlaßte Georg, ruhig und sachlich zu antworten. Er erklärte, daß es sehr wohl möglich sei, Unendlichkeiten zu finden, die größer als vorgegebene Unendlichkeiten wären, etwa die Menge der reellen Zahlen im Vergleich zur Menge der rationalen Zahlen. Thorsten erinnerte sich nicht an die entsprechende Schulstunde. Daraufhin malte Georg auf den Seiten eines Taschenkalenders das von Cantor erfundene Zahlenfeld, mit dem man zeigen konnte, daß es genau so viele rationale wie natürliche Zahlen gab, und dann ein weiteres Feld, das bewies, wie diese unendliche Anzahl durch die Konstruktion einer überabzählbaren Menge übertroffen werden konnte. Thorsten war immer noch konzentriert und stellte neue Fragen. So entstand die Zeichnung eines Halbkreises, der wie die Kufe eines Schaukelpferdes auf einer Linie ruhte, um einmal senkrecht zur Linie stehende Strahlen nach unten zu schicken (jedem Punkt auf der unteren Hälfte eines Kreisumfanges entsprach ein Punkt auf der darunter liegenden und doch kürzeren Strecke von der Länge seines Durchmessers), dann, von seinem Mittelpunkt aus, einen Fächer von Strahlen in immer größeren Winkeln, die

die Schaukelpferdkufe schnitten, aber auch jeden beliebigen Punkt der Geraden, auf der sie ruhte. Man mußte daraus schließen, daß ein beliebiger Streckenabschnitt der Geraden genau so viele Punkte besaß wie die unendlich lange Gerade selbst. Wiedererfaßt von Cantors Feuer, das ihm einmal in der schlammtrüben Endlichkeit von S. leuchtende Zahlenräume eröffnet hatte, zeigte Georg noch das mächtige Aleph, über das sich eine Hierarchie weiterer, noch mächtigerer unendlicher Mengen zu den Monstermengen der transfiniten Kardinalzahlen türmen ließ. Thorsten verlor dabei womöglich den Faden; aber er schien Georg so zu vertrauen wie Georg bald darauf seinem untrüglichen fotografischen Genie, seiner Kompositionsgabe, seinen brillanten technischen Kenntnissen vertraute. Als er die ersten von Thorsten aufgenommenen Einstellungen sah, verbeugte er sich, drückte Thorsten die Hand und sagte bestimmt: »Ich glaube nicht, daß ich irgendeinen Film ohne dich drehen möchte. Leider wirst du bald unbezahlbar sein.«

»Unbezahlbar ist im Moment vor allem dein Film über Chandrasekhar. Ich schätze eine halbe Million«, entgegnete Thorsten. »Aber die tragische Mengenlehre, die kriegen wir hin, wenigstens fürs Fernsehen. Ich wette, die lassen uns sogar in die Däderä, nach Leibzsch und Halle. Schreibe, mein Gudschder, schreibe!«

Die Idee zu *Cantors letzte Jahre* hatten sie noch im Verlauf des mit Vorurteilen und Zeichnungen begonnenen Abends entwickelt. Georg Cantor war 1918 in Halle gestorben, nach etlichen Aufenthalten in psychiatrischen Anstalten. In seinen letzten Lebensjahren war er berühmt; aber die großen geistigen Anstrengungen und die Anfeindungen konservativer Mathematiker hatten ihn zermürbt. Noch immer kämpfte er mit den Problemen des Unendlichen, die er wie niemand zuvor erfaßt und gemeistert hatte. Überreizt und depressiv verschrieb er sich der Theorie, daß die Shakespeareschen Dramen von Francis Bacon stammten, vergrub sich in sein mit Büchern verrammeltes Arbeitszimmer, bemühte sich, die Façon zu wahren (seiner Frau sollte er nach jedem Essen mit einem Handkuß gedankt haben), obgleich er immer wieder in trancehafte Absenzen verfiel oder unter quälender Unruhe litt.

Während der Arbeit an diesem Drehbuch verlor sich Georg

bisweilen für Tage in Cantors glänzenden Beweisgängen und Spekulationen. Zweimal unternahm er den Versuch, wieder ernsthaft mathematisch zu arbeiten. So verbrachte er eine strapaziöse, äußerst koffeinhaltige Nacht mit einer Idee, die er dann beim Morgengrauen zu seinem Schrecken als die Riemannsche Vermutung identifizierte. (Diese hätte und hatte schon größere Köpfe zerbrochen.) Was tat er da? Wollte er zurückgehen hinter die Nacht mit Brigitte und die davorliegende Nacht mit Camille, in der die Entscheidung für die Bilder gefallen war? Kurz nur, rasch zurückschreckend wie bei einem Blick in den transparenten Schacht sich spiegelnder Spiegel, schickte er seine Erinnerung zu den Tagen mit Stella, in denen er Cantors Ideen zum ersten Mal begegnet war. Die Chemikerin bemühte sich herauszufinden, was ihn plötzlich so nachdenklich mache.

»Ich frage mich, ob es richtig war, das Studium aufzugeben. Bald ist es drei Jahre her, daß ich Papier vollschreibe, und ich habe noch keinen Zentimeter Film zustande gebracht.«

»Du mußt entweder aufhören zu rechnen oder wirklich rechnen. Wenn du willst, kannst du in einem Jahr dein Diplom als Mathematiker machen.«

War es ihr denn gleichgültig, was er beruflich unternahm? Aber es würde ihn ja auch nicht stören, wenn sie beschließen sollte, ihr Labor aufzugeben und zum Beispiel Malerin zu werden. Irgendwann würde er sie einmal ernsthaft fragen, was es mit dem Titel *Nabokovs Katze* auf sich hatte. Es war zu einem Spiel geworden, daß sie es ihm nicht erklären wollte. Manchmal tat er so, als wolle er unbedingt wissen, was es bedeute, und sie lehnte hartnäckig ab, woraufhin sich eine Rauferei mit erotischem Ausgang ergeben konnte oder sogar eine stillschweigende Transformation des kleinen Geheimnisses, so daß es mit einem Mal um etwas Entscheidendes zu gehen schien, vielleicht sogar darum, den Schleier zwischen ihnen zu zerreißen. Ihre früh verstorbenen Eltern. Dieser Ex-Freund, den sie manchmal traf, um verstört und verwundet zurückzukehren, unzugänglich für seine Berührungen. Diese endlosen Labortage ohne Wochenenden, die für sie womöglich so spannend waren wie die Arbeit an den Drehbüchern für ihn, obgleich seine Vorstellung von ihr im Laborkittel zumeist die weiß verhüllte Gestalt der *Toteninsel* lieferte, die in ihrem Boot stehend auf jenes finale Eiland zutrieb (er ersetzte die Zypressen und düsteren Felswände durch Stapel von Reagenzgläsern und Refraktionskolonnen).

»Weshalb hängst du kein freundlicheres Gemälde über deinem Bett auf?« fragte er sie, fast in der Hoffnung auf einen Streit.

»Weshalb drehst du keine Komödien?« erwiderte sie. Aber einige Tage danach ersetzte sie die *Toteninsel* durch ein Ausstellungsplakat mit einem Akt von Modigliani.

Die Notwendigkeit, den historischen Hintergrund für das Cantor-Drehbuch zu rekonstruieren – die Stadt Halle während des Ersten Weltkrieges –, brachte ihn wieder zu der eigentlichen Aufgabe zurück. Thorsten las die entstehenden Szenen über seine Schulter gebeugt mit. Sie diskutierten unermüdlich, wie man Cantors mathematische und metaphysische Ideen in Kamerabilder umsetzen könne. Ein wichtiger Vorschlag kam von Hermann, der daran erinnerte, daß die natürliche Farbe des Unendlichen Blau sei. Mit Farbfiltern und dem Einfärben von Gegenständen würde man Effekte hervorrufen, die Georgs zentrales Anliegen verdeutlichten, nämlich die Gegenüberstellung einer äußerlichen, bürgerlichen Welt im Verelendungs- und Wahnzustand des Krieges mit der unsichtbaren Innenwelt hinter der Verelendungsfassade eines Menschen, der jene schwindelerregenden Paradoxien von Meeres-, Himmel- und Weltalltiefen mit revolutionären Methoden geordnet hatte und sich selbst nicht mehr zu ordnen verstand. Thorsten malte sich Kamerafahrten auf einer zu einem Möbiusband gedrehten Schiene aus. Er wollte Aufnahmen fraktaler Unendlichkeit schaffen, perspektivisch abgründige Stadtansichten und rekursive Bildreihen wie auf den Grafiken Eschers. Zu diesem Zweck hatte er sich Hofstadters Buch *Gödel, Escher, Bach* gekauft, das man in jenen Tagen neben *Joy of Sex* in allen Bücherregalen fand, und wunderte sich, daß Georg das Werk nicht mochte.

»Ich will keinen Lehrfilm mit Computermätzchen«, rief er. Aber das hieß, Thorsten zu beleidigen, der sich Dutzende von Variationen zu Eschers Grafiken ausgedacht hatte. Selbstredend konnte man sich zwischen den Büchern auf Cantors Schreibtisch eine Glaskugel oder ein nahezu kugelförmiges Glas (wie stand es mit Weihnachtsschmuck, eine Christbaumkugel neben einem Geschenk für Alice, die Nichte von Cantors Frau, die häufig zu Gast gewesen war) vorstellen, die der Mathematiker in die Hand nahm, um sein eigenes Bild in Form der projektiven Inversion der unendlichen Außenwelt im geschlossenen Gebiet der Einheitskugel wiederzufinden, wie auf Eschers *Hand mit spiegelnder Kugel*. Und selbstredend war Eschers Lebenswerk die ergiebigste Quelle für alle Versuche, das Unendliche zu visualisieren.

»Du hast Angst, daß man dich als filmenden Mathematiker abtun könnte, nachdem schon das Chandrasekhar-Drehbuch von mathematischen Ideen ausging«, vermutete Hermann. Er war gerade in eine neue Wohnung gezogen, und sie arbeiteten seit zwei Stunden mit ihren Farbrollen im hallenden Schneesturm eines vollständig kahlen Zimmers, das sie im Schein von 100-Watt-Birnen vollständig weiß strichen.

»Möglich. Aber jeder Grundschüler kann sich ausrechnen, daß ich auch diesen Film unmöglich finanzieren kann.«

»Von *Robert und Anna* hast du immer noch nichts gehört?«

»Sie reisen viel herum. Ich höre immer nur von den Verabschiedungen«, sagte Georg, scheinbar gelassen, während er eine Farbrolle in einen Eimer tauchte. Der Geruch der Dispersionsfarbe und die Farbspritzer, die sich in den Härchen seiner Unterarme verfangen hatten, erinnerten ihn an den Renoviertag in Marias damals neuer Wohnung. Er sah zu Hermann, der sich, das Gesicht zur Decke gewandt, prüfend um die eigene Achse drehte. Maria und Rike waren aus ihrem Leben verschwunden, und in dieser grell ausgeleuchteten Kulisse schienen Hermann und er ein absurdes Theaterstück zu spielen – wie in seinem äußerst fragmentarischen Jugend-Drama *Das Weiß*. Ein avantgardistischer Filmregisseur. Ein berühmter, wenn auch etwas schizoider Psychoanalytiker. Nun verwandelt in die farbpinselbewaffneten Gestalten eines erfolglosen Drehbuchautors, der sich als Programmierer durchschlug, und eines der Arbeitslosigkeit entgegenpromovierenden Psychologen. Nicht mehr lange, und sie würden ihre dreißigsten Geburtstage feiern, mein Gott, dieser damals unabsehbare Grenzwert, von dem er sich keinesfalls mit Sartre hatte vorstellen können, daß einer dort noch »ängstlich auf sich warte«.

»Was hältst du heute von Freud?« fragte er Hermann. Er verstand aber dessen längere Ausführungen nicht, weil er endlich die unangenehm psychoanalytische Entdeckung machte, woher seine Abneigung stammte, Eschers Grafiken als Vorlage für die Kamerabilder des Cantor-Films zu nutzen. Eine blendendweiße Fläche vor Augen, in der er die bereits bearbeiteten kaum von den noch zu streichenden Bahnen unterscheiden konnte, arbeitete er immer rascher. Camilles Dämon hatte ihn auf eine so direkte, physische Weise gepackt, daß ihm die Wand wie eine Nebelfront erschien, verlockend und durchdringlich, die Dampfschwaden einer Sauna, hinter oder in denen ihr schweißüberströmter nackter Körper auf ihn wartete. Ein jähes, demütigendes Geständnis, daß er sich nichts Erregenderes vorstellen konnte, preßte sein Herz zusammen. Wie war das möglich? Nur weil die Chemikerin in der vergangenen Woche keine Zeit für ihn hatte erübrigen können?

Er war am Abend mit Kristina verabredet, zu einem gemeinsamen Essen mit ihr und drei aus München angereisten Bekannten. Es gab keinen Vertrag mit der Chemikerin, keine Definition oder Abgrenzung ihrer Schwachen Bindung. Dennoch war er ihr – unter Kristinas manchmal ernsthaftem, manchmal belustigtem Protest – bislang treu geblieben. Da die Bekannten Kristinas in ihrer Zweizimmerwohnung übernachteten, ein Paar im Arbeitszimmer, eine Frau bei Kristina im Schlafzimmer, schien es keinen Ausweg für die Erregung zu geben, die seit Stunden seinen Körper als Geisel hielt. Kristina, neuerdings mit einer seidig streichholzkurzen Blade-Runner-Frisur, beobachtete ihn genau und trank mit ihm Wein, bis sich die Besucher erschöpft in die Zimmer zurückzogen.

»Ich merke schon, Georg, du bist wieder der alte«, sagte sie, als er aufstand, um sich zu verabschieden, sie aber etwas zu lange umarmte.

»Was sollen wir tun?« murmelte er an ihrer erhitzten rechten Halsseite.

Sie öffnete den Reißverschluß seiner Hose. »Ah, ein braver Soldat. Wir machen eine Übung, es ist wie beim Militär –«

Ihr Feldbett war kaum mehr als ein Quadratmeter Freifläche zwischen Küchentisch und Spüle, den sie mit einem rotkarierten Tischtuch bedeckten. Umständlich und möglichst leise mußten Kristinas lange Glieder gebeugt und gefaltet werden, bis zwischen ihrem spöttischen Mund und ihrer perspektivisch vergrößert erscheinenden Möse der wohl geringstmögliche Abstand entstanden war. Ich bin ein Ungeheuer, dachte Georg, jedoch beiläufig, mit einer seismographisch empfindsamen Härte wieder einmal ihr Beben vermessend, das ihn stärker erschütterte als je zuvor. Sie brachten einen Stuhl zu Fall, und er glaubte später, für einige Sekunden einen Blick auf seinem nackten Rücken gespürt zu haben.

5

Als er einige Wochen später eine Postkarte von Camille erhielt (*Loch Maree and Slioch* in den Schottischen Highlands), starrte er befremdet auf ihre nach links geneigte, leicht vergittert wirkende Schrift. Camille hatte nichts mit dem Anfall von Begierde zu tun, der ihn auf Kristinas Küchenboden gelockt hatte. Er antwortete sofort, aus dem Handgelenk. *Es geht mir gut, ich wäre nur froh, ich könnte auch einmal einen normalen Urlaub machen.* Das Cantor-Drehbuch hatte seine gewiß langwierige Reise über die Redaktionsschreibtische angetreten. Am liebsten wäre er mit der Chemikerin in den Süden gefahren, ebenfalls für längere Zeit. Sie war jedoch stark beschäftigt, rief nicht an und ging auch nicht an ihr Telefon. Als er sie schließlich entgegen seiner Gewohnheit unangekündigt besuchte, öffnete sie die Wohnungstür nur einen Spalt breit.

»Du mußt es aushalten!« flüsterte sie. »Ich habe kein Recht darauf – aber ...« Ihr langes Haar war frisch gewaschen. Die Feuchtigkeit ließ es stumpf erscheinen, und dies verstärkte einen unerträglichen Ausdruck von Angst und Glück. »Es wird nicht lange dauern ...«

»Er ist hier! Er wohnt bei dir!«

Sie nickte, zu froh über die Rückkehr ihres Ex-Freundes, um aufrichtig beschämt zu sein.

»Es gibt nichts auszuhalten«, sagte er mühsam. »Wir sind nicht verheiratet. Aber du tust dir keinen Gefallen.«

Sie nickte noch einmal und schloß die Tür. Etwas hatte sich im Hintergrund des Flurs bewegt. Mitleidig und wütend stapfte er die Haustreppe hinab. Er hatte ihr nichts von seinem Rückfall mit Kristina erzählt. Jetzt verkehrte sich das schlechte Gewissen in eine dankbare Erinnerung, in die vorauseilende Rache eines demnächst Betrogenen.

Zu Hause angekommen, schaltete er den Fernseher ein. Der geborstene Atomreaktor von Tschernobyl. Die alptraumgrauen Luftaufnahmen, aus Hubschraubern gefilmt, Spiralen der Fassungslosigkeit, verzweifelte Wespenflüge, immer wieder auf den Betonkubus zustoßend, der kein greifbares Bild des Todes preisgab. Zu aufgeregt, um alleine zu bleiben, rief er Hermann an und traf sich mit ihm in einer Kreuzberger Kneipe. Am nächsten Tag liefen sie am Rand eines klammen Demonstrationszuges mit, am übernächsten fiel ein zunächst sachter, dauerhafter Aprilregen, und diese in der warmen Luft versprühte Nässe, die sonst die Stadt hätte aufatmen lassen und die man sich leichthin aus dem Gesicht gewischt hätte, war zum herabtriefenden Gift geworden, die Tröpfcheninvasion aus dem Osten als Folge der ökologischen Bankrotterklärung, das Leckwerden des Staatssozialismus, in dem sich eine Tarkowskische Zone ausbreitete, Wind- und Wasserschleier des Niedergangs über Europa schickend, logarithmische Botschafter des Zerfalls. Einige Wichtigtuer hüllten sich ganz und gar in gelbes Plastik, aber auch Besonnenere kauften sich Regenschirme im nächsten Kaufhaus, wenn sie ihre eigenen zu Hause vergessen hatten und vom Regen überrascht wurden. Der Schock und die Stimmung des Verfolgt- und Ausgesetztseins erinnerten Georg an seine frühen Gehtage mit Camille. Es schien ihm, als wäre eine allgemeine Pubertät ausgebrochen, der Fluch ohnmächtigen Aufbegehrens, eine gewisse intellektuelle Leidenschaft (in der Diskussion von Atomtechnologie und radioaktiven Maßeinheiten), die heimlichen Genüsse derjenigen, mit denen noch oder besser wieder einmal kein strahlender und blutiger Ernst gemacht worden war. Es gab auffällig viele Einladungen und Feste. Tschernobyl, sagte er sich einmal mit einer leisen Beschämung, hatte wohl verhindert, daß er nach Abschluß der Drehbucharbeit für den Cantor-Film und dem Erlebnis mit der Chemikerin erneut in eine Krise geraten war. Die Katastrophe setzte allenthalben verschwiegene euphorische Potentiale frei. Er begann ein neues Filmprojekt, ohne es recht zu bemerken, in diesen wohl chaotischsten Monaten seines bisherigen Lebens. Kristina wollte ihn zunächst nicht wieder trösten, denn sie hatte sich romantisch in einen ihrer Patienten, einen Cellisten der Berliner Philharmoniker, verliebt. Aber bald ängstigte sie dieser

Vorgang so sehr, daß sie Georg etliche Male mitten in der Nacht anrief, sich ein Taxi nahm und schon an der Wohnungstür Hand an ihn legte, um ein wenig später, nur mit einer neuen, sehr ärztlich wirkenden Brille bekleidet, Reflexionen über den Gebrauchswert der Monogamie anzustellen. Er schlug ihr vor, zu heiraten und kleine Cellisten zu bekommen.

»Du wirst noch vor mir heiraten!« prophezeite sie ihm und verzog schmerzlich ihr intelligentes spätmittelalterliches oder frühneuzeitliches Kauffrauen- oder Herzoginnengesicht (Margarethe Maultasch? Nein, die gehörte nach Tirol und war häßlich gewesen).

»Warum nicht? Ich habe keine Meinung dazu«, sagte er, aber der post-tschernobylsche Zustand trieb ihn nachts durch die Neonbars der Risikogesellschaft, in Diskotheken, Jazzkeller, auf die halb-privaten Premierenfeiern seiner Filmfreunde.

»Ich sammle einfach«, sagte er zu Thorsten, der im Gegensatz zu ihm fest daran glaubte, der Cantor-Film würde einmal produziert werden.

»Was sammelst du?«

»Interieurs. Bilder und Menschen. Kennst du die Gemälde von Vermeer? Der muß dich interessieren! Ein fantastischer Kameramann des 17. Jahrhunderts.«

Menschen in ihren inneren und äußeren Räumen. Georg folgte ihnen ohne bestimmte Absicht, das heißt, ohne sie verändern zu wollen – wie Thorstens Kamera oder wie ein Hund, der eine Zeitlang mit jedem lief. Die Laufwege führten in saalähnliche Berliner Zimmer, in deren Ecken verdutzte Erstsemester-Studenten übernachteten, als wären sie nicht angekommen, sondern vertrieben worden. Er sah das fast nur aus Glas bestehende Badezimmer in der Penthousewohnung einer an der Filmwirtschaft interessierten Immobilienmaklerin, deren Haut selbst erschreckend transparent wirkte. Echte Hirschgeweihe und als rußgeschwärzt gekaufte Deckenbalken zierten die Dahlemer Wohnung eines adligen Freizeitjäger-Ehepaars. Eine Schauspielschülerin bewohnte eine Art Blockhaus im Garten eines Lankwitzer Orchesterdirigenten. Rückwärts zoomend, gelangte man von einer Aussicht auf den Martin-Gropius-Bau, das ehemalige Reichsluftfahrtministerium, die Mauer und die Grashügel, die die Gestapo-Folterkeller des verschwundenen Prinz-Albrecht-Palais überdeckten, in ein lichterfülltes japanisches

Zimmer mit Futon, Wandschirmen und auf dem weißlackierten Fußboden stehenden gerahmten Tuschezeichnungen des Heiligen Bergs. Erdgeschoßwohnungen in zweiten und dritten Hinterhöfen kamen hinzu, deren Wände eine trotzige Pop-Art-Verzweiflung violett oder avocadogrün gestrichen hatte, so daß man Neonröhren noch am hellsten Nachmittag benötigte und auf eine unverkennbar ironische Weise wie auf dem Grund eines Aquariums lag, als zwei verschlungene Figürchen aus Marmor oder Gips.

»Ich glaube, du sammelst Mösen«, erklärte Kristina, nachdem sie ihre willkommenen nächtlichen Attacken eingestellt und dem Cellisten versprochen hatte, in seine Charlottenburger Vierzimmer-Wohnung zu ziehen.

»Parkett und Stuckdecken? Ein großer Erker, Jugendstilkachelöfen und ein Dienstboteneingang?« fragte er interessiert.

»Alles da. Aber wie steht es nun mit den Mösen?«

»Das Interieur ist vor allem, was die Leute denken«, sagte er. »Ich habe sogar eine Theorie.«

Sie wollte keine Theorien hören, und so schickte er ihr eines launigen Abends einen Brief mit der Liste der Dinge, die sein Herz schneller schlagen ließen: flauschige Pampagraswedel, vom Sturm zärtlicher Fingerkuppen zerteilt; ein Büschel gepflegten englischen Rasens mit seiner nassen kühlen Wurzel; lachende rote Erdbeerwunden im löwenhaften Körper großer träger Blondinen; energische schwarze Bürstchen mit links- oder rechtsdrehenden Wirbeln; Flachs, unter dem Leberflecken hervorschimmerten; sandfarbene, teefarbene, milchkaffeefarbene Pelzränder; ein Lamettageflecht, widerborstig und knisternd; Strohwische, die unter dem Brennstrahl der Augenlupe in Brand gesetzt wurden; specksteinhaft schimmernde Vorwölbungen eines gnädigen Labyrinths; glattgepreßtes Drähtchengewirr, sich in der Nacht aufrichtend wie die Stelle einer Wiese, auf der tagsüber jemand in der Sonne gelegen hatte; Moospolster, eingeschnitten durch einen hervorglitzernden schmalen Quellstrom; schwarze Streuselbüsche auf einem perfekt gerundeten Schokoladenpuddinghügel; Venusflaum und -schaum und darunter schläfrige Nacktschnecken, Flügelchen, die sich öffneten, perlmuttblaue Miniaturrochen, Hautschmetterlinge, schmollende, vergreist runzlige Mündchen, rosa schimmernde

Ohrenwindungen, zitternde Saumränder einer berauschenden Abwesenheit ...

»Du willst mich wahnsinnig machen. Das waren mindestens fünfzehn Frauen«, sagte Kristina am Telefon. »Erstellst du einen gynäkologischen Atlas? – Also gut, wie ist die Theorie?«

»Es ist die Theorie der Provinzen. Jeder lebt in seiner Provinz: in moralischer, in politischer, in intellektueller, in erotischer, in kommunikativer Hinsicht. Letztlich ist das Individuum nichts weiter als die Ansammlung der Provinzen, in denen es sich aufhält oder aufgehalten hat.«

»Atemberaubend. Wo ist der Witz?«

»Der Witz liegt darin, nur die einfachste Provinz zu betrachten, nämlich die unmittelbar räumliche. Hierzu gehören alle Orte – Landschaften, Städte, Dörfer, Straßen, Häuser –, die ein Mensch je mit eigenen Augen gesehen hat. Der Kernbereich der Provinz ergibt sich aus der Auswertung einer Dichtefunktion, die die Aufenthaltshäufigkeiten eines Menschen verzeichnet. Daraus ergibt sich eine Art geographischer Homunkulus oder eben die eigentliche Provinz, das Interieur. Der Platz, an dem die Leute arbeiten, der Weg dahin, die Wohnung natürlich und zuletzt und am stärksten das Spezifische ihres eigenen Körpers. Das ist die Provinz, der sie niemals entkommen können.«

»Ich finde das banal.«

»Das ist es. Methodisch banal, wie alle Wissenschaft. Was mich interessiert, ist, daß diese räumliche Provinz visuell vollkommen erfaßbar ist. Sie bildet die Grenzlinie des Films, sofern er ohne Sprache auskommen muß und keine symbolischen Elemente benutzt.«

»Du meinst, du stellst dich methodisch dumm, indem du den Leuten nicht zuhörst. Und du hast also gefilmt, indem du dich mit deiner Kopf-Kamera in fünfzehn Betten herumgetrieben hast?«

»Ich habe nicht gezählt. Außerdem interessieren mich auch die Männer.«

»Seit wann? Hast du noch nichts über das HTRLV-Virus gelesen? Als Medizinerin kann ich dir sagen, daß du bald jede Menge davon hören wirst.«

Sie litt sehr unter ihrer Entscheidung für den Cellisten. Natürlich hatte er gezählt. *Wie viele es waren und wieviel an einer dran sei.* Camille, am verwachsenen Rand des Kriminalmuseums. Es waren fünf Geliebte in vier Monaten, nicht mehr. Und alles, was an ihnen dran war, hatte ihn interessiert, bis hin zu der Art, wie sie eine Zahnpastatube zuschraubten oder ein Buch in der Hand hielten, sich das Haar aus der Stirn strichen, einen Telefonhörer aufnahmen, ihre Geldbörse hervorzogen, sich im Bett auf die Seite drehten oder von ihrer Kindheit erzählten. Er war eine Erholung, die seltsamen und seltsam perfekten Welten der anderen zu besuchen und sich in ihnen zu verlieren, sei es für eine Stunde oder für einen ganzen Tag. Hermann warf ihm vor, daß er nichts anderes tue, als Rache an der Chemikerin zu nehmen, die ihn auf die Wartebank gesetzt hatte und nur noch im Wochenabstand hastige, verwirrte Telefonate mit ihm führte. Als sie ihm andeutete, es werde wohl nicht mehr lange dauern, bis ihr Ex-Freund sich wieder aus dem Staub mache, verschob sich ganz im Sinne dieses Vorwurfs seine Empörung in der Dampfkolbenmanier der klassischen Psychoanalyse zu der Vorstellung, ein bald dreißigjähriger Mann müsse auch Erfahrungen mit Huren haben. So ergoß er sich – zähneknirschend – in zwei schweren kalten Leibern im Morgengrauen der Potsdamer Straße. Auf einem nur durch einen Perlenvorhang von einem hämmernden Pornokino abgeteilten Sofa am Stuttgarter Platz verließen ihn die bösen Geister, als Margarita aus Hawaii ihren Hüftgürtel aus rotem Lackleder löste, der zwei mit Kölnisch Wasser imprägnierte Speckrollen freigab, so daß sie sich auf eine Zigarettenlänge (und für zweihundert Mark) Witze erzählten und sich mit einem scheuen Kuß verabschiedeten.

»Ich werde noch nicht einmal diese drei Huren vergessen können. Es war grauenerregend und lächerlich, aber ich bin süchtig nach jeder Form von Realität«, sagte er zu Hermann, der ihm daraufhin vorschlug, einen Dokumentarfilm zu drehen.

»Dokumentarfilme sind nicht dein Fall«, sagte Thorsten. »Ich habe eine bessere Idee.« Georg sollte ein Exposé für *Die Reise nach England* schreiben, so, als habe er das Drehbuch noch gar nicht verfaßt, und es bei einigen ausgesuchten Gremien einreichen.

Beim Versuch, diese leichte Arbeit auszuführen, tauchten unversehens neue Figuren auf dem Schiff nach England auf.

Zwei zerstrittene Ehepaare kamen hinzu, ein alter Kolonialoffizier, eine undurchsichtige junge Frau, ein Matrose, der Shakespeare las, ein Historiker, der den Zusammenbruch des Empire vorhersah. Chandrasekhar und seine Entdeckung der Schwarzen Löcher standen nicht mehr im Zentrum der Handlung, sondern bildeten den intellektuellen Fluchtpunkt einer Reihe von Geschichten, die jede ihre eigene Transzendenz und ihre eigene Vision eines Verschwindens hatten.

Thorsten war überzeugt, daß diese »menschlichere« Variante besser ankommen würde. »Es sind Kammerspiele, Aktionen auf engstem Raum. Und als Kontrast setzen wir Aufnahmen vom Meer! Es muß funktionieren!«

Georg besuchte Thorsten gerne zu Hause, weil die Farbriketage, die dieser mit seiner Freundin Lore bewohnte, ein ganz besonderes Interieur bot. Die beiden hatten sich im gleichen Alter wie Georg und Camille kennengelernt. Nun waren sie seit sechzehn Jahren zusammen. Das Geheimnis ihrer unverbrüchlichen Beziehung schien auf einem mathematischen Prinzip zu beruhen: Innerhalb eines gegebenen Raumes suchten Thorsten und Lore stets den größtmöglichen Abstand voneinander. Wenn Georg alleine mit ihnen spazierenging, überkam ihn die Verzweiflung der Hirtenhunde, da sie sich grundsätzlich in verschiedene Richtungen bewegten und man nicht von der Stelle kam. In der Fabriketage dagegen, in der nur ein kleines Schlafzimmer abgeteilt war und sonst keine Zwischenwände existierten, behielt man den Überblick und wurde von den Grenzen der Außenmauern beruhigt. Erlöst von der Frage, ob er sich einem der beiden anschließen oder die geometrische Mitte zwischen zwei ruhelosen Punkten wahren sollte, blieb Georg auf einem Stuhl des Küchenbereichs sitzen. Zumeist leistete ihm nur einer der beiden Gesellschaft. Dennoch wirkten Thorsten und Lore stets miteinander verbunden. Ihre Bewegungen schienen über einen Geheimsender miteinander koordiniert. Ganz gleich, worüber und wie lange man sich mit einem von ihnen unterhalten hatte – kam der andere hinzu, so verstand er augenblicklich, worum es ging, ganz so, als hätte er keine Minute des Gesprächs verpaßt oder als erhielte er in einem blitzschnellen, lautlosen Scanning-Verfahren die versäumte Information. Sie stritten nie, sie fielen sich nie ins Wort, sie berührten sich auf eine niemals flüchtige, immer respektvolle und zärtliche Weise. Nach herkömmlichen Maßstäben waren sie nahezu häßlich: Thorsten mit seiner Jahrhundertwende-Figur, die füllige, kurzsichtige Deutschlehrerin Lore, die immer atemlos und etwas schwanger wirkte. Georg aber war geblendet von der mathematischen Harmonie ihrer Beziehung. Die beiden adoptierten ihn fast, und noch bevor die Chemikerin anrief, um ihm mit zitternder Stimme zu erklären, daß sie nun wieder alleine sei, sah er sich enormen Anwandlungen von Sentimentalität ausgesetzt und trennte sich von seiner letzten, verheirateten Geliebten, die ihm dafür ein Frühstücksbrötchen an den Kopf warf. Wenn er sich auf den körperlichen Aspekt konzentrierte, dann hatten seine Abenteuer während dieser Zeit im nachhinein das Heilsame, Umständliche und erbärmlich Denunziatorische orthopädischer Maßnahmen. Seine Erinnerung stieß sich plötzlich an einem heraushängenden Tamponfaden, an zellulitischen Symptomen, abblätterndem Nagellack, schwarzen Härchen am Rand einer Brustwarze, an einem zur Abheilung eines Abzesses auf eine Pobacke geklebten Pflaster, an diesem grotesken Hantieren mit Pessaren und Kondomen, das nie besser wurde. Nicht auszudenken, was den Frauen an ihm wohl alles mißfallen hatte! Und interessant: daß von all diesen Dingen kaum etwas in Filmen vorzukommen pflegte, auch wenn man die Arbeiten der Meister betrachtete. Daraus konnte man schließen, daß sich der Film, gemessen an der Jahrtausendarbeit der Literatur, noch immer im naiven Stadium befand, im Feudalismus, wie Godard festzustellen beliebte.

Wieder in den weißen, nach Zitrone duftenden, reizvoll leberbefleckten Armen der Chemikerin, fühlte sich Georg befreit und belastet zugleich. Er sah – wie damals, an Stellas Seite – den Riß, den die vergangenen Monate im unsichtbaren Doppelkörper ihrer Liebe hinterlassen hatten, im vagen Bewußtsein, daß er nicht mehr zu schließen war, weder durch die Treue, die sie sich nun schworen, noch durch die Erinnerung an ihre Anfänge und die sanfte Wiederbelebung oder Wiederbetäubung durch das Chloroform ihres so alltäglichen und doch gelungenen Beginns.

»Ich mache den Fehler, daß ich irgendeinen Sinn in diesen Geschichten suche, die ich in den letzten Monaten hatte«, sagte er zu Hermann. Als habe er im Auftrag gehandelt, anstatt sich nur Genüsse zu verschaffen – oder als müsse er selbst nun diesen Auftrag erfinden, weil er die Unlogik dieser mäßigen Ekstasen und gemäßigten Verletzungen schlecht ertrug. Zum ersten Mal kam ihm der Gedanke des Harems-Cafés, dieses erotischsten und vielleicht auch traurigsten Bezirks des Gedächtnisses, in dem die erfüllten, die abgestoßenen, die bloß skizzierten oder nur erahnten Lieben auf den Tag zu warten schienen, an dem sie fortgesetzt würden in einem anderen, unmöglichen Leben.

»Das hat etwas mit deiner Camille-Geschichte zu tun«, fand Hermann.

»Aber das ist das Schlechteste –«

»Nein, es ist das Wirklichste, was du je gemacht hast. Schick doch einmal dieses Drehbuch über dich und Camille im erbärmlichen K. an eine Fernsehredaktion.«

»Das wäre Selbstmord!« rief Georg. »Und es wäre eine Verachtung für die anderen Frauen!« Er arbeitete eine Zeitlang so erbittert an den Computern des kristallographischen Instituts, daß ihm der Direktor vorschlug, sich auf eine höher dotierte Stelle zu bewerben. Georg lehnte ab und bat, als hätte er die bevorstehenden Entwicklungen absehen können, darum, sich einmal für ein Vierteljahr Urlaub nehmen zu dürfen.

Als im Spätherbst die verstrahlten Pilze auf den Markt kamen, hatte er 15 000 Mark auf seinem Filmkonto angehäuft. Damit ließ sich nichts ausrichten – aber plötzlich traf die Nachricht ein, daß man die Erstellung des schon längst abgeschlossenen Drehbuchs für *Die Reise nach England* mit 20 000 Mark fördern werde, und Thorsten gelang es innerhalb einer Woche, mit nichts als einem von Georg verfaßten neuen Exposé in der Hand, weitere 35 000 Mark an Land zu ziehen. Er hatte einen Filmverleiher kennengelernt, der von seinen Kameraarbeiten begeistert war und einmal den Mäzen spielen wollte.

Sie planten bis in den März des folgenden Jahres hinein an fast allen Wochenenden und in zahlreichen Nächten. Das Budget ließ keinen Fehler zu, keine Schauspielerhonorare, nicht den geringsten Überfluß bei Ausstattung und Material. Ende April hatten sie den Hauptdrehort gefunden – ein wunderbar verstaubtes Eiscafé in Schöneberg – und ihre Bekannten und Freunde einem strapaziösen Casting unterzogen. Jeder half mit Tips und Beziehungen. Die Ausrüstung würde übers

Wochenende geliehen und montags um sieben Uhr dreißig wieder zurückgegeben werden. Lore erklärte sich bereit, die Versorgung zu übernehmen (*Catering* lehnte sie aus germanistischen Gründen ab). Thorsten organisierte eine Maskenbildnerin, einen Beleuchter und einen zweiten Kameramann, die unentgeltlich arbeiten würden. Im Eingedenken an ihre Schülerfilme fungierte Hermann als Regieassistent, Ausstattungsleiter und Teampsychologe zugleich, und zwei frisch promovierte Mathematiker betätigten sich als Kulissenschieber und Dekorateure. Nur in einer Kultur, in der der Film das Opium des Volkes geworden war, konnte dieser kleine Kreuzzug gegen die freien Wochenenden seiner Freunde und Bekannten gelingen, sagte sich Georg, überwältigt von der Begeisterung der anderen. Dennoch erforderte die Arbeit das Überredungsvermögen eines Versicherungsvertreters, das Charisma eines Sektenführers, die fürsorglichen und nutritiven Tugenden der Mutter einer kinderreichen Familie. Am Morgen des ersten Drehtages taumelte Georg gleich nach der erste Tasse Kaffee ins Badezimmer. Danach hatte er keine Zeit mehr, sich zu erbrechen.

Sechs Wochen später wanderte sein Traum, eine lichthungrige, eng zusammengerollte Schlange, eingeschraubt in eine Metalldose, in die Schneidewerkstatt. Mit einer gelassenen sechzigjährigen Cutterin, für deren Einsatz er den letzten Rest seines Budgets opferte, verbrachte er einen Monat in einem abgedunkelten, vom Höllenlärm eines veralteten Schneidetischs erfüllten Studio. Der Tonschnitt war eine Katastrophe, die langwierige und drastische Maßnahmen erforderte. Schließlich ließ die Cutterin den letzten, etwa zehn Zentimeter langen Zelluloidstreifen in die mit einem blauen Klebeband markierte Abfalldose fallen. Georg kam es vor wie das Ende einer fürchterlich langen lebensbedrohlichen Operation, die allein aufgrund glücklicher Zufälle in der allerletzten Phase gelungen war.

»Kommen Sie nächsten Montag wieder. Dann können Sie den Film mit nach Hause nehmen«, sagte die Cutterin. »Wir haben eine Stunde und neunundzwanzig Minuten.«

Ein blendendheller Julinachmittag umfing ihn an der Tür des Studios, unsinnig schön, maßlos verschwendet an die einkaufende und arbeitende Stadt.

Seit drei Jahren hatte er keinen Urlaub im herkömmlichen Sinne mehr gemacht. Vor zehn Jahren war er das erste Mal in Berlin gewesen. Er fuhr einige Stationen mit der U-Bahn. Am Ernst-Reuter-Platz stieg er aus und ging langsam und wie betäubt am Mathematischen Institut der Technischen Universität vorbei, an den Buchauslagen der fliegenden Händler, am Steinplatz-Kino, dessen winziges Keller-Café verschwunden war zugunsten eines großen, wintergartenähnlichen Glasanbaus, eines Café-Restaurants, das zwanzigmal so vielen Gästen Platz bieten konnte. Er dachte an die leidenschaftlichen ersten Semester und an die junge Studentin, mit der er die ersten Berliner Monate gemeinsam verbracht hatte, noch einige Zeit bevor er Maria kennenlernte. Dies ist noch immer die Geschichte Camilles oder die Geschichte Georgs, insofern es sich um die Geschichte Camilles handelt. Also löste er am Bahnhof Zoo eine Fahrkarte nach S., sein ohnehin schon überzogenes Konto weiter belastend, mit der Idee, sich einige Sommertage lang kostengünstig im Garten seiner Eltern zu erholen.

4
Der zweite Garten

NARANJA

Pequeño sol
quieto sobre la mesa,
fijo mediodía.
Algo le falta:
noche.

ORANGE

Kleine Sonne
ruhig auf dem Tisch,
beständiger Mittag.
Etwas fehlt dir:
Nacht.

Octavio Paz, Al vuelo (1)

1

Tag. Schnitt. Nacht. Der Tag als Nacht, die Nacht, diese vier Nachtstunden in K., ausgeleuchtet im perfekten Studiolicht.

»Du hast jetzt einen Film gedreht? Dann bist du ja bald ein berühmter Regisseur und willst nichts mehr von uns wissen«, sagte Camille – leichthin, das rätselhafte letzte Personalpronomen nicht weiter erklärend. Dies ist die Tagnacht eines verworrenen, entspannten oder zu entspannten und deshalb verworrenen Traums. Ein Julimittag. Wieder in der Universitätsstadt, Fußballstadt, US-Army-Garnisonsstadt K. Georg brachte später nicht einmal heraus, ob er oder Camille am Telefon den Vorschlag gemacht hatte, sich erneut in K. zu treffen. Sie umarmten sich einfach. Einfach. Sie saßen mehrere Stunden in einem Garten. Die Zweige der Apfelbäume streiften über die nackte Haut seines Oberkörpers – nein, das ist schon die wirkliche, die helle Nacht. Der unklare blendend helle Sommertag beginnt mit dieser Umarmung und einer raschen Folge von Fragen, Vergewisserungen. Was auf dieser und jener Postkarte gemeint gewesen sei? Stand Camille kurz vor dem Abschluß ihrer Promotion oder hatte sie die Arbeit gerade beendet? Handelte es sich bei ihrem Freund, bei ihrem erneut abwesenden Freund, noch um denselben Mann, der damals seinen Forscherblick aus der bettnahen Halbtiefe des Bücherregals über ihre unruhig schlafenden Körper geschickt hatte? Berührte es Georg nicht angenehm, daß alle Männer in Camilles Leben verschwanden, wenn er Camille traf, so als gäbe es nur ihn, und hatte sie ihn niemals in Berlin besucht, weil sie ahnte, daß er seine Frauen nicht auf die gleiche Art beseitigen konnte oder hätte beseitigen wollen?

»Deine vorletzte Adresse fand ich sehr interessant«, sagte er. »Es klang fast wie Krähwinkel.«

»Es war ein sehr kleines Dorf.«

Er würde sich einmal bemühen, die Sekunde der einfachen Umarmung in vierundzwanzig Einzelbilder zu zerlegen, auf der Suche nach dem fatalen Augenblick, der ihm so vieles erklären könnte, hätte es ihn wirklich gegeben. SIE IST ES! mußte in jenem Augenblick eine untrügliche, alles gestehende Instanz in seinem Gehirn oder Stammhirn oder irgendeiner anderen neurologisch bedeutsamen Region (sprachen sie über Camilles Fachgebiet?) ausgerufen oder wenigstens gemurmelt haben, um im nächsten Sekundenbruchteil diese Erkenntnis stillschweigend und wie spurlos zu speichern, bevor das Bewußtsein den erinnerlichen und scheinbar ersten Kommentar zu jenem Wiedersehensbild schrieb. Er sah Camille, neunundzwanzigjährig, in Jeans und einem weißen Pullover, der ihr wieder auf die Schultern fallendes glänzendes Indianerhaar und ihren rötlichen Teint zur Geltung brachte. Er spürte eine Art freudiger Verblüffung darüber, wie sehr sie noch immer der Vierzehnjährigen glich, die er einmal in nahezu der gleichen blendenden Sonne unter dem Wehrturm in S. umarmt hatte. Sie küßten sich auf die Wangen, nicht unbedingt hastig. Als sie sich voneinander lösten, verglich und taxierte er sie ohne Rücksicht auf ihre gemeinsame Vergangenheit, schon so weit vom fatalen Augenblick der Erkenntnis entfernt, daß er sich unmöglich vorstellen konnte, ein Jahr zuvor beim Renovieren in Hermanns Wohnung ihrem nackten Dämon zum Opfer gefallen zu sein. Ein hübsche, eine eigenwillig hübsche Frau. Etwas zu breit in den Schultern. Auf langen kräftigen Beinen. Ein leicht exotischer Gesichtszug, eher mestizen- als indianerhaft. Der weite Pullover, den sie trotz der Hitze trug, als Anzeichen einer gewissen Verschämtheit oder eines scheu tuenden Stolzes, der die genaue Form ihres Oberkörpers und ihrer Brüste verhüllte. Die Augen etwas kleiner, als er sie aus dem Gedächtnis gemalt hätte, eine Täuschung, die sich womöglich auf das dunkle Braun der Iris zurückführen ließ, eine wirkliche Kastanienfarbe mit einem Schimmer ins Bläuliche und dem Vermögen, durch winzige Farbveränderungen den Eindruck eines stillen Brennens hervorzurufen. Ungewöhnlich weiße, auch im hellen Licht nicht transparent wirkende Zähne. Wollte man ihr eine gewisse Majestät andichten oder eine gewisse – nun, nicht eben Plumpheit, nicht eben Fülle, vielleicht eine durch ihre Körpergröße bewirkte stille Laszivität des Überflusses … Punkt. Es war eben Camille, fast wie er sie schon immer gekannt hatte, und mit diesem Urteil, das dafür sorgen sollte, daß ihm bei jedem weiteren auf sie gerichteten Blick nichts mehr zustieß, begann der Schlaf dieses Nachtmittags und Nachtabends.

»Ich bin mir nicht einmal sicher, ob ich sie von S. aus angerufen hatte oder sie mich in S. angerufen hatte, weil sie wußte, daß ich dort sein würde«, erzählte Georg Jahre später seiner Frau.

»Du hast sie angerufen, ganz sicher du.«

»Weshalb?«

»Weil sich wieder etwas in deinem Leben verändern sollte.«

»Ich weiß nicht. So etwas kann man doch nicht vorhersehen«, sagte Georg, und seine Frau widersprach und hätte noch mehr widersprochen, wenn er ihr die vier wahren Nachtstunden dieser Begegnung jemals aufrichtig geschildert hätte.

Einige wenige Sätze nach der Umarmung sind klar erkennbar. Der Renault war schon lange verkauft. Das neue Auto kam nicht zum Einsatz, weil Camille nun in der Altstadt lebte, wenige Gehminuten vom Bahnhof entfernt – in einer *Gemeinschaftswohnung*, wie sie sehr entschieden erklärte. Ihr Mitbewohner, nur charakterisiert durch die Auskunft, daß er Vollwertkost bevorzuge, verschwand sogleich, denn er war auf Reisen. Krähwinkel erneut. Wie viele Einwohner hatte das Kaff?

»Vierhundert.«

»Wie bist du dahin geraten?«

Der Leiter ihrer unverdrossen stabheuschreckenorientierten Arbeitsgruppe besaß ein Haus in jenem »landschaftlich wunderbar« gelegenen Dorf.

»Und weshalb bist du dann wieder in die Stadt gezogen?«

Menschlich enttäuscht habe sie der Mann, erklärte Camille. Georg starrte einige Sekunden lang auf den wunderbar dichten Vorhang dieses Bescheids, der daraufhin durchsichtig wurde. Er sah ein Haus mit spitzem Ziegeldach am Saum eines Waldhügels, zunächst von oben wie in der Landschaft einer Modelleisenbahn. Es wurde Nacht, und in den schmalen Schneckenhausgängen aus dem 19. Jahrhundert hechelte ein mittvierzigjähriger Heuschreckenforscher, bärtig und nackt, den elften Finger wie ein Satyr erhoben, der menschlich enttäuschten Camille hinterher, kaum daß diese dem Bade entstiegen war. Ein mit naturkundlichen Motiven bedrucktes, viel zu kleines Handtuch vor die Brust gepreßt, stürmte sie an dem Heuschreckenforscher vorüber (seine zurücktaumelnde, leicht angefettete

Blässe und, nur kurz, wie ein Fischbauch aufblinkend, ihre schaumbeflockte Leiste), hinaus auf das grün gefärbte Sägemehl unter das Licht der 2-Volt-Lampen entlang der Bahnstrecke. Winzige Kunststoffhunde kläfften. Der Kieselsand, der für Schotter zu gelten hatte, riß Camilles verkleinerte Füße auf. Eine Schonung mattglänzender Polyester-Tannen bot sich der Verfolgten als Schutz an, Rettung aber erst in Gestalt des Zinnritters Georg, der wie ein düsterer Keil das Dach des Bahnhofs überragte. Wie ein Falke sprang die kreischende Camille auf seinen behandschuhten Schwertarm, und er trug sie davon, ihre duftende nasse Haut bewundernd, in stiller Vorfreude auf ihre wunderbar genau miniaturisierten Körperteile. Ende des Skripts und wieder zurück in die helle Dunkelheit des maßstäblich einwandfreien Julimittags zwischen den Sandsteinmauern der Altstadt. Dadurch, daß er das Drehbuch dieser Begegnung geschrieben hatte, erschien ihr letztes Zusammentreffen in K. künstlich und verkleinert wie diese Modelleisenbahn-Phantasie. Wenn er Camille jetzt ansah, verspürte er die Irritation, die entsteht, wenn man einen bekannten Schauspieler im wirklichen Leben antrifft. Camilles Sozialbauwohnung, die Spaziergänge entlang des Kriminalmuseums und über den Campus, die Nacht, die sie in inniger Fremdheit miteinander verbracht hatten, schienen eingeschlossen in den Bernstein der historischen Drehbuchseiten. Er selbst schien zu seiner Figur Johannes geworden, einem unreifen Poeten, den es heftig im Schwanz und im Gehirn gejuckt hatte, bevor er die Methode gefunden hatte, sich zu kratzen. Wenn sie sich jetzt anlächelten und entspannt über das Wetter sprachen, dann war ihnen, wie dem unverhofft in der Wirklichkeit auftauchenden Schauspieler, nicht so einfach zu glauben.

»Ich muß noch etwas erledigen«, sagte Camille – als wolle sie sich genau an dieser Stelle gegen die Verfilmung oder Virtualisierung des letzten Besuchs wehren. Die Dringlichkeiten (Telefonate, in der Universitätsbibliothek abzugebende Bücher, umzuschüttende oder zu erneuernde physiologische Nährlösungen – dieses Bündel von Abwehrmaßnahmen, die sie damals ergriffen hatte) beschränkten sich nun jedoch auf etwas rasch Einzukaufendes: »Hier, in der Drogerie. Nur eine Dose Katzenfutter.«

Für Nabokovs Katze? An ihrer Seite, erfreut über die profane Gesellschaft von Clopapierrollen, Zahnpastatuben, Pyramiden von After-shaves und Barren mit gepreßter Hamsterstreu, wurde ihm bewußt, daß nicht nur er, sondern daß sie beide den Originalstreifen *Georg und Camille in K.* gesehen hatten und nun, nachdem das Remake angelaufen war, darauf reagierten. Sie hatten sich umarmt und geküßt, statt sich wie damals nur scheu und nahezu feindselig zu begrüßen. Camille versicherte ihm, daß sie an diesem Tag, den Kauf von 425 Gramm Wildkaninchenragout ausgenommen, keine weiteren Verpflichtungen habe. Er selbst, bestärkt noch durch das schlechte Drehbuchschreibergewissen, das diesen einen Tag ihrer gemeinsamen Wirklichkeit gestohlen hatte, wollte es dieses Mal besser machen, auch wenn er nicht genau wußte, wie. Sein Film war schließlich gedreht. Als Camille an der Kasse der Drogerie zahlte und eine humorige Bemerkung machte, berührte er mit geschwisterlicher Zärtlichkeit ihre Schulter, wohl um seinen Dank dafür zum Ausdruck zu bringen, daß sie einmal die undankbare Rolle einer sterilen, seine Phantasie bis zur Erkenntnis seiner Bestimmung überhitzenden Muse übernommen hatte. Es stand fest, daß sie kein Wort mehr über das Eiscafé verlieren würden.

Der Garten. Der vordere Garten, denn es gab noch einen zweiten, auf der Rückseite des dreistöckigen Mietshauses, von dem Georg erst nach Mitternacht erfahren sollte. Blumen- und Gemüsebeete stießen an das Rasenstück vor der Veranda der hellen geräumigen Erdgeschoßwohnung, die Camille und ihr verreister Mitbewohner teilten.

Auf dem Weg durch den Flur zur Küche hatte Georg Impressionen eines mit wenig Mitteln, aber durchgängiger Absicht verwirklichten Landhausstils mit Grünpflanzen, Tonkrügen, Holzregalen, ausgesuchten Fotografien, in der erst auf den zweiten und dritten Blick rätselhaft unangenehmen Machart der Nature-shops. Er hielt sich zurück. Niemand konnte dem Interieur entrinnen, und Camille schien hier doch viel weiter als in der Neubauwohnung an die gewisse Ursprünglichkeit herangekommen zu sein, die ihrer indianischen Herkunft entsprach. Auch der Rauch ihrer Zigaretten, der die komplexen gemeinsamen Nebelmuster vor den Escher-Grafiken ausgesponnen hatte (nirgendwo war eine Escher-Grafik zu sehen), paßte nicht mehr ins Bild. Camille hatte das Rauchen aufgegeben, und sie bat Georg, nur im Garten zu rauchen. Es war wohl noch nicht der Garten ihrer Träume (Was träumte sie?), da er noch von anderen Mitbewohnern genutzt wurde, offensichtlich zu allen Giften und Linearisierungen fähigen Kleingärtnern, die den Kulturgedanken des Parks oder gar verwilderten Parks jederzeit der Faßlichkeit eines Treibhaus-Salatkopfes geopfert hätten. Während sie Kaffee (Georg) und Früchtetee tranken, überkam sie die Harmonie der glücklichen Fügungen, also der Schlaf, anhaltend für zwei oder drei Stunden eines infolgedessen nahezu vollständig aus der Erinnerung gelöschten Gesprächs.

Bis zu jenem Baumwipfelereignis, das schon das Ende des Kaffeetrinkens einleitete, blieben ihm nur einige Sätze über den einige Zeit zurückliegenden Tod von Heinrich Böll haften. Georg erzählte noch von dem einen Monat zuvor veranstalteten Rockkonzert vor dem Reichstag, das die Ostberliner Jugendlichen an den Rand der Mauer gelockt hatte, wo sie von Absperranlagen, Schlagstöcken und Greifkommandos der Volkspolizei erwartet wurden.

»War das jetzt gedankenlos oder zynisch, Lautsprecher aufzustellen, die extra den Osten beschallten?« fragte Georg. »Und kurz darauf stellt sich der Westernheld Reagan vor die Mauer und verkündet, daß sie nicht mehr lange halten werde!«

Es war ein unpassendes Thema, erschreckend von diesem Garten aus, irreal anmutend, Dinge berührend, denen man ausgesetzt war und von denen man jedesmal wieder verschont blieb, abgesehen davon, daß selbst in den Wäldern um K. die bevorstehende Pilzernte mit Geigerzählern untersucht werden müßte, im zweiten Herbst nach Tschernobyl.

»Da ist sie ja endlich!« rief Camille, als eine große graue Hauskatze zwischen den Korbsesseln auftauchte, in denen sie sich gegenübersaßen, getrennt von einem niedrigen runden Tisch. Georg hatte noch immer nicht die Chemikerin dazu bringen können, ihm den Titel für das Drehbuch zu erklären. Die Katze strich um seine Beine und wollte dann an Camilles Korbsessel vorbeilaufen. Dort aber fing sie eine zielsichere Hand und hob sie empor.

»Sie streunt den ganzen Tag herum«, sagte Camille besorgt.

Schon die energische Fangbewegung hatte Georg verblüfft. Die gläserne Sommerluft zwischen ihnen, widersinnig durchzogen von kleinen Mücken und den Rauchgespinsten seiner Zigaretten, war ihm die ganze Zeit so undurchdringlich erschienen, daß er fast glaubte, mit den Fingerknöcheln wie an einen Bildschirm klopfen zu können. Nun trennte sie plötzlich nichts mehr. Er hoffte nur, daß sie ihm nicht ansah, wie sehr ihn die Minute berührte, in der sie den grauen, schlaff über ihrer Hand hängenden Körper der Katze drehte und begutachtete. Er verabscheute Symbole in der Kunst. Aber dieser souveräne ironische Gebrauch, den das Leben im blendenden Cinemascope des Nachmittags von der Katze machte, entwaffnete ihn. Das Tier hielt still wie ein Kind, das die Vergeblichkeit jeder Gegenwehr während einer Attacke mütterlicher Fürsorge begriff. Seine Haare auf dem weißen Pullover Camilles hinterlassend, starrte es anscheinend auf den gleichen Punkt im Unendlichen, den Ayshe in ihrem Todeskäfig fixiert hatte. Katzen wurden nicht mit an den Strand genommen. Indianer hatten keine Katzen. Weshalb dachte er das? Camilles Hände, deren Schönheit wieder schmerzlich auffiel, schienen ihm zu bedeuten, daß lebendige Dinge in ihnen ungleich besser aufgehoben waren als in den seinen.

»Meine Katze ist gestorben«, sagte er. »Schon vor einem Jahr.«

Camille nickte betrübt und ließ ihre Katze zu Boden schweben. Um Benimm zu zeigen, stolzierte die Katze schnurgerade auf einem Gartenweg dahin. Ein unverdächtiger Bummel durch ein Karottenbeet schloß sich an. Dann aber, in sicherer Entfernung von Camille, spannte sich ihr Körper wie ein zitternder grauer Muskel. Mit einem Satz katapultierte sie sich an den Stamm einer hohen Buche, klebte dort für eine Sekunde, um darauf im gleichen Augenblick die Vorderkrallen zu lösen und sich mit den Hinterbeinen abzustoßen. So erreichte sie den ersten Ast, von dem aus das Klettern leichtfiel. Immer weiter, im Uhrzeigersinn, elegant, als liefe sie eine Wendeltreppe empor, schnellte sie hinauf, bis sie den Wipfel erreichte. Hier erst wurde sie vorsichtig, am Ende eines gerade noch armdicken Astes, der sich unter ihrem Gewicht bog.

»Mein Gott, ich glaube, sie kommt nicht mehr herunter!« rief Camille. »Das hat sie noch nie gemacht!«

Der Baumwipfel schaukelte in einer gleichmäßigen Schwingung.

»Was sollen wir tun? Wir können ihr doch nicht nachklettern!«

»Sie weiß schon, was sie tut«, sagte Georg. »Wahrscheinlich sitzt sie öfter da oben, wenn du gerade nicht zusiehst. Außerdem kann sie auch aus dieser Höhe fallen, ohne sich zu verletzen.«

»Aber das sind fast zehn Meter! Es hat schon Katzen gegeben, die sich die Beine gebrochen haben«, versicherte Camille.

Lange Minuten wiegte sich die Katze in der Baumkrone, außerstande, die Krallen zu lösen, aus Angst hinabzustürzen – wie Camille annahm –, wie auf der Spitze eines Strohhalms auf dem äußersten Ende der Welt frei unter dem Himmel schwingend – ging es nach Georgs Interpretation. Er dachte an die Bank in den Weingärten, sah wieder die Kirschblüten vor sich und erinnerte sich sogar noch daran, was für ein Gefühl es gewesen war, als er mit dem Absatz eines Schuhs auf das Holz klopfte und die Erschütterung sich durch seinen summenden Hinterkopf fortpflanzte.

»Da, jetzt hat sie's geschafft!« rief Camille.

Ich kenne sie nicht, ich habe sie noch nie gekannt, dachte Georg. Während Camille ohne Anzeichen von Widerwillen die Katzenhaare aus ihrem Pullover zupfte, sah er siebenhundert Kilometer weit durch die Wände des Schöneberger Mietshauses, in das er im vergangenen Winter gezogen war. Zwei schmale Zimmer, ausgelegt mit einem nüchternen blauen Kunststoffboden. Keine Pflanzen. Metallregale, ein Ledersofa. Zwei Schreibtische mittlerweile, weil er es haßte, aufgeschlagene Bücher und Zeitschriften wegräumen zu müssen. Durch eine gewisse Kargheit dem Eindruck von Chaos vorbeugend, aber alles doch werkstattähnlich, erfüllt von der Unruhe wartender, bereitliegender Instrumente. Er erschrak, weil er mit einem Mal das Gefühl hatte, ein Gast betrete diese Wohnung, und er müsse augenblicklich zurückkehren, um durch seine vermittelnde Anwesenheit dafür zu sorgen, daß dieser Gast sich wohl fühle.

»Um was geht es eigentlich in deinem Film?« fragte Camille.

»Um nichts Besonderes. Es sind nur kleine Bilder. Eine Alltagsstudie, wenn du so willst.«

Camille nickte verständnisvoll. »Und das hat 70 000 Mark gekostet?«

2

Als sie zum Abendessen ins Stadtzentrum schlenderten, fiel Georg auf, daß ihn Camille einige Male neugierig von der Seite her ansah. Es gefiel ihm. Vermutlich war es der gleiche Blick, mit dem er sie zu studieren pflegte. Worüber sie während des Gehens redeten, verschwand in den seltsamen Weißen Löchern dieser Begegnung, spezifischen Gedächtnislücken, in denen sich auch das Bild der abendlichen Straßen auflöste, durch die sie gegangen sein mußten. Auch das Restaurant, in dem sie dann aßen – oder hatte Camille gar etwas gekocht und waren sie erst nach dem Essen ausgegangen? –, existierte nicht mehr. Die Kneipe mit den langen niedrigen Holztischen, an denen man sich die Knie stieß, hielt sich wohl vermöge dieser periodisch auftretenden Unannehmlichkeit im Bewußtsein. Der Gastraum wollte eine Bar sein und war furchterregend rustikal; indessen durfte Camille nicht unterstellt werden, daß ihr das Interieur gefiel. Sie hatte ihr natürliches Indianerleben mit Garten und Haustieren begonnen, gab nichts auf die städtische Szene und betrachtete Georgs nervöse Raucherei mit leiser Mißbilligung. Im Lauf ihrer Unterhaltung wurden keine Untertitel eingeblendet. Da Camille die stummen Präventivmaßnahmen, die den ersten Besuch vergiftet hatten, vollständig unterließ und weder über Beziehungen noch über Vergewaltigungen meditierte, ging Georg davon aus, daß sie entschlossen war, nicht mit ihm zu schlafen. Er unterschrieb diesen Pakt, der die unversöhnte Nachtseite ihrer Freundschaft zuverlässig zu versiegeln schien. Entspannt saßen sie sich gegenüber, tranken und erzählten. Der Preis dieser Entspannung war die gewisse Beliebigkeit und Belanglosigkeit, die ihre Sätze, kaum waren sie ausgesprochen, den Löschprozeduren der Erinnerung zur Verfügung stellte. Als sie schon daran dachten, aufzubrechen, erwachten sie kurz aus dem Schlaf. Sich der Postkarten erinnernd, mit denen sie immer in Verbindung geblieben waren, kamen sie auf ihre Urlaube zu sprechen. Georg mußte eingestehen, daß er in den vergangenen Jahren wenig von der realen Welt gesehen hatte, ausgenommen illustre Filmfestival-Orte wie Oberhausen, Rotterdam und Saarbrücken.

»Nun ja, ich war ja auch noch nicht in Australien«, tröstete ihn Camille. »Es passiert eben nicht immer das, was man sich vornimmt.«

»Und das, was passiert, kann etwas anderes werden, als es werden sollte«, sagte er. »Als Wissenschaftlerin müßtest du jetzt aufhorchen. Wir sind jetzt bei dem Zusammenhang von Gesetz und Ereignis.«

Mit einem Mal fand er dieses kleine Erschrecken und das Flämmchen gerade noch sichtbarer Skepsis in ihren Augen wieder, das aus den unseligen Caféaufenthalten ihrer frühen Tage stammte. Das will ich doch aber mal sehen, dachte er. Was würde sie denn jetzt, als promovierte Biologin, mit einer Dosis Theorie im Alltagsleben beginnen? »Gesetz und Ereignis – wenn man das in Fleisch und Blut überführt, in unser Fleisch und Blut, dann wäre das vielleicht der Zusammenhang von Lebensform und Konkludenz«, sagte er, rasch nach einer Zigarette greifend. »Im Studium hat man uns trainiert, formale Apparate zu durchschauen, Kalküle, die aus Axiomen, Prämissen und streng abgeleiteten Sätzen bestehen. Der Sinn eines Satzes ist immer logisch begründbar und wird durch Rückführung auf die Grundannahmen erwiesen. Nun fragt es sich, wie es aussieht, wenn man sein eigenes Leben auf die gleiche Weise betrachtet, es sozusagen unter den logischen Zugzwang stellt.«

»Muß man das denn tun?«

»Versuchen wir's«, schlug er vor. »Ich denke, jeder bemüht sich, eine Lebensgeschichte zu realisieren, die auf eine bestimmte Weise einen Sinn ergibt. Man wünscht sich, daß das Leben aufgeht. Nicht unbedingt wie eine Gleichung, aber doch ganz ähnlich.«

»Es passieren viele Dinge, die keinen Sinn ergeben, oder?«

»Gewiß. Aber gibt man sich damit zufrieden? Die Leute arbeiten fortwährend an ihrem Leben, sie machen sich eine Geschichte, sie interpretieren das, was vorgefallen ist. Manchmal erscheinen sinnlose Erlebnisse im nachhinein notwendig, sie werden brauchbar oder sie werden brauchbar gemacht. Dann fügen sie sich in das Gesetz, ob das nun stimmt oder eine gezielte Geschichtsfälschung ist. Wenn du deine Erlebnisse in Kategorien einteilst, hast du zwei Hauptsparten –«

»Die sinnlosen und die interpretierten.«

»Ja, und das sind beides nicht die interessanten.«

»Sondern?«

»Ich finde die dritte Kategorie am reizvollsten. Das, was man nicht oder noch nicht auflösen kann, aber einen gerade deshalb in Unruhe versetzt. Dinge im Schwebezustand, die sich nicht einordnen lassen, aber ein Verlangen danach haben. Ich nenne das die *Nebensätze*«, sagte Georg vergnügt. »Die Nebensätze im Leben. Sie haben eine eigene, unvollständige Grammatik. Bestimmte Menschen in deinem Leben fungieren zum Beispiel als Nebensätze. Sie machen dir vielleicht einen ganz anderen Menschen, der dir viel näher steht, verständlich. Wenn du Glück hast. Es kann aber auch sein, daß der zugehörige Hauptsatz, mit dem zusammengenommen sie einen Sinn ergeben würden, gar nicht auftaucht oder daß du ihn nicht verstehst. Es ist so eine Art Halb-Konkludenz da, du spürst eine Bedeutung, kannst sie aber nicht vollständig bestimmen. Es kann vorkommen, daß dich solche Nebensätze verfolgen, daß sie dich nicht mehr loslassen, gerade weil du nicht herausbringen kannst, weshalb.«

»Vielleicht hättest du doch Mathematiker bleiben sollen«, versicherte ihm Camille gähnend – und Schnitt. Unrühmliche Tatsachen, wie etwa die, jemanden gelangweilt zu haben, erforderten die vierte Kategorie der Erinnerung, die Sparte der Repression, die verstümmelte, unterdrückte und vergaß.

Auf dem Rückweg – wiederum gingen sie durch ungenau skizzierte Straßen, sie überquerten einen dunklen Platz, sie verschwanden für zehn Minuten vollständig aus dem Bild – sprachen sie dann kurz über ihre jeweiligen Partner. Das heißt, Camille stellte einige, leider versunkene Fragen und erhielt knappe Auskünfte über die Chemikerin; Georg stellte eine einzige Frage und gab sich mit einer hastigen Auskunft zufrieden, der er entnahm, daß Camille erneut den Forscher gewechselt hatte, anscheinend innerhalb des biologischen Fachs, aber auch das war schon Monate her. Im Umfeld dieses Dialogs erhellte und präzisierte sich kurzzeitig die Szene und ihre atmosphärischen Bedingungen. Die Schaufensterscheibe eines Kaufhauses tauchte auf, darin lagen mit Bikinis bekleidete Puppen neben einer Reihe aggressiv und windschnittig anmutender Rasenmäher. Ein beleuchteter Stand mit italienischem Speiseeis fügte sich an, vor dem Passanten in kurzen Hosen und bunt bedruckten T-Shirts standen. Die Luft war noch immer sehr mild, nein, warm eigentlich, und wenn man es genau nahm, dann hatte sich die gestaute Hitze des Tages in ein mediterranes, sinnliches, dunkelsamtenes Fluidum mit träge dahinschwebenden euphorisierenden Partikeln verwandelt. SCHNITT. Nein: Davor dieser eine und erste von zwei nächtlichen Augenblicken, in denen er so etwas wie eine vollkommene Widerstandslosigkeit aus Camilles Richtung verspürte. Sie reichte ihm seine Eistüte, die sie gehalten hatte, während er zahlte, und ihre Fingerspitzen berührten sich für einen langen Augenblick ohne Verlegenheit. »Gibt es hier irgendwo einen See? Wir sollten baden gehen«, hätte er fast gesagt, und Camille wäre dann wohl mit ihm gegangen. Was ihn davon abhielt, sie zu fragen? Die Ahnung einer Zukunft, auf die er nicht hatte verzichten wollen. Diese schlanke, zartgliedrige Frau in der Zukunft, die er schon einmal an Camilles Seite zu sehen vermeint hatte, in jener Nacht des Schiff- und Ozeantraums. Das Zusammenfallen eines zufällig entstehenden Wunsches mit einer späteren Tatsache ergab die Konkludenz einer romantischen Geschichte, die sich einbilden konnte, die Zeit durchbrochen zu haben. Es würden zwei verschiedene Frauen sein, und dies hatte er nicht gedacht. In dem Augenblick, in dem er die flüchtige Nachgiebigkeit Camilles spürte, einen schmalen Riß in der Mauer der Unaufrichtigkeit, war es womöglich folgerichtig, genau an das Gegenteil zu denken, das nie in sein Leben treten konnte, wenn er Camille verfiel. Und doch: diese erstaunliche Präzision! Diese wie schon verfilmte, nur noch nicht aufgeführte Zukunft: gemeinsam nackt im Meer schwimmen, wie aufgelöst im karibischen Smaragd; eisleckend durch eine Nacht in Athen gehen; deine staubgeschwärzten nackten Zehen in den Sandalen, abends, auf dem Rand eines Brunnens auf dem Campo dei Fiori; ein Tisch unter Olivenbäumen, auf dem eine Kerze flackert; die Liebe unter einem weißen Moskitonetz, zwischen scharrenden großen Ventilatoren. SCHNITT.

3

Das Badezimmer der Altstadtwohnung. Hell und geräumig. Weiße Flächen und Naturholzblenden. Glasgefäße. Auch hier hingen getrocknete Blumen, zu Sträußen gebündelt, an weiß gekalkten Wänden. Pflanzenkadaver, dachte Georg. Er putzte lange die Zähne, da er mit der Aussicht, in eine nikotinfreie Wohnung zu geraten, in der Kneipe und auf den Straßen zuviel geraucht hatte. Putzten die Sioux ihre Zähne? Mißtrauisch betrachtete er einen Glasbecher, in dem ein ausgefaserter Rasierpinsel stand. Siegfried, der Mitbewohner. Er überlegte, ob er über die Chemikerin etwas gesagt hatte, dessen er sich schämen mußte, hätte sie es mit angehört.

»Ich habe dir meinen Schlafsack auf das Sofa im Zimmer von Siegfried gelegt. Gute Nacht«, erklärte Camille ruhig, als er aus dem Bad kam.

»Vielen Dank. Bis morgen früh.«

Sie zögerte, dann faßte sie doch den Mut. »Siegfried ist ebenfalls Nichtraucher.«

»Natürlich. Schlaf gut.«

Irgendein Zimmer. Bücherregale wie in Studentenbuden. Von rechts her das matte Funkeln einer Stereoanlage. Ein Schreibtisch, daran gelehnt ein gepflegtes Rennrad (*Rennrad*, dies ist noch nicht die Mountainbike-Ära, verehrte Requisite!). Eine Stehlampe erhellt ein Sofa, auf dem ein zerknitterter Schlafsack in Mumienform ausgebreitet ist. Im Jahre 2007 würde Georg einmal erklären müssen, daß die geringe Anzahl der Wörter in einer Regieanweisung keine Einladung bedeute, »über sie herzufallen und nach Belieben niederzuknüppeln! Zer-knittert! Das heißt nicht weniger und nicht mehr, als daß es sich um einen zerknitterten Schlafsack handelt, einen grünen, roten, blauen, was Sie mögen, aber eben um einen zerknitterten! Haben Sie doch Mitleid mit den wenigen wichtigen Sätzen!« Aber das komplizierte Zusammenspiel eines der hochoptimierten Herzschrittmacher des frühen dritten Jahrtausends mit den natürlichen Adrenalinausschüttungen lag noch ganz in der Schwärze der wieder unausdenklich gewordenen Zukunft. Georg erkannte den Schlafsack Camilles an dem Etikett seitlich der Kapuze wieder; ihre erste gemeinsame Nacht in dem Abrißhaus streifte kurz und unangenehm seine Haut wie der Flügel eines Falters im Dunkeln. Er schüttelte den Kopf, zog sich bis auf die Unterhose aus und öffnete den Reißverschluß des Schlafsacks. Das Daunenfutter verströmte den üblichen matten Schweißgeruch der im Gebrauch befindlichen Schlafsäcke. Es kostete Überwindung, die nackte Haut darin zu verschließen. Die Vorstellung, daß es wohl vor allem Camilles Körper gewesen war, der den unspezifischen Geruch verursacht hatte, erleichterte und erschwerte die Sache. Eine bloße Unbekümmertheit, die zu einer fast Dreißigjährigen, die einen Gast beherbergte, nicht mehr so recht paßte, erschien aber wahrscheinlicher als der Gedanke einer stellvertretenden Inkorporation, dessen Subtilität und wohl auch Deutlichkeit in zweiter Hinsicht Camille so wenig anstand wie das Auffinden des notorischen Ventilstutzens der Basketbälle. Er hatte sie gar nicht gefragt, ob sie den Sport noch ausübe. Es war viel zu warm, um den Reißverschluß zu schließen. Nachdem er sich, halb in der knisternden Vagina steckend, auf die linke Seite gerollt hatte, horchte er für einige Sekunden in den Flur. Camille schloß die Badezimmertür. Sie räusperte sich, dann hörte er zögernde Schritte. Plötzlich war er sicher, daß er aufstehen, in Camilles Zimmer gehen und die Decke über ihrem Bett aufschlagen konnte, ohne Widerspruch zu ernten. Dieser zweite Augenblick vollkommener Zuversicht wurde nicht durch die Vision einer Zukunft unterbrochen, sondern dadurch, daß er ihn als reine und eitle Phantasie entwertete. Aber selbst wenn es möglich gewesen wäre, was hätte ihn wohl erwartet? Im Dunkel des Wigwams, eine Verrichtung unter Bärenfellen. Als Zeichen am nächsten Morgen nur der stumme Vorwurf, das Kriminalmuseum in ihren braunen, vollkommen unschuldigen Augen. Weiß verlor. Alte Geschichten, dachte er. Sie standen in seinem zerfledderten Drehbuch, abgetan, ohne Zusammenhang zum tatsächlichen Leben.

Einige Schlafsekunden? Ein kurzes Eintauchen in die Bewußtlosigkeit? Er hörte ein Poltern, ein Klirren und Quietschen. Aber schon hatte er diese Geräusche zu der Vorstellung eines Schuhs geordnet, der versehentlich gegen die Wohnungstür stieß, eines Schlüsselbundes, den Angeln der sich öffnenden Tür. Zielsichere Schritte. Kein Verharren vor seinem Zimmer. Also war es nicht Siegfried, sondern Camilles gesichtsloser Freund, der neue Forscher, der an seiner Habilitation schrieb. Die Tür nebenan wurde aufgestoßen. Camille rief etwas, hoch und laut. Gleich darauf kam die Antwort in gedämpftem Bariton. Rasch senkten sich die Stimmen. Wieder das Einschnappen einer Tür, und das Duett entfernte sich noch weiter.

Camille hatte nicht die leiseste Andeutung gemacht, daß ihr Freund sie in der Nacht besuchen käme. Rechnete sie stets damit oder war sie – darauf deutete die anfängliche Lautstärke hin – selbst überrascht worden? Georg mußte sich eines unsinnigen Schuldgefühls erwehren, und er atmete erleichtert auf, als hätte es wirklich eine reelle Chance gegeben, mit oder wenigstens bei Camille ertappt zu werden.

Eine Viertelstunde später erstarb das Gemurmel nebenan. Er hatte die Zeit in einem Zustand erregter Lähmung verbracht, widerwillig, aber angestrengt lauschend, ohne ein Wort zu verstehen. Noch immer klopfte sein Herz außerordentlich schnell. Im Halbdunkel des Zimmers sah er seinen freigelegten Oberkörper, blaß und wehrlos, aufgebahrt wie für eine Operation. Idiotisch. Dann hörte er ein erstes unterdrücktes Seufzen. Er hatte es kommen sehen. Das fehlte noch. Oder? Täuschte er sich? War es nicht das alles durchdringende Herankriechen einer fremden Lust? Dieser Herzaffe hinter seinem Rippenkäfig! Bitte nicht! dachte er, flehentlich, lächerlich flehentlich. Wütend richtete er sich auf. Es war still. Auf Siegfrieds Computermonitor verschwand ein Lichtreflex. Die Bücherregale und das an den Schreibtisch gelehnte Fahrrad erschienen vor einem neuen, düsteren Untergrund, spärlicher und raffinierter konturiert, in der Manier Rembrandts. Jemand mußte im Hinterhof ein Licht in der Nähe seines Fensters ausgeschaltet haben.

Der zweite Seufzer, unverkennbar real, war langgezogen und tiefer. Er endete in einem freudig schockierten Ausruf, als habe jemand einen Wundverband abgerissen und darunter sei alles ganz hervorragend verheilt. Meine Güte, hatten sie sich schon länger nicht mehr gesehen? Noch einmal ein Schmerz-Lust-Seufzer, getragener, einige Sekunden entschieden nachwimmernd. Das war nicht unbedingt fair. Aber auch nicht verboten. In jedem Falle wirksam, und so hielt ihn Camille erneut gefangen. Dieses Mal suchte sie auch die Herrschaft über seine Phantasie. Mit einem Film war ihr nicht mehr beizukommen. Er streifte den Schlafsack von sich, stand auf, suchte in der Tasche seiner über einen Sessel geworfenen Hose nach den Zigaretten. Gurrende und kollernde Seufzer in der Kategorie balzender Tauben. Sehr eindrucksvoll. Siegfried der Nichtraucher hatte ihm seine Folterkammer überlassen. Hier lag er in zahllosen

Nächten, an seiner makrobiotischen Karotte fummelnd, während nebenan die Walküre ritt. Schon besser! Rein gedanklich schon besser! – Aber nicht gut genug, um kalt oder wenigstens kühl lächelnd die nächste Kadenz zu ertragen. Sein Blick irrte durch das Rembrandt-Umbra des Zimmers, suchte, suchte – wonach? Nach Siegfrieds Hantel, um einen Schädel zu zertrümmern. Nach Siegfrieds Kondomen. Nach Siegfrieds Papiertaschentüchern, die den heftigen weißen Blutstrahl seiner Qualen auffingen. Camille ächzte, stöhnte, ihr Körper schien von nie zuvor empfundenen Sensationen überwältigt, für die sie neuartige extreme Laute finden mußte. Nicht mehr faßlich in der abendländischen Tonskala. Wann hatte sie schon Georg als Zuhörer? Wann, wenn nicht jetzt, konnte sie ihm überzeugender demonstrieren, daß sie mit Hilfe ihrer mehrjährigen Psychotherapie die wahre kamasutrische Hingabe erlernt hatte oder vielmehr die elementare Wildheit der Squaws? Sie beabsichtigte nicht einmal, ihn zu quälen. Sie wußte gar nicht, wie hellhörig die Wohnung war – von wegen! Natürlich wußte sie es. Natürlich war sie nur Natur, so vertraut, wie sie mit der Katze umgegangen war, so ließ sie sich nun auf die subkutanen Ereignisse ihres Körpers ein, dieses großen prachtvollen Nature-shops, den sie als Biologin studiert, als gesprächspsychotherapeutische Klientin befreit, als Geliebte dem lautlos agierenden Forscher zur Verfügung stellte. Oder stammte dieses Beigeräusch eines immer heftiger betriebenen Blasebalgs, das den Sirenengesang phrasierte, von ihm und nicht von den Bettfedern?

Jeder Schritt, den Georg auf seinen nackten Sohlen voranging, erschien ihm so waghalsig, als balanciere er in der Dunkelheit über ein kompliziertes System von Pfählen unberechenbarer Abstände und unterschiedlicher Höhen. Er war doch wirklich nicht der Stümper, der Frauen nur anzugaffen verstand oder sie aus Angst und Frustration verachten mußte. Hinter ihm lag das erotisch turbulenteste Jahr seines bisherigen (bisherigen! keine falschen Superlative!) Lebens. Weshalb also traf ihn dieses kaum mehr gedämpfte Hörspiel Camilles bis ins Mark? Weshalb erregte und beleidigte es ihn so sehr, daß seine Abenteuer, seine originellsten Erlebnisse, die feierlichsten, innigsten Momente seiner Liebe sogar, karikiert und blaß erschienen? Nur weil er sich im Augenblick nicht wehren konnte? Weil keine seiner Geliebten eine solche Sängerin gewesen war? Das Duell dieser Callas der Leintücher und ihres roboterhaft stumm arbeitenden zähen Dieners oder Meisters wollte nicht enden. Sie verstörte nicht nur ihn, sondern alle Anwohner, deren Fenster auf den zweiten, von Mauern gerahmten Garten führten. Siegfried war geflohen! Er erholte sich auf einer Reise durch die Bordelle der europäischen Hauptstädte, oder er lag mit zerrütteten Nerven in einem Sanatorium. Der Wahnsinn des Heuschreckenforschers, den er am Mittag vor der Drogerie modelleisenbahnhaft ironisiert hatte, begann nun von ihm selbst Besitz zu ergreifen. Camille, diese abgefeimte promovierte Spezialistin, tauchte ihn in die physiologisch perfekt berechnete akustische Nährlösung ihrer Lust wie die Axone ihrer Heuschrecken und Tintenfische. Sie stach ihre Elektroden in seine Reizpunkte, sie vermaß sein Potential. Ihre Natrium-Kalium-Hüftpumpe. Das Flattern ihrer raffinierten semipermeablen Membranen. Die Schnürringe, die sie ihm anlegte, um seine Erregung sprunghaft steigen zu lassen. Was sie nicht noch alles wußte! Unter seinen Fußsohlen spürte er Siegfrieds Kokosraspel- oder Reisstrohteppich, das Holz der Türschwelle, den schamhaarweichen Naturteppich des Flurs. So originell waren die Pfahlspitzen beschlagen, auf denen er barfuß balancierte. Ein Schränkchen. Ein Regal. Achtung, Blumenampel! Die dunklen, verworrenen Kulissenbauten der Opernbühne, auf der die indianische Königin der Nacht ihre Triller und Koloraturen zum besten gab. Konnte das Camille sein – oder war das noch Camille? Was wußte er denn schon von Camille! Er hatte sie erahnt, ein Jahr zuvor, als er durch die weiß gestrichene Wand hatte hindurchgehen wollen, um auf ihren Körper zu treffen. Jetzt trennte sie nur noch das Weiß ihrer Zimmertür, das in der Dunkelheit jedoch grau und massiv wirkte, eine Betonfläche, die nur von einem Traum durchschritten werden konnte. Der Zuhörer, der aus den Publikumsrängen emporstieg, um kurz vor dem sich anbahnenden Höhepunkt der Oper die hell ausgeleuchtete (eine Stehlampe am Rand eines breiten selbstgezimmerten Betts) Bühne zu betreten, würde alles zerstören. Er würde einen Skandal hervorrufen, eine Beschämung riskieren, die noch Jahre danach seine Erinnerung entsetzen sollte. Nur einer hatte die Chance, das empörte Publikum (Camilles brennender, weit geöffneter Blick auf dem Kippunkt zwischen Wut und Erregung) zu versöhnen: derjenige, der es besser konnte, ein in Berliner Nächten und verschwenderischen Großstadtnachmittagen geschulter Profi, abgebrüht und sterilisiert wie ein Spekulum, auch nach zwei Tripperbehandlungen noch zu Opfern bereit, fähig, die Arie zu übernehmen und zu einem Terzett zu steigern, wie es noch nicht viele selbstgezimmerte Betten in K. gehört und gesehen hatten. Camilles breiter weicher Rücken, rotbraun gebrannt, tonkrugfarben bis hinab zu der Linie, an der ihr Bikinislip die Sonne abgewiesen hatte. Dieser fast vollkommene, schneeig weiße Doppelschwung, das Blinksignal der höchsten Affenart, aufsitzend auf einer haarigen Lederknolle, in die Camille aus ihrem klaffenden Zentrum einen biegsamen dicken Stachel rammte – welcher natürlich nicht ihr, sondern dem Forscher in Rückenlage gehörte. Dessen Bart zitterte, einer Anstrengung seiner Halsmuskulatur zufolge. Er hob anerkennend eine Augenbraue, als Georg nähertrat. Dies, dieser dritte auf der Opernbühne, der seinen aus einer knapp sitzenden Fangreuse emporschnellenden roten Aal zur Geltung brachte, gehörte schon lange in Camilles masturbatorische Träume, als unklare Gestalt in ihrem Mädchenzimmer, als immer wieder umbesetzte Rolle während der einsamen Biologie-Studentinnen-Nächte jener Neubauwohnung mit den Escher-Grafiken, nun endlich Fleisch (und Georg) werdend, herbeigelockt von ihrem Gesang. Der Forscher, halbmasttief versunken, hielt still, Camille hielt still, ebenso die Nacht über den Dächern von K. in einer großartigen Komplizenschaft. Georg ging auf der südöstlichen Kante des Bettes in die Knie. Er ruckelte heran, etwas zu kellnerhaft für seinen Geschmack, achtsam den schmelzbereiten Zuckerkegel für die Erdbeerbowle im 45-Grad-Winkel servierend, bis seine Lippen den Speichel auf Camilles Kinn schmeckten und ihre schwarzen Nachtaugen, weit aufgerissen, schimmernd wie tintengefärbte Austern, vor ihm verschwammen. Seine Fingerkuppen ertasteten die Schneeberge, glitten ins Zentrum, etwas zu rasch und tiefer als gewollt, so daß sie einen hastigen kleinen Sprung auf dem faltigen Trampolinbeutel des Forschers vollführten. Dann spürten sie endlich den warmen trockenen Rand des Ventilstutzens, der sich stärker wölbte, als Camille sich etwas nach vorn beugte. Kein Gesang in diesem Augenblick. Das Publikum auf den Rängen erstarrt. Ziemlich viele Beine im Weg, er mußte ja im Grunde, das heißt auf dem anscheinend schwarzen oder blauen Leintuch, dem Forscher zwischen die haarigen Oberschenkel kriechen. Ihr dreifaches, heftiges Atmen. Eine laokoonische Gruppe, bereit, den unvermeidlichen gymnastischen Höhepunkt der Hochglanzmagazine zu erreichen, sobald die entscheidende Frage geklärt werden konnte, ein hydromechanisches, reibungstechnisches Problem, die Berechnung des doppelten Dehnungskoeffizienten, zu lösen – jetzt, in der absoluten vierdimensionalen Realität dieses Wissenschaftlerzimmers. Nicht – nicht mehr zu lösen (nein, o Gott!, nicht jetzt, nicht so!), weil schon der erste seidige Kontakt seines rotgeschwollenen zweiten Kopfes (sein ganzes modelleisenbahnartig geschrumpftes Gehirn steckte dort) mit Camilles vielleicht noch jungfräulichem – Sphinkter, sagen wir Sphinkter, alles aus ihm herausschleuderte, in der rauschhaften Erbärmlichkeit seiner aufregendsten, göttlichsten Ejaculatio praecox (erklärt dies die Unvollkommenheit SEINER Schöpfung?), seine visköse Schmutzigkeit (o ja: wir erinnern uns noch an die zu langen Fingernägel) – lachen! Tief durchatmen! Was könnte Camille, die so erwartungsvoll stillgehalten hatte, nun sagen zu diesem knienden, leck gewordenen Jammerbild in ihrem Rücken? Ihre schöne Hand, die ihm leicht vor die Brust stieß und (verblüfft?) nach seiner Kriechspur auf ihrem geschwungenen Ende tastete, wie es jemand tat, der sich versehentlich an eine frische Malerarbeit gelehnt oder vielmehr auf eine solche gesetzt hat (genau mit dem Anus auf die Spitze des Pinsels?). Lache. Lächle wenigstens ... Wo hatte der Traum begonnen? Dieses peinliche und doch auch zutiefst befreiende Geständnis, nachzitternd in seinen Nervenfasern, so daß er jetzt (jetzt! schon so lange nach seinem Hundejahr) Camilles Hand hätte lecken mögen, ihre köstlichen warmen Fingerspargel und, unter dem hygienischen Vorwand, seine Spuren zu beseitigen, mit der Zunge ihren Schnee berühren, Silvester, Pulverspuren im Weiß, Asche des Feuers ihrer Lust. Wo hatte der Traum begonnen? Beim Öffnen ihrer Zimmertür? Hätte er dies niemals getan? Oder war schon das beklommen erregte Heranschleichen über den Flur (allein mit seiner gespannten Unterhose bekleidet) nur noch auf einer Traumbahn vorstellbar? Oder schon das Öffnen von Siegfrieds Zimmertür, in der über ihre eigene Zukunft lustvoll unklaren Absicht, einen akustischen Logenplatz zu ergattern?

Helle Sommernacht. Innen. Der zerknitterte Kokon des Schlafsacks, zur Hälfte aufgetrennt von der weißen brustbehaarten Raupe des Körpers des Regisseurs. Unverkennbares Stöhnen aus dem rechten Nachbarzimmer (immer ein Problem für die Sprecher im Tonstudio, wenn sie nicht den visuellen Schutz fremder Körper hatten). Der Regisseur erhob sich, ungeschickt der sanften, geruchlos auf die Leinwand geworfenen Daunenvagina entknospend. Helle Sommernacht. Außen. Zwei nebeneinander liegende Zimmer einer Erdgeschoßwohnung vom Garten des Hinterhofs aus gesehen. Thorsten würde womöglich einen Split screen vorschlagen, zwei außenwandlose Räume, getrennt durch einen dünnen schwarzen Balken in der Leinwandmitte, wodurch der höhere Blick der Komödie entstünde, selbst wenn die wehrlose Einsamkeit zur Linken kontrastiert wäre mit einem heftigen und ernsthaften Vollzug zur Rechten. Die Doppelbelichtung dagegen, nur in Schwarzweiß denkbar, Stilmittel der dreißiger und vierziger Jahre (denke an *Citizen Kane*, an *The Lady from Shanghai*), würde Georgs grauen Körper projizieren, aus dem, wie in seiner Phantasie oder auf den alten indischen Darstellungen von Traum- und Welt-gebärenden Gottheiten das Schattenspiel des nackten Paares sich erhob, transparente weiße Flammenkörper, die sich umschlangen.

Jedoch blieb alles: farbig, plastisch, vierdimensional. Er stieg, nur mit seiner Unterhose bekleidet, in einer Hand aber Zigaretten und Feuerzeug, durch das Fenster des Gästezimmers. Es mußte etwa ein Uhr nachts sein. In einigen wenigen der den Hinterhofgarten umgebenden Wohnungsfenster brannte noch Licht, und über einem Kelleraufgang gab es eine schwach glühende Notbeleuchtung. Die Beete und Rasenstücke des Gartens, der die Ausmaße eines kleinen Parks hatte, schimmerten metallisch. Ein Spalier von Obstbäumen im Mond- und Kunstlicht entwickelte im Gewirr der Zweige und Blätter Bronze-, Kupfer- und Zinnfärbungen. Nur ein ausgeklügeltes System von Studiolampen, Filtern und Blenden hätte diese intime Tönung der Luft auf die Leinwand bringen können, obgleich der gesamte Garten wiederum künstlerisch bedeutsam wirkte, feierlich oder vielmehr festlich, ein wohlkonturiertes Illuminat, dessen legierte Büsche sich als Schattenmuster am Sockel der Häuserwände spiegelten. In der Vertikalen nur begrenzt von einem schwach blinkenden Ausschnitt der Milchstraße ging man – Georg, auf nackten Fußsohlen – nicht mehr durch einen Provinzhinterhof in K., sondern durch einen künstlichen Garten auf einem Planeten, und dieser Zauber der Entgrenzung verwandelte die abschließenden Seufzer Camilles in etwas nahezu Gestaltloses und Universelles, dem er ohne Neid zustimmen mußte, lächelnd und berührt, wenn er das Leben liebte. Er zündete sich endlich eine Zigarette an. Der Ast eines Obstbaumes kratzte über seine Brust. Als er sich auf einen Gartenstuhl neben eine mit Wasser gefüllte alte Badewanne setzte, hörte er nur noch das verhaltene Rauschen der Sommernacht. Es schien ihm, als habe er eine helle Fläche in dem nun nachtschwarzen Fenster zu Camilles Zimmer bemerkt, einen sich rasch bewegenden Körper vielleicht. Langsam beruhigte sich sein Herz. Möglicherweise sah man ihn von den Hinterhofwohnungen aus, im Gewirr der Äste und Blätter durch den Glutpunkt seiner Zigarette markiert. Sollte man ihn eben sehen, als rauchenden Tarzan im Lendenschurz. Camilles Arie hatte einen schönen Nachklang, eine besondere, köstliche Art von Stille (fast als sei man selbst anstelle des Forschers gewesen). *Die Lust der anderen* erschien immer großartiger und erfüllender als die eigene. *Die Lust der anderen*, dachte er noch einmal, wort- und buchstabenweise. Er sah die weiße Reklametafel eines Kinos vor sich und diesen neu gefundenen Titel darauf, in roten Versalien. Eine mögliche Zukunft. Neue Ziele. Neue Lüste. Noch – und noch lange nicht – konnte er von sich behaupten, daß sich die Zukunft in eine unbewegte glatte dunkle Fläche verwandelt hatte wie der Wasserspiegel in der alten Badewanne vor seinen Knien. Er hatte seinen Film gedreht, und er würde versuchen, weitere zu drehen. Aber etwas löste sich auf oder trennte sich von ihm, ohne Schmerz, in einem gleichmäßigen, unabänderlichen Verfließen, während er auf diesem Stuhl im Garten saß. Es waren, so erkannte er nach und nach, bestimmte Aspekte seiner Vergangenheit, die er einmal für notwendig oder unverzichtbar gehalten hatte. Die allgemeinen Aspekte verwandelten sich in seine Geliebten während der letzten Monate und Jahre. Plötzlich waren sie alle ganz nah. Sie gingen durch den Garten wie Blinde, ohne sich umeinander oder um ihn zu kümmern. Keine von ihnen war so spärlich bekleidet wie er selbst. Sie trugen die Kleidungsstücke, die er am meisten an ihnen gemocht hatte. Manche gingen rasch, als müßten sie zur Arbeit oder als hätten sie dringend etwas zu erledigen. Andere schritten nachdenklich dahin, seltsam ungehindert von den Bäumen und Büschen. Er sah ihnen zu und rauchte und nickte beifällig, wenn er eine bestimmte Geste wiedererkannte oder eine der Frauen ganz nah an ihm vorüberging. Sie würden weitergehen, ohne sich um ihn zu sorgen. Er würde kaum mehr einer von ihnen begegnen. Seine Phantasie vereinte sie in diesem Garten. Aber sie führte nicht die Regie, sondern brachte nur zum Vorschein, daß sie sich gegenseitig und daß sie auch Georg keine große Bedeutung in ihrem Leben beimaßen. Die Lust Camilles hatte ihn stärker erregt als jedes erotische Erlebnis, an das er sich im Moment erinnern konnte. Er mußte die ungeheure Beschämung hinnehmen, die dieses Eingeständnis hervorrief – um frei zu werden. Das war das einzig akzeptable Ziel. Camille und er hatten sich bei jeder ihrer Begegnungen etwas vorgeschwindelt. Stets hatten sie versucht, den anderen zu beeindrucken, um dadurch ihre Vorstellungen vom richtigen eigenen Leben zu befestigen. Nun mochte es wieder so gewesen sein, daß ihr Katzenmutter- und Indianerinnen-Leben, ihre aufgeräumte naturfreundliche Wohnung und sogar die vollendete Oper ihrer Lust nichts weiter darstellten als eine undurchdringliche kriegerische Maske, mit der sie sich vor seinen Angriffen schützte. Es mochte aber auch ganz anders sein. Vielleicht hatte sie etwas erreicht, das er in der Achtlosigkeit, mit der er die Dinge seines privaten Lebens (von wegen Dinge: seine Freundinnen, seine Freunde, seine Katze) behandelte, nicht für sich erhoffen durfte. Eine entspannte, aufrichtige, unverkrampfte Art zu sein. Er konnte nur gestehen. Und er erschrak, weil er mit einem Mal unter den drei oder vier weiblichen Gestalten, die noch im Garten umherirrten, auch Judith, seine Chemikerin, erkannte. Ihr langes Haar hing aufgelöst über ihre Schultern. Sie trug den Laborkittel jenes glücklich chloroformierten Tages. Als sie näherkam – unfaßlich, eine Überblendungsgestalt auf dem von keinem Kunstlicht mehr erhellten und dadurch flacher wirkenden Relief der Bäume –, fand er auf ihrem Gesicht den Ausdruck jenes anderen Tages wieder, an dem sie die Tür vor ihm verschlossen hatte. Sie konnten nicht miteinander glücklich werden, nicht mehr. Die Betäubung war verflogen.

Er saß noch lange im Garten, nachdenkend und rauchend. Nach Judiths Erscheinen war ihm aufgefallen, daß er fröstelte. Er hatte ein zweites Mal den Weg durchs Fenster unternommen, um in Jeans und Hemd auf den Stuhl zurückzukehren. Dies war ein Garten in der Kleinstadt K. Dies war das stille Zentrum der Welt. Er wäre gerne zu einer Schlußfolgerung gelangt. Aber seine Gedanken wurden immer nachlässiger. Allmählich schmerzte sein Rücken. Kurz bevor die Sonne aufging, fand er sich in Siegfrieds Zimmer wieder. Er zog sich aus und versank dann erneut in Camilles großem knisterndem Futteral, sehnsüchtig und zufrieden zugleich und sie im stillen um Verzeihung bittend. Aber es tat ihr ja nicht weh. Sartre hatte recht behalten. Mit dreißig konnte man noch immer ängstlich auf sich warten. Ängstlicher vielleicht als je zuvor. Kein Traum.

4

Das Frühstück. Dieser blödsinnige Morgen. Die jähe, bestürzende Erkenntnis seines Irrtums, eines so haarsträubenden, so unglaublichen Irrtums, daß er Camille fast lauthals lachend begrüßt hätte, als Karikatur des Volltrottels, der sich mit der flachen Hand gegen die Stirn klatschte. Der Flur, in dem sie sich – Georg vor und Camille nach dem Zähneputzen, Duschen, in eine naturholzbebrillte Kloschüssel Pinkeln – trafen, endete in Höhe der rechten Wandseite von Siegfrieds Zimmer, das der Küche gegenüber lag.

»Guten Morgen. Ich habe tief geschlafen«, sagte Camille, und der Meister des Interieurs nickte sprachlos, während er sich den simplen, unverschachtelten Grundriß der Dreizimmerwohnung vor Augen hielt, als sollte er nun gleich damit beginnen, Kabel zu verlegen oder Heizungsrohre. Der Eingang. Camilles Zimmer links, gegenüber ein Gemeinschafts-Wohnzimmer. Links dann wieder Bad und Küche. Rechts gegenüber Siegfrieds Zimmer und dies eben angrenzend – an den Orgienraum der Nachbarwohnung. In der Nacht hatte er zuerst die Tür seines Zimmers geschlossen und also nicht gesehen, wohin Camille verschwunden war. Man merkte sich in unbekannten Wohnungen nicht sofort den Grundriß. Dennoch, es war unglaublich. Der Beginn des Traumes: das Klappern des Wohnungsschlüssels. Traum ebenfalls die Schritte im Flur, Camilles Ausruf, der vermeintliche Dialog mit ihrem Freund wohl auch, es sei denn, die große Opernsängerin von nebenan hatte ihn geführt. Er bemühte sich um ein Bild dieser Nachbarin, während er Camille half, den Frühstückstisch zu decken. Die schöne italienische Nachbarin, Serviererin in einem Eiscafé. Oder die hochaufgeschossene, dürre, vogelgesichtige Klavierlehrerin. Oder jene toupierte Watschelente im Hausfrauenkittel, die Sommernachmittag um Sommernachmittag damit verbrachte, die Wäsche ihrer sieben Kinder im Garten auf- und abzuhängen. Eine dieser Kleinstadt-Hausfrauen-Prostituierten vielleicht, die hauptsächlich für ihren einmaligen Gesang entlohnt wurde. Schließlich entschied er sich für eine untersetzte, blasse, unscheinbare Frau in den Vierzigern, aktiv im Kirchenchor. Der Engel Gabriel in Gestalt eines Jagdkollegen ihres verstorbenen Mannes hatte sie heimgesucht. Ihr verdankte er diese vier Stunden nächtlicher Realität zwischen Obstbäumen und Ziersträuchern. Camille schnitt Vollkornbrot. Ihr schwarzes Haar glänzte perfekt. Sie erzählte ihm etwas, fröhlich, aber mit einer nervösen Anstrengung, die er nicht verstand.

»Was ist Schmerz? Neurophysiologisch gesehen?« fragte er unvermittelt.

»Tut dir was weh?«

»Der Rücken. Siegfrieds Sofa ist tückisch. Aber erkläre es mir prinzipiell.«

Der helle Traum des Tages lief wieder vor seinen Augen ab, während sie redete. Keine Tonspur. Er war akustisch ignorant. Dabei sah er alles in perfekter Farbgebung und Plastik vor sich, Camille in dieser Küche mit ihrem frischen Pflanzengrün und den warmen Holzflächen. Scheinwerfer, die ins klare Sonnenlicht strahlten, genaue Bemessungen der Lichtstärke, Einsatz von teurem, hochempfindlichem Material. Thorsten hätte lange arbeiten müssen, um dieses Frühstück in K. in exakt dieser Beleuchtung auf die Leinwand zu bannen. Und was für Schauspieler man benötigt hätte! Mit minimalen Entgleisungen nur dem Zuschauer, nicht aber Camille verratend, daß sie ihn bis auf die Unterhose entkleidet, in den Garten geschickt und zum Geständnis gezwungen hatte. Erzählerstimme aus dem Off? Oder wie sonst konnte die seine Müdigkeit durchsetzende eigenartige und vielleicht sogar großzügige Enttäuschung dargestellt werden? *Ich wollte doch, daß Camille in dieser Nacht so geschrien und genossen hatte, sie und keine andere Frau.* Der Schmerz, ausgelöst an den Nozirezeptoren, stieg über die Formatio reticularis auf in das limbische System und von dort weiter in den vage schematisierten Halbmond eines sogenannten »geistig-seelischen Bereichs«, der ihn einer subjektiven Bewertung unterzog. Ohne diese konnte er nicht sein, was er war, oder er betraf womöglich gar niemanden. Aus einem medizinischen Lexikon suchte sich Georg später zusammen, was ihm Camille auf seine Frage wohl geantwortet hatte. Schnitt.

Sehr deutlich, wieder mit Tonspur versehen, der etwa viertelstündige Spaziergang zum Bahnhof von K. Camille hatte Georgs Angebot, ihn nicht zu begleiten, hastig und kopfschüttelnd ausgeschlagen. Der Tag schien nicht ganz so heiß zu werden wie der vergangene. Hochgetürmte, weißschimmernde Alabasterwolken trieben aus östlicher Richtung heran über die eingestaubt wirkenden Waldhügel.

»Glaubst du immer noch, daß es egal ist, wo man lebt? Daß es nur darauf ankommt, was man daraus macht?« sagte Camille. Ihre Frage knüpfte direkt an eines der Gespräche an, das sie mit vierzehn Jahren geführt hatten.

»Es ist egal«, sagte er. »Aber an manchen Orten ist es einfacher, etwas daraus zu machen.«

Die Antwort schien sie zu treffen. Kurz darauf kam sie noch einmal auf seinen Film zurück. Ihr Interesse, in dem etwas Eindringliches und Bittendes lag, war ihm unangenehm. Sein Kopf schmerzte. Er hatte allenfalls drei Stunden geschlafen. »Es geht um ein Café, eine Art Künstlercafé in Berlin. Kleine Großstadt-Bohème, der übliche Wasserkopf. Man gibt ein Fest, weil das Café am nächsten Tag geschlossen wird. Ich beschreibe die einzelnen Menschen, die Gäste, das Besondere an ihnen, ohne daß etwas Besonderes passiert.«

»Das hattest du also mit den Kleinen Bildern gemeint.«

»Ja.«

Wie ginge es denn so zu, am Drehort?

Er antworte lustlos. Eine Erschöpfung, die von viel weiter herkommen mußte als von den durchwachten Stunden im Garten, hatte von ihm Besitz ergriffen. Als das Bahnhofsgebäude schon in Sicht war, gelang es ihm, Camille zu einer längeren

Klage über die Umständlichkeiten der Promotions-Prüfungsordnung ihres Fachs zu bringen. So konnte er sie noch einmal unauffällig betrachten. Ihre leicht aufgeplustert wirkende Indianerinnen-Schönheit ging ihm auf die Nerven. Ihre Gesten schienen übertrieben, ihr Augenaufschlag war von falscher Theatralik. Einem Maler oder Bildhauer (weshalb nicht einem Drehbuchschreiber?) mußte wohl so zumute sein, wenn er sich an einem einstmals faszinierenden Objekt vollkommen abgearbeitet hatte. Plötzlich war er sich sicher, daß er Camille zum letzten Mal in seinem Leben sah. Er fühlte weder Schmerz noch Bedauern.

Auf dem Bahnhofsvorplatz hatten sich jugendliche Fußballfans versammelt, die übliche grölende, Schals schwenkende, Bierdosen kickende Menge. Georg erwartete, daß Camille nun zurückschrecken und sich hier von ihm verabschieden würde. Aber sie blieb hartnäckig an seiner Seite, stieg mit ihm die Steintreppen einer Unterführung hinab, wartete auf dem überfüllten, lärmenden Bahnsteig, auch als eine kurze Verspätung des Zugs angekündigt wurde.

»Ich finde sie schrecklich«, sagte Camille leise, mit einer Kopfbewegung verdeutlichend, daß sie die Fußballfans meinte. »Es gibt immer mehr Gewalt. Sie sind faschistoid.«

»Sie sind jung. Sie merken, daß sie keine großen Chancen haben. Sie lehnen sich auf und toben herum. Das ist noch nicht faschistoid.«

Camille, die Angst, sollte wie zumeist der Wahrheit näher kommen. Es war nicht mehr lange hin bis zu den blutigen Städtekrawallen und brennenden Asylbewerberheimen. Eine Weile standen sie schweigend beieinander.

»Mach' s gut, Camille«, sagte Georg, als der Zug einfuhr. »Es war ein sehr angenehmer Besuch.« Er wollte die Reisetasche aufnehmen, die zwischen seinen Füßen stand. Da schlang Camille beide Arme um ihn, preßte ihn an sich und suchte mit den Lippen seinen Mund. Verblüfft, aber mit dem Reflex, mit dem ein Fußballspieler einen ihm unerwartet zugespielten Ball pariert, erwiderte er ihren langen Kuß. Der Projektor seiner Erinnerungen lieferte die Aufnahmen all ihrer Küsse im Zeitraffer, angefangen an dem Sommertag nach seiner Entlassung aus dem Krankenhaus bis hin zu den hastigen Zungenspielen in den frühen Universitätsjahren Camilles. Alles waren im

Grunde Abschiedsküsse, schon der erste war durchdrungen von Vergeblichkeit. Er roch einen schwachen Vanilleduft an ihrer Wange. Hatte sie ihn je stürmischer geküßt? Es war fast, als wolle sie seinen Kopf aufessen. Wenn du deinen Körper einmal so bewegen könntest wie deine Zunge, dachte er, ohne Erregung, ja schon mit aufkeimendem Ärger. Als würde sie auf seinen Gedanken reagieren, preßte sie dann aber auch ihr Becken an ihn. Inmitten der johlenden und sie anrempelnden Fußballfans spürte er bei diesem Kontakt fast mit einer Art Grauen (oder mit der Traurigkeit, die auch einen routinierten Wissenschaftler überkommen kann, wenn er einen anatomischen Atlas studiert), daß Camille eine Frau war wie jede andere. Rasch löste er sich von ihr. Mit diesem Kuß und dieser Beckenbewegung hatte sie den gesamten antithetischen Aufbau des Remakes von *Georg und Camille in K.* zerstört. Diese Leidenschaft auf dem Trittbrett! Wie ein Hund, der erst zu bellen wagte, wenn sich der Fremde wieder in sicherer Distanz zum Gartentor befand. Ach Camille, wie schön, das hätte ich nicht gedacht! Laß uns zurück in deine Wohnung gehen! Wieder ein Untertitel, den er ihr ersparte. Er hätte ihr seinen Kopf dalassen sollen, zum Aufessen.

Quälend langsam ruckelte der Zug die Steigung empor, die aus K. herausführte. Georg ließ sich auf eine Abteilbank fallen. Mit verschränkten Armen saß er in der Ecke am Fenster, zusammengesunken, im Zustand eines Menschen, der sich unnötigerweise eine Verletzung zugezogen hat: sein Schmerz hielt die Waage mit dem Ärger über den eigenen Leichtsinn. Die grölend und sinnlos durch die Waggons stolpernden Fußballfans waren die Widerspiegelung seiner gegen Camille gerichteten Terror- und Pöbelgedanken in den quietschenden Zweite-Klasse-Abteilen seines Gehirns. Sie hatte ihn ihren Garten spüren lassen, das tödliche Dreieck zwischen ihren Beckenknochen und dem sacht-stumpfen Vorstoß ihres Schambeins, diese nie entdeckte zweifache Millimeternacht zwischen ihren Jeans und ihrem Slip, zwischen ihrem Slip und dem dicht an die Haut gepreßten Nerzfellbüschel. Ein Werbeplakat mit dem Marlboro-Cowboy verschlug ihm den Blick auf die letzten Häuser von K. mit längst indianerinnenloser Prärie. Nur noch Pferde für die wahren Männer, nur noch Filme. Qualmender Sodomit, Tonmeister und akustischer Voyeur im Nachtgarten.

Diese vier schlaflosen, unerträglich hell ausgeleuchteten Stunden waren das Entscheidende. Von dort her stammte die Wunde, die viel mehr schmerzte als der Verzicht auf Camilles zweifach vermummten, moosumpolsterten Gartenteich. Er wünschte ihr das Stöhnen der Opernsängerin in den Hals – so großzügig konnte er sich geben in der Erkenntnis, daß ihn doch eigentlich die fremde, anonyme Lust der Nachbarin nackt zwischen die Bäume und zu der Einsicht getrieben hatte, wie kläglich und bequem seine Beziehung zu der Chemikerin war. Camilles unvorstellbaren Schließmuskel begehrt zu haben, war zulässige pornographische Romantik. Unzulässig wäre es gewesen, ihr diese Phantasie zu schildern, und zulässig wiederum war die Sekundärphantasie, Camille sitze einem anderen Mann gegenüber und erkläre diesem, wie beunruhigend sie es fände, daß ihr alter Jugendfreund Georg auf ihren Sphinkter aus sei, selbst um den Preis, seinen Hoden vorübergehend auf dem eines Nervenforschers parken zu müssen. Es gibt keinen Grund mehr, auszusteigen! sagte er sich, als der Zug nach einer knappen Stunde Fahrt in jener anderen, von Weinbergen umschlossenen Kleinstadt hielt, in der er damals im Kino durchs Weltall geflogen war, Kleist gelesen und auf der Bank zwischen den Reben vom Himmel geträumt hatte.

So erreichte er S. schon am frühen Nachmittag.

Der einstige Ruch des Bahnhofsgebäudes war verflogen infolge der überall gleichen kosmetischen Operationen der achtziger Jahre, die mit Glasflächen, hellen Farben, beleuchteten Werbeplakaten und wiedererkennbaren Symbolen die Atmosphäre des ewigen Durchgangs erzeugten. Auf dem zehnminütigen Fußweg zum Eiscafé stellte er fest, daß ganz S. operiert worden war. Jeansboutiquen und Parfümerien waren zwischen die penibel restaurierten historischen Gaststätten gesetzt. Die höllische Imbißbude, die zu einer Warteschlange vor dem Jüngsten Gericht gepaßt hätte, hatte einem McDonald-Restaurant Platz gemacht, und der Geist von Disneyworld war über die Fassaden der schmalen Bürgerhäuser gekommen, so daß selbst die ehemals trüb und schwammig wirkenden Seitengassen adrett und steril aussahen. Als Georg das Eiscafé erreichte, nickte er befriedigt. Die Frakturschrift-Leucht-Reklame war entfernt worden. An ihrer Stelle befand sich ein weißes Schild, auf dem ein roter Neonschriftzug glühte, in Kleinbuchstaben den alten Namen wiedergebend, der jetzt schwungvoll und technisch wirkte, etwa wie *hifi*. Es gab keine Vorhänge mehr. Man hatte die Wendeltreppe zum ersten Stock mit Metallflächen beschlagen. An dreieckigen Tischen saßen die Schüler der städtischen Gymnasien, einige mit angepunkter Frisur. Eine kahlgeschorene junge Frau bediente, im Stil und Gestus von Sigourney Weaver in *Alien*, also so entschlossen wirkend, daß man sich nicht gewundert hätte, sie in der folgenden Szene mit einer Laser-MP im Kampf gegen Weltraum-Schleim-Monster zu erleben. Georg rieb sich die übermüdeten Augen. Er drehte sich langsam um die eigene Achse und starrte auf die Wohnungsfenster über der Apotheke. Dieser Standplatz zwischen seinen zwei historischen Ergüssen war unerträglich. Wütend auf seine passive, wundergläubige Bereitschaft verließ er die Gasse. Die Hauptstraße lag in einem süßlichen Liebfrauenmilchlicht, Honig, aufgelöst in alkoholisiertem Wasser. Dazu paßte das Schweregefühl in seinen Armen und Beinen. Mit bald dreißig schüttelte man eine nahezu schlaflose Nacht nicht mehr so einfach ab. Er fand keinen Riß zwischen den säuberlich restaurierten Fassaden, keine Porösität, nirgendwo mehr Spuren des Schlamms, in dem er einmal fast erstickt war. Das Nichts war verschwunden, und er drohte ein Nostalgiker dieses wahrhaft unmerklichen Verlusts zu werden. Vage erinnerte er sich daran, daß Sartre die Freiheit aus dem Nichts begründete hatte. *L' Être et le néant*, der schwarze Monolith, gekauft in genau dieser Buchhandlung, stand irgendwo in seinem Berliner Bücherregal, unaufgeschlagen seit vierzehn Jahren, aber auf allen Umzügen getreulich mitgeführt. Ein Anachronismus wie seine Begierde nach Camille. Wäre sie heute achtzehn, würde sie einen weißen VW-Golf fahren, ein eigenes Zimmer besitzen und dreimal wöchentlich zwischen ihrer Plüschtier-Sammlung mit ihm vögeln, auf eine McDonaldhaft hygienische Art, die man unterbrach, wenn etwas Interessantes im Fernsehen kam. Popper-Sex. Popper-Leben. Oder hätte er sich einen Irokesenkamm auf dem Schädel gezüchtet und sich in eine bemalte Nietenlederjacke gezwängt, um als verstoßener Häuptling neben seiner grünhaarigen Squaw durch S. zu stolzieren, wo man – anders als in Kreuzberg oder Neukölln – noch einigen Eindruck als Spätpunk schinden konnte? Wer oder was war der Sartre der Punks? In einem Tabakladen kaufte er sich Zigaretten und eine überregionale Zeitung. Mit der Zeitung in der Hand und seiner geschulterten Umhängetasche (Rasierzeug, Zahnpasta, Duschbad, Kamm, Pudowkins *Über die Filmtechnik*, die Unterhose des Vortags) fühlte er sich so touristisch, daß es ihm schon zuwider war. In diesem Aufzug konnte ihm nichts mehr geschehen, weder Lisa noch Brigitte. Das Nichts lag vollkommen außerhalb der Stadtgrenzen von S. Es war die Zukunft, auf die er noch immer wartete. Mit sechzehn, zu Lisas Zeit, hatte ihn eine vollständige Schwärze davon getrennt. An Brigittes Seite, mit fünfundzwanzig, hatte sich der Abstand zu einem grauen, spannenden Noch-Nichts erhellt, beleuchtet von seinen cineastischen Visionen. Jetzt lag ein Noch-immer-Nichts vor seinen Augen, erfüllt von Gestalten, durchschossen von Vektoren, die seine noch unerfüllten Pläne und Ideen projizierten, nervöse, agressive Ungeduld. Er war unzufrieden mit seinem Film. Kleine Bilder! – Weshalb hatte er sich gesträubt, Camille den genauen Hergang der Handlung zu schildern? Weil er befürchten mußte, sie könne über Schlüsselwörter wie »Eiscafé« und »Klein-Bohème« zu der Wahrheit vordringen, zu der Tatsache, daß er ein Drehbuch über sie selbst geschrieben hatte? Weil er, umgekehrt, gerade dies hatte andeuten wollen, um eine gewisse Spannung in ihr hervorzurufen, um ihr verdecktes theatralisches Potential freizulegen? In *30 Jahre Müllers Eis* war von Camille nichts zu sehen. Eine erstaunliche Vorsicht (oder Klugheit) hatte ihn auch davon abgehalten, mit dem 70 000-Mark-Budget *Robert und Anna* zu realisieren; das Thema lag ihm zu sehr am Herzen, um es durch mäßige Schauspieler, schlechte Ausstattung und die eigene, noch sehr unsichere Hand zu verderben. Statt auf Formeln und Kalkül hatte er auf seine Improvisationsgabe vertraut, auf Thorstens Ideen und Bilder, auf die Einfälle der Darsteller, von denen nur drei schauspielerische Erfahrung und Ausbildung vorweisen konnten. Hermanns beiläufig vorgebrachte These, daß »die echten Beziehungskisten in ihren eigenen Wohnungen von selbst funktionieren«, war ein sehr wertvoller Hinweis gewesen – genau das Gegenteil zu versuchen. Der Film zeigte zu Beginn und in einigen Rückblenden, wie sich die einzelnen Paare auf das Abschiedsfest im Künstlercafé Müller vorbereiteten. Die Szenen waren in den Wohnungen der Schauspieler gedreht worden. Allein dadurch, daß Georg ihnen eine andere Frau oder einen anderen Mann in das eigene Bett gelegt hatte oder sie in ihrem Badezimmer halbnackt mit einem fremden Partner agieren ließ, entstanden reizvolle Spannungen. Das verborgene Interieur der realen Beziehungen wiederum kam sehr gut zum Ausdruck, wenn man sie im Film als flüchtige Affären oder heimliche Begehrlichkeiten hinstellte. Georgs Lieblingsszene war die Improvisation einer Schauspielerin, die ihrem eigenen Mann – im Film ein Zaungast des Festes – plötzlich wie entgeistert ins Gesicht starrte und flüsterte: »Ich glaube, ich habe dich schon hundertmal gevögelt!« Ihr Mann hatte einen ebenso entgeisterten und doch auch wissenden Ausdruck produziert, den Thorstens Kamera perfekt erfaßte. Es gab sogar eine Wendeltreppe in dem Schöneberger Café (das auch tatsächlich abgerissen werden sollte) und eine geheimnisvolle, nahezu mythische Frauengestalt – die Besitzerin des Cafés –, in der sich Züge von Lisa und Brigitte vermengt hatten. Etliche der feiernden Künstler waren ihre Liebhaber gewesen. Man sah immer wieder die gleiche Einstellung, in der ein junger Mann (einem Einfall Kristinas gehorchend, einmal auch eine junge Malerin) am Planetenrand ihrer schweren Brust ruhte, um banales und hochtrabendes Gestammel über seine Zukunftspläne und vermeintliche Mission von sich zu geben. Diese Selbstkarikatur erschien Georg nun, als er durch den Torbogen des ebenfalls restaurierten Wehrturms ging, unter dem er Camille das erste Mal umarmt und geküßt hatte, wie die Abwehr eines möglichen Angriffs aus seiner eigenen Vergangenheit. Der mit Sartre- und Heideggerzitaten wie mit Christbaumkugeln und bemalten Ostereiern zugleich behängte Sechzehnjährige hätte wohl über den eher humoristischen, nahezu läppischen Streifen eines fast doppelt so alten Regisseurs nur müde gelächelt. Kleine Bilder. So klein, daß er vor der neunundzwanzigjährigen Camille in vage Andeutungen der Handlung geflüchtet war, aus Angst, von ihr belächelt zu werden. Klein genug, um wenigstens in Andeutungen, Ausschnitten, einigen wenigen gelungenen Sequenzen die Vermeer-Blicke auf die Interieurs der ausgehenden achtziger Jahre zu erzielen, die ihn lange fasziniert hatten. Aus der Beschämung, die diesem ersten öffentlichen Erguß folgte (sein tropfender Rückzug aus Lisa nach dieser maßlos pubertären, ganz S. überziehenden Sperma-Vision), mußte die Ernüchterung und die Energie für das nächste Projekt hervorgehen. Er war froh, in dem neu gestylten Eiscafé nicht Brigitte angetroffen zu haben. Er hätte sie ja auch nicht zu einer regelrechten Premiere einladen können, denn daß der Film einen Verleih finden würde, war mehr als unwahrscheinlich. Er würde allenfalls am Rand eigenartiger Festivals in eigenartigen Städten, in Studentenwohnheimen und Alternativ-Kinos zu flüchtigem Leben erwachen.

Als Georg wieder den Bahnhof von S. erreichte, fiel ihm auf, daß er soeben und zum ersten Mal seit längerer Zeit wieder durch den kleinen Park gegangen war, in dem Stella und er sich im Herbstlaub hatten hinreißen lasssen. Es kam ihm vor, als habe er bis zu seinem Umzug nach Berlin mehrere Leben in S. geführt, allein drei oder vier zwischen seinem vierzehnten und einundzwanzigsten Geburtstag. Sie waren allesamt erledigt, so wie S. für ihn erledigt war. Mit einem Anflug schlechten Gewissens betrachtete er die Kindergrabkreuze dieser Lebensabschnitte; er wollte keine Exhumierungen mehr vornehmen, obwohl das vielleicht so aufschlußreich gewesen wäre, wie sich einmal vorurteilslos und mit endlich erwachsenem Verstand mit der mißvergnüglich klerikalen Jahrtausendhistorie von S. zu beschäftigen. Keiner seiner früheren Freunde lebte mehr in S. Von der alten Clique sah er nur noch Hermann und eben Camille und letztere wohl auch nie mehr wieder, wenn diese Begegnung in K. nicht einen ähnlichen Gewinn abwerfen würde wie der vorletzte Besuch. Sie hatte ihn erneut auf den Nullpunkt gebracht, in die singuläre Zone ihres Nachtgartens gelockt, in der seine Geliebten verblaßt waren und seine Liebe zur Chemikerin. Dieses Mal schien aber der Mechanismus zu versagen, der nach den Enttäuschungen mit Camille stets ein Abenteuer für ihn bereitgehalten hatte.

Am Abend und bis in die Nacht hinein unterhielt sich Georg – wiederum in einem Garten – mit seinem Vater, der noch immer Mühe hatte, seine Enttäuschung darüber zu verbergen, daß aus Georg kein Wissenschaftler geworden war. Ideen wie der Vermeersche Realismus der Kamera erschienen in der Unterhaltung mit einem bald sechzigjährigen Elektroingenieur ziemlich verblasen. Immerhin konnte er dem Cantor-Stoff und dem Konzept zu *Die Reise nach England* etwas abgewinnen. Bei der zweiten Flasche Rotwein begannen sie, die weltpolitische Zukunft zu erblicken, als schwach flimmernde Kontur zwischen den Zweigen eines Apfelbaums und der Deichsel des klar sichtbaren großen Wagens. Georgs Vater glaubte, daß seit Gorbatschows Amtsantritt die Tage der Berliner Mauer gezählt wären. Georg widersprach, zumindest was die Vision einer von den anderen Ost-Block-Ländern isolierten, simplen Auflösung der DDR anging; er glaubte allenfalls an die allmähliche Aufweichung des Ost-West-Gegensatzes und verstieg sich zu der ihm von Essay-Sammlungen her geläufigen Mitteleuropa-Theorie mit der Prophezeiung einer womöglich glücklichen langsamen Synthese zwischen Planwirtschaft und Kapitalismus.

»Das ist eine schöne Idee«, sagte sein Vater. »Aber die Leute werden einfach in den Westen gehen, wenn man sie läßt.«

»So einfach ist das nicht!« protestierte Georg. Er wußte jedoch auch nicht, wie es kompliziert sein sollte. Selbst seine persönliche und naheliegende Zukunft, für die er sich mit einem düsteren Künstlerheroismus wappnen zu müssen glaubte (Kristina: »Postchristliche Märtyrer-Phantasie! Gottseidank denkt dein Schwanz nicht so!«), war seinem Vater wundersam transparent.

»Wir denken uns seit längerem, daß du bald eine Frau finden wirst, die wirklich zu dir paßt«, sagte er. »Und ich kann mir auch vorstellen, demnächst einen Film von dir im Fernsehen anzusehen.« Sein Steckenpferd war die Satellitentechnologie. Vor kurzem hatte er eine Erfindung zur Verbesserung der Navigation gemacht, auf die er ein Patent besaß. In Georgs Kopf kreiselten bald die Erklärungen dieses Patents, das irgendwie auf der Kreiselpräzession beruhte. Nüchtern hätte er dank seiner mathematischen Vorbildung diesen Erklärungen wohl folgen können. Aber nun sah er sich selbst dabei zu, wie er ohne näheres Verständnis seinem Vater zusah, erstaunt über sein liebevolles und verworrenes Interesse. Der Hang zum Weltall lag anscheinend in der Familie. So hast du es also ausgehalten, dachte er schließlich, fast sechzig Jahre in S.!

5

Wenn es dir schlechtgeht, dann tu etwas Verrücktes. Mit der Erinnerung an diesen Satz Lisas war er am nächsten Morgen erwacht. Trotz seiner Geldnöte einen Kredit seiner Eltern abzulehnen und sich zum ersten Mal in seinem Leben eine Fahrkarte Erster Klasse zu kaufen, war nicht unbedingt verrückt. Aber es munterte ihn auf im Sinne einer anmaßenden Vorwegnahme. Er versuchte sich einzureden, sein Vater habe eine prophetische Gabe. Es sollte seine letzte Fahrt in einem Reichsbahnabteil werden, und das gekonnt schäbige, rotplüschige Ambiente, hergerichtet nach den surrealen Luxusbegriffen der DDR, lohnte kaum die Investition. Vielleicht gab es so etwas wie eine Ironie der Zukunft, die sie denen entgegenschickte, die ihr rasche Gestaltungen aufdrängen wollten. Camille hatte ihn schon immer mit großer futurischer Energie versorgt. Es ging ihm schlecht, weil er geglaubt hatte, das Drehbuch über ihre vorletzte Begegnung in K. müsse ihn vor Camilles Kräften schützen. Er hatte sich von der künstlerischen Metamorphose ihrer Begegnung eine Art umgekehrten Voodoo-Effekt erhofft, bei dem die Nadeln, die er in die von ihm erschaffene Camille-Puppe stach, ihm selbst zugute kamen wie eine Akupunkturbehandlung. Aber nun schien es so, daß die Wirkung jener kleinen, fast unfreiwillig anmutenden Bewegung ihres Beckens während des Abschiedskusses auf dem Bahnsteig gerade durch die vorausgegangene Arbeit an dem Drehbuch außerordentlich verstärkt und wie auf ein Podest gehoben worden war, etwa als hätte man während einer Vorführung von *Casablanca* plötzlich die Hüfte von Ingrid Bergman spüren können (oder die von Jürgens Mutter in einer Kellerecke zwischen den Einweckgläsern, wenn man bei den bescheideneren Idealisierungen des Alltags blieb). Um sich abzulenken, versuchte Georg über die Zukunft nachzudenken, über das Phänomen Zukunft, so philosophisch, daß es ihn womöglich gar nicht mehr überraschen konnte.

Die Zukunft war jedoch prinzipiell die Zeitdimension der Überraschungen, in der es sechs Wochen später unter anderem folgende erstaunliche Postkarte Camilles geben würde: *Hallo Georg! Ich bin auf einer Neurologen-Tagung in den Pyrenäen. Bald wird man mich wohl richtig ernst nehmen. Dein letzter Besuch hat mich sehr verwirrt. Ich mußte lange über unsere Ge-*

spräche nachdenken, bis ich herausfand, wo das Problem war. Es ist blödsinnig, ich weiß: Aber ich fühle mich Dir immer unterlegen. Ich hoffe dennoch, Dir geht es gut. Deine Camille.

Noch weniger vorhersehbar wäre aber bis zum Eintreffen des Zuges im Frankfurter Hauptbahnhof wohl seine Antwort gewesen: *Unterlegen? Verstehe ich nicht. Aber die verwirrten Zustände können schön sein. Du zum Beispiel verwirrst mich, seit ich Dich kenne. Hierzu ein Rätsel aus meinem gegenwärtigen Leben. Bitte kreuze die zutreffende(n) Antwort(en) an:*

a) Man hat mein Regietalent erkannt, und ich darf den nächsten Tatort-Krimi verfilmen.

b) Ich habe in einem Zugabteil eine Musikwissenschaftlerin kennengelernt, die sämtliche Eisenstein-Filme kennt, und werde sie heiraten.

c) Infolge einer intracoitalen Willensschwäche muß ich mich als werdenden Vater betrachten und plane die Flucht nach Südamerika.

Vorhersehbarer, unter der Voraussetzung der Vorhersehbarkeit dieser Karte, wäre wohl Camilles überaus rasche Antwort gewesen. Die Wahl sei ihr schwergefallen, aber nach reiflicher Überlegung entscheide sie sich für eine einzige Lösung, und die sei c. Darüber hinaus wundere sie sich, daß sie in letzter Zeit die Männer (Karlheinz, Christian, plötzlich sogar ihren sonst sehr zurückhaltenden Mitbewohner Siegfried) zu verwirren scheine.

Es ist b! würde eine unvorstellbar gutgelaunte futurische Version Georgs zurückschreiben, um dann, die engen Grenzen einer Postkarte auf einem beigefügten Blatt überschreitend, Gründe anzuführen, weshalb er sich als *Tatort*-Regisseur kaum eigne, weshalb er intracoital stets die Kontrolle behalte, weshalb er sich – und hier wurde er ungewollt ernst und ausführlich und vertraute Camille zum ersten Mal seine erwachsenen Gefühle an – von der Chemikerin getrennt habe und plötzlich sogar für das Heiraten sei.

Hätte es ihn überrascht, wenn man ihm noch im Zugabteil mitgeteilt hätte, daß Camille auf diesen Brief niemals antworten würde?

Bis Frankfurt saß er allein im Abteil. Er dachte sich die unvorhersehbare Gestaltung der Zeit als fortwährendes Zerreißen des Bildes, durch das die Spitze der Lokomotive stieß, als unendliche kompakte Folge explodierender, infinitesimal feiner Schichten, auf die das Gleis, die Erde, der Himmel gemalt waren. Alles Sichtbare, Erlebbare, Denk- und Fühlbare war vollkommen in diesen Schichten erfaßt, wurde im Bruchteil eines Sekundenbruchteils in jedem Detail zerstört und sogleich in jedem Detail wiedererrichtet – mit winzigen, aber entscheidenden Änderungen, deren absolut ungewisse Aggregation den Lauf der Dinge bestimmte. Er sah nichts, nicht das geringste voraus, wenn er sich auf die ihm gegenüberliegende Dreierreihe der Sitze konzentrierte, ausgenommen das annähernd rhythmische Zittern der Abteilwände vielleicht, die Tatsache, daß er wohl weiteratmen würde und daß er sich auf seinen künftigen Herzschlag verließ. Die konkreten Ahnungen der Zukunft aber mußten Träume sein, Einblendungen weit entfernter anderer Zustände. Es war leicht, sich vorzustellen, was ihm morgen, in zwei Wochen oder in einem Jahr geschehen würde. Aber der Gedanke, Klaras Eintreten in der nächsten Minute vorhersehen zu können, war ebenso illusorisch wie zu glauben, es gäbe einen stillstehenden vollkommen ruhigen Augenblick in ihm selbst, während draußen vor den Abteilfenstern diese rasende Vernichtung und Wiedererrichtung des Raumes vor sich ging, die ihn schon als Kind so stark beeindruckt hatte. Sein erster, fast gleichgültiger Blick traf den Walkman in Klaras linker Hand. Er dachte, daß dieses Gerät nicht leise genug spielen würde, um ihn von der unfreiwilligen Mithörerschaft zu verschonen. Der zweite Blick zerstreute seinen vorauseilenden Ärger vollkommen, und er zog die Beine an sich heran, um der schlanken Frau Platz zu machen, die ihm knapp zulächelte und dann ihre Reisetasche auf die Gepäckablage stemmte. Sie trug ein tailliertes graues Sommerkostüm (dieser rasche, automatische Blick auf ihren Hintern, während sie noch von ihm abgewandt war; diese Irritation, die damit zusammenhing, daß er es nicht gewohnt war, in Erste-Klasse-Abteilen weibliche Formen unter elegant geschnittenen Kostümröcken zu erahnen). Der Ausschnitt ihrer Jacke hatte sich durch das Emporrecken etwas verschoben und wurde lächelnd, ohne Anzeichen von Verlegenheit wieder zurechtgerückt. Eine Frauenzeitschrift der mondänen Sorte landete auf dem Fenstersitz ihm gegenüber. Darauf folgte der Walkman mit seinem feinadrigen Kabelgewirr und dem Kopfhörer.

Eine kleine Flasche Mineralwasser kam hinzu und ein Taschenbuch einer wissenschaftlichen Reihe, dessen Titel er nicht gleich entziffern konnte.

»Ich nehme den mittleren Platz. So können wir beide die Füße ausstrecken«, sagte Klara. Weil der Zug in diesem Augenblick anfuhr, hielt sie sich an einer Lehne fest und wartete vornübergebeugt, seitwärts zu ihm gewandt, auf das Gleichförmigerwerden der Bewegung. Das Profil ihres Gesichts war ihm sehr nah in diesen zwei oder drei Sekunden, in denen sie geradeaus zum Gang hin blickte. Später einmal sagte er sich, daß genau in diesem Augenblick aufzustehen und das Abteil zu verlassen die einzige Chance gewesen wäre, den Lauf der Dinge noch zu ändern. Aber er wünschte sich nie, diese Gelegenheit zur Flucht ergriffen zu haben. Im nächsten Augenblick fand er schon das versteckte Moment der Traurigkeit in Klaras Augen und glaubte, daß er und niemand sonst berufen sei, etwas dagegen zu unternehmen. Selten hatte er schneller diesen anmaßenden Gedanken bei sich entlarvt, denn als Klara sich setzte und ihn ansah, dachte er: Das ist die Frau, die ich immer wollte und niemals bekommen werde! Und plötzlich dachte er nicht mehr, daß ihn die Furcht vor der Demütigung davon abgehalten habe, aus dem Nahverkehrszug am Bahnhof von K. wieder auszusteigen, auf Camille zuzugehen und ihr zu erklären, daß sie ihn in einem solchen Ausmaße verärgere und errege, daß er in K. bleiben wolle, bis er herausgefunden habe, was zwischen ihnen sei. Statt dessen sah er ganz klar jene andere Furcht, die er doch gerade in den ein oder zwei Augenblicken empfunden hatte, in denen es ihm so vorgekommen war, als existiere gar kein Widerstand aus Camilles Richtung. Diese andere Furcht kam aus dem drohenden Verzicht auf eine leichtere, glänzendere, elegantere, bedeutsamere (all diese Steigerungen lagen gedrängt im Rausch der kommenden Jahre) Zukunft, jene lange vorbereitete Zukunft womöglich, die er schon während der Gehtage in S. vor Camilles Augen auf die noch nicht im Geist von Disneyland kosmetisch operierten Mauern der Bürgerhäuser zu zeichnen versucht hatte. Klara, die ihm ruhig gegenübersaß und das Buch in seinen Händen oder seine Hände unter dem Vorwand seines Buches betrachtete, war diese Zukunft, die unvorhersehbare, schlanke Frau, deren Silhouette er schon einige Male an Camilles Seite erahnt und erträumt hatte. Sie anzusprechen erschien hoffnungslos und notwendig zugleich.

»Pudowkin«, sagte Klara. »Ich habe von diesem Buch schon gehört.«

Sieben Wochen später würde er in seinem Briefkasten die Einladung eines Fernsehsenders vorfinden, der sich für das Projekt *Robert und Anna* interessierte. Wäre er im Zug schon im Besitz dieser Nachricht gewesen, hätte er sich aller Wahrscheinlichkeit nach mit irgendeiner Form von Angeberei die folgenden sieben Stunden verdorben und damit auch die sieben Jahre mit Klara. Um diese – ihm trotz seiner mathematischen Vergangenheit unsympathische – Zahlenmagie (die Todessieben, die verflixte Sieben, die Kartenspiel-Sense, Nabokovs Beerdigungsdatum: der 7. 7. 77) fortzuspinnen, mochte man noch an die sieben Wochen später geschriebene Postkarte denken, mit der er Camille zum Rätseln auffordern würde, vielleicht sogar in der Absicht, sie zum Verstummen zu bringen. Camilles glorreiches, ungeahntes Wieder-Auferstehen! Unvorstellbar in diesen sieben Stunden mit Klara, in denen sie keine Zeile ihrer Bücher lasen, keinen Walkman hörten, andere Passagiere durch die achtlose Intensität ihres Gesprächs aus dem Abteil trieben, redeten und rauchten, bis sie heiser waren, durch die zurückweichenden Nebelgestalten in den Gängen zum Speisewagen vorstießen, sich im Überschwang berührten, als seien sie betrunken oder verschwistert oder beides, blind für ihre Umgebung und scharfsichtig zugleich, als beobachteten sie sich gegenseitig durch ein Mikroskop oder lägen schon eng beieinander in der Muldung ihrer Tage und Nächte, an den Stränden, in Pensionen, Hotels, Berghütten, im Schlafzimmer ihrer gemeinsamen Wohnung, vor dessen Fenster eine große Kastanie die Jahreszeiten erschuf wie ein klassischer, stets aufs neue überwältigender Maler: Scherbennetze aus Sommerlicht, tönende Herbstregendecken, Winterstarre und die ersten milden Frühlingsnächte, in denen sie das Fenster wieder geöffnet ließen, so dicht unter der Nachtluft wie in einem Kindertraum vom allein weltreisenden Bett. Die Leichtigkeit eines plötzlichen Davonlaufens stieg ihnen zu Kopf und die Verwunderung darüber, daß sich ihnen nichts in den Weg stellte – keine Zweifel, keine Ungeschicklichkeit, nicht einmal eine deutliche Absicht, es sei denn dieses doch keinesfalls Hindernis zu nen-

nende schwach eingeblendete Negativ eines vor kurzem gesehenen Films, der in der Universitätsstadt K. spielte. Die sieben Stunden mit Klara waren vollkommen nicht-camilleoid, nahezu undurchdringliche, flirrende Gegenwart, frei von Untertiteln. Als in ihrem Gespräch eine gewisse Ermüdung eintrat, begannen sie, sich über ein entlegenes Thema zu streiten, um nicht voneinander lassen zu müssen. Georg fühlte einen neuen, größeren Körper, der sie beide von dem Augenblick an umfangen hatte, in dem Klara sagte: »Pudowkin. Ich habe von diesem Buch schon gehört.« Jenseits dieses unsichtbaren Körpers, der sich bisweilen so eng um sie schloß, daß sie nur noch ineinander verhakt, zusammengekrümmt wie die inzestuösen Embryos eineiiger Zwillinge Platz fanden, begann unvermittelt die Eiswüste der Einsamkeit (sie sahen viele ihrer Freunde dort unbeschadet umhergehen und begriffen nicht, wie diese die Kälte überstanden). Schon an die Innenwände ihres gemeinsamen Körpers zu stoßen, ihres Luft-Iglus, ihrer Schnee- und Sonnenkugel, der hochempfindlichen Plazenta ihrer Liebe, erschien so bedrohlich, als würde diese Berührung mit einem lebensgefährlichen Stromstoß geahndet; und obwohl sie beide viel allein verreisten und an weit voneinander entfernten Orten arbeiteten, spürten sie, sobald sie die Augen schlossen und sich konzentrierten, den anderen oft so nah, als würden sie auf einer Wiese sitzen und mit den Rücken aneinanderlehnen.

Dies ist dennoch und noch immer und bis an ihr so fürchterliches wie vergnügliches Ende: Die Geschichte Camilles, insoweit Georg sie erfunden und verstanden hat. Dies ist nicht die Geschichte und schon gar nicht der Film eines Liebespaares, das sieben Stunden nach der ersten Begegnung in Berlin aus dem Zug steigt, um festzustellen, daß es dem ersten Trennungsschmerz schon nicht mehr gewachsen ist. Wie hätte man auch auf der Leinwand zeigen können, daß die Stadt, die sie beide seit Jahren kannten, nicht mehr ihre Stadt war, sondern deren Spiegelung auf dem Gebiet eines unbekannten Landes, das sie um keinen Preis wieder verlassen wollten? Wie bedrohlich, ironisch und glanzvoll sich diese Spiegelung ausnahm, nachdem sie sich (beide von den Umständen begünstigte Verräter an einem Partner, mit dem sie nicht in einer gemeinsamen Wohnung lebten) eine halbe Stunde nach ihrer gemeinsamen Ankunft ein Hotelzimmer mieteten, um dort vier Nächte in enger Umarmung zu schlafen, um von dort aus wie hochmütige, champagnerberauschte Spione ihre Berliner Lieblingsorte zu besichtigen, in den perfekten Kopien ihnen bekannter Restaurants zu essen, furchtsam und mörderisch zugleich, wenn sie den stets möglichen Augenblick ihrer Enttarnung bedachten? Als Regisseur und Autor beneidete Georg manchmal sein Leben um den schwerelosen und doch nicht komödiantischen Film dieser ersten vier Tage mit Klara, den er niemals würde drehen können. Während der Arbeiten an *Die Lust der anderen* (Rom, Herbst 1992) sollte er einmal den schamhaften Versuch unternehmen, in einer vollkommen geänderten Szenerie darzustellen, wie ein frischgebackenes (tatsächlich: der betörende Duft der neuen Liebe; ihre Hitze auf dem Bettbackblech, auf dem sie ruhten; die köstlichen helleren Aufbrüche ihrer Haut und die leichten Bauchschmerzen der Übersättigung) Liebespaar, die baldige Trennung vor Augen, nahezu verzweifelt versuchte, verzweifelt zu sein – und es nicht vermochte, weil die Trennung nur eine Entscheidung gewesen wäre, ebenso wie die Entscheidung in die gegenteilige Richtung. Erst als sie auseinandergingen, nach vier Tagen und Nächten, am fünften Morgen, mit der Verabredung, sich am sechsten Abend der neuen, wie endgültigen Zeitrechnung wiederzusehen, jeder ein Agent mit dem Auftrag, eine alte Liebe zu töten, schien der gemeinsame Körper für einige Stunden wie aufgelöst. (Die Chemikerin, Judith, von keiner Nomenklatur mehr geschützt, verärgert über Georgs viertägiges Verschwinden, glücklich doch, ihn wiederzusehen, erschreckend, als er sich nach einer flüchtigen Umarmung blaß an den Küchentisch setzte. Argumente, die keine waren. Die Injektion, direkt ins Herz ihres mit einem Male so alt erscheinenden und zum Sterben verdammten gemeinsamen Körpers. Ayshes Tod. Maria, die er durch seine Achtlosigkeit verloren hatte. Dies hier war etwas anderes. Was? Gerede. Zum ersten Mal Tränen, seit Jahren wieder. Ich weiß es nicht, weiß nicht weshalb. Weil mir etwas klargeworden ist. So hätten wir nicht beginnen sollen. Ja, dein Ex-Freund, an dem du noch immer hängst. Ich hätte es nicht akzeptieren dürfen, keine Ausflucht suchen, diese und jene andere Geliebte, Zeichen des Fehlers. Es wäre nicht gut. Es ist nicht gut. Judiths großer, erregter, flehender Körper. Keine Rechtfertigung. Daß diese Ungeheuerlichkeit funktioniert! Laß mich so liegen. Deine letzte Injektion in mir. Geh! *Die Toteninsel*, die einmal über diesem Bett hing. Judith dahintreibend, mit geöffneten Armen, gelöstem Haar. Nicht mehr zu erreichen, selbst wenn er zurückgewollt hätte. Ich wußte, daß es sich einmal rächen würde, damals, als ich dir die Tür vor der Nase zuschlug. Das war es nicht. Das war es. Keine gemeinsame Meinung mehr.)

»Ich verstehe nicht, wie ich es fertiggebracht habe. Als ich es ihr sagte, dachte ich, sie sollte mich umbringen. Als ich allein die Treppe hinabstieg, dachte ich, ich sollte mich umbringen. Als ich wieder auf der Straße stand, war ich glücklich.«

»Mir ging es fast genau so«, sagte Klara am Abend des sechsten Tages.

Die Opfer mochten sich verstehen. Aber die Täter verstanden sich besser.

6

»Heiratest du aus Schuldgefühl?« wurde Georg von Hermann gefragt, etwa einen Monat später. »Ihr kennt euch doch kaum. Es sieht aus wie eine Flucht.«

»Eine Flucht mit der richtigen Frau – in die richtige Zeit, nämlich in die Zukunft, aus der sie kommt!« rief Georg begeistert. Er erklärte, daß er seine Vergangenheit für immer verlassen wolle, diesen verwilderten Nachtgarten, in dem sich die verlorenen und verlassenen Geliebten begegneten, ohne einander zu sehen und zu berühren, alle gleich nah und gleich weit von ihm entfernt. Mit jetzt bald dreißig Jahren war es an der Zeit, das Gartentor zu schließen und nicht mehr zurückzukehren.

»Das wird kaum funktionieren«, sagte Hermann. »Je schneller du davonläufst, desto schneller geht dir die Luft aus – und dann holen sie dich ein, deine Zombies in ihren Negligés und Büstenhaltern!«

»Nicht mehr zurückkehren ist nicht das gleiche wie nicht mehr zurücksehen«, widersprach Georg.

»Du willst also monogam sein, aber nicht völlig phantasielos«, stellte Hermann fest, und erst mit diesem Satz seines Freundes wurde Georg klar, was er selbst gemeint hatte.

Einige Wochen nach der Hochzeit sprach Hermann plötzlich von Rike, seiner holländischen Ex-Freundin. Er drückte sich sehr zurückhaltend aus, ganz anders als Georg, der Liebhaber der Transparenz, der alle Köpfe öffnen wollte und sofort die Regie in einem Pornofilm übernommen hätte, unter der Voraussetzung, daß die Darsteller eine Haut aus Glas besessen hätten. Hermanns Trennung von Rike lag fünf Jahre zurück. Aber er mußte nun immer öfter an sie denken und von ihr träumen. Schließlich habe er ihr einen sehr langen Brief geschrieben – aber nie eine Antwort darauf erhalten.

»Camille schreibt mir auch nicht mehr, seit ich ihr die richtige Antwort für mein Rätsel geschickt habe.«

»Wundert dich das? Wenn du ihr mitteilst, daß du heiratest?«

Georg fand große Unterschiede zwischen seiner Beziehung zu Camille und der tatsächlich gelebten, erwachsenen Liebe von Hermann und Rike. Er dachte wenn auch im Traum, so doch nie in der Wirklichkeit daran, Camille noch einen zweiten Brief zu schreiben, um – wie er es Hermann in Rikes Fall vorschlug – sicherzugehen, daß sie wirklich den Kontakt zu ihm abbrechen wolle. »Ich müßte mich ja bei Camille bedanken, weil sie meine Brautführerin gewesen ist.« Und weil das Fernsehen ihm nun angekündigt hatte, daß man seinen Spielfilm *Robert und Anna* produzieren werde, verstieg er sich sogar dazu, Camille mit einem der Sätze zu zitieren, die er bislang am meisten gehaßt hatte. Mit der Hochzeit, der Hohen Zeit seiner Liebe, sei womöglich *die schönste Zeit in seinem Leben* gekommen. Aber Camille hatte diesen Satz als melancholisches Etikett auf ihre unrettbar verloren geglaubten Jugendjahre geklebt, und er meinte doch das Risiko, sich jetzt, in diesem Augenblick und diesen Jahren, auf den Superlativ zu werfen, in der Absicht, ihn eben dadurch zu ermöglichen.

Sieben Jahre später hört er wieder diesen schrecklich einprägsamen Satz: *Die schönste Zeit in meinem Leben*. Camille ist ganz nah bei ihm, herbeigeeilt durch einen der paradoxen, asynchronen Kanäle, die die Gegenwart dem Perfekt einräumt, die Flugbahnen der Dämonen. Eine Fünfundzwanzigjährige, geschminkt mit diesem albernen Superlativ der Toten, kindlich über die Lippenränder geschmiert. Und jetzt denkt er es selbst, in der überhitzten, stinkenden, dröhnenden Gegenwart einer unvorhersehbaren Zukunft. Ihm fällt ein, daß er nicht nur kurz nach seiner Hochzeit an Camilles Satz gedacht hatte, sondern auch mit fünfundzwanzig, als das Zitat erst einen Tag alt gewesen war und er die Wendeltreppe in Brigittes Eiscafé emporstieg. Damals hatte er es vergnügt und verächtlich wiederholt. Jetzt denkt er es mit beißender Ironie, immerhin als Selbstkommentar zum Leben, den er sich noch gutschreiben kann, obwohl ihm die Tränen übers Gesicht laufen. Dieses Vermögen, selbst jetzt noch neben sich herzugehen (oder vor sich, zurückgleitend auf einer Kameraschiene) hält ihn aufrecht. Farang, schwitzender reicher weißer Affe, Tourist mit Dämon im Nacken. Drachentöter, Georg ist der Drachentöter, vollkommen fehl am Platz. Er wollte nicht nach Asien, das doch die Drachen liebt. Verrate niemandem deinen Namen. Jetzt, dieses ungeschnittene Jetzt hat eine dreifache Schmerzspur (hatte er Camille nicht einmal nach dem Schmerz gefragt?). Der aspirinverätzte Magen. Der Gedanke an Camille bohrend und überflüssig wie die Zahnschmerzen, die in seinem rechten Unterkiefer wühlen. Camille war die schlimmste Gärtnerin für den Zeitgarten der untoten Geliebten gewesen! Ihr wehmütiger Squaw-Blick. Vergangenheit. Die Gegenwart ist Bangkok, Chinatown, das Aspirin im Magen, das Lariam in der Blutbahn (innere Touristenuniform, Khaki der pharmazeutischen Industrie). Die glühende, benzinverseuchte Luft, die in die Poren dringt und einen fiebrigen Schwebezustand erzeugt, das Gefühl, in einem gigantischen aufgeheizten Aquarium zu treiben. An jeder Ecke aber explodieren Feuerwerkskörper, zischende Pulverschlangen ringeln sich am Boden. Nichts ist dümmer, als zur Zeit des Chinese New Year einen ruhigen Platz zu suchen, indem man die Krung Kasem überquert und sich verschlingen läßt. Nichts ist klüger als eben dieses Eintauchen in den Film der Gegenwart mit seinen von Zahnschmerzen und Gerüchen zum perfekten Sensoround erweiterten Dimensionen einer anderen Welt. Ein grinsender Buddha, der vor einem Hausaltar ein schmutziges aufblasbares Modell einer Boeing 747 bewacht. Ein Schlepper, der einen regelrechten Tanz vor Georg aufführt, sich mit den Fingern (ausgerechnet) an die Zähne klopft, die er sich in Köln habe reparieren lassen. Videoschirme, auf denen Sidney, Bangkok, Paris, New York und London hinter Masken von japanischen, thailändischen und chinesischen Schriftzeichen flackern. Das neue Jahr. Alle wollen Gold, das tonnenweise, zu Kettchen, Armbändern und Uhren geschmiedet, in den wie Metzgereien vollgepackten Läden hängt. Alle essen oder kaufen Essen an einem der Stände mit blitzschnell über die Kochplatten rasenden Händen, vor einem quer zum Menschenstrom stehenden Wagen, an dem vertrocknete rohe Entenschenkel baumeln, an einem Grill, über dessen Holzkohle die Spieße mit Schweinefleisch und Tintenfischringen versaften, in den Imbißstuben, über deren Plastikteller die Abgase geblasen werden, um sich mit dem Duft von Ingwer und Koriandergrün zu vermischen. Wenn ihr Asien verstehen wollt, dann müßt ihr die Chinesen verstehen! Ein französischer Geschäftsmann, der ihnen dies am Vorabend in der Hotelbar erklärte. Georg versteht nichts von den Chinesen. Die Thailänder sind ihm noch zugänglich, aber die Chinesen kommen ihm spanisch vor. Er denkt, daß sie nur einen Gott haben: das Glück. Es soll sie aus der irrwitzigen Enge befreien, die sie sich selbst zufügen. Ihre Goldfetische. Ihre Schweine, Schwalbennester und Knallbonbons. Der Hund beginnt zu laufen. Lautlos und ungehindert wie eine Strahlung hetzt er durch das Gewimmel der Körper. Georg kann ihn nicht aufhalten. Er ist reine Zeit. Er ist der Bote des neuen Jahres. Er ist die Hoffnung, die flieht, und die Vernichtung, die kommen wird. Schon seit einer Woche sieht Georg ihn laufen. Vielleicht ist er selbst der Hund oder möchte es gerne sein. Alles in sich aufnehmen, auf einer endlosen Flucht über die Erde. Einmal dachte er sich eine Kamera, die an einem Engel zu befestigen wäre, um in aller Kälte die Verhältnisse zu untersuchen. Aber jetzt will er den Hund, seine Sprünge, seine Verletzlichkeit, sein Hecheln, seinen Speichel, der in den Rinnstein tropft, sein zitterndes Fell. Keiner wird sich wundern, wenn er erscheint, keiner wird ihn aufhalten, wenn er geht. Jeder kennt ihn, er ist nirgendwo Tourist. Nie bin ich alleine gereist, denkt Georg. Weshalb nicht? Er betritt einen Papierladen, dessen Stille und Ordnung ihn angezogen hat. Frauen und Kinder sitzen unter einem fliegenübersäten Deckenventilator auf einer Holzbank und heften Kladden zusammen. Die Besitzerin spricht einigermaßen Englisch. Alle jüngeren Chinesinnen kommen Georg anmutig vor, vielleicht ihrer Kleidung wegen oder weil er nicht in der Lage ist, ihnen die Spuren der langen Arbeitstage anzusehen. Der angenehme Leimgeruch des Ladens und die stillen Frauen lösen die Sehnsucht in ihm aus zu bleiben, die aber doch nur die Sehnsucht ist, überall zu sein. Er kauft eine Kladde mit einem grünblau schimmernden Umschlag, einer Art Echsenhaut. Er wird zurück ins Hotel gehen – bald. Klara wird dasein, wo sonst. Immer noch spürt er sie nahe bei sich, in ihrer gemeinsamen Luftwohnung, in diesem allen anderen verborgenen Raum, den nur er mit ihr teilt. Sie hat nur gedroht, ihn zu verlassen. Zwei Stunden zuvor der plötzliche Streit und Klaras Ausbruch: Was intereressiert dich denn überhaupt? Wo willst du denn gerne hin? Nirgendwohin? Überall hin? Ich weiß, weil du niemals Tourist sein willst! Niemals schutzlos, niemals profitierend, niemals überflüssig! In Indien hast du dich wohlgefühlt. Das Team war deine Ritterrüstung, die Kameras, Stative, die Organisation, die Metallkoffer, die Uhren, die Drehpläne. Nie ergriffen werden! Entfernt bleiben willst du, mit deinem Objektiv, hinter dem Panzerglas deiner Angst. Klara. Noch vor zwei Stunden. Klara, die auf dem Absatz kehrtmacht und in eine unbestimmte Richtung davongeht. Zuerst lief er dicht hinter ihr her. Dann wurde er langsamer und noch langsamer, um sie in den ungeheuren fremden Bildern der Stadt verschwinden zu sehen, aufgelöst in der leuchtenden Menge vor dem königlichen Begräbnisplatz. Bangkok ist eine sichere Stadt. Sie wird ins Hotel gefunden haben, sie wird im Hotelzimmer die Schränke aufreißen und wütend die Kleider durcheinanderwerfen, um den Eindruck zu erwecken, sie packe ihren Koffer. Sie wird auf ihn warten. Sie wird. Der Bahnhof Hualumpong liegt vor ihm, von dem aus sich die Ameisenröhren der Straßen ins rotgoldene und aschgraue Herz Chinatowns bohren. Georg überquert eine Brücke über einen stinkenden grauen Klong, auf dessen öliger Wasserhaut die Schalen ihm unbekannter Früchte schwimmen. Sein Haar klebt auf der Stirn. Aber er ist nicht mitleiderregend, er ist groß, kräftig, gut angezogen, reich, weiß. Die schönste Zeit in meinem Leben. 38 Grad im Schatten, sieben Millionen Menschen werden hier tagtäglich gekocht. Ein Gewirr von Marktschirmen, wie schlaffe chinesische Riesenpilze vor dahinbröckelnden mit Antennen gespickten Häuserfronten. Eine Dosa Cola und eine kunstvoll eingeschnittene Ananas in der einen Hand, in der anderen die neu gekaufte Kladde mit dem schillernden Umschlag, setzt er sich auf den versengten Rasen des Bahnhofvorplatzes zwischen liegende Pärchen, die sich nicht zu berühren wagen, zwielichtige Kerle, die abschätzend zu ihm herübersehen, Familien im Gehege ihrer Koffer. Der Hund läuft weiter, 365 Tage lang, so will es der chinesische Kalender. Einmal sollte er wirklich ganz alleine reisen, einmal sollte er Ernst machen, auch ohne Film. Tourist in einer Millionenstadt, die ihn nichts angeht, Tourist in den Opiumbergen seiner Erinnerung (Stella wird bald wieder erscheinen, drei Tage später in jenem Meo-Dorf am Rand des Goldenen Dreiecks). Vielleicht wird er sogar Camille wiedersehen, vielleicht ist Camille nun die Frau aus der Zukunft, an der er nicht mehr vorbeigehen kann. Er öffnet die Kladde, zieht einen Kugelschreiber hervor. Die kühle Echsenhaut. Er wird etwas aufschreiben. Er wird die Melancholie, die ihn befallen hat wie dieser verfluchte Schmerz in seinem Unterkiefer, angreifen, direkt, ohne Umstände. Diese verflucht glatte, verflucht stimmige leise Mathematik der Verzweiflung, deren Rechnung immer aufzugehen scheint. Einmal etwas aufschreiben, wie es gewesen ist. Oder werden es wieder nur Zitate, die ihm einfallen, Bilder, die ihm zuströmen, Schnittfolgen eines zukünftigen Filmes? Er schreibt einen ersten Satz in die Kladde: *Camille wollte immer nach Australien. Der Weg führt über Bangkok.* Seine schwitzende Hand wellt das Papier. Klaras berechtigte, unsinnige Wut. Was wird kommen? Erinnerungen aus Europa, dem Kontinent der Zeitfresser. Aber die Menschen in dieser Stadt sind ja noch schlimmer, noch ruheloser inmitten dieser emporschießenden Wolkenkratzer, mit ihren Nachtschichten, ihrer endlosen Arbeit ohne Plan und Konzept. Klara glaubt, Europa verachten zu müssen, aber er denkt immer noch, es könne einmal neue Aussichten entwickeln. Knallkörper, Pulvergeruch. Wie schön dieses rote Wachspapier, das ihm schon als Kind so gefiel. Zu langen Ketten zusammengebunden, winden sich die Drachen feuerspeiend in der Hitze. Kauft Gold! Kauft Glück! Das Jahr des Hundes hat begonnen. Demnächst: Wie es dazu kam. Und dann noch, weit in der Zukunft: Sein zuckendes Gesicht im Schoß Camilles.

5
Film und Wahn

Man darf sagen, der Glückliche phantasiert nie, nur der Unbefriedigte.

Sigmund Freud, Der Dichter und das Phantasieren

1

Im Februar 1993 wurde *Die Reise nach England* im Rahmen der Berlinale uraufgeführt. *30 Jahre Müllers Eis* (1987) hatte nie einen Verleiher gefunden, *Robert und Anna* (1988) und *Cantors letzte Jahre* (1990) waren von vornherein für das Fernsehen produziert worden. Die Premiere von *Die Reise nach England* bedeutete, auch wenn der Film nicht im Wettbewerb der Festspiele, sondern im *Forum des Jungen Films* lief (»jung« waren die Streifen der Dreißigjährigen und die Arbeiten der Vierzig- und Fünfzigjährigen, die keinen kommerziellen Erfolg hatten), den Durchbruch zum Kino und damit einen so deutlich markierten Höhepunkt des Lebens, daß sich Georg beim Erwachen an diesem Tag noch unbehaglicher fühlte als am Morgen seiner Erstkommunion.

Abends, an Klaras Seite, zwischen seinen Freunden und den Mitarbeitern des Films, hatte sich dann das Lampenfieber etwas gelegt. Der nüchterne Sechziger-Jahre-Saal der Akademie der Künste erinnerte an einen großen Hörsaal. Nur die zahlreich hereinströmenden, rufenden, sich ihre Plätze sichernden Zuschauer sorgten für Festivalatmosphäre. Kurz bevor man die Deckenbeleuchtung löschte, sah Georg für einen Augenblick über seine Schulter. Etwas, das so schnell aus dem Gesichtsfeld verschwand wie ein vorbeischießender kleiner Vogel, ereignete sich bei diesem Blick. Irritiert versuchte Georg, den Lauf des Blicks über die aufgereihten Gesichter zu wiederholen. Er glaubte erneut, etwas Ungewöhnliches und Bemerkenswertes wäre da; aber es war zu schwach oder zu undeutlich, als daß er es konkret hätte bestimmen können. Es war ein visueller Eindruck, aber dezent wie ein leises Geräusch, das tatsächlich gehört zu haben man anzweifeln mußte. Noch als sich der Vorhang öffnete und das Licht auf die Leinwand fiel, beschäftigte Georg diese kleine Irritation. Einige Minuten später jedoch war er schon ganz und gar der Enttäuschung über sein Werk ausgesetzt. – Aber was hatte er denn erwartet? Daß er diese wieder und wieder betrachteten und diskutierten Bilder ansehen könne, als öffne sich eine neue Welt vor seinen Augen? Es sah jeden Fehler, zuckte bei etlichen Sequenzen zusammen, hörte das leiseste Knacken der Tonspur. Wie ein Arzt, der zugleich die intakte Oberfläche eines Körpers und die Röntgenprojektion der Krankheit sieht, erblickte er unter der glatten Lichtoberfläche seines Films das Skelett, die Zahnräder hinter der Leinwand, die Härte und funktionale Häßlichkeit der Maschine, ohne die es keine Leichtigkeit und keinen Tanz gibt. Das also war sein Traum: diese Kabinensehnsucht und Kabinenverzweiflung der Menschen, die das noch koloniale Indien hinter sich ließen, um einem krisenhaften Europa entgegenzufahren; diese funkelnden Meeresbilder, die Thorsten, der zwei Kinosessel entfernt saß, stundenlang hinter der Kamera ausharrend, fluchend, lachend und unerbittlich auf das günstigste Licht wartend, eingefangen hatte; die Erfolgsgeschichte dieses mageren jungen Inders, der auf einer Schiffsreise durch seine Berechnungen die Leerstellen der Welt entdeckte (nun wieder in seiner etwas ironischen Eigenschaft als pakistanischer Maschinenbau-Student der Technischen Universität nervös auf den Fingernägeln kauend). Das komplette Team hatte einen Monat auf einem zur Ausschlachtung bestimmten Kreuzfahrtdampfer vor der griechischen Mittelmeerküste bei Piräus verbracht. Aus Kostengründen waren nur vier Schauspieler und das Kamerateam bis nach Madras gekommen, zwei Schauspieler und das Kamerateam auf ein tatsächlich Aden ansteuerndes Schiff und nur noch der weiterhin Fingernägel kauende Amitabh/Chandrasekhar und das Kamerateam zur Schlußeinstellung nach Cambridge. Georg sah zu Thorsten, der sich in genau diesem Moment vorbeugte und seinen Blick erwiderte. Sei ehrlich, es ist Mist, dachte Georg. Thorsten schüttelte kaum merklich den Kopf, weitete die Augen und richtete den Blick sehr langsam und auffordernd wieder zur Leinwand, bevor er sich in seinen Sessel zurücksinken ließ. Als Georg es ihm gleichtat, hoffte er, schlagartig seinen Zustand wechseln, emporschweben und sich auflösen zu können im siebenhundertfachen Sehen des Publikums, das die Strahlung der Leinwand absorbierte wie eine seltene, nur im Dunkeln gedeihende Pflanzenart. Er löste sich nicht auf; aber anders als bei dem nie zu einer Vorführung vor größerem Publikum gelangten Eiscaféfilm und anders als bei seinen Fernsehfilmen konnte er bisweilen minutenlang vergessen, daß er der Regisseur war. Er genoß den Rhythmus des Lebens in dem riesigen leuchtenden Rechteck an der Saalwand, und wenn er wieder einmal aus der Handlung herausfiel, beobachtete er möglichst unauffällig, wie sich auf den Gesichtern im Vorführsaal seine Bilder spiegelten. Der Schein großer Fackeln wurde über die Zuschauer geworfen, die alte Magie der Brände und Feuerwerke hielt sie gefangen. Es war ein kalkuliertes Verbrennen. Um zu funktionieren, bedurfte es gemeinsamer Gefühle und Gedanken, gemeinsamer Amino- und Phosphorsäuren, gemeinsamer, im Dunkeln des Saales und der Körper verborgener Lebenserfahrung, die die Leute zur gleichen Zeit lachen, nachdenken oder den Atem anhalten ließ. Die Nacht neben Camille, in der Georg das Schiff nach England zum ersten Mal gesehen hatte, die Stunde auf der Bank unter den Kirschblüten und dem noch leeren, unentzifferbaren Märzhimmel, der Augenblick, in dem er Brigitte (und sich selbst) verkündet hatte, er wolle Regisseur werden, die Arbeit der vergangenen zehn Jahre – das alles schloß sich nun zusammen und bildete einen sinnvollen Satz. Der Satz vollendete sich mit dem Schlußbild des Films, auf dem der leuchtende Kiel des Schiffes in den Sog einer mahlstromartigen, tricktechnisch überzeugend unter die schieferfarbene Meeresoberfläche gezauberten Spirale geriet. Das Besondere an der cineastischen Vorspiegelung des Todes war die Illusion, es ließe sich gemeinsam sterben und gemeinsam wieder auferstehen. Die eingeblendeten Buchstaben des Nachspanns erschienen bereits wieder wie das Wort, das über dem Abgrund schwebte. Erst jetzt wurde sich Georg dieses biblischen Effekts bewußt und der Tatsache, daß fast jeder Film mit Schrift begann, um mit Schrift wieder zu enden.

Als das Licht des Filmsaals das Festlicht des Films zersetzte und der Applaus der Zuschauer die letzten Akkorde der Musik übertönte, hatte Georg noch stärker als während der besten Minuten der Vorführung den Eindruck, er gehöre zum Publikum wie jeder andere. Er wollte in der Menge den Saal verlassen und sich die Zigarette anzünden, mit der man das Feuer des eigenen Lebens wieder zurückholte. Aber es war nach den Festspiel-Premieren üblich, dem Regisseur Fragen zu stellen, und schon stand er auf der Bühne einer jungen Frau gegenüber, die ihm ein Mikrofon vor die Nase hielt, sehr kurz zunächst, als solle er nur einmal daran schnuppern, um dann ihre die Diskussion einleitenden Sätze zu sprechen. Sie war gut vorbereitet und ließ dem Publikum seine nicht vorhandenen Illusionen über die Spezies der Autorenfilmer, indem sie nicht die drei nach fremden Drehbüchern realisierten Fernsehfilme Georgs erwähnte, denen er hauptsächlich sein Einkommen verdankte, sondern nur die »gewiß schon einigen hier im Saal bekannten Arbeiten« *30 Jahre Müllers Eis* (1987), *Robert und Anna* (1988) sowie *Cantors letzte Jahre* (1990).

Mein Leben lang habe ich auf die Leute eingeredet, und jetzt will ich bloß noch weg! dachte Georg verwundert. Während er sich bemühte, auf die Fragen ruhig und konzentriert zu antworten, hielt er den Kopf gesenkt. Er wunderte sich, daß er sein Publikum nicht sehen wollte; es war, als habe man sich in einer pathetischen Nacht mit einer Fremden vergessen und scheute sich nun, ihren blassen, alltäglichen Leib im Tageslicht zu betrachten. Mit Mühe sah er schließlich auf und erschrak darüber, daß die Reihe seiner Freunde nicht besonders ausgeleuchtet oder hervorgehoben war. Der leere Platz neben Klara erschreckte ihn. Es erschien ihm widersinnig und außerordentlich traurig, dort zu fehlen. Und noch etwas beunruhigte ihn mehr als die berechtigte Feststellung einer Zuschauerin, daß der Film nicht simpel genug sei, um ein Erfolg zu werden. Es war wieder diese Störung im Hintergrund, die er auch jetzt, wo er das Publikum in Gänze vor Augen hatte, nicht näher lokalisieren konnte. Er dachte sogar, daß sein leerer Platz neben Klara und diese Empfindung in einem bestimmten Zusammenhang stünden. Aber da mußte er zum zweiten Mal zugeben, die Frage eines Zuschauers nicht vollständig begriffen zu haben, und er senkte wieder den Kopf. Wertvoller als die ausgesprochenen Fragen und Antworten erschien ihm der unhörbare kollektive Unterton, das wohlwollende Schweigen der meisten Besucher. Ein zur gleichen Zeit angelaufener sehr erfolgreicher Dokumentarfilm über den Physiker Stephen W. Hawking *(Eine kurze Geschichte der Zeit)* hatte im Schlepptaueffekt Georgs Publikum vergrößert. Dennoch – und auch im Gegensatz zu seinem Produzenten, der glücklicherweise einen Film über das Universum, schwarze Löcher und »diesen ganzen Kosmos-Kram« als sichere Investition erachtete – glaubte Georg an den Fragen, die nicht gestellt wurden, zu erkennen, daß seine Geschichte verstanden worden war: die Geschichte eines Mannes aus den Kolonien, der das Gespenst der Leere in die Denkstruktur des Imperiums über das Meer zurückbrachte; die Geschichte eines Mannes, der ein Bild entwickelte, um die Grenzen zu sprengen.

»Stimmt es, daß Chandrasekhar 1983 einen Nobelpreis bekommen hat für etwas, das er 1928 schon entdeckte?« lautete die letzte Frage aus dem Publikum.

»Ja«, sagte Georg, »das ist ein Beitrag zur Relativitätstheorie der öffentlichen Anerkennung. Ich hätte die Sache am liebsten schon in den dreißiger Jahren verfilmt.«

Die Moderatorin wies darauf hin, daß man den Saal nun wegen der nachfolgenden Vorführung räumen müsse. Aber sie selbst wolle noch etwas wissen, das sich vielleicht zum Abschluß des Interviews eigne. Nachdem man *Cantors letzte Jahre* gesehen habe, der doch 1990 in Halle gedreht worden sei, hätte man denken können, daß Georg sich nun auf irgendeine Art mit der deutschen Wiedervereinigung beschäftigen würde. Statt dessen sei er aber nach Indien gegangen und in das England von 1928. Sei dies nicht eine Art von Flucht? Ins Weltall oder zurück in die Vergangenheit?

»Gewiß«, sagte Georg. »Aber den Leuten in Halle ist auch nichts Besseres eingefallen.«

»Es waren gute Schlußsätze, das Publikum hat gelacht«, versicherte ihm Klara auf der anschließenden Party für die Freunde und Mitarbeiter, als sie einen Moment ungestört miteinander sprechen konnten. »Aber was wolltest du eigentlich damit ausdrücken? Daß es für die Einwohner von Halle in der DDR besser war? Oder daß sie lieber auf dem Mars wären als in der Bundesrepublik?«

»Daß der Ort, an dem man leben muß, immer unerträglich ist«, erwiderte Georg. Er hatte diese Antwort ebenso unwillkürlich und rasch hervorgebracht wie seinen letzten Satz während des Interviews. Neu eintreffende Gäste belegten ihn schon mit Beschlag, und so übersah er das leise Erschrecken auf Klaras Gesicht. Dennoch hatte er im Festtrubel und im Genuß der ungeheuren Befreiung, die die erfolgreiche Premiere für ihn bedeutete, noch den Sinn, eine zusätzliche, geringfügige Erleichterung zu spüren, etwa als sei ein lästiges Geräusch im Hintergrund endlich verstummt.

2

Drei Tage später kehrte das lästige Geräusch wieder, das heißt, ein Geräusch konnte es schwerlich sein, denn sie hatten gerade einen Tisch in einem lärmerfüllten Café erobern können. Im Stimmengewirr ertrank auch die überaus laute Musik, und schon die Unterhaltungen, die am eng benachbarten Nebentisch geführt wurden, waren nur noch als Pantomime zugänglich. Gleichzeitig mit ihnen waren zahlreiche Gäste eingetroffen, die ebenfalls die Premiere eines Spielfilms über Rahel Varnhagen verfolgt hatten. Das Café lag in der Nähe der wichtigsten Festspielkinos, und der Rhythmus der oft nur um Viertelstunden versetzten Vorführungen, der ruckhafte Ab- und Zuwanderungen hervorrief, verwandelte es in eine Bahnhofshalle der Phantasie. Die kaum beschreibliche Störung (fast wie die Vorahnung, im nächsten Augenblick werde ihm ein unangenehmer Bekannter auf die Schulter klopfen) hinderte Georg, sich auf das Gespräch an seinem Tisch zu konzentrieren.

»Ein Frauenfilm eben«, sagte Hermanns Freundin Beatrix. »Deshalb ist ja auch nur die berühmte Georgina mit uns gekommen.«

»Meine Georgina!« rief Klara. »Die Süße!«

»Täuscht euch nicht, ich stehe auf Schwarzenegger!« protestierte Georg. »Aber ich muß zugeben, daß ich mal im Minirock in die Schule gegangen bin.«

»O Gott! Was wolltest du denn werden, wenn du groß sein würdest?« fragte Beatrix.

»Der Terminator im Auftrag der polymorphen Perversion«, verkündete Georg. »Einer der gefürchteten Kampf-Transvestiten der Gamma-Serie.« Wie kam er nur darauf? Doch wohl kaum durch den Film über Rahel Varnhagen.

»So einer wie in der *Rocky Horror Picture Show?*« Beatrix bemühte sich, den Titelsong zu summen, und fand mit Klaras Hilfe die Melodie.

Verena, Beatrix' Schwester, wollte von Georg wissen, ob er nun am Ziel seiner Wünsche sei. Schließlich sei sein erster Kinofilm auf der Berlinale gelaufen, er gebe seit Tagen Interviews, in denen er seine Ansichten über das Kino und den Film loswerden könne, und man werde jetzt doch bestimmt auch seine neuen Projekte finanzieren.

Georg bezweifelte, daß man ihm bald wieder Geld für einen Kinofilm geben werde. Was das Interesse der Presse und der Öffentlichkeit angehe, so müsse man sehen, daß es nicht echt und nicht geduldig sei. Es handele sich um das Füttern eines gierigen, blitzschnell verdauenden Tieres, das jeden Tag Regisseure, Schriftsteller, Schauspieler und Politiker fresse, das keine Speisen wolle, sondern Brocken und stets nur die besten, ohne Zutaten: Herz, Augen, Gehirn, das Weiche eben, das sich am schnellsten hinunterschlingen, zu elektronischen Rasterpunkten zersetzen und als Flimmern ausscheiden lasse.

»So schlimm ist das für dich?« fragte Klara verwundert, und Beatrix betrachtete Georg nun mit einem Blick, der ihm unangenehm therapeutisch vorkam. Sie und Hermann hatten sich vor drei Jahren während einer Fortbildungsveranstaltung für Psychologen kennengelernt. Was mochte Georg denn als nächstes realisieren, vorausgesetzt, man würde ihm entgegen seinen Befürchtungen die Mittel zur Verfügung stellen?

Stärker als zuvor durch diese nicht zu bestimmende und nicht einzuordnende Störung abgelenkt, sprach Georg von einer Art Fortsetzungsprojekt zur *Reise nach England*, einem Film, der sich mit dem indischen Mathematiker Srinivasa Ramanujan befasse. Ramanujan habe vierzehn Jahre vor Chandrasekhar die Schiffsreise nach England unternommen. Die Mathematiker-Elite von Cambridge sei von seinen genialen und unorthodoxen Arbeiten entzückt gewesen. Ramanujan habe sich aber weder mit den frostigen britischen Verkehrsformen noch mit der durch die Weltkriegsumstände verschlimmerten Ernährungsweise arrangieren können. Krank, vereinsamt, erschöpft von exzessiver geistiger Arbeit, sei er 1919, nach fünf Jahren in England, wieder zurück nach Indien gefahren, um dort bald darauf, als gerade Dreiundvierzigjähriger, zu sterben. Wie Cantor habe sich auch Ramanujan einen Ruf als Spezialist für unendliche Reihen erworben.

»Aber das bedeutet, daß du gleich zwei deiner Filme wiederholen würdest. Wir hätten dann *Cantor II* und *Die Reise nach England II*«, warf Klara ein. »Vielleicht solltest du lieber eine Pause machen.«

»Eine Pause? Willst du mich durchfüttern?«

»Warum nicht?« sagte Klara. »Oder du übernimmst noch

einen Regieauftrag, der ordentlich Geld bringt, und machst dann eben ein paar Monate Denkpause.«

»Ich frage mich, wie das die bekannten Regisseure fertiggebracht haben. Es ist doch eine lebenslange Hetze von Film zu Film«, überlegte Beatrix.

Georg stellte hastig und zu verworren eine Idee für ein Drehbuch über einen zynisch gewordenen Intellektuellen vor, den die Lust umtrieb, seine Mitmenschen in ihren Platonischen Höhlen gefangen zu halten, und der deshalb einen Fernsehreparaturdienst eröffnete. Die Tischgesellschaft konnte sich für den Plot nicht begeistern. Verena kam auf eine aktuelle Picasso-Ausstellung zu sprechen, für die sich Klara und Beatrix sehr interessierten.

Hatte er tatsächlich Angst vor dem nächsten Projekt? Drohten ihm die Ideen auszugehen? Wie hatten sich Hitchcock oder Griffith oder Eisenstein, über die er doch sonst alles Mögliche wußte, denn nun gefühlt, wenn ihnen kein guter Einfall mehr gekommen war? Georg rückte seinen Stuhl ein wenig nach links. Dabei fiel sein Blick wie in einem sachten Kameraschwenk auf eine blonde Frau. Er hatte sie schon einige Male im Lauf des Gesprächs gleichsam unscharf fotografiert. Jetzt sah er sie aus einem günstigeren Winkel. Etwas an ihr war von vornherein irritierend gewesen, und nun wußte er, daß es an der Schwierigkeit lag, ihr Alter zu bestimmen. Zu Anfang hatte er sie auf zwanzig geschätzt, beim zweiten Blick auf Mitte zwanzig. Sie alterte weiter, und in dem Augenblick, jetzt, als er sie auf dreißig oder noch älter taxierte, erkannte er Camille. Sie saß der blonden Frau gegenüber. Er mußte sie die ganze Zeit gesehen haben, so, wie sie vielleicht immer in seinem Leben vorhanden war: als Spur, als Linie im Augenwinkel. Das Unwahrscheinliche ihrer Anwesenheit in diesem Berliner Café, zu diesem Zeitpunkt hatte sich mit dem Unwahrscheinlichen ihres Zusammensitzens mit einer um fünfzehn Jahre jüngeren Frau zu etwas nahezu Unmöglichem multipliziert. Aber jetzt, am Ende des rasanten Alterungsprozesses der Blonden, konnte diese eine von Camilles Freundinnen sein und Camille mithin auch Camille. Ihr Squaw-Blick war direkt auf ihn gerichtet. Das war die Ursache der Störung gewesen, die ihn schon bei der Premiere seines Films heimgesucht hatte! Deshalb war er plötzlich an diese Sache« mit dem Minirock erinnert worden. Sechs Jahre nach ihrer letzten Begegnung in K. sah Georg zum ersten Mal wieder in Camilles Augen. Nur ein Aufglimmen, etwas wie ein metallisch blaues Beschlagen ihrer braunen Iris verriet, daß sie ihn ebenfalls erkannte. Er hielt den Atem an, zögerte – und hatte damit schon zu lange gewartet, um noch spontan reagieren, auf sie zugehen oder wenigstens überrascht und offen lächeln zu können. Sie schlugen beide die Augen nieder und sahen dann in der gleichen Sekunde auf, mit dem gleichen, für andere absolut verborgenen Erkennen.

Also dann, dachte er, heute sind wir incognito! War es denn möglich? Sie kam in *seine* Stadt, sah *seinen* Film und benahm sich, als ginge es um den Flirt mit einem Unbekannten, der – aparter Zufall – mit drei gutaussehenden Frauen am Nachbartisch saß. War sie wenigstens von seinem Auftritt geblendet? Der bekannt werdende Jungregisseur in seinem urbanen Milieu, umschwärmt von weiblicher Intelligenz? Georgs subjektive Kamera fotografierte seine Begleiterinnen mit dem Blick Camilles. Das Ruhige und Selbstbewußte der Psychologin Beatrix. Die Schirmmütze auf Verenas Kopf als Requisit großstädtischer Bohème (Verena unterrichtete gymnasiale Mittelstufen in Englisch und Mathematik). Das Designerkostüm und die silbernen Ohrringe Klaras. Welche – das mußte sich Camille jetzt fragen –, welche war wohl Georgs Frau? Was hätte sie hier, hätte sie sich denn zu erkennen gegeben, wohl gewinnen können? Auf eine scherzhafte Berührung von Beatrix hin ließ Georg kurz den Kopf auf ihre linke Schulter sinken, und ein wenig später rückte er Verenas Schirmmütze zurecht, während Klara eine Hand auf seinen Unterarm legte. Such's dir aus!

Es war nicht Camille. Die Frau hatte nur ihren Blick, den Squaw- und Rehblick. Camille war in Australien und züchtete Heuschrecken. Er fragte sich, ob er in den sechs Jahren, die sie von ihrer letzten Begegnung trennten, ebenso rasch gealtert war. Nun gut, das Haar über seiner Stirn lichtete sich, es gab Momente und ungünstige Betrachtungswinkel, in denen sein ausgedünnter Schopf deutlich die Tonsur seiner Zukunft markierte. Aber Camille – sie schien nun endgültig ins Genre aufgeschickter Hausfrauen eingelassen, zu dem sie schon Mitte zwanzig tendiert hatte. Eine dezent gemusterte Bluse, übergehend in eine dunkelbraune, schmal gegürtete Velourshose.

Lederschuhe mit flachen Absätzen. An der Lehne ihres Stuhls hing die Damenhandtasche, die unbedingt zu diesem Aufzug gehörte. Inhalt: ein Päckchen Papiertaschentücher, ein Lippenstift, ein Handspiegel, ein Töpfchen Hautcreme, zwei Tampons. Eine Schachtel *Marlboro light* lag vor ihr. Tatsächlich, sie rauchte wieder! Dies gefiel ihm am besten. Es vertrieb ein wenig die getrockneten Blumensträuße, das Nature-shop-hafte und allzu Natürliche, allzu Entspannte des zweiten Besuchs in K. Camille hatte einige idyllische Gebiete der inneren Prärie wieder an die angreifende Kavallerie verloren.

Zwischen den Sätzen des langen und angeregten Gesprächs, das an seinem Tisch geführt wurde, studierte er Camille so genau wie bei einem Casting. Hätte man seine Blicke zusammengeschnitten, wären wohl mehr als zehn Minuten Totale herausgekommen, das Gesicht einer Frau, die unruhig, in Sekundenabständen, direkt ins Objektiv sah. Es mußte Camille sein, das Staunen, das Brennende dieses Blicks, das regungslose Aufnehmen seines Gegenblicks konnten gar nicht anders erklärt werden. So flirtete niemand. Sie sah ihn an wie in einem Schockzustand, den sie nicht preisgeben wollte. Ihre Lippen hatte das Volle, indianisch Weiche verloren, ihre Haare den perfekten schwarzen Glanz. Ein Eindruck von Brüchigkeit, fast von Trivialität, die Schwäche, die auch die hervorragendste Kopie doch immer noch vom Original unterscheidet (eine erschreckende Schwäche, gerade weil sie so nah an der Stärke zugrunde ging) zeichnete Camilles Gesicht. Sechs Jahre hatten genügt, es abzuschminken.

Wir sind verdammt erwachsen geworden, Camille! dachte Georg. Sechsunddreißig war das Alter der Hauptsätze. Er hatte seine Filme, seine Filme hatten ihn. Seine Frau ließ nur zu wünschen übrig, was im Grunde nicht zu wünschen war: das Mißlingen, die Empörung über das intellektuelle oder erotische Ungenügen des anderen, die einem verzweifelte und zweifelhafte Abenteuer gestatteten. Das Gitter der Hauptsätze war herabgefallen. Hätte ihn Camille hier, in seiner Stadt, besucht, wäre sie im Gästezimmer seines geglückten Lebens untergebracht worden, unangetastet, freundlich bewirtet, mit den kühnen Zukunftsplänen eines jungen Regisseurs beworfen, von seiner hübschen verständnisvollen Frau, einer aufstrebenden Musikwissenschaftlerin und -kritikerin, um jedes Geständnis gebracht. Zwei, drei einsame Großstadtnächte unter dem Bücherregal der Gastgeber, das nichts verriet. Eine Minute vielleicht, die man, da das Ehepaar aus dem Haus war, sich vor das Doppelbett ihres Schlafzimmers stellen konnte, unfähig zur Imagination des Vollzugs, kurz mit den Fingerspitzen eine flache Plastikdose berührend, in der wie eine Auster das Pessar im Ölglanz eines Spermizids ruhte. Dies konnten nur Menschen ertragen, die ihre Hauptsätze liebten, für die die Lust der anderen nur ein Anlaß war, die Genüsse der eigenen Erinnerung zu wecken.

»Was träumst du nur?« fragte Klara.

»Ich dachte an die Erinnerungen«, erwiderte Georg scheinbar ruhig. »An Erinnerungen im Film. Es ist fast unmöglich, Erinnerungen, die eine Person gerade hat, überzeugend in eine Gegenwartshandlung einzubauen. Überblendungen oder Split screens sind keine glücklichen Lösungen –«

Die Frauen spotteten, daß er wohl nichts anderes mehr tue, als über filmtechnische Probleme zu grübeln.

Georg dachte wieder daran, daß er von Judith, seiner Chemikerin, nie herausbekommen hatte, was der Drehbuchtitel *Nabokovs Katze* bedeuten sollte. Er kannte Nabokov nur von der Stanley-Kubrick-Verfilmung des *Lolita*-Romans. Aber weil das Drehbuch nur diese erste längere Begegnung in K. umfaßte und er Judith nichts weiter über Camille erzählt hatte, hatte sie nicht wissen können, daß Camille als Fünzehnjährige einmal die Lolita (oder die eiserne Jungfrau) bei einem dreißigjährigen Grafiker gespielt hatte. Wo, an welchem Ort, in welcher Zeit befand er sich eigentlich, hier, in diesem Café, an Klaras Seite, mit einer Frage für Judith, nur drei Armlängen von einem Dämon Camilles entfernt? Doch schon fast erneut in jenem Garten der ehemaligen Geliebten, den er nicht mehr hatte betreten wollen ... Als sie aufbrachen, waren Camille und ihre Freundin so sehr ins Gespräch vertieft, daß sie sich auf der Tischplatte mit den Ellbogen berührten. Georg, im Wintermantel und mit den Händen seinen Schal zurechtzupfend, suchte Camilles Blick. Vielleicht wagte sie jetzt ein Lächeln mit der Botschaft: Ich weiß, unter diesen Umständen hatte es keinen Sinn, dich zu erkennen, aber es war schön, dich wieder einmal gesehen zu haben. Camille sah nicht zu ihm auf.

Am nächsten Tag ging er um die gleiche Uhrzeit in das Café.

Camille erschien nicht; es war ein viel zu urbaner und ausgekochter Gedanke, sich auf diese Weise zu treffen. Sie konnte sich natürlich auch schon auf der Heimreise befinden – oder später als Georg ins Café gekommen sein, denn nachdem er eine knappe Viertelstunde gewartet hatte, verließ er beschämt und erschrocken über seine Skrupellosigkeit den Schauplatz des ersten tätlichen Verrats an seiner Frau nach sechs Ehejahren. Was war denn geschehen? Nichts, fast nichts. Eine kleine Verschiebung mit unverhältnismäßig schmerzhaften und unangenehmen Wirkungen, etwa als habe man die Krone einer Armbanduhr versehentlich entgegen der vorgeschriebenen Richtung gedreht. Diese Uhr war sein Leben. Er mußte etwas Neues, Entscheidendes unternehmen! Mit einem Mal begriff er das Geschenk des Zusammentreffens, das ihn noch einmal unvermittelt und nackt in den Garten der Geliebten geschickt hatte. Er ging nach Hause, betrat sein Arbeitszimmer, zog ein leeres Blatt hervor und schrieb darauf den Titel seines nächsten Films: DIE LUST DER ANDEREN.

3

Zwei Monate später, Anfang Mai, konnte er das Drehbuch beenden. Karl Herfeld, der Produzent von *Die Reise nach England*, war bereits von der ersten Version begeistert und wollte nur geringfügige Änderungen. Er akzeptierte Georgs Regie, Thorstens Kamera, versprach jede Unterstützung und verlangte dafür das kaum Mögliche, nämlich die Realisierung des Films noch im kommenden Herbst mit dem Ziel einer Uraufführung in Berlin oder Venedig.

Die Lust der anderen erzählte von zwei Männern und einer Frau, die sich schon lange nicht mehr gesehen hatten und sich zufällig auf einer Konferenz in Rom wieder trafen. Man aß zusammen, wärmte gemeinsame Erinnerungen auf, trank zuviel, wechselte im Laufe einer langen Nacht die Restaurants und Bars, getragen von einer schwebenden, erotisierten Stimmung, die nicht in der geläufigen Weise aufgelöst werden konnte. Auf den Vorschlag eines der Männer hin erzählten sich die drei Bekannten in dieser Nacht der Reihe nach die Geschichte ihrer größten Liebe und ihres ausgefallensten erotischen Abenteuers. Der Film lebte aus dem Gegensatz der Erzählung zu den ins Bild gerückten Episoden. Der Zuschauer hatte den zuhörenden Figuren des Films nicht nur das Sehen der erzählten Vergangenheit voraus, sondern er sah die Dinge auch so, wie sie sich tatsächlich ereignet hatten. Dadurch ergaben sich reizvolle Unterschiede, etwa wenn man nicht mehr begreifen konnte, wie eine eher unscheinbar wirkende Frau zu den sie hymnisch preisenden Sätzen des Erzählers passen sollte oder wie ein jämmerliches gymnastisches Erlebnis umgedichtet wurde in einen kamasutrischen Turnerfolg. Die beiden Männer sprachen mit einem Zeitunterschied von drei Jahren von derselben Frau, ohne es zu bemerken. Die Frau erfand ein Abenteuer mit einem ihrer beiden Begleiter, in den sie sich während der Tour verliebte.

»Es geht um die Sprachlosigkeit der Bilder und die Bildlosigkeit der Sprache. Auf den ersten Blick sieht man wirklich nicht, daß dich die Begegnung mit Camille auf dieses Drehbuch gebracht hat«, stellte Hermann fest, nachdem er das Buch gelesen und Georg ihm von jenem Zusammentreffen im Café erzählt hatte.

»Ich habe nur den Filmtitel in ihrem Garten gefunden.«

»In ihrem Garten? Ich dachte, ihr wärt euch in einem Café begegnet und hättet euch nur schweigend angestarrt?«

Georg mußte nun auch erzählen, daß er Camille nach dem Verfassen des Hermann ja bekannten, nun schon bald zehn Jahre alten Drehbuchs noch ein zweites Mal in K. besucht habe. Zwischen ihm und Camille sei wiederum im herkömmlichen Sinne nichts passiert, aber das opernreife Stöhnen einer Frau aus einer anderen Wohnung des Mietshauses habe ihn in dieser Nacht aus seinem ebenerdigen Gästezimmer in den Garten hinaus getrieben und nachdenken lassen. Worüber? Nun, wohl über den notwendigen Abschluß einer Lebensphase, in der er nicht viel Wert darauf gelegt habe, alle Lust und Liebe bei ein und derselben Partnerin zu finden.

»Du bist also in Camilles Garten heiratsfähig geworden?« Hermann sah ihn einigermaßen skeptisch an. »Ich meine, dieses Drehbuch ist sehr spielerisch, es experimentiert mit erotischen Phantasien und erotischen Legenden. Aber es steckt noch etwas dahinter, das dir vielleicht nicht so bewußt ist.«

»Und das wäre?«

»Du stellst die Gretchenfrage, die romantische Gretchenfrage. Weshalb man überhaupt einen ganz bestimmten Menschen liebt. Und jetzt überlege ich, warum dich ausgerechnet Camille darauf gebracht hat, also eine gescheiterte Jugendliebe. Ist das nicht interessant?«

»Doch, das ist interessant«, sagte Georg. »Interessant ist aber auch das Gegenteil: Sich klarzumachen, daß die gescheiterten Jugendlieben nicht unbedingt die großen Lieben gewesen sind oder hätten werden können.«

»Vielleicht solltest du irgendwann mal dein altes Drehbuch fortsetzen und *Camille II* schreiben. Ich fände das spannend, obwohl es natürlich nicht so romantisch werden kann wie eine Nacht in Rom.«

»Eine Nacht in K.! Zwei späte Studenten treffen sich in einer abgelegenen südwestdeutschen Kleinstadt, reden Unsinn, gehen zu Bett und vögeln nicht miteinander! Schlag das mal Herfeld vor!«

»Das wäre was für deinen Produzenten!« rief Hermann. »Hollywood braucht diesen Stoff!«

»Ich habe die beste Ausrede: nämlich einen wesentlich besseren Film und überhaupt keine Zeit«, versicherte Georg.

Es gab genau die Ausrüstung, die er wollte, Schauspieler, die in der Lage waren, auch dann perfekt zu spielen, wenn sie fast gar nichts begriffen, Licht aus allen Höhen und Tiefen, einen ausgezeichneten Tonmeister, die Assistentin, die Thorsten ihm schon immer empfohlen hatte, eine hervorragende Requisite, Maske und Kulisse, eine nahezu geräumige Kalkulation. Von seinen Fernseharbeiten war Georg professionelle Mitarbeiter gewohnt; aber dieses Team und die Bedingungen, unter denen er jetzt arbeiten konnte, wirkten außerordentlich inspirierend. Die meisten Innenaufnahmen entstanden bereits im August in den Bavaria-Studios. Noch am Ende desselben Monats fuhr das Team nach Rom. Dank der organisatorischen Vorarbeit bewältigten sie die Außenaufnahmen in zehn Tagen. Klara, die um diese Zeit ebenfalls beruflich in Italien zu tun hatte, kam über ein Wochenende zu Besuch. Sie befürchtete, daß der Film zu künstlich oder technisch wirken würde. Der Handlung fehle es an »Herzblut« und Betroffenheit. Wie in den *Wahlverwandtschaften* oder den französischen Romanen des 18. Jahrhunderts sei eine gewisse Laboratoriums-Kälte zu spüren, als kämen nicht Liebende zueinander, sondern chemische Reagenzien. Schon dem Drehbuch habe man dieses vornehmlich artistische Interesse anmerken können. Das würden ihr nun auch die Diskussionen zwischen Georg und Thorsten bestätigen, bei denen es vor allem darum zu gehen scheine, die Totale zu halbieren, zu vierteln oder ihr mit »amerikanischen Einstellungen« (was auch immer das bedeute) zu Leibe zu rücken, also teilend und zerlegend vorzugehen, als sei die Kamera ein Skalpell.

»Nähe und Lüge, das sind die wichtigen Momente in diesem Film. Deshalb gibt es keine einzige Totale, in der man eine der Hauptfiguren sieht. Alle sind sich so nah, daß sie das Geschehen nicht überblicken können«, verteidigte sich Georg. Konnte man denn die Liebe begreifen ohne diese Voraussetzungen?

»Vielleicht nicht, vielleicht ist das ja alles gut gedacht und gemacht. Nur finde ich es eben zu kalt«, sagte Klara, während sie – wie ein Dutzend anderer Bummler – in der nahezu tropischen Augustnacht auf dem Bassinrand der Fontana dei Quattro Fiumi auf der Piazza Navona saßen, die nackten Füße in das beleuchtete Wasser unter Berninis Statuen tauchend und ein Eis leckend, aus dessen schier überirdischen Geschmacksvarianten Georg unvermutet Sauerkirsche herausschmeckte. Die Nähe und die Lüge – seit Wochen dachte er an Kurosawas *Rashomon* und Hitchcocks *Stage Fright*, aber jetzt fiel ihm wieder Camille ein, während sich Klara an seine Schulter lehnte und sich ihre künstlich beleuchteten und dadurch marmorweiß erscheinenden Zehen unter Wasser berührten. Speiseeis und Sauerkirschen, das waren wohl Nektar und Ambrosia in seinen eigenen Liebesgeschichten. Fast so deutlich und klar, wie die Zuschauer die wahren Bilder zu den Geschichten seiner Filmfiguren verfolgen können würden, sah er den Eisverkaufsstand in der Universitätsstadt K. vor sich, in jener warmen Julinacht vor sechs Jahren. Der unveränderliche Film in seinem Kopf verschmolz unter dem Projektionsstrahl der Gegenwart an der glühenden Stelle, an der er damals davor zurückgeschreckt war, Camille zu einem nächtlichen Bad und mehr aufzufordern, gerade weil er ihr mögliches Entgegenkommen ahnte und er fast genau diese Zukunft hatte retten wollen, aus deren Warte er jetzt nach K. zurücksehen konnte: Klaras schlanken Körper an seiner Seite; der vertraute hitzige Mädchengeruch ihrer Achsel; die Berührung ihrer Zehen unter Wasser. Er ertappte sich dabei, daß er anfing, sich mit Camille zu unterhalten oder vielmehr auf diese jüngste, für ihn stumme Kopie auf ihrer Weltzeitlinie einzureden, die in jenem Café während der Berlinale seine eigene Linie geschnitten hatte. Er wollte ihr darlegen, wie wundervoll seine Lage sei, seine Arbeit hier in Rom, die Atmosphäre auf der nächtlichen Piazza Navona, die Frau an seiner Seite auf dem Brunnenrand. Als Klara ihn um Feuer für eine Zigarette bat, erkannte er im Schein des Streichholzes, das spielerisch eine scharfe Gegenlichtflamme erzeugte – ein Caravaggio-Licht, wie er es sich wohl vergeblich für einige seiner sezierenden Innenaufnahmen wünschte –, daß sein heimlicher Dialog mit Camille verächtlich und beschämend war. Klara sah so enttäuscht aus, als hätte sie seine Gedanken verfolgen können. »Ich verstehe, ein Drehtag kostet 20000 Mark, also werden wir uns morgen nur zum Frühstück sehen.«

»Du bist noch immer sauer wegen des Urlaubs.«

»Aber nein, wir haben ihn ja nur um ein Dreivierteljahr verschoben!«

»Im Januar ist alles vorbei. Wir machen eine große Reise, versprochen. Wohin du willst.«

»Gut«, sagte Klara und hob einen Fuß aus dem Wasser, um die herabfallenden Tropfen zu betrachten, während auf der gegenüberliegenden Brunnenseite drei junge holländische Touristen sich lautstark zu streiten begannen. »Dann will ich nach Asien.«

An den beiden letzten Tagen in Rom machten sie Innenaufnahmen, weil die geplanten Außenaufnahmen abgeschlossen waren und sich über die Vermittlung eines italienischen Produzenten die Gelegenheit ergeben hatte, in den Cinecittà-Studios zu filmen. Als sie dort eine verbesserte Fassung einer bereits in den Bavaria-Studios erarbeiteten Szene zustande brachten, gingen sie übermütig an eine verheißungsvolle und schwierige Einstellung, die Georg wegen der zu erwartenden Probleme schon seit längerem aus dem Drehbuch gestrichen hatte. In der von einem der Filmerzähler geschilderten und – weil es der Wahrheit entsprach – ebenso bebilderten Episode erwachte ein bei einem befreundeten Paar übernachtender Gast infolge der bezeichnenden Geräusche, die die Gastgeber verursachten. Der Gast, der Off-Stimme zufolge etwas betrunken, erhob sich und ging auf die Quelle der Störung zu. Die Schlafzimmertür seiner Gastgeber stand offen, und er sah den Rücken der aufsitzenden Frau und das Gesicht des Mannes, der ihm aufmunternd zunickte. Als der Gast aber die Frau berührte, schrie diese auf, sprang von ihrem Mann ab und erlitt einen hysterischen Anfall, gerade weil sie die Bereitschaft ihres Mannes, sie mit dem Gast zu teilen, registriert hatte. Die Art und Form des hysterischen Anfalles wurde zu einem materialverschlingenden und nervenzerrüttenden Problem. Die technische Vorgabe, keine Totale zu verwenden, erschwerte die Arbeit mit den drei nackten Schauspielern noch außerordentlich. Als Hommage an Camille und Bertolucci war eine Einstellung auf die Hüfte und das Becken des Mannes geplant, in dem Augenblick, als die Frau ihn verließ. Die Einfälle überschlugen sich, wie man bei dem zunehmend schwitzenden und irritierten Darsteller Moritz Schreiner eine Erektion herbeiführen könne, wenn schon die angepreßte Scham der mit den fünfzehn Variationen ihres hysterischen Anfalles geforderten Inge Lemberg nichts bewirken konnte. Georg konnte die Disziplin nur wieder herstellen, indem er nachdrücklich auf die notwendigerweise stehende Ovation für Camille und Bertolucci verzichtete. Einige Mitarbeiter hatten *1900* in späteren Fassungen gesehen und versicherten, daß die semi-erigierten Schwänze von Robert de Niro und Gérard Depardieu nicht mehr zu sehen gewesen seien, wohl der Zensur zum Opfer gefallen oder einer mittlerweile vollkommen unbezahlbaren partikulären Gage.

»Also noch mal: Wir lassen es, ihn – hört auf zu lachen! Wir lassen es, weil ich es nicht verantworten kann, daß man Moritz kastriert, kaum daß er berühmt geworden ist!« rief Georg abschließend.

Inge Lemberg kam während der ersten Schneidetermine im September zu Georg, mit der Bitte, sich die Einstellungen betrachten zu dürfen, auf denen sie ihrem Kollegen so nahe gekommen sei. Georg dachte zunächst, sie wolle auf die Auswahl der insgesamt fünfzehn Variationen ihres hysterischen Anfalls Einfluß nehmen. Als er sich mit ihr an den Schneidetisch setzte und sich der blau schimmernde Geist ihrer Vergangenheit aus dem Zelluloid erhob und geduldig in seinen immergleichen Zeitschleifen verfing, stellte sich heraus, daß Inge vor allem die Kamera-Pirsch interessierte, die ihrem verlängerten Rücken gegolten hatte. Thorsten war zweimal (»Fürchterlich! Wie ein Straßenköter!«) auf sie zugefahren. Georg versicherte ihr, daß er nicht im Traum daran denke, die zweite Fahrt zu verwenden, bei der die beiden wie umgedrehte und aneinandergepreßte Birnen erscheinenden Teilungshälften nicht fest genug aneinandergepreßt waren, um auf einem Illustrierten-Cover erscheinen zu können. Viermal begutachteten sie diese zweite Fahrt auf dem kleinen Monitor des Steenbeck-Schneidetischs, als stünden sie auf der dunklen Kommandobrücke einer Mondlandefähre, um die Entscheidung zu treffen, ob man über der Kraterfurche dieses Riesenmondes gefahrlos niedergehen könne oder nicht. Dann erst fiel Georg auf, daß Inge ihm im Verlauf der Landungsstudien immer näher gekommen war. Er dachte an das Selbstporträt Truffauts in *Die amerikanische Nacht* und verblieb ganz in einer Kopie dieser Rolle des distanzierten, väterlich freundlichen Regisseurs. In der ersten vollständigen Fassung des Films war die gesamte Episode vom hinzukommenden Dritten nicht mehr zu sehen.

4

Bereits Anfang Oktober hatte Georg die erste Fassung von *Die Lust der anderen* fertiggestellt. Er begutachtete sehr mißtrauisch das Ergebnis. Nach einigen Tagen zog er Klara und Thorsten zu Rate, dann Hermann, daraufhin einen befreundeten Fernsehregisseur und schließlich Herfeld, der ihm das gleiche wie alle anderen sagte: Der Film brauche keine Korrektur und keine Verbesserung, die Arbeit sei beendet.

Der überaus rasche Erfolg zog eine so lange Reihe von Einladungen in originelle Restaurants nach sich, daß Georg eines Nachts erwachte und glaubte, er müsse sterben. Nachdem er sich im Wortsinne ausgekotzt hatte, verbrachte er zwei Tage mit Schüttelfrost und einer merkwürdig symptomarmen Erkältung oder eisgekühlten Erschöpfung im Bett. Es war wohl vernünftig, daß er eine noch in diesem Monat zu beginnende

Dokumentararbeit fürs Fernsehen ablehnte. Er begann in seinem Arbeitszimmer Ordnung zu schaffen, brach aber dieses ihm nicht geheure testamentarische Unternehmen ab, nachdem er die herumliegenden Skizzen und Materialien zu *Die Lust der anderen* in Ordner gepackt oder im Papierkorb versenkt hatte. Der Film war ihm zu leicht gefallen, trotz der enormen Anspannung der letzten Monate. Plötzlich glaubte er, die herausgeschnittene Kamerafahrt auf Inges Arsch wäre das einzige bedeutsame Element dieses »zu kalten« Werkes, und er wollte darangehen, die Reise zum Zentrum eines 37,6 Grad heißen Vulkans wieder hinzuzufügen. Bedeutsam war jedoch allenfalls diese kurze amerikanische Nacht mit Inge. Im Schneideraum seiner Erinnerung ließ er etliche Male die Sequenz ablaufen, die wiederum im Schneideraum spielte. Immer wieder näherte sich die nach Moschus und Orangen duftende Schauspielerin, scheinbar hypnotisiert vom Blick auf ihre eigene Rückseite. Schließlich wurde ihm klar, daß es nicht der Gedanke an Klara oder irgendein moralisches Prinzip gewesen war, der ihn davon abgehalten hatte, die etwas füllige, aber attraktive Schauspielerin zu berühren, sondern allein die paternalistische Eitelkeit, die Lust, ein kühler Marionettenspieler zu bleiben oder ein noch kühlerer zu werden, als er es schon war. Etwas in ihm war eingefroren. Diese Erschöpfungs-Erkältung hatte es bereits an den Tag gebracht – aber nein, weshalb sich etwas vormachen? Camilles Blick bei ihrem unverhofften Wiedersehen war in ihn gefahren, um die Kernschmelze auszulösen, indem sie ihn an die seligen Tage der Prärie erinnerte, an die Mustangs, die sie gezähmt, die Tomahawks, die sie geschwungen und die Tipis, in denen sie sich besprungen hatten. Was konnte er sich denn ernstlich vorwerfen? Welchen Verrat an den Idealen seiner größenwahnsinnigen Jugend in S.?

»Ich bin kein Wissenschaftler geworden. Das deprimiert mich manchmal«, sagte er zu Klara.

»Das ist nun wirklich nicht neu«, entgegnete sie gelassen. »Schreib doch was Theoretisches, wie letztes Jahr diesen Aufsatz über die Anfänge von Filmen.«

Es war auch nicht neu, daß Begegnungen mit Camille ihn an die singulären Punkte heranführten, die Nullstellen, an denen die Vernichtung ebenso möglich erschien wie die sofortige Neugeburt – in der Gestalt eines überraschenden Einfalls für sein Leben oder den nächsten Film. Er hatte mit der raschen, zielgerichteten, fast beängstigend glatt verlaufenen Arbeit an *Die Lust der anderen* womöglich zu professionell reagiert, so daß von dieser Begegnung immer noch etwas übriggeblieben war. Einige Jahre zuvor hätte er dieses dunkle Überbleibsel sogleich als sublimatorischen Restbrennstoff betrachtet, zwischen seinen Beinen geortet und dazu benutzt, tatsächlich auf und in Inge zu landen, während der Anflug der Kamera auf dem Bildschirm des Schneidetisches zur gleichen Zeit ihren stets wieder unberührten Zwillingsplaneten offenbarte. Aber mit siebenunddreißig wollte er keinen lausigen Ehemann vorstellen, der heimlich seine Frau betrog. In *Die Lust der anderen* war der einzige direkte Bezug zu seinen Erlebnissen mit Camille eben jene Szene vom hinzukommenden zweiten Mann, die nun, als herausgeschnittenes Zitat seiner damaligen Phantasie in K. gewissermaßen nur noch in der doppelten Verneinung existierte. Was würde geschehen, wenn er Hermanns Rat beherzigte? Wie spielerisch zog er den zehn Jahre alten Ordner mit der Aufschrift *Nabokovs Katze* hervor und begann zu lesen.

5

In der folgenden Woche erhielten sie Besuch von Monika, die auf einem AIDS-Kongreß einen Vortrag halten sollte. Nach dem Abitur hatten sie sich aus den Augen verloren; aber nach ihrem Studium hatte Monika sich plötzlich wieder gemeldet. Seither war sie als Georgs »Uralt-Freundin« fast regelmäßig zu Gast gewesen, zumeist im Spätherbst oder Winter, wenn sich die Ärzte aus der Provinz in Berlin zusammenrotteten, um etwas gegen die Langeweile zu tun. Klara und Monika hatten sich von Anfang an gut verstanden, und so war es Georg entfallen, daß er Monika viel länger als Klara kannte. Erst die Verwirklichung der Idee, endlich einmal Monika und Hermann zusammenzubringen, nachdem die beiden sich fast zwanzig Jahre lang nicht mehr gesehen hatten, machte Georg diesen Zeitunterschied bewußt. Sie saßen gemeinsam in einem indischen Restaurant, und als sich die Ärztin Monika und der Psychologe Hermann angeregt über ihre berufliche Verwandtschaft zu unterhalten begannen, dachte Georg wieder an jenen Tag am Strand des Baggersees, an dem der Gymnasiast Hermann mit einer Schirmmütze auf dem Kopf in einer Sandmulde versunken war, um in der Tageszeitung den Leitartikel über die KSZE-Konferenz in Helsinki zu lesen, während eine nervöse und erigierte Zeitkopie seiner selbst im beleidigten Blickfeld Camilles auf der schwer atmenden, noch ganz faltenlosen und völlig unfrisierten Vergangenheitsform dieser achtunddreißigjährigen Internistin gelegen hatte.

»Die Indianer liegen am Strand«, sagte er unvermittelt. Sein Vergleich ihrer ehemaligen Clique mit einem kleinen Indianerstamm, der von der gesellschaftlichen Maschinerie erfaßt und im Laufe der Jahrzehnte unerbittlich zerrieben worden war, löste bei den anderen Verwunderung aus. Aber Georg steigerte seinen Vergleich noch, indem er die Schwarz-Weiß-Fotografien beschrieb, die Claude Lévi-Strauss von den Nambikwara geschossen hatte, einem traurigen, bettelarmen, längst vernichteten Eingeborenenstamm im brasilianischen Mato Grosso, dessen Mitglieder keine Kleidung besessen und auf der bloßen Erde geschlafen hatten. Wenn man das Leben sehr prinzipiell betrachte, dann könne man glauben, es gehe ihnen auch heute noch ganz wie diesen Indianern nur um die elementaren Dinge, wie sie sie als Jugendliche am Baggerseestrand schon verstanden und empfunden hatten: um das Zusammensein, um die Nacktheit, um die Liebe und um das Überleben in einer feindlichen Welt.

»Das ist wirklich prinzipiell betrachtet«, meinte Hermann kopfschüttelnd.

Klara beugte sich in einer Parodie von Vertraulichkeit zu Monika: »Das sind seine schlimmen philosophischen Angewohnheiten.«

Hermann schnippte mit den Fingern. »Du hast wieder mit dem Camille-Drehbuch angefangen, stimmt's? Die Schwarz-Weiß-Aufnahmen von Lévi-Strauss, die Strandindianer – du suchst nach Ideen, die Vergangenheit zu filmen!«

»Ich habe das Drehbuch wiedergelesen, zugegeben. Es ist fürchterlich.«

»Aber wer hat denn damals die Vorträge gehalten über Vermeer und Joyce! Geduldigste Arbeit am Bild einer Küchenmagd, am Monolog einer Putzfrau!«

»Du hast ein Drehbuch über Camille geschrieben?« erkundigte sich Monika. »Über *die* Camille?«

»Aber natürlich!« Hermann war nicht zu bremsen. »Das ist sein wichtigstes Projekt, wußtet ihr das nicht? Sie ist seine Lotte.«

»Es ist überhaupt nicht mein wichtigstes Projekt. Es ist eine Anfängerarbeit gewesen, noch vor dem Eiscafé-Film. Ich wollte etwas Alltägliches machen, etwas Unspektakuläres. Also habe ich einen Tag mit Camille beschrieben, während unserer Studienzeit, ein Tag, an dem eigentlich nichts passiert ist.«

»Ein Tag und eine Nacht, an denen nichts passiert ist«, erinnerte Hermann.

»Ich würde das Drehbuch gern lesen«, sagte Klara. »Es ist nicht fair, daß du es geheim hältst.«

Georg hatte ihr nie von Camille erzählt, mit der eine gemeinsame Freundschaft wie die, die sie zu Monika hatten, wohl auch kaum möglich gewesen wäre. Monika und er waren sich nie wieder körperlich so nahe gekommen wie bei diesem Beinahe-Coitus am Baggerseestrand als Sechzehnjährige. In einem gewissen Sinne hatten sie sich aber auch nie viel weiter voneinander entfernt. Monika schlief bei ihren Berliner Besuchen im Wohnzimmer vor dem Bücherregal. Im Verlauf der vergangenen Jahre hatten sie und er dem anderen stets die Liebe gegönnt, die er gerade lebte. Sie hatten sich regelmäßig geschrieben und bei ihren Treffen immer offen miteinander geredet, gleichsam ohne die Pessardosen oder Kondompackungen voreinander zu verbergen. Georg erinnerte sich nun, daß er Monika auch von jener Nacht mit Brigitte erzählt hatte, als sie ihn einmal gefragt hatte, wie er auf die Idee zu *30 Jahre Müllers Eis* gekommen sei. Dieser Vorfall hatte sie amüsiert. Aber die Idee eines Films über Camille schien sie zu beunruhigen, auch wenn sie – wohl aus Rücksicht gegenüber Klara – in der gegebenen Situation nicht weiter fragen wollte.

Am letzten Tag der Besuchswoche trafen sie sich noch einmal mit Hermann zu einem Frühstück zu dritt. Hermann fiel auf, daß diese Konstellation – zwei Männer, eine Frau – die erzählerische Ausgangssituation von Georgs neuem Film sei. Also könnten sie sich jetzt allerlei Geständnisse machen.

»Was ist mit diesem Camille-Drehbuch?« fragte Monika sofort. »Wieso glaubt Hermann, daß es für dich so wichtig ist?«

Da Hermann wohl keinen Grund sah, ihr etwas zu verschweigen, kam Georg ihm lieber zuvor und erzählte von seiner damaligen Idee, einen Film der kleinen Bilder zu machen, von seiner Unzufriedenheit mit dem Drehbuch, das nur eine gewissermaßen im Glied steckengebliebene Studentengeschichte schildere – und schließlich berichtete er auch von der letzten Begegnung mit Camille, zu Beginn dieses Jahres. »Es war verrückt. Wir sahen uns an, wir erkannten uns sofort. Aber keiner gab es zu. Es war wie in einem Spionage-Thriller aus den seligen Zeiten des kalten Krieges.«

»Wann soll das gewesen sein?« erkundigte sich Monika.

»Im Februar. Bei den Filmfestspielen. Hast du noch Kontakt zu Camille?«

»Nein, aber ich treffe mich manchmal mit Erika, und die beiden stehen in Verbindung. Soweit ich weiß, ist Camille verheiratet und hat zwei Kinder. Außerdem –«

»Verheiratet und hat zwei Kinder! Das macht die Geschichte erst richtig gemütlich«, freute sich Hermann.

Ein Gartenidyll mit Indianerhäuptling und breitgesichtigen rotbraunen Stammeshaltern spannte sich in Georgs innerem Vorführsaal auf. Die Squaw war also nur für ein paar Tage in die Großstadt entkommen, um sich dem Rauchen in Caféhäusern hinzugeben. *Marlboro light*, die Zeltmarke Nscho-tschis. *Nscho-tschi*, Winnetous Schwester. Hier gab es ja noch einen völlig unerforschten Zusammenhang! Weshalb hatte er nie daran gedacht? Er hätte Hermann mit dieser Verknüpfung einen beträchtlichen psychoanalytischen Gefallen tun können.

»Ich konnte über Camille nur schreiben, weil ich nichts mehr mit ihr zu tun habe«, sagte er statt dessen. »Weil sie sehr weit entfernt ist und eigentlich immer sehr weit entfernt war. Ich habe da eine Theorie über die Nebensätze im Leben –«

»Außerdem«, sagte Monika. »Ihr habt mich nicht ausreden lassen.«

»Entschuldige.«

»Ich glaube, das war nicht Camille. Ja, sie kann es gar nicht gewesen sein. Anfang dieses Jahres habe ich Erika getroffen, und sie erzählte mir, daß Camille für einige Monate im Ausland sei, mit der ganzen Familie.«

»Was? – Touché!« rief Hermann und schlug Georg begeistert auf die Schulter.

Touché! Aber weshalb? Weshalb traf ihn die radikale Ausblendung der nervösen, blassen, wieder rauchenden Camille aus dem Kreis der legitimen Erinnerungen so sehr?

»Ich muß ja wohl Alzheimer haben. Oder Halluzinationen, vielleicht paßt das besser«, sagte Georg, als er Monika nach dem Frühstück zum Bahnhof brachte. »Wir sind Menschen. Aber die Camille des Drehbuchs ist eine Erfindung. Also kann ich sie auch halluzinieren. Das wäre doch ein guter Schluß, damit würde es wirklich eine Geschichte.«

Monika betrachtet ihn zweifelnd.

»Über eine Männerphantasie«, fügte er hinzu, sie auch damit nicht überzeugend. »Camille muß etwas haben, das mich an Frauen fasziniert. Sie ist es nicht, aber sie hat das Zeug dazu, ein Zeichen, ein Unglückszeichen vielleicht. Wenn sie wirklich schön wäre, dann hätte sie mich damals zur Verzweiflung treiben können.«

»Aber wie soll daraus ein Film werden?«

»Ich müßte das Drehbuch völlig umschreiben«, sagte Georg. »Ich habe auch schon darüber nachgedacht. Stell dir einen erfolgreichen und bekannten Regisseur vor, einen Mann Mitte fünfzig. Er reist mit einem Troß von Schauspielern, Kameraleuten und Technikern in die Kleinstadt, in der er geboren wurde. Niemand weiß genau, was er vorhat. Es gibt kein richtiges Drehbuch. Es gibt nur sechs Hauptdarsteller: drei Männer, drei Frauen, jeweils fünfzehn, fünfundzwanzig und fünfunddreißig Jahre alt. Sie verkörpern ein- und dasselbe Paar in unterschiedlichen Altersstufen. Anscheinend soll eine Liebesgeschichte verfilmt werden. Die Sets sind aber so planlos und verworren, daß keiner etwas damit anfangen kann. Aus Langeweile und Überdruß an der Kleinstadt entwickelt sich ein ganz realer Liebesreigen, wobei die Ähnlichkeit der Schauspieler natürlich einen besonderen Reiz hat. Eine Art Sommernachtskomödie kommt in Gang. Im Grunde versucht der Regisseur etwas herauszufinden, was sich hinter der Kamera ereignet. Am Ende haben sich die seltsamsten Paarkombinationen gebildet, aber gefilmt wurde fast nichts, und das Projekt scheint gescheitert. Der Regisseur fährt nach Hause. Seine Frau öffnet ihm die Tür. Sie sieht den drei Hauptdarstellerinnen verblüffend ähnlich.«

»Ich weiß nicht.« Monika zupfte am Kragen ihres Trenchcoates. »Er versucht also herauszufinden, was ihn an seine Frau bindet.«

»Man muß das Zeitkolorit mit einbeziehen«, schlug Georg vor. »Also wie verständnislos die fünfzehnjährigen Schauspieler vor der Zeit stehen, in der die fünfunddreißigjährigen in ihrem Alter waren. Die Geschichte würde in den sechziger Jahren beginnen. Vielleicht ist der Regisseur in dem Augenblick zufrieden, in dem die älteste Schauspielerin den jüngsten Schauspieler verführt.«

»Das klingt interessanter.«

Der Zug fuhr ein. Die ICE-Lok schob eine eiskalte Luftwand vor sich her. Im ohrenbetäubenden Bremslärm kam Monikas Gesicht wie in einem Sturm nahe. Ihre Lippen waren trocken und enttäuscht. Er hätte ihr wohl nicht sagen dürfen, wie sehr ihn Camille fasziniert hatte. Aber weshalb denn nicht? Wo sie sich seit zwei Jahrzehnten ihre Liebesgeschichten erzählten, als wären sie Geschwister. Wir liegen immer noch am Strand, dachte Georg. Nichts hört auf! Kein Mensch in dir!

6

Mit den Menschen, die ihm etwas bedeuteten, kehrte er immer wieder an den gleichen Punkt zurück, an den Punkt der größten Intensität der Beziehung. Hingen die erstaunlichen Schwierigkeiten, die ihm die Überarbeitung des alten Drehbuchs machte, damit zusammen? Er konnte den Punkt der größten Intensität seiner Beziehung zu Camille nicht bestimmen. Nach einem Monat beträchtlicher Anstrengungen mußte Georg feststellen, daß er so gut wie keine Fortschritte gemacht hatte. Ihm fehlte die Kraft, den Stoff zu verfremden. Eine unbegreifliche Schwere zwang jeden Gedanken, der ins freie Erfinden zielte, nieder und verwandelte ihn in einen einfallslosen, dokumentarischen Satz. Das Spiel mit den drei Schauspieler-Paaren mißlang. Die Idee einer komplizierten Zeitverschachtelung und die vielen möglichen artistischen Szenen zerplatzten wie Seifenblasen bei der Berührung mit dem Papier. Was ihm in *Die Lust der anderen* geglückt war, scheiterte in dem rein autobiographischen Fall von *Nabokovs Katze* kläglich. Sollte er vielleicht chronologisch vorgehen, um anhand vergleichender Messungen das Maximum der Camillearität in seinem bisherigen Leben bestimmen zu können? Im Urschlamm der Frühe: *Georg und Camille lernten sich während der Schulzeit kennen, zu Beginn der siebziger Jahre ...* Dies wäre kein Drehbuch, sondern ein deprimierender Roman.

»An was arbeitest du denn?« fragte Klara. »Du erzählst gar nichts mehr.«

»Ich mache ein Experiment.«

»Es geht um diese Camille, oder?«

»Es ist nur ein Experiment«, wehrte er ab.

Mitte November stand fest, daß *Die Lust der anderen* nicht auf der kommenden Berlinale laufen würde. Aber Herfeld nahm gerade das als Zeichen eines möglichen kommerziellen Erfolgs. Er wollte auf keinen weiteren Festival-Beginn mehr warten und kündigte für Ende Februar den Kinostart mit 50 Kopien an. Georg riet er zunächst zu einem Urlaub; vier Wochen später aber erinnerte er daran, daß die erfolgreiche Fertigstellung eines Films der optimale Zeitpunkt sei, Fördergelder für den nächsten zu aquirieren. »Sie machen Experimente? Seit einem Vierteljahr? Schicken Sie mir die Arbeitsfassung.«

»Vielleicht wird es ein kürzerer Film, etwa dreißig oder vierzig Minuten.«

»Aber nein! Niemand will das haben! Sie fallen ja in Ihre Fernsehzeiten zurück! Sie haben zwei *Kino*filme gemacht! Spielfilme! Große Bilder, das, was die Leute ins Kino zieht! Das Weltall! Die Erotik!«

Ich fasse das wirkliche Leben an, die wirkliche Camille – das ist Chirurgie oder Verrat! dachte Georg. Konnte man etwas Schamloseres tun als einen Menschen erfinden, den es schon gab?

»Aber weshalb?« wunderte sich Klara, als er diese Skrupel für seine schlechte Laune verantwortlich machte. »Tun das denn nicht Tausende von Autoren jeden Tag?«

»Ich meinte nicht: einen Menschen *nach*erfinden. Ich meinte, ihn ein zweites Mal erfinden, ihn erschaffen, während er noch lebt. Eigentlich ist das Gotteslästerung.«

»Oder Genetik. Aber hör doch auf, wenn es dich quält.

Oder erfinde Camille anders, oder lies mir einmal vor, was du geschrieben hast. Der Erfolg macht dich wohl unsicher.«

Herfelds Pressearbeit trug ihre Papier- und Zelluloidfrüchte. Schon während der Dreharbeiten in Rom waren Journalisten zu Besuch gekommen, um hohe Spesenrechnungen zu machen. Jetzt, kurz vor Weihnachten, nahmen sie den Film aber richtig ernst und erstürmten mit Kamerateams die Wohnung von Klara und Georg. Das ZDF. Die ARD. Die Privatsender. Man war neugierig: Georg, der Erotik-Experte, der einen deutschen (!) Film zum Thema gedreht hatte und damit aller Wahrscheinlichkeit nach zu einer erquicklichen Bauchlandung auf einer mißlungenen Erektion ansetzte – die Freude schien garantiert. Passiv und ungläubig bestaunte Georg das Einfallen der Objektive und Scheinwerfer, die seinen Videoschneidetisch, die Couch im Arbeitszimmer, seine Bücherregale und Aktenordner in verräterische Wichtigtuer verwandelten. Als die langen schwarzen Videokabel, die schon durch die Küche, den Flur, aus Platznot sogar in die Toilette gekrochen waren, mit schlangenhafter List das Wohnzimmer eroberten, wurde Klara wütend. »Willst du unsere Einrichtung im Fernsehen versteigern? Weshalb läßt du sie nicht gleich in unser Bett?«

»Weil unsere Nerven zu schwach sind«, sagte Georg, und kurz darauf rief er in den saugenden Trichter einer Kamera, an deren verkehrtem Ende er stand: »Weshalb lasse ich Sie meine Wohnung filmen? Weil das Bild eben nicht alles bedeutet. Das Bild kann töten, aber es kann auch scheitern und überhaupt nichts berühren. Nehmen Sie die Videofilme, die man heutzutage von den Kindern macht, die Geburt womöglich schon, die Wiege, die ersten Gehversuche, alle Schrecken von außen, banal, farbig, fixiert, vor- und zurückspulbar. Verschwindet deshalb der Schatten? Verschwindet so das Geheimnis? Und was, wenn wir immer weiter filmen, all unsere Lieben, unsere Depressionen, unsere Ekstasen?«

»Du gehst zu weit. Das hat doch mit deinem Film nichts zu tun! Was willst du nur von diesen Reportern?« fragte Klara.

Ich will, daß sie mich erfinden, so wie ich Camille erfunden habe, dachte Georg – und erschrak über diesen Gedanken. Er hatte in fast drei Monaten kaum mehr getan, als jeden Satz des alten Drehbuches sorgfältig zu prüfen, jede Szene erneut durchzugehen und die damals mit der Schreibmaschine getippten

Seiten in eine Textdatei zu übertragen. Weiterhin waren nur dieser eine Tag und die Nacht in K. beschrieben. Als er zum dritten Mal die von ihm mittlerweile *Sandmännchen-Szene* genannten Sequenzen bearbeitete, die sich vor dem Gute-Nacht-Sagen vor und in Camilles Bett abgespielt hatten – mit all den Stammelsätzen, mit der Kameraanweisung, präzise Camilles Händen zu folgen, die das Nachthemd schlafwandlerisch über ihre Haare streiften, mit der Fotografie des Freundes auf dem Bücherregal und Camilles Eingeständnis, daß sie an ihre erste sexuelle Erfahrung denken mußte –, fragte er sich ernstlich, ob er noch ganz bei Trost sei, und er bat Klara, die Arbeit in der aktuellen Fassung anzusehen. »Wenn ich mit Frauen nichts erlebt hätte, dann könnte man das noch verstehen«, sagte er. »Aber ich mußte es wohl machen, weil ich es schon einmal schlecht gemacht hatte. Das ist der Hauptgrund. Schlecht ausgeführte Figuren, das ist, als hätte man einen Menschen vergiftet.«

»Laß es mich doch erst einmal lesen, Georg.«

Er sah ihr bei der Lektüre zu, nervös rauchend. Diese ereignislose, alltägliche Begegnung. Ein kleiner schmutziger Verrat an seinem und Camilles Leben. Nein, nicht einmal schmutzig zu nennen, das wäre vielleicht interessant gewesen. Hier ging es um die Reinheit der Basketbälle! Er hatte Angst, Klara würde eine unerfüllte große Liebe in das Drehbuch hineinlesen, und studierte besorgt ihre Mimik. »Ich könnte nie unsere Geschichte erzählen«, sagte er, bevor sie die letzte Seite erreicht hatte. »Oder meine Zeit mit der Chemikerin. Über Camille kann ich nur schreiben, weil es nichts mehr bedeutet und nie viel bedeutet hat.«

Sie winkte ab und las zu Ende.

»Das ist interessant, wie er im Bett liegt, während sie sich auszieht. Wie er peinlich berührt in den Aschenbecher starrt. Man kann nicht entkommen. Man steckt in irgendeiner Lage, jetzt und hier, alles ist blödsinnig, aber so ist es eben.« Sie nickte Georg zu. »Es ist eine gute und spannende Geschichte.«

Georg stutzte. Er arrangierte sie in einem Bett mit einem fremden Mann, in eben einer dieser peinlichen Situationen, mit nacktem Oberkörper, nervös rauchend. *Ihre* Nebensätze. Hatte *jeder* seine Camille? War das eine brauchbare Arbeitshypothese? Das Exemplarische, das er suchte, um die Geschichte zu rechtfertigen?

»Es ist nicht so einfach, wenn man als Frau mit einem Mann allein in einer Wohnung ist«, fügte Klara hinzu. »Das versteht ihr nicht. Außerdem kann man wollen und doch nicht wollen.«

»Aber natürlich ... Bemerkenswert ist doch nur Camilles Art, nicht zu wollen. Daß sie mir mit Gesten, Gebärden, Blicken unterstellt hat, nichts anderes im Kopf zu haben, als über sie herzufallen. Ich konnte keine arglose Bewegung machen, verstehst du? Ich weiß nicht, ob die Regieanweisungen da so deutlich sind –«

»Sie sind deutlich. Da brauchst du dir keine Sorgen zu machen. Natürlich ist diese Camille ein wenig neurotisch –«

»Ein wenig! Das will ich meinen! Sie ist die Statue der Neurose!«

»Wie ging es denn weiter mit euch? Habt ihr euch noch mal gesehen?«

»Ich habe sie einige Jahre später wieder besucht, in K., noch bevor wir beide uns kennenlernten.« Georg schilderte seinen zweiten längeren Besuch in Camilles Stadt, unbekümmert, so wie man einen mißlungenen Betriebsausflug erzählt. Er brauchte nur alles auszulassen, was sich ausschließlich in seinem Kopf und in dem nächtlichen Garten ereignet hatte, und er verschwieg Klara auch, wie kurz diese letzte reale Begegnung mit Camille vor ihrer beider erstem Zusammentreffen stattgefunden hatte. Dafür berichtete er von dem überraschenden Kuß, den Camille ihm auf dem Bahnsteig gegeben hatte, inmitten der johlenden Fußballfans.

»Sie ist in dich verliebt gewesen, sie war immer in dich verliebt«, sagte Klara bestimmt.

»Aber nein!«

»Ach, Georg, du weißt gar nichts. Du siehst wie eine Kamera und denkst genau so viel, hier zumindest. Sie hat dich nie vergessen, aber auch du sie nicht. Sie fasziniert dich.«

»Es war Zufall, daß ich auf die Idee gekommen bin, dieses Drehbuch zu machen. Ein Fernsehredakteur hat mich darauf gebracht. Er meinte, ich sollte etwas Alltägliches machen, ›Kleine Bilder‹, sagte er, so wie mir jetzt Herfeld sagt, daß ich ›Große Bilder‹ machen soll. Dieses verfluchte Drehbuch ist ein Selbstläufer geworden. Ich hasse es, Dinge nicht zu Ende zu bringen. Ich beschäftige mich mit Camille, zum zweiten Mal ganz ernsthaft, wochen- und monatelang, und sie wird immer bedeutsamer, weil ich mich so bedeutungsvoll mit ihr beschäftigt habe. Es ist ein Artefakt.«

»Das glaube ich nicht. Da steckt mehr dahinter. Du solltest darüber nachdenken.«

»Ist das nicht gerade der Fehler? So lange über eine schlechte Geschichte nachzudenken, bis man sie nicht mehr loswerden kann?«

»Vielleicht bist du noch nicht alt genug, um so etwas zu machen. Leg das Drehbuch weg und schau es dir in ein paar Jahren wieder an.«

»Wenn ich es jetzt nicht kann, dann kann ich es nie! Es ist doch wohl nicht der *Faust*!«

»Nein, sicher nicht. Was heißt eigentlich *Nabokovs Katze*?«

Georg mußte nun wieder von Judith, der Chemikerin, erzählen, woraufhin sie sich in ein angeregtes, intensives, dann labyrinthisch werdendes Gespräch über ihre früheren Geliebten und Liebhaber verstrickten. Erst um drei Uhr morgens gingen sie zu Bett, etwas betrunken und entfremdet, von einer seltsamen promisken Traurigkeit wie von einer zweiten, spröderen Haut eingeschlossen. Er hätte Klara noch von der scheinbaren Begegnung mit Camille in dem Café während der letzten Berlinale erzählen sollen; schließlich wußten sogar Hermann und Monika davon, und Klara war ja bei dieser erstaunlichen Begegnung mit Camilles Doppelgängerin sogar zugegen gewesen. Aber vielleicht sollte er wirklich ihrem Ratschlag folgen und das Projekt noch einmal in die Schublade legen oder besser: gleich nach dem Erwachen sowohl das alte als auch das neue Drehbuch vernichten.

Am übernächsten Tag verreisten sie, und er schob die Entscheidung über *Nabokovs Katze* bis zu seiner Rückkehr hinaus. Klara hatte beruflich in Wien zu tun. Da es schon der 21. Dezember war, hatten sie sich entschlossen, gemeinsam zu fahren und auch gleich die Weihnachtstage in Wien zu verbringen. Georg versenkte sich mit Genuß und Grausen in die kakanische Melancholie. Er dachte über schöne Leichen und Burgschauspieler nach und plante schon, einen Fin-de-siècle-Film vor Ort zu drehen, bei dem sich goldüberflitterte Jugendstiljungfrauenhuren bei Techno-Musik auf breitgewalzten panierten Kalbsschnitzeln räkelten und die Kronenzeitung lasen, während im Fernsehen hilflos eine ganz wunderbare Folge von

Kottan ermittelt lief. Wären sie eine Woche länger geblieben oder hätten sie nicht das Museum in der Berggasse Nummer 19 besucht, dann hätte Georg noch vor Beginn des Hundejahres das Camille-Projekt zugunsten frivolerer oder wichtigerer Dinge aufgegeben. Nach dem Besichtigen der Wohnung, in der Sigmund Freud bis zu seiner Emigration im Jahre 1938 gelebt hatte, geriet Georg in eine seiner kurzzeitigen Warum-bin-ich-bloß-kein-Forscher-geworden-Depressionen. »Was mich beschämt, das ist die Leidenschaft, mit der Freud seine Themen verfolgt hat, bedingungslos, jahrzehntelang«, sagte er, als sie die Berggasse in Richtung Donaukanal hinabgingen.

»Du solltest dich darüber freuen, daß er so war, oder? Du bist eben Künstler, warum willst Du das nicht akzeptieren, gerade jetzt, wo du Erfolg hast? Freud hat die Kunst sehr bewundert, wie du wohl noch weißt.«

Georg fielen die diesbezüglichen Schriften des Meisters nicht mehr ein. Er erinnerte sich an den Tag, an dem ihm Hermann etwas über Freud erzählt hatte, während sie im Schein einer starken Glühbirne weiße Tapeten weiß strichen. Auch damals hatte er sich mit Visionen Camilles beschäftigt und schon nicht mehr gut an Freuds Theorien erinnern können. Schattenhaft, aber gerade dadurch suggestiv wie die Schwarz-Weiß-Fotografien der in London befindlichen Original-Wohnungseinrichtung Freuds, die man zu Tapeten vergrößert und an die Wände der Wohnung in der Berggasse geklebt hatte, lag die postpubertäre Freudianische Phase in S. vor seinen Augen. Sie fiel fast genau in die Gehzeit mit Camille. Es schien ihm, daß Camille – angetan mit einem strengen malvenfarbenen Straßenkostüm der dreißiger Jahre – perfekt in die Szenerie der Berggasse gepaßt hätte, die sich im Abendlicht binnen weniger Minuten auf den Weg zurück in die Vergangenheit gemacht hatte. Mit herabgelassenem Hutschleier aus einer Droschke steigend und ihre Röcke emporraffend, um den Kontakt mit der Straße zu vermeiden, eilte Camille zum Haus von Doktor Freud und klingelte hastig.

»Was tust du?« fragte Klara verwundert. Anscheinend hatte er etwas überhört.

»Infantile Regression«, sagte er, »mein neues Hobby. Es hält jung.« Er mußte erklären, was ihn zu dieser Bemerkung veranlaßte. Aber noch bevor er das tat, spürte er, daß er sich entschlossen hatte, das Camille-Projekt auf jeden Fall durchzuführen, nicht irgendwann später, wenn er die nötige Reife erlangt haben würde, sondern jetzt und mit aller Energie. In einem Monat würde er eine neue Drehbuchversion haben, noch bevor Klara und er zu ihrer Asienreise, ihrem ersten längeren Urlaub seit eineinhalb Jahren, aufbrechen würden. Während des Abendessens erzählte er Klara von seiner Jugendliebe zu Camille. Sie kannte die Sache mit dem LSD-Trip schon. Er hatte ihr auch von Lisa erzählt, weil diese Art, die männliche Jungfräulichkeit zu verlieren, ja doch filmreif erschien. »Wenn ich heute über Camille arbeite, dann eigentlich nur über eine Fiktion von ihr. Sie existiert für mich nicht mehr real. Sie ist ein Bild geworden, eine Folie.«

Klara zählte einige Details auf, die ihr bei der Lektüre des Drehbuchs und bei Georgs Erzählungen aufschlußreich erschienen wären: etwa seine Art, Frauen mit Monologen zu traktieren; etwa seine Weigerung, um eine Frau zu kämpfen, siehe die Trennung von Maria, und daß er damals nicht den geringsten Einspruch erhoben hatte, als Camille nach der Eiscafé-Szene mit ihm gebrochen habe; schließlich offenbare der Besuch in K. seine Unfähigkeit, sich das eigene Liebesbedürfnis zuzugestehen und das Risiko einzugehen, den anderen als erster zu berühren ...

»Aber das stimmt doch so gar nicht!«

»Wenn es nicht stimmt, weshalb fällt dir das Schreiben über Camille dann so schwer?«

7

Georg verteidigte nicht länger seine Hypothese, daß er über Camille arbeite, weil er über Camille gearbeitet habe. Das Projekt erschien ihm nun unausweichlich, notwendig für seine künstlerische Entwicklung. Im Januar sagte er alle Termine ab, verprellte seinen Produzenten, verweigerte sich seinen Freunden. Klara und Hermann, die von ihm solche Phasen der Anspannung gewohnt waren, bestärkten ihn zunächst. Während er schrieb und las, entdeckte er immer mehr Zusammenhänge zu seinem Thema, und einmal behauptete er lachend, das Universum habe eine camilleoide Struktur.

»Ich denke, du solltest es doch etwas konkreter fassen«, meinte Klara hierzu.

»Hermann hat behauptet, Camille sei meine Lotte. Kennst du Thomas Manns *Lotte in Weimar*? Ich habe es gerade wieder gelesen. Es ist eine köstliche Sache. Er schreibt die Geschichte der alternden Lotte, die nach Weimar fährt, um Goethe wiederzusehen, den Mann, gegen den sie sich vor vielen Jahren entschieden hatte und der daraus einen Bestseller machte. Sie ist überzeugt von ihrer Wichtigkeit in seinem Leben, sie steigert sich in Phantasmen des Wiedersehens hinein – aber am Ende muß sie erkennen, daß er sie schon lange vergessen hat, daß sie nur ein Vorwand für seine Kunst war.«

»Und so soll es der armen Camille auch einmal ergehen?« sagte Klara etwas spitz.

»In dem Drehbuch wird Kleist erwähnt, seine *Marquise von O.*, du erinnerst dich?« fragte er Hermann. »Ich habe mir nach dieser Nacht mit Camille zufälligerweise das Reclam-Bändchen gekauft. Jetzt frage ich mich, ob es wirklich ein Zufall war.«

»Die Marquise ... das war diese Frau, die während einer Ohnmacht geschwängert wurde? Also haben wir auch schon den Grund des Zufalls«, erklärte Hermann. »Camille hat dich geschwängert. Es war eben in dieser Nacht, in der du von diesem Ozeanriesen geträumt hast. Daraus wurde schließlich *Die Reise nach England*. Sah Camille am Morgen danach nicht übernächtigt aus?« Er versuchte sich auszumalen, wie man einen schlafenden Mann vergewaltigen könne.

»Vielleicht habe ich mir das gewünscht«, grübelte Georg. »Es wäre vielleicht auch die einzige Möglichkeit für Camille gewesen, ihre Orgasmusschwierigkeiten zu überwinden.«

»Woher weißt du, daß sie welche hat?«

»Ich habe es in ihrem Tagebuch gelesen, damals, als ich allein in ihrer Wohnung war. Es war nur ein kurzer Blick, ich habe mich natürlich sehr geschämt. Auf Anhieb hatte ich gleich die entscheidende Stelle gefunden, nämlich, daß sie nie kommt, wenn sie mit einem Mann schläft.«

»Das kann sich ja inzwischen geändert haben.«

»Ich will es hoffen, nach zwei Geburten ...«

Er las die Geschichte der Marquise in einer Werkausgabe nach, in der er dann, einige Seiten weiter, Kleists Aufsatz über das Marionettentheater fand. Klara, schon erleichtert, ihn einmal über einem anderen Buch als seinem Drehbuch sitzen zu sehen, erkundigte sich, was er studiere. Wieder etwas im Zusammenhang mit dieser Camille?

»Ich muß es analysieren, um es zu entfernen – wie einen Tumor.«

»Wenn das so ist, dann wäre es mir lieb, wenn du das Drehbuch wirklich vor unserem Urlaub zu Ende brächtest.«

Georg zeigte ihr den Aufsatz. »Als ich sagte, Camille sei ein Bild, war ich nahe dran. Sie existiert nur noch in meiner Vorstellung. Sie kann sich ebensowenig zur Wehr setzen wie eine Fotografie oder eben die Marionette. Nun kommt aber das Heimtückische, das Kleist zum Vorschein bringt: daß nämlich die Marionette, die ein Marionettenspieler zum Tanzen bringt, mehr Seele haben kann als der beste Tänzer. Denn jede ihrer Bewegungen entspricht genau der Idee des Regisseurs. Sie ist so perfekt, weil sie keinen Antrieb hat, weil sie – anders als Schauspieler – nicht die geringste Eigeninitiative entwickelt. Auf diese Weise nimmt sie uns gefangen.«

»Wie Catherine Deneuve, oder? Eine Sphinx ohne Geheimnis.«

Georg freute sich über die Anregung.

»Aber sie nimmt *dich* gefangen, nicht *uns*«, fügte Klara hinzu.

Er besorgte sich Videokopien der Buñuel-Filme, die er noch nicht besaß. Camille glich äußerlich nicht im geringsten der Deneuve, aber ihre freudianischen Tiefenstrukturen hätten sie durchaus für Buñuel interessant machen können. Es gab zahlreiche Filme über erfundene Frauen, und etliche davon fielen ihm ein, während er die aktuelle Drehbuchfassung erneut änderte, indem er als Rahmenhandlung weiterhin nur den einen Tag und die eine Nacht in K. beibehielt, nun aber Rückblenden aus der gemeinsamen Erinnerung der Figuren einfügte. Die Figuren aber waren Camille und er.

»Du siehst schlecht aus«, mahnte ihn Hermann bei ihrem nächsten Treffen. »Ich mache mir Vorwürfe, schließlich habe ich immer für diesen Stoff votiert. Was ist das Geheimnis der Sphinx? Das, was du in sie hineinliest. Camille ist die Projektionsfläche. Eine nicht weiter bemerkenswerte Frau, die du immer weiter mystifizierst. Was dich wütend macht, ist ihre Sterilität, ihr Mangel an erotischer Phantasie, ihre Feigheit. Alles Probleme, die du selbst gar nicht hast, oder?«

»Woher weißt du das?« fragte Georg.

»Hör auf damit. Wenigstens eine Zeitlang. Hast du keine anderen Ideen?« sagte Klara.

Nachdem Herfeld den Start von *Die Lust der anderen* für Februar, parallel zu den Filmfestspielen in Berlin, angekündigt hatte, gab es wie erhofft noch einmal gesteigertes Medieninteresse. Georg erhielt Briefe, die er in den Papierkorb warf und Anrufe, die er entweder zu nachlässig oder zu ernsthaft beantwortete. Was sind Ihre nächsten Projekte? Haben Sie neue Ideen? Woran arbeiten Sie? Wie heißt Ihr nächster Film? – Weshalb sollte man immer weiter Filme drehen? Warum hörte man nicht auf, nachdem man in drei Filmen, zwei Büchern oder zehn Bildern gesagt hatte, was man zu sagen hatte?

»Ich plane ganz neuartige Filme«, rief Georg in das Mikrofon eines Radio-Kulturmagazins. »Mit nie dagewesenen Bildern. Zunächst: Filme für Embryonen. Dann: Filme für Sterbende. Es soll keiner mehr davonkommen. Ich denke intensiv über ein Kino für die Toten nach!«

»Es wird Zeit, daß wir in Urlaub fahren. Du mußt dich bedeckt halten. Du darfst dich nicht so aus der Fassung bringen lassen«, mahnte Klara.

»Aber besuch sie doch einfach! Monika hat ihre Adresse. Schau sie dir an – mitten im Alltagsleben, mit ihren beiden Kindern und ihrem freundlichen Mann«, schlug Hermann vor. »Das wird dich kurieren.«

»Was heißt hier kurieren? Darum geht es doch wirklich nicht!« wehrte sich Georg.

»Worum geht es dann?«

»Um das Unwiederbringliche, um das, was man nicht mehr kurieren kann. Vielleicht hängt alles damit zusammen, daß Camille meine erste Liebe war und daß es nur eine Liebe im Leben geben sollte.«

»Ich gebe dir einen Tip, den letzten, obwohl ich dir eigentlich lieber raten möchte, mit der Sache aufzuhören: Schreib auch das apokryphe Drehbuch.«

»Was bitte?«

»Die Nebenschrift zu Camille«, erklärte Hermann. »Du sagst doch, sie sei ein Nebensatz in deinem Leben. Dann such einmal dazu wieder die Nebensätze. Schreib alles auf, was du noch nicht aufgeschrieben hast, weil es dir peinlich oder unwichtig erschien. Aber nur das Konkrete, keine Theorien. Und schreib dann, wenn du damit fertig bist, ein prophetisches Drehbuch oder ein phantastisches, nämlich alles, was du im Zusammenhang mit Camille je erträumt hast und was du dir als Zukunft mit ihr vorstellen kannst. Vielleicht befreit dich das.«

»Warum soll ich befreit werden?« sagte Georg. »Das einzige, was mich befreit, ist, eine wirklich gute Arbeit zu machen.«

»Erinnerst du dich daran, daß wir nächste Woche nach Bangkok fliegen?« fragte Klara.

8

Nach dem Urlaub in Thailand und Vietnam stellte Georg fest, daß sich bezüglich des Camille-Projekts kaum etwas verändert hatte. Der zeitliche Abstand, die Auseinandersetzung mit anderen Kulturen, neue Ideen, die ihm zugeflogen waren – alles verflüchtigte sich, kaum hatte er eine Stunde mit dem Drehbuch verbracht. War dies noch ein künstlerischer Prozeß? Es hatte die Züge einer Erkrankung, die man zunächst nicht wahrhaben wollte, die man leicht zu besiegen glaubte, die vielleicht auch nur eingebildet war, die in keinem medizinischen Lehrwerk stand, die es bei Licht betrachtet gar nicht geben konnte – die einen zu Boden preßte mit unwiderstehlicher Gewalt. Noch einmal: Weshalb fesselte ihn Camille so sehr? Er hielt sich Szene für Szene vor Augen, die er mit anderen Frauen, seinen sämtlichen Haupt- und Nebensätzen, erlebt hatte. Sein Gedächtnis lieferte bereitwillig die Bilder, sein bisweilen brillant, bisweilen wie mit billigsten Kameras fotografiertes, doch gar nicht so unbescheidenes Satiricon von Verschlingungen und Schmerzen, wilden und sanften Momenten. Aber sie wogen nichts, im Augenblick nicht, genau so lange, wie er an dem Drehbuch arbeitete: In Camilles Universum wirkte nur ihre eigene Gravitation. Er mußte ihr nachgeben. Er mußte akzeptieren, daß seine schönste Liebesnacht (mit Klara, wohlgemerkt), sein kläglichster Verkehr (halbsteif, mit einer Prostituierten), sein absurdester Orgasmus (die Katze einer Geliebten lauerte ihnen auf und verbiß sich exakt auf seinem Höhepunkt in Georgs rechtem Fuß), seine größte Demütigung (eine Frau mit Leopardenbluse, die ihn eingeladen und verspottet hatte, als er nicht sofort den gewünschten Zustand produzieren konnte), sein überraschendster Erfolg (er sprach eine Konzertpianistin in der U-Bahn an, bummelte etwas verwirrt durch ihre Sechs-Zimmer-Altbauwohnung, wollte sich höflich zurückziehen, wurde aber von ihr daran gehindert und ejakulierte in ihre sehnige Achselhöhle), daß alles das gleichsam ohne Schwerkraft war und davonsegelte, als gehörte es lediglich und immer noch der nicht sehr glaubwürdigen Zukunft an, die er einmal auf der Bank unter den Kirschblüten in den Himmel gemalt hatte. Die wenigen Sätze Camilles, an die er sich erinnerte, nur sie hatten Gewicht. Ihr langsamer ruhiger Gang. Er schrieb – während die Premiere von *Die Lust der anderen* in München geplant wurde – an dem von Hermann empfohlenen apokryphen Drehbuch, wobei ihm vornehmlich peinliche Dinge (wie das Lesen von Camilles Tagebuch) einfielen. Etwas fröhlicher begann er parallel dazu das phantastische Drehbuch, in dem er eingangs Camilles Nacktheit heraufbeschwor, die er sich konstruieren mußte, denn er kannte nur: den bronzefarbenen Stamm ihres Rückens; den Halbschatten ihrer linken Brust; ihren Bauch aus den Baggerseezeiten –

»*Camilles Bauch!*« las Klara über seine Schulter, nachdem sie unbemerkt an seinen Schreibtisch herangetreten war. »Was steht da noch? Wie du kritzelst!«

»Da steht: *Camilles Bauch, schon mit siebzehn etwas schlaff, etwa wenn sie sich hinkniete, um ihr Badetuch auszubreiten. Eine scharf eingeschnittene weiße Blinddarmnarbe. Seltsam, daß sie einmal geöffnet und vernäht wurde.*«

»Das klingt sehr verführerisch.«

»Es widerspricht der Reinheit.«

»Welcher Reinheit?«

»Der Reinheit der Basketbälle«, sagte Georg. »Eine Narbe ist zu menschlich. Da fällt mir noch etwas anderes ein –« Er griff nach einem der roten Notizzettel, die seinen Schreibtisch übersäten. »Es geht um Geheimnisse, und es gehört ins apokryphe Drehbuch.« Er mußte sich die Szene alleine vergegenwärtigen, da Klara verärgert das Arbeitszimmer verließ. Camille, gerade achtzehn, hatte ihn zu Hause besucht. Es ging um Mathematik, nichts sonst, er sollte ihr einen bestimmten Stoff erklären. Sie faßte jedoch alles, was er sagte, mit solcher Leichtigkeit auf, daß er ihre Bitte, dieses und jenes noch zu erläutern, nicht mehr verstand und schließlich den Eindruck hatte, sich lächerlich zu machen wie ein Lehrer vor einem begabteren Schüler. War sie nur deshalb gekommen?

»Du bist so gut in der Schule geworden, wie ging das so schnell?« fragte sie ihn.

»Ich habe keine Geheimnisse«, erwiderte er. »Es ist die Methode.« Er zeigte ihr seine Lernkarteien, etliche, einmal der Länge nach unterteilte Schuhkartons, in denen Karteikarten nach dem Grad der Beherrschung der auf ihnen stehenden Informationen abgelegt und fortwährend wieder umgewälzt wurden. In unregelmäßigen Abständen traf man anstelle der kompakt beschrifteten Lerneinheiten karteikartengroße Naturfotografien oder Aphorismen und Lebensweisheiten aus seinen Lieblingsbüchern, dann aber auch ganz andere Ausschnitte. Drei *Playboy*-Magazine hatten für diese Einlagen herhalten müssen.

»Es ist ein System der positiven Konditionierung. Man muß sich verwöhnen und sich seine unbewußten Impulse eingestehen, wenn man sich mit langweiligen Fakten füttert«, erklärte Georg, und erst jetzt, mit siebenunddreißig Jahren, beim Schreiben im apokryphen Drehbuch, fiel ihm diese peinliche Methode wieder ein und die Tatsache, daß er sie nur Camille und keinem Menschen sonst je offenbart hatte. Das Schlimmste aber war, daß er sich nicht an ihre Reaktion erinnern konnte. Zu Camille gehörte, dem Gedanken folgend, daß sie nur noch ein Bild war, das spezifisch Enttäuschende der Pornographie. Sie hatte in seiner Erinnerung manchmal sogar den Geruch neuer, glänzender Fotomagazine. Ihre Gesten waren erstarrt und brannten sich sinnlos ins Gedächtnis. Sie empfing nicht. Es gab keine wirkliche Nähe. Ihre ganze Fruchtbarkeit lag in dem phantastischen Umstand begründet, der es ermöglichte, Hunderte von Liebesgeschichten und -filmen, Tausende erotischer Fotografien, all die Trennungen, Abschiede, Höhepunkte, Flirts, die Brüste, die von Schwanzmaschinen bearbeiteten Vaginalmaschinen, die Zärtlichkeiten, die innigen Gespräche, die gespielten Vergewaltigungen, die Bettszenen, Ekstasen, Verklemmtheiten *der anderen* so leicht und in solchen Mengen in sich aufzunehmen, während das Leben des Durchschnittsmenschen vielleicht fünf, vielleicht fünfzehn Geliebte vertrug und kaum mehr als drei wirkliche Lieben.

Die Filmpremiere von *Die Lust der anderen* in München fiel zugleich angenehm und enttäuschend aus. Es war ein gemeinsamer Kinobesuch mit den Schauspielern des Films und einigen Presseleuten, gefolgt von zwei Interviews und einem opulenten Abendessen. Camille erschien nicht zu den Feierlichkeiten, weder real noch als Dämon. Ein Mann aus dem Publikum kam auf Georg zu, ein Mathematiker, wie sich herausstellte, der Georgs Filme sah, weil er sonst keinen filmenden Ex-Mathematiker kannte. Von ihm erst erfuhr Georg, daß im vergangenen Jahr tatsächlich der Beweis für Fermats Theorem gefunden worden war. Georg verstand nur schemenhaft die Skizze, die der Mathematiker, den er spontan zum Gala-Diner einlud, von der Beweisführung gab, aber er verstand leicht, daß es mehrjähriger harter Arbeit und genialer Eingebungen bedurft hatte, sie zu finden. Nachts oder vielmehr früh morgens, als sich die zähesten fünf Gäste des Diners an der Hotelbar betagte Cognacs und Single-Malt-Whiskys bestellten, fiel Georg auf, daß Inge Lemberg, die an seiner rechten Seite an der Schmalseite der Theke saß, ihm eine Hand auf napoleonische Weise in den Hosenschlitz geschoben hatte. Er erinnerte sich nur schwach an die Herbeiführung dieses Zustands, der wegen der Verspätung, mit der er ihn zur Kenntnis nahm, schon zu einer nahezu berechtigten oder wenigstens naturkundlich anerkannten Existenz gekommen schien. Inge bedauerte es nun, daß er ihre Rückenansicht aus dem Film geschnitten habe. Überhaupt sei ihr jetzt erst klar geworden, weshalb der Film *Die Lust der anderen* heiße, denn schließlich habe sie selbst noch nicht viel abbekommen. Georg dachte daran, daß Klara gerade eine Stunde zuvor aufs Zimmer gegangen war. Er glaubte auch, daß ihn die anderen übriggebliebenen Dinergäste – Herfeld, Thorsten und der erstaunlich zählebige Mathematiker – fragend anstarrten, in der Hoffnung, er würde ihnen gleich mitteilen, wie es sich in Inges Hand so liege (es erschien nur allzu natürlich und angenehm, er fühlte sich botanisch wie ein Fruchtkolben in einem großen glatten Orchideenblatt). Der Regisseur und Ehemann Georg mußte nun diplomatisch verfahren. In einem anderen Leben, sagte er in Inges Ohr – während er mit der seiltänzerischen Umsicht, zu der man bisweilen im Vollrausch fähig ist, ihr Handgelenk sacht zum Tresen emporzog –, in einem anderen Leben würde er ihr gewiß nicht ausweichen. Er halte sie für eine wunderschöne Frau.

»In einem anderen Leben«, rief der Mathematiker, »hätten *wir* Fermats Theorem bewiesen!«

9

Georg und Camille hatten zwei Kinder.

Sie lebten in einer Reihenhaushälfte am Waldesrand, ganz in der Nähe des neurophysiologischen Instituts, in dem Camille nun wieder ganztägig arbeitete. Sie strebte eine Professur an, während Georg zumeist bis in die Nacht vor dem Schneidetisch im Hobbykeller saß. Die beiden Töchter, Zwillinge, Mädchen mit breiten Indianergesichtern und runden kräftigen Körpern, hockten neben ihm und wurden zunehmend blasser. Wie Georg liebten sie das Traumkino der Weimarer Republik, verehrten Eisenstein und Bergman, Fellini und Antonioni, liebten Chaplin- und Marx-Brothers-Streifen und hatten eine geheime Schwäche für James Bond. Das Problem war, daß sie fast nicht sprachen und nicht lesen und schreiben lernen wollten.

»Es sind Keller-Indianer. Sie sind einsam, aber unendlich sensibel«, erklärte Georg, als Camille auffiel, daß ihre Kinder nicht zur Schule gingen, daß sie nicht Basketball spielten, nicht mit anderen Kindern redeten, sondern nur darauf aus waren, auf den Knien ihres Vater zu sitzen und Filme zu studieren. Mit erstaunlicher Perfektion konnten sie das Videoschneidegerät bedienen. Sie kannten fast alle großen Kinoszenen und malten schon an den Szenenfolgen der Werke, die sie später einmal selbst realisieren würden. Leider wurde Georg in eine Nervenklinik gebracht und die beiden kleinen Indianer in ein

Umerziehungsheim, in dem sie Algebra und lateinische Grundschrift zu lernen hatten.

Camille auf einem der Empfänge am Rand der Filmfestspiele in Cannes. Sie bemühte sich, in ihrem metallisch blau glänzenden Abendkleid ebenso elegant und gelassen zu erscheinen wie die jungen Frauen der Produzenten, wie die Schauspielerinnen oder selbst die kleinen Journalistinnen von Klatsch-Magazinen. Aber ihr großer Kopf, ihre blitzenden weißen Zähne, ihre Bronzehaut zogen die Blicke an, lächelnde, indignierte, spöttische Blicke. In den Schultern war sie breiter als Georg, der nervös von ihr Abstand hielt. Peinlicherweise fühlte sie sich ausgesprochen wohl, sie hatte zuviel getrunken und belehrte jeden, der mit ihr in Kontakt kam, über spezielle australische Heuschreckenarten. Schaulustige umringten sie, Leute, die Georg den Erfolg neideten. Endlich packte er sie am Arm, zog sie durch die Menge, die Marmorfreitreppe des Hotels hinab, und zischte ihr ins Ohr: »Wieso trägst du diese verdammten Turnschuhe zu einem Abendkleid! Das nächste Mal ziehst du dir eine Hose an! Und was du erzählst! Ich komme mir vor wie Kolumbus!«

Es gab immer Männer, die aus der Glas- und Aluminiumwelt der Laboratorien und Institute drohend hervorwuchsen: die typischen Camille-Männer, Kopien ihres älteren Bruders, Kerle von fast zwei Meter Körpergröße, Basketballspieler und Lachsfischer, die stets Goretex-Jacken trugen und auf Motorrädern zur Erforschung der Natur hinausfuhren. Man bekam sie nie in zivilisierten Umgebungen zu Gesicht.

»Hans«, sagte Camille. »Karl«, sagte Camille. Streng kollegial. Es waren diese Abende, die Nächte, in denen sie sehr gelöst und selbstsicher nach Hause kam. Er durfte sie jetzt nichts fragen, er mußte schweigend zusehen, wie sie ihr geblümtes Nachthemd über die Schultern streifte und zu ihm ins Bett stieg. Immer wenn sie sich von ihm abwandte, um ihren Wecker zu stellen, sah er über ihre Schulter auf die silbern gerahmte Hochzeitsfotografie und dachte an die berührungslose Nacht in ihrer damaligen Studentenwohnung zurück. Die Untertitel flackerten wieder auf. »Ich weiß, Georg, ich bin schuldig.« – »Warum tust du das, es hilft dir doch nichts.« – »Ich muß, Georg.« – »Aber sie erdrücken dich doch bloß. Du hast doch gar nichts davon.« – »Vielleicht will ich erdrückt werden,

Georg. Vielleicht will ich das.« Er betrog sie manchmal schon am nächsten Tag mit einer Kollegin, einer Kneipenbekanntschaft oder einer ihrer Freundinnen, wenn es schnell gehen mußte. Leichtere, biegsamere Frauen, die Dinge, die Camille als pervers empfunden hätte, mit sachlicher Routine erledigten oder fröhlich einforderten. Nur ein einziges Mal durchbrach er das Tabu, sie –

»Was geht in deinem Kopf vor, wenn du Sex-Szenen schreibst?« fragte Klara.

»Sex-Szenen«, sagte Georg. Er durchbrach nur ein einziges Mal das Tabu. Camille, mittlerweile fünfundvierzig, kam erst gegen zwei Uhr morgens nach Hause. Wie üblich las Georg noch, eine Eisenstein-Biographie, die er fast auswendig kannte. Camille begrüßte ihn mit einer jener Entschuldigungen, die ganz leicht zu durchschauen waren, die man kritisieren konnte oder gar mußte – bis zu dem Punkt, an dem die Trennung und Scheidung ihrer Ehe nur noch zwei hypothetische Sätze weit von ihnen entfernt war.

»Ich wasche mir nur schnell das Gesicht«, sagte Camille und kam tatsächlich eine knappe Minute später schon aus dem Bad. Beim Ausziehen wandte sie sich nicht ab, sondern zeigte ihr Profil. Ihr Bauch wölbte sich nach vorn wie ein kleiner weicher Block und wurde von einer tiefen Falte geteilt.

»Mußt du rauchen?«

Georg drückte seine Zigarette aus.

Camille hatte bereits eines ihrer geblümten Nachthemden übergestreift, hielt einen Zipfel der Bettdecke in der Hand und sah auf ihn herab. Studierte sie die kahle Stelle über seiner Stirn? Verglich sie seine Brust, die sich nicht mehr deutlich von der gepolsterten Bauchdecke abhob, mit dem Thorax des Goretex-Jacken-Trägers, der vor einer Stunde noch ihren eigenen Oberkörper zusammengepreßt hatte? »Ach, das Licht«, murmelte sie, auf halbem Wege zum Bett.

»Laß«, sagte Georg schnell. »Ich stehe gleich noch mal auf.« Er wollte nicht, daß sie sich auch dieses Mal so einfach in ihr indianisches Zeltdunkel zurückzog. »Ich habe nachgedacht.«

Camilles noch mädchenhaftes, aber vom Alter eigentümlich vergröbertes Gesicht bekam etwas Sehnsüchtiges und Abwartendes.

»Wenn ich weitergemacht hätte, damals.«

»Weshalb liest du auch immer diese Biographien? Wenn es dich quält«, entgegnete sie, erleichtert und enttäuscht zugleich, weil anscheinend nur das Übliche zu befürchten war. Wenn also Georg nicht nach zwei mäßig erfolgreichen Kinofilmen *(Die Reise nach England, Die Lust der anderen)*, deren Standfotos die Wände seines Arbeitszimmers und neuerdings sogar des Eingangsflurs ihrer Vierzimmerwohnung füllten, plötzlich bei ihr aufgetaucht wäre, ein zerfleddertes Drehbuch in der Hand, auf dem in roten Großbuchstaben der Titel *Nabokovs Katze* leuchtete. Wenn er nicht nach den erfolglosen Jahren, in denen er sich als Cutter durchschlug, begriffen hätte, daß sie seine Bitterkeit, seine Lust am Versagen und an der eigenen Schwäche nicht länger ertrug?

»Wenn ich nicht Mathematiklehrer geworden wäre«, sagte er drohend, »mit meiner lächerlichen Schülerarbeitsgemeinschaft Film!«

Camille hatte sich damals, acht Jahre war es her, dem Reiz seines Antrages nicht entziehen können.

»Lies das!« hatte er gerufen. »Diesen Film kann ich nicht machen! Ich will ihn leben!«

Wie hätte sie widerstehen können? Als sie im Februar 1993 nach Berlin gefahren war – schuldbewußt, eine zweifache Mutter mit dem rasenden Herzen einer Ehebrecherin –, um der Premiere von *Die Reise nach England* beizuwohnen, als sie Georg am Mikrofon stehen und zwei Tage darauf gerade zwei Armlängen entfernt an einem Caféhaustisch sitzen sah, schien ihr Leben so belanglos geworden, daß sie es wie eine gelesene Zeitung hätte zusammenknüllen und aus dem Fenster werfen wollen. Geschlagen mit einer niemandem erklärbaren Müdigkeit war sie heimgekehrt. Sie hatte das Beste für die beiden Jungen getan, für Richard, der eine C4-Professur ergattert hatte, während sie einen völlig neuen Anlauf unternehmen mußte. Dann aber, im Frühjahr 1994, dieser verrückte Stich, Georg mit seinem zerfledderten Drehbuch, die blanke Bedingungslosigkeit in den Augen, diese erregende Kraft, alles zu entwerten und alles neu entstehen zu lassen ... Er brauchte sie nur als Kulisse. Sein Leben war Mathematik, eine einzige Beweisführung, daß nichts und niemand je seiner Bestimmung widersprochen hatte. Aber als er fiel, als der Produzent nicht mehr anrief, als er kein vernünftiges Drehbuch mehr zustande brachte, als sie bemerkte, daß man ihn in der Gesellschaft, die sich stets neugierig um ihn geschart hatte (sie selbst nur widerwillig, aufgrund der simplen räumlichen Nähe, einschließend), zu meiden begann, da fing sie an, zu begreifen: Sie, nur sie allein, konnte Georg zu etwas zwingen. Sie gab ihm noch ein Jahr. Er schrieb an sinnlosen, pompösen Drehbüchern, die jeden entsetzten. Dann mußte er Ernst machen, und er konnte von Glück sagen, daß er mit fast vierzig noch ins Lehramt gekommen war. Seine Standbilder, die eingestaubten Ikonen, die sein Arbeitszimmer tapezierten. Ihre beiden Jungen, die sie einmal in der Woche sah. So endete diese Geschichte: mit der Bestätigung ihres alten Verdachts, daß niemand, der in S. geboren war, die Statur für die Welt besitzen konnte; mit der Resignation und doch auch mit gewissen Freiheitsgraden und einem gewissen Triumph, denn sie hatte ihre Professur und ihre gelegentlichen Liebhaber, den traurigen schönen Roman ihrer Mutterschaft, den kurzen aufregenden Film ihrer zwei Berliner Jahre als Ehebrecherin. Und Georg, der ihr nie etwas zuleide tat, der sich mit Nikotin, Alkohol und Selbsthaß-Dauerläufen durch den Stadtwald am Leben hielt. Nie würde er es wagen, sich von ihr zu trennen. Sie war sein Schicksal.

»Ich will das Licht nicht ausmachen, ich will dich ansehen.«
»Ich bin müde, Georg.«
»Morgen ist Samstag, Herrgott. Weshalb haben wir nie eine Liebesnacht? Weißt du eigentlich, was das ist?«
»Weißt du eigentlich, daß wir morgen nach Hamburg fahren?« sagte Klara. »Du denkst an gar nichts! Nicht an die Fahrkarten, nicht an die Hotelbuchung. Du überläßt alles mir – das banale Leben, dafür bist du einfach nicht zuständig.«

Die zerreißende folkloristisch geblümte Baumwolle über Camilles Brust. Ungeheuerlich, dieser Angriff, die hervorquellende Bronze ihrer Haut. Nicht, Georg! Ich bitte dich, Georg! – Aber nein, Camille sagt gar nichts. Du willst überhaupt nicht mit mir nach Hamburg fahren. Du willst nur diesen Irrsinn, dieses Drehbuch, diese Wut! Camilles dunkle Indianeraugen starren ihn wie hypnotisiert an. Ihr stämmiger Körper bleibt träge. Aber es ist nicht die Duldungsstarre ihrer ersten Erfahrungen, nicht das hoffnungslose Dahinschmelzen im Dunkeln, in dem schon immer die Enttäuschung vorbereitet war. Seit acht Jahren verheiratet und nie eine Leidenschaft. Der letzte Baumwollfetzen, ihr freiliegender Bauch mit dem kaum noch sichtbaren Einschnitt der Blinddarmnarbe. Ich weiß es ja, Camille, ich weiß es, unter der violetten Seide deines Höschens, in deiner stillsten Kammer liegt der Samen des Goretex-Jacken-Trägers. Dann bekenne dich doch dazu, dann genieße es doch, zwei Männer im Abstand von drei Stunden zu haben. Acht Ehejahre, und ich habe noch nie deinen Anus gesehen, immer kneifst du die Backen zusammen, den Ventilstutzen verbergend, mein Gott, weshalb nur, zeig nur, erschrick nur, das ist es, tatsächlich: das Erschrecken wie vor den Szenen in unseren frühen Filmen, als hätte ich zum ersten Mal einen Schwanz, das ist unglaublich, acht Jahre! Georg, mit drei Fingern in Camilles warmen Muldungen, im Schlick ihres Betrugs, in ihre aufgerissenen Augen starrend. Und plötzlich, während er ihre Beine mit seinen Knien auseinanderdrückt, hört er ein Geräusch aus ihrer Kehle, das er ihr nie zugetraut hätte, einen fauchenden animalischen Laut, etwas, das sie schon immer konnte und nur der Gewalt und Mißachtung, nie aber der Liebe freigab. In ihrem Blick ist Aufforderung, Vernichtung, Triumph. Weiß verliert! Weiß verliert! denkt Georg. Sie hat es geschafft. Hätte! Hätte es beinahe geschafft, denn noch kann er die Spannung seiner Arme lösen, den Druck seiner Knie mindern, ihre Handgelenke freigeben – und tut es auch schon, befreit, zitternd, wieder ohne Hoffnung, geschlagen von ihrer tückischen Grammatik. »Ich habe es immer gewußt!« ruft Camille. Zu Unrecht, zu früh!

Es ist gar nichts geschehen. Gerade noch nicht. Du bist nur ein Film, Camille, nur eine tote, eine unverletzliche Erinnerung.

»Vielleicht sehen wir uns ja mal wieder, nach diesem Urlaub!« Klara verließ die Wohnung. Sie hatte seine Bahnfahrkarte zerrissen.

»Ich habe Camille vergewaltigt, stell dir vor. Es war in den apokryphen Drehbüchern.«

Hermann wirkte beunruhigt, schüttelte den Kopf. »Wo ist deine Frau, Georg?«

»Nach Hamburg gefahren.«

»Allein? Und jetzt?«

Georg gab ein Interview, in dem er erklärte, einen pornographischen Film drehen zu wollen.

»Wo ist der Haken?« fragte der Interviewer.

»Ich danke Ihnen für Ihr Vertrauen«, erwiderte Georg.

Er beschäftigte sich mit der Vergewaltigung in Bildern. Eine Freundin hatte ihm zu seinem Schreck einmal erklärt, daß es sie erregt habe, in einem wüsten Berliner B-Movie einen Mann zu sehen, der mit erigiertem Penis und mit einem gezückten Messer in der Hand auf eine Frau losgegangen sei. Als Bild vergewaltigt werden wollen. Sterben als Bild. Töten als Bild.

»Ich habe ein Indianer-Gedicht gefunden«, sagte Georg zu Hermann. »Es ist der Freudengesang des Tsoai-talee. *Ich bin die Feder am strahlenden Himmel. Ich bin das blaue Pferd, das in der Ebene läuft. Ich bin der Fisch, der glitzernd im Wasser sich rollt. Ich bin der Schatten, der einem Kinde folgt. Ich bin das Abendlicht, das Leuchten der Wiesen* –«

»Was soll das, Georg?«

»*Ich bin der Hunger eines jungen Wolfes. Ich bin der Traum all dieser Dinge* – so endet die Strophe. Wir wollen *alles* sein. Eine Kamera über und in der Welt. Aber wir sind in unsere Erinnerung eingeschlossen, in diesen banalen Film, der nie besser wird.«

»Wie kommst du jetzt wieder auf Indianer?«

»Wegen Camille natürlich. Ich kolonialisiere sie in meiner Erinnerung. Außerdem fand ich ihr Geheimnis heraus.«

»Welches Geheimnis?«

»Die Grundlage der Masturbation. Daß das, was wir uns ausmalen, gar nicht berührbar sein darf. Bei Fellini gibt es diese wunderbare Szene, wo unter einer riesigen Bettdecke Dutzende von Jungen liegen und sich einen runterholen, eine Art sportlicher Großveranstaltung. Sie haben eine Chimäre vor Augen, keine reale Frau. Auf diese Weise bleibt es Spaß und wird es immer nur Spaß bleiben –«

»Was ist daran schlimm? Was hat das mit Camille zu tun?«

»Masturbierst du noch? Du mußt jetzt nicht rot werden, wir sind bald vierzig. Das fragt dich wahrscheinlich nie wieder jemand.«

»Wenn das so ist: sehr selten.«

»Dann ist es wie bei mir. Aber das ist ja nicht das Entscheidende.«

»Sondern?«

Ob Hermann sich an seine frühesten erotischen Träume erinnere? »Ich meine die Träume und Tagträume, in denen dir

zum ersten Mal die Frauen bewußt werden – ganz dunkel noch. Du bist mehr verängstigt als erregt, weil du keine Abhilfe für diesen Zustand kennst und nur äußerst verschwommene Ideen davon hast, was mit den Mädchen zu tun ist.«
»Die Kids von heute sehen doch alle schon Pornos.«
»Das ist ihr Glück.«
»Wie?«
»Camille könnte ihnen nichts anhaben«, versicherte Georg.
Er war neun oder zehn, etliche Male hatte er *Winnetou I* gelesen und immer öfter erwachte er, bevor seine Mutter ihn wecken kam. Die intensivste körperliche Erfahrung, die er kannte, nämlich das aufwendige Herauswackeln eines gelockerten Milchzahnes, mit seinen zwischen speichelfeuchtem Daumen und Zeigefinger verteufelt eng gelagerten Amplituden von Lust und Schmerz, hatte eine siegreiche Konkurrentin bekommen: Nscho-tschi, Winnetous Schwester. Aus reinen Zeichen auferstanden, in weißes Hirschleder eingefaßt, dessen Duft er sich aus dem der Reckriemen in seinem Turnverein ableitete, beugte sie sich über sein Gewirr aus Traum und Schlaf. Sie war undeutlich und absolut notwendig, er wollte sie näher an sich heranbringen, sie in sich saugen wie die schimmernde Luft, die man durch die Wasseroberfläche sah, wenn man es beim Tauchen bis zum Ende seiner Lungenkraft ausgehalten hatte. Manchmal berührte sie ihn, er wußte nicht, mit welcher Stelle ihrer zum Schreien glatten Haut. Manchmal spürte er ihre Umarmung, als hielte man sich selbst und würde zerrissen, denn sie verschwand, sobald er im Traum die Augen öffnete, um ihr schwarzes, zu Zöpfen geflochtenes Haar zu betrachten, das sich an seine Wange schmiegte. Sobald er sie sah, war sie entfernt, und sobald sie entfernt war, spielte sie das gleiche, entsetzliche und wunderbare Spiel mit ihm. Nscho-tschi kam immer von anderen Männern, die ihr alles zu geben vermochten. Er wußte nicht, was; er mußte es ihr anbieten, aber es fiel ihm nicht ein, was es war. Sie verlachte ihn, sie quälte ihn, indem sie mit dem tölpelhaftesten und häßlichsten Schüler seiner Klasse, Markus Hellerich, davonging, ein um das andere Mal. Markus könne eben anständig ficken, erklärte sie, er schäme sich eben nicht. Seine Albino-Wimpern, sein kleiner gequollener Körper – nichts störte sie an dieser widerlichen Mißgeburt. Weshalb kam sie immer wieder zu Georg? Ich kann

auch ficken! rief Georg, wenn sich ihre schwarzen Augen auf ihn richteten. Es hatte etwas mit den verbotenen Spielen zu tun, bei denen sie sich Grashalme in den Pimmel steckten oder das zweigeteilte kleine Kissen zwischen den Beinen der Mädchen begutachteten, mit dem Geruch der Schafgarbe und dem Geschmack von Löwenzahnstengeln, aus denen ein bitterer Saft troff. Aber es war so viel schwieriger, um so vieles erwachsener, daß die Erinnerungen an diese Spiele nicht halfen und sogar gänzlich in die Irre führten. Das Autofahren schien dagegen gar keine Kunst, nicht einmal das Reiten oder ein Kopfsprung vom 5-Meter-Brett war ähnlich schwer. Nschotschi. Sie gab ihm keinen Hinweis auf die eigentliche Natur des Fickens. Sie verschwand mit dem Klassentölpel, sie kam wieder, streifte ihn, zog sich unhaltbar zurück. Es gab Wochen, an denen er jeden Morgen eine halbe Stunde lang diese Qualen genoß, wahnsinnig und wahnsüchtig, diese Traum-Elixiere seines Knabenlebens, die niemand entdecken durfte.

»Und eben das ist Camille«, stellte Georg fest. »Sie kann wirklich nichts dafür. Alles, was ich von ihr habe, sind Erinnerungen mit genau dieser masochistischen Komponente, dieser Unberührbarkeit bei größter Nähe. Und das eben ist auch die Struktur des Films, dieser unüberwindliche Abstand.«

»Also weißt du jetzt, weshalb du Regisseur geworden bist«, sagte Hermann. »Dann ist es ja auch gut, daß du Camille damals, als ihr fünfzehn wart, nicht überreden konntest, mit dir zu vögeln.«

»Ich versuchte gar nicht, sie zu überreden. Ich habe geahnt, daß sie mir einmal viel wichtiger werden könnte, wenn ich sie in Ruhe ließ.«

»Gut, dann ist es also aufgeklärt und vorbei.«

»Vielleicht. Wenn so etwas je vorbei sein kann. Verstehst du nicht, was dahintersteckt? Das ist die Frage, was man überhaupt von den Frauen will. Man darf sie unter keinen Umständen beantworten.«

»Dann dreh doch einen neuen Film. Und sieh zu, daß du schleunigst deiner Frau nachfährst. Weißt du, daß du deine Ehe riskierst? Weißt du, wie verzweifelt sie gewesen sein muß, als sie alleine nach Hamburg fuhr? Oder wie wütend oder beides?«

Georg starrte in den überfüllten Aschenbecher, der zwischen ihnen auf dem Tisch stand. »Ich muß zuvor noch etwas anderes tun.«

»Du solltest dir das gut überlegen. Ich dachte, Klara sei der Hauptsatz in deiner Liebesgrammatik.«

»Sie ist der Hauptsatz. Aber wir tun, was wir tun müssen. Es darf gar keine Rolle spielen.«

»Und wenn es das doch tut?«

»Es spielt keine Rolle. Es gibt keine Taktik zwischen uns.«

»Du bist verrückt, wenn du mich fragst.«

»Nein, ich lebe«, sagte Georg, blaß und entschlossen.

»Was ist das, was du noch tun mußt?«

»Indianer – ich muß Indianer sehen.«

6
Cortés landet

Die Realität des weißen Mannes sind seine Straßen mit ihren Banken, Läden, Neonlichtern, dem Verkehr, sind die Straßen voller Polizisten, Huren und verhärmter Leute, die vorbeihasten, weil sie eine Stechuhr drücken müssen. Aber das ist unwirklich. Die wirkliche Realität liegt hinter all dem. Der Große Vater Peyote hilft dir, sie zu finden.

Crow Dog

1

In einem Reisebüro für Last-Minute-Flüge stellte sich heraus, daß der nächste preiswerte Flug nach Mexico-City über Paris führte. Bis zur Zwischenlandung zweifelte Georg kaum daran, auf dem richtigen Weg zu sein. Er gefiel sich in der Radikalität seines Entschlusses, und er trank Bordeaux aus einem Plastikbecher, um die Betäubung seiner vernünftigen Instinkte noch zu fördern. Seine Prärie- und Kleinbürgerphantasien über Camille waren falsch gewesen. Camille hatte die Arglosigkeit immer nur vorgetäuscht. Es ging um die mächtigen Indianer, um die Wilden der Technologie und des Imperiums. Die Stahlrohr- und Aluminiumkomplexe der Forschungsinstitute, in denen Camille arbeitete, waren die architektonischen Nachfahren der geometrisch präzise angelegten aztekischen Tempelbezirke. Den Mythen und bizarren Kulten des alten Indianerreichs entsprach Camilles gewiß absonderliche, stets verborgen gehaltene Sicht der Welt. Ihre früh entwickelte Grausamkeit schließlich, die nie etwas dafür konnte, hatte die Männer niedergeworfen, mit der Absicht, ihnen das Herz aus dem Brustkorb zu reißen. Deshalb Mexiko, ein absolut notwendiger Schritt. Deshalb die Lust, die kurz vor dem Aufknacken eines Gleichungssystems entstand (Das Zerbrechen der Bruchstrich-Rippen! Der pochende glatte Muskel der Lösung!), gesteigert und nicht etwa gemindert durch das Bewußtsein der völligen Abwegigkeit, der hirnrissigen Willkür der Unternehmung.

Wie in einer Schneekugel tanzten die Kirschblüten über der Miniatur der Bank zwischen den Weinbergen in Georgs Erinnerung. Jetzt sah er von einer der höchsten Ebenen, den Flugbahnen der den Himmel durchbohrenden Stahlstifte, auf sich selbst hinab – zwölf Jahre und zehntausend Meter in die Tiefe. Was für ein Vergnügen, einem scheinbar hoffnungslosen Impuls seines winzigen, längst aus dem Raum gelöschten Körpers auf der Bank zwischen den Weinbergen zu gehorchen, sich selbst zu erhören mit der geräuschlosen Omnipotenz der Mastercard! Jetzt besaß er nicht nur die Zeit, sondern auch das Geld, seiner Leidenschaft und seinen bizarren Einfällen nachzugehen. Er stellte sich Camilles Gesicht vor – für den hypothetischen Fall, daß sie von dieser Reise erfahren würde, etwa durch Monika, die eine (noch zu schreibende) Postkarte in der Hand hielt: »Von Georg, er ist ausgeflippt, er irrt durch Mexico City, wegen dir!« – Camille würde dies sofort glauben, denn in nichts täuschte man sich lieber als im Ausmaß der Bedeutung, die man im Leben der anderen spielte. Das *Bild* Camilles, nur darum ging es, um die blanke Folie, um die unendliche Fruchtbarkeit der Onaniervorlage. Seine Lotte, seine Dulcinea, seine Beatrice – in der Vermeerschen Alltäglichkeit, in der er sie an ihrem Studienort in sein Gedächtnis gezeichnet hatte, im Glanz ihrer mythischen Herkunft, dem er jetzt folgte. Er konnte gerade noch seinen Wein austrinken, als die Boeing auch schon ihre Kraft verlor und sank; wie in einem großen Schrank mit klappernden Türen taumelten sie hinab auf das in der Mitte von einer Autobahn durchschnittene Riesenkleeblatt des Flughafens Charles-de-Gaulle.

Georg mußte drei Stunden Aufenthalt und die Attacken seiner jäh wiederkehrenden Vernünftigkeit ertragen. Sein Gepäck war in Tegel direkt nach Mexico City durchgecheckt worden. Letztlich hinderte ihn wohl nur die Furcht vor dem Aufwand, der Airport-Maschinerie seinen einmal verschlungenen Koffer wieder zu entreißen, an der sofortigen Rückreise. Der Gedanke, daß er ebensogut ohne Klara nach Mexiko fliegen konnte, wie Klara ohne ihn nach Hamburg gefahren war, erschien reichlich absurd, während er auf nicht enden wollenden Rollbändern durch orangefarbene Tunnelröhren expediert wurde.

In einer der Ruhezonen, das unablässige Quietschen der Stahlfeder im Ohr, die das Standbein eines Kinderschaukelpferdes bildete, schrieb er den ersten von insgesamt sieben »Mexikanischen Briefen«: *Es muß das Unbedingte zwischen uns geben, einen nicht antastbaren Kern. Nur der Zweifel bricht ihn auf. Ich lese, daß die Azteken sich in der Hauptsache von Fischen ernährten, und tatsächlich: Das einzige, das ich Camille in der Zeit unserer Jugendliebe je essen sah, waren Heringe ...*

Der Ausleger, den der Terminal D wie einen handschuhgepufferten Boxerarm gegen die Wange der Boeing 747 richtete, vibrierte unter den Schritten der Fluggäste. Im Inneren der Maschine vorangehend, durch das von den Bullaugen gesiebte weiche Licht und das Musikgeplätscher aus den Bordlautsprechern, sagte sich Georg, daß er gar keine Alternative habe: Er litt unter einer Krankheit, die nur auf einem anderen Kontinent zu heilen war. Gemeinsam mit vierhundert weiteren Kranken oder auch nur Übermütigen, die sich die Erde untertan machen wollten, verstaute er sein Handgepäck und ließ den Sicherheitsgurt einrasten. Auf den drei Filmleinwänden, die er von seinem Platz aus sehen konnte, drehten und wendeten sich im Glast über den Rollbahnen die unterschiedlichen Flugzeugtypen der Air-France-Flottille. Sie kokettierten mit ihren weißen Möwenleibern, um die Versicherung auszustreuen, daß schon millionenfach gestartet, geflogen und sicher gelandet worden war.

Als die 747 zur Startposition fuhr, überblickte Georg eine weite, gelbgraue, halb in der Sonne verschwimmende Ebene und suchte vergeblich den Eiffelturm. Er mußte die Erinnerung an eine Bank unterhalb der eisernen Verstrebungen niederkämpfen, an Klaras auf seinem Schoß ruhenden Kopf und ihre Augen, in denen sich wunderbar verkleinert die Eisenbögen des Turms und die Wolken des Sommerhimmels spiegelten. Es war zu spät, umzukehren. Die verrückte Indianer-Idee fixierte ihn jetzt, preßte ihn gegen die Rückenlehne seines Sitzes. Auch die großen Transatlantikmaschinen begannen in der Startphase zu holpern und zu rütteln. Durchfasert von unbegreiflicher Elektronik, perfekt mathematisiert bis in die Formgebung der Seitenruder, rannten sie doch noch immer gegen das zum Verzweifeln dünne Medium der Luft an, wie Kinder vor einem Sprung, wie die großen plumpen Stelzvögel suchten sie Tritt zu fassen – und gewannen. Georg genoß die Gewalt der Turbinen, den siegreichen Willen, das Sinnbild der Anspannung, das sich im nun hindernisfreien Schweben löste. So kam er zu seinen Filmen, so, anstelle eines Camille-weichen Nachlassens, Hinabfallens, Niedersinkens, sollte man in den Tod starten. Mit dem schrägen Wegkippen der Banlieues, dem ins Bordfenster gleitenden Saphirblau des Februarhimmels, den ersten dünnen Tabakwolken, die sich in der Raucherzone entwickelten, lösten sich die letzten Bedenken. Auf den Leinwänden erschien zum erstenmal eine Videobild-Landkarte, auf der ein grünes Europa durch den himmelblauen Ozean mit dem verdorrt braunen amerikanischen Kontinent verbunden war. Das Schema eines Flugzeuges, die gesamte Normandie überlappend, blinkte am Ansatzpunkt eines transatlantischen Bogens, der an die gestrichelten Führungslinien einer Nähvorlage erinnerte. Auch dies war Mathematik. Navigation, Gier, Wahnsinn, Trigonometrie und Brutalität, Lust auf das Wilde, gepaart mit Arroganz und Vernichtungswillen – so ausgestattet war Cortés, der Kriecher und Schlächter, fünfhundert Jahre zuvor aufgebrochen, um Mexiko zu unterwerfen, und so näherte sich Georg, feige und schrecklich, dem Geheimnis Camilles, um seine Beute zu machen.

»Stört es Sie, wenn ich jetzt schon rauche?« Georgs Nachbarin in der Fensterreihe hatte den freien Sitz in der Mitte mit einem gefalteten Sakko und einem Stapel von Büchern, Zeitungen und Zigarettenschachteln in Beschlag genommen. Ehe er sich versah, war er in ein Gespräch mit der etwa vierzigjährigen Frau verwickelt. In der Erregung des Aufbruchs fiel es ihm schwer, über Paris im Vergleich zu anderen europäischen Metropolen zu plaudern, und er betrachtete zumeist das *Fasten-your-seat-belt*-Schildchen über der noch hochgeklappten Lade seines Tisches, während sie sich ihm aufmerksam zuwandte. Da sie einige Jahre in Berlin und Wien gelebt hatte, sprach sie hervorragend Deutsch. Sie hatte einen Lehrauftrag an der New Yorker Columbia University und einen weiteren in Kalifornien und arbeitete über den »ethnopsychoanalytischen Prozeß«.

Den könnte sie mir machen, dachte Georg. Sich als Mathematiklehrer vorzustellen, der sich einen Jugendtraum erfüllte und für zwei Wochen nach Mexiko fuhr, um die Tempelruinen der Azteken und Maya zu besichtigen, erschien ihm als geeignetes Mittel, sie zu langweilen. Nach dem Mittagessen faltete er seine Cellophanfolien, Aluminiumdeckel und die Serviette achtsam zusammen und schuf penible Ordnung auf seinem Tablett, um sie ganz von seiner Biederkeit zu überzeugen. Sie betrachtete ihn spöttisch und zweifelnd. Ihr Gesicht war auf eine etwas glanzlose Art anziehend, ihr Hals faltenlos und glatt, ihre Schultern und ihr Oberkörper so schmal, daß die unvermutet tief ansetzenden runden Brüste überraschend wirkten.

Mit einem halb nachsichtigen, halb fragenden Lächeln bekundete sie, daß ihr auch die schnellstmögliche Musterung ihrer Figur nicht entgehen konnte. Er empfand den leisen Schreck, der entsteht, wenn man sich seiner Anziehungskraft auf einen anderen bewußt wird, die Versuchung des leichten Spiels.

»Vos écouteurs.«

Dankbar griff Georg nach einem der blauen Kopfhörer, die der Steward aus seiner großen Plastiktüte fischte. Die Silhouette der Boeing blinkte bereits über dem Meer.

»Ich liebe Filme«, versicherte er seiner Nachbarin und beschäftigte sich ausgiebig mit der Installation des Kopfhöreranschlusses in der Seitenlehne seines Sitzes, während überall die Fensterklappen heruntergezogen wurden und die strahlend blaue Ummantelung der Maschine verschwand. Zwangsfilme, Filme auf mit 900 Stundenkilometern dahinschießenden Leinwänden. Man zeigte ein neues Hollywood-Produkt. Georg konnte fast jeden Schnitt vorhersagen, und wie jedesmal erfüllte ihn der absolute Mangel an Intimität und Unklarheit mit Ärger und unfreiwilliger Bewunderung für das amerikanische Kino. Es war wie der Blick in das Innere eines perfekt funktionierenden, wenngleich völlig unnötigen Apparates. Erst als der Nachspann mit der Aufzählung Hunderter von Mitarbeitern und Statisten abrollte, ließ Georgs Aufmerksamkeit nach. In einigen der Bordfenster schimmerte wieder die Helligkeit des strahlenden Mittags über den Wolken. Im Rauch der Zigaretten seiner Nachbarin, der sich im Strahlengang des nächstgelegenen Projektors kräuselte, schuf Georgs bildhafte Phantasie eines ihrer plötzlichen, leider unberechenbaren Sekundenwerke: Er sah Camille, vollständig nackt, niederkniend, ihm die Rückseite zuwendend. Augenblicklich suchte er ihre Öffnungen, im Bewußtsein, daß er dieses Bild nicht lange würde halten können. Aber er erfuhr nicht, welcher Art ihre Schamlippen waren und ob ihr Anus behaart war oder nicht, denn sie defäkierte einen alles bedeckenden Wulst glänzenden Goldes ...

»Sie haben sehr konzentriert zugesehen«, stellte die Psychoanalytikerin oder Psychoethnologin fest, die ihn wohl sehr konzentriert beobachtete. »Ich glaube, Sie lieben die Filme wirklich.«

Georg nickte so beschämt, als hätte sie auch die Sekundenprojektion in seinem Kopf mitverfolgen können.

Der Boden der Maschine neigte sich, eine Viertelstunde lang galt erneut Anschnallpflicht. Dank Georgs Einsilbigkeit lasen sie beide in ihren Büchern. Einmal, als sie sich mit geschlossenen Augen zurücklehnte, sah er sie etwas länger von der Seite her an. Er mochte den altmodischen oder womöglich schon wieder modischen Schnitt ihres schulterlangen dunkelblonden Haares, den er in dieser Form zuletzt in Hitchcock-Filmen der sechziger Jahre gesehen hatte. Die klare Linie ihres Profils gefiel ihm ebenfalls. Eine warzenähnliche kleine Erhebung zwischen ihren Augenbrauen störte etwas und auch die Sparsamkeit, mit der beim Ausmalen ihres Kopfes mit der Farbe umgegangen worden war, denn ihre Lippen wirkten blutleer, ihr Teint schien zu blaß, und als sie die Augen aufschlug, schien es ihm sogar, daß ihre Pupillen einige blaue Pigmente mehr hätten vertragen können. Als Dreißigjähriger hätte er sich gefreut, mit dieser gewiß intelligenten und erfahrenen Frau ins Gespräch zu kommen. Heute aber tat er scheu und flog um die halbe Welt, in der Hoffnung, auf den Grund einer Pubertätsliebe zu kommen!

Während des Kaffeetrinkens unterhielten sie sich über Berlin. »Es ist ein Gymnasium in Steglitz«, sagte er, nach seinem Arbeitsplatz gefragt. Sie wollte nicht wissen, weshalb er außerhalb der Schulferien Urlaub machen könne. Der zweite Bordfilm, für den wiederum Zwangsverdunklung galt, langweilte Georg mit seinen platten Manierismen. Er zog den Kopfhörer ab und schrieb im Licht der Leselampe am zweiten Mexikanischen Brief. *Diese Angst, mich nicht mehr bewegen zu können. Nach fünf Filmen jetzt der Beginn des Erfolgs vielleicht oder der Eintritt in eine Art Gefängnis. Erinnerst Du Dich an den Abend, kurz nach der Premiere von* Die Reise nach England, *als wir mit Beatrix und ihrer Schwester im Café Hardenberg waren? Damals hatte ich zum ersten Mal das Gefühl, eine Tür sei direkt vor meiner Nase zugeschlagen worden. Und ausgerechnet in dem Augenblick, in dem es so aussah, als könnte ich bald tun, was ich wollte, dachte ich, daß nun alles schon hinter mir läge, alle Stoffe, alle Menschen, die ich noch erfinden würde. Wahrscheinlich kam ich deshalb auf Camille. Sie treibt mich aus der Zukunft zurück. Es geht mir also um die Rückwärtsbewegung in der Zeit, um die Kolonisation der Erinnerung. Dabei interessieren mich die Indianer gar nicht so sehr. Ich lese über Cortés. Er war vierund-*

dreißig, als er mit seinen Truppen in Mexiko an Land ging, drei Jahre jünger als ich. Er interessierte sich auch nicht für die Indianer, er wollte nur ihr Gold. Einer Eingeborenen-Delegation von fünfzig Mann, die er unlauterer Absichten verdächtigte, ließ er die Hände abhacken. Die Geschichtswissenschaft kann hier einen Punkt setzen. Als Mann des Films muß ich aber weiter fragen, denn alles bleibt im Bild. Wo sind die hundert abgehackten Hände geblieben? Wer hat sie eingesammelt? Wurden sie verscharrt oder dörrten sie in der Sonne aus wie große blutende Spinnen?

»Ist Ihnen schlecht?« Die Ethnopsychoanalytikerin betrachtete Georgs wohl angestrengt oder ratlos wirkendes Gesicht. »Frauen haben zumeist Schwierigkeiten mit dem Start, Männer dagegen mit der Landung. Seltsam, nicht wahr?«

»Sie sind doch Psychologin. Wissen Sie die Erklärung?«

»Ich bin nicht mehr so sehr an Erklärungen interessiert.«

Georg nickte, als habe er dies erwartet. Nach zehn Stunden Flug gegen die Drehrichtung der Erde blinkte die Silhouette der Boeing über der Campeche-Bai, berührte mit dem linken Flügel Veracruz, zitterte etwas und stand dann still, als sei sie wie ein Schmetterling mit einer Nadel auf die Leinwand gespießt worden. Wieder kippten sie gegen die Sonne. Die Stewardessen setzten sich, die Außentemperatur stieg auf achtzehn Grad. Grau, ohne Anfang und Ende, überzogen mit einem im Abendlicht honigfarben schimmernden Rauch, der gnädig die Sicht auf ein weiter und weiter ausfassendes Häusermeer verschleierte, lag unter ihnen die drittgrößte Stadt der Erde.

»Ich war hier schon ein dutzendmal«, sagte die Amerikanerin ruhig.

2

Sie kannte das Gewirr in der Haupthalle. Sie wimmelte die Geldwechsler, Autovermieter, Taxifahrer und Taschendiebe ab.

»Haben Sie ein Hotel? Links, bei E dort drüben, ist die Asociación de Hoteles de México, oder wollen Sie sehen, ob in meinem Hotel noch etwas frei ist? – Gut, dann nehmen wir zusammen ein Taxi, es sind gerade 15 Kilometer. Man kauft Zonenkarten, dort an den Schaltern. Sie sprechen Spanisch?

Sólo un poco? Danke, ja, diese Tasche ist furchtbar schwer ... Ein Studienrat, der nicht gebucht hat? Sie erstaunen mich. Es ist kein sehr teures Hotel, zentral gelegen, in der Nähe des Alameda-Parks. Sie wollen doch sicher in sämtliche Museen?«

Der Film der Ankunft hatte den größten Zulauf. Zehntausende von Reisenden sahen ihn täglich. Seine Vorführdauer war auf die kurze Spanne der ersten Stunden auf einem fremden Kontinent beschränkt, er wirkte so lange, wie der Unglaube lebendig blieb, tatsächlich dort zu sein, wo man war. Georg hielt sein Flugticket noch wie eine Eintrittskarte zwischen den Fingern und starrte aus dem rechten Seitenfenster des Taxis. In dem Aufsatz *Nur Anfänge*, den er ein Jahr zuvor für eine Filmzeitschrift geschrieben hatte, war ihm der Einfall gekommen zu behaupten, ein Film könne nur auf zwei interessante Arten beginnen: mit dem Paradies oder mit dem Tumult. Die Farben, die er nun sah, riefen in ihm intensiv die Begegnungen mit Camille wach, sogar ihre erste Umarmung unter dem mittelalterlichen Wehrturm in S. Also war seine Idee, sie mit Mexiko zusammenzubringen, zumindest in einem malerischen Sinne richtig gewesen. Zu seinen Erfahrungen mit Camille gehörten diese kräftigen Farben, diese starken Kontraste zwischen dem verbeulten gelben Blech der Taxis und Busse, dem Blau der Ponchos und Jeans, den Orange- und Türkistönen in den Schaufenstern und an den Straßenständen, den schwarzen Haaren und der tonziegelroten Haut der Fußgänger. *Das Paradies beginnt mit zwei Menschen, der Tumult mit allen.* Wenn man aber mit dem Tumult begann, mit der großen Kulisse, dann war die Art entscheidend, wie sich die Hauptfiguren aus der Menge herausschälten. In schlechten Arbeiten erkannte man die Helden sofort, sie waren die Schauspieler zwischen Rudeln von Statisten. Die Kunst dagegen bestand darin, den Zuschauer erst im letztmöglichen Moment erkennen zu lassen, um wen es ging, ihm so verdeutlichend, daß es mit der gleichen Berechtigung immer auch um die Menschen daneben hätte gehen können: um ein junges Paar etwa, das mit den Plastikbechern einer Fast-Food-Kette in den Händen an den hupenden, sich ruckweise dahinschiebenden Autos vorbeischlenderte; um die Jungen, die kleine Puppen und Lotterielose an die Fahrer vor den roten Ampeln verkauften, mit der überlebensnotwendigen Flinkheit von Picadores; um einen Ersatzteilhändler, der in einem Klappstuhl vor seinem Laden direkt an der Blechbrandung saß und in der aztekischen Tradition des Schlachtens und Ausweidens an einem drei Meter hohen Drahtgerüst Scheinwerfer, Radkappen, Lenkräder und Motorenteile aufgehängt hatte; um eine Amerikanerin im blauen Leinenblazer, die in einem Taxi an der Seite eines tagträumenden deutschen Filmregisseurs saß. »Was denken Sie? Sie sehen so angespannt aus dem Fenster«, fragte sie Georg.

»Ich weiß zu wenig, das fällt mir gerade auf.«

»Dafür mußten Sie aber recht alt werden.«

»Früher konnte ich mir noch Hoffnungen machen. Ich meinte, daß ich zu wenig über Mexiko weiß. Es ist mir jetzt erst wieder eingefallen, daß das hier die Welthauptstadt des Verkehrs ist. Wie viele Indianer gibt es noch in Mexiko?«

»Die Ureinwohner? Ich glaube, sechs Millionen.«

»Das sind nicht mehr sehr viele. Und wer ist das?« Georg zeigte auf ein Denkmal in der Mitte einer mächtigen Kreuzung.

»Das ist Cuauhtémoc. Er führte –«

»An dem Galgenholz, an welchem in verhängnisvoller Stunde Cuauhtémoc herabhing, wird für alle kommenden Jahrhunderte in der Meinung der Menschen das Urteil über Cortés hängen«, sagte Georg rasch.

»Oho, Sie wissen ja doch etwas.«

»Über Cortés.«

»Und jetzt wollen Sie einiges über die Azteken lernen?«

Georg bejahte die Frage zögernd. Ein klassizistisches Bauwerk mit hohen Säulenportalen und goldenen Kuppeln glitt vorbei; die Bäume davor hatten kaum Laub. Als er die schweren Reisetaschen seiner Begleiterin oder eigentlich Führerin aus dem Kofferraum des Taxis hob, wußte er nicht, ob es klug gewesen war, sich ihr anzuvertrauen. Sie scherzte noch mit dem Taxifahrer; sie sprach mit dem Hotelangestellten an der Rezeption in fließendem Spanisch. Der Riemen ihrer Umhängetasche verschob den Ausschnitt ihres Blazers, und ihre Zartheit und Weltgewandtheit beeindruckten in ihrem Zusammenspiel und schmerzten mit der lebhaften Erinnerung an Klara, die ähnlich selbstbewußt im Ausland auftrat. Georg fürchtete schon, daß ihre Zimmer nebeneinander liegen würden. Jedoch erhielt sie eines im zweiten, er aber im vierten Stock.

»Wir sehen uns gewiß noch«, sagte sie, als sie sich im Fahrstuhl trennten.

Georg bedankte sich so herzlich, als schiene ihm diese Gewißheit keineswegs gegeben.

Angekleidet auf dem Bett seines Zimmers liegend, verspürte er mittelgradige Kopfschmerzen. Seine Uhr zeigte auf vier – vier Uhr morgens, während sich hinter den Gardinen allmählich die Abenddämmerung entwickelte. Er brachte nicht die Energie auf, den Koffer auszupacken. Über seinem Kopf schwebte das von einem Knoten geschürzte Moskitonetz, unklar, unfaßlich, weiß schimmernd. So war der Gedanke, der ihn nun in einem Eisenzylinder über den Atlantik geschossen und auf dieses Bett geworfen hatte.

Ich hätte es nicht getan, wenn es nicht notwendig gewesen wäre, sagte er sich. Er griff nach dem Taschenbuch mit den Briefen des Cortés an Karl den Fünften. Es gab noch eine dritte Version des Anfanges, die gewaltsam epische, die sofort in die Handlung übersprang: *In dieser Absicht [Moctezuma entweder tot oder lebendig als Untertanen Ihrer Majestät herbeischaffen zu wollen] brach ich am 16. August mit fünfzehn Reitern und dreihundert Mann Fußvolk, die ich so gut wie es irgend ging ausgerüstet hatte, von der Stadt Cempoal, die ich Sevilla genannt hatte, auf. Die Umstände waren günstig, in Veracruz ließ ich hundertfünfzig Mann nebst zwei Reitern zurück, mit dem Befehl, daselbst eine Festung zu bauen, die schon fast beendet ist ...* In der Absicht, Camille die Jungfernschaft zu rauben, lud Georg sie zu sich nach Hause ein. Es war an einem heißen Sommertag, er hatte Getränke bereitgestellt und dafür gesorgt, daß sie nicht gestört werden konnten. Die Umstände waren günstig, denn sie mußte aus medizinischen Gründen die Pille nehmen und lag zu sehr mit sich im Streit, um eine geschlossene Formation bilden zu können. Ein halbes Jahr später verließ er sie, mit der Empfehlung, die Liebe als Spiel zu betrachten. Seine nächste Freundin hieß Stella ... Wäre ich so Mathematiklehrer geworden? fragte er sich. Wenn ich so schon bei Camille vorgegangen wäre? Hätte ich mir dann die Träume und all meine Filme erspart? Wäre mir dann die Wirklichkeit befriedigend und ausreichend vorgekommen? Er betrachtete seinen liegenden Körper, erschöpft, sich an eine der Grafiken Eschers erinnernd, die genau diesen Blick am Schattenbogen der Nase vorbei aus der

Perspektive des Gehirns festhielt. Dutzende von Filmen hätten ihm einfallen können mit Sequenzen zum Thema »Einsamer Mann auf Hotelbett«. Subjekt ohne Satz. Über die kunstvoll fabrikgeschnitzte Bettlade am Fußende hinweg sah er direkt auf einen großen Farbdruck – eine fotografische Reproduktion des Wandgemäldes *Tenochtitlán* von Rivera, wie er später herausfand –, auf dem zahlreiche Figuren, brennspiegelhaft, in einem unnatürlichen malerischen Tumult, das Leben der Azteken vorstellten.

3

Während der folgenden sieben Tage fand er sich nahezu um die gleiche Zeit in der gleichen Position mit der gleichen Aussicht in seinem Hotelzimmer wieder. Er rauchte zwei Zigaretten und bemühte sich dabei, weiter in das Gemälde einzudringen. Jedesmal mußte er sich hüten, nicht einzuschlafen, weil ihn seine Wanderungen durch die Stadt erschöpft hatten. Jedesmal sprang er nach einer knappen Stunde auf, um zu duschen, im Hotelrestaurant hastig und achtlos etwas zu essen und dann den Weg anzutreten, den er, übernächtigt und ausgebrannt, an seinem ersten Abend schon gegangen war. Er führte ins 42. Stockwerk der Torre Latinoamericana. Dort oben sammelte er sich wieder, an diesem Illusionspunkt für Touristen und Ausflügler, wo man für einige Zeit den Überblick mit einem Begreifen verwechseln konnte. Es war nicht zu fassen, diese wahnsinnige, stein- und lichtgewordene Mühe. Die drittgrößte Metropole der Erde, die jeden Tag weiter anwuchs, um zwei- oder dreitausend Menschen, die nicht stillstehen konnte, die weiterwachsen mußte und ihre Millionen jeden Tag und jede Nacht zu weiteren Zeugungen trieb, als sei ihr Feuer nur durch die ständige Ausbreitung am Leben zu halten. In den mächtigen Straßenadern des Zentrums schimmerten die Kugellampen wie glühende Perforationen; brennende Schnitte liefen unter dem schmutzig perlmuttfarbenen Himmel in ein Nichts, in dem sie nicht enden würden; Schattenbahnen durchzogen wie Laufgänge für ungeheure Raubtiere die Illumination einer gigantischen Zirkusmanege; die Kuppeln der Kirchen und Kathedralen schienen wie dunkle Muscheln in den weichen Lichtgrund der Stadt eingedrückt, die einmal eine schwimmende Stadt gewesen war, inmitten einer weiten Lagune.

Die Erde, schrieb Georg an seine Frau, *wird einmal eine einzige zusammenhängende Stadt werden, das spürst du hier mit tödlicher Sicherheit. Es wird keine Seen, keine Meere mehr geben. Nur den endlos mit Häusern gespickten Planeten.*

Der Tumult auf Riveras Gemälde, das er von seinem Bett aus sah, konnte als Vorahnung der äußersten Dichte begriffen werden. Als habe nicht nur der Maler in den zwanziger Jahren, sondern sogar schon das alte Tenochtitlán gewußt, daß man dereinst an jedem Tag Fahrverbote für Autos mit bestimmten Endziffern auf dem Nummernschild würde erlassen müssen, um nicht im eigenen Dreck zu ersticken. Die in vielschichtigen Alltagsszenen gestaffelten, camille-bronzefarbenen Körper der Indianer aber stellten verschwindend wenige und zumeist elende Randbilder in der Masse der Capitalinos vor. Von ihnen waren nur noch die Näherinnen erhalten, die im Schatten der Alleen hockten, einige Marktfrauen mit Ramsch für die Touristen, die bartlosen Männer, die wie geblendet aus den gelben Bussen stolperten, einer mies bezahlten Arbeit, einem Händlerdasein zwischen den Blechlawinen, hungrigen Tagen und kalten Nächten, einer Alkoholvergiftung oder einer Messerklinge auf dem Bürgersteig vor einer Bar entgegen, allem, was ihnen besser erschien als das Elend auf den Feldern. Es war, als erinnerten sie sich stets an das Massaker, das Cortés vor fünfhundert Jahren unter ihnen angerichtet hatte. Der Leichengestank in den Straßen Tenochtitláns sollte selbst für ihn unerträglich gewesen sein.

»Was fasziniert Sie so an Cortés?« wollte die Amerikanerin von Georg wissen.

»Das Desinteresse an seinen Opfern.«

»Ist das etwas, was Ihnen fehlt, etwas, das Sie auch gerne hätten?«

»Ich frage mich vor allem, woher die Gier kommt.«

»Was glauben Sie?«

»Aus der Ideenlosigkeit«, sagte Georg spontan. Hatte er sich nicht Camilles immer dann bemächtigt, wenn ihm nichts anderes eingefallen war? Aber war ihm schon je ein Drehbuch oder ein Film ohne Camilles Mitwirkung eingefallen? Selbst noch *Die Lust der anderen* verdankte sich ihrer Anregung – auch wenn er sie in jenem Café gewissermaßen nur mit einer ihrer Erscheinungen verwechselt hatte. Ihr Verhältnis war immer virtuell geblieben, es war das Verhältnis des Films zur Realität, ein Diebstahl, der dem Bestohlenen nichts nahm.

Bei seinen Wanderungen und Irrfahrten durch die grenzenlose Stadt konnte Georg das Surren der Kamera in seinem Kopf hören. Er nahm Situationen, Gesten, Augenblicke auf, ohne Vorgabe und ohne die geringste Idee einer möglichen Verwendung. Lange betrachtete er den Himmel über der Plaza de las Tres Culturas, auf der man 1968, kurz vor der 19. Olympiade, Hunderte Demonstranten erschossen hatte. Dann sah er in der Zona Rosa den reichen Frauen beim Shoppen zu. Das Ineinander von futurologischer, imperialer und prähispanischer Architektur fesselte ihn. Er entging dem Lärm, indem er den jähen Einmündungen in enge, sonnenbeschienene Gassen folgte, in denen Kinder und Katzen unter quergespannten Wäscheleinen dösten und Blumen und Kakteen aus alten Blecheimern wucherten mit allem Anspruch auf Stille und Welt. Dann wieder erschrak er, wenn er sich die Nase schneuzte und sah, was im Taschentuch zurückblieb. Es hieß, daß die Vögel – die über die Schulter einer wild aufgebäumten Reiterstatue auf die den Himmel versperrenden Fronten der Wolkenkratzer zuschossen, sinnlos und todesmutig wie ein letzter Pfeil – bisweilen in der vergifteten Luft erstickten und auf das Straßenpflaster herabfielen. Von der Aussichtsplattform der Torre aus konnte Georg diesen Fall nachvollziehen, ein plötzliches Müdewerden über der unabsehbaren Wucherung von Stein, Stahl und Dunst, an der Neige des Sturzes noch einmal innehaltend, in einem letzten Schweben des gefiederten Ichs. Am liebsten hätte er seinen Produzenten Herfeld angerufen und darum gebeten, ihm einen Hubschrauber mit Piloten zu finanzieren, samt schwindelfreiem Kameramann. Sein nächster Film sollte genau mit diesem Sturz beginnen; ganze Kinosäle, überall in Europa, würde er in der Nacht über Mexico City ausschütten. Die Gefahr müßte bestehen, daß immer wieder ein Zuschauer vor dem Transparent der Leinwand, als bilde sie nichts als ein großes leuchtendes Fenster, den Halt auf seinem Sitz verlor und tatsächlich hinabstürzte. In den Bars und überquellenden Straßencafés auf dem Paseo de la Reforma hätte man sich bald an die aus dem Nachthimmel herabflatternden dunklen Körper der Gringos gewöhnt, an die Todesstürze der Zuschauervögel, so, wie man sich an den Gestank, die Armut, an das Herannahen des nächsten, alles vergrößernden und verschlimmernden Tages gewöhnt hatte.

Kein Bild aus Mexiko! schrieb er an Klara, die ihn vielleicht schon verlassen hatte. *Jede Fotografie ist Kolonialismus!*

»Buenos días«, begrüßte ihn die Amerikanerin beim Frühstück im Patio des Hotels. »Schon alle Museen besucht? Nein? Aber was machen Sie denn nur den ganzen Tag?«

»Man kann gar nichts machen«, sagte Georg und setzte sich an ihre Seite neben einen leise plätschernden Springbrunnen. »Es sei denn die Revolution.«

»Die findet hier schon seit neunzig Jahren statt. Sind Sie jetzt auf den Spuren von Villa und Zapata? Haben Sie Cortés hinter sich gebracht?«

»Villa und Zapata wurden erschossen, Cortés verlor zwei Finger.«

Die Amerikanerin lächelte, etwas kontrolliert, so als hielte sie ein geheimes Wissen über Georg zurück, das ihr allzu deutliche Reaktionen nicht gestattete. Die vergangenen Tage hatten ihr sichtlich gutgetan. Sie trug eine luftige weiße Bluse, wirkte beschäftigt und entspannt zugleich. Auf dem Stuhl zu ihrer Rechten lagen Bücher und Tageszeitungen. »Sie sammeln also Eindrücke. Sie schauen sich alles an – als wären Sie in einem Film. Sie sind ja Cineast, nicht wahr?«

Georg stutzte. Dann fiel ihm ein, daß er für den ersten Bordfilm im Flugzeug lebhaftes Interesse geheuchelt hatte. »Ich leite die Schülerarbeitsgemeinschaft Film«, versicherte er. »Aber ich bin auch Mathematiklehrer.«

»Nächstes Jahr machen Sie dann wohl einen Klassenausflug hierher? Sie und Ihre Arbeitsgemeinschaft, mit Kameras und Tonbändern?«

»Bei den Sparmaßnahmen? Ich muß inzwischen das Material aus eigener Tasche bezahlen. Sie ahnen ja nicht, wie das Kultusministerium mit uns umspringt.«

»Wie denn?«

»Ach, das ist doch egal. Die Schule. Deutschland. Europa. Ich begreife das allmählich. Das ist arrogante Scheiße.«

»Jetzt, wo Ihr Land gerade wiedervereinigt ist? War das nicht eine großartige Sache?«

»Eine großartige Ideenlosigkeit. Und daraus kommt die übliche Gier.«

»Sie sind zu romantisch«, versicherte sie ihm. »Ich muß gehen, man erwartet mich an der Universität. Sie sollten mich einmal dahin begleiten. Und wir sollten einmal zusammen essen gehen. Ich heiße übrigens Mary mit Vornamen.«

»Georg«, sagte Georg, obwohl er impulsiv »Johannes« hatte sagen wollen.

Mit der Schülerarbeitsgemeinschaft Film über den Zócalo, die größte innerstädtische Freifläche Lateinamerikas, den Platz der Bedeutungslosigkeit des Menschen. Von der Torre aus betrachtet, ein graues Sprungtuch in der Dämmerung. Am Vormittag, unter der noch blassen Sonne, unheimlich autofrei, still. Hunderte von Passanten, die sich zusammenhanglos auf den wie lauernden Steinplatten bewegten. Sie wurden nur geduldet, in der Illusion von Weite und Freiheit gewiegt, die an der langen Front des Regierungspalastes schon zugeschachtet war und an der Westseite von den grau verbackenen Conquistadorentürmen der Kathedrale überwacht. Etwas würde hier geschehen, immer wieder, eine Demonstration mit blutigem Ausgang, eine Revolte, ein Massaker. Jahrzehnte lagen zwischen dem einen und dem nächsten ETWAS, das vielleicht nur eine Stunde dauern würde oder einen furchtbaren Tag. Und doch wogen die langen Zwischenzeiten nichts, denn in ihnen herrschte nur der Wahn, daß alles weitergehen, weiterzeugen, weiterwachsen könne wie bisher. In dieser Zwischenzeit, im Jahre 1994, duldete der Zócalo wohl auch den Studienrat Georg mit seiner imaginären Videoklasse. Achtung Christine! Vorsicht Ralf! Fotografiert nie die Indianer! Wo sind die beiden Maiers, verdammt! Ja, das ist eine gute Idee für das Dritte-Welt-Filmbuch: das Objektiv auf den Stand eines Postkarten- und Plakatverkäufers zu richten, links die Jungfrau von Guadalupe, daneben ein Playmate mit schattig-roten Brüsten aus den frühen siebziger Jahren, eine aztekische Tempelpyramide und schließlich, auf einem hohen Lehnstuhl hockend, sich ein in Strumpfhosen getanztes Maya-Ballett beschauend, anno 1993, Johannes Paul II., der eifrigste aller Schwängerer.

Am zehnten Tag seines Aufenthaltes hatte Georg sich soweit an den Zócalo gewöhnt, daß er es wagte, den Platz langsam in der Diagonale zu überqueren. Die Kamera in seinem Kopf fing gestikulierende Mestizen mit Cowboy-Strohhüten ein, ruhte kurz auf dem Bauch einer Schwangeren, streifte nachdenklich über die Gesichter der Babys in indianischen Tragetüchern und quietschenden Buggies, zoomte das Seitenportal des Nationalpalastes heran. Eine steinerne Rampe führte, im Schnittpunkt der Platzdiagonalen, auf den kaum schulterhohen, etwa die Grundfläche eines Bürgerhauses einnehmenden Sockel des seit 1843 geplanten Unabhängigkeitsdenkmals. Noch immer war dieser Sockel leer. Ein dreißig Meter hoher Mast in der Mitte, an dem man zu gegebenem Anlaß die mexikanische Flagge hißte, verlieh ihm den Anschein von Sinn.

Georg stieg über die linke Ecke der Rampe, wie probehalber. Im Film wäre es ein leichtes gewesen, mit Hilfe einer Überblendung den Sockel in der Mitte des Zócalo mit dem Objekt der Begierde oder Verzweiflung zu besetzen, das der gerade an ihm vorbeigehende Mensch im Sinn trug, in seinem Falle also mit dem Denkmal Camilles – nackt, lebensecht bis zur schätzungsweise einen Meter langen Blinddarmnarbe in achtzehn Meter Höhe, ihre Goldbronzehaut schimmernd wie die Arme der Polizistin, die gerade an Georg vorüberging, ihre Mädchenbrüste zu unerreichbar hohen, mächtigen Kugeln unter der Sonne geformt, ihre Leisten so genau herausgearbeitet, daß man die Venen durchschimmern sah, ihre Scham schließlich, ein baumkronenweiter schwarzer Busch, in die schiffskiellange weiche Rinne mündend, unter der sich Abend für Abend die Mariachi versammelten.

»Gulliver!« murmelte Georg. Das war die zweite Variante der Unberührbarkeit, die ihn – wie eben die grausame Nschotschi – im Knabenalter äußerst stark beeindruckt hatte. Einmal bei den Riesenfrauen, die ihn auf einer Fingerkuppe balancieren konnten, einmal als wandelnder Fels unter Zwerginnen, so geriet Gulliver von einer sexuellen Verdammnis in die nächste, belegt mit dem Fluch des Nicht-Zueinander-Passens. Fellini hatte die Riesenfrauen filmisch verehrt – in *Casanova*, in *Die Stadt der Frauen*.

»Hola!«

»Wie? Ach – Sie.« Georg starrte verdutzt auf Mary, die plötzlich vor ihm stand und ihn dabei ertappte, wie er mitten auf dem Zócalo Camilles Kolossalstatue in den Himmel baute.

»Die Welt ist ein Dorf. Was hatten Sie geträumt?« sagte sie auf Englisch.

»Ich dachte, daß hier ein Denkmal fehlt.«

»Seit einhundertfünfzig Jahren. Und – ist Ihnen was Schönes eingefallen?« Ihre Füße steckten in weißen Espadrilles, über denen eine bunt gemusterte Seidenhose im Wind flatterte.

Mit dem Gefühl, etwas gegen ihre überhebliche Art tun zu müssen, erklärte Georg, daß er sich eine dreißig Meter hohe nackte Indianerin als künftiges Nationalmonument vorgestellt habe.

»Das wäre gut, aber man könnte die Konsequenzen nicht absehen.« Auf dem Paseo de la Reforma, erklärte sie lachend, habe man einmal eine üppige Diana-Statue wieder entfernen müssen, da es ihretwegen ständig zu Verkehrsunfällen gekommen sei. »El machismo – das gibt es hier noch.«

»Gefällt ihnen das?«

»Hobbymäßig ja, würde ich sagen.« Mary wunderte sich, daß er, als Filmfan, nicht mit einer Videokamera oder wenigstens mit einem Fotoapparat unterwegs sei.

»Ich hasse realistische Aufnahmen. Es ist wie die Haut von den Dingen reißen«, sagte Georg mit unkontrolliertem, seinem Studienratdasein wohl nicht ganz angemessenem Eifer.

»Die aztekischen Priester zogen sich die Haut der Geopferten über den Leib und trugen sie, bis sie ihnen am Körper verfaulte. Wollen wir heute abend zusammen essen gehen? Wo essen Sie denn gewöhnlich? Was machen Sie überhaupt am Abend?«

»Ich steige auf die Torre Latinoamericana. Dort gibt es ein Restaurant im 41. Stock. Ich könnte uns einen Tisch bestellen.«

»Wunderbar.«

Neben drei Jugendlichen, deren schweißglänzende Pfannkuchengesichter auf das gleiche Arnold-Schwarzenegger-T-Shirt montiert waren, blieb er am leeren Nationalpodest stehen und filmte Marys Abgang: eine schlanke, schmalschultrige Frau, die ihr etwas zu stark entwickeltes Becken durch weite Hosen kaschierte, in geschäftiger Eile den Zócalo überquerend. Dann richtete er das Objektiv auf das aufgepeitschte dunkle Zentrum seines Körpers. Er hatte sich verabredet, mit einer Frau, die im gleichen Hotel wie er wohnte. Ganz entgegen seinen ursprünglichen Vorsätzen. Aus einer Laune heraus riskierte er nichts als einen neuen Nebensatz, der ihn wieder ein Drehbuch und eine weite Reise, weiß der Teufel wohin, kosten konnte. Es war besser, erst gar nicht an Klara zu denken. Die Kamera strich über die quadratischen Steinplatten des Zócalo, so beharrlich als hinge wie in seiner Kinderzeit die ganze Zukunft davon ab, nicht auf die Ritzen zwischen den Platten zu treten. Kolonialisiere dich doch selbst! dachte er und filmte mit einem lichtwerfenden introspektiven Objektiv seinen wirren, erbärmlichen, luxuriösen Zustand auf dem Platz der Bedeutungslosigkeit des Menschen.

Am Abend starrte das Objektiv der Kamera auf den Mann auf dem Hotelbett, der wiederum auf eine Fotografie eines Wandgemäldes von Rivera starrte. Zoom auf eine bislang noch nicht näher betrachtete Indianerin im Vordergrund, die gleichsam an dem Bild vorüberging. Man sah sie nur bis zu den Schultern, in der Mitte des unteren Bildrandes. Sie hatte eine ausgeprägte Hakennase, volle Lippen, trug einen Nasen- und einen Ohrring, und ihre Wangen waren tätowiert. Langsam richteten die Finger des Mannes das zunächst pummelig blasse, dann sich biegende, aus dem Zelt der Vorhaut quellende Glied auf. Zur Rechten des Mannes lag ein Papiertaschentuch. In der Art der Ehemänner und Pubertierenden – derer also, die mit dem Erwischtwerden rechnen mußten, da sie in Gemeinschaft lebten –, hatte er nur die Hose geöffnet und das Hemd soweit emporgezogen, daß es aller Voraussicht nach nicht befleckt werden würde. Unter der Hakennase der Indianerin, aus ihrem grausamen Profil, den Nasenring streifend, schob sich eine kirschrote Zunge hervor. Sie leckte einige Achten um die sich hebenden, straffer ins Skrotum genommenen Hoden. »Ich hätte das nie von dir gedacht!« rief Camille empört. »Ich dachte, du korrigierst Klassenarbeiten!« Leichtes Nachlassen der Spannung. Wieder die Zunge unter dem zugleich wilden und urbanen Gesicht. Ihre Nasenspitze an seiner Eichel. Der erste Film, der die zwischen der rosafarben schwellenden Peniskuppe und den geöffneten Augen eines Mannes entstehenden Bilder einfing, rasch flackernde, im nicht-objektiven Raum sich drehende Figuren. Mit einer Videoausrüstung könnte es funktionieren, hologrammartige, computergenerierte Lichtfiguren. Die technischen Überlegungen nahmen überhand, Schneidetisch, Beleuchtungsmesser, skalierte Metallräder drängten sich auf, das halbsteife Glied wackelte hilflos in der rhythmischen Fingerzange, die im Vier-Viertel-Takt leicht auf die Hoden schlug. Mit einem kurzen Schließen der Augen kehrte aber die hakennasige Indianerin wieder zurück, einige Sekunden lang hielt er ein nie gesehenes Bild von abnorm langen, widernatürlich hochgestellten schwarzen Brustwarzen fest. Die Peniskuppe färbte sich erdbeerrot, quoll weiter, die Fingerzange erweiterte ihren Radius. In der neuen, stabil harten Phase konnten jetzt freiere Geschichten erfunden werden. Mit dreizehn, mit fünfzehn und achtzehn Jahren noch war er ein Poet gewesen, ein begabter Masturbationsmaler. Jetzt, mit siebenunddreißig, im vierten Stock eines Hotels in Mexico City, mußte er die arrogant wirkende großstädtische Indianerin Riveras wieder fahrenlassen. Was er von ihr sah, das Profil bis kurz unter den Ansatz der Schultern, reichte nicht aus, sie zu komplettieren. Er holte sich, mit geschlossenen Augen, ein emporgerecktes Gesäß aus seiner Erinnerung, ein reales, das er einmal beleckt und berochen hatte, das sich eben dadurch von den Zelluloidgesäßen unterschied. Brigittes Arsch, Sabines scharf umgrenztes Schamhaar, Kristinas zögernde Art, seinen Schwanz zu küssen (als hauchte sie ihm Leben ein), wieder Brigitte, auf den Riesenäpfeln ihrer Brüste schaukelnd. Nur die Nebensätze, nicht seine großen Lieben fielen ihm ein; das war ein wichtiges Zwischenergebnis, der promiskuitive Punkt der Erkenntnis. Die Eichel jetzt ins Violette übergehend, glänzend. Stabilisierung. Ultra-Stabilisierung. Er brauchte die Augen nicht mehr zu schließen. Die Luftbilder lebten im Spannungsbogen zwischen seinem Gesicht und den heißen, auf ihn zugebogenen Tentakeln der Erregung, die mit der namenlosen Genauigkeit fühlbar waren, mit der man ein abstraktes Bild sehen konnte. Harte rote Säulen, die Max-Ernst-Landschaft in einer roten Kuppel über seinem Unterleib, im flachen Dreieck seiner Hand. Camille – funktionierte nicht. Sie saß neben ihm im grünen Lodenmantel und steuerte ihren Renault die bewaldeten Hügel hinab. Stella. Er sah sein Ejakulat auf ihrem weißen sechzehnjährigen Bauch, zog sich aber dann mit einer gewissen kinderschänderischen Scham zurück. Camille funktionierte ebensowenig wie die Erinnerungen an die erotischen Momente seiner Filme. Die Eiscafébesitzerin, der er die jungen Studenten an die Brust gelegt hatte. Kühl, mit unterkühltem Humor dirigierend. Kaum einmal faßte er einen der Schauspieler während der Dreharbeiten an. Nie war er weitergegangen als an jenem Drehtag für *Die Lust der anderen* in den Cinecittà-Studios. In den sieben Jahren seiner Ehe hatte er außer Klara keine Frau so intim beobachtet wie Inge während dieser Szene, und keine war ihm so nah gekommen wie Inge in dieser Nacht an der Hotelbar in München. Er spürte ihre Hand anstelle der eigenen und bemühte sich, diese wiederum durch eine Vorstellung von Camilles Fingern an der gleichen Stelle zu vertauschen. Jetzt war er federnd hart mit einer zornesaderhaft geschwollenen Samenröhre im Knick der Schwellkörper. Die Frau vor seinen Augen drehte sich – und verwandelte sich wieder in Brigitte, in Inge, in Kristina, in Mary schließlich, die an seiner Hotelzimmertür geklopft und nicht auf ein »Herein« gewartet hatte.

»Mein Gott – laß mir was übrig, nicht so schnell, warte!«
»Die Tür!«
»Entschuldige, ja ...« Sie hatte ihre Leinenhose schon bis zu den Knien herabgestreift und bewegte sich ungeschickt und beeilt zurück. Auf dem Hochplateau der nicht mehr irritierbaren Erektion war es möglich, völlig unerotische Bilder in sich einzulassen, den Zócalo etwa mit seiner Menschenmenge, den Blick von der Torre, die überquellenden Waggons der U-Bahn, Massenbilder vom Hochstand aus. Als Mary sich über ihn kniete, schloß er die Augen, um gewaltsam den herrlichen Schock des ersten Eindringens in eine unbekannte Frau mit einer Vorstellung von Camilles Körper zu verbinden. Der noch nicht ganz glatte, fast sandige Rutsch in Marys Zentrum. Sie trug ein silbernes Kettchen um den Bauch, ihr Schamhaar wucherte über die Innenseiten ihrer Oberschenkel.

4

»Wie alle Touristen und alle Deutschen idealisieren Sie die Indianer, Georg. Über Cortés haben Sie origineller geredet.«

Sie saßen im *Muralto*, im 41. Stockwerk der Torre. Eine Kerze in einem cognacglasähnlichen Windschutz warf einen rötlichen Schimmer auf Marys ovales, dezent geschminktes Gesicht. Das Ambiente des Restaurants gab ihnen das Gefühl, Figuren einer (nord)amerikanischen Siebziger-Jahre-Vorabend-TV-Serie zu sein, die vorsichtig den Kontakt anbahnten.

»Zu dieser Idealisierung paßt dann auch Ihre Vision von der schönen nackten Indianerin auf dem Zócalo.«

»Das war keine romantische Vision, glauben Sie mir. Ich interessiere mich für ganz andere Dinge. In meinem Hotelzimmer hängt eine Reproduktion von Riveras Wandgemälde *Tenochtitlán*. Unter anderem sieht man einen finsteren Kerl, der einen Jungen am Kinn packt und ihn wie ein Schlachttier mustert. Es gibt auch eine Priestergestalt mit blauem Federkopfschmuck. Sie hält einen abgehackten Menschenarm –«

»Sie sehen also. Aber verstehen Sie auch?«

»Ich muß zunächst mal sehen, um verstehen zu können.«

»Sie sind eben doch ein okzidenteller Romantiker, Sie kommen aus der Augenkultur. Lassen Sie uns essen, Sie können nicht immer nur Tacos von der Straße hinunterschlingen. Haben Sie einmal *chiles en nogada* probiert? Wie lange sind Sie übrigens schon verheiratet?«

»Sechs, nein, eigentlich sieben Jahre«, sagte Georg.

»Deshalb also Cortés. Sie wissen, daß er eine indianische Geliebte hatte? Malinche. Sie dolmetschte für ihn, sie begleitete ihn während der gesamten Eroberung. Lernen Sie die zweite große Schwäche der Indianer kennen: ihre Bereitschaft zu verraten.«

»Was ist die erste Schwäche?«

»Die Bereitschaft, sich zu berauschen«, sagte Mary kühl.

Am Tresen einer lärmenden, menschenerfüllten Bar, die sie nach dem Essen aufsuchten, gab Georg zu, daß er bezüglich seines Berufes gelogen hatte. Mary lachte und war nicht sonderlich überrascht. Es erscheine ihr aber bemerkenswert, daß ein Regisseur vorgebe, Lehrer zu sein, und nicht umgekehrt.

»Ich bin kein besonders bekannter Regisseur«, sagte Georg, als wäre damit alles erklärt. Sie hätten sich duzen können oder in der Enge der Bar küssen, so nah waren ihre Gesichter. Aber sie hielten sich zurück – wohl um in ihren Hotelzimmern besser phantasieren zu können. Marys Schamhaar wucherte nicht aus. Es war, wie es Mitte der neunziger Jahre in Mode kam, kunstvoll zu einer Art Ausrufezeichen rasiert. *Camille,* schrieb

Georg auf seinem Bett, *haßte die Frauen. Wenn sie eine Freundin hatte, dann war diese blaß, schwächlich, reizlos. Sie interessierte sich für Vergewaltigungen, weil sie die ideale Komplizin der Vergewaltiger gewesen wäre, ganz wie Malinche. Auf diese Weise hoffte sie, den Orgasmus zu erlernen.*

»Haben Sie eine Krawatte dabei? Ich möchte Ihnen eine umfunktionierte alte Hacienda zeigen, es ist phantastisch dort, sie haben einen fünfzehn Meter hohen Speisesaal«, begrüßte ihn Mary am übernächsten Abend, als sie sich wieder in der Hotelhalle begegneten.

Bei diesem zweiten gemeinsamen Essen kündigte Mary ihren persönlichen Beitrag zur Romantik an. Wie es sich für eine Amerikanerin gehöre, handele es sich um eine Liebe in Heidelberg. Bei einer kurzen Deutschlandreise mit ihrem späteren Mann Andrew hatte sie den damals zwanzigjährigen Stefan in einer Kneipe kennengelernt. Sie hatten sich prächtig verstanden und ihre Adressen ausgetauscht. Ein Jahr lang schickten sich Mary und Stefan dann zunehmend verliebtere Briefe. Auf ihrer Hochzeitsreise mit Andrew, im Sommer 1977, seien sie auf dem Weg nach Wien wieder für einige Tage nach Heidelberg gekommen und von Stefan in das Haus seiner Eltern eingeladen worden. Mary schilderte das am Kornmarkt gelegene Altstadthaus mit architektonischer Präzision (die Fenstereinfassungen aus Sandstein, die holzverkleideten Dachgauben, die enge Stiege, die verwinkelten Zimmer, der Blick vom Erdgeschoßfenster über die Kornmarktmadonna hinauf zur Schloßruine), und sie beschrieb ebenso klar die damalige Verfassung einer fünfundzwanzigjährigen Kalifornierin, die eine gute Ehefrau und Psychoanalytikerin werden und doch auch noch einiges erleben wollte. Sie hatte den zehn Jahre älteren Freudianer Andrew, der bereits eine eigene Praxis besaß, auf sein Drängen hin geheiratet. Sie hing einer gewissen Lorelei-Romantik nach, die von ihrem Vater, einem aus Breslau stammenden College-Professor, auf sie gekommen war. In ihrem Koffer lagen Freuds *Traumdeutung* und Erica Jongs *Angst vorm Fliegen*. Die Songs von Joan Baez und Bob Dylan, die (zu Andrews Leidwesen) auf einem dürftigen Plattenspieler in Stefans Dachgeschoßzimmer erklangen, waren ihr so vertraut wie die Underground-Literatur in seinen Bücherkisten.

»And he read Hegel, he really did«, erinnerte sie sich kopfschüttelnd. »The WELTGEIST, you know.«

Ich hätte an seiner Stelle sein können, dachte Georg, nur las ich eben Sartre. All die Möchtegern-Intellektuellen der Vor-Abitur-Zeit fielen ihm ein, die wie Hermann und er im Keller eines Zwei-Familien-Neubaus oder wie dieser Stefan in den Dachstuben ihrer Eltern residiert hatten. Was war wohl aus diesen Anarchisten und späten Frühhegelianern, aus diesen Existentialisten und negativistischen Positivisten geworden? Finanzbeamte, Rechtsanwälte, Kneipiers. Anonyme Gymnasiallehrer und fast ebenso anonyme Regisseure. Er wollte Mary etwas von dieser melancholischen Erinnerung nahebringen; aber sie kamen besser zurecht, wenn sie über die Azteken oder die unmittelbare Gegenwart sprachen.

»Sie sind jetzt seit zwölf Tagen in Mexiko. Auf was warten Sie? Was werden Sie tun?« fragte sie. »Soll es ein Film über Cortés werden?«

»Ich weiß es nicht. Wirklich. Ich bin hier, weil ich es mir gerade leisten kann, einfach nur hier zu sein.«

Diese Auskunft erschien Mary nicht sonderbar oder kritisierenswert, aber sie ließ durchblicken, daß sie sie nicht für aufrichtig hielt. Am Ende ihres Nachhausewegs sprachen sie über Wien, da sie vier Jahre dort gelebt hatte und Georg noch vor kurzem in der Stadt gewesen war. Klara und Camille gingen plötzlich neben ihnen her. Georg verspürte eine leichte Übelkeit, als sie unter der von Glühbirnen gesäumten Markise ihres Hotels standen. »Cortés landet mit knapp vierhundert Mann in einem Imperium, das ihm Zehntausende von Kriegern entgegenschicken kann. Weshalb gewinnt er?« fragte er unvermittelt.

Mary tippte ihm spielerisch mit einem Zeigefinger an die nackte Stelle zwischen dem Ansatz seiner Schlüsselbeine. »Es ist nur eine Frage der Kultur.«

»Oder der Technik: Pferde, Eisenpanzer, Lanzen, Büchsen, Pulver, Armbrustschützen«, sagte Georg.

Sie schüttelte den Kopf. »Fanatismus und Kälte, das ist das Rezept. Daran hat sich nichts geändert.«

»Möchten Sie – möchtest du mir morgen die Universität zeigen? Gilt das Angebot noch?«

»Gerne.« Sie berührte ihn noch einmal, leicht an der Schulter, und wünschte ihm gute Nacht, denn es sei ihm anzusehen, daß er nicht noch an der Bar mit ihr einen Drink nehmen wolle.

Moctezuma, schrieb Georg an seinem schmalen Hotelzimmerschreibtisch, *schickte Cortés statt eines Heeres Zauberer entgegen. Der Spanier entdeckte bald, was er sich da zunutze machen konnte, nämlich den Mythos von Quetzalcóatl, dem gefiederten Schlangengott, der aus dem Osten kommen würde, im Jahr 1 Rohr (das war eben 1519), um das Reich zu erlösen. Den Zauberern begegnete Tezcatlipoca in Gestalt eines Betrunkenen. Der Gott verkündete die Vernichtung Mexikos. So wird Camille immer auf den Erlöser warten, der sie vernichtet. Entschuldige meine Analogien, aber solche Ähnlichkeiten faszinieren mich immer mehr.*

Am nächsten Morgen kam ihm beim Betrachten des Briefes, den er in der Nacht geschrieben hatte, sein Verstand etwas beschädigt vor. Um so mehr freute er sich über einen etwas kühleren, sonnigen Morgen mit erträglicher Luft. Nach einem langen Spaziergang traf er sich mit Mary im Alameda-Park.

»Es scheint dir gutzugehen«, stellte sie fest.

»Physisch vor allem.«

Sie setzten sich auf eine Bank, aßen ein Sandwich und rauchten. Ein Taschentuch, mit dem sie sich nach dem Essen die Finger gesäubert hatte, glitt von Marys Schoß. Durch die unachtsame Bewegung, die sie machte, um es einzufangen, konnte er in ihrer weiten Sommerbluse ihre linke Brust bis zu einer scharf umgrenzten hellrosa Warze einsehen, und ihr Blick glitt ebenfalls aus und traf die rasch reagierende conquistadorische Masse zwischen seinen Beinen.

»Du kommst mir sehr entgegen, mein Lieber. Hör zu – ich habe zwei Ehen hinter mir. Sag mir, wann der Krieg beginnt«, raunte sie ihm zu.

Das Universitätsgelände zu sehen, war ihrer Meinung nach sehr wichtig. Man müsse etwas tun, um Georgs apokalyptischem Hang entgegenzuwirken, der sie irgendwie an Moctezuma erinnere. Sie bewegten sich in einem Komplex aus Hochhäusern, Wandelgängen, grasbewachsenen Innenhöfen, Einkaufszentren, Supermärkten und Bibliotheken. Das Gestein des Lavafeldes, auf dem die Gebäude lagen, war geschickt in die Komposition mit einbezogen. Durchgänge durch kleine Parks, Ausblicke auf präkolumbianische und moderne Skulpturen öffneten sich, haushohe Wandgemälde und Mosaiken taten sich auf. Die eindrucksvollen Bilder standen für den Versuch, den Brückenbogen vom Sonnen- und Blutreich der Azteken zu den Hochleistungsrechnern der heutigen Institute zu spannen.

»300 000 Studenten«, sagte Mary.

»Zuwenig«, sagte Georg. »300 000 reichen nur für den Mythos. Aber der Betrunkene steht immer noch da.«

»Auf deinen Optimismus kann man sich verlassen!« Mary stellte ihm in einer Bibliothek ein einheimisches Forscher-Ehepaar vor, das über die Rolle von Frauen in den verschiedenen Ethnien Mexikos arbeitete. Sie gingen gemeinsam in eine im Freien gelegene Caféteria. Das Interesse der Ethnologen, die psychischen Strukturen von Müttern in ihren Dorfgemeinschaften, indianischen Kindermädchen in der Stadt, Bäuerinnen im Hochgebirge zu erkunden, war mit der Annäherung der Film- oder Romankunst an den einzelnen Menschen verwandt. Die beiden Forscher kannten Berlin von zwei Besuchen her. Sie wußten auch einiges über Sergej Eisensteins Mexiko-Aufenthalt in den Jahren 1930/1931, der Georg sehr interessierte, und empfahlen ihm das Centro Universitario de Estudios Cinematográficos, wo er vielleicht Video-Kopien des Materials zu *¡Que Viva México!* einsehen könne.

Es mochte an seiner enttarnten Erektion liegen oder daran, daß er sich seit diesem Gespräch überhaupt zu definiert und enttarnt fühlte – am Abend dieses Tages jedenfalls ging er zum Büro der Air France am Paseo de la Reforma, um seinen Rückflug zu buchen, und war kurz vor seinem Ziel, als es zu regnen begann. Regen hatte ihn schon immer fasziniert. Im Gegensatz zu Schnee war er für keinen Sport zu gebrauchen. Im Gegensatz zu den trockenen Witterungen, die nur aus Licht bestanden, im Gegensatz auch zu den Stürmen, die kein eigenes sinnliches Element mitbrachten, veränderte der Regen mit einem Schlag Ton, Bild und Figur. Nichts auf der Leinwand war glaubwürdiger als Regen, nichts verwandelte stärker den Raum als die dicht auf dicht folgenden, transparenten Vorhänge des Wassers. Kurosawas *Die sieben Samurai*, einer von Georgs zwanzig heiligen Filmen, verwandelte die große Botschaft des Regens, daß nämlich alle Menschen gleich naß werden, in eine Allegorie über das Elend eines Jahrhunderts. Die Sinnlichkeit des Regens konnte im Film von der Sinnlichkeit des Schweißes nicht getrennt werden. Touristen und Einheimische hatten, in der eigentümlichen heiteren Panik, in die jede Stadt durch den beginnenden Regen versetzt wird, keine Zeit mehr, sich auseinanderzuhalten, und prallten feucht und weich zusammen. Eine kleine stämmige Frau stieß gegen Georg. Innig, wie durch die Nässe an ihm klebend, blieb sie bei ihm stehen, und er spürte ihre Brüste an seinen unteren Rippen wie zutrauliche Vögel, die Schutz suchten. Er lächelte verlegen und dankbar, selbst als er die Absicht erkannt hatte.

»Twenty Dollars, Señor, twenty Dollars, fifteen, sólo fifteen, Señor!«

Es ging unter einer Wäscheleine hindurch auf einer weißgekalkten, in der Dunkelheit gelb schimmernden Treppe in ein Zimmer, einen Verschlag eigentlich, mit einer unverglasten Fensterluke. Der Regen blieb dadurch die ganze Zeit gegenwärtig – als Rauschen und Verschwimmen der Welt. Es gab nur ein Messingrohrbett, eine Waschschüssel und eine Truhe, auf der ein Bildnis der Jungfrau von Guadalupe und zwei Tequilaflaschen standen. Die Erleichterung, im Trockenen zu sein, und die Fähigkeit, Geld zu zählen, bildeten zunächst den einzigen gemeinsamen Nenner zwischen Georg und der unruhig atmenden Frau. Eine Kamerafahrt, kein Zoom, sondern die wirkliche Bewegung des Objektivs durch die Regenschleier, an die Fensterluke heran und hindurch, hätte den raschen Übergang vom Lauten ins Stille einfangen können, das Krippenspielhafte eines regungslos ausgestreckten weißen und eines nahezu regungslosen, tiefbraunen Körpers. Georg war außerstande, sich irgendeine Stellung oder einen Übergriff auszudenken. Er betrachtete die Mexikanerin, die ebenso gut zwanzig wie dreißig sein konnte, wie eine Statue. Sie saß mit dem Gesicht zu ihm auf dem Bettrand, so daß sich die Außenseiten ihrer Oberschenkel berührten, beide gleich ausgekühlt vom Regen. Die weiche Hand der Frau erwärmte sich während der folgenden Minuten. Als sie mit der freien Linken ein noch verpacktes Kondom an ihren lächelnden Mund hielt, hatte Georg das Gefühl, etwas Brennendes würde ihm jäh aus der Körpermitte entfernt. Überrascht wie durch einen plötzlich losgehenden Rasensprenger, lachte die Mexikanerin, kindlich begeistert, und sie schüttelte das Glied, als hätte sie einen speienden rotbraunen Fisch gefangen.

»Finito«, sagte Georg. »Muy bien – soy rápido.«

Aber sie kicherte, schüttelte den Kopf, spie einen Schnipsel der Kondomverpackung auf den Fußboden. Dadurch, daß er sie an den runden Schultern zu sich emporzog und irgendein Kauderwelsch auf sie einredete, hoffte er, sein Glied freizubekommen. Sie ließ erst ab, als er fest an ihren Armen zog. Wohl eine halbe Stunde lang ruhte sie dann schräg über seinem Körper, mit geschlossenen Augen, das nasse Kondom, daß sie rasch übergestreift und dann wieder abgezogen hatte, wie ein Beweisstück gegen seine Achselhöhle gepreßt. Daß sie so leicht an ihr Geld gekommen war und sich nun einen Frühabendschlaf leisten konnte, freute ihn. Die rein körperliche Erleichterung nach nahezu vierwöchiger Abstinenz gab ihm das unzutreffende, aber angenehme Gefühl, heimgekehrt zu sein.

Die Azteken, schrieb er in seinem Hotelzimmer, gegen dessen Fenster noch derselbe Regen prasselte, *glaubten, ihr Gott zwinge sie zur Wandlung. Wo sie herrschten, fühlten sie sich nur hinvertrieben. Wenn man keinen Gott hat, muß man sich selbst vertreiben.*

5

Es regnete auch noch am nächsten Abend. Vor dem Hintergrund der nun still ausgezogenen Wasserschnüre standen zwei Mariachi, ernsthafte Männer in den Vierzigern mit Sombreros, Schnurrbärtchen, sinnlichen Händen und Bäuchen. Ihre Gitarren strahlten die Wärme eines Feuers aus, und ihr Gesang versetzte unweigerlich in einen halb realistischen, halb touristischen Film, wie überall, wo man Musik zum Leben machte. Mary und Georg saßen am Tresen einer Bar nahe ihres Hotels. Sie hatten zu viel getrunken, und Georg hatte zu viel erzählt.

»Wende deinen Forschungseifer doch einmal gegen dich selbst«, forderte ihn Mary auf. »Du willst auf dem Zócalo die Statue der Indianerin errichten, Fotoapparate sind für dich kolonialistische Relikte, aber du hast nichts eiliger zu tun, als deinen Schwanz dem nächstbesten Hürchen zu präsentieren, nur weil sie indianisch aussieht.«

»Sie war eine Mestizin. Und ich habe sie nicht – nun ja: penetriert.«

»Das entschuldigt es nicht, es macht dich nur lächerlich. Du wolltest erobern und doch die Kontrolle behalten. Die Männer behalten die Kontrolle, solange sie ihren Schwanz noch sehen können. Das ist wie in den Pornos, wo sie sich in den Körpern der Frauen hochkitzeln, um ihn dann rauszuziehen und aller Welt ihre spritzende Überlegenheit zu beweisen.«

»Wenn sie den Schwanz herausziehen müssen, weil sie das Echte zeigen wollen und den Film besiegen, dann hat in Wirklichkeit der Film über sie gesiegt.«

»Film! Es geht um das Leben! Verstehst du soviel Spanisch, hörst du den Refrain?« Mary deutete auf die beiden Sänger. *Erst wenn der Tod kommt, fängst du an zu leben.*«

»Aber der Film sucht den Tod, gerade der Film! Schalte einen Fernseher an: Schon wird gestorben. Gehe in ein Kino – es wird noch mehr gestorben. Ein Kinosaal ist ohnehin wie ein Massengrab, mit all diesen zusammengepferchten Körpern im Dunkeln, die jenseits des Lichts sind. Sie können dieses Licht nicht mehr berühren, weil es immer aus der Vergangenheit kommt.

»Im Film zeigen sie nicht den Tod«, sagte Mary. »Oder sie zeigen ihn nur auf pornographische Weise, nur das Obszöne des Todes, seine Geschlechtsorgane, seinen blutigen, oberflächlichen Sex.«

»Du bist eine bemerkenswerte Frau.«

»Und du hast Angst.«

»Wovor?«

»Vor dem Üblichen natürlich! Vor der Wirklichkeit, vor den Schmerzen, vor der Krankheit, vor der Lust. Du bist ein typischer Regisseur, du willst dirigieren, aber nicht mitspielen.«

»Ich bin kein guter Spieler, das stimmt.«

»Dann laß dir helfen, man kann es lernen«, sagte Mary. »Du mußt lernen, die Dinge zu berühren.«

In den Dampfschleiern, die über dem Badewasser aufstiegen, enthüllte er noch in dieser Nacht ihr Geheimnis: Sie war vollständig enthaart, und in ihrer linken großen Schamlippe steckte ein Metallring, der ihm anfänglich eine Scheu wie bei einer frisch Operierten einflößte ...

Weshalb lag er hier in der Badewanne allein und berührte nicht? Sie hatten sich mit einem Kuß im Aufzug verabschiedet, der auch dazu hätte führen können, gemeinsam im zweiten Stock auszusteigen. Die Angst vor einer Geliebten war immer größer als die Angst vor einer Hure – ging es allein darum, um diesen typischen Männerunterschied? Darum, daß er in Mary schon zu sehr verliebt war, um nur Sex mit ihr haben zu wollen? Oder daß ihn ohnehin nur das berührungsfreie, größere Spiel mit Schatten und Licht interessierte? Er schloß die Augen, um sich eine Vorstellung seines in der Hotelbadewanne treibenden nackten Körpers zu bilden. Mit Hilfe seiner Erinnerung gelang ihm ein Flugzeugblick von der Torre Latinoamericana aus, so als könne man tatsächlich an einer bestimmten Stelle der Nacht über den Häusermassen wie durch einen winzigen Glasbaustein in ein beliebiges Hotelzimmer sehen und darin noch dieses Insekt ausmachen, das in einem smaragdfarben leuchtenden Schaumtropfen schwebte. Gerade umgekehrt hatte er begonnen! Er stand auf, trocknete sich ab und schrieb:
Eines der Lieblingsspiele meiner Kindheit sah folgendermaßen aus: Ich nahm mir fünf oder sechs der kleinen Spielzeugkegel, wie sie im Mensch-ärgere-dich-nicht-Spiel eingesetzt werden, und suchte mir einen ruhigen Ort, etwa die Badewanne, Sonntag früh. Meine Truppe bestand aus Chinesen, Negern, Indianern, Aristokraten und Greenhorns. Sie balancierten über die bizarren Riesenräder des Wasserkrans, sie wagten sich auf den Einlaufhahn, ein chromglänzendes, entsetzlich rutschiges Rohr, hinaus bis zur Mündung. Fünfhundert Meter tief (ich war nicht gut im Kopfrechnen) starrten sie hinab auf die Schaum-Eisberge, die in einem polargrünen Meer schwammen. Einer nach dem anderen sprang, raste mit seinem bunten Körper an den tödlich glatten Schneewänden der Emaille vorbei, lange, wahnsinnige Sekunden, in denen sich vor einem wie explodierenden Gesichtsfeld entschied, ob sie in das eiskalte grüne Meer eintauchen oder auf den dahintreibenden Schneezacken ihr Leben verlieren würden. Das Bild, das ich und nur ich aus dem Blickwinkel ihrer Holzköpfe wahrnehmen konnte, entsprach in etwa der Einstellung, die Hitchcock in Vertigo *gelungen ist, indem er sein Treppenhausmodell auf den Boden legte, mit der Kamera hineinfuhr und zugleich rückwärts*

zoomte, so daß der Sog des Abgrunds im objektiven Bild entstand. Es hätte mich nicht gewundert, wenn man mir gesagt hätte, daß ein solcher Blick (in der billigeren Version) 19 000 Dollar kosten würde. Interessant ist vielleicht, daß die Indianer, meine Rothäute, am besten sprangen. Aber das Wichtigste war wohl, daß ich am liebsten mit Menschen spielte, die kein Gesicht hatten. Mein gewaltiger Körper, der sich unter dem Eis dehnte, war ihre Welt. – Später wagte ich es aber nie, die Schauspieler anzufassen, ihnen die Glieder zurechtzubiegen, ihre Körper beiseite zu drücken. Das Vieh, nannte sie Hitchcock. Für ihn waren sie nur Knetmasse, aber ich hatte immer Angst vor ihnen, eben weil sie Gesichter hatten und Gehirne in ihren Holzköpfen, die begriffen, daß ich mich mehr vorm Leben fürchtete als sie.

Am Morgen zerriß er auch diesen letzten und siebten Mexikanischen Brief. Er hatte nur den ersten Brief, noch von Paris aus, tatsächlich an Klara geschickt.

Es regnete weitere drei Tage lang. Die Wolkenbrüche waren ein guter Anlaß, die Museen zu besuchen. Ein olmekischer Kolossalkopf im Saal der Golfküste des Anthropologischen Museums machte auf Georg einen außerordentlichen Eindruck. Bis ihm die Fußsohlen schmerzten, stand er – vor dem Gesicht Camilles. Die Lippen, die breitflügelige Nase, der Schwung ihrer Backenknochen, die Form der Augen, in die man den Kreis der Iris eingemeißelt hatte, alles stimmte. Das Weiche und Nachgiebige des Gesichts war zu tonnenschwerem Stein geworden, hatte sich in eine göttliche Härte verwandelt. Die Poren und Löcher, die der Lauf der Jahrhunderte in der Oberfläche des rötlichen Felsens hinterlassen hatte, betonten nur noch mehr seine prinzipielle Unzerstörbarkeit. Zwischen Jaguarmenschen und Schlangendämonen sah Camille ihn an, steinern und ewig. Du warst also immer schon da! dachte er, und in dem Schwindelgefühl, das dieser magische Gedanke hervorrief, schien es, als wolle die Göttin ihn hinüberziehen in ihre Sphäre, als treffe ihn der Bannstrahl ihrer blinden Augen, um auch ihn zu versteinern. Einverstanden, nimm mich mit! wollte er ausrufen – dann brachte ihn das vergnügte Schreien eines Kindes wieder zur Vernunft. Aber selbst wenn er diese Steinköpfe ganz nüchtern betrachtete, gaben sie ihm Aufschlüsse über sein Verhältnis zu Camille. Camille war hauptsächlich ein Kopf oder ein Gesicht.

Seine Erinnerung eines enttäuschten Liebhabers, der doch so lange Strecken in so viel verschiedenen Jahren an ihrer Seite gegangen war, hatte immer wieder aus größter aussichtsloser Nähe ihr Gesicht aufgenommen, in Hunderten von Close-ups. Diese Gedächtnisfilme verliehen ihr vielleicht eine noch größere Macht über ihn als die Drehbücher, die er zu schreiben versucht hatte. Der Film war die Apotheose des Gesichts, seine ewige Feier. Erst jetzt wurde ihm das in aller Deutlichkeit bewußt. Niemand machte sich Gedanken über den Körper von Ingrid Bergman. Die Olmeken hatten sich etwas in Stein erschaffen, was sonst nur die Erinnerung oder erst wieder das Objektiv des zwanzigsten Jahrhunderts vermochte: den Blick Gullivers in das große Antlitz seiner riesigen jungen Beschützerin; die Befreiung der Zuschauer von ihren Körpern durch die Disproportionierung, die ihnen half, wie Schmetterlinge in der dunklen Luft vor den Göttergesichtern auf der Leinwand zu schaukeln; die Wiederkehr der Perspektive aus den Kinderwiegen.

»Große Gesichter, das stimmt. Vergiß aber nicht die Brustwarzen. Das Kino säugt die Augen«, sagte Mary, als er ihr diesen Einfall schilderte. Sie gönnte sich einige forschungsfreie Tage und begleitete Georg in das ihr schon bekannte Museum des Templo Mayor.

»Du hast den Beruf verfehlt. Du hättest Regisseur werden sollen«, erklärte Georg und legte eine Hand auf ihre Schulter. Sie lehnte sich leicht gegen ihn. Arm in Arm gingen sie in den nächsten Saal. Mary wollte ihm den Stein der Mondgöttin Coyolxauhqui zeigen. Ihre Finger spürten seinen Rippen nach, als bemühten sie sich, Klaviertasten durch eine Schutzhülle zu fühlen. Es muß wohl sein, dachte Georg, es muß sein, damit ich Camille vergesse. Durch eine mit einem Geländer versehene Öffnung im Fußboden sahen sie vom zweiten Stock auf den lehmfarbenen Monolithen hinab, eine Relief-Scheibe von etwa einem Meter Durchmesser.

»Coyolxauhqui war nicht damit einverstanden, daß Menschen geopfert wurden. Außerdem wollte sie ihre Mutter, die Erde, töten. Deshalb wurde sie schließlich von ihrem Bruder Huitzilopochtli zerstückelt.«

Die abgetrennten Arme und Beine der Göttin hatte der Künstler auf der runden Steinplatte so um den Torso herum angeordnet, daß sie in einem ausdrucksvollen Tanz begriffen schienen. Vom Opferaltar im großen Tempel sollten die Ermordeten auf diesen Stein hinabgeworfen worden sein. Hitchcocks Zoomtrick – in einer preiswerteren Nachahmung – ließe sich anwenden, um den Sog der schrecklichen Steinplatte spürbar zu machen. Mit einer fallenden Kamera ergab sich der Effekt des letzten Sturzes. Ein Tonmeister mußte womöglich ein totes Schwein einsetzen oder einen mit Wasser gefüllten Sack, um das Aufprallen der entherzten Körper nachzuahmen.

»Am Ende, in der großen Krise des Reiches, wurden Zehntausende geopfert«, sagte Mary. Naheinstellung auf ihre rippentastenden Finger, aus einem steilen Winkel, so daß die Gleichzeitigkeit der Berührung, des Satzes, des Blicks durch die Decke auf den Opferstein gewährleistet wurde. Georg hörte seine Assistentin vom Erdgeschoß aus nach oben rufen: »Und Blut? Soll Blut auf den Stein? Wir könnten eine Folie nehmen!«

»Ich finde, mit diesem Relief sieht es aus wie ein Spekulationskeks«, sagte Mary.

»Ein was?«

Sie meinte Spekulatius und war über Georgs Erheiterung verstimmt. »Du solltest dich jedenfalls mehr um die Gegenwart kümmern. Also nicht nur um die großen Götter wie Eisenstein. Meine Freunde sagen, daß es jetzt wieder junge mexikanische Regisseure gibt, ganz interessante Leute.«

»Echevarria oder Maria Novaro zum Beispiel.«

»Aha, siehst du! Ruf sie doch an. Mit Kollegen zu sprechen, ist die beste Methode, ein Land zu begreifen.«

»Sie glaubten, daß die Sonne Blut benötige, um am kommenden Morgen wieder auferstehen zu können. Wie kamen sie darauf?« fragte Georg.

Mary schüttelte den Kopf. »Vielleicht hast du auch den Beruf verfehlt.«

»Hätte ich Ethnologe werden sollen?«

»Metzger.«

»Viele meiner Kollegen sind Metzger. Geh bloß mal in einen Video-Shop. Der Mythos lebt, die Blutopfer steigen gerade wieder an. Warum gibt es das?«

»Ach, Georg, laß mich doch mal Urlaub machen!« Sie zog ihn sacht vom Opferstein der Mondgöttin weg. »Wir leben, weil die anderen sterben. Wir morden, weil wir nicht begreifen, was es heißt zu leben. Ich hätte für heute aber noch einen wirklich interessanten Vorschlag. Wir machen es wie die Figuren in deinem letzten Film, der in Rom spielt. Laß uns über die Liebe reden – einverstanden?«

»Wo?«

»It's tea time. Ich lade dich in mein Zimmer ein.«

In Marys Hotelzimmer stellte sich heraus, daß ihr Schamhaar kein braunes Gestrüpp bildete und auch kein kunstvoll rasiertes Ausrufezeichen, sondern – zunächst – einen schwarzen, verruchten Fleck unter einem rosafarbenen Baby-Doll-Slip, der zu einem Negligé aus einem Doris-Day-Film gepaßt hätte und Georg so verblüffte, daß er beinahe zu lachen anfing. Der schwarze Fleck jedoch erschien so pervers in dieser unschuldigen Verhüllung, daß es ihm die Kehle zuschnürte, und infolge dieser Strangulierung ergab sich eine fast schmerzhafte Erektion. Mary schien etwas ähnlich Aufregendes an ihm zu finden. In mechanischer Hinsicht gelang ihnen dann alles ganz hervorragend, wenn auch mit gewissen nicht leicht zu beschreibenden Einbußen, etwa wie zwei japanischen Virtuosen, die Mozart spielten. Er mochte Mary vielleicht zu sehr, um mit hervorragender Mechanik zufrieden zu sein, oder sein schlechtes Gewissen wollte lieber über ihren Körper phantasieren. Sie war vielleicht einfach nicht sein Typ. Dies hatte wenig mit ihren Brüsten zu tun oder mit ihrem breiten Becken, in dessen Zentrum ihre Möse freilich knospenhaft und schön umrahmt wirkte. Sein Typ war kein Typ, sondern war Camille und blieb Camille und würde Camille bleiben – dies dachte er zum ersten Mal, während er mit einer anderen Frau schlief.

Sie schwiegen danach lange und hörten dem Verkehrslärm zu. Wenn Georg die Augen schloß, sah er unweigerlich Klaras Gesicht, wie er es aus Momenten der Traurigkeit und Erschöpfung kannte. Wenn er die Augen öffnete und Marys entwaffneten zarten Körper sah, wünschte er sich im gleichen Augenblick, er sei schon Jahre mit ihr zusammen und nichts an ihr wäre ihm fremd, oder sie seien bereits wieder angezogen und gingen diskutierend durch die Menge über den Zócalo, ohne sich je berührt zu haben. Als er spürte, daß es an der Zeit war, zu reden, sagte er: »Wie ging es weiter mit diesem Stefan? Konntet ihr in Heidelberg überhaupt alleine sein?«

Mary hatte ihr rechtes Bein noch um seine Hüfte geschlungen. Mit einer Geste bat sie ihn, ihr eine Zigarette zu reichen und anzuzünden. »Wir konnten fast gar nichts. Andrew war ungeheuer eifersüchtig, und es war ja im Haus von Stefans Eltern. Wir konnten erst drei Jahre später miteinander schlafen, in Berlin.«

»Das war dann 1980. Wir hätten uns über den Weg laufen können.«

»Oh – ich hätte euch dann verwechseln können!«

»Sehe ich ihm so ähnlich?«

»Vielleicht war ich damals nicht so wählerisch«, sagte sie lächelnd.

»Es ist Prähistorie ... Apropos: Erzähl mir etwas über den Sex der Indianer.«

Die einstige aztekische Sexualmoral hatte die Prüderie des viktorianischen England übertroffen. Mary zitierte ungerührt aus einem Codex für junge Aztekinnen: »*Mögest du nicht, wie das Wort heißt, ehebrechen. Dies ist ein einziger Abgrund, dies ist das völlige Ende der Erde.*«

»Du willst mich wahnsinnig machen«, sagte er, ohne Widerspruch zu ernten.

Das völlige Ende der Erde hinter den geschlossenen Vorhängen des Nachmittags, im Halbdunkel des noch regnerischen Abends, im warmen Licht des nächsten Vormittags und in der bereits wieder stickigen Hitze der übernächsten Nacht kam Georg bisweilen so erschreckend vor, daß er träumte, er habe seine Frau ermordet, und dann wieder nur aufreizend und oberflächlich, etwa als blättere er in einem Pornomagazin und fände darin erstaunlicherweise sich selbst.

»Sex ist nie oberflächlich«, sagte Mary. »Sex ist immer Mythos. Wie der Tod, wie die Krankheit, wie die Verletzung, wie der Austausch der Güter. Es gibt keine Flachheit, man kann nur so tun. Hinter der Pornographie steckt die Gewalt und die Lüge. Hinter dem bloßen Vergnügen, unter der Parfumschicht, liegt der ernste Geruch der Körper. Sex hat immer eine Tiefe, immer einen Kontext.«

»Was ist unser Kontext?«

»Die Freiheit«, erwiderte sie.

Während der gemeinsamen Stunden im Bett begannen sie babylonisch zu reden wie Schauspieler verschiedener Zungen auf den Sets internationaler Produktionen. Da sie sich mühelos verstanden, bekamen ihre Dialoge etwas Erstaunliches und Romantisches, so als ob sie einen Zauber gefunden hätten, der verstehen ließ, ohne daß es einer Übersetzung bedurfte. Georg erzählte schließlich die Geschichte seiner Begegnungen mit Camille, ihren Beginn vor allem und dieses vorläufige Ende, das ihn genau dahin geführt hatte, wo sie jetzt waren. Marys frühe Liebe zu diesem Heidelberger Studenten, der sein Jura-Studium in Berlin fortgeführt hatte (und jetzt wahrscheinlich eine schicke späthegelianische Praxis am Kurfürstendamm besaß), war ein guter Vorwand, um stets über eine andere Liebe zu sprechen als über diejenige, die zwischen ihnen gerade nicht stattfinden sollte. Er konnte nicht leugnen, daß ihn an Mary vor allem der Kopf interessierte (vielleicht wie Camille an ihm?), und als er in diesem schön geformten Kopf steckte, wie ein Verbrecher über ihrem Hals kniend, so nahe an ihrem Gehirn, da schien es ihm, er habe ihn ihr vom Rumpf geschnitten, um ihr Geheimnis zu entreißen.

Ausgerechnet beim Schälen einer Orange überlegte Mary: »Diese Camille hat dich mit dem Tod allein gelassen. Du hattest auf deinem LSD-Trip eine extreme Erfahrung gemacht, für die sie einfach zu jung war. Sie konnte dich nicht verstehen, und du hast ihr auch keine Chance dazu gegeben. Wenn du dich fragst, weshalb du auf einmal hier in Mexico City bist und deine Frau betrügst, dann ist die Antwort: Weil du zwei Dinge versäumt hast, nämlich erstens, mit deiner Indianerin zu vögeln, und zweitens, mit ihr gemeinsam zu sterben.«

»Das zweite habe ich ganz gerne versäumt«, erwiderte Georg, aber er war beeindruckt und sah gebannt in ihre morgenhimmelfarbenen Augen, während sie mit geöffneten Beinen vor ihm saß und ihm einen Orangenschnitz reichte – während die Kamera in seinem Kopf eine Linksdrehung vollführte und die Fotografie der nackten Ethnologin mit dem zunächst unscharfen, dann aber immer stärker konturierten, immer helleren Bild des nächsten Tages überblendete: Sie gingen durch die Tempelanlage von Teotihuacán. Schweißüberströmt drehte sich Georg auf dem schattenlosen Areal vor der Mondpyramide um die eigene Achse. Die Überwucherung mit verdorrtem Buschzeug und Bäumen verhüllte kaum die außerordentliche Präzision dieser Architektur. Das gesamte Gelände erschien wie die gigantische Vergrößerung einer Computerplatine: die beiden mächtigen Kegel der Hauptpyramiden waren die sechzig Meter hohen Superchips; die Freitreppen, die die Stümpfe ehemaliger Wohnhäuser und abgetragener Tempel überspannten, zu steil, um für das Aufsteigen gemacht zu sein, hatten die Exaktheit von Schaltrelais; mit erschreckender Geradlinigkeit und in der Breite einer Flugzeuglandebahn schließlich zog die Straße der Toten nach Süden, auf der die Touristen wie nach einem rätselhaften Muster angeordnete Steckstifte wirkten.

»Ist dir schlecht von der Busfahrt?« fragte Mary. »Oder bist du so fasziniert? Manche glauben, daß dies ein Landeplatz für UFOs gewesen sein müsse.«

Georg studierte die Schlangenreliefs und Drachenköpfe an den Mauern, starrte schweigend auf die erhaltenen Wandmalereien mit den geometrisierten Darstellungen des Regengottes, kletterte unermüdlich die Treppen empor, bis Mary erschöpft um eine Pause bat und er sie stehenließ, um weitere Treppen zu ersteigen und weitere Perspektiven auf das Gelände zu erobern. Zum Befremden einiger Touristen, die ihm zu nahe kamen, murmelte er laut vor sich hin.

»Es ist unmöglich! Ich war schon einmal hier. Vor zweiundzwanzig Jahren«, sagte er, als er zu Mary zurückkehrte, die im Schatten einer verfallenen Mauer saß und aus einer Dose Cola trank. »Auf meinem LSD-Trip! Am Ende träumte ich, daß ich durch genau diese Anlage fliegen würde, über die Straße der Toten, an der Sonnenpyramide vorbei, zum Platz des Mondes hinüber.«

Mary hob nur die Augenbrauen. »Dann bist du eben auf deinem Trip weit rumgekommen.«

»Danke. Ich brauchte jetzt einen wissenschaftlichen Kommentar.«

»Du hattest den gleichen Standpunkt, also den gleichen Blick. So einfach ist das. Teotihuacán – das ist der Ort, an dem man die Götter sieht.«

»Ich will das jetzt nicht ernst nehmen. Laß uns bald zurückfahren.«

Die zweistündige Busfahrt nach Mexico City verlief wortkarg und fast mißmutig. Georg war damit beschäftigt, die prophetische Vorwegnahme oder wahnwitzige Fernsicht seiner LSD-Halluzination zu verarbeiten. Als ihm klar wurde, daß er sich rücksichtslos gegenüber Mary verhalten hatte, entschuldigte er sich. Sie nickte nur und sah dann wieder aus dem Fenster, hinter dem in der einsetzenden Abenddämmerung die ersten Corona-Beer-Reklamen und grünen Neonkakteen aufblühten. Ich bin nicht dieser Stefan, und du bist nicht Camille, dachte Georg. Im Hotel trennten sie sich, um sich vor dem Abendessen in ihren Zimmern frisch zu machen. Mary rief ihn über die Hausanlage an, als er gerade aus der Dusche kam. Sie fühle sich zu zerschlagen, um auszugehen, und sei auch nicht hungrig. Eben gerade habe sie eine Nachricht einer Kollegin vorgefunden, die in Toluca wohne, und sie werde diese morgen besuchen. Würde Georg übermorgen noch in der Stadt und in diesem Hotel sein?

»Natürlich«, sagte er, als wäre nicht daran zu zweifeln.

6

Beim Frühstück am nächsten Morgen bedauerte er es bereits, Mary diese Zusage gemacht zu haben. Ein Hotelportier gab ihm die Auskunft, daß sie schon sehr früh aufgebrochen sei. Es war ein lächerlich durchsichtiges Manöver seiner freudianischen Instanzen, sich gerade jetzt dagegen aufzulehnen, daß er seit drei Wochen nahezu ohne Lebenszeichen in einem fremden Land untergetaucht sei (er hatte Klara nach dem ersten Mexikanischen Brief aus Paris nur noch eine Karte aus Mexico City geschickt), daß er zuviel Geld ausgebe, daß er einen weder erholsamen noch künstlerisch ergiebigen Urlaub mache. Mary hatte ihn von gar nichts abgehalten. Mit geschäftsmäßiger Eile frühstückte er zu Ende und fuhr dann ins Centro Universitario de Estudios Cinematográficos. Sein Projekt stand nun fest. Es hieß: *Ein Jahr unter der Sonne*. Der mit dokumentarischen Elementen angereicherte Spielfilm würde Sergej Eisensteins Mexiko-Aufenthalt von 1931 und die Dreharbeiten zu *¡Que Viva México!* zum Thema haben. *¡Que Viva México!* war nie fertiggestellt, ja noch nicht einmal von Eisenstein in den Rohfassungen gesehen worden, da der Schriftsteller Upton Sinclair, der das Projekt finanziert hatte, Anfang 1932 wegen Terminverzugs die Gelder stoppte und ein Telegramm Stalins Eisenstein zurück in die UdSSR befahl. Sinclair schickte Eisenstein nie die versprochenen Negative, sondern ließ Auszüge des Materials in den USA unter den Titeln *Thunder over Mexico* und *Death Day* zur Aufführung bringen. Georg konnte sich Videokopien einer Studiofassung der Aufnahmen ansehen, die man an der Filmbibliothek des Museum of Modern Art in New York zusammengestellt hatte. Es war schmerzlich zu wissen, daß Eisenstein seine große opernhafte Geschichte des mexikanischen Volkes vollständig verloren hatte – und es schmerzte Georg noch mehr, in den drei Tagen, die er sich mit dem Fall beschäftigte, zu begreifen, daß ihm die Kraft und das wirkliche Interesse fehlten, die Arbeit über Eisenstein oder überhaupt eine neue Arbeit zu beginnen und durchzuführen. *Wenn man nicht weiß, weshalb man leben soll, dann kann man auch keinen Grund finden, einen Film zu machen,* schrieb er auf einen Zettel, den er gleich wieder zerriß.

Mary war einen Tag länger als beabsichtigt in Toluca geblieben. Als er sie wiedersah, fühlte er sich befreit. Er konnte sich von ihr verabschieden und endlich die Stadt, das Land, den Kontinent verlassen – um wohin auch immer zu gehen.

»Ich denke, das ist einer unserer letzten Abende in Mexico City«, sagte sie, noch bevor er auch nur andeuten konnte, daß er seine Abreise beschlossen hatte. Sie verließen das Hotel ohne bestimmtes Ziel. Es gab keine Verstimmung zwischen ihnen und keine Vorhaltungen. Beide freuten sich darüber, noch einmal gemeinsam unterwegs zu sein.

Auf der Suche nach einem Restaurant gerieten sie in das von Lampions, Lichterketten und rotierenden Neonfiguren erleuchtete Gewühl eines Jahrmarkts. Georg ging traumwandlerisch durch die Menge. Vor einer Tanzfläche blieb er stehen und betrachtete dicke Matronen, die noch vergnügter um die eigene Achse wirbelten als die jungen Frauen in ihren engen Jeans und knappen, im nachtblauen Licht fluoreszierenden Blusen. Mary schlug vor, an einem Stand Tacos zu essen und mexikanisches Bier zu trinken, wie Georg es in seiner »Junggesellenzeit«, in den ersten Tagen nach seiner Ankunft in der Stadt, immer getan habe. Dieses Mal entschuldigte er sich rechtzeitig dafür, dem Geist des Ortes zu erliegen. Ähnlich wie in Teotihuacán habe er auf diesem Jahrmarkt das Gefühl einer

Wiederholung, eines Déjà-vu. »Wie konnte ich auf diese Bilder kommen? Ich sah diese Pyramiden, die Straße der Toten und einen Vogel mit einem Spiegel auf dem Kopf!«

Diese Ähnlichkeiten oder scheinbaren Vorwegnahmen, erklärte Mary, seien nicht so ungewöhnlich. Die Forscherin, die sie in Toluca besucht habe, beschäftige sich mit diesem Thema. Es würden zahlreiche Untersuchungen über den Zusammenhang der Bildwelt der Maya und Azteken mit dem damals sehr verbreiteten Konsum der heiligen Pilze vorliegen, deren chemische Struktur nahezu identisch mit der des LSD sei. »Meine Kollegin sagt, daß die Indianer früher stärker geglaubt haben, über die Pilze Kontakt zu ihren Göttern aufnehmen zu können«, fügte sie hinzu. »Heute glauben sie weniger an diese Verständigung. Sie denken, daß ihnen Gott die Pilze gegeben hat, um ihnen Trost in ihrem Elend zu spenden.«

»Pilze, das ist typisch für ihn«, erwiderte Georg. In seiner Blickrichtung sprangen die Skelette einer Geisterbahn im Feuer grüner Scheinwerfer auf und ab. Ein kleiner Junge wollte ihm mit Totenschädeln und Tequila-Fläschchen geschmückte Armbänder verkaufen. Georg erstand zwei davon.

»Das ist wie eine Verlobung«, sagte Mary, als er ihr eines um das Handgelenk legte.

»Die Schädel sind fast wie Perlen.« Sie verglichen die Figuren ihres neuen Schmucks, soweit das im flackernden Licht möglich war. Georg sagte, er habe zu Anfang seines Aufenthalts geglaubt, von der mexikanischen Nekrophilie nichts lernen zu können. Aber die Allgegenwärtigkeit der Skelette habe ihn dann doch beeindruckt.

»Was denkst du, wenn du die *carcanchas* siehst?« Mary meinte die peruanischen Modelle, die miteinander vögelten.

»Es ist eine Verspottung. Aber man weiß nicht recht, ob sie die Toten oder die Lebenden verspotten.«

Der Anblick der mageren Peruaner, sagte Mary, habe sie darauf gestoßen, daß die Augen und die äußeren Geschlechtsteile das Verderblichste am Körper seien – im biblischen Sinne natürlich ohnehin, aber auch im organischen, das am meisten gefährdete Fleisch eben, das, was am schnellsten verrotte, wenn man einmal unter der Erde liege.

»Wenn es kein Spott ist, dann ist es die Idee, daß die Toten vögeln müssen, um den Tod am Leben zu halten«, sagte Georg.

Sie wanderten langsam zwischen den Jahrmarktsbuden umher, Mary in weiten Hosen und einer weißen, im Kunstlicht schimmernden Bluse, die ihr etwas Schmetterlingshaftes verlieh. In bestimmten Augenblicken schien es ihm dann auch erstaunlich, ihr Gesicht ganz klar vor sich zu haben, etwa als würde er tatsächlich einen Schmetterling vorbeifliegen sehen und könnte durch ein woher auch immer ausgefahrenes Vergrößerungsobjektiv erkennen, daß das stecknadelkopfgroße Köpfchen mit dem Gesicht einer Frau versehen war. Dieses fein gezeichnete Gesicht hatte aber gerade deshalb etwas Unfehlbares, absolut Gewisses, das immer wieder näherkommen würde, wohin sich Georg in dieser Nacht auch begab. Sie tranken, sie schrien gegen den Lärm an, sie suchten sich ruhigere Ecken und redeten weiter. Mary wollte Georg zu dem Eisenstein-Projekt ermutigen, als er ihr von seinen Nachforschungen erzählte. Sie kannte den *Panzerkreuzer Potemkin* von einer Vorstellung in einem Pariser Kino her. Sonst wußte sie nicht viel mit einem sowjetischen Künstler anzufangen, der einmal die Idee gehegt hatte, *Das Kapital* von Marx zu verfilmen.

»Mexiko hatte ihn schon als Kind fasziniert. Er las eine Abenteuergeschichte, die auf einer Hacienda spielte.«

»Hatte er nicht auch eine tadschikische Mitschülerin mit schwarzen Indianerinnenaugen? Die berühmte Camillowna? Entschuldige – was kommt vor in dem unfertigen Mexiko-Film, den du gesehen hast?«

»Am Anfang ist ein sich liebendes Paar in einer Hängematte zu sehen. Es steht oder liegt vielmehr für das Paradies. Am Ende kommen Bilder des Todes: Man sieht in Überblendungsaufnahmen Totenmasken und Totenschädel aus Zuckerguß vor den Riesenrädern eines Jahrmarktes.«

»Ein Jahrmarkt, aha. Und Stalins Totenschädel.«

»Als er nach Rußland zurückkehren mußte, stand er schon unter Trotzkismus-Verdacht. Wer weiß, ob er die Schauprozesse überlebt hätte, wäre *¡Que Viva México!* fertiggestellt und in der Sowjetunion gezeigt worden. Vorgeblich wollte er das revolutionär Optimistische zeigen, den Sieg des Volkes, die Überlegenheit des sozialen Prinzips über den Mythos.«

»Totenschädel vor einem Riesenrad sind sehr dazu geeignet.«

»Er war ein mythischer Revolutionär. Aber auch ein Formalist. Es gefiel ihm, mit einem streng linearen Medium den

Kreislauf der Zeit auf den Jahrmärkten zu suchen.« Georg fielen weitere Jahrmarktszenen der Filmgeschichte ein – etwa in *Before Sunrise* oder in *Der Dritte Mann*. Der Jahrmarkt mit seiner Grobheit, Turbulenz und visuellen Gewalt, seinen Zentrifugalkräften und Lichtwechseln, den eng gelagerten Grenzen zwischen Gekochtem und Erbrochenem, Berauschendem und Zerschlagendem war die unerträglich hellsichtige Lehre von der zyklischen Verschwendung der Generationen. Er schien wie das Maul eines alten menschenfressenden Gottes, das, gefüllt mit Licht, Zucker und Alkohol, aus der Nacht herabgesunken war, um die Lebenden anzulocken und aus ihrem flatternden Schwarm diejenigen herauszuschmecken, die es demnächst verschlingen würde. Einer wurde ohne Aufhebens im Schutz der Menge verfolgt und ermordet, ein Kind kam seinen Eltern abhanden, Liebespaare verloren sich – für solche Ereignisse stand der Jahrmarkt im Film, und Georg dachte plötzlich wieder an Klara, an ihre einsame Gestalt auf der anderen Seite der Erde. Er hatte Mühe, die Tränen zurückzuhalten, während er mit Mary unter dem heulenden fünfarmigen Polypen eines Karussells hindurchging, der zwei Personen fassende Gondeln durch den Nachthimmel wirbelte.

»Vielleicht bist du wirklich nur hier, um hier zu sein«, vermutete Mary.

»Was könnte das nützen?«

»Kein Ehemann und kein Regisseur mehr sein zu müssen. Und vielleicht ist Camille nichts anderes als der Vorwand für diese Flucht.«

Georg senkte den Kopf, getroffen und resigniert. Dann bemühte er sich, mehr über Marys Ehen herauszufinden. Die Illusionslosigkeit, mit der sie ihre Männer schilderte (beides professionell untreue Psychoanalytiker, denen sie den Laufpaß gegeben hatte), verletzte ihn und gab ihm zu denken. Er beneidete sie um ihre Forschungen, ihre Unabhängigkeit, ihre Reisen und Beziehungen. Noch nie war ihm das, was er in den vergangenen Jahren getan hatte, kläglicher erschienen: in Zelluloid gerinnende Spiele zu erfinden, die, anstatt Licht in die Welt zu bringen, das Rätsel nur verzerrten und vervielfachten, im künstlichen Licht der Projektoren. Weil er teuer war und wieder Geld bringen mußte, mußte der Film auch immer Jahrmarkt sein, immer Spektakel. Wie viele Kinos es in Mexico

City gab, angefangen bei den alten plüschgepolsterten Luxuspalästen bis zu den zahlreichen Höhlenkinos in den Vorstädten, in denen die Ratten um die Beine der Zuschauer huschten. Und überall flackerten die Videogeräte, die bunten Glasperlen der Monitore, mit denen man in jedem Land der Erde die Wilden täuschte. Sie zeigten, was stets gezeigt wurde: Kitsch, Sex, Gewalt. Die Erde, hatte er irgendwo gelesen, würde einmal geeint werden, allerdings erst nach unermeßlichen Blutbädern und Schrecken. Die eine, für alle Menschen verständliche Sprache, die während des Turmbaus von Babel verlorengegangen war, existierte schon wieder: als Bild, als konservierte Wiedergabe des Blicks, den die Industrie auf die Welt richtete. Es hatte keinen Sinn, noch weiter zu filmen.

»Kümmere dich um *deine* Geschichte«, sagte Mary, als sie die von Müll, Betrunkenen und Liebespärchen gesäumte Grenze des Jahrmarkts überschritten. »Willst du mich begleiten?«

Georg glaubte Anzeichen eines ungewöhnlich erregten, fast verzweifelten Zustands an ihr wahrzunehmen, die sie mit einem starren Lächeln und entschlossenen Bewegungen zu überdecken suchte. Er war nicht betrunken genug, um alle Vorsicht außer acht zu lassen; aber Marys Schmetterlingsgesicht flößte ihm Mitleid und Vertrauen ein. Seine Armbanduhr zeigte kurz vor Mitternacht. Mit einigem Glück fanden sie ein Taxi. Sie fuhren durch enge Straßen, in denen noch Regenwasser stand und bis zu den Scheiben emporspritzte.

»Wieviel Geld hast du dabei?«

In seiner Brieftasche fanden sich vierhundert Dollar und ein Büschel Pesos.

»Das trägst du mit dir herum? Aber gut, es hat dich ja keiner damit gesehen. Gib mir zehn Dollar.«

Nachdem er den Schein erhalten hatte, wurde der Taxifahrer gesprächig und hilfsbereit. Er steuerte in noch engere, noch dunklere Straßen. Georg, angetrunken und nervös, dachte an die Schwierigkeiten von Nachtaufnahmen, an die *Amerikanische Nacht* Truffauts, an die *Nächte der Cabiria* und an die großen Bordelle Fellinis, als der Betrieb auf den Gehsteigen, die rosafarbenen Neonlichter, das überall gleiche traurig aufregende Gemenge aus Fleisch, Nylon und Schatten keinen Zweifel mehr ließen, wo sie sich befanden.

»Welche ist es, Georg?«

Camille, Mary meinte Camille. Aber keine der Prostituierten, die sich zu den geöffneten Fenstern des Taxis herabbeugten, lieferte eine brauchbare Kopie, und so stiegen sie schließlich aus, durchstreiften – zur Sicherheit in Begleitung des mit fünfzig Dollar gemieteten Taxifahrers, der einmal Amateurboxer gewesen war – die Bars, verhandelten mit Typen, die Georg noch nicht einmal am hellichten Tag auf dem Zócalo anzusprechen gewagt hätte, setzten dreimal einen Zehn-Dollar-Schein ein und standen dann endlich, gegen ein Uhr morgens, in dem rotsamten ausgeschlagenen Salon eines Bordells, das alles zu bieten hatte: einen Flügel aus Süddeutschland (herrührend von einer österreichischen Hofadligen, die im Gefolge der Erzherzogin Charlotte kurz vor der Füsilierung ihres Mannes, des Kaisers von Mexiko, herbeigeschifft worden war) und eine wie von einem Engel vergessene Harfe neben zwei heroinsüchtigen amerikanischen Tramperinnen auf Filzhockern; Büffelhörner, vergoldete Spiegel und die vergilbten Fotografien berühmter Pistoleros und Frauenspießer über der Bar; abgeschabte Plüschsofas in Lachsrot und Aubergine, besetzt mit rauchenden Mestizinnen, Illustrierte lesenden Asiatinnen und einer verfetteten und in Lack gesteckten Domina aus Schweden; die gepfefferte Schokolade und das Rauchgrau karibischer Scheinschönheiten, die im Rotlicht glatte Gesichter bekamen; zwei als Nonnen verkleidete Sechzehnjährige, die Netzstrümpfe zur Schau stellten und Strampelhöschen strickten; gewaltige, nur aus naßglänzenden rosafarbenen Kugeln geformte Geschöpfe, die aus winzig erscheinenden Gläsern irisierende stahlblaue Getränke zu sich nahmen; Kunden aller Sorten natürlich, einige schnurrbärtige Beschützer, Kakteen aus Plastik, einen achtzigjährigen ausgestopften Papagei; auf Analverkehr spezialisierte, dürre fünfzigjährige Hafenhuren aus Marseille; blasse, unirdisch milchige Sklavinnen, die kein Haar mehr am Körper hatten; beleuchtete Aquarien mit Kampffischen; Videoschirme in den zahlreichen Nischen und Ecken, auf denen lautlos und unerbittlich vielfarbige Penisse in krankhaft wirkenden Versteifungsgraden nichts unpenetriert ließen, was sich auf Erden löchern ließ; es gab Transvestiten in leuchtenden Abendgarderoben, hämorrhoidale Lustknaben mit rotgemalten Backen, einen mächtigen Eunuchen, der einen Schrein mit Dildos bewachte, Chinesinnen mit eingebundenen

Füßen, arabische Spezialistinnen in nichts als weißestem Fett, gewürzt mit Nelken und Kumin; aerobic-gestählte nymphomane Hausfrauen aus Kalifornien, die nur Kreditkarten in Zahlung nahmen und Sperma in Tupperware sammelten, wurden von Inderinnen flankiert, die das vollkommene Spagat und alle laokoonischen kamasutrischen Verknotungen der Tempelfriese beherrschten; und endlich – neben einigen Pygmäenfrauen aus dem Amazonasgebiet, hinter Topfpalmen, von denen präparierte Kolibris und Riesenschmetterlinge an unsichtbaren Schnüren herabbaumelten – öffnete sich der Salon zu den stillen Indianerinnen, die um einen künstlich beleuchteten See vor einer Fototapete mit kanadischem Wald vor ihren Wigwams kauerten, gefolgt von einem weiteren Salon mit tropischem Regenwald und Sprühregen aus feinen Düsen, in dem die kindhaften Frauen versunkener oder ausgerotteter brasilianischer Urwaldstämme nackt auf dem Boden lagen, gefolgt von dem endgültigen, schrecklichen, von Geilheit, Macht und Tod beherrschten Saal der aztekischen Perversionen, in dem sich die Leiber, Juwelen und Messer so dicht drängten, daß man augenblicklich mit ihnen verschmolz – so, kurzum, sah das GROSSE MEXIKANISCHE BORDELL aus, in das Georg hätte gehen und dem er nicht mehr hätte entrinnen wollen. Aber so (abgesehen von den Plastikkakteen, der Fotografie eines Pistoleros, einer heroinsüchtigen US-amerikanischen Ex-Tramperin und einem goldgerahmten Spiegel) wirkte das Haus ganz und gar nicht, in das sie gerieten und das so verkommen war, daß ein Zwanzig-Dollar-Schein die Schranke der Macho-Kultur gegenüber dem Besuch einer kalt oder heiß entschlossenen Forscherin überwand.

»Welche ist es?« wiederholte Mary.

Georg beschämt, schweißnaß vor Angst plötzlich, von seinem rasenden Herzen schier um den Verstand gebracht, sah sich in eben jenem goldgerahmten Spiegel, der schräg über der Theke hing, von fünf oder sechs Tequila trinkenden Indianerinnen oder indianisch aussehenden Huren umgeben, die ihn betasteten, die ihr Glas auf den edlen Spender hoben und ihm den Rauch ihrer Zigaretten ins Gesicht bliesen. Welche? Drei von ihnen trugen nur schwarze Dessous. Die Verknüpfung europäischer Rafinesse mit ihren breiten Gesichtern und dunklen robusten Körpern wirkte fast albern und dann doch wieder erschreckend aufregend und folgerichtig. Déjà-vu, dachte Georg, die schweißglänzende eigene Visage im Spiegelblick. Er war in Camilles Stadt, in einem finsteren Keller ihrer Stadt – und irgendein tiefliegendes Rädchen im Mechanismus seiner Begierde wurde bewegt, klackte ein, brachte ihm die Erregung und Skrupellosigkeit, die jetzt benötigt wurde. »*La noche triste*«, sagte er leise zu Mary, die die Barmädchen zum Lachen brachte und zum Trinken animierte.

»Man muß sie erleben«, erwiderte Mary, eigentümlich sanft. »Man muß auch schuldig werden können. Man muß verlieren.« In der *traurigen Nacht* hatte Cortés, zunächst als Gast in Tenochtitlán aufgenommen, eines von seinem Stellvertreter Alvarado unter den Einwohnern angerichteten Blutbades wegen, die Flucht vor der aufgebrachten Bevölkerung antreten müssen und dabei die Hälfte seiner Soldaten verloren. (In seinen lustigen Nächten massakrierte er die zehnfache Zahl von Azteken.) »Sei doch pathetisch, wenn du das brauchst, mein Lieber. Aber das hier sind Huren, und du bist ein verdammt einfacher Kunde, ein wahrer Urlaub, ein fetter weißer Schwanz, eingewickelt in Dollarscheine. Von zehn Dollar ernähren sie ihre Kinder und Großmütter eine ganze Woche lang.«

»Was war mit diesem Jurastudenten, als ihr euch dann in Berlin wiedergesehen habt?« fragte Georg. »Ich sehe ihm wirklich sehr ähnlich, nicht wahr? Du willst dich an ihm rächen. Er ist deine Camille!«

»Rache ist etwas für kleine Jungen. Ich habe ihn umgebracht – in meiner Erinnerung, durch meine anderen Erinnerungen, so einfach ist das. Und du solltest das auch machen.« Mit einem spanischen Witz (etwas mit *cojones*, eindeutig auf Georgs Kosten) heizte sie die Runde wieder an. Der vorgewölbte nackte Bauch der größten Frau drückte auf eine sachliche, wie unvermeidliche Art gegen Georgs Oberschenkel. Plötzlich erkannte Georg den erotischen Mechanismus, der so enthemmend auf ihn wirkte, und er hätte fast gelacht, während Marys hübsches Schmetterlingsgesicht für eine Sekunde erstarrte. Was ihn an Camille oder an diesen ihren Schwestern erregte, war nichts als die Überblendung zweier Bildreihen, wie sie sich die kleinen Jungen eben machten: die Traumbildreihe Nscho-tschis, die aus dem Karl-May-Roman in ihm auferstanden war, hatte sich mit den erbarmungslos auf dünnen

Fotoseiten angehäuften Dessous-Modellen der Neckermann-Kataloge vermengt, den ersten nur mit Unterwäsche angetanen Frauen, die er erblickt hatte in jener Zeit, in der ihm noch der Ausgang der Lust versperrt und die Lust selbst folglich so glänzend und dunkel erschienen war wie einst den Conquistadoren das Paradies der Wilden, das zu entdecken sie mit ihren schwimmenden Schlachthäusern über die Meere fuhren.

»Welche ist es, Georg?«

Keine und natürlich alle, nein: zwei insbesondere. Die große mit dem vorgewölbten Bauch, eine Über-Camille, Mutter-Camille, gewichtig, breitbrüstig, glatt schimmernd. Dann eine wesentlich Jüngere, vielleicht sechzehn-, vielleicht zwanzigjährig, zugleich stolz und verstört, eingebildet und magisch wirkend. Camilles blendend weiße Zahnreihen. Camilles Hände. Camilles schwarze Vakuumaugen, sogar ihr Vanilleduft, von irgendwoher aus dieser Traube von Köpfen, nackten Armen und Beinen ausgehend, die sich um Georgs bleiche Kolonialistenvisage zusammenhanglos anordneten, zerhackt und verstreut wie Gliedmaßen der Mondgöttin Coyolxauhqui auf diesem runden Opferstein, den er gemeinsam mit Mary betrachtet hatte.

Mary entnahm Georgs Blicken die doppelte Wahl. Die Größte. Die Jüngste. »Malinche and her mother«, spottete sie und begann für Georg unverständliche, lebhafte Verhandlungen.

Georg wollte unverzüglich eine Dusche nehmen, er wollte eine Flasche an der rot gestrichenen Theke zerschlagen und sich die Schlagader zerfetzen, er wollte in Ohnmacht fallen und doch am liebsten bleiben, jedoch außerhalb des Bildes, in seinem Regiestuhl, kalt, von niemandem berührbar, das Feuer entzünden, in dem er sich nicht verbrannte. Auf dem Bauch der jungen Indianerin, auch auf dem breiten Brustkorb unter dem schwarzen durchbrochenen Körbchen auf der linken Seite bis fast zum Nabel hin, in dem irgendein Edelstein zu stecken schien, ein Türkis vielleicht, erkannte man krustige Spuren, wie Klebereste, natürlich Sperma, das jemand gegen sie angespritzt und das sie nicht beseitigt hatte, da sie es nicht mehr spürte; sie nahm es mit einer professionellen Unachtsamkeit hin wie Bäcker den Mehlstaub oder Schornsteinfeger den Ruß, nichts weiter als die berufsbedingte Zeichnung ihrer Arbeitskleidung, ihrer dunklen warmen Haut. Mary verlangte wieder

Geld, und als sie dann zu fünft (der Taxifahrer war eingeladen worden und trug zwei Tequila-Flaschen und Trinkgläser) in einem engen halbdunklen Raum standen, in dem sich ein Messingbett und ein unangenehm organisch wirkender Diwan befanden, entstand ein ehrfürchtiger Moment, dessen Ursache Georg erst begriff, als er wie die Indianerinnen auf Marys ausgestreckte linke Handfläche sah: sie hielt eine kleine Pillendose, in der sich weiße und rohrzuckerbraune Tabletten befanden. Die Indianerinnen verstanden sofort, daß es sich um das in den Laboratorien der Eroberer verfeinerte und konzentrierte Geschenk ihres Gottes handelte. Der Besuch bei der drogenkundigen Kollegin in Toluca hatte sich gelohnt.

»Der Pilz, Georg«, sagte Marys Schmetterlingsgesicht. »Und alles, was du nie wirst filmen können: wie du *in* einer Frau bist, *im* Tod, *im* Angesicht Gottes.«

Man zog sich aus, seltsam nüchtern und klamm, wie in einer Umkleidekabine vor einer Kampfesmut und Ausdauer verlangenden Sportveranstaltung. Georgs Knie zitterten so sehr, daß ihn die Indianerinnen wie ein Kind unter die Achseln faßten und auf das Messingbett legten, wo er regungslos verharrte, bis sie sich von rechts und links über ihn beugten und ihn in ihren Geruch hüllten, der aus billigem Parfum, Schweiß und dem Moschus ihrer Geschlechter gemischt war. Sie flößten ihm Tequila ein und begannen, seinen Penis zu reiben, während im Hintergrund, auf dem ächzenden Diwan, schon bald der massive Hüftblock des Taxifahrers gegen den weißen Hintern der *gringa* klatschte, gegen diesen Schmetterlingsleib ohne Flügel. Was hatte Camille gesagt? *Die schönste Zeit in meinem Leben.*

7

Das berühmte Ausblenden. Der letzte Griff nach der Nachttischlampe. Die vor einer zurückfahrenden Kamera ins Schloß gleitende Schlafzimmertür, die man in den Filmen längst vergangener Jahrzehnte einmal benötigte, um Held und Heldin am nächsten Tag beim Frühstück unversehrt und umfangen vom gleichen Zauber wiederfinden zu können: Georg und Mary, Arm in Arm durch den sonnigen, noch nicht sehr nach

Abgasen stinkenden Vormittag schlendernd, Asche unter den Augen, blaß, zittrig, satt und ausgehöhlt zugleich. Der Taxifahrer, fünfzig Dollar reicher, war gegen vier Uhr verschwunden und schlief jetzt wie ein Stein in einer von sechs Personen behausten Neubau-Ruinenwohnung. Die beiden Indianerinnen lagen zusammengerollt auf dem zerwühlten Bett. Mücken schwirrten über ihren stillen, gottestrunkenen Körpern. Im wulstigen Geschlechtsspalt der großen Frau ist ein weißer Tropfen Georg angetrocknet. Georg hatte ihren Nabel exakt aus der Perspektive gesehen, die er zweiundzwanzig Jahre zuvor auf seinem LSD-Trip eingenommen hatte. Er hatte sich verteilt. Er war die Tequila-enthemmte Figur des schrecklichen weißen Mannes, der keuchend mit seiner Lanze durch den Raum ging und in weiche Öffnungen stach. Er war, nachdem ihm eine schmale Hand eine Tablette in den Mund geschoben hatte, der geschundene Leib auf dem Opferaltar, in den die Zackenfinger der Göttinnen eindrangen. Er war in der Vagina der Urmutter versunken und nackt im Weltraum wieder erwacht, geblendet von der Schönheit der Galaxien. Er hatte seinen Doppelgänger gehaßt und bewundert, der sein Schwert mit den Fingern härtete. Er war Schatten, dahinschießendes spektralisiertes Licht. Er sah mächtige mathematische Formeln in den Farben des Regenbogens, dröhnend schluckende Organe, eine Spinne auf Smaragdbeinen und gewaltige Langusten, die sich in der Höhle des Todes bewegten. Mit einer lachenden Indianerin lief er durch violette, algenartige Wälder, tauchte in einen ultramarinblauen See, in dem sie sich in Tausende winziger Fische verwandelten, die über den Grund flitzten. Er war ein vor der Torre Latinoamericana herabstürzender Vogel, ein Pfeil, der in zahllosen Kurven durch die U-Bahn-Schächte im Lagunenuntergrund der Stadt raste. Aus seinen Händen wuchsen Blüten und Perlen, die er auf die Frauen herabregnen ließ. Aus seinen Augen strahlten Blitze, die sich zu Lichtkugeln erweiterten und die anderen Körper in Seifenblasen einschlossen, um sie durch die Räume zu tragen. Sie hatten sich in Musik verwandelt, in rasendes Getrommel und zarteste Flötentöne, in einen dröhnend die Erde umfassenden Gesang. Die großen Pyramiden von Teotihuacán waren aufgetaucht, überfüllt mit schreienden, stöhnenden, blutenden Leibern. Der Feuerbohrer hatte sich am Himmel erhoben wie ein riesiger

Lötkolben. Mit einem Arm war ihm Mary durch den After in den Leib gefahren und hatte ihm das Herz angehalten. Sein Schwanz hatte sich vervielfacht und war wie ein Hirschgeweih über die braunen Kinder des Paradieses gekommen. Camille erschien auf den Treppenstufen des Tempels. Sie pißte auf die entherzten Körper ihrer Männer, aus denen daraufhin große Blumen emporwuchsen. An einer Felswand, die ohne Anfang und Ende schien, klebten sie – Georg und Hermann, alle Schüler seiner ersten Volksschulklasse, seine Frau Klara, Mary, andere, die er nie gekannt hatte, aber über die er genau Bescheid wußte – wie Fliegen, gehalten von nichts als ihrem bebenden Willen. Eine mächtige, nie gehörte Sprache umfaßte sie und gab ihnen Sätze der Verzückung. Dann fielen sie, einer nach dem anderen, hinab und hinab, schreiende Steine, immer schneller und doch auch immer leichter werdend, Federn mit der Geschwindigkeit von Düsenjets, Staubkörner über dem Lichtgrund der Tiefe, ein farbensprühender Schleier, unendlich schön, unendlich weit, sich zu Planeten und Sonnen weitend, Universen im Universum öffnend, herrliche Splitter, Traumgespinste, Moleküle, Atome, rasende Subpartikel, Symmetrien tiefster Energie. Ein Wirbel ergriff sie, zog sie hinab, hinauf, wechselte die Drehrichtung, verwandelte sie zurück in überdimensionale Leiber, die sich kichernd ineinanderschoben, zwischen deren Haut kleine Blüten und Blitze leuchteten. Einmal wurde Georg ein Schamhügel in den Mund gepreßt, an dem er fast erstickte. Einmal rieselte etwas Undefinierbares auf seinen Bauch. Er roch Farben und sah Blumendüfte und brennende Musik. Ein Schlag – gegen seinen Kopf oder gegen die Wände des Zimmers – löste eine endlose Vibration aus, schon im Morgengrauen, schon in der abklingenden Phase, als sie nur noch zu viert waren. Die vier Leiber vervielfachten sich wie in zahlreichen Spiegeln. Das Gesicht der jüngeren Indianerin vor Georgs Gesicht teilte sich, zeigte wieder ein Gesicht, teilte sich erneut. Sie redete mit ihm aus Dutzenden von Zahnreihen und leckte ihn mit Dutzenden von Zungen, dann löste sich das Gesicht auf und fraß Georgs Kopf, aber es war ihm völlig gleichgültig, was diese Leere um ihn herum bedeutete. Und irgendwann gab es plötzlich nur einen einzigen wachen Körper, Marys Schmetterlingsleib mit den schmalen Schultern und dem breiten Becken, der ihn zwickte, rüttelte, an den Haaren zog, mit den Ellbogen stieß, in die Kleider nötigte, eine Treppe hinabführte und neben ihm hinaustolperte auf die Straße.

Am Ende der schamlosen Rückblende sieht man wieder die beiden Indianerinnen, die sich leise stöhnend im Schlaf bewegen. Man sieht Georg und Mary in ihren zerknitterten Leinen- und Baumwollhüllen, bemüht, die letzten im Schlamm zischenden Farbspiralen und Funkenbögen des Trips zu ignorieren, langsam und möglichst selbstsicher an einer Reihe geschlossener Bars vorbeigehen, in eine Straße mit Gemüsehändlern und Verkaufsständen einbiegen. Georgs Augen bleiben noch eine Zeitlang unnatürlich weit aufgerissen, und er versteht nicht recht, was Mary ihm zu sagen versucht. Ein Getränkeverkäufer sieht ihm lachend zu, wie er, von Durst gequält, vier Plastikbecher mit Fruchtsaft in sich hineinschüttet.

Schließlich setzen sie sich in einen Park, in dem Frauen ihre Kinder hüten und spielen lassen, und warten darauf, daß sich die Dinge vor ihren Augen noch weiter zurechtrücken und entwirren.

Georg bittet Mary um eine Zigarette.

Sie zündet sie ihm an und raucht sie selbst, bis er sie, nach einer Minute, noch einmal bittet. Er will nicht mit ihr reden. Er haßt sie, aber er weiß, daß er es nicht lange tun wird. Er sieht den Kindern zu, die sich Bälle zurollen, Stofftiere gegen ihre Gesichter drücken, an einem Klettergerüst turnen. Langsam spürt er die Wärme der Sonne auf seiner Haut, hört die Rufe und den Verkehrslärm einer nahen Straße mit der gewohnten Klarheit.

»Und?« sagt Mary fast barsch.

»Wir haben unsere Verlobungsarmbänder verloren«, sagt Georg. »Und ich bin zum zweiten Mal geboren. Aber jetzt erinnere ich mich an die Erbsünde.«

»Und weiter?«

»Ich möchte wissen, was sie gesehen haben – die Indianerinnen.«

Mary hebt die Schultern. »Ihren Gott, nehme ich an.«

»Was hast du gesehen?«

»Viele Farben.«

Georg nickt teilnahmslos. »Was soll ich jetzt tun? Ein Junkie werden? Jeden Tag durchs Universum reisen?«

»Das liegt bei dir.«

»Was ist wirklich mit dem Studenten passiert, damals, in Berlin?«

»Nichts. Mit der Zeit fand er mich uninteressant.«

»Er war ein Flachkopf.«

»Danke«, sagt Mary erschöpft. Sie läßt den Kopf in den Nacken fallen und streckt die Beine aus. »Nächste Woche gehe ich in die Berge. Ich muß reisen. Im Mai fliege ich nach Los Angeles. Dann komme ich nach Mexiko zurück. Im November halte ich Vorträge in New York.«

»Was für ein Leben.«

»Invitation au voyage.« Mary steht auf. Sie sieht auf Georg herab, der noch einen Plastikbecher mit Maracujasaft in der Hand hält. »Du weißt, daß du sehr übertrieben hast.«

»Was meinst du?«

»Erstens die Erbsünde. Erinnerst du dich, was genau du mit den Frauen gemacht hast? Ich will es dir sagen: nicht viel. Zweitens das neue Leben. Auch das stimmt nicht.«

»Weshalb?«

»Kannst du jetzt wieder Bilder machen? Siehst du einen möglichen Film, den du realisieren möchtest?«

»Nein, überhaupt nicht.«

»Weißt du jetzt, was diese Camille in deinem Leben soll?«

»Das kann ich immer noch nicht sagen.«

»Was folgt daraus? Ich sage dir auch das noch: Daß du erst angefangen hast. Du bist gerade angekommen. Jetzt geht es darum, dein Thema zu finden. Sag mir heute abend bitte Bescheid, was du tun willst.« Sie faßte in eine Hosentasche, zog ihr Totenkopfarmband heraus und legte es sich um das linke Handgelenk. Dann drehte sie sich um und ging davon, quer über den Spielplatz, langsam und gleichmäßig wie eine gute Schaupielerin, die weiß, daß ihr sonst die Kamera nicht folgen kann.

Nach längerem Suchen und Fragen fand Georg ein Postamt, von dem aus er nach Europa telefonieren konnte. Schon beim ersten Versuch erreichte er Klara auf der Nachtseite der Erde, in ihrer Schöneberger Wohnung. Er sah sie genau vor sich, mit vom Schlaf zerzaustem Haar, barfuß (ihre schlanken Fußgelenke, die lackierten Zehennägel), vor der Kälte durch ihren rasch übergeworfenen weißen Frotteemantel geschützt. Über ihre Schulter hinweg führte der Blick durch die von Halogenlämpchen erhellte Küche auf das Fenster des Hofs, hinter dem einige Schneeflocken tanzten. März in Berlin, vier Uhr morgens. Georg starrte auf ein ramponiertes Stierkampfplakat im Eingangsbereich der Schalterhalle und hörte sich selbst beim Reden zu – fassungslos und doch absolut entschlossen. Sie telefonierten eine Stunde lang, unterbrochen von wechselseitigen Anfällen krampfhaften Weinens. Immer wieder bat ihn Klara, doch zurückzukehren, sich nicht zu schämen, zu begreifen, daß sie ihn liebe. Es war ihm zumute, als stünde sie an seinem Grab, und von allem, was er selbst gesagt hatte, sollten ihm nur die drei Sätze in Erinnerung bleiben, die er am Ende ausgerufen hatte: »Ich kann nicht! Es hat keinen Zweck! Ich bin tot!«

Mexiko belegte Ferngespräche mit Luxussteuern. Ihm blieben von den reichlichen Bargeldvorräten des vergangenen Abends gerade noch dreißig Dollar in der Brieftasche. Dann taumelte er hinaus in den Vormittag, erschöpft, beschmutzt, durchtränkt von Schweiß, zitternd bei fünfundzwanzig Grad im Schatten. Er lief ziellos durch immer ärmlichere Straßen, die bald nicht mehr asphaltiert waren und die die Regenfälle der vergangenen Tage in einen sumpfigen Morast verwandelt hatten. Barfüßige Kinder in zerschlissenen Wolldecken und Ponchos kamen ihm entgegen. Verdreckte Hunde rannten vorüber. Kot- und schlammbespritzte amerikanische Lieferwagen rollten langsam wie Panzer durch ein wie nach Übungsgefechten zerstörtes simuliertes Stadtviertel mit dünnen Betonwänden und sinnlosen Verspannungen von angeblichen Strom- und Telefonkabeln. Durch unverglaste Fenster sah er Menschen auf dem Boden liegen, nur durch Bastmatten vor dem blanken Estrich geschützt. Ein schwüler grauer Dunst, durchdrungen von fettigen Gerüchen, reizte zum Husten, trieb ihm die Tränen in die Augen und den Schleim in die Kehle. Betrunkene oder Tote lagen neben ausgekipptem Hausmüll. Reklameschilder und Veranstaltungsplakate klebten an den unverputzten Mauern und Bretterverschlägen wie Botschaften eines anderen, zynischen Planeten. Die Sockel der Lehmziegelhäuser waren zum Teil vom Regen freigespült worden. Er sah Hühner und Schafe in winzigen schlammigen Gärten, in denen hier und da für ihn namenlose Blumen in den reinsten tropischen Farben blühten.

Er war hier, um hier zu sein. Am Ende der Bilder. Am Ende der Eitelkeit. Er wünschte sich, überfallen und erstochen zu werden, für das, was er seiner Frau angetan hatte, für diese kolonialistische Nacht, in der er über die Körper der Indianerinnen hergefallen war. Das völlige Ende der Erde. Niemand kümmerte sich um ihn, vielleicht weil er mittlerweile so schmutzig und abgerissen aussah, daß man nichts von ihm erwarten konnte. Niemand dachte daran, ihm ein Messer zwischen die Rippen zu stoßen. Einmal lächelte ihn eine alte Frau an, die vor ihrer Hütte auf einem Blecheimer hockte, und sagte ihm ein paar unverständliche Worte. Viertel wie dieses nannte man *ciudades perdidas*, die verlorenen Städte. Er erinnerte sich an eine Bemerkung von Lévi-Strauss: die Bewohner der Metropolen seien nicht mehr als *Menschenstaub*. Menschenstaub. Alles bedeckend, klaglos aufwirbelnd, sinnlos vergehend in den Staffelungen ihrer monströsen, immer schon verrottenden Architekturen.

Die Kamera in seinem Kopf stand still. Endlich. Er spürte, daß ihn hin und wieder jemand genauer betrachtete, diesen großen, verschmutzten weißen Affen, der zwischen ihren Bruchbuden dahinstolperte. Die Zähigkeit seines Körpers, der eine nahezu schlaflose Nacht, den Alkohol und das LSD hingenommen hatte, ohne ihn im Stich zu lassen, erstaunte und verbitterte ihn. In einem der schlammigen Gärten wuchs ein kleiner Baum, dessen weiße Blüten ihn für einige Sekunden zurückwarfen in den Tag zwischen den Weinbergen, als er Camille hinter sich gelassen und die Vision einer weltausgreifenden, aufregenden Zukunft entworfen hatte. Er setzte sich auf einen Mauerrest am Rande des Gartens. Camille. Sie hatte ihn erledigt. Durch die morschen Holzlatten, die den Garten und den Baum beschützten, schlüpfte, erschreckend und einfach, als sei sie sich ihrer Bedeutung genau bewußt, eine magere graue Katze und strich an ihm vorüber. Das Drehbuch, das ganz unten in seiner Schreibtischschublade lag. Berlin, im März. Klaras zusammengekrümmter Körper neben dem Telefon. Ihr lautloses Weinen. Der Blick der Katze ruhte auf ihm. Das Sterben lernen. Eisensteins Totenschädel. Die Katze würde sterben. Georg selbst. Klara – wenn er sie falsch eingeschätzt hatte und sie nicht so stabil und selbstbewußt und seit geraumer Zeit auch schon seiner überdrüssig war – vielleicht schon in dieser Minute. Er dachte, daß sie der einzige Mensch sei, der das Recht hatte, ihn auf der Stelle zu töten. Georg fand ein zerknittertes Päckchen Zigaretten in seiner Hosentasche. Die Katze, die sich in einiger Entfernung von ihm niedergelassen hatte, sah ihm aufmerksam beim Rauchen zu. Georg begriff nichts mehr. Aber das Leben, dachte er plötzlich, war ein *Ansehen*. Etwas Gegenseitiges. Er und die Katze spürten die gleiche Wärme, atmeten den gleichen süßlich-trüben Dunst, spiegelten sich im wunderbaren Gewebe ihrer Gehirne. Wozu waren sie hier? Die Pupillen der Katze schlossen sich langsam und millimeterweise, als löse diese Frage eine fürchterliche Müdigkeit aus.

7
Die Traumreise

Es gibt keine Synagoge, keine *ecclesia*, keine *polis*, keine Nation, die es nicht zu verlassen lohnt, keine Liebesgemeinschaft, keine Familie, keine Kaste oder soziale Klasse, auf die es nicht zu verzichten lohnt.

George Steiner, Der Garten des Archimedes

Wo es viel Reisende gibt, wird es viel Hinkende geben.
Karl Kraus, Pro Domo et Mundo

1

Georg verbrachte sieben Monate in Mexiko. Die meiste Zeit hätte er auch in Grönland sein können oder in Hongkong, in Sydney oder New York, überall vielleicht – nur nicht in Berlin, nicht in seiner Heimatstadt S. und nicht auf den Sets seiner Filme, denn dort befand er sich fortwährend, wie schnell er auch lief. Während er lief, redete er mit Toten: Eisenstein und Buñuel; mit erfundenen Geschöpfen: Malinche und Camille; mit den realen Dämonen seiner Liebe: Mary und Klara. Sein einziger Vorsatz war, sich auf der Linie des Cortésschen Feldzugs durch das Land zu bewegen, dabei möglichst große Strecken zu Fuß zurückzulegen und nur sehr langsam zu fahren, mit den Bussen zweiter Klasse also oder den vorsintflutlichen Eisenbahnen. In Bangkok war das Jahr des Hundes noch eine Idee gewesen, die zum Ausgangspunkt eines Films hätte werden können, ein düsterer Einfall, hervorgerufen durch eine Arbeitskrise und einen aktuellen Streit mit seiner Frau. Jetzt hatte er sich ganz in den rennenden Hund verwandelt, und er lief Stunde um Stunde, Tag um Tag.

Der Weg führte zunächst in nördlicher Richtung aus Mexico City heraus und bog dann nach Osten in Richtung Otumba ab, entsprechend der Rückzugslinie des Cortés nach seiner Niederlage in der traurigen Nacht. In Tlaxcala hatte Cortés seine Truppen erneut gesammelt, um dann den zweiten, verheerenden Angriff auf Tenochtitlán zu unternehmen. Georg sah über die Kuppeln und wirr angeordneten Flachbauten der in einer Talsenke zwischen kargen Hügeln liegenden Stadt und spürte ein Brennen in der Harnröhre. Er mußte sich zu einem Arzt begeben. Mit dem gefährlichen Blick eines Aztekenpriesters hielt der Arzt seinen Penis in der Hand und führte einen feinen, an der Spitze mit einer Öse versehenen Draht in den von Mary »a sweet little mouth« genannten Spalt ein. Die in der Öse aufgespannte Flüssigkeitsmembran wurde in der Flamme eines Bunsenbrenners geprüft. Es handelte sich lediglich um eine Hefepilzinfektion.

In den ersten Wochen der Reise hatte Georg etliche Male denselben Traum. Er befand sich im Schlafzimmer seiner Schöneberger Wohnung. Klara war gestorben. Ihr Ehebett war mit klinikweißer Wäsche bezogen. Georg mußte den schmalen kalten Leichnam seiner Frau in ein Laken einschlagen und aus der Wohnung schaffen oder wenigstens die Polizei oder die Feuerwehr anrufen. Wie eine Mumie, völlig bedeckt, lag der Körper neben ihm, den er sieben Jahre lang geliebt hatte. Er kauerte sich auf der Matratze zusammen, nackt und tränenüberströmt. Immer wieder berührte er vorsichtig die Gestalt unter dem Leintuch, und immer wieder entsetzte es ihn, daß es keine Erwiderung mehr gab. Nach Stunden fassungsloser Einsamkeit schob er den rechten Arm unter das Genick und den linken unter Klaras Knie, um sie emporzuheben. Er wollte sie durch die Straßen tragen, vorbei an den Cafés, die sie oft besucht hatten, ihren Lieblingskinos, den Häusern ihrer Freunde, durch den Park, in dem sie, wenn es ihnen in der Wohnung zu eng wurde, wenn sie glücklich gewesen waren oder sich aussprechen mußten, Hunderte Male gegangen waren. Erwachte sie dort nicht, wollte er weitergehen, durch die breiten Berliner Straßen, die Kaufhäuser, die Kneipen, bis er zusammenbrechen oder man ihn gewaltsam aufhalten würde. Jedoch ließ sich der starre Körper seiner Frau nicht bewegen. Georg wußte, daß es nur seine große Schwäche war, die die Aufgabe so schwer erscheinen ließ. Da er aber immer noch schwächer wurde, beschloß er, zu Klara unter das Laken zu kriechen, sie zu umarmen und neben ihr zu sterben. Vorsichtig lüpfte er das Tuch, sah einen Teil ihres kalten, noch von einem gerade zurückliegenden Urlaub am Meer gebräunten Oberarms – und erwachte schweißgebadet in Hotels oder Fremdenzimmern.

Mary traf er nach fünf Wochen in Puebla wieder. Sie führte Interviews und Gespräche mit den Leiterinnen einer feministischen Organisation. Im Feld, in der freien Versuchsanlage der Wirklichkeit, schien sie nun ganz und gar Forscherin geworden. Sie wirkte ruhig, sachlich und gewissenhaft und unterstrich diesen Eindruck, indem sie sich in dezente Farben kleidete. Als sie gemeinsam durch eine Einkaufsstraße bummelten, entdeckte sie in einem Bookshop eine deutschsprachige Ausgabe der Biographie Luis Buñuels, die Georg noch nicht kannte. »Du siehst so erfreut aus, als hättest du gerade deinen alten Onkel getroffen!« rief sie und kaufte das Buch, um es ihm zu schenken. »Wahrscheinlich hast du es ausgelesen, wenn wir uns heute Abend wiedersehen.«

Im Leben der Hunde war es ohne weiteres möglich, sich am hellichten Tag auf ein Hotelzimmerbett zu legen und in einem anderen Leben zu versinken.

»Und, was hast du gelernt aus dem Buch?« wollte Mary am Abend wissen.

»Wenn es Gott gibt, dann soll er mich auf der Stelle erschlagen«, sagte Georg. »Das ist sein schönster Satz, ich hatte ihn schon vergessen. Wenn man ihn ausspricht, dann wartet man zwei Sekunden, und dann hat man das Gefühl, unverschämtes Glück gehabt zu haben.«

»Und was steht sonst noch in dem Buch?«

Buñuel, erzählte Georg, erinnere sich ohne Bedauern der »Madrider Nutten, der Pariser Bordelle und der New Yorker Taxigirls«, die sein Männerleben gesäumt hatten; diese Erinnerungen hätten es ihm erspart, als lüsterner Greis zu enden.

»Da kannst du mir also dankbar sein, daß du einmal ein braver Rentner wirst. Aber im Ernst, Georg: Was für eine Ehe ist das gewesen, wenn du sie telefonisch beenden kannst – von einem anderen Land aus?«

»Es war ein gute Ehe. Aber ich bin ein Ungeheuer! Wenn ich nicht gegangen wäre, hätte ich Klara nur weiter das Leben schwergemacht!«

»Weshalb denn? Wodurch denn bloß?«

Durch seinen Ehrgeiz, durch seine Unzufriedenheit, durch seine krankhafte Fixierung auf Camille.

Mary schüttelte den Kopf. In den Jahren 1984 und 1985 hatte sie in einem Bergdorf an der Grenze zu Guatemala gelebt und zahlreiche Tonband-Interviews mit Indianerfrauen geführt. Nun wollte sie sehen, wie sich die Lage verändert hatte, und ihre damaligen Ergebnisse überprüfen. Daneben besuchte sie Kollegen an den unterschiedlichsten Orten, reiste zu Projekten, die von Nichtregierungsorganisationen betreut wurden, schrieb Artikel und sammelte neues Material. Georg war froh, daß sie im Verlauf des restlichen Abends über ihre Arbeit sprachen. Das Ende der Erde war ein Thema für Bordelle in Mexico City. Als Georg der fleißigen ungeschminkten Forscherin in den hellen Khaki-Hosen und der weiten Leinenbluse mit einem Händedruck in der Hotelhalle eine gute Nacht wünschen wollte, fragte sie ihn, ob er gerade einen Film drehe und ob er diese züchtige Verabschiedung unbedingt dafür benötige. Nach fünf einsamen Wochen hatte der Augenblick, in dem sie ihn zu sich ließ – völlig entspannt, die Arme hinter dem Kopf gekreuzt, so daß er ihr keine Schuld geben konnte (oder allenfalls ihrer Möse, die wie der kleine Pelzkopf eines auf ihn zuschwimmenden, walroßartig mürrischen Tieres aus der Oberfläche ihrer Haut emportauchte) –, nur den Kontext zweier erwachsener Körper, die sich genußvoll befriedigten.

Bevor Mary nach Guatemala fuhr, unternahmen sie noch eine Wanderung im Hochland nordöstlich von Puebla. Georg bemühte sich, ohne zu ängstlich oder besserwisserisch zu erscheinen, seine Sorge wegen der angespannten politischen Lage im Grenzgebiet zu Chiapas auszudrücken. Mary reagierte darauf wie auf ein Kompliment. Er wünschte sich, daß ihn kein Dämon hetzen würde und er sie begleiten und bei den Forschungsarbeiten behilflich sein könnte. Von einem Bergrücken aus sahen sie nach Westen über die von klaren Linien eingefaßte Weite und Leere des Hochlands, das von den wie sockellosen Schneekegeln des Popocatepetl und Ixtaccíhuatl wie von mächtigen, kaltstirnigen Halluzinationen begrenzt wurde.

»Es ist ziemlich surreal. Man wartet auf Elefanten mit Spinnenbeinen wie auf einem Gemälde von Dalí«, sagte Mary.

Über Salvador Dalí stünde etwas in Buñuels Buch, fiel Georg ein. Buñuel habe Dalís Frau Gala von Beginn an nicht leiden können und nicht verstanden, weshalb Dalí so besessen von ihr gewesen war, daß er sie auf Hunderten von Gemälden verehrte. Einmal habe Buñuel Gala einer Beleidigung wegen fast erwürgt. Als Achtzigjähriger aber träumte er von einem Theaterbesuch, bei dem er Gala wiedersah; sie kam ihm entgegen und küßte ihn hingebungsvoll auf den Mund. Offensichtlich war Camille aus dem gleichen Stoff wie Gala gemacht.

»A kind of chewing gum! Wie diese klebrigen Dalí-Uhren!« rief Mary, kaum mehr amüsiert oder fast schon mit einem Anflug von Verzweiflung.

Jeder Tag, den er in Mexiko bliebe, vergrößere seine Schuld, sagte Georg auf dem Rückweg nach Puebla.

Dann sei es ihm wohl vor allem um diese Schuld zu tun, vermutete Mary. Die Schuld müsse eine Leere, einen Abgrund in seiner Seele ausfüllen. Also unterscheide ihn nicht viel von den aztekischen Opferpriestern. Er habe seine Frau beseitigt, damit am Morgen wieder die Sonne aufgehen konnte, und etwas in seinem Leben, über das er sich klar werden müssen, habe dieses Opfer oder diesen Verrat verlangt.

»Malinche bin ich«, sagte Georg düster.

»Da hast du dein Thema! Schon nach zwei Monaten in Mexiko!«

Als sie sich trennten, verabredeten sie eine Bergtour auf den Popocatépetl im Juni, und Georg war sich darüber im klaren, daß er damit versprach, noch zwei ganze Monate in Mexiko zu bleiben.

2

Einige Male, in den Bars kleinerer Städte oder wenn er, angetrieben von der Beschämung über sein Luxusdasein, durch ein ärmliches Dorf hastete, wurde er wohl verdächtigt, einen Ethnologen, Regierungsagenten oder US-amerikanischen Schnüffler vorzustellen. Er kaufte sich daraufhin den Empfehlungen der Reiseführer zum Trotz einen kleinen Fotoapparat, den er an seinem Gürtel befestigte. Jedoch legte er nie einen Film ein. Der tote Apparat, der ihn vor Verdächtigungen bewahrte, wuchs ihm im Laufe der Wochen sehr ans Herz. Weshalb, verstand er längere Zeit nicht. Dann versuchte er, die Sache mit Marys Augen zu sehen, und glaubte zu begreifen, daß es sich um eine animistische Projektion handelte: der Geist seines Regisseurdaseins hatte sich in das Metallkästchen geflüchtet, und nur in dieser Behausung war er ihm noch erträglich.

Sein Thema, sein wirkliches Leben war der Verrat. Er verglich sich mit Camille und mit Malinche. Der Verrat der Männer, würde Mary sagen, sei doch immer nur ein Kavaliersdelikt, ein Beweis ihrer überschüssigen Kraft. Georg, dem großen Bruder der kleinen Dorfköter, die um seine Beine tanzten, fehlte anscheinend nur die Kraft zum Laufen und zum Vögeln nicht, und es wunderte ihn, wie lange er existieren konnte, ohne an einem Projekt zu arbeiten. Allmählich begriff er, daß er sich in den vergangenen zwölf Jahren, seit dem Tag in den

Weinbergen nach seiner traumreichen Nacht bei Camille, zu wenig Erholungspausen gegönnt hatte. Die Filmseminare, die er besucht hatte, während er noch an seinen mathematischen Hausarbeiten schrieb, die Mühe mit den ersten Drehbüchern, das Hinarbeiten auf die Geldsumme, die er benötigt hatte, um den ersten eigenen Film zu drehen ... Die Regietätigkeit schließlich, hochkonzentriert, rastlos, die Fokussierung lange gereifter Ideen in wenigen Wochen absoluter Anspannung, hatte ihn süchtig gemacht. Während der Drehtage schlief er selten mehr als vier Stunden, auch wenn es sich um Auftragsarbeiten fürs Fernsehen handelte. Er, der Organisation haßte und in seinen alltäglichen Angelegenheiten mehr als nachlässig war, hatte sich in eine perfekt arbeitende, blitzschnell kalkulierende, jedes Detail übersehende Maschine verwandelt, die mit jeder erfolgreichen Aktion süchtig wurde nach der nächsten erfolgreichen Aktion. Er war die Spinne, die ihr Netz überwachte: die Schauspieler, den Beleuchter, den Tonmeister, die Maskenbildnerin, die Cutterin. Nur wenn er mit Thorsten arbeitete, dem er als Kameramann völlig vertraute, verzichtete er darauf, die Einstellungen auf einem Videoschirm zu kontrollieren. Drei Assistenten waren an ihm verzweifelt, weil er ihnen kaum etwas zu tun übriggelassen hatte. Wer ihn als eher schüchtern und vorsichtig eingeschätzt hatte, verlor gegen seine eisern freundliche, unnachgiebige Art. Was hatte er außerhalb seiner Filme noch geliebt? Was hatte er so stark genossen wie die Vorbereitung auf die nächste Anspannung, die Visionen seiner künftigen Vorhaben, den Ärger über die Rezensionen in den Filmzeitschriften? Klara hatte ihm erzählt, daß sie allein über den Stahnsdorfer Friedhof spaziert war, an einem Wochenende, an dem er drehte. Vor einem Grabstein sei sie sehr lange stehengeblieben und habe dann weinen müssen. Die Inschrift lautete: *Sein Leben war Arbeit.*

»Aber es ist ein Genuß, es ist Kunst!« hatte er betroffen entgegnet, sie gefragt, ob sie auf dem Stahnsdorfer Friedhof auch das Grab von Murnau besucht habe, und ihr dann hastig eine Urlaubsreise angeboten.

Nach einer Woche in Südspanien hatte sie ihn verlassen wollen, weil er sich kaum für seine Umgebung interessierte, sondern unentwegt über *Die Reise nach England* nachdachte, die er nun endlich realisieren konnte. Noch als sie vor dem Eingang zur Alhambra Schlange standen, hatte er sie gefragt, wie man wohl auf möglichst preiswerte Weise ein Drehteam nach Indien bekäme.

Buñuel erwähnte in seiner Biographie seine Frau nur an wenigen Stellen; die ausführlichste beschrieb, daß sie bei den Olympischen Spielen 1924 in Paris eine Bronzemedaille für gymnastische Darbietungen gewonnen hatte. Dann verschwand sie in den Hintergrund seines Lebens. War damit ein Mensch versteckt oder ein Mensch geopfert? Alles, was Georg von Klara wußte, was er mit ihr erlebt hatte, jeder Streit, jeder Urlaub, jeder Augenblick des Glücks, durchschoß und durchwirkte ihn in einer irren Regellosigkeit, mit zahlreichen Wiederholungen und Verstärkungen. Der Film seiner Tage war in zahlreichen Bildern doppelt belichtet: hinter den Märkten, auf denen die Indiofrauen ihre Feldfrüchte, Webereien, Schmuckarbeiten und Töpferwaren anboten, sah er Klara in den europäischen Städten und Landschaften, die sie besucht hatten; auf den Zug- und Busfenstern verfolgte ihn ihr trauriges Gesicht, in das sich die tintenfarbenen Hügel, die grünen Ebenen, die zerfaserten Städte und elenden Bergdörfer zeichneten. Wenn er etwas Warmherziges und Lebendiges tat, einem Bettler Geld schenkte, jemandem half oder auch nur zulächelte, Souvenirs kaufte, um einem Kind einen Gefallen zu tun, schien ihm, es sei nicht er selbst, der so handelte, sondern das ganz in seinen Körper übergegangene Wesen Klaras. Nach der wohltätigen Aktion verließ sie seinen Körper wieder und er selbst mit ihr, so daß er sich von außen durch ihre Augen betrachten und verachten konnte.

Mit einigen Telefonaten und einem Fax erreichte er es, daß sein gesamtes Vermögen, knapp dreißigtausend Mark, auf seine Kreditkarte übertragen wurde. Die Abrechnungen gingen postalisch an die Berliner Adresse. Theoretisch konnte Klara wie durch ein zeitlupenartig verlangsamtes Echosignal mit einer vierwöchentlichen Verzögerung nachvollziehen, wo er sich befunden und was er an welchem Ort ausgegeben hatte.

Nachdem er eine Nacht nicht von Klara und auch nicht von Mary geträumt hatte, folgte Georg einer Hure in ein rosa gestrichenes Zimmer. Die Frau hatte in der Abenddämmerung das schöne und grausame hakennasige Gesicht der Indianerin auf Riveras Wandgemälde. Der Haß auf sich selbst, das Bedürfnis, immer erbärmlicher und unkontrollierter zu werden, war der einzige Grund gewesen, mit ihr zu gehen. Aber wenig später erkannte Georg den zweiten Grund, etwas Ungewisses und Irritierendes in ihrer Kopfhaltung, der zögernden Art zu sprechen. Sie konnte gut Englisch, hatte ihn aber zunächst auf Spanisch und in einer weiteren, ihm unbekannten Sprache angeredet. Im Zimmer erst bemerkte er, daß sie blind war. Zwei bläulich-milchige Häutchen trübten wie vorbeiziehende Wolken ihren Blick. Wie mutig sie war! Wie verzweifelt sie sein mußte! Er erschrak, als sich eine hölzerne Tür öffnete und eine winzige alte Frau hereinkam, die ihm eine schrundige Männerhand entgegenstreckte. Natürlich, die Blinde brauchte jemanden, der das Geld kontrollierte. War es ihre Mutter? Er wollte sich entschuldigen und fliehen, aber er blieb, wie in einem nicht von ihm selbst erfundenen Spiel. Nachdem die Alte verschwunden war, behauptete er, Journalist zu sein. Er wolle nur fotografieren, und wenn sie Glück habe, erscheine sie in einem einschlägigen Magazin. Sie posierte für ihn, und er schoß Aufnahmen mit seiner leeren Kamera. Da er nicht vorgab, was sie tun sollte, dachte sie sich die Stellungen aus, klischeehafte und doch kindliche Verrenkungen, und sie lächelte ein klein wenig ungenau in seine Richtung. Der leere Apparat gab auf das Drücken des Auslösers kein Geräusch von sich. Also ließ er den Transporthebel für jede vorgetäuschte Aufnahme schnalzen. Wie wählte sie ihre Freier aus? Nach dem Geruch? Oder wählte sie gar nicht aus, ließ alles mit sich machen, rechnete in jeder Sekunde damit, daß ihr etwas zustoßen konnte? Ihre Bewegungen waren ruhig und sicher. Georg trat manchmal nah an sie heran und gab irgendwelche Kommentare und Anweisungen, wie er sie den Fotografen zutraute. Er war nicht imstande, durch das Objektiv zu sehen. Plötzlich legte sie sich auf den Rücken und zog mit beiden Händen ihre Schamlippen auseinander, zwischen denen das trockene, kalbfleischhelle Innere aufschimmerte. Betroffen starrte er auf die Blendenregelung der Kamera. Sie wurde unruhig, veränderte aber ihre Haltung nicht.

»Stop«, sagte er. »It's not pornography.«

Daraufhin schloß sie die Beine so heftig, daß ihre Knie hörbar aneinanderschlugen. Er setzte sich neben sie auf den Bettrand und erzählte ihr, daß er keinen Film eingelegt habe. Er sei nur Regisseur und ein unglücklicher Ehemann. Ob sie Buñuel kenne? *Los Olvidados* oder *Nazarín*? Buñuel, ein spanischer Regisseur, der lange in Mexiko gelebt habe?

»No, don't know Buñuel.« Sie lehnte sich mit einer zärtlichen Bewegung an seine Schulter. Buñuel berichtete in seiner Biographie ausführlich über die Abneigung, die er Blinden gegenüber hegte; diese wohl berufsbedingte Aversion eines Filmemachers hatte Georg nun durch seine Fragen noch überboten.

»You are very beautiful«, sagte er mit unsichtbarem rotem Kopf.

Sie strahlte eine ergreifende, erschreckende Freude aus. Ob sie im *Playboy* auf einer Doppelseite abgebildet werde? Ob man ihre Augen sehen könnte? Anscheinend hatte sie die Sache mit der leeren Kamera nicht verstanden.

Zum Abschied küßte er sie auf die Wange, und sie hielt ihn fest und betastete mit langen kühlen Fingern sein Gesicht.

In den folgenden Tagen, während einer Busreise und längerer Fußmärsche zwischen Kaffeeplantagen und Blumenfeldern, entwickelte seine Erinnerung immer wieder die nicht zustande gekommenen Negative mit den Aufnahmen des schlanken Körpers. Er hatte Schweißausbrüche, weil sich die nachträgliche Erregung mit dem Schuldgefühl gegenüber Klara vermengte. Nachts fand er eine Schlange in ihrem Ehebett und mußte das Tier mit bloßen Händen erwürgen. Er dachte über das Nacktsein nach, während er sich mit Bildern der alltäglichen Schufterei auf den Plantagen, der schmutzigen, asphaltlosen Gassen, der unerklärlichen Fröhlichkeit auf den Märkten vollsog. Der Film, der das Nackte so sehr liebte. Das Paradies, in dem die Menschen nackt gewesen sein sollten und in das sie mit Hilfe der Nacktheit wieder den Eintritt zu erzwingen gedachten. Die Statue der Traurigkeit auf so vielen Friedhöfen, der das Faltengewand über die Hüfte glitt. Selbst die Wahrheit sollte es in einer nackten Form geben, und das Elend, das er jeden Tag erblickte, bemühte sich mit allen Kräften, nicht unbekleidet zu sein, weil es die Steigerung zum Nackten hin immer noch gab. Mit dem Blick auf das Nackte und mit der Scham hatte die biblische Geschichte der Menschen begonnen. In einem gewissen Sinne war Camille der Inbegriff der Nacktheit, weil er sie nie entblößt hatte. Und die blinde Hure war das Kino, das alles zeigte, ohne zu sehen.

3

In kleinen lärmenden *cantinas* und auf einer Finca in den Bergen, in der er sich für eine Woche einmietete, begann er schließlich, die Gespräche des Cortés mit Malinche aufzuzeichnen, die intimen Dialoge einer Verräterin und eines Massenmörders. Mit beiden fühlte er sich verwandt. Manchmal identifizierte er Mexiko mit dem wehrlosen Körper seiner Frau; dann setzte er sich an die Stelle des spanischen Killers, und Camille verwandelte sich in das Urbild des Verrats, um seine Ehe zu zerstören.

Eine Traurigkeit, die mit jedem Tag, den er zu arbeiten versuchte, größer wurde, hinderte ihn daran, an den Dialogen weiterzuarbeiten, und zwang ihn zu reisen.

In Cempoala setzte er sich auf den glattgeschorenen Rasen des einstigen Tempelbezirks und wünschte, er könnte sich auf eine einfache und lautlose Art selbst töten, so wie es wohl manche Yogis gekonnt hatten, nur mit einem Gedanken. Klara war jetzt oft nackt in seinen Träumen. Er war außerstande, irgendeine Erregung zu empfinden, sondern achtete nur auf die Stellen ihres Körpers, die ihm schon immer anrührend und verletzlich erschienen waren – die schmalen Schultern, der Hals, die Ellbeugen ihrer schlanken, jungenhaften Arme. Mehrere Male erwachte er weinend. Eines Nachts träumte er von einem idiotischen und schrecklichen Kinderspiel: er mußte über den am Boden liegenden Körper seiner Frau hinwegpinkeln. Er schaffte es zunächst ganz gut. Aber als die Spannung seiner Blase nachließ, fiel ein Tropfen Urin auf ihre Stirn. Klara lächelte ihn an, um ihm zu bedeuten, daß sie es nicht schlimm fand, daß sie begriff, wie schwierig es für ihn war, *der Aufgabe* gerecht zu werden. Am Morgen fiel ihm die Übelkeit wieder ein, die ihn nach den Dreharbeiten seines letzten Films befallen hatte. Klara und er hatten etwa eine Stunde lang geschlafen, als er plötzlich von heftigen Magenschmerzen geweckt wurde. Er war aufgesprungen und ins Bad gelaufen, hatte aber erst die Tür erreicht, als ihm auch schon Mund und Nase von Erbrochenem überquollen, das durch seine Finger auf den Boden spritzte. Vor Scham hatte er noch während des Erbrechens zu weinen begonnen. Klara versuchte ihn zu beruhigen und fing an, das Erbrochene aufzuwischen; es sei alles nicht so schlimm, er brauche doch nicht immer alles auszuhalten.

Ihm fehlte nur der Mut, sich zu töten. Vielleicht reiste er, um den Mut der anderen zu sehen. Immer mehr bewunderte er die gewöhnlichen Menschen: die Schuhputzer, die mit phantasievollen Baldachinkonstruktionen als Sonnenschutz für ihre Kunden umherzogen; die Holzschnitzer, die Andenken im Maya-Stil für die Touristen anfertigten; die Eisverkäufer, die die Waffeln in einer Art Tabernakel hinter einer Glasscheibe auf zweirädrigen Karren stapelten; selbst die Kinder imponierten ihm oder die Verkäuferinnen in den klimatisierten Supermärkten der wohlhabenderen Städte. Jeder schien eine Aufgabe zu haben oder eine Kraft, ganz einfach und selbstverständlich zu existieren, die ihn mit Neid erfüllte. Er überlegte, wie er sich entwickelt hätte, wenn er in diesem Land aufgewachsen wäre, dessen Bewohner Totenköpfe aus Zuckerguß anfertigten, um sie Kindern und Freunden zu schenken, auf Friedhöfen Festessen veranstalteten und mit ihrer Kraft zu feiern ganze Städte in einen farbensprühenden und lärmenden Wirbel verwandelten. Er gab sich jedoch keinen Illusionen hin.

Solange er in Bewegung blieb, konnte er schreiben. Er notierte sich das Eigentümliche der Landschaften und Orte, Details wie die verschiedenen Farben des Maises, die Arten der Kostüme, die Eigenheiten der Sprache und der Gebärden, von denen er nichts verstand, aber glaubte, daß sie sich im Lauf der Jahrhunderte wenig verändert hatten. Diese Notizen umrahmten seine Phantasiegespräche mit Malinche und erhielten dadurch die gleiche absurde und innige Bedeutung. Er konnte sich keinen Film vorstellen, in den diese Dialoge mit der Verräterin gepaßt hätten. Gerade deshalb aber war er in der Lage, einige Stunden oder auch einen ganzen Tag lang schreibend mit dieser Frau zu sprechen. Er nannte sie *Doña Marina* wie die spanischen Chronisten und *Lady Malinche* wie wohl niemand zuvor. Am Ende dieser Gespräche wartete stets das Gefühl der Scham und einer ungeheuren persönlichen Bedeutungslosigkeit auf ihn, das vollkommen berechtigt war.

In Antigua besichtigte er den Landesteg, an dem angeblich schon Cortés seine Schiffe festgemacht hatte. Das Meer tat ihm gut. Es schien ihn wiederzuerkennen wie schon beim ersten Mal, als er es gesehen hatte. Er unternahm lange Wanderungen an der Küste und fand Betrachtungswinkel, die ihn nach Griechenland, Südfrankreich oder Italien versetzten, an die Strände, an denen er mit seiner Frau spazierengegangen war – immer einen Film, ein Projekt, einen künftigen Erfolg im Kopf, über den er sprach. Im Grunde hatte sich stets nur wiederholt, was bereits mit Camille geschehen war. Nur daß dieses Mal nicht die Frau, sondern er selbst den Monolog beendet hatte. Weshalb?

»Weil du nichts mehr zu sagen wußtest«, würde ihm Mary bei ihrem nächsten Zusammentreffen versichern. Er sehnte sich nach ihr wie nach einer etwas perversen antiken Göttin, die sich an dem ihrer Obhut anvertrauten Menschen zu vergreifen pflegte.

Hermann hatte ihm postlagernd nach Veracruz geschrieben. Zwei Monate nach ihrer telefonischen Trennung wirke Klara gefaßt, wenn nicht gar erleichtert. Sie habe alle Dinge in der Wohnung, die Georg gehörten oder sie zu sehr an ihn erinnert hätten, in seinem Arbeitszimmer gestapelt, und sie bitte darum, ihr mitzuteilen, was damit geschehen solle. Die Wohnung würde sie gerne behalten, und wenn Georg dagegen Einwände erheben wolle, dann bitte sofort. Das gleiche gelte für den Scheidungsantrag, den sie bei einer Anwältin eingereicht habe. Wenn Georg einverstanden sei, dann könne man so tun, als lebe man schon seit längerer Zeit getrennt, wodurch es möglich werde, rasch einen Gerichtstermin zu erhalten. Hermann mochte nicht darüber spekulieren, was hinter dieser entschlossenen Haltung stecke. Er behandelte Georgs und Klaras Aktionen mit abgeklärtem freundschaftlichem Verständnis und brachte Georg damit die Zeit in Erinnerung, in der er selbst ebenso sanft und tolerant verfahren war, nämlich als Hermann sich von seiner Freundin Rike getrennt hatte. Es war angenehm, daß Hermann sich nicht lange die Dolchattrappe des Mitleids in die Brust stieß, sondern sich in seinem Brief vor allem damit beschäftigte, wie sich Georgs Flucht auf ihn und ihre gemeinsamen Freunde auswirke. Kaum jemand verurteile den rücksichtslosen und unbestimmten Aufbruch. Hermann ging so weit, dies als Ausdruck einer allgemeinen Stimmung zu deuten. Die Melancholie, von der Georg geschrieben habe, sei sehr verbreitet. Fünf Jahre nach 1989 wäre eben die Botschaft angekommen – seltsamerweise auch für diejenigen, die wie er oder Georg nichts auf den real existierenden Sozialismus gegeben hatten –, daß es keinen Gegenentwurf mehr gebe, keine Utopie, keine Hoffnung auf einen rationalen Weg zum Glück der größtmöglichen Zahl, sondern nur noch die eine, zum Fatum verurteilte Welt.

Ich weiß nicht, ob Du recht hast, schrieb Georg zurück. *Auf welche Weise verbinden sich denn die Gefühle mit der Weltlage?*

Wenn er die Touristen an den karibischen Stränden sah, fühlte er sich wie ein Gespenst oder wie eine Überblendung aus einem Schwarz-Weiß-Film, die versehentlich in das Video eines Reisebüros geraten war. Er sah in das jadegrüne Wasser, das die Felsen umpeitschte, und überlegte ernstlich, Wasserskifahren zu lernen oder einen Tauchkurs zu belegen. Ein Reiseführer zitierte Octavio Paz mit dem Ausspruch, der Mexikaner sei der einsamste Mensch. Die Nachkommen des Cortés und der Malinche, ein ganzes Volk, das seine Existenz dem Verrat verdankte. Aber die Mexikaner waren nicht traurig, sondern lebhaft, stolz, höflich, verrückt nach ihren Kindern, die sie mit Luftballons, bonbonfarbenen Kostümen und hübschen Totenschädeln aus Zuckerguß ausstatteten.

4

Im Veracruzer Café la Parroquia lernte er einen Schweizer Pharmakologen namens Holger Sternhart kennen, der schon mehrere Jahre in Mexiko lebte. Sie unterhielten sich bis tief in die Nacht. Der Schweizer arbeitete im Auftrag einer Reihe kleinerer pharmazeutischer Unternehmen in Kalifornien, die sich damit beschäftigten, die traditionellen Heilpflanzen der indigenen Völker zu katalogisieren und aus ihnen wenn möglich neue Präparate zu entwickeln. Die Azteken, erklärte er, hätten mehr als 6000 Heilpflanzen gekannt. Er war dreimal verheiratet gewesen, hatte vier Kinder in zwei Ländern und schüttelte nur den Kopf, als er, nach etlichen Tequilas, Georgs Geschichte hörte.

»Filmen Sie, reisen Sie, vögeln Sie! Seien Sie doch kein Kind, das glaubt, man könne erwachsen werden.« Trotz seiner Halbglatze, die von kurzgeschorenem grauen Haar umrahmt wurde, seinen Falten und schlechten Zähnen wirkte er jünger als Georg sich fühlte. »Und seien Sie halt traurig, hemmungslos traurig, wenn Sie es sein wollen. Leben Sie es aus.« Seiner Meinung nach war die Idee, einem Wahnbild Camilles bis nach Mexiko zu folgen, vernünftig und einleuchtend. »Weil sie subjektiv ist, subjektiv und radikal. Das ist das Wichtige ... Hören Sie?« Er legte eine Hand hinter sein rechtes Ohr, um zu bedeuten, daß er die Stimmen eines Radios meinte, die im Caféhauslärm kaum zu verstehen waren. »Marcos. In San Cristóbal haben Friedensgespräche der Regierung mit der EZLN begonnen. Woher kommt der Erfolg? Ein Fünfundzwanzigjähriger mit Tarnmütze und Maschinengewehr beschäftigt die Weltöffentlichkeit. Wegen der Toten im Januar? Weil sich endlich die seit Jahrhunderten ausgepowerten Indios zur Wehr setzen? Ja und nein. Das Entscheidende ist das Subjektive – daß sie ihre Revolte zu einem Zeitpunkt machen, wo alle Revolten, die Guerilla in Lateinamerika und die vermeintlichen Hüter der Revolution in Europa, endgültig abgewirtschaftet haben. Daß sie das wissen und es trotzdem tun. Daß dieser Marcos witzig und subjektiv ist – hören Sie, was er sagt? Das Leben im lacandonischen Regenwald sei für einen Mestizen schlimmer, als das Fernsehprogramm *24 Stunden* ertragen zu müssen. Verstehen Sie? *24 Stunden*, das ist eine dieser Soap-operas, mit denen sie die armen Leute um ihre Lebenszeit betrügen. Man muß den Träumen nachgehen und sie in Umlauf bringen, weil die anderen dieselben Träume haben und darauf warten, daß sie erscheinen. Auch die Alpträume, auch die Obsessionen oder die Melancholie, die Sie offensichtlich befallen hat. – Ob ich da einen Zusammenhang zur Weltlage sehe? Ich denke, Sie haben Ihre Frau verlassen, reicht das nicht? Sie sind Täter, mein Lieber, das ist am schwierigsten zu ertragen. Und deshalb: träumen Sie, reisen Sie, alpträumen Sie, arbeiten Sie!«

»Ich kann im Augenblick nicht viel arbeiten. Ich phantasiere nur über Malinche«, meinte Georg, ziemlich mitgenommen vom gebrannten Agavensaft, das Gewimmel vor den Fensterscheiben im Blick, mit dem Gefühl, er starre in ein Aquarium voll tropischer Leuchtfische, das Marimba-Klänge von sich gab. »Aber das ist bloß subjektiv.«

»Eben!« rief der Schweizer. »Das ist doch das Gute.« Er bestellte eine weitere Runde Tequila, mit der sie ihre Duzfreundschaft besiegelten. »Malinche und Cortés geben jedenfalls ein Paar ab, das es wert ist, sich zu besaufen.«

»Ich muß vor allem die Indianer verstehen lernen. Die Conquistadoren sind leichter zu begreifen. Es ging ihnen um die Beute.«

»Sie waren eben wie wir, oder? Ich stehle Pflanzen und du hast dich davongestohlen«, sagte Holger lachend.

»Ich will nichts mehr stehlen, ich will nur sehen.« Georg erzählte von den Zugfahrten seiner Kindheit, und daß es ihm jetzt wieder ganz ähnlich ergehe, daß alles unberührbar fern an ihm vorbeigleite, überlebensgroß und überlebenswirklich, Orte und Straßen, die ohne ihn genau so wären wie mit ihm, ein ganzes Land, von dem er nichts verstünde und das ihm sphinxhaft nur die eigenen Alpträume widerspiegele.

»Was hattest du denn erhofft?«

»Daß irgend etwas in mir zerbrechen würde. Daß ich mich ändere, ohne wissen zu müssen, wie das geschieht. Daß ich nicht immer so weitermachen muß wie bisher.«

Holger rieb sich die Stirnglatze. »Du hast es ja doch geschafft, du machst ja nicht weiter. Du verlierst deine Frau, deine Karriere, deine Selbstsicherheit, dein Geld. Du kannst zufrieden sein. In deinem Alter ist man entweder ein Idiot geworden, der nicht mehr an sich zweifelt, oder man geht noch einmal alles durch, was man sich als junger Erwachsener erhofft hat.« Wie alt Georg denn genau sei? Siebenunddreißig, das erkläre viel. Weshalb? Weil siebenunddreißig das klassische Alter der Melancholie sei und zwar seit dem Jahre 1540, als sich, eben mit siebenunddreißig, ein gewisser Montaigne auf sein Familienschloß Château Eyquem zurückgezogen hätte, weil er sich als Greis fühlte und ihm nichts mehr der Mühe des Erlebens wert erschienen wäre. Siebenunddreißig sein, so alt wie Montaigne, als er daranging, seine *Essays* zu schreiben, vier Jahre älter als Jesus am Kreuz und drei Jahre älter als der von keinen Zweifeln geplagte Cortés zum Zeitpunkt der Eroberung Mexikos. Mit siebenunddreißig sei übrigens auch Zapata erschossen worden, der Revolverheld, der nun wieder durch ganz Mexiko geistere, und mit siebenunddreißig, im Jahre 1981, habe er, Holger Sternhart, sich einmal ganz großartig etabliert: »Wir hatten die Hausbesetzungen damals, erinnerst du dich? In Berlin, und sogar davor und nicht danach in Zürich, *Züri brennt* ... Und ich, mein Lieber, Dr. Holger Sternhart, kaufte mir ein neues Haus, oben auf dem Uetliberg. Mein erstes Haus, meine zweite Frau – erzähl mir nichts von Opfern und Tätern! –, 700 000 Franken Schulden. Kennst du den Blick vom Uetliberg auf den Zürichsee? Er ist vollkommen, es ist, als sei alles gut ausgegangen. Der See, die Ruhe, die Stadtkuppeln, die Häuser und Villen im Grünen, der Blick bis in die Glarner Alpen. Vollkommen, vollendet. Wir standen am liebsten auf unserer neuen Terrasse. Beate und ich. Ich arbeitete wie ein Hornochse, bei Ciba Geigy, damals. Beate sah immer hinaus, sie war immer auf der Terrasse, bis in den Spätherbst. Es war der Blick, der sie so fesselte, dieser Blick, dem nichts zu wünschen übrigblieb ... Im November habe ich sie dann gefunden. In ihrem Lieblingssessel, still wie auf einem Gemälde vor diesem Ausblick. Es war ein wenig neblig, und ich war siebenunddreißig ... Träume, mein Lieber, Alpträume! Reise und wirf alles hin! Ich habe jahrelang gar nicht geträumt, bin nicht gereist, nicht geflohen, sondern habe nur so weitergemacht. Das war das Dümmste, was ich habe tun können. Hier, siehst du das?« Er öffnete das Hemd über seiner silbrig behaarten Brust. Georg war so vernebelt, daß einige Gäste am Nebentisch noch vor ihm den weiß vernarbten Strich über dem Brustbein erkannten. »Bypass, mit 45!«

»Nichts verstand ich. Nichts vom Leben, nichts von mir selbst«, sagte Georg mechanisch, mit schwerer Zunge, während die behaarte Brust des Schweizers wie in einer sich schließenden Kasch-Vignette hervortrat.

»Ist das ein Bibelspruch? Wer sagt das?«

»Eisenstein, der Regisseur Sergej Eisenstein«, erklärte Georg. »Er war auch in Mexiko.« Eisensteins Sätze waren im Februar 1946 niedergeschrieben worden, in der Rekonvaleszenz nach einer Herzoperation. Von einem Fünfzigjährigen, von Eisenstein im Alter von Holger Sternhart. Was konnte Eisenstein – dieses dicke Wunderkind, das stets den Todesatem des Diktators im Nacken spüren mußte – denn nach 1989 noch bedeuten? Was würde im Jahr 2007 sein, wenn Georg fünfzig Jahre alt sein würde, falls er so alt werden würde?

»Es wird nicht viel anders zugehen als jetzt, abgesehen von irgendwelchem technischen Schnickschnack«, vermutete Holger. Sie trennten sich auf der Straße mit einigen betrunkenen Umarmungen.

Georg fand sein Hotel mit Hilfe eines ihm unbekannten alten Mexikaners, der ihn mehrmals freundlich am Ohr zog, wenn er sich auf die Straße setzen wollte. Eine Herzoperation. Die Azteken. Camille. Durch blitzartige Risse in der tropisch-alkoholischen Dunkelheit, die seinen Schädel verhüllte, vermeinte er, seine Zukunft zu erkennen, wenigstens bis zu einem ein Kinderleben über die Jahrtausendwende reichenden Zeitsprung. Dann wäre er ebenfalls fünfzig, so alt, wie er unbedingt hatte sein wollen, als er neben Camille durch seine Heimatstadt S. ging. Vögeln, träumen, filmen. Tote Ehefrauen auf hellen Terrassen. Maria, die Chemikerin, Klara. Weitere Opfer. Im Schlaf sah er ein künftiges Opfer, in der eindringlichen Schwarz-Weiß-Düsternis eines Murnau-Films: seine zukünftige, noch gesichtslose Frau, die ihm die Biographie Eisensteins ans Krankenbett gebracht hatte. Er konnte sie nicht genau erkennen, sondern spürte nur die Sehnsucht und Traurigkeit der zahlreichen an seiner Seite vertanen Jahre. Sie sprach nicht, aber alles an ihr war Vorwurf und Verzweiflung, an dieser schmalen dunklen Gestalt im Hintergrund des nächtlichen Krankenzimmers. Nichts blieb, wie es war. Aus den Fliederblüten, die Eisenstein über seiner Kinderwiege hatte schweben sehen, waren die Totenschädel Stalins vor den blutigen Riesenrädern der Geschichte geworden. Nichts blieb, also ging auch alles vorbei. Jede Nacht würde sich auflösen im Zelluloidgrau eines neuen Morgens. Hingerichtet wird vor Sonnenaufgang; nach dem Frühstück wird operiert. Die Bahre, auf der man Georg an den Servierwagen mit benutztem Geschirr und an den offenstehenden Türen der Krankenzimmer vorbeirollt, stößt gegen die Wandung des OP-Fahrstuhls, genau an der Stelle, an der der Lack in Gestalt einer erhobenen Hand abgesprungen ist. Man läßt ihn in einem Vorraum liegen. Er hat nur noch das präzise Mitgefühl eines Oszillographen, der seine Saugnäpfe wie ein zärtlicher Tintenfisch auf sein Herz hält. Eine Kanüle ruht in seinem Unterarm, Kochsalzlösung ausströmend; Georg will sie herausziehen, doch dann sagt er sich, daß er auch bei der Geburt durch einen elastischen Schlauch mit der Außenwelt verbunden gewesen ist. Auf einem Tisch zu seiner Rechten liegen Lederriemen, die man zum Festschnallen der Patienten benutzt. Bis die Bahre wieder erschüttert wird, starrt Georg auf die Fesseln. Er sieht nicht sein Leben als letzten und größten Film. Was ihn beschäftigt, ist nur eine Art Negativ, eine Abwertung all dessen, was er je als eigenes Leiden empfunden hat. Es war bedeutungslos. Wie hätte er sein verworrenes, egomanisches Leben leben können, hätte er etwas anderes geglaubt? Wenn er bei seiner ersten Frau geblieben wäre? Wenn er nie wieder eine Kamera angerührt hätte? Endlich öffnen sich Türen, er rollt voran, unter eine dreistrahlige Lampe. Jemand beugt sich in der Sekunde hinab, in der er schon die Anflutung der Narkose durch den linken Arm zum Herzen hin spürt. Das Gesicht einer Frau, seiner Chirurgin. Fast schwarze Augen über dem grünen Mundschutz. Ihr obszöner, selbstmitleidiger, kalkulierender Blick. Und plötzlich vergißt Georg alle Trauer, er haßt, er liebt, er will aufstehen und das grüne Tuch herunterreißen. Abgründe beleidigten Gefühls mischen sich in den Augen der Chirurgin mit der todsicheren, lebenssicheren Algebra, die sich durch die Stereometrie von Gefäßknoten und Nervenschlingen tastet.

Camille! Malinche! Georg hat immer gewußt, daß sie ihn töten wird.

Holger Sternhart besuchte ihn am nächsten Mittag, um sich nach seinem Befinden zu erkundigen. Sie tranken Kaffee im Innenhof eines Restaurants.

»Es ist ein besonderes Jahr«, sagte Georg. »Nach dem chinesischen Kalender haben wir das Jahr des Hundes.«

»Was erklärt das?«

Daß er nicht habe anhalten und nicht habe umkehren können, weder am Flughafen Tegel, noch am Flughafen Charles de Gaulle, noch in Mexiko City vor dem Air-France-Büro, als der Regen gefallen war, noch irgendwo auf der fünfhundert Jahre alten Blutspur des Cortés. Nach vier Tagen in Veracruz fühle er bereits wieder die Unruhe, das Bedürfnis, weitere Städte, weitere Landschaften, weitere Menschen anzustarren. Es war eben keine Reise, sondern ein Hinausrennen, schuldbeladen und atemlos. »Ich habe aber auch eine Katze getroffen«, sagte er nach einem Schluck heißen Kaffee. »In Mexiko City, als ich aus einem Bordell kam.«

»Was hatte sie zu sagen?«

»Daß es nichts bedeutet, Filme zu machen.«

Der Schweizer lächelte. »Das ist ungewöhnlich. Üblicherweise sagt sie Miau. Oder sie behauptet, der Duft einer Lilie sei weiser als unsere Bücher.«

»In Filmen riecht man noch nicht einmal.«

»Gott sei Dank! Gäbe es sonst welche? Soll ich dir sagen, was ich denke? Ich glaube, daß du zu jung, zu unbedeutend und vielleicht auch zu talentiert bist, um deine Kunst ablehnen zu dürfen. Du bist süchtig, mein Lieber, und du hast nur für eine Weile Urlaub von deiner Sucht. Wenn du soviel von Eisenstein hältst – weshalb gehst du nicht nach Chiapas? Du könntest einen zweiten *Panzerkreuzer Potemkin* drehen mit dem Subcomandante Marcos als Star.«

»Eisenstein glaubte, das Volk sei der Star.«

»Das ist es nie«, sagte Holger entschieden. »Eisenstein hat es versucht, aber letztlich wurde es doch nur Spielmaterial für die Cineasten.«

»Besser als Spielmaterial für die Diktatoren.«

»Siehst du, schon verteidigst du dein Metier!«

Georg hob zum Zeichen der Kapitulation die Hände.

Nach dem Frühstück verabschiedeten sie sich herzlich voneinander und tauschten ihre europäischen Adressen aus, die etwas dubios waren, da Georg nicht wußte, wo er unterkommen würde, falls er nach Berlin zurückkehrte, und Holger sein Appartement in Zürich nur für einige Wochen im Jahr bewohnte. »Du kannst mich aber auch in Puebla besuchen, hier – das ist der Name des Instituts.« Holger schrieb eine zweite Adresse auf. »Reise, mein Lieber, weiter und immer weiter. Bis du in dein Traumland kommst, auch wenn es am Ende der Erde liegt. Das ist eine alte indianische Empfehlung.«

5

Am Nachmittag, schon auf dem Weg zum Busbahnhof, stieß Georg auf das Werbeplakat einer Sprachschule. Freudig wie ein Chamäleon den äußeren Zustand wechselnd, nahm er sich ein neues Hotel und schrieb sich für einen zweiwöchigen Spanisch-Kurs ein, der noch am gleichen Abend begann. Es war ein Fortgeschrittenen-Kurs, in dem man Zeitungen las und die Fernsehnachrichten analysierte. Vier Nordamerikaner und acht Europäer nahmen teil, und bald drehte sich alles um die Aufstände in Chiapas und den Subcomandante Marcos, den einige schon zärtlich den *Sub* nannten. Die schmerzliche und wütende Erinnerung an die 400 Toten, die die Hunger- und Armenrevolte im Januar gefordert hatte, und die Waffen einiger Hundert Lebender, zumeist noch sehr junger Männer und Frauen, schienen die gesamte wirksame Basis auszumachen, auf der er stand. Dennoch erweckten er und seine Compañeros den Eindruck, daß sie eine das ganze Land erfassende Reformbewegung in Gang setzen konnten. Weil sie subjektiv waren, hätte Holger Sternhart wohl gesagt, weil die eigentümliche Post-Guerilla, die sie darstellten, mit ihrer Entschlossenheit, ihrem Pathos, ihrem rhetorischen Witz und medialen Knowhow die Profis überrascht und die Laien mitgerissen hatte. Ihre Lage war nahezu aussichtslos – sie wußten es. In den neunziger Jahren wirkten sie wie ein spielerischer, fast ironischer Nachhall der revolutionären Kräfte, die das Jahrhundert erschüttert und nun fast überall abgewirtschaftet hatten – auch dies war ihnen nicht entgangen. Aber sie wiesen beharrlich darauf hin, daß die desolate Lage nach wie vor bestand, nur gleichsam namen- und rettungslos, als dunkle Folie der Welt, auf die nach wie vor eine Antwort geschrieben werden mußte.

»Unser Tod«, sagte Marcos, »– ich spreche jetzt für die Compañeros – existierte ja nicht. Die Neopositivisten haben schon recht, daß die Dinge erst anfangen zu existieren, wenn sie benannt wurden. Sterbend haben die Compañeros diesen Tod also benannt, weil sie ja sowieso gestorben wären.«

Dieser Satz, den die Kursteilnehmer in der *Jornada* lasen, rührte und berührte Georg am stärksten. Er vereinte den philosophischen Eros mit der Verheißung der Tat, die Veränderung mit der Durchdringung der Welt, und führte damit in seine Gehzeit mit Camille zurück. Über die Bewertung des Aufstandes in Chiapas geriet er etliche Male mit einer der Kursteilnehmerinnen in Streit. Katherine, eine rothaarige Engländerin in seinem Alter, war ihm vom ersten Augenblick an bekannt vorgekommen. Sie wirkte so reizvoll abweisend und anziehend zugleich, daß er daran zweifeln mußte, sie schon einmal im wirklichen Leben getroffen zu haben. Als sie während einer

Diskussion mit zwei Fingern einen rosa Kaugummi aus kaum vorstellbaren Tiefen ihres schmalen Mundes fischte, fiel ihm ein, daß sie ihn an die adlige Intrigantin in Peter Greenaways Film *Der Kontrakt des Zeichners* erinnerte, die in einer Szene leicht angewidert, aber gelassen das Sperma des Künstlers auf den Boden spuckte. In den Kursstunden vertrat sie einen sehr traditionellen und schematischen linken Standpunkt, während Georg das Neuartige und Unorthodoxe des Zapatistenaufstandes verteidigte. Nach fünf Tagen beschlossen sie, sich nach dem Unterricht auf Englisch weiterzustreiten. Wie zu erwarten, sagten sie sich nur Nettigkeiten, kaum daß sie unter vier Augen waren.

Am Wochenende besichtigten sie zusammen die Festung San Juan de Ulua, stolperten über verrottete Eisenketten, besahen würdige Kanonenrohre und lehnten sich an massive weiße Mauern, in denen Flechten und rostige Flecken den Gang der Jahrhunderte vermerkt hatten. Katherine erkundigte sich vorsichtig nach Georgs Beruf und seinem Leben in Deutschland. Er behauptete wieder, Lehrer zu sein. Als sie noch mehr wissen wollte, erfand er zwei Kinder und ein Haus in der Eifel, eine als Biologin tätige Frau, die über Heuschrecken forschte, die Schülerarbeitsgemeinschaft Film und dann auch plötzlich einen Liebhaber Camilles, eine gräßliche Geschichte, über die er hinwegkommen müsse, wenn er seine Familie nicht verlieren wolle (eben Camilles denkmalswürdigen Körper und die beiden kleinen weiblichen Zwillinge mit ihrem ausgeprägten Sinn für visuelle Kommunikation).

»Aber dann ein Sprachkurs in Mexiko?« Katherines sommersprossiges Gesicht näherte sich mit einem halb mitfühlenden, halb skeptischen Ausdruck. Wollte sie, daß er sie umarmte? Er zog es vor, zu denken, daß sie auf seine traurige Familiengeschichte professionell reagiere, denn sie war Krankenschwester in einem Londoner Hospital (auch wenn ihm das fast noch weniger glaubhaft erschien als sein Dasein als Hausbesitzer und Lehrer). Sie suchte etwas an ihm, das er unmöglich haben konnte, wenn sie nicht auf Schuldgefühle und Verwirrung aus war. Er wollte nichts an ihr suchen und ertappte sich doch, wie er aus den Bewegungen ihres unruhig von Licht und Schatten überzeichneten Körpers und den kleinen Änderungen ihrer Mimik Schlüsse zog. Während sie auf das nahezu türkisfarbene Meer hinaussahen, erzählte sie von ihrem verstorbenen Großvater, einem bekannten Gewerkschaftsführer, den sie sehr geliebt hatte. Ihre grünen Augen gefielen ihm, die blasse Haut, die kleine stumpfe Nase. Die akkurat geschnittenen welligen roten Haare umgaben ihren Kopf mit dem Schimmer einer kosmetischen Perfektion, der man sonst nur in den Modezeitschriften begegnete, wenn im Herbst für schottischen Tartan oder Shetland-Pullover geworben wurde.

»Was für Fächer unterrichtest du eigentlich?« fragte Katherine. »Englisch kann es nicht sein – pardon.«

»Mathematik und Kunst.«

»Das ist eine ungewöhnliche Kombination, oder?«

»Ich wollte Maler werden, aber ich wollte auch meine Töchter ernähren.«

Sie betrachtete ihn mit einer Art stiller hysterischer Raffinesse, die das Vergnügen an seiner erlogenen Existenz sprunghaft steigerte und eine Prügelei oder etwas Ähnliches für den Fall versprach, daß er sie küssen wollte. Indessen hielt er sich zurück, selbst als sie sich gegen seine Schulter lehnte, um Halt zu finden, während sie einen Schnürsenkel neu verknotete, und nach der Verknotung noch einen verschlingungsfördernden Augenblick verweilte. Seltsamerweise fühlte er sich Mary gegenüber in der Pflicht, als er auch an den folgenden Tagen die kleinen Risse, die Katherine in den Außenmauern ihrer eleganten südenglischen Festungsanlage entstehen ließ, geflissentlich übersah. War das ein Zeichen, daß er nun auch in den tieferen Schichten seines Bewußtseins jede Zuversicht aufgab, mit Klara noch einmal ins reine zu kommen?

In den folgenden Tagen debattierten sie wieder die Weltlage, zu der er eigentlich gar keinen Standpunkt einnehmen wollte. Weshalb Katherine ihre letzte Urlaubswoche in Mexiko größtenteils mit einem Mann verbrachte, der sie so vorsichtig behandelte wie ein Diplomat eine als kompliziert und deshalb gefährlich beschriebene ausländische Regententochter (wo hatte er diesen Film gesehen?), blieb rätselhaft, es sei denn, gerade das gefiel ihr. Noch an ihrem vorletzten Abend ging er mit verschränkten Armen neben ihr am Meer spazieren und verabschiedete sich mit einem Händedruck. An ihrem letzten Urlaubstag rief sie ihn an und fragte nahezu wütend, ob er sie zum Mittagessen in ihrem Hotelzimmer abholen wolle. Auf dem Weg dachte er daran, die Flucht zu ergreifen, um im nächsten Augenblick schon daran zu denken, daß er solche Dinge denken konnte, während er über eine sonnige, von weißgekalkten Häusern und Palmen gesäumte Straße in Veracruz bummelte. Das Leben als Hund (mit Kreditkarte) hatte seine Vorteile.

Katherine war noch dabei zu packen und bat ihn, auf einem Sessel Platz zu nehmen. Die halb eingeräumten Koffer, verstreute Kleidungsstücke und Stapel mit Büchern und Kosmetika spiegelten seinen inneren Zustand wieder, ein tropisches Chaos, in dem er sich zu Hause fühlen konnte.

»Wann genau fliegst du?«

»Wir haben noch fünf Stunden«, sagte sie, errötete und wandte sich ab, um in einen geöffneten Koffer zu starren. »Was malst du eigentlich?« fragte sie dann unvermittelt, immer noch mit dem Blick auf ihre Handtücher. »Ich habe dich noch nicht einmal eine Skizze machen sehen. Oder rechnest du nur noch?«

»Nein, ich bin sehr an Bildern interessiert.«

»Welche Art von Bildern?«

»Bilder von Frauen. Erotische Bilder. Ich bin ein erbärmlicher Mensch.«

»Aber nein! Du bist nur lebendig!« versicherte sie.

Er stand auf und berührte sie leicht an der Hüfte. Ohne Vorwarnung drehte sie sich um und biß ihm in den Hals. Sie prallten gegen das Bettgestell, an den Kleiderschrank, rissen einige Reiseführer und Romane vom Nachttisch. Ich werde nach Chiapas gehen! dachte Georg, als Katherine ihm eine Hand in die nackte Brust krallte. Ihre Fähigkeit, zu kämpfen und sich im nächsten Augenblick völlig zu entspannen, gab ihm eine selten erlebte Empfindung der Erfüllung und Leere. Millionen von Frauen auf der Erde, dachte er. Hunderttausende, mit denen die Liebe aufregend und selbstverständlich war. Er hatte es in *Die Lust der anderen* vorausgesetzt, es selbst jahrelang gelebt. Das Paradies war hinter einer verbeulten Metalljalousie in Veracruz, in Berliner Hinterhöfen, in Liverpooler Mansardenhäusern, in Pariser Bürgerwohnungen, in Island, Lappland, Delhi, Rom, Bangkok, wo auch immer, nur nicht an jenem zwölf Jahre und 4000 Kilometer entfernten Punkt des Raum-

Zeit-Kontinuums – mit Camille, in einem Studentenzimmer der kleinen südwestdeutschen Universitätsstadt K.

Katherines leuchtenden Schopf an seiner Brust bergend und das mühsame Gescharre eines großen Deckenventilators im Ohr, träumte er von Cambridge. Er sah sich im New Court des Trinity College stehen, dicht neben Thorstens Kamera, im Cortés-Alter, mit vierunddreißig Jahren, unnachgiebig, begeistert und nur heimlich erschrocken über die Mittel, die ihm zur Verfügung standen. Amitabh, der Darsteller Chandrasekhars, ging in Begleitung zweier zerrupft genialisch wirkender junger Männer in Tweedanzügen auf ein Tor zu. Die Szene lief später ohne Ton, in kaum merklicher Zeitlupe. Die mit dem Schrittempo der drei Männer auf einer Schiene zurückfahrende Kamera erfaßte die ehrwürdige Ruhe des Hofes, den langsam im Wind bewegten Efeu an den Mauern, die gotischen Steinbögen der Fenster, die sich sacht perspektivisch verkleinerten. Für Georg wurde diese Aufnahme später zu einem der Höhepunkte seines Films: das Selbstvergessene des Elfenbeinturms lag darin, die Hingabe an den Geist, in der die Zeit und die Unterschiede des Alters, der Herkunft oder Hautfarbe verschwanden. Klara saß alleine auf dem schmalen Rasenstreifen vor der Wren-Bibliothek, als er am vorletzten Drehtag überraschend früh die Schauspieler hatte nach Hause schicken können. Um Georg zu begleiten, hatte sie eine Woche Urlaub geopfert, ihn aber nur selten allein zu Gesicht bekommen. – »Bist du zufrieden?« fragte sie ausdruckslos. – »Ich weiß nicht.« – »Wann willst du zufrieden sein, wenn nicht jetzt? Du konntest ein Vermögen ausgeben. Du hast einige wirklich gute Schauspieler. Du konntest sogar in Indien drehen.« – »Ich weiß. Ich glaube nur ... Ich denke, ich schäme mich. Daß ich nicht Geist bin, daß ich nur filme. Es ist mein Traum, mein Traumland. Cambridge, der Elfenbeinturm, diese spleenigen Intellektuellen, ihre verrückten Clubs, ihre Leidenschaft für das Denken. Und deswegen kommt es mir unanständig vor, in diesem ehrwürdigen Innenhof zu stehen, mit der Kamera, mit den Scheinwerfern – es ist wie ein Einbruch oder ein Überfall, und ich bin der Täter. Ich bin nicht Geist, verstehst du? Ich bin nicht das, was ich einmal sein wollte.« – Klara schüttelte nur stumm den Kopf. Er war dazu verdammt, zu verletzen, zu erobern, nicht nur Geist, sondern immer auch Körper zu sein, das Fleisch nicht vergessen zu können. Katherines blasse warme Haut, auf der der Schweiß nicht trocknete, war mit der linken Hälfte seines Körpers unklar verschmolzen. Er dachte an die philosophischen Äußerungen des Subcomandante Marcos, Anführer der neopositivistischen Guerilla im lacandonischen Regenwald. Vielleicht hätte sich Marcos als nominalistischen Guerillero bezeichnen sollen, wenn er glaubte, ohne Namen nicht zu existieren; aber seine Sätze galten ja für die mediale Wirklichkeit des späten zwanzigsten Jahrhunderts, in der die Realität einer Sache gleichbedeutend war mit ihrem Vorkommen auf einem Fernsehschirm. Sich einen Namen machen, diese Sehnsucht und Krankheit stand immer am Anfang, das horizontlose Gefühl des Aufbrechen- und Veränderkönnens. Das Unendliche, dachte er, eigentümlich erregt, weil er dieses Wort schon lange nicht mehr gedacht hatte. Die liegende Acht der Mathematik, die er so oft gezeichnet hatte, die drei Punkte, die das ewige Fortschreiten einer Zahlenreihe bedeuteten (während sie sonst nichts waren als ein kleiner Aussetzer, ein Stolpern im Redefluß), kamen ihm in den Sinn und verschwommen auch einige Operationen von Cantor und Frege, über die er sich mit fünfundzwanzig den Kopf zerbrochen hatte und von denen er heute kaum mehr etwas verstand. Die liegende Acht war zu einem alltäglichen Symbol auf den Skalenringen der Kameraobjektive verkleinert worden (Wie weit die erste Diskussion mit Thorsten über diese profanen Formen von Unendlichkeit zurücklag!), das intellektuelle und erotische Aufbegehren vom ehelichen Gebrauch und den vagen Risiken seiner Filme absorbiert. Katherine regte sich im Halbschlaf und schlang den rechten Arm um ihn, während er hinter den Jalousien einen Lieferwagen husten hörte, der in der Tropenhitze nicht anspringen wollte. Im mathematischen Sinne war der menschliche Körper eine offene Fläche. Der Raum dahinter verleitete dazu, sich das Paradoxon einer halben Unendlichkeit zu denken. Man konnte sich selbst nie als Ganzes, nie mit einem Blick wahrnehmen. An der Zone, an der Katherine ihn bedeckte, spürte er eine ins Ungewisse verschobene Grenze, die er nur von außen erfassen konnte, wenn er über den im Halbschatten geborgenen sanften Bogen zwischen Katherines Hals und sommersprossiger Schulter in die verspiegelte mittlere Tür des Kleiderschrankes sah. Das, was du nicht sehen kannst – wie du *in* einer Frau bist, *im* Tod, *im* Angesicht Gottes. Marys Sätze aus dieser wahnsinnigen und traurigen Nacht fielen ihm ein. Die Konturen des weißen, mageren, still atmenden Frauenkörpers im Spiegel zeichneten die liegende Acht nach. Wie beliebt diese Art von Szenen doch im Film war, Menschen, die nackt vor die Reflexion des eigenen Bildes traten, um wenigstens die vordere Grenze des unendlichen Raumes zu erfassen, den sie bildeten und in dem sie sich eigenartigerweise gefangen fühlten.

»Was denkst du?« fragte Katherine, ohne den Kopf zu heben.

»Ich dachte, daß man sich selbst nie von allen Seiten zugleich sehen kann, egal wie viele Spiegel man hat.«

»Siehst du mich in dem Spiegel?«

»Ja.«

»Meinen Arsch?«

»Ja.«

»Regt er dich auf?«

Georg bejahte auch diese Frage. Als Katherines Brustwarzen seinen Bauch berührten, schloß er die Augen und dachte nicht mehr an Camille und Klara, sondern an die blinde Hure, deren innere Unendlichkeit umfassender und maßloser sein mußte, ein Gefängnis von kosmischen Dimensionen, eingeengt nur von der kurzzeitig fühlbaren Nähe ihrer Freier. Während seiner LSD-Trips hatte er die Grenzenlosigkeit des eigenen Körpers stärker empfunden als in seinen Träumen oder Spekulationen; aber diese Rauscherlebnisse waren, ihrer gewaltsamen Künstlichkeit wegen, näher mit dem Kino verwandt als mit der lebendigen, keuchenden, wahrhaftigen Dunkelheit, in der Katherine ihm begegnete. Er mußte sich genau hier, in der Wirklichkeit verlieren, wenn er je Camilles Dämon und den Dämon seiner zerstörten Ehe abschütteln wollte. Aber in den folgenden zwei Stunden, die sie noch gemeinsam im Bett verbringen konnten, wurden sie sich unaufhaltsam fremd. Sie konnten nicht mehr miteinander schlafen, sie redeten plötzlich wieder über die Weltlage und waren schließlich froh, als ihre Zeit abgelaufen war. Dieser vergebliche Versuch der Nähe bewies Georg, daß er lieber mit Camille ins Alptraumland als mit einer anderen Frau ins Traumland wollte. Und unabhängig davon hatte er endlich auch begriffen, daß mit siebenunddreißig Jahren das wirkliche Cambridge kein Ort mehr für ihn war.

»Möchtest du meine Zeitung haben?« fragte Katherine, bevor sie in ein vor dem Hotel wartendes Taxi stieg.

»Ja, liebend gerne«, sagte er, mit dem unerwartet heftigen Schmerz, ein anderes Leben zu verlieren.

Mechanisch schlug er das Unterpfand ihrer Leidenschaft auf, als er wieder allein war und auf den freundlichen Zócalo der Hafenstadt zuschlenderte. Der *Guardian* berichtete von Attentaten in Nordirland und Algier, vom Massakern in Sarajevo und Hebron, von einem in den USA durch eine frustrierte Ehefrau abgetrennten und chirurgisch wiederbefestigten Penis. In Deutschland hatten sich zwei Kurdinnen verbrannt, und Steven Spielbergs Film *Schindlers Liste* kam in die Kinos, mit dem Beweis, daß Hollywood auch die wichtigsten und schrecklichsten Themen übernahm. Wenn Georg in den Regenwäldern und seinen Alpträumen verschwand, würde nichts besser und nichts schlechter werden.

6

Mary hatte im Mai unerwartet nach Los Angeles fliegen müssen. Die geplante gemeinsame Bergtour auf den Popocatépetl war nicht zustande gekommen. Drei Monate lang trafen sie nicht zusammen, aber sie telefonierten und schrieben sich postlagernd. Im August sahen sie sich in San Cristóbal de las Casas wieder.

»Du siehst erholt aus, nur ein bißchen vernachlässigt«, sagte Mary zur Begrüßung.

»Gut, denn es ist meine letzte Woche in Mexiko. Ich muß nach Deutschland zurück. Ich bin jetzt sicher, daß ich Lehrer werden möchte.«

»Das heißt, dein Drehbuch über Cortés und Malinche ist fertig?«

»Ich habe es einem Freund geschickt, damit ich es nicht verbrenne.«

»Und nun willst du diese Camille heiraten und Mathematik-Lehrer werden.«

»Wenn sie mich nimmt! Und wenn ich es irgendwie noch ermöglichen kann, Beamter zu werden, in meinem Alter.«

»Als Wolf im Schafskleid –«

»Pelz, Schafspelz«, verbesserte Georg als wäre er schon im pädagogischen Staatsdienst installiert. Mary verdrehte die Augen und ließ sich dann gegen ihn kippen, so daß er sie auffangen und stützen mußte. Sie roch angenehm und aufregend nach Seife, Schweiß und frischem Gras. Ihr Haar war durch die lange Sonneneinwirkung gebleicht, so daß es fast blond erschien, ihre Haut war braungebrannt. Er kannte sie aber schon gut genug, um nicht dem ersten Blick zu trauen. »Du hast einiges hinter dir, oder? Ich denke, du solltest mal richtigen Urlaub machen.«

»Deshalb wollte ich ja mit dir aufs Volksfest.«

»Danke für die Einladung. Es sieht ziemlich verrückt aus.«

Arm in Arm gingen sie durch die engen Straßen zwischen den ein- und zweistöckigen Häusern, deren Pastellfarben sich klar gegen den dunkelgrün aufgetürmten Schaum des Regenwaldes abhoben wie vor Beginn eines Gewitters. 6000 Delegierte lustwandelten in der Augustsonne durch den Ort, angereist aus allen Teilen Mexikos in überfüllten Bussen, ächzenden Kleinlastern und schier auseinanderbrechenden Kombis. Es waren Gewerkschaftler, Abgeordnete von Solidaritätsgruppen und Fraueninitiativen, Intellektuelle, Vertreter der verschiedenen indigenen Volksgruppen, Presseleute aus aller Welt, Studenten, Politiker, Wissenschaftler, Künstler, die nun möglichst gleichmäßig auf fünf Standorte in der Stadt verteilt werden sollten, um Vorgespräche zum *Demokratischen Nationalkonvent* zu führen, zu dem man am nächsten Morgen in aller Frühe aufbrechen würde. Der beispiellose Vorgang, daß eine lateinamerikanische Guerillaorganisation die »Zivilgesellschaft«, wie es in einem Kommuniqué hieß, in den Dschungel einlud, mit dem Ziel, eine politische Vision für das ganze Land zu entwickeln, gab den Angereisten eine Grundempfindung relativer Bedeutsamkeit und absoluter Verrücktheit zugleich.

»Es ist schön, daß du in der letzten Zeit doch noch die Indigenas entdeckt hast – nicht nur als Sextourist«, sagte Mary angesichts des Eifers, mit dem Georg ausgegebene Flugblätter und Broschüren las.

»Du hattest doch die Idee mit dem Bordell! Wie paßt das zu deinen feministischen Projekten? Wie zu deiner Arbeit in den Dörfern?«

»Weshalb soll das passen? Mein Herz gehört den Unterdrückten, meine Möse stammt aus Los Angeles.«

Georg erstarrte für einen Moment und umarmte sie dann, inmitten der Menschenmenge vor der Kathedrale.

Wohl mehr als tausend Delegierte drängten sich am frühen Abend in ein Theatergebäude. Am Eingang fanden Körperkontrollen statt, und Georg mußte wie auf den Flughäfen ein Bild mit seiner leeren Kamera schießen, woraufhin ihm einer der Wartenden mitleidig einen Film schenkte. Riesige Kitsch-Porträts von Zapata und Marcos, mit untergehenden Sonnen, maskierten Kämpfern und fröhlichen Maschinengewehren, prangten von der Bühne herab.

»Ist es nicht so, als hätte bei euch die Rote-Armee-Bande alle Demokraten in die Saarpfalz eingeladen, damit sie über das neue Deutschland sprechen?« fragte Mary – woraufhin Georg in das Genick eines vor ihm stehenden Indianers pustete. »Nein«, rief er, »es ist so, als ob dreitausend Navajos aus den Reservaten ausgebrochen wären, Fort Worth erobert und alle engagierten US-Bürger in die Rocky Mountains gebeten hätten, damit sie eine Verfassung ausarbeiten.«

»In die Sacramento Mountains meinst du. Es ist also ein Traum«, sagte Mary ungerührt. »Und die Indianer sind vielleicht die letzten, die auf dieser Erde noch träumen und die Menschen zum Gespräch bringen können.«

Gewiß war es so. Es sprachen indianische Delegierte, Professoren aus Mexiko City, Menschenrechtler, Campesinos mit Plastikstrohhüten, Veteranen aus dem Revolutionsheer Zapatas. Unterbrochen wurden sie von einem Uhrenmenschen, der die einzelnen Minuten der ablaufenden Redezeit ausrief, vom Applaus und von im Chor hervorgebrachten Parolen wie »Zapata vive, vive!« oder »La lucha sigue, sigue!« Wie konnte eine wahrhafte Demokratie in Mexiko entstehen? Wie konnten Minderheiten dauerhaft und gerecht repräsentiert werden? Auf welche Weise ließ sich dafür sorgen, daß die bevorstehenden Präsidentschaftswahlen ordnungsgemäß und fair abliefen?

»Woher kommen Sie?« wurde Georg von einem alten Mann gefragt, der an ihrer Seite von der Menge gegen eine der Säulen in Bühnennähe gepreßt wurde.

»Aus Deutschland.« Georg erwartete, daß sich der andere nun freuen würde, daß er nicht aus den USA kam, um dann unweigerlich das Gespräch auf das Volkswagenwerk in Puebla und den deutschen Fußball zu bringen.

»Er begleitet mich, er ist Feminist«, warf Mary ein, die einen Arm um Georgs Hüfte gelegt hatte.

Aber der alte Mann, der in einem historischen, ihm viel zu groß gewordenen Anzug steckte, nickte nur ernsthaft. »Früher hatte ich einige deutsche Freunde, während des Krieges. Es waren gute Leute.«

Eine plötzliche Bewegung in der Menge, hervorgerufen durch den Auftritt eines offenbar sehr bekannten Redners, brachte sie auseinander. Georg war fast froh darum, denn ihm standen Tränen in den Augen. Er wußte nur wenig über die deutschen Exilanten in Mexiko wie Seghers oder Kisch; er hätte auch nicht genau sagen können, was ihn so bewegte; es hatte mit seiner Sprache zu tun, mit seiner Heimatstadt S., mit dem norddeutschen Dorf, aus dem seine Frau stammte, mit den *Ansichten eines Clowns* von Heinrich Böll, mit diesem Winterabend, an dem er als Schüler gemeinsam mit der fünfzehnjährigen Camille die Aufnahmen aus den Konzentrationslagern gesehen hatte, mit einem Gedicht von Claudius, mit einem Gespräch, das er bis um fünf Uhr morgens mit jüdischen Freunden im *Zwiebelfisch* in Berlin geführt hatte, mit den schaurigen Erzählungen seines Großvaters über den Kaiser Barbarossa, mit Georg Cantor und Georg Christoph Lichtenberg, seinen Vornamensvettern, die er seit seiner Schulzeit bewundert hatte – »deutsch wie ein Orang Utan«, sagte er laut, in Erinnerung an den kleinen Göttinger Professor, um etwas gegen diesen Anfall unfreiwilligen Patriotismus oder wenigstens unfreiwilliger Provenienz zu tun.

»Entweder Karl Marx oder Karl May«, bestätigte Mary, die er wohl auf der Stelle geheiratet hätte, wäre er nicht schon verheiratet gewesen und trotz oder gerade wegen seiner sextouristischen Ausfälle auf das Gretchen-Muster fixiert, freilich in der Nscho-tschi-Gestalt Camilles ... Wie unerheblich und peinlich das alles war! Subjektiv, hätte der Schweizer Holger Sternhart wohl gesagt.

Der bekannte Redner hatte die Bühne erreicht. Die dezent ölige Perfektion eines Meisterfriseurs ging von ihm aus, und in den ihm zustehenden fünf Minuten ließ er keinen Kunden unrasiert. Blitzschnell umriß er die komplexe Situation des Landes. Wer an einfache Lösungen geglaubt hatte, mußte den IWF bedenken, die Weltbankverhandlungen, die Ölpreispolitik, die NAFTA- und OECD-Abkommen, die neoliberalen Schachzüge der konservativen Think-Tanks in den Ministerien, den Overkill der Entwicklungsstrategien, die Verflechtung des korrupten Staatsapparates mit der PRI, die Globalisierung und die Partikularisierung, den folternden Polizeiapparat und das im Hintergrund operierende Militär. Die vieldimensionale Geographie und das Schichtengefüge Mexikos taten sich auf, von den Bankenpalästen und Villenvororten hinab in die Barrios und Indiodörfer, von Cortés zu Salinas, von Cuauhtémoc zu Marcos, von den Billiglohnzonen am Rand des großen fleischfressenden Nachbarn zu den Müllbergen in der Hauptstadt, von den Touristenzonen in der Karibik zu den Entschuldungsverhandlungen in den Glasetagen der Bürotürme – Georgs Spanisch hatte sich sehr verbessert, aber er verstand fast nur die Substantive, die er aus den Zeitungen kannte, und fragte sich, welchen Reim sich die in ihre Wolltrachten gekleideten Indios oder die verwitterten alten Bauern machten, die neben ostentativ zur Trekkingtour gerüsteten Großstädtern aus Mexico City standen. Konnten sie die gleichen Träume haben?

»Die Reichen sind so einsam wie die Armen«, sagte Mary entschieden.

Die Nacht verbrachten sie in einem Klassenzimmer einer katholischen Klosterschule. Die Stühle und Pulte waren in den Flur gestellt worden. Etwa zwanzig Menschen lagerten auf dem Holzfußboden. Georg kroch in seinen wenige Tage zuvor gekauften roten Schlafsack *made in Taiwan*, dicht neben Marys jägergrünem, feldstudienerfahrenen Modell. Sie mußten um fünf Uhr morgens wieder aufstehen, um mit Bussen weiter in den Bergwald vorzustoßen, und Mary hatte ihm schon gute Nacht gewünscht und die Augen fest geschlossen, bevor der letzte seinen Platz auf dem Klassenzimmerboden gefunden hatte. Bis das Licht ausgeschaltet wurde, betrachtete Georg Marys nahes ovales Gesicht, dieses Schmetterlingsantlitz seiner Exzesse. Direkt über ihren Köpfen hing ein hölzernes Kreuz. Er wollte Mary nach ihren Schulerlebnissen in Kalifornien ausfragen, vielleicht um sich durch den Ausblick auf ironisch vorgetragene Disneyworld-farbene Souvenirs aus der neuen Welt eine Traumnacht Eisensteinscher Massen zu ersparen, die verzückt um Buñuelsche Holzkreuze taumelten. Als er sich tiefer in den neuen Schlafsack hineinwühlte, wurde ihm plötzlich bewußt, wann er das letzte Mal in einem Schlafsack gelegen hatte: acht Jahre zuvor, in der Universitätsstadt K., umschlossen vom leider unspezifischen Schweißgeruch Camilles. Erst zwei Tage später sollte er Klara kennenlernen. Ein Licht auf dem Flur wurde gelöscht, das den Raum indirekt beleuchtet hatte. In der Dunkelheit, die nun die Schwärze eines Filmvorspannbandes hatte, wurde ihm überaus deutlich bewußt, daß er 2000 Meter über dem Meer auf dem Boden eines Klassenzimmers in einem mexikanischen Gebirgsstädtchen lag. Er empfand eine große Übereinstimmung und Verwandtschaft mit den auf dem Boden ruhenden Körpern; er dachte daran, daß alle oder nahezu alle einmal aus solchen Klassenzimmern, der frühesten Gesellschaft, aufgebrochen waren, um sich in der Welt der Erwachsenen zu verlieren, und nun wieder zu einem Traum zusammenfanden, an dessen eng gezogenen Grenzen Armut, Gewalt und Verzweiflung herrschten. Im Halbschlaf noch schämte er sich dafür, daß ihn das eigentümliche internationale Klassenzimmer auch die wohltuende Erinnerung an eine Zeit zurückgab, in der ihm ein Buch und ein paar Süßigkeiten oder ein Nachmittag mit Freunden im Gestrüpp der Rhein-Auwälder genügt hatten, um glücklich zu sein – acht Jahre nachdem ihn eine Vagina im Schmerz der Geburt umschlossen hatte und acht Jahre bevor er erneut umschlossen worden war, im, wie er erfahren mußte, enttäuschten Schmerz der Entjungferung und in dem vielleicht doch glücklichen pars pro toto, das die Leute sagen machte, sie empfing ihn oder er nahm sie und so fort. Er dachte nicht an Lisa, sowenig wie an einen guten Traum, und wohl auch deshalb erschien ihm die Zeit vor allen Frauen tröstlich und klar, eine beleuchtete Insel in der dunklen Zukunft seines Greisenalters, in der die Menschen nahezu geschlechtslose Freunde oder Feinde würden, wie sie es schon einmal gewesen waren. Dann spätestens würde er das Schuldgefühl gegenüber Klara verlieren.

7

Die nur durch eine einzige, recht erbärmliche Straße mit dem 1500 Meter tiefer gelegenen Tal des Rio Grijalva verbundene Gebirgsstadt belebte sich im Morgengrauen. In Kolonnen sollten mehr als 200 Busse aufbrechen. Obwohl es Sonntag war, öffneten die meisten Läden schon vor sieben Uhr. Die Aussicht, drei Tage an einem unbekannten Ort im Dschungel zu verbringen, trieb die Teilnehmer des Konvents dazu, Unmengen von Tortillas, Kuchen, Broten, Früchten, in Zimt gerollten Schokoladenkugeln und Mandeln einzukaufen. Hunderte begannen am Straßenrand zu frühstücken. Indianische Marktfrauen gingen mit großen Körben umher. Verschlafene Kinder stolperten über die Gepäckstücke.

Erst am Vormittag setzte sich der Bus, für den Georg und Mary ein Ticket hatten, in Bewegung. Mit Georgs Entschluß, spätestens in zwei Wochen die Reise nach Deutschland anzutreten, verwandelten sich selbst die Dinge in unmittelbarer Nähe (der gebräunte verschorfte Ellbogen eines Bauern; die Schleife im Haar einer Indigena-Delegierten; die auf durchfettetem Papier herumgereichten, mit Avocadocreme gefüllten Teigtaschen; die prallen Rucksäcke in den Gepäcknetzen) in ihre zweidimensionale Projektion. Der Film des Abschieds war angelaufen, durchschossen von Erinnerungen und doch auch, in jedem Bild, magisch gegenwärtig, hell ausgeleuchtet vom Bewußtsein des Unwiederbringlichen. Georg glaubte, daß er das Zauberland nicht mehr betreten würde, das mit seinen weiten Gebirgsketten aus dem Himmel hervorkam und immer wieder im Himmel verschwand, grau und transparent wie auf japanischen Tuschezeichnungen im Frühlicht, wenn die Bauern ihre Früchte und ihr mageres Vieh in Stundenmärschen zu den Märkten brachten, an klaren Mittagen zu Smaragdwäldern und kolossalen tintenblauen Himmelsblöcken verfestigt, während der Regenfälle verwandelt in ein dampfendes blaugrünes Pandämonium, mit schweren gezackten Silhouetten untergehend in der von Affenrufen und Vogelschreien ausgetasteten Nacht. Er hatte einige der von Mary empfohlenen Bücher gelesen, um besser zu verstehen, was hinter den von der Sonne und den bisweilen eisigen Südwinden gegerbten Gesichtern der Indianer vorging. Im Juni war er in der Nähe der Grenze in einer Missionsstation untergekommen, die zehn Jahre lang eines der großen Flüchtlingslager der aus Guatemala vertriebenen Maya betreut hatte. Tagsüber hatte er sich ganz der gewalttätigen Halbwirklichkeit seines Drehbuches hingegeben, das kammerspielhaft intim festhielt, was sich zwischen einer wildgewordenen und zugleich auch fast schon modernen Camille/Malinche und dem zu Cortés übersteigerten Zerrbild seiner eigenen Gier und Unruhe ereignete. An vielen Abenden hatte er sich mit den Padres unterhalten. Aus ihren Erzählungen und Dokumentationen erstand die ihm nur aus gelegentlichen Pressebildern und aufgerasterten Schwarz-Weiß-Fotografien bekannte Geschichte der Vertreibung, Bombardierung, Ermordung Zehntausender guatemaltekischer Indianer und der seltsame Wunsch nach dem Zölibat oder einer Maschinenpistole, den anscheinend einzig wirksamen Voraussetzungen für einen Einsatz im Dienste der Maya – faßte man die Dinge mit dem europäischen Sinn für die traurige Wirklichkeit auf und nicht wie der Schamane Apolinario. Von seiner Hängematte aus, unter der zumeist eines der mageren Dorfschweine zwischen leeren Tequila-Flaschen und Wurzelknollen wühlte, hatte Apolinario die Wiederkehr eines in der Tat rothäutigen Jesus Christus vorausgesagt sowie die damit verbundene weltweite Vernichtung aller Waffen und die Inthronisierung eines für sämtliche Belange zuständigen Indianerrates. Dies deute sich durch verschiedene kosmische Zeichen an, vor allem durch den Kometen Shoemaker-Levi, der auf den Jupiter gestürzt sei, und durch den Sieg des brasilianischen, also indianerblütigen Teams bei den diesjährigen Fußball-Weltmeisterschaften. Mit der Niederschrift der letzten Drehbuchseite war Georg zu sich gekommen, das heißt in einen nahezu heiteren Zustand geraten. Er hatte die Gedanken über Sinn und Zweck des Filmens beiseite geschoben. Als er das Drehbuch auf dem von Hühnern umscharrten Postamt aufgab, mit Hermanns Berliner Adresse versehen und ziemlich notdürftig in rostfleckiges Packpapier geschlagen, zweifelte er daran, daß es je Deutschland erreichen würde, obgleich ihm der Schalterbeamte ungefragt Marys dritten Brief ausgehändigt hatte, in dem sie ihn aufforderte, sich mit ihr in San Cristóbal zu treffen als – durch die Erkrankung eines Bekannten bedingt – offiziell eingeladener ausländischer Beobachter des Nationalkonvents.

»Ich wäre am liebsten bei Apolinario in der Hängematte geblieben«, sagte er zu Mary in dem die Berghänge emporschnaubenden überladenen Bus, der mit offenen Türen fuhr. »Nichts mehr tun müssen, phantasieren und Mensch sein.«

»Was stand dagegen?«

»Ich hatte keine Frau, die mir den Rücken schabte und den Kopf kratzte, wenn ich über die Welt nachdachte.«

»Deine eigene Frau war wohl nicht indianisch genug.« Mary hatte sich ein blaues Seidenkopftuch zum Schutz gegen den Fahrtwind und den hereinwirbelnden Staub umgebunden und wirkte dadurch wie die ideale Fahrerin eines Sportwagens der fünfziger Jahre. »Du weißt, was eine *chingada* ist? Da sitzen zwei Machos in einer Kneipe. Sagen wir während der Revolution. Der eine hat ein – headache – Kopfschmerzen, ja, und er beklagt sich immer. Da schießt ihm der andere eine Kugel durch den Kopf und fragt ihn, ob es ihm nun bessergeht.«

»Etwas Brutales und Verrücktes tun, also.«

»Das meine ich.«

»Ist dir das so fremd?«

»Sagen wir: Man sollte sich nicht selbst leid tun, wenn man einem anderen die Kugel in den Kopf schießt.«

»Es geht mir gut«, versicherte Georg. »Ich habe seit Monaten keine Kamera mehr berührt –«

»Nein!« rief Mary entsetzt. Im gleichen Augenblick traf den Bus ein mächtiger Schlag. Ein Kaleidoskop von Schreien, Farben und Schmerzen blitzte auf. Die Scheiben an der rechten Seite zersprangen und prasselten als Glashagel auf die verknäulten Passagiere, die wie auf ein Kommando verstummten, als die Schockwelle durch den großen Metallkäfig gelaufen war. Der Bus ruhte nicht still, sondern vollführte eine schokkierende, weiche, zeitlupenartige Kippbewegung nach links. Aus dem Abstand zwischen Regiestuhl und Ereignis heraus, aus dem Georg die Dinge zu betrachten liebte, hätte man feststellen können, daß sich in dem die Böschung hinabkippenden Bus einer der raren wirklich cineastischen Momente einstellte, in dem eine Vielzahl von Menschen zur gleichen Zeit die Projektion eines vergangenen Zustandes erlebte, hier nämlich das Bild der jäh am Straßenrand abbrechenden Felswände, an denen man noch vor kurzem mit angehaltenem Atem vorbeigefahren war.

So also! Das! dachte Georg, durchschossen von der kollektiven Erinnerung an die Tiefe, während an der linken Fensterfront die tintenblaue Umrahmung des Himmels verschwand, als hebe sich ein Vorhang vor einer gläsernen Leere. An ihrem Rand gab es nur Marys angstverzerrtes Gesicht im Profil. Fast eine Erleichterung, etwas ungeheuer Verantwortungsloses, das Georg sich später nur schwer verzeihen konnte, begleitete das Hineinkippen in die haltlose Transparenz der Luft; es war die Bereitschaft, vernichtet zu werden, der Verzicht auf jede Art von Gegenwehr. Anders als in dem Alptraum von seiner bevorstehenden Herzoperation, in dem er sich gegen den Schnitt der Chirurgin aufgelehnt hatte, widersprach er nicht mehr seinem Schicksal. Ein erstaunlich kalter Punkt in seinem Bewußtsein beobachtete, ob denn nun, wo es wirklich aus sein konnte, der Film seines Lebens im Zeitraffer vorbeiziehe und ob seine Annahme, das LSD habe ihn schon früh auf die Sekunde vor dem letzten Übergang vorbereitet, richtig gewesen sei. Er starrte jedoch nur auf das Fenster, als müsse dort etwas vollkommen Neuartiges beginnen, und in der Angsthypnose, die seine Erinnerung vollständig beseitigt zu haben schien, verschwand auch das Sich-Beobachten-Können bis auf den Rest einer wahnwitzig realistischen Dankbarkeit, die sich über jedes ihm noch zur Verfügung stehende Quentchen an Zeit freute, das ohne Schmerzen war. Als dann aber eine erst rötliche, dann schwarze Front auf ihn zustürzte und der Aufprall im nächsten Sekundensplitter erfolgen mußte, handelte und dachte er in einer ihm später nicht mehr begreiflichen Geschwindigkeit. Ein Gedanke war einfach und klar und trauriger als alles bislang Vorstellbare: Er würde nicht dabei sein können, wenn seine Frau starb, er hatte Klara auch mit dem Tod alleingelassen. Zugleich mit diesem Gedanken flammte ein Protest auf, der ihn nahezu perfekt reagieren ließ. Der Bus traf auf einen starken Widerstand, drehte sich mit einem fürchterlichen Knirschen um die Längsachse und stand dann still. Am glücklichen Ende der Bewegung erkannte Georg, daß er mit der linken Hand Marys Gesicht geschützt hatte und mit dem rechten Arm den Kopf einer fülligen älteren Frau, als sei er selbst nicht verwundbar. Vielleicht tauge ich doch etwas, vielleicht lohnt sich ja doch alles, dachte er.

Langsam lösten sich die Passagiere voneinander, tasteten

sich nach Verletzungen ab, sahen nach ihren Nachbarn, um dann erstaunlich ruhig und geordnet durch die zersplitterten Fenster der zur Decke gewordenen rechten Fahrzeugwand nach außen zu klettern.

Niemand hatte sich ernsthaft verletzt. Schürfwunden und Prellungen wurden verarztet. Mit einiger Mühe barg man die Gepäckstücke.

Georg fragte Mary, was sie in dem Augenblick gedacht habe, in dem der Bus die Böschung herabgestürzt sei.

»Ich dachte an meinen Vater. Er starb bei einem Autounfall.« Sie wollte nicht mehr darüber erzählen, aber es war eine neue, zärtliche Stimmung zwischen ihnen entstanden, die nicht vieler Worte bedurfte.

Eine knappe Stunde nach dem Unfall saßen sie in einem anderen Bus. Bei der Kontrolle durch Regierungssoldaten stellten sich, als nach Ausländern gefragt wurde, die vor ihnen Sitzenden auf und riefen: »Hier sind nur Mexikaner!«

Am späten Nachmittag erreichten sie das von der EZLN beherrschte Gebiet. Die Dorfbewohner empfingen sie mit Transparenten und Applaus. Auf Flugblättern gab man ihnen die Forderungen mit, auf die für die Indianer Mittelamerikas schon so oft die Todesstrafe gestanden hatte: bessere Straßen, brauchbare Häuser, Medikamente, Schulen und – wie seit Jahrhunderten schon – freies Land, um sich ernähren zu können.

»Eigentlich habe ich hier nur gelernt, mich zu schämen«, sagte Georg gegen zehn Uhr abends leise zu Mary. »Ich hätte nicht mitkommen sollen.«

»Weshalb? Dann hättest du noch nicht einmal das gelernt.«

»Ich muß nach Hause. Ich habe hier überhaupt nichts verloren.«

Mary schüttelte den Kopf. Immer noch kämpften sich die Busse über die stockfinstere Piste durch den Wald. Die Scheiben waren zu schwarzen Spiegeln geworden, in denen sich die erschöpften Gesichter der Delegierten und die zitternden blauen Pfeile der Notbeleuchtung spiegelten.

»Hier«, sagte Georg plötzlich, den Tränen nahe und doch hörbar befreit. Er reichte Mary ein Stück Papier, das er zuvor auseinandergefaltet hatte.

»Ich kann nicht lesen. Es ist viel zu dunkel. Was ist das?«

»Die letzte Seite aus dem Tagebuch meiner Frau.«

»Was steht da?«

Ohne auf das Blatt zu sehen, murmelte Georg: »Hoffnungslos mit G. Immer nur seine Filme. Muß mich endlich aufraffen, es ihm ins Gesicht schreien: Ich bin kein Automat! Anschaltbar, abschaltbar. Eine eigene Wohnung suchen. Männersuche! Mein Leben muß endlich wieder spannend werden. Erotik! Verführung! G. schreibt über eine Jugendliebe – weil er seit Jahren kalt und leer ist. Er ist der Automat! Die Kunstmaschine. Vollkommen schizoid. Gestern mit F. zu Abend gegessen. Er fragte mich, weshalb ich so unsicher sei. Ich hätte doch Karriere gemacht, ich sei doch frei. Seit sieben Jahren verheiratet. Nur die ersten Monate waren gut. Ein Kind. Aber nicht mit G. Das ist lachhaft.«

»Steht das da? Lachhaft?«

»Nein, das war von mir.«

»Weil du wegen dieser Seite nach Mexiko geflogen bist.«

Georg steckt das Blatt wieder in die Tasche. »Ich hatte das Flugticket schon vorher gekauft.«

»Ist das lachhaft?«

»Daß ich nicht zurückkann, weil ich diese Seite herausgerissen habe, das ist lachhaft. Daß ich immer noch an Camille denke. Es ist die Struktur des Universums.«

»An Camille zu denken?«

»Daß es unumkehrbare Dinge gibt. Wie die Liebe.«

»Du hast dich zu wenig mit den Indianern unterhalten«, sagte Mary. »Oder du glaubst ihnen nicht.« Ihr schmales Gesicht war von der Notbeleuchtung mit einem blauen Schimmer überzogen.

»Ich verstehe sie nicht. Ich bin ein gottverdammter Europäer. Ich war Mathematiker. Ich glaube an den Big bang, an die Kameralinse, an elaborierten Sex und analytische Philosophie – nicht an den Großen Kojoten. Ich bin wie du mit deiner Möse aus Los Angeles und deiner Theorie, daß Sigmund Freud über jeder Urwaldhütte schwebt.«

»Dann komm mit nach New York. Und küß mich, schnell!«

Sie waren in *Aguascalientes* angekommen, der nominalen Wiederkehr des historischen Ortes im Norden, an dem sich 1914 die Führer der mexikanischen Revolution getroffen hatten, um sich hoffnungslos zu zerstreiten. Insofern mochte die neozapatistische Ironie Pate für den finsteren, frisch aus dem

Dschungel gerodeten Parkplatz im Süden gestanden haben, der nur von einer blassen Mondsichel und wirr strahlenden Taschenlampen erleuchtet wurde, und nicht die Anmaßung, die die Presse der Guerilla vorwarf. Hunderte von erschöpften Delegierten stolperten durch die Nacht. Bewaffnete und maskierte Gestalten tauchten auf. Angstvolles Flüstern und übertrieben lautes Reden verrieten die allgemeine Unsicherheit. Die Schatten im spärlichen Gegenlicht, das Gedränge und Murmeln, die Nähe der anderen, das Aufschimmern von Waffen verwandelten Georgs Blick zwangsläufig in das Kameraauge, durch das er eigentlich doch nicht mehr blicken wollte. Es drängte ihn, Mary zu erzählen, wie Kurosawa ein Kornfeld mit Farbe hatte besprühen lassen, um für eine Nachtaufnahme den Schwarz-Gold-Kontrast zu erzeugen, der sich auf asiatischen Lackarbeiten findet; er genoß das vollkommen Unvermittelte, Verletzliche und Hermetische des Augenblicks. Zum zweiten Mal in seinem Leben hatte er geglaubt, sterben zu müssen. Er war zum zweiten Mal davongekommen und hatte den für ihn traurigsten Gedanken gedacht, eben nicht den eigenen Tod, sondern das Sterben seiner Frau, bei dem er sie alleine ließ.

Nach einer flüchtigen Kontrolle an einem improvisierten Eingangstor wurden sie in ein System von fünf oder sechs schmalen Laufgängen geschleust. Stacheldraht und Holzstangen, im Dunkeln kaum erkenntlich, zwangen die Delegierten, hintereinander herzugehen. Manche stürzten über unsichtbare Steine und Wurzeln. Der Eindruck, in ein Straflager hineingetrieben zu werden, verstärkte sich noch durch ein kalt strahlendes Flutlicht am nicht genau auszumachenden Ende des Corrals.

Das Jahrhundert des Films, das Jahrhundert der Lager, dachte Georg, ohne Angst, weil er die Furcht der Guerilleros begriff, die mit einem Schlag 6 000 unbekannte Gäste empfingen. Der vor ihm gehende Mann aber begann zu zittern und konnte erst weiter, nachdem Georg beruhigend auf ihn eingeredet und ihm eine Hand auf die Schulter gelegt hatte: Es war ein Chilene, dem hier die Reminiszenz an die Stadien Pinochets zugemutet wurde.

8

In den folgenden Nächten und Tagen befand sich Georg in einem ihm nur als Kinozuschauer bekannten passiven und glücklichen Zustand. Wenn man es von diesem Standpunkt aus betrachtete, dann war er in den vergangenen Monaten immer noch als Regisseur gereist, selbst in Katherines nachgiebigem Körper endoskopisch und gedanklich auf Selbstbeobachtung aus, geplagt von der Eifersucht auf den grandiosen Bildmaler und Szenaristen, der ihm das schmerzlich verzückte Gesicht einer Londoner Krankenschwester, die Vulkankegel des Hochlandes, die verdorrten Cañons, die karibische Küste und die in den Abendlichtern nach den Regenfällen traurig verspiegelten Straßen der Gebirgsstädte vor Augen hielt. Die Delegierten schliefen, wenn nicht direkt vor dem großen Podium, das ebenso wie eine Tribüne und viele der aus Holzklappstühlen gebildeten Zuhörerreihen von einer riesigen Plastikplane überdacht wurde, in mit Wellblech gedeckten Hütten, die zumeist nur Wände aus Zeltplanen hatten. Am Boden lagen die Schlafsäcke der Wohlhabenden neben den Decken und Ponchos der Armen so dicht, daß man in gekrümmter Haltung schlafen mußte. Richtete man sich gedankenlos in der Nacht auf, stieß man mit dem Kopf gegen die Körper in den spinnennetzartig durch den Raum gespannten Hängematten. Dieses Eingegossensein, diese Intimität nach den einsamen Reisemonaten waren es, die ihm den Trancezustand des Kinogängers ermöglichten.

Auch tagsüber hielt die schwebend unwirkliche Empfindung an. Er setzte sich zu einer ihm unbekannten Gruppe, die an einem Gaskocher Kaffee braute, und trank dankbar aus der Blechtasse seines Nachbarn. Er sprach mit Studenten aus Mexico City, mit dem Chilenen, dem er in der ersten Nacht durch den tagsüber nicht weiter furchterregend erscheinenden Lagereingang geholfen hatte, mit einem norwegischen Arzt, der einer Gruppe bewaffneter Indianerinnen die Aufnahmen einer Fernsehsendung über vereiste und zugeschneite Seen in seinem exotischen Land als wirklich bestätigen mußte. Eine schneidend engagierte deutsche Achtundsechzigerin versuchte Georg ihre Analyse der neokolonialistischen Situation nahezubringen; aus unerfindlichen Gründen weich werdend, schenkte sie ihm dann plötzlich aus ihrem Reisegepäck eine abgegriffenen Ausgabe von Octavio Paz' *Labyrinth der Einsamkeit*. Georg begann zu lesen und entdeckte, daß alle Menschen Mexikaner waren und alle Männer über Camille und Malinche rätselten.

Mary nahm ihn (he's a feminist) zu einer Frauenkonferenz mit, die spontan abgehalten wurde, als es wegen des Ausbleibens der zapatistischen Prominenz schien, daß der Konvent erst am Nachmittag des ersten Tages eröffnet werden konnte. Es ging um die elementaren Rechte für die indianischen Frauen: nicht mehr gegen ihren Willen verheiratet, nicht mehr vergewaltigt, nicht mehr zum Gebären gezwungen zu werden.

»Und?« fragte ihn Mary böse. »Suchst du noch immer diese Camille, wenn du Indianerinnen siehst? Machen sie dich an?«

»Diese Frauen sind wunderbar. Sie sollten die Welt regieren.«

»Wirklich?«

»Wirklich. Nach einigen Jahren in der Weltregierung würden sie dann so pervers wie –«

»Wie deine Camille. Die regiert immerhin schon deine Welt.«

»Das georgianische Universum und den georgianischen Kalender!«

»Aber nicht New York City, soweit mir bekannt ist. Kommst du mit?«

»Ja, wir gehen nach New York. Wir werden eine Zapatistenflagge auf dem World Trade Center hissen, das paßt zu mir, ich bin schließlich ein Ungeheuer wie King Kong«, sagte Georg fröhlich – erschrak aber leise über die hochromantische Art, mit der Mary plötzlich nach seiner Hand griff. Es erschien ganz natürlich, sich während der Nachmittagsvorstellung im Dschungelkino an der Hand zu halten. Die Dunkelheit im Vorführraum war das bei jedem Delegierten vorhandene Bewußtsein des wahren Ungeheures, der sogenannten restlichen Welt, deren dämonische Übermacht und Historizität Georg zuletzt so stark in Thailand empfunden hatte, zu Anfang des Hundejahres, als sich das kleine bettelnde Mädchen an seinen Arm gehängt hatte. In der Sekunde, in der er *Start!* sagte, die Klappe fiel, das Laufwerk der Kamera zu surren begann, war er hoffnungslos eingesponnen in den von keinem einzelnen mehr durchschaubaren Apparat, der das Zelluloid produzierte, die Mikrophone, die Magnetbänder, Schrauben, Linsen, Gummikappen, Batterien, Gehäuseteile, Elektromotoren, Federn, Kurbeln, Schaltchips und Gravurfarben. Wie von einem verrückten Sammlergott wurde all das aus zwanzig verschiedenen Ländern zusammengerafft, um dann in Hongkong oder Singapur montiert, durch die Luft verschickt und in sekundenschnell die Erde umfassenden Computernetzsignalen kalkuliert und verrechnet zu werden. Es gab keinen Ausweg mehr, kein Zurück, keine glaubhafte Naivität – weder in den satten Bildern vom letzten brasilianischen Urwaldvolk, dessen Einsamkeit millionenfach und simultan auf den Mattscheiben vernichtet wurde, noch auf den schon längst in den Reiseführern beschriebenen Pfaden für sogenannte Individualisten, denen Georg durch Mexiko gefolgt war.

Die Menge schob ihn nach vorn, zur Tribüne hin, an deren Rand sich die internationalen Kamerateams balgten. Seit einiger Zeit schon hatte man Rufe von den Berghängen her vernommen. Jetzt, am frühen Abend, statt wie angekündigt um neun Uhr morgens, fand sich die Führung der Guerilla ein, mit den *pasamontañas* genannten Mützenmasken getarnt, die es auch schon in miniaturisierter Form für die Soldatenpuppen auf den Jahrmärkten gab. Der pfeifenrauchende Subcomandante Marcos ging in der Mitte. Man hielt eine Militärparade ab. Der sich anschließende Aufmarsch mit Stöcken bewaffneter Dorfbewohner, die jahrelang die Guerilla unterstützt hatten, konnte lächerlich oder anrührend wirken und das Hantieren mit der mexikanischen Flagge, das Protzen mit Gewehren und Uniformen absolut notwendig, sah man es mit dem gebotenen Blick für die Realität, verständlich, aber fatal, beobachtete man es von Marys psychoanalytisch-feministischem Standpunkt oder – aus Georgs Sicht –, erschreckend und traurig.

»Du erschrickst, weil es nicht mehr Träume vom vermoderten Schlächter Cortés sind. Weil das Blut nicht auf der Leinwand zu rotem Licht wird«, sagte Mary nach einer raschen Erkundung seiner verborgenen Gefühle.

»Herzlich willkommen. Fangen wir an«, sagte Marcos.

Georg hielt dies für die bestmögliche Einleitung.

Die Bühne war der Gestalt eines Schiffsrumpfes nachempfunden. Marcos nannte sie das Narrenschiff, die Arche Noah, dann, wie Georg den Film zitierend, das Urwaldschiff von Fitzcarraldo, während aus dem Konvent ein anachronistisches Paradoxon, eine zärtliche Verrücktheit, eine Feier des »¡Ya basta!«, ein Regenwald-Turm-zu-Babel wurde. Seine Rede befriedigte das skeptische Bewußtsein, indem sie die gleichen Brechungen und Facettierungen zeigte, denen dieses ausgesetzt war. Sie beschämte und begeisterte durch ihr Beharren auf dem, was im Elend halbzerfallener, wegloser Indiodörfer unter der weit ausgegossenen Himmelstinte viel leichter sichtbar erschien als in Marys von sechsspurigen Autobahnen durchzogenem agonischen High-Tech-Los-Angeles und in Georgs baustellenbekränzter Wieder-Hauptstadt Berlin – der Würde des Menschen, der auch jetzt noch, in der Dämmerung des blutigsten und desillusionierendsten Jahrhunderts, sich erheben konnte, um sein Recht einzufordern.

Andere Redner ergriffen das Wort. Die Nacht brach herein. Georgs Aufmerksamkeit verflachte und wandelte sich in das gläsern Starre und doch auch Hochangeregte des träumerischen Blicks, der zur gleichen Zeit oder in unmerklichen Fluktuationen, die eben diesen Eindruck erzeugten, sowohl die äußeren als auch die inneren Bilder sah. Die visuelle Technologie im oberen Stockwerk des Turms zu Babel hatte, von groben Überblendungswirkungen abgesehen, noch nicht die Mittel zur Simulation dieses Janusblickes zur Verfügung gestellt. So klar wie er die vom Gegenlicht der Bühnenscheinwerfer konturierten Rücken der vor ihm Sitzenden sah, durchlief Georgs Erinnerung die Diashow des Aufbegehrens, die er in Deutschland fotografiert hatte – stets ohne Kamera, in der Menge laufend, ohne die skeptische Distanz und das vielleicht daraus resultierende schuldhafte Unbehagen zu verlieren: karikiert wirkende Schülerdemonstrationen im S. der frühen siebziger Jahre, die sich gegen Mittelkürzungen im Bildungswesen richteten und von langhaarigen Gestalten per Megaphon mit einem 68er-Nachhall überzogen worden waren; Tumulte in Gorleben und Wackersdorf; Wasserwerferfontänen auf der Frankfurter Startbahn West, von der aus die Kämpfer von einst schon längst in alle Welt flogen; mit Punkmusik beschallte, tränengasüberflorte Hausbesetzer-Umzüge in Kreuzberg und Charlottenburg; Hunderttausende von Friedensdemonstranten in der Bonner Innenstadt; die längst abgewickelten Wirsind-das-Volk-Aufläufe und die klammen Lichterketten-Proteste in der Januar- und Februarkälte schließlich, auf die nichts mehr gefolgt war als ein fröstelndes Unsichtbarwerden, eine Müdigkeit und eine in Wochenabständen von den Schreckensbildern aus Sarajevo durchflackerte Melancholie. Georg hatte nie den Mut oder das Interesse aufgebracht, sich als Dokumentarist in Deutschland umzutun. Ebensowenig konnte er das Glück und den Niedergang seiner Ehe in Spielfilmform bringen. Er wußte in beiden Fällen nicht, was er anderes als alle anderen dazu hätte sagen können, und die vorauseilende Gewöhnlichkeit der Bilder, die er hätte einfangen oder herstellen können, erstickte ihn, weil es eben auch das Besondere und Flüchtigste gab, das durch sie vernichtet würde. Als Marys Schulter ihn berührte, gestattete er sich die Illusion, sie fülle exakt die Leerstelle aus, die Klara einmal eingenommen hatte – und er spürte erschrocken, daß er sich lieber mit den Aussichten des Verlusts, gar des Sterbens seiner Frau auseinandersetzte, als sich ihre Gegenwart an diesem Ort zu wünschen. Während der Wind an der mit Hilfe von Drahtseilen an Bäumen und Felsen befestigten riesigen Plastikplane zu rütteln begann, die das Podium und die Zuhörerreihen überspannte, gestand er sich ein, daß Klara und ihm nichts anderes passiert war als all den sich trennenden Paaren, die er kennengelernt hatte.

Erste Regentropfen fielen, Unruhe ergriff das Publikum. Das Verlangen nach Camille – was war es weiter als das Unterdrücken des Eingeständnisses, wie langweilig, ohnmächtig und leer sich das Leben ausnahm, wenn man es illusionslos betrachtete. Er sah sich und seine Berliner Freunde. Die wenigsten lebten allein. Sie hatten es mehr oder weniger geschafft, saßen anstatt unter einer allmählich flatternden Plastikplane im südmexikanischen Gebirgsland im intimen, tröstlichen Gefängnis ihres mehr oder weniger bürgerlichen Lebens. Sie führten ihre Zweierbeziehung oder Ehe, hatten ihre Kinder und ihren Arbeitsalltag, litten an der knappen Freizeit und den sich verkürzenden menschlichen Kontakten. Es gab wenig zu wählen, auch wenn es einmal ganz anders ausgesehen hatte. Georg hatte nur die kritische Besichtigung oder Therapisierung seiner Ehe gegen die absurde Traumreise und Suche nach Camille eingetauscht. Kein schlechter Tausch, sagte er sich, denn in seiner Wirklichkeit als mäßig bekannter Jungregisseur, dem die

Ideen ausgingen, als Ehemann einer erfolgreichen Frau und Gewohnheitsgroßstädter hätte sich, auch im günstigsten Falle, nur eingestellt, was seine Filmprojekte, solange sie ihn ganz in Anspruch nahmen, verbargen: das Monotone des spätindustrialisierten Leidens; die Bequemlichkeit, mit der man sich rächte, und ihre Nemesis, die versteckte Wunde der Asozialität; das Funktionieren; die beginnende Gleichgültigkeit gegenüber dem Tod; die Befriedigungen, die den Überdruß, die Gewöhnungen, die traumhafte Begierden und die Sucht nach Luxus weckten. Er hätte nicht mehr leugnen können, was sich in ihn eingenistet hatte. Die Trauer auf dem Grund des Herzens. Der Verlust der Neugierde. Das Sich-Abfinden mit der intellektuellen Stagnation. Die Verhärtung und zugleich der immer wieder aufbrechende Unglaube, tatsächlich erwachsen zu sein, dieses Stigma seiner Generation, der Strand-Indianer am Baggersee, die im Schatten der Achtundsechziger großgeworden und immer zu klug gewesen waren, an irgend etwas zu glauben. – So sahen die Leiden der Reichen aus, die zu erwerben sich diese Versammlung im Regenwald traf. Demokratie, Gourmet-Konserven, Schulen und Kindergärten. Wäre es doch nur schon soweit, daß die geplagten und getretenen Indianerfrauen nach Europa flogen, um ihre erotische Frustration in Bordellen mit milchweißen, bärtigen Gringos zu bekämpfen.

Ein Donnerschlag übertönte den Redner am Mikrofon; ein weiterer folgte in kurzem Abstand.

»Die Arche Noah treibt in die Sintflut«, sagte Mary.

Bald hatte sich der Regen verstärkt. Blitze zuckten ringsumher auf, tauchten die Versammlung unter der an den Seilen zerrenden Plane in grelle Zufallslichter, als wäre man von einer Horde verrückter Dschungel-Fotografen umzingelt. Im Heulen des Windes, unter den Donnerschlägen und herabstürzenden Wassermassen verloren sich die von der Bühne aus gerufenen Anweisungen. Papiere und Kleidungsstücke flogen über die Köpfe wie Sturmvögel. An den Rändern der Tribüne drängten sich die Schutzsuchenden. Die internationalen Voyeure brachten ihre Kameras und Recorder in Sicherheit. Auf den Zuhörerbänken wurde gelacht, manche sahen aber auch besorgt nach oben auf die von den Windböen und Sturzfluten geschüttelte Plastikplane.

»Du siehst glücklich aus!« rief Mary, und Georg nickte nur

und half ihr, den Anorak zu schließen, da es akustisch kaum mehr möglich war, ihr seine Leidenschaft für Regen und seine Verfilmungen zu erklären, handelte es sich nun um Kurosawas *Die sieben Samurai* oder um die Eingangssequenz von Fellinis *Roma*. Die Gewalt des Unwetters forderte bald schon eine Vorliebe für Katastrophenfilme – als eintrat, was viele befürchtet hatten: die Seilverspannungen rissen. Sekundenschnell wurde die Plane zerfetzt. Über der Bühne wirbelte einer der größten Fetzen in die Höhe und hing, angestrahlt vom Scheinwerferlicht, wie ein aufsteigender Riesendrachen in der Luft. Anderenorts klatschte die Folie auf die Zuhörer nieder und überschüttete sie mit den Wassermassen, die sich auf ihr gestaut hatten. Mary und Georg flüchteten zu einer Menge in der Mitte des von den Zuhörern besetzten Hanges. Hunderte von Armen hielten die herabgestürzte Plane in die Höhe. Man begann zu singen, überall zeigten sich nasse, lachende Gesichter.

Die Stimmung auf der Arche Noah muß gut gewesen sein, dachte Georg. Vielleicht war seine Vorliebe für Regen eine Erinnerung an das Befreiende der biblischen Sintflut. Eine alte Welt versank mit ihren Sünden, ihrer Schuld, ihrer Scham. Als überzeugter europäischer Filmer hatte er sich nie für das zelluloidsüchtige New York begeistern wollen. Als mit der Arche Noah durch das aufgewühlte, blitzdurchzuckte Dunkel der mexikanischen Gebirgsnacht treibender Flüchtling aber konnte er sich, wie er es Mary schon versprochen hatte, auf die Magie des Vergessens und des Neuanfangs einlassen; auf etwas, das so naiv und doch auch so notwendig war wie die Idee dieses Konvents. Dem Labyrinth der Einsamkeit entkommen, indem man halbnasse Zigaretten tauschte, fremde Menschen bei den Händen nahm und sie und sich davor bewahrte, über Baumwurzeln oder umgestürzte Holzstühle zu stolpern, sich gegenseitig aus den bald schon knietiefen Schlammlöchern zog, die sich überall, wo die Plane nicht mehr hinreichte, gebildet hatten. Der Hund, der durch die Welt stürmte, war seine Herren (seinen Filmwahn, sein Frauchen) los und konnte mit jedem gehen.

Vom gegenüberliegenden Hang her hatten sich zahlreiche Zapatistas mit Taschenlampen auf den Weg gemacht, um den Zuhörern beizustehen. Das Büschel von Lichtpunkten verbreiterte sich, formierte Linien und im Regensturm schwankende Dreiecke, schickte einzelne Glühwürmchen aus, die wie die Positionslichter von gegen eine schwere Brandung ankämpfenden Booten mühsam näherkamen, zeitweilig in den Wellen aus Nacht und Wasser verschwanden, um sich dann endlich als die Schattengestalt eines maskierten Guerilleros zu entpuppen, der nach Verletzten Ausschau hielt oder den Weg zu den Zelten wies. Georg watete an Marys Seite durch den Schlamm, vom Wasser überschüttet. Die Kleidung haftete an seinem Körper, er schmeckte den kalten, leicht metallischen Regen auf seiner Zunge und öffnete den Mund. Wie in seinen Kindertagen trank er direkt aus dem Himmel. Einige von niemandem bemerkte Minuten lang weinte er, weil er sich an einen Mairegen vor dem Berliner Reichstag erinnerte, von dem Klara und er überrascht worden waren; er sah ihr nasses T-Shirt auf ihrem Oberkörper, lief simultan einen schlammbedeckten Hügel in der Bergnacht empor und durch den Tiergarten an der Hand seiner, wie er damals glaubte, unverbrüchlichen großen Liebe und begriff, daß er noch lange nicht mit seiner Vergangenheit am Ende war. Es schien ihm nur folgerichtig, plötzlich auch Mary verloren zu haben, der er eben noch einen Schlammspritzer von der Wange gewischt hatte. Als er sich nach links wandte, wo er sie von einer Gruppe abgedrängt glaubte, die unter dem Schutz eines aus der Plane gefetzten Plastikstreifens wie ein schillernd und weich gepanzertes Insekt auf die Schlafhütten zusteuerte, blendete ihn grelles Licht. Ein vom Mast gerissener Scheinwerfer war halb im Schlamm versunken, aber so perfekt ausgerichtet, als hätte ihn ein Beleuchter arrangiert, um eine schattenlose Bühnenvignette aus dem Unwetter zu schneiden. Langsam ging Georg auf das Licht zu. Er vergaß nicht, was um ihn herum geschah, und überschritt doch auf nahezu hypnotische Weise eine der vielen transparenten Grenzen der Wirklichkeit. Zu Recht hatte ihn der Schweizer Pharmakologe Sternhart daran erinnert, daß es ihm nicht zustünde, sein Metier zu verdammen, und daß er statt dessen träumen oder alpträumen solle, was ihm in den Sinn käme. Bis zu den Fußknöcheln im Schlamm versinkend, wünschte er sich, daß der Regen nicht aufhören würde. Schmerzlos und staunend wollte er in der Zwischenzone verharren, an der sich die gleißende Helligkeit des Kunstlichts, die

Gewalt des Sturms, der Eindruck der im Regen umherirrenden Menge zu einer Einheit trafen. In dieser Zone, die von Andrej Tarkowskis metaphysischer Kamera erschaffen schien, fügten sich die versprengten, als Einzelheiten wertlosen Elemente seines Lebens zu etwas zusammen, das durch Selbstvertrauen und Mut und die leidenschaftliche Auseinandersetzung mit der Realität immer wieder erzeugt werden konnte: seine selbsterschaffene Heimat, die Erfindung, in der er zu Hause war. Dazu gehörten die weit abgesunkenen mathematischen Übungen in Bildlosigkeit, sein idealisiertes Cambridge, sein pathetisch unklares Mexiko, seine Sucht nach Nacktheit, Anarchie und Malerei und letztlich und am stärksten die Fähigkeit, seine Träume und Gedanken in die Kunstnacht der Kinosäle auszuschicken, weil er sie auch bei Tage so deutlich vor Augen hatte wie das von einem letzten Blitz erhellte Getümmel um ihn her.

Von einem aus dem Licht gegen ihn anklatschenden Wasserschwall ins Gesicht getroffen, drehte er sich um und stapfte in der tosenden Dunkelheit voran. Es gab immer noch einen Film, den er realisieren konnte. Dieser Film sollte seine Zuflucht sein, ein letzter Film, den er sofort beginnen würde, wenn er sich zu verzweifelt fühlte, um weiterleben zu wollen. Feierlich hob er den Kopf und wurde von einer Gestalt, die ihm gerade bis zur Schulter reichte, angerempelt, umarmt, festgehalten, aber dann doch nur beim Sturz auf den morastigen Untergrund begleitet. Am Boden begannen sie beide zu lachen. Die Mützenmaske des jungen Indianers war verrutscht, und er nahm sie vollends ab, bevor er Georg den allgemein bekannten, hier noch konkreten Sinn gewinnenen Slogan zurief: »¡Son un chingo!« (Wir sind ein Haufen!)

Georgs letzter Film würde nichts anderes zeigen als Regen, als Menschen im Regen, an allen ihm nur erreichbaren Orten der Erde. Er bräuchte nur eine Videoausrüstung, und er konnte sich dafür die Zeit bis zu seinem Tod nehmen. Dieser Film wäre die für ihn einzig mögliche Form des Gebets – sein sprachloses Fest.

9

»Du mußt entschuldigen – es ist wie die Erde küssen für den Papst«, sagte Mary, als sie gleich nach der Ankunft in ihrer New Yorker Wohnung den Fernseher anschaltete.

Ihre Reisetaschen mit den Etiketten der Mexicana und der Panamerican Airlines standen nebeneinander auf dem Fußboden der schmalen Küche. Georg hatte sich Kaffee gewünscht, und so begleitete eine alte AEG-Maschine die World-Jockeys von CNN mit einer rhythmischen, keuchenden Klage. In Europa – von der Upper East Side aus gab es keine Ausrede mehr – in Europa also wurden Menschen in psychiatrische Kliniken eingeliefert, weil sie die Erinnerung nicht ertragen konnten, auf den Gedärmen ihrer eigenen Kinder ausgerutscht zu sein. Das Jahr des Hundes hätte zum Jahr des Heckenschützen deklariert werden müssen. Ein Arzt in Sarajevo amputierte das linke Bein eines Mannes, entband eine Frau und mußte dann das rechte Bein des Mannes vom Rumpf trennen. CNN zeigte, zwischen einem Gewürzregal und einer mit *Life in hell* überschriebenen gerahmten Karikatur auf dem Küchenbord, die Toten, die in derselben Stadt vor einer Bäckerei Schlange gestanden hatten, mit Brotlaiben in den erstarrten Händen. Eine zwei Monate alte Lichtkopie von Bill Clinton rief mit fünfjähriger Verspätung den Bürgern von Georgs Heimatstadt zu: »Berlin ist frei!«, und Tausende von Kubanern stürzten sich mit aus Autoreifen und leeren Benzinfässern improvisierten Booten ins Meer, um das Hoheitsgebiet der Vereinigten Staaten zu erreichen.

»Back home.« Mary schaltete den Fernseher wieder aus.

Sie tranken ihren Kaffee mit der gleichen dankbaren Begierde, mit der sie ihn nach der Regennacht in Chiapas an einer der Feuerstellen getrunken hatten.

»Da draußen sieht es aus wie bei *Kojak*. Ich fühle mich wie eine Filmfigur. Flach. Unwirklich. Schlecht erfunden.«

»Hattest du nicht gesagt, daß du wie King Kong bist? Und du kennst doch die Geschichte von dem Wilden, der lange gewandert ist und dann ausruhen muß, damit seine Seele Zeit hat, ihn einzuholen.« Mary rieb sich die übermüdeten Augen. »Oder von dem Regisseur, der immer so schnell reist, daß ihn seine Seele nicht mehr einholen kann. Ich habe dich entführt, oder?«

Georg schüttelte den Kopf. »Niemand kann mich mehr entführen. Ich war in der Zone«, wollte er sagen. Aber er sagte: »Auf eine Woche mehr oder weniger kommt es nun auch nicht mehr an. Ich bekomme hier sicher einen preiswerten Flug nach Frankfurt oder Berlin.«

Das Bewußtsein, allein wegen der Farbe ihres Passes und der Macht ihrer Kreditkarten leicht wie mit einem Federstrich der Lage in Chiapas entkommen zu sein, einte sie wie Verbrecher oder wahrhaft Liebende. Zu müde, um noch essen zu gehen, nahmen sie eine Dusche und legten sich ins Bett. Georg schüttelte den Kopf, als er eine der aus Film und Fernsehen unerträglich bekannten Polizeisirenen jaulen hörte, und am nächsten Morgen öffnete er das Küchenfenster und klopfte mit den Fingerknöcheln gegen das Metall der Feuerleiter, um die Sorgfalt der Requisite zu loben, die hier anscheinend nicht mit billigen Attrappen arbeitete.

Mary spielte mit großem Vergnügen die Fremdenführerin durch das Upper-middle-class-Manhattan, das Woody Allen zu filmen pflegte (unter wundersamer Umgehung aller Schwarzen, aller Mülleimer und aller Inline-Skater). Sie lagen auf einer Wiese im Central Park und bummelten durch Soho. Sie besichtigten den Bronx-Zoo, hörten Itzhak Perlman in der Avery Fisher Hall, sahen ein voodooistisch verbrämtes Theaterstück am Broadway. Georg entdeckte eine Vorliebe für Bagels und erschrak vor den Rudeln Jeans kaufender deutscher Touristen. Mit dem gleichen Durchhaltevermögen stöberten sie in den Bookstores und Antiquariaten, sie litten gemeinsam unter der gnadenlosen Majorität der Nichtraucher-Restaurants und schlenderten durch die Glaspyramide des Metropolitan Museum. Da sie in Mexiko nie gekocht hatten, waren sie versessen darauf, sich selbst etwas zuzubereiten. Wenn sie bei Kerzenlicht oder im Schein der an einem Regalgitter angebrachten Klavierleuchte an Marys Küchentisch aßen, bedauerten sie die Gäste einer *Luncheonette* auf der gegenüberliegenden Straßenseite, die sich im 40-Minuten-Takt an den von Ketchupflaschen gekrönten Tischen abwechselten. Sie dachten an ihre ersten gemeinsamen Abendessen im *Miralto* zurück, an ihr Lieblingsrestaurant in Puebla und die Dosenmahlzeiten in Aguascalientes. Es war, als könnte sich die Geschichte ihrer rücksichtslosen und gierigen Begegnungen in die Erinnerung an den langen Urlaub eines treu zusammenhaltenden Paares verwandeln.

»Es ist eine Resublimierung, rein technisch gesehen«, erklärte Mary am Ende der Augustwoche, als sie sich von einer zu vertraulichen Geste Georgs bedrängt fühlte. Sie verließen inmitten einer kaugummikauenden Schulklasse den Fahrstuhl im 107. Stockwerk des World Trade Center. »Wir könnten uns ineinander verlieben.«

»Hüte dich, du hättest einen irren Regisseur am Hals.«

»Ich bin Psychoanalytiker gewohnt«, sagte Mary achselzuckend.

Die Außenwand des 107. Stocks bestand nur aus Glas und Strebepfeilern. Sie setzten sich auf eine Bank direkt vor die bis zum Fußboden reichende Scheibe. Ein Metallbügel, tröstlich gemeint, einer der zahlreichen Beweise der öffentlichen Fürsorge der Stadt, drückte ihnen wie auf einem Skilift haltgewährend gegen die Brust. Der Blick stürzte in die Tiefe, entlang der Fassade des nahestehenden Zwillingsturms, der, perspektivisch zu einem vierhundert Meter hohen grauen Keil verwandelt, mit ungeheurer Wucht in den glatten Beton der Plaza gerammt sein mußte, um in seiner extremen Verjüngung Halt zu bewahren. Georg dachte an den die Böschung hinabkippenden Bus in Chiapas zurück. Für ein, zwei Sekunden glaubte er, die Glasscheibe zerschmelze vor seinen Augen, und er und Mary würden mitsamt der Bank zentimeterweise über den Abgrund hinausgedrängt, auf dessen Boden man die Fußgänger kaum mehr ausmachen konnte. Seine plötzlich schweißnassen Hände umkrampften den Metallbügel. Bemüht, sich nichts anmerken zu lassen, sah er Mary an; immer war sie da, wenn es um Tod und Leben ging, aber jetzt wollte er sie nur als etwas vollkommen Alltägliches, als gelassene, sarkastische New Yorkerin in einer kornblumenblauen Seidenbluse, mit einem Leberfleck über der Oberlippe und der kleinen warzenähnlichen Erhebung zwischen den Augenbrauen.

»Du mußt dich heute entscheiden«, sagte sie ruhig. »Chie wartet auf meinen Anruf.« Mary teilte ihr Apartment seit zwei Jahren mit einer japanischen Schauspielerin. Chie hatte im September eine Tournee unternommen und beabsichtigte nun, zu ihrem Freund nach Soho zu ziehen, so daß Georg ihre Stelle als Zweitmieter des Apartments einnehmen konnte.

»Mein Geld reicht höchstens noch bis Ende des Jahres. Das ist eine Zeitbombe. Ich habe keine Ahnung, was ich dann tun soll.«

»Du hast doch ein Drehbuch geschrieben. Cortés und Lady Malinche, oder? Hier wimmelt es von Produzenten.«

»Es ist entsetzlich. Fast gar nichts stimmt daran. Ich weiß immer noch viel zu wenig über Mexiko, über die Azteken, über das damalige Spanien. Ich habe nur halluziniert, als ich das Buch schrieb.«

»Dann schreib es neu.«

»Ich will nicht mehr filmen. Aber ich habe keine Ahnung, was ich statt dessen machen soll.«

Sie stiegen die Treppe zur Aussichtsplattform im Freien empor. Georg hatte damit gerechnet, von einem heftigen Windstoß empfangen zu werden. Aber es war nur ein schwacher Luftzug zu spüren. Das blaßblaue Sphäroid des fast wolkenlosen Nachmittagshimmels spannte sich über die Stadt der Halbinseln aus. Längere Zeit lehnten sie mit dem Blick nach Nordosten schweigend nebeneinander, die Ellbogen auf das weiß gestrichene Metallgeländer gestützt. Georg war es zumute, als stünden sie auf der Brücke eines mächtigen Schiffes. Vom Hudson und East River eingefaßt wie von den Randströmungen einer schmalen Fahrrinne, bildete ganz Manhattan den Rumpf dieses Weltdampfers oder besser die verwirrenden Aufbauten seines Oberdecks. Auffällig nur von den tektonischen Rissen der Seventh Avenue, des Broadway und der Second Avenue durchlaufen, glänzte das in nicht mehr zu überbietender Dichte bepackte Schiffsdeck in der Sonne. Der in allen Sandfarben schimmernde ungeheure Steinschutt, den es in die dunstige Krümmung des Horizonts trug (Mary: »Weltende – die Bronx.«), klärte sich im Fokus angestrengter Blicke auf zu Reihen von klassischen Brownstone-Hochhäusern, zu einem querliegenden weißen Hotelkomplex, zu den miniaturisierten Ikonen des Empire State Building und des Chrysler Building. Beim Nachlassen der Konzentration verschmolz alles wieder zu einem Brei aus Tausenden von Würfeln und Kuben, einem schimmernden Häusergranulat mit irregulär hervorstehenden und wahllos gruppierten Zacken und Türmen. Lautlos trieb Manhattan nach Norden. Die drei strahlenförmig den East River überspannenden Brücken nach Brooklyn und Queens schienen keine Hindernisse dieser Bewegung zu bilden, sondern wirkten wie die Zugtaue des Schleppdampfers, der auch die Outer Boroughs mit sich nahm.

»Was auch immer du jetzt denkst, Georg – da unten liegt die Hauptstadt der Idioten.« Mary faßte ihn am Arm und zog ihn zur westlichen Kante der Aussichtsplattform. »Ich habe fünf Jahre lang tagtäglich da gelebt. Das hat gereicht.« Sie kam nur noch während der Vorlesungszeit für jede erste Woche des Monats in die Stadt, um ihre Lehrverpflichtungen an der Columbia University einzuhalten. »Ein bezahlbares Apartment – damit hast du schon ein großes Problem gelöst. Ich weiß nicht, wie lange du brauchen wirst. Vielleicht ein Jahr, vielleicht zehn Jahre. Wenn du jetzt nach Hause fährst, hast du verloren.«

Georg wollte ihr widersprechen. Aber er spürte, daß sich nur seine Vorsicht gegen sie wendete, und so nickte er, ungewollt gravitätisch und marionettenhaft. Die untergehende Sonne wurde von Marys Kopf verdeckt, als sie mit dem Rücken zum Geländer stehenblieb.

»Vor einer Woche waren wir noch in Chiapas«, sagte er in einem zweifelnden Ton.

Marys Gesichtszüge waren im starken Gegenlicht kaum erkennbar. Auf der weit ausfassenden Wasserfläche der Upper Bay, die jetzt das gesamte Gesichtsfeld einnahm, reflektierte das Licht hart wie von einem riesigen polierten Schild, und das Inselchen mit der Freiheitsstatue, die zerfaserten flachen Ausläufer von Jersey und die Brückenspange zwischen Staten Island und Brooklyn schienen in ihrer schattenhaften Zeichnung der Erinnerung und Vergangenheit zugehörig.

»Klarheit, Georg«, sagte eine weibliche Stimme, die aus ihm selbst zu kommen schien. »Hier muß man sich Klarheit verschaffen, um zu überleben.«

In diesem Augenblick begriff er, daß er genau dieses Bild eines hohen Turmes, einer schmalen dunklen Frau und einer riesigen Stadt schon einmal gesehen hatte, nämlich in der Nacht neben Camille. »Einverstanden, ich nehme das Apartment«, sagte er.

Als sie im höchsten Fahrstuhl der Erde zur Plaza hinabfuhren, fühlte sich Georg wie erlöst. Klarheit, ja, letztlich ging es ihm darum, auch jetzt noch, nachdem er in Chiapas die Zone zwischen Regen und Zelluloid betreten hatte, die er wohl nie verlassen würde. All die großartigen Landschaften und ruhigen Orte in Mexiko hatten ihm nicht geholfen. Hier aber regierte der Dämon der Oberfläche, der die Welt beherrschte. Hier war die endgültige und westlichste Stadt, der Stein gewordene Tagtraum Europas. Ihre Botschaft war die bedingungslose Entfesselung der Energie, die diese beiden titanischen Türme errichtet hatte.

»Hör dir das an«, sagte er zu Mary, als er beim Hinabfahren in einer Informationsbroschüre blätterte. »Der Architekt behauptet, es sei ihm darum gegangen, einen *Ausdruck für das Bedürfnis des Menschen nach individueller Würde* zu schaffen. Und einen Satz später erfährst du, daß hier jeden Tag 130 000 Leute zur Arbeit in ihre Büros gepumpt werden.«

»130 000. Das sind so viele wie in Heidelberg wohnen«, stellte Mary fest.

Nachts lagen sie schlaflos nebeneinander. Marys für die Reise nach Los Angeles erneut gepackte Koffer standen in Sichtweite des Bettes. »Daß du auf Heidelberg gekommen bist«, sagte Georg. »Es war wegen dieses Studenten, den du dort kennengelernt hast, nicht wahr? Dieser Hegelianer?«

»Vielleicht.«

»Er war humorlos – oder?«

»Yes. But one day he killed me«, versicherte sie. Sie hatte damals noch nicht geraucht, er dagegen schon. Scherzend habe sie ihm den in Kalifornien geläufigen Spruch zitiert: »To kiss a smoker is like licking an asshole.«

»It depends on the asshole«, sagte Georg unwillkürlich.

»Genau!« rief sie verblüfft und auf deutsch. »Genau das hat er gesagt!«

»Ein typischer Hegelianer.«

»It made an impression on me.«

Sie schwiegen und hörten dem Verkehrslärm zu. Wenn er die Augen schloß, sah Georg unweigerlich das Gesicht seiner Frau, wie er es aus Momenten der Traurigkeit und Erschöpfung kannte. Schon das lenkte ihn von seinem Vorhaben ab, die Geschichte mit dem Heidelberger Studenten genauer zu erforschen. Als er, kurz vor halb zwei, dennoch einen Versuch unternahm und mehr über die Fortsetzung in Berlin hören mochte, drückte ihm Mary mit einem auch im Halbdunkel deutlichen Ausdruck erregter Verzweiflung eine Dose von *Doktor Johnson's Beauty Crème* (penetrates the skin, gives you the feeling of well-being) in die Hand, die unmittelbar neben einer italienischen Ausgabe von Dantes *Göttlicher Komödie* im Bücherregal gestanden hatte.

Die hegelianische Methode, sie will mich korrumpieren, dachte Georg. Ein vager Grünschimmer, hereingeschickt von der großen Neonreklame der *Luncheonette* auf der gegenüberliegenden Straßenseite, überzog ihre Körper mit einem reptilienartigen Schimmer. Das vollkommen gleitfähig gewordene Plateau zwischen Marys Beinen ließ bald beide Körperöffnungen, abgesehen von dem geomorphologischen Unterschied einer warm umwulsteten Cañon-Furche zu einem flachen Vulkankegel, gleich zugänglich erscheinen. Mary ergab sich nur exakt auf der Länge seiner Eichel, so daß er nahezu bewegungslos in ihr steckte, ihren schmalen, deutlich von der Linie ihrer Wirbelsäule geteilten Rücken im Blick. Für einige Sekunden erschien ihm alles so rätselhaft und absurd, daß er mit der gleichen Berechtigung und den gleichen Gefühlen nackt auf die Straße hätte hinauslaufen können. Dann plötzlich gab Mary einen Ton von sich, den er von irgendwoher kannte, einen tiefen, vibrierenden Laut, der ihn vollkommen ins Spiel zurückbrachte – es war das Stöhnen Camilles, so wie er es sich in seinen hemmungslosesten Träumen gewünscht und damals in ihrem Garten in K. zu hören geglaubt hatte, und sein eigener Körper erschien ihm grausam und schön, mitleidlos wie der eines Löwen bis in die Spitze seines fast schmerzhaft eng umschlossenen Penis. Kurz vor seinem Höhepunkt erinnerte er sich an das Gespräch, das sie in Mexiko über pornographische Filme geführt hatten. Mit einer bösartig zitierenden Lust zog er sich zurück, um, wie Mary es damals ausgedrückt hatte, seine »spritzende Überlegenheit« zu beweisen; sie ahnte jedoch, was er vorhatte, drehte sich rasch und umschloß diesen dunklen, augenlosen Stengel, der ihn wie ein irrer Reiseführer um die Erde zwang, mit beiden Händen, dicht an ihrem Gesicht, so daß er beschämt ihre schmalen Finger und duftenden Haare befleckte und alles in einer rückhaltlosen Zärtlichkeit endete.

»Warum machen wir das nur? Wir könnten daran sterben«, sagte sie, als sie ihre letzte Zigarette in dieser Nacht rauchten.

Georg wollte erwidern: »Weil ich nicht weiß, ob ich mich zerstören oder befreien will.« Aber er sagte: »Es war sehr aufregend für mich. Aber hattest du denn was davon?«

»Es ist schmerzhaft. Aber ich erinnere mich dann länger an dich, wenn ich weg bin. Wirst du hierbleiben, Georg?«

»Ich weiß, daß ich mir Klarheit verschaffen muß.«

»Und du weißt, wie das geht. Denk an den Maulwurf.« In der letzten Flugschrift des Subcomandante Marcos, die sie in Mexiko gelesen hatten, wurde die Geschichte des Maulwurfs erzählt, der dafür, daß er immer nur das eigene Herz sehen wollte, von den Göttern mit Blindheit gestraft worden sei. Diese Blindheit habe ihm jedoch als einzigem Tier die Kraft gegeben, sich nicht vor dem Löwen zu fürchten ... Die Blinden Buñuels, die blinde Hure, der blinde Maulwurf ... Georg sah die Brustnarbe des Schweizers Holger Sternhart wieder vor sich, dachte an Eisenstein und an die Obsidianklingen der aztekischen Opferpriester in den Museumsvitrinen. Alles das würde sich zusammenfügen zu einer ganz unerwarteten Lösung oder zu einem tragischen Ende. Er spürte, daß Mary eingeschlafen war.

Aus der Ferne eines flüsternden, ihn sanft zurück in die Kissen drückenden Schattens nahm er dann ihren Abschied am frühen Morgen wahr. Erst in einem Monat würde sie wieder zurückkehren. Gegen acht Uhr tastete er sich durch mehrere, anscheinend direkt nebeneinanderstehende Betten und Schlafplätze. Da waren die durchgebogene Liege in einem mexikanischen Hotel, sein Ehebett in Schöneberg, das Klara wohl schon verkauft oder zerlegt hatte, die Matratze auf dem Boden seiner ersten Studentenbude, das Hochbett der Medizinstudentin Kristina, das leis knarrende Gästebett seiner Schwiegereltern unter der Dachschräge ihres norddeutschen Ferienhauses, der Parkettboden, auf dem Camille und er ihre Schlafsäcke ausgebreitet hatten, fast zwanzig Jahre war es her, in dem zum Abriß bestimmten Jugendhaus. Die Betten waren allesamt leer, als hätte er nicht nur Camille, sondern jede Frau an seiner Seite erfunden.

Zum Frühstück konnte er vor Aufregung nur Kaffee trinken und rauchen. Durch das Fenster sah er auf die Lexington

Avenue hinab. Eine Kinderangst vor der grenzenlosen Einsamkeit in dieser fremden, unbarmherzig in den Himmel getriebenen Stadt hatte ihn gepackt. Die Angst legte sich plötzlich, als er ein Verkehrsschild entdeckte, das die Aufschrift trug: *Don't even think of parking here!*

8
Der schönste Tag

> Man sollte nicht sagen: »Der andere existiert, ich habe ihn getroffen«, man sollte sagen: »Der andere existiert, ich bin ihm gefolgt.«
>
> *Jean Baudrillard, Transparenz des Bösen*

1

Dear maryproc@columbia.edu! Greetings from Highdelboerg! Dies hier wird die versprochene permanente elektronische Ansichts- und Absichtskarte. Seit mich die Propagandamaschinen in der Hauptstadt der Idioten vom Nikotin befreit haben, muß ich mir fortwährend gesundheitsverträgliche Halluzinogene und Rauschmittel ausdenken. Camille, meine Droge: der schwarze Hanf ihres Haars, Tropfen klaren Heroins in ihrem Auge, die Tollkirschen ihrer Lippen, die Klatschmohnblüten ihrer Brustwarzen, das stille Opiumfeld zwischen ihren Schenkeln, die im Fruchtfleisch verborgenen Ecstasy-Rinnsale gegorener Kaktusmilch, die Marihuanakrümel in der Senke ihres Schneegebirges ... Ich beunruhige mich so wunderbar beim Schreiben und Nachdenken über Camille, meine Droge, mein Gift. Genußvoll wie ein Fixer, der sein Besteck herrichtet, klappe ich mein Notebook auf, um meine Rauschzeichen durch die Kupferadern der Wand in die globale Netzhölle hinabzuschicken. Zuvor aber müssen sie sich durch das Nadelöhr meines überalterten und störrischen Modems quälen. Schon deshalb werde ich wohl zumeist off-line schreiben und dir dann kilobyteschwere Geständnisbüschel aus drei bis fünf Nächten schicken, zum Ausgleich dafür, daß du so lange auf die nächste Mail warten mußtest. Ich meine: Schreib mir einfach, wenn du genug hast! Ein STOP im Subject genügt. Sieh mich als Objekt unserer Feldforschungen. Als sich selbst reportierendes Objekt, das die Expedition in seinen eigenen Lust- und Alptraum beginnt, etwa wie dieser rollschuhähnliche Marsroboter Sojourner, der tagelang einen roten Steinbrocken beschnüffelte, seine planetare Camille, von der er schon zu träumen begonnen hatte, als die NASA noch an den Chips seines Hundehirns bastelte.

Heidelberg, nicht der Mars. Camilles Stadt. Ich kam nachts an, erwartungsgemäß, so, wie ich es schon drei Jahre zuvor geträumt hatte. Mußte ich nicht dankbar sein, daß Camille nicht wieder eine akronyme Stadt gewählt hatte wie S. oder K., sondern einen Ort, dessen Namen man auf wissenschaftliche Publikationen und japanische Reiseführer drucken kann? Der Heidelberger Bahnhof ist noch immer diese flache Glasschnecke, die du von deinen Touristenbesuchen in den siebziger Jahren kennst. Freilich haben sie mittlerweile die Wände neu gestrichen und Computer zwischen den Schalterbeamten angesiedelt. Das Publikum, bahnfahrende Denker und Gaukler, Studiosi, Bader, Kaufleute, Landsknechte, Marketenderinnen, Gesindel, echte, wenn auch elend dreinschauende Mohren, ganze Familien mit TV-gestreßten Kindern, alte Weiblein und Girlies mit gepiercten Nasen und Schamlippen, liest immer noch HEGEL; wirklich, es ist schon erstaunlich, wie sie mit ihren zerfledderten und von Merkzetteln gespickten Exemplaren der *Phänomenologie des Geistes* vor den Wagenstandsanzeigern und Zeitungskiosken stehen und sich noch heute darüber freuen, daß H. einmal in ihrer Stadt lehrte, bevor er nach Berlin davonging (also in meiner Gegenrichtung). Draußen auf dem Vorplatz sah ich auf einem abgezirkelten Areal ein Gewirr von Fahrrädern. Unnatürlich und erschreckend in dieser Massierung. Wie große Brillengestelle. Erneut diese – ich dachte es wörtlich – »amerikanischen« Reflexe. Als würden mich Anhäufungen von Brillen, Ringen, Armbanduhren erst seit kurzem erschrecken und nicht schon seit ich als Fünfzehnjähriger an Camilles Seite die Filmaufnahmen der Lager gesehen habe. Die Fahrräder vor diesem Bahnhof waren nicht schrecklich. Sie gehörten nur zum melancholischen Eingedenken an die Nachtschichtler, die von hier aus mit ihren Taschenbuchausgaben von Hegel und Konsalik in die umliegenden Städte fuhren: Industriearbeiter, Postverteiler, Krankenschwestern. Ich selbst war wieder einmal entronnen und konnte mein Geld mit Dingen verdienen, von denen man in den Feuilletons las. Es war noch nicht Winter. Es fiel kein Schnee. Aus dem lange in New York City gehegten Traum meiner Ankunft waren keine Krähen herübergeflogen, um sich über meinem Kopf zu zanken. Aber wie ich es geträumt hatte, stand ich vor einem Bahnhof, einen Koffer in der Hand, und wartete. Die Reisenden, die mit mir eingetroffen waren, zerstreuten sich, sofern sie es nicht schon waren. Autotüren schlugen zu (ich sah Paare unter Glas, die sich zur Begrüßung küßten). Eine Straßenbahn hielt, in die vornehmlich jüngere Leute stiegen.

Nach etwa fünf Minuten stand ich allein auf dem Platz. Nach weiteren fünf Minuten war klar, daß Camille nicht kommen würde. Breite Straßen grenzten den Bahnhofsvorplatz ein. Man sah keinen auch nur andeutungsweise gastlichen Ort, kein Café, kein Restaurant. Bahnhöfe sollten im Zentrum einer Stadt liegen wie ein Herzkatheter, nicht an ihrem kalten Ende (Metapher geschenkt)! Aber so konnte das in diesen europäischen Städten eben sein, die man Jahrhunderte vor dem Anlegen einer Bahnstrecke gegründet hatte. Und natürlich wußte ich noch, wo das Heidelberger Stadtzentrum liegt. Ich hätte nur die Straßenbahn nehmen müssen. Was fehlte mir denn, abgesehen von Camille? Nachtigallen, wie sie Kolumbus auf Kuba zu hören wähnte. Flamingofedern, die mir auf den ashpaltdunklen Wellen entgegentrieben. Michael, mein erfundener Sohn, in dessen Namen ich mich darüber hätte empören können, daß Camille uns nicht umarmte, küßte und ins Hotel begleitete. Ich hatte vorsichtshalber ein Hotel gebucht, ein gutes sogar. Schöne alte Welt, in der es zitronencremefarbene Taxis im Überfluß gibt (oder ist es die Farbe von Vanillepudding, und wie kamen eigentlich die New Yorker auf dieses Kanarienvogelgelb?).

Eine halbe Stunde später saß ich auf meinem Hotelbett und griff nach dem Telefonhörer. Ich hatte meinen Mantel noch nicht ausgezogen. Bevor meine Finger die Wähltasten berührten, mochte ich auch gar nicht so recht wissen, wen ich anrufen würde. Ein kleines Exempel der Sartreschen *Unaufrichtigkeit*, diese Komödie, die wir mit dem Nichts spielen, das uns von uns trennt. Ich tippte Camilles Nummer, drückte aber auf die Unterbrechungstaste, bevor die Leitung freigeschaltet wurde. Ein unerwartet gewalttätiges Wie-komme-ich-bloß-Hierher? trat mir entgegen, schlug mir vor die Stirn, würgte mich, trieb mir den Schweiß aus den Poren, zwang mich, den Mantel auszuziehen und das Fenster zu öffnen. Ich brauche Dir nichts über dieses Falltürgefühl zu erzählen. Es gehört ganz oben in Deinen ethnologischen Handwerkskoffer, und seine Kehrseite ist die Einsicht, daß das Bleiben an einem Ort und in einer Kultur immer auch unerträglich ist. Verblüffend war allerdings, daß ich mich nun in Heidelberg wie an meinem ersten Tag in Mexiko City fühlte (an dem ich doch nur eine Hoteletage weit oder tief von Dir entfernt war. – Wie soll ich Camille eigentlich Deine Existenz eines inzestuösen Seelenzwillings erklären?). Es schien mir eine Marsreise lang her zu sein, seit ich an einem Internet-Terminal in der New Yorker Public Library gesessen und Camilles E-Mail- und Postadresse recherchiert hatte. Ich hatte dort wirklich geglaubt, daß dies noch nicht gleichbedeutend mit dem Entschluß gewesen sei, Camille physisch und persönlich aufzusuchen. Selbst als mir das an die Suchmaschine angeschlossene geographische Informationssystem in einer berufsspielerhaft eleganten Kaskade die Karten von Süddeutschland, Südwestdeutschland, des Kraichgau, des Odenwaldes, von Heidelberg und schließlich im Maßstab 1:50000 den Stadtplan in der Umgebung der Straße offerierte, in der Camille wohnte, hatte ich mich noch ganz sicher gefühlt, geborgen in einem lichtarmen Lesesaal hinter den mächtigen weißen Eingangssäulen der Bibliothek an der Kreuzung Fifth Avenue – 42. Straße. Aber kurz darauf war ich unterwegs, in der anachronistischen Manier der bemannten Raumfahrt (ich versäumte leider, mir ein wenig russisch vorzukommen, obwohl die Station MIR gerade in diesen Tagen ihre eigene Versorgungsstation gerammt hatte und mit gestrichenen Sonnensegeln durchs All trudelte). Ich sehe mich noch jetzt am JFK-Airport im Torbogen der Kontrollschleuse ein letztes Mal zu Dir und Richard hinüberwinken, dann aus einem den Magen hebenden Kippwinkel 1000 Meter tief auf den Strandstreifen von Long Island hinabstarren, der sich an einem Meer Deiner Augenfarbe endlos lange dahinzuziehen scheint – nein, nicht endlos lange, er endete zehn Stunden später in den Kiefernwäldern der märkischen Streusandbüchse. Ich war doch nicht (ausschließlich) wegen Camille nach Deutschland gekommen! Schon Wochen vor meiner heimwärtstreibenden Internetrecherche hatte ich die Angebote aus Heidelberg, Dortmund und Berlin erhalten. Aber wann und wie fiel die Entscheidung?

»Du läßt doch Camille entscheiden!« hatte mir Hermann vorgehalten, als ich, kaum in Berlin angelangt, Camilles Adresse auf eine Postkarte schrieb. Ich hatte mich zunächst für eine zeitgemäße Nachtaufnahme des Potsdamer Platzes entschieden, eben jene tausend Baukräne, die eine Art unschlagbares Neues Stuttgart aus der jahrzehntelang betäubten und vernarbten Berliner Mitte emporzuheben schienen, effektvoll fotografiert hinter dem kobaltblauen Menetekel eines Mercedessterns. Im ersten Augenblick war mir der Vorgang nur allzu vertraut erschienen: Ich schrieb an Camille, auf der Rückseite eines Ausschnitts aus der großen Welt, einige belanglose Zeilen. Sie würde ebenso nichtssagend aus der Provinz antworten. Dann aber erschrak ich zutiefst über die Dreistigkeit meines Unterbewußtseins, das die vergangenen zehn Jahre unseres Lebens zunichte machen wollte. Verärgert lief ich durch die Stadt, bis ich eine Postkarte gefunden hatte, auf der Camille einen herbstlichen Baum erblicken würde, inmitten abgeernteter Felder (bien sur, ma solitude ...), aus einer leicht rätselhaften Schief- und Höhenlage der Kamera heraus. Und ich schrieb: *Man bietet mir an, eine Zeitlang in Heidelberg zu arbeiten. Ich habe herausgefunden, daß Du dort lebst. Nun träume ich von Dir. Könnten wir uns treffen?* Als zehn Tage später Camilles Antwortkarte (c/o Hermann) eingetroffen war – die nicht gänzlich unbekannte Heidelberger Schloßgartenansicht des in der Sonne ruhenden Flußgottes *Vater Rhein*, dessen Geschlecht von wohldrapiertem Weinlaub versiegelt ist, während überall um ihn her fingerdicke Wasserstrahlen aus den Felsbrocken emporschießen –, hatte auch ich meinen gestauten Erwartungen keinen Einhalt mehr gebieten können. Ich behauptete, mit diesem neudeutschfontaneisierenden Hotel-Adlon-Berlin nichts anfangen zu können; ich beklagte, daß mit Ausnahme von Hermann nach und infolge meiner Scheidung und dreijährigen Abwesenheit kaum noch hiesige Freundschaften übriggeblieben seien; ich stritt mit dem Intendanten der Volksbühne, der mir ein sehr generöses Angebot gemacht hatte, so lange über den bevorstehenden 100jährigen Brecht, bis wir uns kopfschüttelnd voneinander trennten. Kurzum: Camilles Antwort, aus genau dieser Botschaft bestehend: *Ja. Wann?*, war wie mit zwei Pfeilen in meine Brust geschossen und zog mich davon. *(Ja! Wann? Gib mir Deine Fontänen!)* Was hätte ich denn tun sollen? – Ich, diese aktuellere Heidelberger Kopie meines Ichs auf dem Hotelbett nun wieder, wählte Camilles Nummer.

Camilles Stimme war wundervoll und entsetzlich nah. Ich schloß die Augen, glitt über die Drähte und legte mich in ihren

Mund. Sie redete fünfzehn Sekunden lang. Ich rief sie erneut an, woraufhin sie sich unermüdet und perfekt wiederholte (ihre digitale Zunge stieß mich an denselben Stellen). Beim dritten Anruf aber erschien mir dieses SPRECHEN SIE NACH DEM PIEPTON! doch sehr eindringlich, nahezu befehlend. So krächzte ich die Initiale meines Vornamens heraus, um im nächsten Augenblick zu spüren, daß ich damit schon jeden Halt verloren hatte. GE konnte um diese Zeit, an diesem angekündigten Tag nur noch ICH sein. ICH war abgerutscht und mußte nun auch über das unvermeidliche steil fallende ORG hinweggeorgeln und weiter. Ich weiß nicht, ob Dir der Alptraum geläufig ist, auf eine Sprungschanze zu geraten, wo du nur einen Blick in die Tiefe riskieren wolltest, aber plötzlich auf Skiern stehst und schon die Bande losgelassen hast, am obersten Ende eines ungeheuerlich steil im Schnee steckenden turmhohen Löffels. In solchen Fällen *muß* man weiter, hinein also in irgendeine Art von Begrüßung, aus der eigentlich kein Vorwurf klingen sollte, über den 40-Grad-Winkel dieses ungewollten Vorwurfs noch weiter – immer in der Gewißheit, daß jedes Detail, jeder Ausrutscher, jede Peinlichkeit von dem heimtückischen, monoton und gnadenlos lauschenden Tonband aufgezeichnet werden würde, solange ich nicht die Niederlage in Kauf nahm, den Hörer auf die Gabel zu werfen. Ich redete zwei oder drei Minuten lang. Glücklicherweise kann ich mich nur an den Wortlaut des ersten Satzes und den Sinn des Ganzen erinnern, es ist wie mit Hamlets Monolog. »Du hättest mich am Bahnhof abholen sollen. Das machen wir doch immer so, so ist doch die Liturgie!« warf ich ihr vor. Dann bat ich sie wohl darum, noch in dieser Nacht oder spätestens am nächsten Morgen mit mir zusammenzutreffen, da ich vor dem Gespräch mit dem Intendanten wissen müsse, ob ein mehrmonatiger Aufenthalt in Heidelberg für mich erträglich sein könnte oder nicht. Es sei mir nicht angenehm, sie so zu bedrängen. Aber mir wäre heute abend, heute nacht vielmehr, erst klargeworden, wie entscheidend die Frage für mich sei, ob sie die gleiche Sehnsucht nach einer Auseinandersetzung mit unserer Vergangenheit verspüre ... Ich wurde dann wohl noch ehrlicher, aber lassen wir die Amnesie bezüglich der Details wirken, und: PIEP!

Nach dem zweiten Piepton entsetzte ich mich doch ein wenig über meine geflohene und versiegelte Stimme. Camille hielt sie in ihrem schwarzen Kästchen gefangen und konnte sich nun an ihrem zittrigen, peinlichen Tanz weiden – so oft sie wollte. Zum ersten Mal kam mir die Idee, daß jemand die Peinlichkeiten archivieren könnte, die sich auf seinem Anrufbeantworter angesammelt hatten. Gerade jemand wie Camille! Ich saß erschöpft auf dem Hotelbett und klopfte mir mit dem Telefonhörer gegen die Stirn. Mußte ich etwas bereuen? Nein, ich hatte gegeben, was ich konnte. Man hätte mir applaudieren sollen.

Die Zeit bis Mitternacht vertrieb ich mir mit einer Dusche, mit Schreiben, mit einer kleinen Flasche badischen Weins aus der Zimmerbar. Dann legte ich mich zu Bett, in der sicheren Erwartung einer schlaflosen Nacht. Natürlich glaubte ich nicht, daß Camille jetzt noch in das Hotel kommen würde, obwohl ich ihr auf meiner zweiten Postkarte neben der genauen Ankunftszeit meines Zugs auch die Adresse des Hotels mitgeteilt hatte. Ich fragte mich, was sie daran gehindert hatte, mich abzuholen (sie hatte es nicht versprochen, es gab insgesamt nur drei Postkarten), und ob es ihr besser als mir erging, in dieser Nacht, die sie nun mit der Herrschaft über den Drei-Minuten-Ausschnitt meiner Seele verbringen mußte, der sich in ihrem schwarzen Kästchen regte, stets aufs neue mit gleicher Energie, allein die kurzen Refraktärperioden des schnellen Rücklaufs (»<<« – die doppelte Pfeilspitze in ihrem Herzen!) benötigend.

Erstaunlicherweise schlief ich ein. Immer wieder. Es war schwer zu sagen, wo ich es besser hatte: in der Nachtwirklichkeit des großen Hotelzimmers, gequält von schamvoller Hochzeitserwartung, oder in den schiffbrüchigen Träumen, in denen ich an ganz verschiedenen Stränden und Küsten angespült wurde, nur um zu erfahren, daß auch und gerade hier *Camilles Stadt* sei, ganz gleich, wie es aussähe oder was ich mir vorstellen würde oder mir Kompaß und Landkarte zu verraten schienen. Ich hatte also nur die Wahl, schlafend oder wach in Camilles Stadt angekommen zu sein. Daß dies Heidelberg (auch Dein Highdelboerg, my dear, mit den Erinnerungsspuren an Deinen Hegelianischen Lover) sein sollte, überraschte mich auch jetzt noch. Und ich schrieb *Hochzeitserwartung*, weil die simple Vorfreude auf Geschlechtsverkehr tief unterhalb der sakralen

Stimmung lag, die die Aussicht auf eine Begegnung mit Camille in mir auslöste – wohl seit jenem Zeitpunkt, zu dem ich jene Multiple-choice-Postkarte geschrieben hatte, um Camille auf möglichst ironische Weise meine Heirat mit Klara anzukündigen. Ich wollte nicht von Klara träumen! Aber Klara gehörte in Camilles Stadt, wo sie mich auf der Straße finden würde, um mir vorzuwerfen, ich liege da wie ein Hund. Das Hochzeitsmotiv war zu stark. So landete ich erneut auf Guadeloupe, der Insel der schwarzhäutigen Melancholiker mit ihren Wellblechhütten und Super-marchés und den Kartentelefonen, an denen man zum Inlandstarif nach Paris telefonieren kann. Ich lag neben Klara unter einem Moskitonetz. Im Kreis um uns herum aufgestellte rostige Ventilatoren ließen das Gewebe wie ein Segel flattern. Während der ersten zwei Jahre unserer Ehe hatten wir nicht genügend Geld besessen, um eine große Reise zu unternehmen. Nun holten wir unsere Hochzeitsreise nach, in der Karibik, politisch korrekt auf dem teuersten, direkt zur Europäischen Gemeinschaft gehörenden Teil der Kleinen Antillen. Aber es ging uns wenigstens so schlecht, als wären wir in den Flitterwochen in den Odenwald gefahren. Unter dem Moskitonetz eines Bungalows auf Bàs-Terre hatte ich an Klaras Seite dann einen Traum, in dem ich Camilles Koffer in diesen Bungalow schleppte und die noch völlig angekleidete Camille an Klaras Stelle zu lieben versuchte (mein roter Lachs krümmte sich hilflos an der Messingknopfleiste ihrer Jeans). Jetzt, am Strand des Odenwaldes, schimmerte der Heidelberger Morgen durch meine Lider, vermählte sich mit dem Regenwaldlicht meines Körperinneren wie die Erwartung Camilles und die Trauer über den endgültigen Verlust Klaras. Ich erwachte so übergangslos, daß ich den Gewächshausgeruch der Tropen in der Nase hatte und mich nicht gewundert hätte, verirrte Kolibris durchs Zimmer fliegen zu sehen, und beim ersten Kontakt meiner Füße mit der hiesigen Erde glaubte ich wieder dieses Knacken zu hören, als zertrete man dünne Nußschalen, aber der Boden war nicht von Insekten bedeckt, sondern von altrosafarbenem Velours. Ich war in Heidelberg. Klara und ich waren geschieden. Ich hatte drei Jahre in New York gelebt. Camilles Anrufbeantworter hatte den erregbarsten Teil meiner Seele gefressen, und der Cortés in mir war eingeschrumpft wie das Glied eines Achtzigjährigen. Ich dachte nur noch an Flucht.

Um acht hatte ich geduscht, war rasiert, hatte meinen Koffer gepackt. Ich wollte frühstücken (hoffte auf Laugenbrötchen, vergiß die Bagels), dann telefonisch dem Intendanten absagen und wieder in den Zug steigen, in irgendeinen Zug. Ich dachte an Rom, seltsam. Und als es an der Tür klopfte, erwartete ich mit sämtlichen vernünftigen Anteilen meines Bewußtseins ein Zimmermädchen, das ärgerlicherweise nicht darauf achten mochte, ob die Gäste bereits zum Frühstück gegangen waren oder nicht.

2

Zwei Stunden später bin ich noch immer in diesem Hotelzimmer. Kamerafahrt von außen an das Hotelgebäude heran, zu einem Fenster im dritten Stock. Es ist ein kühler, stürmischer, außerordentlich klarer und sonniger Donnerstag im Oktober. Zehn Uhr morgens. Unterhalb des Kamerakrans sieht man eine enzianblau lackierte Straßenbahn davonfahren. Die Zweige eines Baums schlagen gegen das Fenster unseres Interesses. Hast du gelesen, daß ein fürchterlicher Sturm über Acapulco gekommen ist und das Hotel, in dem wir damals lagen, in den Schlamm gerissen hat? Es gibt immer mehr Unwetter. El Niño, der Christkindsturm. Hurrikans in Mexiko, Wolkenbrüche in Peru (ich sehe Dich auf Deinen Lamas dahinreiten), Dürre in Indien (selbst in der Gegend von Madras, wo ich vor sieben Jahren noch verzweifelt den Staub aus meinen Kameras zu pinseln versuchte). Über Heidelberg ist es nur ein Herbstwind, und hinter den Thermopanefenstern ahnt man ihn kaum. Wir jedoch haben das Fenster mit dem Objektiv durchstoßen. Ein großzügiges Hotelzimmer tut sich auf. Es ist nun vollkommen still, das heißt: wir machen Musik, Klaviermusik, vielleicht etwas von Erik Satie oder *Autumn* von George Winston (oder mir fällt noch etwas Originelleres ein). Die Untersuchung des Interieurs, auf die ich wie immer gesteigerten Wert lege, erfolgt in angespannten, geduldig ausfahrenden Detailaufnahmen; es sind die Blicke eines gründlichen Diebs, die auf das Chrom-, Kirschholz-, Glasmobiliar treffen, das den nicht gänzlich unangenehmen Eindruck erweckt, noch nie habe sich ein Mensch hier aufgehalten. Der gegängelte Blick des Zuschauers erkennt, daß sein Ohr betrogen wurde, als die Kamera den abgeschalteten Hotelfernseher streift und das ebenfalls ausgeschaltete Radio. Mit diesem Eingeständnis beseitigen wir die Klaviermusik. Der Echtton setzt ein, und gleichzeitig erschrecken wir über die nun ins Blickfeld geratenden Kleiderbündel auf dem wie gestriegelten Velourstepppich. Noch vor dem Kameraschwenk zum Bett hin hörst Du die Frau, Du erwartest das genaue Bild des Paares, das Dir Deine Phantasie eingibt – aber das sind Camille und ich, in *meinem* endlich real gewordenen Traum. Am zuckenden Ende des Traums kniet sie über mir, nicht unbeträchtlich entzückt jammernd und stöhnend. Wir möchten gerade KOMMEN. Ich befinde mich, Camilles zuckende innere Muschel mit meiner Zunge, den Lippen und der Nase spürend, so nahe am Erstickungstod, daß mir etwas in noch keinem Traum geschweige denn Film Dagewesenes geschehen könnte: nämlich berührungslos, wie der *Vater Rhein* auf Camilles Postkarte, wie aber auch gewisse Hohltiere, entzückte Stachelhäuter und ekstatische Meeresringelwürmer, in die (Biologinnen natürlich bekannte) *freie äußere Besamung* zu verfallen und dabei Camilles breiten unteren Rücken zu treffen. Aber zugleich mit der Kamera, der hiermit verziehen sei, tritt nun – ganz in der Logik des Eiscafé-Effekts – das Zimmermädchen ein und sieht in einer Sekunde des Schocks, in einer Sekunde der Gier und noch in den Sekunden eines nicht völlig beeilten Rückzugs die auf dem Bett kniende Camille, die meinen Kopf zwischen ihren Oberschenkeln gebärt.

Was nun kommt, ist vielleicht interessanter als die Einleitung und der Hergang dieser Geburt. Kehren wir aber dennoch zurück zum fälschlich erwarteten Eintritt des Zimmermädchens zwei Stunden zuvor, im Namen der Wirklichkeit und, ich hatte es befürchtet, der Liebe oder wenigstens der transzendentalen Metaphysik unserer Schleimhäute. *Georg und Camille, acht Uhr, die Erste:* Georg / Ich gerade geduscht, rasiert und angekleidet, öffnet / öffne die Tür. Camille sieht Georg. Georg sieht Camille. Camille hebt eine Hand. Georg sieht, daß sie eine Hand erhoben hat. Sie will ihm vor die Brust stoßen. Sie wird es aber nicht ohne seine Einwilligung tun, eine komplizierte, lautlose Verständigung ist nötig. Genau diese Verständigung findet statt, eine Sekundenminiatur, in der wie in einem Uhrwerk jedes Zahnrädchen einrastet, aber dies ist ein altmodischer Vergleich, es sind superschnelle Reaktionen unserer biologischen Platinen. Zunächst: Ob es sich überhaupt noch lohne. Wie du mit dir umgegangen bist, in all diesen nun auf einmal so fürchterlich lang erscheinenden Jahren. Camille, auf Georg/mich blickend: kaum Bauch, keine Glatze (sie sieht nicht meinen Hinterkopf), die Zähne stets repariert und also vorzeigbar (drei Gold-, zwei Porzellankronen), Fältchen unter den Augen, an den Mundwinkeln, ich scheine die Augenbrauen (nicht sehr sorgfältig) zu schneiden, klare blaue Iris und so weiter, jedenfalls spüre ich, daß sie den Widerstand der Brustmuskeln über meinen Rippen fühlen will, die genaue Art dieses Widerstands, wenn sie jetzt die Hand ausstreckt. Georg, vor sich, in einer jener Halbtotalen, die das Leben schreibt, Camille: überraschend, fast befremdlich schlank, das schulterlange Haar akkurater geschnitten als je zuvor, aber gefärbt und nun mit dem Glanz polierter Kastanien versehen, einige Fältchen, zum ersten Mal sehe ich Lippenstift bei ihr, Puder wohl auch, nein gewiß Puder, Lidschatten unter den vollkommen unverändert brennenden Augen, ihre Indianerwangenknochen, das schöne feste Kinn, würde sie lächeln, sähe ich mehr von ihren noch immer milchweißen Zähnen (nur drei Porzellankronen, du Glückspilz), deutliche Vorwölbung ihrer Brüste unter einem naturweißen dünnen Pullover. Es ist noch möglich, wir sind erst vierzig, schon vierzig, dies ist die letzte Chance. Laß uns nicht dumm sein! Ein Untertitel-Dialog: *Siehst du, wie wütend ich bin? – Ja, Gott sei Dank. – Ich hätte Lust, dich vor die Brust zu stoßen! – Was glaubst du, weshalb ich so vor dir stehe!* – Sie stößt gegen meine Brust, und ich ziehe sie nach hinten zu mir ins Zimmer, kaum daß mich ihre Hand berührt hat. Und erst jetzt folgt ihre längere, von keinem Wort unterbrochene Rede: »Warum hast du das getan? Willst du mein Leben durcheinanderbringen? Willst du es zerstören? Denkst du, ich kann meinem Mann so einfach erklären, was dein Gestammel auf unserem Anrufbeantworter sollte?« Gleichzeitig mit dem Anfang ihrer Rede die Verschränkung, gemeinsame Bewegung und schon Verwicklung unserer Körper. Wie ich ihren Vanille-Duft vermißt habe! Ich bin so geistesgegenwärtig, die Tür zuzustoßen, wofür sie, ebenso präsent in ihrer Rolle, einen Sekundenbruchteil lang die Bewegung anhalten muß, mit der sie mich nach hinten drängt. Zweiter Untertitel-Dialog: *Ich kann es nicht glauben, daß du wirklich gekommen bist! – Ich kann nicht glauben, daß ich das mache, was ich da mache. – Hör nicht auf zu reden! –* »Warum hast du das gemacht? Warum kannst du nicht einfach anrufen und sagen, daß du ins Hotel gefahren bist? Warum hast du das gemacht?« Ich stoße an einen Couchtisch, ändere die Richtung zum Bett hin, wobei ich kurz den Stich *Alt Heidelberg* über dem Hotelfernseher sehe, jedoch ohne Empfindung für die Ironie des Interieurs. Es sind drei Schritte bis zur Bettkante. Zeit also für: »Ich wollte dich sogar wirklich abholen. Ich hatte mich sogar darauf gefreut. Ich hatte mir vielleicht sogar gesagt, daß das eine Chance ist ... auf irgendwas, irgendwas ... Ich hätte mich sogar ...« – Untertitel-Dialog: *Wenn du dich aufs Bett fallen läßt, Georg, dann bleibe ich stehen und bin zu weit entfernt, um mit dir zu fallen. – Ich werde mich nicht fallenlassen. – Sehe ich wütend genug aus? – Ja, Camille, du bist vollkommen überzeugend. – Es ist nicht leicht. – Mach weiter, Camille, schimpfe!* Sie schimpft weiter wie ein Kind, das in seinem Zorn auf nichts achtet, während ich ihren Pullover emporziehe über die heftig bewegte, noch vom Bund ihrer Hose eingeengte, sommergebräunte Bauchfläche; über einen erstaunlichen, metallisch schimmernden grünen BH, der die Brüste eines großen indianischen Mädchens stützt. Camille, durch den Pullover: »Aber du, du bist so eingebildet! So unglaublich eingebildet, wie du schon immer warst! Der Herr Regisseur! Steht in der Zeitung!« Ich befreie ihren linken, fast zu bereitwillig erhobenen Arm und bestaune ihre Achsel, eine weite helle Ebene, in Tagesmarsch-Abständen von winzigen schwarzen Stoppeln besiedelt. Ihr Wildgrasgeruch, die Savanne meiner Träume. Dann wieder Camilles erregtes, gerötetes Gesicht. Mit nun verwirrtem Kastanienhaar, das sie befremdlich erscheinen läßt wie blondgefärbte Japanerinnen oder die schwarzen Frauen in New York, die diesen Henna-Farbton lieben: »Begibt sich nach Heidelberg! Erwägt, ob er uns die Ehre gibt, sein Theaterstück hier aufzuführen! Erledigt nebenbei die kleinbürgerliche Existenz und Ehe seine früheren Freundin!« Ich streife den Pullover über ihren rechten Arm, hänge dann fest, an ihrer gegen meine Brust gepreßten Hand. *Du mußt die Hand kurz zurücknehmen. – Nein!* – Also umfasse ich ihr

Handgelenk, drücke es kurz von mir weg, so daß der Pullover zu Boden gleitet. Am Baggerseestrand, fünfundzwanzig Jahre zuvor, sah ich zuletzt diesen Oberkörper ähnlich unbekleidet, von zwei schmalen Trägern zu einem Triptychon geordnet, mit den Flügelaltären der runden Schultern und der zentralen Erntedankfestdarbietung, die schneewächtenhaft sanft, aber mit dieser unveränderten Bronzetönung anschwillt, sich teilt. Unvermutet hochsitzende, unvermutet kleine, kreisrunde Warzen schimmern hinter dem Filigran des BHs wie die Gesichter neugieriger mexikanischer Nonnen hinter einem Klostergitter im maurischen Stil. Camille, nah an meinem Ohr: »Zwei Kinder!« Sind es Mädchen? Die Zwillinge? »Zwei Kinder, der Spießer-Professor, ihr Uni-Leben, das Haus – das ist nichts, gar nichts, das hat Ihm noch nie imponiert. Er hatte ja schon mit fünfzehn die Weisheit mit Löffeln gefressen!« Während ich den Reißverschluß ihrer Hose *(Rückseite, Georg!)* suche und gleichzeitig meinen Gürtel öffnen möchte: »Was willst du in meinem Leben? Warum soll es zerstört werden? Nur so aus Spaß? Nur weil ich dich mal verlassen habe, mit fünfzehn! Weil du so langweilig warst! Ist das deine Rache? Nur, weil ich nie auf den Rücken gefallen bin, später, als du mich besucht hast, um auf mich herabzusehen und mir Vorträge zu halten?« Der Anblick ihrer Blinddarmnarbe, die über den Rand des ebenfalls grünen Slips hinausreicht. »Was glaubst du, wer du bist? Was bildest du dir ein? Du weißt nichts über mich! Du hast nie etwas über mich gewußt!« Mittlerweile (hier fehlt schmerzlich die Bild-Text-Simultanität des Films) knie ich vor ihr, das Gesicht an ihrem Bauch, die Hände an ihrer zu den Knien herabgerutschten Hose, und sie hebt artig einen Fuß nach dem anderen. In einer kurzen Totale sieht man mich bloßarschig und auf allen vieren, den Kopf in der Höhe von Camilles Knien, in der Stellung eines verdutzten Hundes, dem eine Art alberner Fürsorge ein Männerhemd über den Brustkorb gezogen hat. Ich erhebe mich würdevoll, setze mich auf die Bettkante und muß an mir den animalischen Anteil eines hocherfreuten Rüden akzeptieren, der sich auf einem Teppich zurückrollt. Vornübergebeugt, anmutig (kein anderes Wort!) mit den Fingerspitzen ihren Slip herabziehend, hat Camille einen zielsuchenden Kriegerinnenblick auf dieses Zentrum meiner Intelligenz und Phantasie gerichtet. Wie oft mich doch früher genau dieser Blick getroffen hat, als habe er schon immer dieser Stelle gegolten oder als gelte er jetzt, obgleich er diesen linksschiefstehenden Babystraußenhals mit dem Erdbeerkopf trifft, nur wieder meiner wehrlosen Seele (um die sich unwillkürlich der dünne haarige Lederpanzer enger schließt). Camille kommt mir entgegen, leicht vornübergebeugt, durch die zahllosen Träume der vergangenen Jahre wie durch Rauchschleier, die sich verflüchtigen. Kein Wort mehr. Keine Untertitel. Ihr Bauch hat jene natürliche Schlaffheit beibehalten, der ich erst später, als ich an dem Drehbuch schrieb, in der Erinnerung an ihren siebzehnjährigen Körper am Badestrand, verfiel. Nach zwei Geburten muß sie sich viel bewegt haben, um so schlank zu erscheinen wie eine junge Erwachsene, die keinen Sport treibt. Sie ist so alt wie Lisa damals, als ich dank ihrer tätigen Mithilfe zum ersten Mal das Paralleluniversum der Erwachsenen betrat, das für uns beide nun schon so lange zur Gewohnheit, zur Routine, zur stets wieder und immer noch begehrten Sensation (place yourself here) geworden ist. Camilles Leisten sind symmetrisch von türkisfarbenen Indianerflüssen durchlaufen, so fein gezeichnet, als blicke man von einem Flugzeug hinab, so nahe, daß ich, dem gerade noch eingefallen ist, sich rasch das Hemd über den Kopf zu ziehen, mit der Nase schon ihre an den Rändern lichte, von einem verborgenen Kiel aus emporlodernde ungefärbt schwarze Seidenfeder berühre. Camille wird sich nicht gleich über mich knien wie in jenem Traum vor meinem zweiten Besuch in K., in dem ich ihre vaginale Zunge entdeckte. Sie beugt sich sogar etwas nach vorn, vielleicht um zu verhindern, daß ich sofort den Geschmack des pulsierenden Labyrinths entdecke, aus dem zwei Kinder in das Licht eines Kreißsaals gepreßt wurden. Ich schaue nach oben in ihr von dem nach vorn gefallenen Haar verschattetes Gesicht, das rasch herabsinkt, als ich endlich ihre glatten Beine umfasse und sie sich über meine Hüfte auf das Bett kniet. Die Nähe unserer Gesichter ist so vertraut, daß nur diese Nähe wiederum etwas gegen den Eindruck vermag, durch den Zeittunnel hinabgestoßen zu werden auf den Schlammgrund unserer Gymnasialjahre. Aber die winzigen Einsprengsel fehlerhafter Erinnerungen, Camilles geänderte Haarfarbe, ihr Puder und Lippenstift helfen nicht vollständig gegen die Dämonen aus den Wintertagen von S. Sicher verwahrt und allen Erfahrungen zum Trotz sind da noch die Scham, der Schmerz und die Enttäuschungen, die wir miteinander erlebt haben, bei unseren ausgesetzten frierenden Spaziergängen, in den Weinkneipen, im Schatten des Kaiserdoms. Wir begreifen beide im selben Augenblick, daß wir etwas tun müssen. Mit der endlich geübten Entschlossenheit, dem Glück auch mechanisch auf die Sprünge zu helfen, fassen wir nach unten, hinab zu den Moosen und Fischen. ER ist zu drei Vierteln steif, SIE schon nicht mehr oder noch nicht auf jene Weise feucht, die das nahezu unvermeidliche Hineingleiten ermöglicht. Camille ist schneller, sie zieht mich sacht zwischen ihre Ränder, und ich sinke, nein steige achtsam auf, durch die Berührung ihrer Finger mit wieder schamrotblutprallem zweitem Kopf bis ER die fast präzise Gestalt eines Rings wie ein Hutband spürt. Es wird geschehen und wäre nur noch durch einen Gewehr- oder Pfeilschuß zu verhindern, aber nicht einmal mehr durch die herabstürzende zimtfarbene Hotelzimmerdecke. Es geschieht unter dem angenehmsten aller kleinen Schmerzen, dem winzigen Aufreiter eines mächtigen feuchten Lusttieres, das jetzt aus unseren Kehlen schreit (oder wie ein Truthahn kollert oder grunzt, schalten wir doch lieber wieder das Klavier ein ...). Im nächsten Augenblick sitzen wir still, das Gesicht an die Halsseite des anderen gepreßt, wie unter dem Schock einer beiderseitigen schweren Verletzung. Es ist tatsächlich ein Schock. Ich spüre Camilles warmen glatten Rücken unter meinen Händen, weiß nicht, ob ich mein oder ihr Herz so rasend schlagen fühle und fühle mich – grauenhaft, das heißt: entjungfert. Was ich nicht alles unternommen hatte, um diesem Ereignis das befürchtete und erhoffte Unvergleichliche und Wahnsinnige zu nehmen! Ich beginne mit Lisa und Stella, ich durchlaufe atemlos den schönen und traurigen Garten meiner Geliebten, die Arbeit an meinen Filmen, meine Ehe, die großen Städte, unseren Exzeß in Mexiko, die drei Jahre in New York – nichts davon soll jetzt zählen? Alles soll nur wie die entsetzlich langwierige, entsetzlich verschlungene, oft so schmerzhafte Vorbereitung dieser Stunde erscheinen? Ich will, daß es so ist, ich will es, wie man den Tod ersehnen kann oder ein vollkommen anderes Leben. Aber natürlich verhält es sich auch nicht so, natürlich ist dies auch nichts weiter als eine weitere Frau, in die ich gerade glücklich hineingeraten bin und die wir im Verlauf des Tages und des folgenden Lebens vielleicht noch etwas näher kennenlernen werden. Was ich auch will und nicht will, es ist wie ein Flackern zwischen zwei Zuständen, die zu extrem sind, um Sekundenbruchteile zu überdauern, die durch die warme überaus farbenkräftige, überaus selbstverständliche Mitte unserer tatsächlich verschlungenen Körper ineinander übergehen. In dieser Mitte spüre ich mich selbst mit einer bis in die Eichel durchgängig gezogenen, köstlich genußreichen Linie eines anonymen erotischen Meisterwerks, und Camilles nasser Schoß ist nur, ist zu meinem ungläubigen, doch bis zur Wurzel dringenden Glück ein Schlitz in ihrem Fleisch, sacht parfümiert, mit leisen Nebentönen von Urin und Moschus, gefüllt mit dem göttlichen Schaum der Aphrodite. Ich lockere meine Umarmung, weil Camille leicht zu zittern beginnt. (Camille!) Schon die kleine Hüftbewegung, die sie nun macht, um ihre vielleicht unbequeme Stellung zu verbessern, treibt mich auf die höchste Sprosse der Leiter. Die Erinnerung an die zweite Nacht in K. mit der Vision einer jämmerlichen Voreiligkeit kühlt mich etwas ab. Unsere Wangen gleiten aneinander vorbei, so daß wir uns betrachten können. Gemeinsam starren wir in den keilförmigen kleinen Abgrund zwischen unseren Bäuchen. Die glänzende ädrige Brücke tut sich auf, die uns verbindet. Als mein milchkaffeebraunes Haar wieder mit ihrer schwarzen Feder zusammenstößt (zwei verschiedenrassige Herdentiere; der Traum Old Shatterhands und Nscho-tschis; die in keinem mexikanischen Bordell, in keinem Berliner Hinterhof-Hochbett je erreichbare Vermengung), suchen Camilles Lippen meinen Mund. Dies verstärkt meine Erregung so sehr, daß ich den Eindruck habe, ihre Vagina im Dunkel ihres Bauches emporzuheben. Zugleich aber flutet die Erinnerung an unsere traurigen Küsse auf den Bahnsteigen, in den verborgenen Winkeln von K., den engen Straßen und winterlichen Parks in S. auf einer so starken Welle an mich heran, daß mir nur die Wahl bleibt, augenblicklich mit Tränen oder Sperma zu antworten – ist da nicht schon ein salziges Fließen auf meiner Oberlippe? Ich spanne meine Bauchmuskeln an und kann doch nichts mehr gegen dieses befürchtete, blöde, sich freudig schüttelnde Hundeglück in ihrem Schoß unternehmen, außer entschuldigend und flehend ihren Kopf zu umfassen und an mich zu pressen. Genau das ist es doch, was ihr immer passiert! denke ich, außerstande, sofort diese Anmaßung zu begreifen, die Camilles erwachsenes Lebens achtlos beiseite wischt. Aber das erste kleine Anzeichen eines enttäuschten Zurücksinkens scheint mir recht zu geben ... »Ich bin noch da!« sage ich beschwörend, und das ist nun der erste Satz, den ich ihr nach zehn Jahren Pause direkt ins Gesicht sage. Jetzt habe ich auch die Anmaßung begriffen, jetzt, wo sie sich erneut an mich preßt, obwohl ich auch beim besten Willen nicht verhindern kann, ihr auf die Fläche ihrer Hand zu entgleiten. Seufzend und mit geschlossenen Augen läßt sich Camille neben mich auf das Leintuch sinken. Die Spannung bleibt jedoch erhalten, es ist noch immer so, als würden wir uns aus jeder Pore der Haut betrachten. Die weiten Landschaften unserer Körper. Der unvermeidliche Riß des Bewußtseins ist ein schmaler geschwungener Spalt in der Ferne, durch den das Leben, das ich ohne Camille verbracht habe, nur zögerlich und langsam diffundiert. Wir sind wie in eine große Muschelschale eingeschlossen, in das innere Wasser dieser perlmutthell glänzenden Wölbungen getaucht, um zu vergessen, taub zu werden, bereit, lieber zu ertrinken, als zu früh wieder aufzutauchen. Wir bleiben über einen vollkommen schmerzlosen Erstickungstod hinaus und werden mit einer triumphalen Umstellung auf Kiemenatmung belohnt, so drastisch verändert ist im Verhältnis zu unserer Vergangenheit das, was mit uns in diesem Hotelzimmer geschieht. Camilles Haare haben den Duft von Herbstblättern und Zitronen, sie ist das unmögliche Land, in dem ich zu Hause bin. Ihr Mund, dieser unveränderte Geschmack ihres Mundes. Meine Zunge unternimmt die Tageswanderungen zwischen den feinen Stoppelwiderständen ihrer Achselhöhlen. Ihre Mädchenfrauenbrüste sind nicht vollkommen symmetrisch, also unverwechselbar. Camilles erschreckend schöne Hände auf meiner Brust. Der Rosaschimmer unter ihren Fingernägeln, den noch niemand berührte. Ihr Nabel, an den ich nie gedacht habe (sie war ja meinem Kopf entsprungen). Die schwarzen Härchen auf ihren Unterarmen ... Ich will zugeben, daß unsere Konversation in den nachfolgenden zwei Stunden nicht sehr bedeutend war.

»Woher hattest du denn meine Adresse?« fragte Camille immerhin, und sie versicherte mir, daß sie sich gefreut habe, aus heiterem Himmel eine sehr romantische Postkarte von mir zu erhalten. Eine Zeitungsnotiz sei erschienen, eine Pressemitteilung des Theaters, in der man der Hoffnung Ausdruck verlieh, mich für die deutsche Uraufführung und Regie meines Stückes *Malinche* in Heidelberg zu gewinnen.

»Warst du in Australien, wie du es immer gewollt hast?« fragte ich.

»Ja, längere Zeit.«

»Wirst du bald Professorin?«

»Vielleicht, es ist nicht so einfach«, erklärte sie abwehrend. Wir hatten nicht den Mut, uns mit Aussichten auf die nahe Zukunft oder die Vergangenheit der letzten zehn Jahre zu erschrecken. Aber dann führten wir jenen metaphysisch-neurologischen Disput, den ich hier unverzüglich im vollen Wortlaut wiedergeben möchte:

»Du hast da so Härchen ...«

»Es ist so gut, wenn du ...«

»Ich bin verrückt nach deinem ...«

»Was machen wir jetzt nur – nein, sag nichts.«

»Kannst du mit deinem Finger ...«

»Geh doch nicht raus – na gut, aber ...«

»Das ist unglaublich gut!«

»Früher wollte ich immer ...«

»Ich will das jetzt!«

Nun, ich glaube, daß wir – abgesehen von den einleitenden Fragen – nichts sagten, das wir nicht auch mit sechzehn hätten sagen können, hätte Camille mich damals nicht verlassen und wäre es uns möglich gewesen, einen ungestörten Raum in S. zu finden. Nach dem Ausbruch meiner hundeseligen Vater-Rhein-Fontäne benahmen wir uns so vorsichtig, wie wir uns damals wohl benommen hätten, betäubt und erschreckt von dem Glück, nackt beieinander zu sein. Erst nach längerer Zeit sagte Camille: »Komm doch wieder, schlaf mit mir!«, woraufhin ich sie erneut unter mir sah, gespreizt, mit diesem konzentrierten Kriegerinnenblick. Ich spürte jedoch, daß meine langsamen, anbetenden Bewegungen nicht mit der gleichen Innigkeit erwidert wurden, begann also geschäftstüchtiger zu werden, erfolgreich, aber nur bis zu einer bestimmten Grenzlinie, an der Camille zwar erregter antwortete, aber darauf zu warten schien, daß ich in meiner großstädtischen Hektik erneut vor ihr über die Ziellinie ging. Nachdem ich zweimal den leider notwendigen vorzeitigen Rückzug aus ihrem seidigen Tempel angetreten hatte, ohne ein Opfer auf dem Altar zu hinterlassen, brachte ich sie mit List, Flüstern und Gymnastik über mich, in die Stellung des Traumes, in dem ich einmal ihre vaginale Zunge zu entdecken wähnte. So betrachtet, erscheint es gewiß verständlicher, daß ich Dir einen möglichen Höhenflug ins Freie in Aussicht stellte, kurz bevor das Zimmermädchen eintrat und allein auf noch eine sachte Berührung von Camilles Fingerspitzen hin, denn ich glaubte schon, mir käme das Sperma aus den Ohren wie bei einer belgischen Brunnenfigur.

Meine Indianerin hat sich gewiß fürchterlich über das Zimmermädchen erschrocken. Sie mußte meinen Kopf entnabeln. Sie tat es aber trotz ihrer Scham mit Bedauern und also recht langsam, oder mein Kamerablick ist im Bewußtsein, daß ein solcher Moment nicht mehr wiederkehren würde, mit einer echten Zeitlupe begabt gewesen. Jedenfalls hob sie ihr Becken und glitt mit sich noch weiter spreizenden Oberschenkeln über mich hin, monumental und wunderbar detailliert, wie eines der Raumschiffmodelle in den neueren Science-fiction-Filmen, wie jene nie erbaute Malinche-Statue, die ich in Mexiko City hatte errichten wollen, mit ihrer weichen Indianerinnen-Natürlichkeit und naiven Pracht. Ihre rote Auster eingebettet in das tiefschwarze Nerzbüschel. Ihr Anus, unbehaart, kreisrund und so rührend verletzlich wirkend wie ein vor Jahren ausgestochenes Auge. Ich hätte meinen ganzen Kopf in sie (in ihre Auster) stecken mögen und mehr, ich wollte wirklich von ihr geboren werden, draußen in der Prärie. Aber vielleicht wollte ich es, weil es die einzige Chance gewesen wäre, neun ganze Monate in ihr zu verbringen. So war ich sowohl eifersüchtiger auf ihre ungeborenen Kinder als auf ihren Mann (wieder ein Forscher, ich wußte nicht einmal, ob der zweite oder fünfte in ihrem Leben).

Ich dachte, Camille würde nach dem Überraschungsangriff des Zimmermädchens augenblicklich im Bad verschwinden. Jedoch setzte sie sich noch einmal neben mich und zupfte an meinem Brusthaar. Damit bekundete sie ihr Einverständnis, sich in der Situation zu befinden, in der sie sich nun befand.

»Gehst du mit mir frühstücken?« fragte ich.

»Ich weiß nicht«, stieß sie hervor, errötete, hielt sich eine

Hand vors Gesicht und lief ins Bad, als hätte plötzlich ihre Nase angefangen zu bluten. Gleich darauf aber hörte ich den Duschstrahl ihren Körper massieren, das heißt, ich hörte die bezeichnenden, köstlichen Pausen, in denen das Wasser nicht die Wände der Duschkabine traf. Ich beneidete jeden Tropfen auf Camilles Haut und starrte an die Zimmerdecke. Ist es nicht seltsam, daß ich gerade jetzt wieder Michael vermißte, meinen fünfjährigen Sohn, den ich einmal erfunden hatte, um nicht allein und kinderlos in Camilles Stadt anzukommen? Daß ich wollte, er läge im Zimmer nebenan, nachdem er in der Nacht ein Stück der Tapete abgerissen hatte, weil er sehen wollte, ob Mäuse darunter wären? – Entschuldige die gespielte Verwunderung. Du hast es mir ja schon erklärt, während ich diesen Traum meiner Ankunft in Camilles Stadt in Deinem Apartment in der Lexington Avenue zum ersten Mal niederschrieb: Der erfundene Sohn ist das Versäumnis, mit dem ich mir Klaras Verlust erklären will, und zugleich ist er – als Ergebnis einer projektiv-freudianischen Aufsplitterung – Klara selbst, ihre hellen, von mir immer noch geliebten Anteile, dieses verlorene Kind, das ich stets bei mir haben möchte. Aber wie, wenn ich nur wollte, daß es mir mit Camille wie einst mit Klara erginge? Daß ich jetzt nur an Klara dachte, weil ich mit Camille so lange schon zusammen leben wollte wie mit ihr (und wie in meinen phantastischen Drehbüchern)? In einem Hotelbett zu liegen, während nebenan im Bad die Dusche zu hören war, kannte ich schließlich vor allem von meiner Zeit mit Klara. Sie war meist vor mir aufgestanden, um zu duschen, denn anders als Du mochte sie es nicht, wenn mein Schwanz nach getaner Arbeit träge in ihr herumlag und sich noch ein wenig drücken ließ. Mein Liebe zu Klara hatte nicht das geringste mit Camille zu tun. Diese Camille, die nebenan noch immer duschte, wohl um mich vollständig aus ihren Poren zu waschen. Ich sah sie mit gespreizten Beinen in der Duschwanne stehen und einen Strahl nahezu kochenden Wassers auf ihre verletzlichsten Stellen richten. Plötzlich ergriff mich die Furcht und die Hoffnung, ich hätte mir alles nur eingebildet, alles, was in den letzten vier Jahren geschehen war, und nebenan in der Dusche stünde tatsächlich Klara, meine Frau ... Rasch stand ich auf.

Das Badezimmer war von heißem Dampf erfüllt. Ich öffnete die Tür der Duschkabine. Camilles Körper schimmerte unter dem Wasser wie die ungeheuren Frauen am Ende meines ersten LSD-Trips, wie die Haut der Huren im mexikanischen Bordell (ich bereue nichts, ich will jede Sekunde meines Lebens, ausgenommen die Krankheiten, die Zahnschmerzen, die dummen Arbeiten, zu denen man mich gezwungen hat, und die nachfolgend aufgelisteten vierhundert Stunden ...). Bei meinem Anblick errötete Camille mit der wunderbaren Scham einer angehenden Professorin und zweifachen Mutter. Einladend deutete sie auf den wassersprühenden Duschkopf. Als sie mir in der Kabine Platz machte und sich hierfür zur Seite drehte, sah ich, wundersam erhalten oder zum Vorschein gebracht, noch einen Schneckenspurrest meiner ersten Explosion über ihrem Steißbein. Wir umarmten und küßten uns. Ich weiß nicht, ob sie bemerkte, daß ich im Schutz des heißen Wasserfalls meine Creme auf ihrem Rücken verteilte. Jedenfalls preßte sie sich so stark an mich, daß ich Anlaß hatte zu vermuten, sie wäre erregt und würde mich gerne noch einmal vögeln, aber sie rief plötzlich: »Ich habe gar nicht mehr viel Zeit!«

»Ich auch nicht«, sagte ich einigermaßen nervös, denn schließlich blieb mir gerade noch eine Stunde bis zur Verabredung mit dem Intendanten des Stadttheaters und zu der Entscheidung, ob ich Camille nun heiraten wollte, selbst um den Preis, zuvor einen oder mehrere ihrer Forscher beseitigen zu müssen, mit denen sie doch wahrscheinlich auch auf die ein oder andere Art verheiratet war.

3

Als wir das Hotelzimmer verließen, bat ich sie erneut, mit mir frühstücken zu gehen. Sie wirkte störrisch und erschrocken. (Es war, als würde ich sie zwingen aufzuwachen, aber da sie sehr wach erschien, war es leider auch, als würde ich sie zwingen wollen weiterzuträumen, eine vergleichsweise doch schwierigere Aufgabe.) Zu Recht behauptete ich, daß ich noch kaum ein Wort mit ihr geredet hätte. Das schien sie nicht sehr zu beeindrucken, und gewiß war das, wenn man sich die Vorträge ins Gedächtnis rief, die ich ihr in unserer Vergangenheit gehalten hatte, ein schlechtes Argument. Camille wußte ohnehin alles, worauf es nun ankam, von meinem exhibitionistischen Skispringer-Monolog auf ihrem Anrufbeantworter. Sie hatte meinen Köder geschluckt (»ohne dich gesprochen zu haben, weiß ich nicht, was ich dem Intendanten sagen soll«). Sie war auf den erpresserischen Zeitpunkt eingegangen (»heute nacht, spätestens morgen früh«). Unter der Oberfläche dieser Dringlichkeiten und Unverschämtheiten meinerseits aber war nur das eine und war es nur um des einen willen geschehen: Wir hatten uns verabredet, um endlich und möglichst rasch und ohne viel Umstände miteinander zu vögeln. Hätte ich sie am Vorabend nicht angerufen, hätte ich gewartet, hätte ich zunächst einmal die Regiearbeit in Heidelberg begonnen, um dann während der Proben ab und an meine hier ansässige alte Freundin Camille auf einen Kaffee oder badischen Wein zu treffen – es wäre nichts passiert, nicht das geringste. So aber hatte ich durch meine Postkarten ihre Begierde entfacht (hierzu ist vor allem eines nötig, nämlich die Einladung) und ihr durch meinen Anruf das Kostüm zu Füßen gelegt, damit sie auch wirklich auf meinen Ball käme. Sie hatte sich die Gala-Robe der Unaufrichtigkeit übergeworfen: das Purpurrot der Empörung über meinen Anrufbeantworter-Monolog, den ihr Mann oder eines ihrer Kinder hätte abhören können; die schillernde Furcht, ich könne mich zu weiteren, ähnlich indiskreten Aktionen hinreißen lassen; die feuerrote Seide des Mutes, mich persönlich aufzusuchen und zur Rechenschaft zu ziehen; ihre tief dekolletierte Entschlossenheit schließlich, sich keine Blöße zu geben, indem sie früh aufstand, ausgiebig duschte, ihr Haar wusch und tönte, sich mit ihrem Lippenstift wappnete, zwei präzisen Strichen ihres Lidschattens, den Parfumtupfern links und rechts ihrer schwarzen Feder, die sie nun in den Kampf gegen mein Kriegsbeil trug, meinen rotledrigen Totempfahl, gekrönt mit seiner blinden Maske aus rotem Nappaleder. Soweit die Lehre des alten Frauenschänders Jean-Paul Sartre. Soweit der Erfolg, der nach der Cortés-Manier erreicht worden war, als ich Camille, ohne zu zögern, das mit meinen Perlen geschmückte Ballkleid von den Schultern nahm. Ich hätte mich nun aufmachen sollen, Honduras zu verwüsten oder in Venezuela frische Sklavinnen, Papageien und Gewürze zu laden. Aber es war Camille, die mit stolzgeblähtem Segel die getreppte veilchenblaue See zur Rezeption hinabrauschte, zufrieden und frei, die linke

Hand über die vergoldete Reling gleiten lassend. Immerhin sah sie mich mitfühlend an, als ich mit einem Kofferriemen an der Zierpalme einer Zwischenetage hängenblieb; und an der Rezeption wurde sie plötzlich nervös, obwohl wir nicht wieder in dieses Hotel gehen würden, denn ich hatte ja meinen Koffer gepackt und die Treppen heruntergeschleppt, um ihr zu verdeutlichen, daß es an diesem Vormittag noch eine Entscheidung zu treffen gab. Sie errötete, erstaunlich tief. Das Eiscafé, vor fünfundzwanzig Jahren! Ihre Scham nach den Exzessen! Als ob das Zimmermädchen dem Portier sogleich Bericht erstattet hätte. Jetzt erst begriff ich, was es für Camille bedeutet hatte, mich auf dem Zimmer zu besuchen. Ich sagte dem Portier, daß ich nun doch früher als angekündigt, nämlich jetzt sofort, abreisen würde, da *meine Frau* gekommen sei, und griff dabei nach Camilles Arm. Camille entspannte sich und legte mir eine Hand auf die Schulter. Ist es verwunderlich, wenn ich behaupte, daß diese Geste mir beinahe so viel bedeutete wie alles, was an diesem Morgen bereits geschehen war?

Im Hotel gab es längst kein Frühstück mehr, und wir gingen hinaus in den Herbstwind. Gelbe Blätter wirbelten auf, Kastanien rollten über den Bürgersteig. Die Luft war tiefblau und durchsichtig wie das Zentrum einer Gasflamme, aber schon so kühl, daß man die kommenden Wintermonate auf den Lippen schmeckte. Ein starkes Licht strahlte uns entgegen, herrührend von einem dieser riesigen alten Studio-Scheinwerfer am Ende des schmalen Parks, der vom Hotel entlang einer vierspurigen Straße zur Innenstadt führte. Ich war also geblendet, ich sah noch kaum etwas von Camilles Stadt oder nur das Wichtigste, nämlich Camille in diesem Lichtsturm, in dem ich sie bald und nun endgültig verlieren würde, da sie ja nicht einmal mehr mit mir frühstücken wollte. Sie trug eine weiße Jacke über dem weißen Pullover, ein sehr schön geschnittenes italienisches Modell. Ihr Segel. Das Hochzeitsgewand unseres letzten Abschieds. Mit ihrem nun kastanienbraunen Haar konnte sie auch Europa sein, Florenz oder Mailand, vielleicht sogar Rom, dieses üppigere, wissende, sündigere Rom, für das ich mir so wenig Zeit gegeben hatte, als ich *Die Lust der anderen* drehte, in jenen fiebrigen zwei Wochen (schon dort und damals war ich Klara zuwider ...). Weshalb glaubte ich plötzlich, einmal an Camilles Seite über den Campo dei Fiori, die Spanische Treppe, durch den Park der Villa Borghese gegangen zu sein? Weil sie mich einmal, vor so vielen Jahren, in ihrem Nachtgarten in K., auf die *Lust der anderen* gebracht hatte, unschuldig wie stets, nur von meiner Phantasie mit dem Stöhnen ihrer Nachbarin verbunden ...

»Was hast du? Du siehst so angestrengt aus?« fragte sie mit einem verwirrenden und verwirrten Blick, der für mich immer noch nach Rom gehörte.

»Angestrengt? Tatsächlich? Ich versuche mich gerade zu erinnern, wann ich das erste Mal in meinem Leben in Heidelberg war«, sagte ich, in der Hoffnung, dieser Satz würde gut zu meinem allmählich verkahlenden Hinterkopf, meinem New Yorker Trenchcoat und dem würdevoll zerschabten Berliner Koffer passen. Es war verflucht anstrengend! Denn während das Herbstlaub emporflog und die klare Luft dazu einlud, sich besinnungslos für Stunden in Odins Wald zu ergehen und mit ihr (der Luft) zu betrinken, blieben mir allenfalls noch einige Minuten, um den Sinn dieser Geschichte zwischen Camille und mir zu ergründen, da sie (Camille) sich nur zu bald von mir verabschieden würde. Diese Folge überkommener dualistischer Gegensätze, in die ich Camille und mich immer gestellt hatte, war vermutlich ein meiner Denkfaulheit und Eitelkeit geschuldeter Anachronimus: hier die Transzendenz der Phantasie und des freien Intellekts – dort die Immanenz der arbeitsteiligen Experimentalforschung; hier meine urbane Freiheit – dort Camilles provinzielle Wohngemeinschaften; meine gelebte Erotik – die vertuschten oder nur erträumten Affären, die ich Camille angedichtet hatte; mein Größenwahn – ihre falsche Bescheidenheit; meine wunderbaren Filme – ihre brave Dissertation; mein wildes Mexiko – ihr einmonatiger Urlaub in Sydney. Immerhin kannten wir beide die Stadt, in der wir uns nun befanden, schon von einem Schulausflug im zweiten oder dritten Gymnasialjahr. Das größte *je mit Wein gefüllte* Faß der Welt (221 726 Liter), das man im Heidelberger Schloß besichtigen konnte, war mir im Gedächtnis geblieben, und Camille entsann sich an die noch heute dem Faß gegenüberstehende Statue des Zwerges Perkeo, der aus Südtirol stammte und hieß, wie er hieß, weil er auf die Frage nach einem weiteren Glas Wein stets »perque no« geantwortet haben soll. (Welches Verhältnis hatte sie zu trinkfesten Zwergen?) »Kentucky

Fried Chicken«, sagte ich – und auch mit den militärischen Rückkehrspuren der Neuen in die Alte Welt war es ihr als Zehn- oder Elfjähriger ähnlich wie mir ergangen: Die Blicke aus dem Schulbus, dem sandsteinroten Brunnen der Vergangenheit in Richtung der Spuren des US-Army Hauptquartiers für Europa entkommen, erforschten hastig den KFC-Imbiß, die davor geparkten Chrysler und Borgwarts, die Kasernenbauten des Patrick Henry Village und einige Schwarze in Uniform schließlich, die mich vor allem wegen meiner Reminiszenzen an *Onkel Toms Hütte* interessiert hatten, Camille jedoch aus nutritiven Gründen, denn eine Freundin hatte ihr erzählt, daß diese Soldaten es liebten, den weißen Mädchen Kaugummis zu schenken, ungleich den Knochen in der Haartracht tragenden Negern auf der Witzseite der *Bäckerblume*, die nur Klitorisbeschneidungen im Sinn hatten und das Sieden von khakibekleideten Forschern in Kochtöpfen. »Aber du warst doch eine Rothaut!« hätte ich fast eingewendet. Damals hätte ich ihr wohl in prägenitaler Verblendung mit Hilfe eines Gummibandes ein Papiergeschoß aufzubrennen versucht. Man hatte uns jedoch nie in den gleichen Schulbus gesteckt. Die Gymnasien waren sich nicht grün gewesen und hatten höchst selten etwas gemeinsam veranstaltet, obgleich, beziehungsweise weil sie dasselbe Areal teilten. Es gab zwei getrennte Pausenhöfe. Erst mit der Pubertät hatten wir die Grenzen überschritten, und so nimmt es nicht wunder, daß Camille und ich uns zum ersten Mal begegnet waren, als wir glauben konnten, der andere käme von sehr weit her, von dort eben, wohin wir uns verzweifelt und begierig wünschten. In Camilles vierzehnjährigem Gesicht, das ich unter denen der anderen Schüler in diesem Areal zwischen grauen Säulen, Waschbetonplatten und dunklen Glasflächen entdeckt hatte, sah ich also schon damals die Zeichen einer anderen Erinnerung, und in ihren Augen zeichneten sich zu dieser Zeit bereits so deutlich wie jetzt an diesem Heidelberger Herbsttag die Spuren meiner mexikanischen Reise ab, auf der ich versucht hatte, Camilles Vergangenheit zu entdecken: die Tempelstufen von Teotihuacán, die Hochebene vor den großen Vulkanen, die Regenwälder von Chiapas, die Nächte in den Tequila-Bars zwischen Ethnologinnen, Conquistadoren und Jaguaren ... Weshalb dachte ich ausgerechnet jetzt so historisch, ausufernd und unzweckmäßig? Was, um Himmels willen, dachte Camille gerade?

»Tja, Georg«, sagte sie leise. Wir standen vor einer Ampel auf einem größeren Platz. Etwas stimmte nicht an der Idee, gemeinsam zu frühstücken und wenigstens noch eine halbe Stunde miteinander zu reden. Etwas stimmte nicht – das war das Gefühl, mit dem ich damals in S. neben ihr hergegangen war, bevor sie die Augen aufgerissen und erschrocken gerufen hatte: »Ich mache Schluß, Georg!« Links ging es über den Neckar. Rechts führte die Straße am Hotel vorbei und zum Bahnhof zurück. Ich spürte den Sog aus dieser Richtung. Es war zu Ende. Hier sollten wir uns vernünftigerweise verabschieden. Ungeachtet der enormen untergründigen Fortschritte, die unsere Beziehung gemacht hatte, erging es uns wie den Ameisen, die auf einer von Eschers Möbiusbändern ihren vermeintlich unendlichen, stets in die Zukunft führenden Weg entlangkrochen; gewisse Dinge auf unserer Wegstrecke schienen sich verteufelt zu ähneln. Weshalb zögerte Camille noch? Oder bildete ich mir dieses Zögern nur ein, weil mein Gehirn panisch rasch zu arbeiten begonnen hatte? IchmacheSchluß-Georg oder, viel einfacher und wirklich angemessen: Machs-gutGeorg. Ich war sehr weit gegangen mit meinem Hamlet-Monolog auf ihrem Anrufbeantworter. Konnte ich im Licht dieses gnadenlos schönen Herbsttages noch weiter gehen? Die häßlichen Details meiner Scheidung standen vor meinen Augen und nicht unpassenderweise auch die etwas finsteren Visionen eines möglichen Zusammenlebens mit Camille, die ich in meinen phantastischen Drehbüchern festgehalten hatte, bevor ich nach Mexiko geflohen war. Nach Mexiko. Ihretwegen! Ich hatte die Methode des Cortés studiert und einige weitere schmutzige Tricks in der Neuen Welt, die ich noch gar nicht zur Anwendung hatte bringen können. Gerade war ich auf Camilles Kontinent gelandet. Zum ersten Mal hatten mich die Eingeborenen dort freundlich empfangen, an ihrer glatten, nach Vanille duftenden Küste. Jetzt aufgeben? Nein! Ich glaubte endlich an ganz großartige, originelle Wendungen unserer Geschichte, wenn ich es nur fertigbrächte, an Camilles Seite über die Ampel zu gehen und die Einmündung der Fußgängerzone zu erreichen. Angespannt sah ich auf die Häuser gegenüber, suchte in den Straßenbahnleitungen über unseren Köpfen, in den Schaufenstern einer Apotheke, in den Mantelfalten eines gegen den Wind kämpfenden Radfahrers, in den mitternachtsblaugrauen Untiefen zwischen den Balken des Zebrastreifens, über die münzfarbene Blätter gestreut waren. Ich stand vor einem lebensgroßen Vexierbild und ahnte mit jeder Faser die Umrisse der versteckten Figur. Gab es ein Lösungswort? Oder ein wortloses Sesam-öffne-Dich wie das Abstreifen ihres weißen Mantels im Hotelzimmer?

»Wo wohnst du eigentlich?« fragte sie plötzlich, und da löste sich auch schon das Gewirr der Hecke, die Figur, die ich vergeblich gesucht hatte, wurde sichtbar – kniende Indianerin (nach Spurensuche, Urinieren oder Gebären) –, erhob sich und trat auf mich zu, ganz, ja ganz, als fürchte sie, Camille, nun ebenfalls die Aussicht, daß wir uns jeden Augenblick trennen konnten.

»In Manhattan. Und ich werde wieder dorthin gehen, wenn du wieder mit mir Schluß machst – in zwanzig Jahren oder heute, an diesem schönen Tag.«

»Es ist ein wunderschöner Tag!« rief Camille. Dann legte sie mir rasch eine Hand auf die Schulter, um diese scheußlich zutreffende Antwort gutzumachen, mich zu trösten oder weil sie Halt suchte in dem kleinen, aber verheerenden Taumel, den mein Angebot bei ihr ausgelöst hatte. Zwanzig Jahre Georg! Ich nutzte ihre verständliche Schwäche und Nähe, indem ich den rechten Arm um ihre Hüfte schlang und sie so sacht auf den Zebrastreifen hinausführte, daß sie den Übergang in ein vollkommen neues Leben gar nicht bemerkte.

»Vor einigen Jahren bin ich einer Frau begegnet, die dir sehr ähnlich sah«, sagte ich am Ende des Zebrastreifens, entschlossen, in unserem neuen Leben sämtliche Untertitel und Geheimnisse auszumerzen. »Diese Frau sah dir unglaublich ähnlich.«

»Du hast nicht mit ihr geredet!« erwiderte Camille vorwurfsvoll.

»Woher weißt du das?«

»Du wärst dir sonst sicher, daß ich es gewesen bin.«

»Du bist heute so logisch, das gefällt mir. Aber du bist nicht ehrlich –«

»Sollte ich das denn?«

»Nur wenn du dir etwas davon versprichst.«

»Was könnte das bloß sein?« Sie wirkte nun so spöttisch wie in ihren jungfräulichen Zeiten.

»Es geht darum, daß uns die Geständnisse in höhere Zustände versetzen. Schau mich an, nachdem ich dich mit zwanzig Jahren Georg bedroht habe! Du weißt, ich bin ein unfreiwilliger alter Lateiner: Die *lacrimae confessionis* –«

»Lacrimae? Ich soll weinen?«

»Sei kein Trottel, ich bitte dich! Streng dich gefälligst an, wenn du mit mir sprichst!« Ich stieß sie mit der Schulter, auf die sanfte Art, die unsere noch umschlungene Haltung zuließ, und sie wehrte sich und lachte ... Während unserer Gehtage in S. hatte es eben auch diese völlig unbeschwerten Momente gegeben. So wie der Ausruf einer Fünfzehnjährigen »Ich werde dich nie verlassen!« auf einen Erwachsenen wirkt – anrührend glaubhaft und anrührend lächerlich zugleich –, so wirkte mein maximal auf zwanzig Jahre befristetes Heiratsversprechen wohl auf uns beide. Die Fußgängerzone lag vor uns, die lange, fast schnurgerade Fontanelle der Hauptstraße, die den Heidelberger Altstadtthirnkern durchzieht. Ich meine, es gab zwischen vergiebelten, vererkerten, dachgaupigen, württembergisch renaissanceartig steinmetzgepflegten kleinen Bürgerhäusern (jeder Familienvater mit Camcorder besiegt leicht mein architektonisches Vokabular) T e l e k o m und Douglas-Parfümerie, André SCHUHE und NUR Touristik, und Camille und ich gerieten mit jedem Schritt auf dem vormittäglich fast verwaisten Pflaster der Zone tiefer in unsere Eigenzeit, in den uns schon immer zugemessenen Raum unseres gemeinsamen Gehens, als müßten wir uns selbst nach der Auferstehung der Toten eben genau dort, am Eingang einer solchen Zone, unbedingt wiederfinden.

»Was erforschst du gerade?« fragte ich Camille.

»Krebse, bestimmte Nervenschaltungen bei Flußkrebsen«, erklärte sie mit gedämpfter Stimme.

»Die gehen rückwärts, siehst du, das ist möglich! Du weißt, daß du versprochen hast, mit mir zu frühstücken.«

»Ja, aber ich habe Termine.«

»Ich auch, diesen einen Termin, beim Intendanten. In einer halben Stunde. Ich weiß gar nicht genau, wo das Theater ist.« Ich zog das Schreiben des Intendanten aus meiner Jackentasche und zeigte Camille die Adresse. »Weißt du, wo das ist?«

»Ganz in der Nähe. Es ist nur drei oder vier Seitenstraßen weiter.«

»Dann haben wir Zeit für einen Kaffee. Kommst du mit?«

Sie schüttelte den Kopf und folgte doch bereitwillig einem Zug meines Arms. Zur Rechten hatte ich nämlich ein Tchibo-Stehcafé entdeckt, und – wenn es nicht die Tiefenwirkung meines Angebots auf zwanzig Jahre gemeinsamen Gedeihs und Verderbs war – dieser mächtigen Suggestion wiederkehrender Vergangenheit konnte auch Camille sich nicht entziehen. Ein solches Café in seiner solchen Fußgängerzone war für uns wie Kim Novaks Haarknoten oder der Schnitt durch den mächtigen Stamm eines Seguoia-Baumes in Hitchcocks *Vertigo*: die Offenbarung der spiraligen Struktur, in der die Zeit unserem Gedächtnis eingeschrieben ist. Die Erinnerung erscheint in einem solchen Augenblick wie die Fingerspitze, die radial über die Windungen der Spirale gleitet und auf dieser Schnittlinie Punkte miteinander verbindet, die gerade einen Baumringmillimeter auseinanderzuliegen scheinen, während sie doch auf der Schneckenhauskurve, der die Zeit unerbittlich folgen muß, ein halbes oder wenigstens viertel Leben voneinander trennt. Erst gestern hatten wir uns in einem solchen Stehcafé um unsere Zukunft (Ich werde dich nie verlassen!) gestritten; erst gestern waren wir Arm in Arm durch den Hirnkern von S. gewandert.

»Das bringt uns wieder auf Sartre«, sagte Camille lächelnd, als wir an einem der runden, nunmehr nicht mehr schwarzen, sondern weißen Tische standen.

»Er hoffte immer, daß man sich an ihn erinnern würde, wenn er ein Buch schriebe. Daß man an einen lustigen Typen denken würde, der in einem dieser Intellektuellencafés herumhing.« In jenem Heidelberger Etablissement gab es im Vergleich zu dem ein Vierteljahrhundert zuvor bestehenden Angebot in S. eine wundersame Vielfalt kaffeenaher Produkte zu kaufen wie etwa Dampfbügeleisen, bereits mit Krawatten versehene Hemden, eine Art Rasierschaumwerfer mit Wechselmagazin, vielteilige Eßbestecke, Adventure-Knitwear-Schlafanzüge und Spiele auf CD-ROM. Die Kaffeelöffelchen aus Plastik waren vom ökologischen Gewissen vollständig ausgerottet worden. Überhaupt erschien alles heller und freundlicher, nicht zuletzt Camille und ich, aber nachdem wir uns ungefähr drei Minuten gegenübergestanden hatten, nahe und erzwungenermaßen tatenlos, fiel es nicht eben leicht, den Gedanken eines ganzen Vierteljahrhunderts zu ertragen. Denn dies war nur eine Spiegelung an der etwa durch das Orwell-Jahr gezogenen Zeitachse und kein Durchschreiten des Spiegels. Camilles Hände, obgleich gepflegt und schön geformt wie früher, wirkten mehr mütterlich als damenhaft, frag mich nicht, weshalb. Die Fältchen unter ihren Augen zeigten sich präzise im Licht des Tages. Diese Nachgiebigkeit der Haut- und Muskelpartien in der Verlängerung der Mundwinkel nach unten wurde sichtbar, die unseren Gesichtern in fünf oder zehn Jahren etwas Maskenhaftes geben würde. »Vielleicht hätten wir den Sartreschen Kellner nicht, hätte die deutsche Besatzungsarmee 1943 in Paris überall Tchibo-Zentralen eröffnet!« rief ich erschrocken. Einige Kunden begannen mich interessiert zu betrachten. »Du weißt, der Kellner, der die Komödie spielt, ein Kellner zu sein.«

Camille tadelte mich dafür, die Tchibo-Bohne auf Wehrmachtsfahnen zu malen. Das war eigentlich in meinem Sinne, schließlich hielt ich mich ja als Theaterregisseur meines eigenen Stückes für noch skrupulöser als der Filmemacher, der ich mal gewesen war.

»Seit unserem letzten Stehcafé-Besuch haben sich die Dinge sehr verändert«, sagte Camille gleichmütig.

»Aber das Nichts sitzt noch immer im Herzen des Seins, wie ein Wurm!« protestierte ich – wogegen sie nun keinerlei Einwände erhob. Scheinbar friedlich bissen wir in unsere Butterbrezeln (einer der schwerwiegendsten Gründe, in diesem Landstrich zu verweilen), tranken Kaffee (keine Auswahl zwischen Vanille-, Himbeer-, Zimt- oder Kakao-Geschmack) und dachten darüber nach, wie wir den anderen möglichst rasch und unseriös wieder aufs Kreuz legen konnten.

»Weshalb hast du mir nach meiner letzten Postkarte nie wieder geschrieben?« sagte ich schließlich.

»Es ist eine reichlich blöde Karte gewesen, oder?«

»Zugegeben.«

»Lacrimae confessionis?«

»Lachtränen. In einem gewissen Sinne hat es sich später gerächt«, sagte ich (die Tränen, die Hundetränen in einer Telefonkabine in Mexiko City!).

»Ich habe dir nicht mehr geschrieben, Georg, weil mir deine Chemikerin so leid getan hat. Ich habe es dir übelgenommen, daß du auf einmal eine andere heiraten wolltest und nicht Judith.«

»Aber du kanntest Judith doch gar nicht!«

»Ich war Judith!« rief sie, nun ihrerseits die zuhauf umherstehenden badischen Intellektuellen auf sich aufmerksam machend. »Damals war ich Judith. Wann hast du die Frau getroffen, die mir ähnlich sah?«

»Vor mehr als vier Jahren –«

»Auf den Filmfestspielen in Berlin«, unterbrach sie mich. »In einem Café. Im Februar 1993.«

»Du sahst so erschöpft aus! Älter als jetzt!«

»Ich hatte eine Fehlgeburt hinter mir. Im siebten Monat. Ich wäre fast gestorben«, sagte Camille mit gesenktem Kopf.

Mir fiel meine verrückte Sehnsucht ein, von ihr geboren zu werden (suche hier in Deinem ethnopsychoanalytischen Katalog). Es war gerade eine halbe Stunde her, daß ich ihre köstlichen Verstecke über mich hatte hinwegschweben sehen – mitleidlos und gierig, bevor ich wieder einen Gedanken daran verschwendete, daß ihre Knospe zwei, nein drei Mal unter Blut, Schmerzen und Todesgefahr für ein neues Leben erblüht war (letzteres für Dein Poesiealbum). Plötzlich sah ich Klara vor mir, die das Camille-Drehbuch zuschlug und als erstes erklärte: »Sie ist immer in dich verliebt gewesen!« Ich fragte mich zum ersten Mal, was Camille denn hätte tun können, nachdem ich Klara geheiratet hatte, wenn sie denn immer in mich verliebt gewesen wäre. Nscho-tschi war als jungfräuliche Braut gestorben. Malinche hatte als Mutter überlebt. Was aber war mir denn übriggeblieben, nachdem mich Camille verlassen hatte, anscheinend mit der Absicht, mich nur noch bei Abschiedsszenen auf Bahnsteigen zu küssen?

Belastet und erfreut von solchen Spekulationen, traten wir hinaus in die Fußgängerzone, damit sich Camille eine Zigarette Marke Nscho-tschi anzünden konnte. Sie rauche seit Jahren wieder, aber kontrolliert wenig, erklärte sie und wunderte sich endlich über meine Enthaltsamkeit. Ich erzählte ihr von den in der Kälte vor dem World Trade Center zitternden Managern, die hastig an ihren Kippen saugten, schilderte die schrecklichen Einblicke in vollkommen aschenbecherfreie Restaurants von

Soho bis Harlem, die qualvollen Begegnungen mit gnadenlos missionierenden verfetteten, jedoch nikotinfreien Arschgeigen, die von Vitaminpillen und Junkfood lebten und vor denen man sich nun wirklich keine Blöße mehr geben wollte – das Thema hätte mir noch für Stunden gereicht, aber ich dachte natürlich vor allem an unseren Sonntagnachmittag in Greenwich Village. Zwei Jahre ist es her! Sollte ich Camille von dem im Wiener Stil gehaltenen Café (mit Aschenbechern, ein Hauch und Duft Europas!) erzählen, in dem Du mir das Interview mit Deiner Lieblingsfeministin vorgelesen hast, in dem sie erklärte, daß auch sie dem Anti-Raucher-Terror in der Hauptstadt der Idioten erlegen und clean geworden sei, um dann scheinbar ohne Motiv und Zusammenhang hinzuzufügen, daß sie sich gerade sehr über die statistisch erwiesene zunehmende Verbreitung des Tittenficks freue? Deine Erklärung, sie wolle damit andeuten, wie distanziert sie als Nichtraucherin in Zukunft mit Nikotin-Junkies zu verkehren gedenke, war origineller als meine. Es kam mir zu riskant vor, Camille auch diesen Gedankengang transparent zu machen. Zudem waren wir schon vor dem Theater angekommen. Als sie den Mund öffnete, um den letzten Zug spiraliger milchglasiger Luft in sich zu saugen, erregte mich das Rosa ihrer Zunge so sehr, daß ich den Nikotinbeschlag darauf ganz mit der sich rasch zum Genuß steigernden kleinen Selbstüberwindung schmeckte, die mir kurz zuvor noch an nahezu gleichfarbiger Stelle über eine leise Spur von Urin hinweggeholfen hatte. Ich spreche von Liebe! Das solltest Du nicht vergessen! Oder was sonst konnte es sein, das es mir großartig und wunderbar vorkommen ließ, Arm in Arm mit einer bald vierzigjährigen hochgewachsenen Dame durch eine dieser Fußgängerzonen zu schlendern, die sich (die Zone, die Dame) wohl stets über das Wort Tittenfick empören würde, was auch immer man hinter ihren Fassaden treiben mochte und getrieben hatte?

»Komm bitte mit!« sagte ich folglich an der Eingangsdrehtür des Theaters, die wir kurz nach jenem letzten Zug und Kuß erreichten. »Theater hat dich doch mal sehr interessiert. Du warst eine begabte Schauspielerin auf dem Gymnasium!«

Sie sah mich traurig und erregt an. So hatte sie früher oft ausgesehen. Nur hatte ich nie den erregten Anteil als solchen identifizieren und mich mit ihm verständigen können. Hastig umarmte sie mich – diese Abschiedsumarmungen kannte ich nur zu gut! Deshalb verstand ich keinen Spaß mehr, preßte sie an mich, suchte mit einer Hand im Schutz ihrer Jacke den verständnisvoll elastischen Bund ihrer Hose und gelangte so tief, daß ich fast ihre Temperatur hätte messen können. Schließlich hatte ich ihr zwanzig Jahre versprochen! Camille folgte mir nun auch nahezu freiwillig in den Glas- und Chromwirbel der emphatischen Drehtür hinein. In einer verworrenen Umarmung begriffen, stolperten wir ins Foyer, so schwungvoll, daß wir erst kurz vor einer Plakatwand mit den Fotografien einer Woyzeck-Inszenierung zum Stehen kamen, ohne den ebenfalls dort knapp zum Stehen kommenden Intendanten des Theaters, Dr. Erwin Sandberger, niederzuwerfen. »Herr Graf, nehme ich an? Schön, daß Sie so hereintanzen!« rief er (noch heute ist mir schleierhaft, wie rasch er mich – allein von einem Zeitungsfoto her und unter diesen verwickelten Umständen – erkannte). »Oder werden Sie abgeführt?« fügte er hinzu, denn Camille hatte sich mit der Rechten an meinem Genick zu schaffen gemacht, entweder um mich zu erwürgen oder aus Gründen der Balance.

»Ich mußte ihn so hereinzerren!« keuchte Camille. »Es ging nur mit Gewalt. Anders wäre er nie zu Ihnen gekommen. Er haßt nämlich die Provinz!«

Donnerwetter! Die Flußkrebse hatten wohl einen positiven Einfluß auf ihre zerebrale Leitfähigkeit!

»Dr. Sandberger, der Intendant des Stadttheaters, der mir so nett geschrieben hat – Dr. Camille Sesemann-Graf, meine Frau«, stellte ich vor. »Sie hat mich gerade vom Zug abgeholt, wir haben uns längere Zeit nicht mehr gesehen.«

»Dann brauchen Sie mir nicht die Hand zu geben«, sagte Dr. Sandberger zu Camille, die nun jedoch meinen Hals losließ und ihm die Hand reichte. »Sie sind also schon länger in Heidelberg?«

»Das kann man so sagen«, erwiderte Camille und warf mir einen ausdrucksvollen Blick zu oder sandte ihn mir vielmehr in der Art eines tiefdringenden, liebevoll geschärften Pfeils, der mich schwanken und ins Hintertreffen geraten ließ: denn schon ging sie an Sandbergers Seite voran, und mir – gehandicapt durch meinen Koffer – blieb nichts übrig, als ihnen durch den engen langen Flur zu folgen, der um den Vorführsaal und die Zuschauergarderobe gewunden war. Soweit ich es verstand, unterhielten sich die beiden ganz prachtvoll über Fischotter. Ich weiß nicht, was sich über Fischotter sagen läßt, und es ist mir unbegreiflich, wie sie innerhalb einer knappen Minute auf dieses Thema kommen konnten, aber so war es nun mal. Es beeindruckte mich, daß Dr. Sandberger augenblicklich das Fatale und Verführerische (Fischotterhafte?) Camilles zu begreifen schien – und damit den ganzen Ernst und Spaß meiner Lage. Camille begreifen und begehren nämlich auf Anhieb glücklicherweise nur wenige Männer. Nimm dagegen Deine perfekte, exotische, chrysanthemenhafte japanische Freundin Chie, in die sich ein/e jede/r auf den ersten Blick verliebt. Natürlich müßtest Du erst mal Camille nehmen können (zwei Finger vorn, einer hinten, ich kenne Dich) – wer weiß, vielleicht komme ich demnächst an ein Foto von Camille, das ich Dir eingetütet oder eingescannt schicken kann. Ich würde sagen, für Camille interessieren sich vor allem brutale und selbstsichere Kerle und monströse Lesben, die einen fremden Kontinent erahnen und ihn spontan zu verwüsten wünschen, weil sie sich das ungeheuer einfach vorstellen, und wahre Künstlerseelen wie Dr. Sandberger und ich, die nur eines wollen: dasselbe, jedoch unauffällig. Ich muß mich bei Dr. Sandberger entschuldigen. Ich könnte Dir sehr ausführlich und mit großem Vergnügen diesen hageren Anfangs-Sechziger schildern, der teure Anzüge und tänzerisch kontrollierte Bewegungen zu lieben schien und uns zu einem denkwürdigen Gespräch in sein Büro bat. Doch wir sind ja im Theater und beschränken uns angelegentlich auf das Wesentliche:

Ein nüchternes helles Büro, dessen große Glasfenster nahezu unmittelbar an die Sandsteinmauern einer Kirche oder eines anderen historischen Gebäudes stoßen. Einige Theaterplakate an den Wänden. Auf einem schwarzen Freischwinger hinter seinem gläsernen Schreibtisch DR. SANDBERGER, *der Intendant. Vor ihm, auf gleichartigen Sitzgelegenheiten,* CAMILLE *und* GEORG, *ein mittelaltes, unruhig erscheinendes Paar, das den Eindruck erweckt, gerade miteinander geschlafen zu haben oder augenblicklich miteinander schlafen zu wollen oder beides. Zu Füßen* GEORGS *ein zerschabter Lederkoffer. Beide haben ihre Mäntel gefaltet und auf einen roten Ledersessel in der Ecke gelegt.*

Dr. Sandberger: Kaffee?
Georg: Gerne.
Camille: Sehr gerne.

Dr. Sandberger verläßt kurz das Büro.

Georg: Fischotter! Wie kommst du darauf?
Camille: Meine Frau! Dr. Camille Sesemann-Graf!
Georg: Ich dachte, du mochtest mal wieder Theater spielen.
Camille: Warum machst du keinen neuen Film?
Georg: Möchtest du in einem Film mitspielen?
Camille: Erzähl mir von deiner Frau.
Georg: Wie war es in Australien?
Camille: Macht es dir keinen Spaß mehr zu filmen oder gibt man dir kein Geld?
Dr. Sandberger *kehrt zurück*: Man wird uns gleich Kaffee bringen. Sie haben sich also längere Zeit nicht gesehen?
Camille: Ich wohne schon länger in Heidelberg.
Georg: Deshalb ist Ihr Angebot auch so verlockend. Camille arbeitet hier an der Uni, und ich arbeite in der Luft, zwischen dem Frankfurter Flughafen und dem JFK-Airport.
Dr. Sandberger: Das ist gewiß sehr schwierig.
Georg: Vor allem wegen der Kinder!
Dr. Sandberger: Sie haben Kinder?
Georg: Zwei Mädchen.
Camille: Einen Jungen und ein Mädchen.
Dr. Sandberger: Vier Kinder, wie schön.
Georg: Nein. Zwillinge. Zwei Zwillinge, ich meine, ein Zwillingspaar.
Camille: Sie sehen aus wie Zwillinge, aber sie sind eineinhalb Jahre auseinander. Georg kämpft noch mit dem Jetlag.
Dr. Sandberger: Jetlag? Ich dachte, Sie kämen aus Berlin?
Georg: Da ist ein großes Jetlag zu Heidelberg, finden Sie nicht?
Dr. Sandberger: Doch, jetzt, wo Sie's sagen. Wir sollten das vertiefen.
Georg: Als in Heidelberg schon gedacht wurde, wälzte man sich in Berlin noch im Schlamm.
Dr. Sandberger: Und heute ist es wieder ganz ähnlich, oder? Ich sage das als überzeugter Provinzler.
Georg: Wir sollten auch das vertiefen ...

CAMILLE: Vertiefen, ja. Georg ist von Schlamm in jeder Hinsicht fasziniert! Sprechen Sie ihn nur auf Schlammstadt an, wo wir geboren wurden.
DR. SANDBERGER: Sie sind beide in Schlammstadt geboren?
CAMILLE: Bouville, wissen Sie. Bouville ist überall.
DR. SANDBERGER: Le Havre, das war es! Entschuldigen Sie, daß ich nicht gleich auf den »Ekel« gekommen bin.
CAMILLE: Aber wie sollten Sie denn?
DR. SANDBERGER: Wegen des Interviews – Ah, der Kaffee!

Eine Theaterangestellte serviert Kaffee, ab.

DR. SANDBERGER: Wo waren wir stehengeblieben? Aber ich bin unhöflich, ich wollte Sie eigentlich nach der Uni fragen. Was arbeiten Sie dort?
GEORG: Sie hat sich auf Neurophysiologie spezialisiert. Demnächst wird sie sich habilitieren.
CAMILLE: Das steht noch nicht fest. Ich war lange arbeitslos – und eben im Ausland.
DR. SANDBERGER: New York?
GEORG: Zur Zeit erforscht sie Krebse.
CAMILLE: New York nicht so sehr.
GEORG: Es ist etwas gruselig, aber sehr bedeutsam. Sie schneidet den Panzer des Krebses auf und legt das Gehirn bloß. Bestimmte Nervenenden werden zerschnitten. Dann verbindet man sie wieder, indem man einen Mikrochip dazwischenschaltet. Es geht darum, über den Chip die Impulse, die vom Gehirn aus an die peripheren Fasern laufen, korrekt weiterzuleiten. Verstehen Sie – hier liegt eine große Hoffnung, zum Beispiel für Querschnittsgelähmte. Man muß nur aufpassen, daß die nicht rückwärtsgehen, wenn es funktioniert. Jedenfalls ist es eine Forschung, die ihre Elektroden an den Puls der Zeit hält.
DR. SANDBERGER: Hat er sehr leichtfertige Auffassungen von Ihrer Wissenschaft?
CAMILLE: Vor allem, wenn er nervös ist. Aber dann wieder ist er so genau. Er war mal Mathematiker.
DR. SANDBERGER: Ich fand die Filme mit der mathematischen Thematik auch außerordentlich interessant.
CAMILLE: Mir gefällt »Die Reise nach England« am besten. Vielleicht weil Georg überhaupt nichts Englisches an sich hat.

Dr. Sandberger: Wirklich?
Camille: Mir gegenüber war er immer sehr aufgeknöpft, wenn Sie verstehen, was ich meine.
Dr. Sandberger: Ich gebe mir Mühe. Übrigens mag ich die Fernsehfilme fast mehr als die Kinofilme. Die Cantor-Sache war sehr originell.
Camille: Georg Cantor?
Dr. Sandberger: Gewiß. Weshalb fragen Sie?
Camille: Es ist schon so lange her.
Dr. Sandberger: Ich bin auch sehr auf »Le Cinema de Jean-Paul« gespannt.
Camille: Ich auch.
Georg: Sie weiß darüber nicht viel mehr als Sie. Es ist nur ein Projekt.
Dr. Sandberger: In dem Interview, das im Mai erschienen ist, haben Sie aber viel darüber gesagt.
Georg: Ich wollte Produzenten damit ködern. Bisher ist es mir noch nicht gut genug gelungen.
Dr. Sandberger: Ich finde die Ausgangs-Szenerie sehr schön: der kleine Sartre, der um seine klavierspielende Mutter im Zimmer hüpft und »Kino« in seinem Kopf macht.
Camille: Letzten Endes kreisen sie immer um die Frauen.
Dr. Sandberger: Eine tiefgehende Einsicht! Wollen Sie Ihren Mann nicht davon überzeugen, daß er auch aus diesem Drehbuch ein Theaterstück macht, zumindest wenn er keinen Produzenten findet?
Georg: Das wird kaum funktionieren. Es kommt doch ganz auf die Überblendung an. Man soll eben sehen, wie die Gesten und Paraden, die der kleine Jean-Paul an den Helden des damaligen Boulevardkinos studiert hat, auf den späteren Mantel-und-Degen-Intellektuellen Sartre überkommen. Hier Jean-Paul, der mit dem Lineal seines Großvaters Fechtpantomimen vollführt und in seinen inneren »Filmen« die Menschheit rettet, während seine jung verwitwete Mutter dazu am Klavier den Soundtrack in Form von Chopin-Etuden liefert. Dort –
Dr. Sandberger: Der unerschrockene Intellektuelle Sartre, von dem die Résistance wußte, daß er allenfalls in einem Film als Degenfechter zu gebrauchen war –
Camille: Oder der Nachkriegsheld, der wieder einmal mit

seinem kleinen Stummelschwanz-Degen aufbricht, um irgendeiner Schnepfe aufzureiten und chère Simone eins auszuwischen!

GEORG: Donnerwetter! Auch diese Dinge würde ich gerne zeigen!

DR. SANDBERGER: Filmen wollen alle. Selbst Sartre wollte es und konnte es nicht.

GEORG: Nicht immer nicht. »Das Spiel ist aus« ist sehr schön.

DR. SANDBERGER: Das Freud-Drehbuch dagegen weniger. Aber sprechen wir von dem unseligen Hier und Heute. Wir brauchen gute Theaterleute. Sartre war ein sehr brauchbarer Dramatiker.

CAMILLE: Georg hätte ein sehr brauchbarer Wissenschaftler werden können.

DR. SANDBERGER: Bedauern Sie es, daß er statt dessen Filme macht?

CAMILLE: Wir müssen eine Familie ernähren. Das sollten Sie berücksichtigen, wenn wir über die Gage sprechen. – Sonst bedaure ich es natürlich nicht, nein, er arbeitet ja auch viel, und er ist sehr diszipliniert.

DR. SANDBERGER: Das klingt ein wenig enttäuscht?

CAMILLE: Er könnte radikaler sein, weniger analytisch, finden Sie nicht?

DR. SANDBERGER: Als Wissenschaftlerin haben Sie es gern, wenn er polemisch ist?

CAMILLE: Ich meine, wir leben in einer verblödeten Zeit, deshalb ist das Analytische nicht falsch.

GEORG: Verblödet, na ja. Ich spreche gern vom Hirntod.

CAMILLE: Was ich sagen wollte, war: Man muß klug sein, man muß aber auch durchdringen, wirkungsvoll sein, oder nicht?

DR. SANDBERGER: Arbeiten Sie an den Inszenierungen mit? Das ist keine Befürchtung, im Gegenteil, ich stelle es mir interessant vor. Sehen Sie, ich hänge noch ein wenig an der Brechtschen Idee –

CAMILLE: Georg verabscheut Brecht!

DR. SANDBERGER: Tatsächlich?

GEORG: Sagen wir: seit kurzem.

DR. SANDBERGER: Aber Sie mögen doch noch Eisenstein? Wir wollen doch die Filmausschnitte für die Inszenierung verwenden?

CAMILLE: Beide waren korrupt. Aber Eisenstein ist liebenswürdig, Brecht dagegen abstoßend.
DR. SANDBERGER: Anscheinend aber nicht so sehr für die Frauen –
CAMILLE: Beleidigen Sie doch nicht unser ganzes Geschlecht! Wenn ich das schon höre: Die Frauen liebten ihn! Wer erfindet solche Phrasen? Anämische, nach Zigarrenstummeln stinkende Germanisten.
GEORG: Sie freut sich außerordentlich, daß ich nicht mehr rauche.
CAMILLE: Glauben Sie auch an den globalen Hirntod?
DR. SANDBERGER: Nun, er scheint die Zeitungen zu bedrohen, die Fernsehsender, das Kino –
CAMILLE: Das Theater.
DR. SANDBERGER: Mögen Sie das Theater nicht?
GEORG: Sie liebt es. Sie hätte eine gute Schauspielerin werden können. Wissen Sie, wir befruchten uns sehr.
DR. SANDBERGER: Das kann man förmlich spüren.
CAMILLE: Wirklich? Spürt man das?
DR. SANDBERGER: Sie machen einen so unverbrauchten Eindruck auf mich. Ich meine, für ein Ehepaar mit zwei Zwillingen, nein: Kindern.
GEORG: Wir leben im Jahr des Klonschafs, da kommt man leicht durcheinander. Die Kinder heißen Monika und –
CAMILLE: Georg.
DR. SANDBERGER: Georg?
GEORG: Georg ...
CAMILLE: Es war meine Idee. Vielleicht etwas peinlich.
DR. SANDBERGER: Aber nein. Wenn auch der kleine Georg Regisseur wird, haben wir schon den Beginn der Unsterblichkeit –
CAMILLE: Genau das war meine Überlegung. Georg konnte sich da gar nicht wehren.
GEORG: Wir beide nicht, beide Georgs nicht.
DR. SANDBERGER: Sprechen wir noch mehr über Wehrlosigkeit. Über Wehrlosigkeit und Verrat. Also über unser Stück.
CAMILLE: Malinche.
GEORG: Dr. Sandberger schrieb mir, daß er die Inszenierung am Broadhurst Theatre besucht hat. Hatte ich dir das gesagt?
CAMILLE: Wie fanden Sie's? Pardon – Sie müssen es gut ge-

funden haben. Was hat Sie so sehr eingenommen? Der Verrat? Oder der Gedanke, daß der Frau, als Wehrloser, nur der Verrat bleibt, wenn sie nicht untergehen will?

DR. SANDBERGER: Das – und auch, daß der Verrat nahezu notwendig ist. Daß er die Hinwendung zu etwas Fremdem und Schrecklichem darstellt, begründet aus der Sehnsucht, das eigene Gefängnis zu zerstören.

CAMILLE: Die Demütigung zu überwinden!

DR. SANDBERGER: Malinche ist Opfer und Täterin.

CAMILLE: Sie verliert, sie verrät – aber sie wird wieder verraten. Sie ist aber auch fruchtbar –

DR. SANDBERGER: Sie muß das »Alien« gebären, das Geschöpf des Terrors, der ihr Volk ausgerottet hat.

CAMILLE: Was blieb ihr übrig? Sie wurde Cortés zusammen mit einem Dutzend anderer Frauen geschenkt, als Beigabe zu fünf goldenen Eiern –

GEORG: Enten.

CAMILLE: Enten? Sicher? Also gut: als Beigabe zu fünf goldenen Enten! Sie war hochtalentiert und sprachbegabt –

DR. SANDBERGER: Heutzutage hätte sie Wissenschaftlerin werden können!

CAMILLE: Gewiß. Also mußte ihr Cortés zunächst doch weniger furchtbar erscheinen als die Männer ihres Volkes.

DR. SANDBERGER: Sie sollten wirklich an der Inszenierung mitarbeiten. Die Genehmigung für die Filmausschnitte besteht weiter?

ICH teile mit, daß die Verwendung der Filmmontage, die ich aus Video-Kopien von neueren Science-fiction-Filmen wie Alien, Blade Runner *und* Star Wars, *aber auch aus NASA-Dokumentarmaterial und obskuren alten B-Movies zusammengeschnitten habe, die Angriffe von Marsmenschen, kosmischen Staubsaugern, rotierenden Aschenbechern und ähnlichem auf die Erde zeigen, weiterhin ziemlich legal sei, solange sich die Vorführung auf den Rahmen der Theateraufführungen beschränke.* CAMILLE *wirkt etwas überrascht. Aber im weiteren Verlauf des Werkstattgesprächs zwischen* DR. SANDBERGER *und ihr kann sie sich rasch (und nahezu unmerklich) mit dem Gedanken vertraut machen, der Richard und mich dazu brachte, die Filmprojektionen im Stück zu verwenden: daß nämlich der Schock, den die Indianer bei der*

Ankunft der Spanier erlitten haben mußten, wohl nur dem Schrecken vergleichbar wäre, den wir empfinden würden, stieße einmal in der Tat eine der UFO-Flotten auf die Erde hernieder, von der der Film seit seiner Erfindung träumt. DR. SANDBERGER schildert beredt seinen Besuch der von dem jungen Dramatiker Richard Snyder und (dem nicht mehr ganz so jungen) MIR inszenierten Aufführung am New Yorker Broadhurst Theatre. Er hebt hervor, wie sehr ihn die unbefangene amerikanische Art beeindruckt habe, kommerzielle Elemente mit Elementen der Hochkultur zu verschmelzen. Schließlich sei das Broadhurst mit der seit 1995 laufenden Tempest-Inszenierung erfolgreich gewesen, in der Patrick Stewart, der Raumschiffkapitän der TV-Serie Star Trek, den Prospero gab. Malinche, mit den eingebauten Science-fiction-Film-Projektionen, habe ja witzigerweise gerade daran angeknüpft. – Kurzer Einwurf meines ICH: »Sie führten 1921 schon Tarzan of the Apes auf.« – CAMILLE stellt, meinen Einwurf ignorierend, fest, daß der Science-fiction-Film (der durchaus einmal die geistige Auseinandersetzung mit der Wirklichkeit gesucht habe) sich heutzutage nur noch eines vorstellen wolle: den totalen Krieg zwischen den Welten. Nach 1989 müsse der Erzfeind, den man wohl unbedingt benötige, wieder aus den Tiefen des Universums kommen. Eben genau hier, vermutet DR. SANDBERGER, ergebe sich die interessante Verknüpfung zur Geschichte der Azteken, denn schließlich hätten auch die Azteken die Katastrophe erwartet, hätten Feuerzeichen am Himmel erblickt und mit der Ankunft schrecklicher Gottheiten gerechnet. Er frage sich also, woher die erstaunliche Parallele komme. Was habe die aztekische Kultur des frühen 16. Jahrhunderts mit dem westlichen, siegreichen Post-Glasnost-Spätkapitalismus an der unmittelbaren Schwelle des dritten Jahrtausends gemeinsam?*

Den Hirntod! warf ich ein, aber Dr. Sandberger und Camille gerieten sehr ernsthaft in die anthropologischen Tiefen, die Du mir in Mexiko eröffnet hast. Während sie fachsimpelten, betrachtete ich Camilles Gesicht im Halbprofil mit dem schamlosen Voyeurismus einer die Totale suchenden Kamera. Sie spürte meinen Blick, diesen Zeittunnelblick, der uns immer wieder nach S. zurückbrachte, in das Stehcafé oder an einen anderen jener indizienartigen Koordinatenpunkte der vierdimensionalen Raumzeit, die die Unerträglichkeit unserer profanen Herkunft bewiesen. *Aber worum geht es jetzt?* dachte sie, sehr laut und vernehmlich, während Dr. Sandberger eben das Unbehagen in der Kultur diskutierte, das sich bis zur Unerträglichkeit steigern könne: so sei es wohl für Cortés gewesen, der aus Spanien floh, für die Azteken, die in absurden Opferritualen Tausenden das Herz aus dem Leibe rissen, weil sie sich ihrer starren und rigiden Gesellschaftsordnung nicht mehr zu entreißen wußten. Camille und ich waren jetzt, nachdem wir uns auf dem Hotelzimmerbett durchdrungen hatten, womöglich dabei, von der Phase der schwach lesbaren Untertitel in die der direkten telepathischen Kommunikation überzugehen. Ich sah in ihr vierzigjähriges schönes Gesicht mit seinen Fältchen, kosmetischen Retuschen, Rötungen und Schattierungen, ich begehrte die nackte Haut ihrer Wangen, als handele es sich um den Seidenüberzug ihrer Brüste, und ich wünschte mir ein spezielles feingliedriges Doppelorgan, das in ihren Nasenlöchern glücklich würde, während ich zugleich mehrere entscheidende Fragen über den telepathischen Kanal schickte: Würde sie, entgegen ihrer Andeutungen, den Dialog mit MIR, dem Außerirdischen Georg, fortsetzen mögen, wenn wir demnächst Dr. Sandbergers Raumschiff Enterprise verließen (hinausgebeamt wurden in die sonnige Herbstatmosphäre dieses Planeten)? Würde sie sich noch ein oder mehrere Male den bizarren Riten hingeben, bei denen – wie in den neuen TV-Serien für die Hirntoten beschrieben – sich ihre neurosziensistisch sublimierte rurale Squaw-Natürlichkeit mit meinen conquistadorischen, urbanesken, schleimhautüberzogenen Tentakeln vermählte, auf das Risiko hin, Schrecken, Zerstörung und fremde Religion über ihr Land zu bringen, wenn wir unter letzterem wenigstens einmal ihr Haus, ihr Gärtlein, ihren Forschergatten und ihre glutäugigen Kinder verstanden, die in diesem Augenblick noch ahnungslos im Büffelgras hockten und mit ihren Tamagotchis spielten? Und wenn nicht, wenn sie das alles nicht wollte und nicht gewollt hatte und nicht hatte wollen wollen – weshalb nur war es ihr im Verlauf unseres zweistündigen Hochzeitsmorgens dem Anschein nach völlig gleichgültig gewesen, ob ich sie mit irgendeiner kolonisatorischen Seuche infizierte oder ihr einen grausigen, gewiß völlig unerziehbaren Wechselbalg machte oder beides? Das AIDS-Risiko beim ungeschützten Vaginalverkehr betrug 1:200, den aktuellen Notationen zufolge. Soweit mochte die Spielerin über die loyale

Gattin gesiegt haben. Bezüglich der Befruchtung besaß sie, in ihrer zweifachen Profession als Mutter und Biowissenschaftlerin, alles Hexenwissen dieses Jahrhunderts und konnte sich vollkommen unsichtbar geschützt oder anhand ihrer rektalen Temperatur und der Beschaffenheit ihres (göttlichen!) Cervixschleims für derzeit unempfänglich berechnet haben. Sie mochte aber auch alles in Kauf genommen, von sich geworfen, vergessen haben – genau wie ich während der zwei Stunden unter dem Stich *Alt Heidelberg*. Der Blick, den sie mir auf meine telepathische Anfrage hin zuwarf, hatte erneut diese gewisse kriegerinnenhafte Intensität. Vornehmlich besagte er wohl, daß sie nicht mehr geneigt sei, von mir gestellte Multiple-choice-Fragen zu beantworten. Ich rief mir ins Gedächtnis, wie sie vor wenigen Minuten von Dr. Sandberger hatte wissen wollen, ob man denn spüren könne, daß man sich gegenseitig befruchte. Zuletzt hätte ich doch gerne gewußt, ob sie tatsächlich (und wenn ja, aus welch irren Motiven heraus) einen Sohn namens Georg hatte. Und kurz bevor wir das Finale unserer angeregten Debatte mir Dr. Sandberger erreichten, begriff ich, daß ich ihre Gegenfrage weder erraten noch aus den noetischen Störungen des hochempfindlichen telepathischen Kanals herausfischen mußte, denn diese Frage hatte sie mir gleich zu Anfang unseres Theaterauftrittes gestellt: Was nur war mit meiner Frau Klara geschehen? – »Niemand weiß das besser als du!« hätte ich beinahe laut ausgerufen. Es schien mir fast, als senke sie leicht schuldbewußt die tödlichen Wimpern.

Noch etliche anthropologische, kosmologische, dramaturgische und bürokratische Probleme werden im Kommandoraum des Raumschiffes Sandberger in galaktischer Kürze besprochen und definitiv mit intellektuellen Phaserwaffen erledigt. Die Szene endet damit, daß das Raumschiff zurück auf das Fußgängerniveau der hochromantischen Stadt unserer Handlung sinkt. Die ungeheure Gravitation des Planeten der Hirntoten zwingt bei der Landung zu vollem Umkehrschub. Nachdem sich der von den gewaltigen Düsen und verchromten Auspuffrohren des Raumschiffs aufgewirbelte Staub gelegt hat, erkennt man durch das Bullauge etliche Hirntote und einige Hegelianer, die an den Sandsteinmauern eines betagten, wohl kultischen Zwecken dienenden Bauwerkes vorüberhasten, um sich in den nahegelegenen

Straßencafés zu vermengen. Kommandant Sandberger begleitet seine Gäste, den erektilen Cephaliten Gorgius und die schöne Botschafterin Dr. Mali vom Sternensystem HOPI IV zur Ausgangsschleuse. Die beiden Ausstiegswilligen sind dabei, in ihre Skaphander zu schlüpfen. Gorgius ergreift auch einen Koffer mit Instrumenten.

DR. SANDBERGER: Ich bin Ihnen wirklich nicht böse, daß Sie noch eine Nacht darüber schlafen wollen. Hinsichtlich dieser ganzen geschäftlichen Dinge sehe ich aber keine Probleme. Und Sie hätten wirklich sechs Monate Zeit.
CAMILLE: Schön! Ich muß nun aber wirklich aufbrechen.
GEORG: Es ist wegen der Uni.
CAMILLE: Ich muß an meine Kinder denken, wenn er es schon nicht tut! Jetzt ginge es nur noch um diese Wohnung –
DR. SANDBERGER: Die Wohnung gehört dazu, wenn Sie mögen. Sie könnten sie sogar gleich beziehen oder wenigstens anschauen.
CAMILLE: Unbedingt. Wir haben im Moment nur eine Etage in einem Zweifamilienhaus. Es liegt zwar sehr schön am Hang –
DR. SANDBERGER: Sehr schön.
CAMILLE: Ist aber etwas beengt.
DR. SANDBERGER: Kein Problem, nehmen Sie die Wohnung hier als Filiale, als Atelier.
GEORG: Wenn ich Ruhe brauche, muß ich nämlich in den Keller.
CAMILLE: Es ist kein Keller, es ist eine kleine Einliegerwohnung im Souterrain.
GEORG: Ich habe dort meine Videogeräte. Die Wände hängen voll mit Standbildern aus meinen Lieblingsfilmen. Ich habe auch meine Bücher dort. Den Computer. Über meinem Kopf trappeln die Kinder und –
DR. SANDBERGER: Ich zeige Ihnen gerne die Wohnung. Leider habe ich jetzt gleich noch einen Termin. Aber Sie können alles in Ruhe anschauen und den Schlüssel behalten.

Hier wechselt die Szene mit der Geschwindigkeit eines Filmschnittes. Dr. Sandberger entschwindet unter Hinterlassung des Eindrucks eines fröhlichen Winkens durch eine Art Tapetentür, während Camille und Georg schweigend in einer recht luxuriösen Drei-Zimmer-mit-Bad-und-Küche-Version der deutschen Dichter- und Denkerkammer umherzugehen beginnen.

Es gab eine kleine Küche im Neo-Ikea-Stil. Gleich darauf sahen wir ins Spitzweg-Schlafzimmer, das von malerischen Dachbalken limitiert wurde wie von großen Holzbrüdern der Backslashes, die zu den tieferen Strukturen auf der Festplatte meines Notebooks führen. Nur versierte U-Boot-Matrosen und Ex-Mathematiker vermochten sich vorzustellen, auf welche Art in jenem 42-Grad-Winkel zwischen Wandschräge und Oberfläche des schmalen Bettes etwas Bedeutsames an ihren großgewachsenen Geliebten auszurichten wäre. Camille rümpfte denn auch die Nase und wandte sich den anderen Räumen zu. Da es keinen von uns zum Wort drängte, erschien die Situation weiterhin berückend alltäglich: Ein nahezu gereifter Mann mit durchscheinender Hinterkopfplatte, Trenchcoat und Lederkoffer folgte angelegentlich einer Wohnungsbesichtigung mit halber Erektion, unbewegter Miene und jagendem Herzen einer gediegenen rassigen Dame in Weiß, die mit ein wenig mehr Geschmeide sofort als erfolgreiche Immobilienmaklerin durchgegangen wäre, in ein Arbeitszimmer handtaschenartiger Geometrie, das einen gläsernen Schreibtisch aufwies, und an- und abschließend, immer noch wortlos, in den lichten, nordseitig angeschrägten Livingroom. Camille wandte sich mir zu, um mich mit ihrem Heiliger-Berg-Blick zu töten. Oder wollte sie mich nur zum Reden bringen? Sollten wir uns nun direkt die Fragen stellen, die sich in der letzten Stunde aufgedrängt und in den telepathischen Kanälen infolge unglücklicher Interferenzen gegenseitig ausgelöscht hatten? Etwa wieviel sie noch über meine Filme und über Malinche wußte, woher ich mein außerordentliches Wissen über die Flußkrebse bezog, weshalb sie diese Wohnung hier überhaupt hatte besichtigen wollen und von Sartres »Stummelschwanz« sprechen konnte, wiewohl ich dachte, sie brächte gewiß nicht den »Tittenfick« über die Lippen (denen wohl auch das schon in unmittelbarer Nachbarschaft geschehen war)? Solange wir nicht redeten, blieben wir verheiratet. In unserer Eigenschaft als Wissenschaftlerin/Künstler-Ehepaar war es zulässig, zur gleichen Zeit einen Blick auf ein ganz erstaunliches Siebziger-Jahre-Sofa zu werfen, dessen braune, hagebuttenrote und gelbe Querstreifen in mir Schwindel und Erregung hervorriefen. Jenes Design nämlich hatte einen starken Anklang zum Erlebnis meiner Entjungferung durch Lisa, das ich Dir einmal in ebenso erfreulicher Ausführlichkeit geschildert habe wie Du mir Deine Affäre mit jenem Junghegelianer, die in einem der benachbarten Häuser begonnen haben muß, denn schließlich befinden wir uns direkt am Heidelberger Kornmarkt. Camille und ich schwiegen noch eindringlicher und starrten uns an. Zwei, drei falsche Worte, und der Schlamm von S. würde erneut über uns kommen. Ich wußte, daß ich nichts von Camille wußte, nichts im herkömmlichen Sinne. Aber ich kannte sie auf eine tiefere, abgründigere Art, und ich sah es ihr an der weichen Nasenspitze an, wie sie versucht war, im Sartreschen Sinne *massiv* zu werden, seriös, bereit, den Riß zwischen ihrer Begierde und der Idee der ungebrochen treuen Ehefrau, guten Mutter und soliden Forscherin mit dem Beton der Werte auszugießen. Was wir am Morgen getan und auf dem Raumschiff Dr. Sandbergers so erfolgreich inszeniert hatten, würde am Ende der Gießarbeiten, mit einer wiederertüchtigten Sittlichkeit betrachtet, in die Camille hineinzufallen drohte wie ein Fleischwürfel in schützendes Aspik, nur noch das eine sein: blanker, niederträchtiger Verrat. Niemand verstand das besser als ich, Schöpfer des wohl niemals in diesem Heidelberger Stadttheater zur Aufführung gelangenden *Malinche*-Stückes (an Klara mochte ich jetzt gar nicht denken), das ich fast ganz und gar Camille verdankte, meiner geborenen Verräterin. Sie hatte vor Dr. Sandberger eindeutig Partei für Malinche ergriffen, der als Wehrloser nichts anderes übriggeblieben sei, als sich an ihrem Volk zu rächen. Jetzt lag die Erregung eines neuen möglichen Verrats unsichtbar und doch so dicht unter ihrer Maske wie ihre sündig-grünen Dessous unter dem Weiß ihres Pullovers und dem Admiralsblau ihrer Hose. Ich mußte mich zum innigsten Komplizen dieser Erregung machen, um das Einsetzen der Gießarbeiten zu unterbinden. Aber es fiel mir nicht ganz leicht, zum zweiten Mal an diesem Tag wortlos über sie herzufallen. Das gefährliche Bedürfnis, sie bei der Hand zu fassen, mich an ihrer Seite auf das Sofa zu setzen und stundenlang über unser Leben in den vergangenen Jahren zu reden, kam mich an. Vielleicht weil sie kein Wort sagte und nur darauf zu warten schien, daß ich einen Fehler machte, um mit den Gießarbeiten beginnen zu können. In den drei Sekunden, die ich benötigte, um meinen Koffer auf den Boden zu stellen, hielt ich mir noch einmal vor Augen, daß unser gemeinsamer Auftritt bei Dr. Sandberger in seiner erotischen Funktion gar nicht zu überbieten war. Camille hatte eine für badische Forscherinnen verblüffende Salonfähigkeit zur Schau gestellt, und dies war gewiß ein autoerotisch bedeutsamer Vorgang gewesen. Moi-même, herübergeflogen aus New York City, angekündigt von der hiesigen Zeitung, von Dr. Sandberger mit freundlichster Hochachtung und Dachwohnung empfangen, würde nie wieder einen stärkeren Eindruck bei Camille schinden können, denn anstelle eines kaum gefragten Fernsehfilmers und unvorsichtig dilettierenden Theaterregisseurs sah sie wohl eine Art Show-biz-Figur in mir, der sie sich »irgendwie unterlegen fühlen« konnte, um es mit ihrem eigenen historischen Zitat zu beschreiben. Dieses vollkommen unbegründete, nachgerade lächerliche Gefühl war so dankenswert, weil es in einen akuten Zustand des Penisneides umzuschlagen pflegte. Ich spreche wie gesagt nur von Camille, der einzigen attraktiven Frau, bei der ich den Penisneid in seiner quasi natürlichen Umgebung und klassischen Form habe beobachten können (Du sagst meines Erachtens zu Recht, er sei ein Problem der Männer). Meine Unfähigkeit, das Phänomen zu glauben, meine falsche Sensibilität und Höflichkeit hatten mich in meinen vormaligen Begegnungen mit Camille stets um den Einsatz des einzigen geeigneten Mittels gebracht, dagegen anzugehen. Jetzt, in diesem Moment, in dem sie mich noch für einen bedeutsamen Artisten und unbekümmerten Vagabunden hielt, mußte ich ihr mein Schwert anbieten, damit sie es studieren, verschlingen und entkräften konnte. Schon spürte ich, wie mich eine ebenfalls prall ausgeprägte, wenigstens klassizistische Kastrationsfurcht bei den Testikeln packte, um meinen Säulenmarmor in Knetgummi zu verwandeln. Ich benötigte erneut einen Anreiz für meine Gier, etwas wie das Gold der Azteken für Cortés. Glücklicherweise fand ich den Anreiz sofort, als ich aus chiropraktischen Gründen die Distanz zu dem Siebziger-Jahre-Sofa ermitteln wollte. Zu der Erinnerung an Lisa kam nämlich die Gestalt eines tatkündigenden noch nicht vorhandenen Flecks auf diesem psychedelischen Stoff hinzu. In meinem Privattheater leitete sich der Fleck, den ich jetzt mit Camille dort erzeugen wollte, direkt von gewissen Reinlichkeitserlebnissen unserer Pubertätsliebe ab. Ich ergriff mein Schwert und den noch virtuellen Fleck auf dem Sofa vor Augen, meinen Bilderfetisch der geschändeten Basketball-Orange, hieb ich mich gut voran, denn Camille erwiderte unverzüglich alles. Ich versank erneut in ihrem Duft nach gerösteten Kastanien (die Zigarette, die sie nach dem Theater geraucht hatte), Herbstblättern, Zitrone und Vanille. Schon immer hätte ich nur diesem Duft an Camilles Hals und ihrer Wange in jeden Winkel ihres Körpers folgen müssen, um noch schlimmere und endlich ganz delirante Stadien der Verzückung zu erreichen. Man weiß heute, daß so etwas biologische Ursachen hat. Camilles DNA-Sequenzen kreieren ein Parfum, das meine DNA-Sequenzen olfaktorisch über die Gelegenheit informiert, einen genetisch einmalig vorteilhaften Mix herzustellen – so klärt sich endlich dieser Wahn in Wohlgeruch, aber ich war auf diesem Sofa wenig an Erklärungen interessiert, sondern wollte mich so tief in Camilles Angelegenheiten stecken, daß sie mich dort eine Zeitlang nicht mehr missen mochte. Im Begriff, dies zu tun, spürte ich einen erstaunlichen Widerstand für eine Vierzigjährige, die zwei Kinder geboren hatte, und für das heute doch schon von meinem eifrigen Hundeglückerguß vorbereitete zweite Mal. Es schien, als wolle Camille mir die Illusion eines nachträglichen Schlammstädter Wunders schenken (ihr Mädchenzimmer, auf dem Schreibtisch ein aufgeschlagenes Biologiebuch der 10. Klasse). Aus rein physiologischen Gründen hielt ich dieses Mal länger durch und verfiel, zuversichtlicher werdend, dann bald in jenen fröhlicheren Rhythmus, der Camille besser zu gefallen schien. Sie folgte, allerdings nur bis zu einer bestimmten Ebene, auf der sie erregt antwortete, auf der sie aber auch bleischwer zu liegen und darauf zu warten schien, daß ich sie erneut vorzeitig verließ. Womöglich war für sie immer noch alles zu mechanisch, zu vorbestimmt, zu bekannt, während ich, ihren weichen Bauch an meinem spürend, geradewegs in den Bereich religiöser Grenzerfahrungen vorstieß. Ich fühlte mich wie ein gläubiger – ja was? Christ? Moslem? Wie ein gläubiger Camillist natürlich, für den schon die Berührung ihrer Haut sakrale Bedeutung hatte! Nur der Eindruck bremste mich, daß ich dieser mal sanft, mal nachdrücklich und rhythmisch aufgespießten

Heidin nicht die volle Bedeutung der georgianischen Choräle vermitteln konnte. Es war, als fehlte ihr die letzte metaphysische Weihe, die den Vorgang zu einer Messe in ihrer Vulva, Vagina, Votze erhob. Das laute Denken des letzten Vs hätte mich beinahe entwaffnet. Rasch und unvergossener Dinge zog ich mein Kriegsbeil aus ihrem Wigwam, um ihr in aller Aufrichtigkeit meine grenzenlose Liebe zu erklären. Ein kleines Zucken in ihrem Körper und eine Anspannung ihres Bauches verriet, daß es ihr nicht fremd wäre, wenn ich ganz in der Manier des Cortés mein konquistadorisches Fontänchen über sie hinspritzen würde. Deine Mädchenbrüste, Malinche! Haben nur semi-erigierte Brustwarzen. Camille, Geliebte! Als sie meine edle Verzichtserklärung durchschaute, schüttelte sie fast ärgerlich den Kopf, drängte sich an mich, griff nach MIR, zog damit wie mit einem dicken roten Markierstift durch ihren Nerzpelz und verschlang erneut die Kuppe. Ich brachte es immerhin soweit, daß sie »O schade!« sagte, als mich ihre Windmühle wie den Ritter Don Georgotte mitsamt meinem Rappen und Knappen durch den siebten Himmel drehte. Bei meinem Rückzug sah sie interessiert zu, wie das letzte Band zwischen uns, elastischer als ein Speichelfaden, sich dehnte und zu ihr zurückschnellte, um einen Nebelstreifen in ihrem schwarzen Wald zu bilden. So erregt, daß sie wütend erschien, warm und üppig wie eine auf den Rücken geworfene große Katze, füllte sie eine Sofaecke aus. Ihr Unterleib schob sich kampfeslustig nach vorn, und schon griff ich nach ihrem nebelstreifgeschmückten Pelzfehdehandschuh, um, mit wie vielen Fingern sie auch wollte, hineinzuschlüpfen. Aber sie faßte rasch mein Handgelenk und zog mich wieder in ihre Arme und dann zu sich heran. Dies führte, im Einklang mit einer nicht näher motivierten Drehung meiner Längsachse und den geometrischen Eigenschaften der Couch, dazu, daß ich mit dem Rücken gegen ihre Vorderseite lehnte. Camille zog mich noch weiter und schlang auch ihren rechten Unterschenkel um mich, so daß sie noch mehr einem großen weiblichen Raubtier ähnelte, das mich von hinten angesprungen und zu Fall gebracht hatte, um mir nun genüßlich die Halsschlagader durchzubeißen. Kopf an Kopf sahen wir durch die Fensterdachschräge in ein vollkommen gegenstandsloses Heidelberger Blau.

»Es war etwas unangenehm«, sagte Camille. »Aber auch lustig. Und ein wenig schmerzhaft.«
»Die Sache mit Dr. Sandberger!«
»Ja.«
»Ich dachte schon, du meintest –«
»Das andere. So etwas passiert normalerweise nicht, oder?«
Was hätte ich erwidern sollen? Daß die Helden normalerweise verheiratet seien und Kinder hätten und nichts anderes täten, als verlegen daherzureden, wenn sie sich als Vierzigjährige zufällig an der Supermarktkasse wiedersehen würden? Ich wollte ihr sagen, daß ich plötzlich das Gefühl hatte, sterben zu müssen – als wäre das der Preis, den ich für diesen Morgen und Vormittag und dafür zu zahlen hatte, daß sie mich noch jetzt in ihren sommergebräunten Armen hielt. Vielleicht war dieses Gefühl nur meiner unwillkürlichen, professionellen Berechnung der Bildwirkung geschuldet. Während der Einfall, Camille sei eine Tigerin, die mich niedergeworfen hatte, ohne sich darum kümmern zu müssen, daß sie selbst dabei auf dem Rücken gelandet war, erst in den qualvoll-orgiastischen Augenblicken dieser Niederschrift entstanden ist, war mir bereits zu jenem unwiederbringlichen Zeitpunkt in der Dachkammer sehr klar bewußt, daß sie mich auf dieser Couch wie bei einer Kreuzabnahme hielt. Schließlich hatte ich immer Camille unter dem Licht meiner Vermeer-Scheinwerfer studieren wollen, fand nun aber mich, den Regisseur, nackt aufgebahrt und ihrem über meine linke Schulter zielenden Blick präsentiert, der hinabstreichen konnte bis zu meiner durchaus gebuttert wirkenden schwach rechtsdrehenden Laugenbrezel. Wahrscheinlich habe ich Camille eine Antwort auf die Frage gegeben, ob »so etwas« normalerweise passiere. Aber eingeschlossen in ihre Arme, mit dem an Gewißheit grenzenden Glauben, dies sei nun wirklich das letzte Mal, daß sie mich hielt, wünschte ich mir nichts weiter, als mit ihr gemeinsam die rein chromatischen Übergänge in der Fensterdachschräge zu beobachten, den Wechsel von Blau zu Taubengrau, zu völligem Schwarz, figurenlos und endgültig, als hätten wir dank Camilles Kennerschaft ein Gift gefunden, das zwei Liebende so schmerzlos, sicher und langsam tötete, wie das Tageslicht in den nächsten Stunden aus dem Rahmen über unseren Köpfen verschwinden würde. Camilles Unterarm hob und drehte sich

nah vor meinen Augen. Das Zifferblatt ihrer schmalen goldenen Uhr war auf die Innenseite ihres Handgelenks gerutscht. Ich bedauerte es, daß sie nicht vollständig nackt war. Aber sie trug das feine goldene Kettchen nicht mehr, das sie getragen hatte, als ich sie fünfzehn Jahre zuvor in K. besuchte.

»Zwei! Ich muß los, ich muß dich verlassen!« rief Camille, gerade als ich mir darüber klar wurde, daß sie auch keinen Ehering trug.

»Du bestimmst den Zeitpunkt.« Ich stand auf und stieß mit dem Kopf gegen einen Dachbalken.

»Und deine Frau?«

»Du bestimmst den Zeitpunkt.«

»Das wäre vielleicht zu einfach, Georg.«

Obwohl ich mir mittlerweile vorgenommen hatte, nicht hinzusehen, mußte ich doch, nachdem Camille die Couch verlassen hatte, ihrem eigenen raschen Blick folgend, feststellen, daß der eingangs ersehnte Fleck ausgeblieben war. Camilles hygienischer Triumph schien vollkommen. Wir sollten keine Spuren in der Wohnung hinterlassen, nicht einmal eine hauchfeine, rasch auf dem Strandstreifen der Couch austrocknende Qualle. Ich begann ebenfalls, mich anzuziehen. Meine Hände zitterten wie die Camilles. Sie achtete nicht darauf, daß meine Feuchtnebelwolke sich in ihrem Wäldchen verteilt hatte, sondern verschloß uns achtlos hinter dem Gitter ihres Slips. Wo wollte sie heute noch duschen, bevor sie nach Hause kam? Weshalb sagte ich ihr nicht einfach, daß ich geschieden war? Heute denke ich, daß ich zu sehr von der Atmosphäre der Vertreibung fasziniert gewesen bin. Daß Camille und ich schuldbewußt flohen, nachdem wir diesen uns nur zur Besichtigung überlassenen Ort auf die denkbar günstigste Weise mißbraucht hatten, verlieh der Lichtsäule, die durch die Dachluke auf das Kopfende der Heiligen Couch fiel (*The Fleckenwunder*, you know), die flirrende, scharfkantige Präsenz eines Vertreibungsengels. Infolgedessen war es noch paradiesisches Licht, das unsere Aktivitäten beleuchtete, die hastige Maskerade der Scham. Darin erschienen das Schimmern von Camilles Haut, die offenen Hemden und halboffenen Hosen, das unwillkürliche Nachkämmen der Haare mit den Fingerspitzen immer noch wie die Elemente eines eingelösten Versprechens, auch wenn wir uns im einsetzenden Sturm der Vertreibung, den allein Camilles Zeitnot entfacht hatte, nur noch knappe Bemerkungen zurufen konnten.

»Wie bist du ausgerechnet auf Malinche gekommen?« wollte Camille wissen, reizvoll gebückt, ihre Indianermädchenbrüste schon in den grünen filigranen Körbchen geborgen und nach ihrer am Boden liegenden Hose angelnd.

»Ich war einmal in Mexiko.«

»Wie fandest du Dr. Sandberger – als Mensch?«

»Sehr gut in dieser Rolle! Ich hätte wirklich gerne mit ihm gearbeitet!« rief ich. Zum Zeitpunkt dieser Antwort knieten wir schon orientierungslos am Fußboden, um unsere Schuhe zuzubinden. Und natürlich hätte ich auch jetzt noch oder während der folgenden Minuten, in denen wir unsere Mäntel anzogen, stumm der Hl. Couch unsere Reverenz erwiesen, uns packten, gegen eine der dünnen Wände polterten, um uns dort in schiefer Anlehnung noch einmal auf unsere seit Jahrzehnten bewährte Art abschiedszuküssen wie Totzuglaubende, und schließlich hinaus, die Treppen hinab und auf die Straße fanden, ohne weiteres den Satz unterbringen können: »Ach übrigens, ich bin geschieden.« Aber ich genoß den Schrecken und die Sensation der Vertreibung, bis wir wieder die Herbstluft einatmeten, weil ich zu nichts anderem die Kraft besaß (bedenke meine beachtlichen Glucoseverluste).

»Und jetzt?« sagte Camille. »Gehen wir auseinander? Das ist so üblich, wenn doch mal so was passiert.«

»Scheiß auf die Illusionen.«

»Ja.«

»Aber es ist die langweilige Lösung, oder?«

»Ich bin langweilig, Georg! Ich bin nicht Malinche. Ich bin keine Künstlerin. Ich habe zwei kleine Kinder!«

»Vergiß nicht die Flußkrebse.«

»Hast du mich jemals richtig ernst genommen?«

»Nein. Sonst wäre ich nervös geworden.«

»Nervös?«

»Unheilbar. Ich seh mir jetzt die Stadt an. Mußt du deine Kinder nicht irgendwann von irgendwo abholen?«

»Um fünf.«

»Und bis dahin mußt du an die Uni?«

»Wenigstens für eine Stunde oder so.«

»Dann bin ich um vier wieder vor dem Stehcafé.«

»Was ist dort?«

»Man zeigt die Wiederholung. Es ist immer die alte Geschichte, oder?«

»Es geschieht nichts mit uns, sondern wir bestimmen jeden einzelnen unvermeidlichen Schritt. Meinst du das?«

»Ich meine nur, daß wir versuchen sollten, uns nicht mehr zu verabschieden«, sagte ich.

Camille senkte den Kopf und lächelte, wie sie als Schülerin gelächelt hatte, um meine philosophischen Höhenflüge zu torpedieren. Bei irgendeinem Indianerstamm, über den ich las oder von dem Du mir erzählt hast, sollen die Frauen kleine Vögel gefangen und an Lederriemen unter ihren Röcken getragen haben, wenn sie schwanger werden wollten. Als ich mich umdrehte und einigermaßen hirntot, aber bestimmten Schrittes eine Gasse anzusteigen begann, kam mir der widerwärtige Kriegerbrunnen von S. in den Sinn, vor dem Camille sich im Lolita-Alter von mir gerissen hatte, um den Pinsel eines stadtdiskothekenbekannten Kunstmalers zu studieren. Auch wenn wir die Abschiedsformeln übersprangen, machten mich die Trennungen von Camille doch stets ein wenig aggressiv. Auch wenn wir damit begonnen hatten, uns einige unserer erfreulich detail- und faltenreichen, tiefsinnigen und enormen Geschlechtsorgane vorzuführen. Der Abend vor der Premiere von *Die Reise nach England* stand vor meinen Augen, während ich mit meinem Koffer in der Hand den Schildkrötenbuckel der mit pflaumenfarbenen Kopfsteinen gepflasterten Gasse erklomm. Ich sah Klara und mich, Sekt trinkend und halb, aber festlich gekleidet vor einem Bügelbrett in unserem einstigen Wohnzimmer. Ich roch die frische Bügelwäsche, den Tabak der englischen Zigaretten, die auch ich damals noch geraucht hatte, Klaras Parfum. Nichts schien dieses Schneekugelbild meiner Vergangenheit angreifen zu können. In einer ebensolchen, vermeintlich unzerstörbaren Geborgenheit lebte jetzt Camille, mit ihrem Mann und ihren Kindern. Niemand außer ihnen hatte dort etwas zu suchen. Ich machte auf dem Absatz kehrt, obwohl ich ohne Ziel in die Gasse eingebogen war. An diesem Punkt der Geschichte stieß ich zum zweiten Mal beinahe mit Dr. Sandberger zusammen.

4

Dr. Sandberger: Wie schön, daß wir uns gleich wieder treffen! Meine Verabredung wickelte sich erfreulich kurz ab. – Und, waren Sie zufrieden?
Georg: Die Wohnung. Sehr schön, doch. Ich kann Ihnen auch den Schlüssel – hier.
Dr. Sandberger: Sie erschrecken mich. Heißt das, Sie wollen den Vertrag nicht?
Georg: Doch, nichts mehr als das. Fast nichts mehr als das.
Dr. Sandberger: Sie ist das Vorbild für Malinche, nicht wahr?
Georg: Das ist ein altes Spiel zwischen uns.
Dr. Sandberger: Aber das Happy-End scheint noch auszustehen. Mögen Sie mich zum Theater begleiten? Sie könnten dort Ihren Koffer abstellen – ganz gleich, wie Sie sich entscheiden und wann Sie fahren möchten.

Georg nickt dankbar, schließt sich dem Intendanten an, wofür er erneut die Marschrichtung wechseln muß.

Wir würden natürlich Probleme mit der Besetzung haben. Indianisch aussehende Schauspielerinnen sind hierzulande dünn gesät. Aber Frau Doktor Sesemann könnte –
Georg: Camille ist nicht professionell.
Dr. Sandberger: Ich fand sie beeindruckend in der Rolle Ihrer Ehefrau.
Georg: Sie hat gut improvisiert, das stimmt. Aber für Malinche ist sie zwanzig Jahre zu alt. Außerdem ist sie eine ernsthafte Neurologie-Professorin oder wird es demnächst. Sie ist Malinche, meine Güte – Sie verstehen das doch alles, Herr Dr. Sandberger! Für das Stück nehmen Sie am besten irgendein Gretel, blonde Zöpfe, Porzellanaugen – eine Haarfeder als Zitat! Die ironische Tour.
Dr. Sandberger: Also Hänsel als Regisseur. Würde Frau Doktor Sesemann die Malinche spielen, dann müßten Sie selbst wohl den Cortés geben.
Georg: Ich wäre lausig!
Dr. Sandberger: Aber Frau Sesemann hat tatsächlich Begabung.
Georg: Als Schülerin spielte sie einige Rollen. Aber mittler-

weile ist sie fürchterlich seriös geworden. Schon als Studentin war sie enorm bürgerlich. Sie hat auch wirklich zwei Kinder, statt Katzen, und sie wird nichts, aber auch gar nichts aufs Spiel setzen.
Dr. Sandberger: Sie kennen sie wirklich schon aus Schlammstadt?
Georg: Wir lebten dort ein Jahr in den Straßenpfützen, zusammen mit Sartre, als denkende Kaulquappen.
Dr. Sandberger: Wann haben Sie sie zum vorletzten Mal gesehen?
Georg: Vor fünf Jahren. Wie sehen uns alle fünf Jahre, und immer geht es schlecht aus.
Dr. Sandberger: Sie scheint Ihre Muse zu sein.
Georg: Meine Ideen gehen immer von ihr aus. Jeder einzelne Film! Ich wüßte nicht, was ich ohne sie getan hätte.
Dr. Sandberger: Aber jetzt wollen Sie mehr als Inspiration.

»Ich will Inspiration, Transpiration, Penetration und Transsubstantiation!« brüllte ich – woraufhin wir das Theater betraten, meinen Koffer in Dr. Sandbergers Büro verstauten und eine Gaststätte aufsuchten (bedenke noch einmal die Glucoseverluste und den kärglichen Input einer vereinzelten Laugenbrezel). In der nahezu vornehmen Gaststätte bestellte ich unwillkürlich Fisch und begann, entschieden vor dessen Ankunft, Weißwein zu trinken. Dr. Sandberger hatte genau eine Stunde Zeit. Zunächst waren wir etwas zu scheu, um philosophisch zu werden, erzählten also keine Frauengeschichten. Aber Dr. Sandberger kam bald über den geringen Umweg des Umstandes, daß der Weltgeist wahrscheinlich am Hirntod verschieden, und die Frage, ob dies gut oder schlecht sei, auf Hegel zu sprechen. Jenem sei es – etwa auf Trinkausflügen mit Jean Paul – in dieser Stadt ganz manierlich ergangen; seine Frau habe aber vor dem Antritt seiner Professur infolge einer Überanstrengung bei den hastigen Reisevorbereitungen eine Frühgeburt erlitten. Damit war ich auch zerebral ganz und gar wieder bei Camille (allerdings noch nicht im Zusammenhang mit der hegelianischen Methode). War das dritte Kind, das sie 1993 verloren hatte, Ausdruck eines Wunsches gewesen, ganz in der Mutterrolle aufzugehen? Der Fisch wurde serviert, und Dr. Sandberger berichtete angelegentlich von einem Heidelberger Anatomen, der eine neue Konservierungstechnik entwickelt habe und nun eine große öffentliche Ausstellung von ihm präparierter menschlicher Körper und Körperteile plane. So gelangten wir erneut zu Camille, nämlich in ihrer Eigenschaft als Mysterium, das sich der Kamera entzog wie die Funktion eines Organs dem gaffenden Auge der Gruselkabinettbesucher, wieweit diese auch mit ihren Objektiven und Linsen und Fischmessern und Fischaugen vordringen mochten. Dr. Sandberger, freilich mehr im allgemeinen verharrend, während mein Gedächtnis noch in Camilles Besonderheiten schwelgte, nutzte die Gelegenheit, darauf hinzuweisen, daß das Theater doch entschieden stärker die Sprache einsetze als der Film, woraufhin ich mit dem Film-Essay und dem zugegebenermaßen ziemlich verschütteten Konzept der *caméra stylo* konterte. Durch einen sacht moussierenden, blaß-goldenen Riesling-Schleier sah ich Camille in den Haut- und Haarnähen der vergangenen Stunden – genügend deutlich, um darüber froh zu sein, daß sie mich damals in S. als Jungfrau verlassen hatte. Denn ich wäre als Sechzehnjähriger wohl kaum mit dieser produktiven Wut und wundersüchtigen Begierde zwischen die marmorierten Oberschenkel einer warmherzigen älteren Frau gelaufen, um die Welt der Tiefsee zu entdecken, hätte Camille mir vor der Trennung ihr buntes Mädchenaquarium offenbart. Der auch bei Lisa so schmerzhafte Verzicht auf die einmal gekannte Lust wäre dann unerträglich gewesen, das tragische Ende im Schatten des Kaiserdoms programmiert. Ich sage das aus der Umrahmung eines kultivierten Mittagessens heraus, als Vierzigjähriger, mit den Ärmeln meines besten Jacketts und den Handgelenken auf einer Damasttischdecke, mich in den wohlarrangierten Spiegeln silbernen Bestecks, kühlgehaltener Weißweinflaschen und wie Murmeln polierter gekochter Forellenaugen wiederfindend, im Angesicht eines versierten Theatermannes, der mir das Gefühl zu übermitteln sucht, ich sei ein nicht uninteressanter, gar bezahlenswerter Künstler. Erst aus dieser Perspektive und Position heraus würde es mir unter Umständen möglich sein, die sublimen pornographischen Erlebnisse mit Camille bei heiler (Schuppen-)Haut zu überstehen. Eine nachgerade prophetische Klugheit – wenn wir die schlichte Angst einmal so bekränzen wollen – hatte mich mit sechzehn, mit fünfundzwanzig und noch einmal mit fast dreißig Jahren davon abgehalten, die eine (allerdings völlig unerfindliche) falsche Bewegung zu machen, die Camilles tödliche, ohrmuschelfarbene Labyrinthe geöffnet hätte.

Dr. Sandberger: ... in dieser mexikanischen Landschaft?
Georg: Verzeihung, ich habe Sie jetzt rein akustisch nicht –

Ob das indianische Motiv denn auch mit Camille in mein Leben gekommen wäre und weshalb ich die Geschichte Mexikos beziehungsweise der Azteken gewählt hätte?

Ich stellte hastig dar, daß mich in erster Linie das Drama des Aufeinanderprallens zweier Imperien oder gar Welten interessiert habe. Dr. Sandberger unterbrach mich freundlich, als ich vor dem persönlichen Teil seiner Frage scheute und stotterte. Er begann das Verhältnis von Deutschen und Indianern überhaupt zu reflektieren, wobei ihm sofort Hermann der Cherokee einfiel, der im Teutoburger Wald gegen die technologisch überlegenen Kupferröcke aus Rom das Tomahawk geschwungen habe, des weiteren natürlich Karl Martell, Karl May und die Folgen bis hin zu Pierre Brice und Arno Schmidt, schließlich wäre der Morgenthauplan zu bedenken mit der Idee der deutschen Prärie, der Wilde Osten der neunziger Jahre und ganz und gar nicht zu vergessen das eigentliche Realium, auf dem Old Shatterhand fuße, nämlich die Auswanderungswelle im Gefolge der 1848er-Revolution, denn in den USA sei es schließlich zum ersten Male zu deutsch-indianischen Begegnungen größeren Umfanges gekommen. Würde Camilles Aussehen sich denn über eine besonders intensive Begegnung dieser Art erklären? Habe sie Vorfahren und Verwandte in den USA, oder existiere womöglich eine genealogische Verbindung nach Südamerika?

»Ich habe nicht die leiseste Ahnung«, gestand ich, einigermaßen fassungslos darüber, daß ich nicht die leiseste Ahnung hatte. »Ich weiß nur, daß Camille sich früher für die nordamerikanischen Indianer interessiert hat –«

»Sie wußte aber viel über Malinche.«

»Das hat mich überrascht. Als ich Camille kennenlernte, habe ich jedenfalls nicht den geringsten Wert auf diese Indianer-Romantik gelegt – auf der Bewußtseinsebene jedenfalls.

Für mich gehörte das in den Bereich der Kontingenz. Es war nicht ernst zu nehmen.«

»Aber irgendwann haben Sie es, haben Sie Camille überhaupt sehr ernst genommen.«

»Ich habe sie erfunden!«

»Als Malinche.«

»Nein, als Camille.«

»Als der Mensch, der sie schon war? Das ist eine ganz neue Pygmalion-Variante.«

»Vielleicht wurde Pygmalion erst dadurch zu einem Zwerg, daß er sich eine selbst erschaffene Statue ins Bett legte. Vielleicht war er auch nur der erste Kino-Zuschauer, und die riesige Statue aus Elfenbein tanzte in seinem Film. Wurde das Kino nicht erfunden, damit kleine dunkle Männer in Ruhe große nackte Frauen beobachten konnten?«

»Ich hoffe nicht«, sagte Dr. Sandberger. »Es sei denn, das würde Sie überzeugen, beim Theater zu bleiben. Bei uns sind die Größenverhältnisse noch ganz naturalistisch oder sogar umgekehrt! Etwas schon Vorhandenes erfinden, das macht im Grunde jede Kunst oder sogar schon jeder Traum. Jedenfalls haben Sie eine eindrucksvolle Malinche aus Frau Dr. Sesemann hergestellt, da gibt es nichts zu bedauern. Während Sie Malinche schrieben – in New York –, da hatten Sie doch keinen Kontakt zu ihr. Sie sagten doch, Ihr letztes Zusammentreffen sei fünf Jahre her?«

»Eigentlich sogar zehn.«

»Das Problem scheint mir jetzt darin zu liegen, daß Sie Ihrem Traum wieder in der Realität begegnet sind. Sie erleiden eine Art umgekehrten Geburtsschmerz.«

»Deshalb! Ich denke nämlich fortwährend über das Gebären nach, seit ich hier bin!« Ich deutete aus einem mir selbst nicht erfindlichen Grund auf die Gräten unserer Forellen. »Aber ich will Ihnen nichts vormachen. Ich habe Camille *gesucht*, ich bin ihretwegen nach Heidelberg gekommen –«

»Und Sie werden wieder gehen, wenn Ihnen – die Vermählung mißlingt.« Vermählung! Dr. Sandbergers durchaus schon unheimliche Züge annehmendes Begreifen und Benennen der Verhältnisse mochte sich seiner professionellen Kenntnis der Theaterliteratur verdanken. »Oder ist es schon mißlungen?«

»Sie hatte einen Termin, sie mußte an die Universität. Ich

habe ihr vorgeschlagen, uns heute nachmittag noch einmal zu treffen. Ich glaube aber nicht, daß sie kommen wird.«

Dr. Sandberger war optimistischer. Käme sie nicht, dann hätte ich ja auch ihre Telefonnummer und Adresse. »Das Dramolett heute morgen war so schön! Ich kann mir nicht vorstellen, daß sie es bei dieser einzigen Aufführung bewenden lassen möchte. Sie hatte sichtlich Spaß an der Handlung. Frau Dr. Sesemann ist eine Frau mit großem Potential.«

Dem letzten Satz konnte ich nur zustimmen. Nachdem der Kellner unsere Teller mit den metallisch schimmernden Fischresten abgeräumt und Espresso serviert hatte, sprachen wir auf die Länge einer Sandbergerschen Zigarre über die Malinche-Inszenierung in New York und die Besonderheiten des Transports in die hiesigen Verhältnisse. Dann drängte Dr. Sandberger die Zeit. Er schlug mir vor, den Schlüssel der Dachzimmerwohnung zu behalten – nein, das verpflichte mich zu nichts, da ich diesen Schlüssel ja einfach in den Briefkasten des Theaters werfen könnte, wenn ich es für nötig befinden würde, am Abend oder mitten in der Nacht kommentarlos abzureisen. Was die Bedenken angehe, die ich bezüglich der Lebensumstände oder Absichten Camilles habe, so gebe es nur eine zuverlässige Möglichkeit, sie auszuräumen oder definitiv zu bestätigen, nämlich Camille selbst. Hegel, auf den er nun verweise, um den Kreis unseres Gesprächs zu schließen, habe klar erkannt, daß das Subjekt des *Anderen* bedürfe, um seiner selbst bewußt zu werden, daß es den Anderen anerkennen müsse, um über dessen Anerkennung seine Identität zu gewinnen. In meinem Falle wäre der wichtigste Andere gewiß Camille, sonst stünde ich nicht hier, unzufrieden mit der Traumgestalt, die ich aus ihr gemacht hätte, wenn auch er, Dr. Sandberger, mit letzterer vollkommen zufrieden wäre und sie gerne in seinem Theater beherbergen würde. Wir verabschiedeten uns vor dem Restaurant. Mit seinem Silberschopf, dem teuren schokoladenfarbenen Mantel und dem dunkelwollenen Anzug sah Dr. Sandberger unwürttembergisch vornehm aus. Römisch, wie Camille, dachte ich, als er mir die Hand reichte. »Für mich gab es immer nur die eine. Seit meinem achtzehnten Lebensjahr. Sie starb vor drei Jahren«, sagte er lächelnd. »Aber ich hatte das Glück, vierzig Jahre lang mit ihr verheiratet gewesen zu sein.«

5

Hier sollte die Geschichte wie folgt enden: *Exit without saving? (Y)es, (N)o or (A)bort.* Dies nämlich ist mein interaktiver Lieblingssatz. Die unsichtbaren Luftkameras unserer Erzählung sind an den nahezu durchsichtigen Körpern der Engel befestigt, die Du mit dem Mauszeiger im Menü der Observationsmittel anklicken und über die bewegliche, auf ein feingehäkeltes Moskitonetz von ungefähr 1024 mal 768 Pixeln aufgerasterte 3D-Fotografie der Stadt Heidelberg ziehen kannst, um jedweden Einblick zu haben oder Überblick zu verlieren. Ich kann es Dir nicht verdenken, wenn Du meiner überdrüssig geworden bist und lieber ein wenig in der Luft herumsegeln magst, um in Your Memories of Highdelboerg zu schwelgen (klicke links unten auf das Menüsymbol für die Klangdateien und wähle *memory.wav*). Eine leichte Bewegung Deiner Fingerspitzen hebt Dich hinauf in den von Herbststürmen blankgefegten ultramarinblauen Himmel *(bl_sky.gif)*. Scrolle etwas am rechten Balken, so daß Dein Kameraengel eine ziemlich nordwestlich gelegene Vertikale zum Gesamtbild hinaufschießt. Jetzt hast Du die Stadt unter Dir, so wohlgeneigt, daß Du jeden Bildschirm ausdrucken und als Postkarte verkaufen könntest. Wie Du siehst, hat sich seit Deinen romantischen Tagen mit Stefan visuell wenig verändert. Von Deinem im Neustädtischen geparkten Mauszeiger aus schwenkt der Blick zum historischen Zentrum hinüber. Davor glänzt der Neckar im digitalen Herbstlicht, so perfekt saphirblau dahingepixelt als fließe er in einem frisch gestrichenen und chlorierten Schwimmbassin. Mause Dich ein wenig an die Alte Brücke heran, überquere im Sinkflug parallel zu ihrem Verlauf den Fluß in Richtung der beiden sandsteinrot-weiß-gestreiften Ringelsockentürme, die schenkelgleich das Altstadttor rahmen (als hätte man einen unerlaubten Blick auf Pippi Langstrumpf in Rückenlage). Vielleicht hast Du Lust, das Haus zu suchen, in dem Stefan damals wohnte, jenes Dachgeschoß, in dem er Dir seinen Hegel zeigte. Anderenfalls genügt ein Druck auf die rechte Taste Deiner Maus, um Dich emporschnellen zu lassen, so daß das langgestreckte Gewirr roter und schiefergrauer schornsteingespickter Dächer und auch schon der verwitterte Turm der Heiliggeistkirche zu Deinen virtuellen Füßen liegen, welche in raschen Luftsätzen hinaufeilen mögen, seelenleicht über die grün-golden-belaubten Bergterrassen des Jettenbühl hin bis zur dank Brentano, Arnim, Görres, Hölderlin, Mark Twain und dem US-Army Headquarter for Central Europe weltberühmten Ruine des Schlosses, die noch weiter von Herbstwaldhügeln überragt wird, auf deren oberster Kuppe ein wiederum rot-weiß-geringelter Antennenmast wie Odins Stachel emporsticht. Gib acht, daß letzterer nicht den Erdball beschädigt, der gemächlich in der oberen rechten Ecke Deines Netscape-Browsers kreiselt, zum Zeichen dafür, daß du online onearth bist – und nicht etwa allein und unverkabelt auf dem Mars wie all die Milliarden, die am Ende des Milleniums noch keinen internetfähigen PC besitzen. Wenn Du Deinen Zeiger noch ein Stück weiter nach oben bewegst, erreichst Du die kleine quadratische Schaltfläche mit dem aufgeprägten X. Erneut stellt sich die Frage: *Exit without saving? (Y)es, (N)o or (A)bort.*

Mit eben dieser Frage im Hirn war ich nach der Verabschiedung von Dr. Sandberger auf offener Gasse stehengeblieben, um mich erst nach einiger Zeit dabei zu ertappen, daß ich unverwandt auf das Schaufenster eines *TEA ROOM* starrte, der den *Heidelberger Studentenkuß* feilbot. Die runden Pralinéschachteln zeigten das Scherenschnittprofil eines bemützten Burschenschaftlers und einer ihm mundwärts zugeneigten Jungfer, patriotisch zielscheibenhaft eingefaßt in drei konzentrische schwarz-rot-goldene Ringe. Deutsch wie ein Orang-Utan, dachte ich, und mir fiel nahezu gleichzeitig der vierdimensionale Raumzeitpunkt ein, in und an dem mir dieser schöne Vergleich von Georg Christoph Lichtenberg zum letzten Mal eingefallen war: Herbst 1994; der überfüllte Theatersaal in San Cristóbal de las Casas. Ich spüre Deinen Arm um meine Hüfte, während die Delegierten zum Zapatistenkongreß einem der Redner zujubeln und jener alte Mexikaner mit uns spricht, der sich noch an die deutschen Emigranten der dreißiger und vierziger Jahre erinnert. Das Deutscheste, was ich mir vorstellen konnte, will und kann, ist meine neurophysiologisch promovierte Indianerin Camille, die meinen Kopf auf ihren nackten Oberschenkeln hält, während sie mir Gedichte von Heine vorliest. *Exit without saving? (Y)es, (N)o or (A)bort.*

Du hast mir vorausgesagt, was passieren würde, ginge ich nach Heidelberg: *(M)eet her, (F)uck her, (S)tay with her.* Dies sind keine Alternativen, sondern die Stationen einer zwangsläufigen Abfolge. Aber bedenke, daß für diese Abfolge – nach Hegel, wie ich gerade gelernt hatte – auch das anti-thetische *(M)eet him, (F)uck him, (S)tay with him* nötig gewesen wäre. Allein konnte ich nur die Entscheidung fällen zu gehen, rettungslos zu gehen, denn Camilles Dämon würde mich jetzt, nachdem ich drei oder vier ihrer sieben Himmel studiert hatte, noch weniger verlassen wollen als je zuvor. Und so begann ich, ungeachtet des Schlüssels zur Dachwohnung, den Dr. Sandberger mir übereignet hatte, in meinem Trenchcoat, bestem Jackett, teuerstem Hemd, gefälligstem Schuhwerk undsofort, ziellos durch Heidelberg zu wandern. Vor meinem Objektiv erschienen kuriose, absonderliche und auch erfreuliche Dinge und Menschen, ohne mich recht zu berühren. Womöglich hatte mein Umhergehen, wenn es ihm schon des Ziels ermangelte, einen tieferen, subkutanen Zweck, nämlich den refraktären, und dieser tröpfelnd akkumulative Vorgang in meinen Leitern wurde am besten durch die flache Ruheaktivität meiner lediglich schwach kokelnden Gehirnmasse unterstützt, dieses Zündschwamms, bestückt mit Reibeflächen, die auf das klitorale Streichhölzchen Camilles warteten.

Wie Du siehst, gebe ich mir Mühe, durchsichtig zu bleiben. Die Transparenz unserer Haut und unserer Schädelknochen, die wir schon in Mexiko hin und wieder erreichten und in den drei Jahren zu steigern versuchten, in denen Du zwischen New York City und Los Angeles hin- und hergependelt bist. Aber du pendelst weiterhin, richtig. Du hattest die Ost-West-Lehraufträge schon, bevor ich das Apartment in der Lexington Avenue mitbewohnte. Wie viele E-Mails haben wir uns geschickt, in dieser Zeit? Keine einzige von der Art, wie Du sie nun von mir erhältst, das ist allerdings gewiß … Als Nachtrag zur Transparenz: Vom wem stammten die *cum shots* (dt: *Moppelflecken* oder *Kalte Bauern* = cold farmers and her false friends) auf dem Teppich-Dromedar vor dem Kamin, die ich nach meiner ersten Bauchlandung vor drei Jahren in Deinem Apartment entdeckte? (Chie hat nicht diese Melker-Gewohnheiten.) Unsere Haut muß noch durchsichtiger werden. Seit ich diesen Film über seine Kindheit und späteren Heldentaten plane, denke ich wieder intensiv über den existentialistischen Ausstatter an der Place Saint-Germain-des-Prés nach, bei dem wir einmal diese ganz besondere Haut erstanden haben. Jener kleine, fürchterlich schielende Schneider, der, hastig und unentwegt redend (hätte er jemals eine E-Mail geschrieben, würde sie wohl so ausgefallen sein wie diese hier), eine Boyard mais zwischen den Fischlippen, den Stoff für unsere Hautmaßanzüge auf seinem Präsentationstisch auswirft. Wie überdimensionierte Gelatineblätter fließt die gläserne Seide aus seinen Händen. Aber Du wirst natürlich an die Beauvoir denken, eine Deiner frühen Gouvernanten, ach so lange vor den mit *gender studies* beschäftigten sado-masochistischen Lesbenzirkeln, die mit Chirurgenhandschuhen und Rasierklingen an sich zu Werke gehen (sorry, nicht dein Fall). – So what? *(M)eet her, (F)uck her, (S)tay with her.* Du hattest es vorausgesagt. Einfach nur die Formel für den notorischen Life changing sex. Aber: Ich wollte, ich hätte New York nicht verlassen müssen, ich wollte, wir hätten mehr aus unserer inzestuösen Geschwisterliebe machen können als bisweilen noch vögelnde Freundschaft und lebten jetzt ein Neues Leben in Deiner Neuen Welt, durcheinander mit Richard und Chie und Simon ... Ist es notwendigerweise so, daß die durchsichtigen Dinge kein langes Leben haben? Unsere leuchtenden, glashellen Tiefseefischleiber in den Korallenriffen Manhattans. Es gibt keine Notwendigkeit für das Für-sich. Es gab sie auch nicht, als ich nach einer Stunde nahezu hirntoten Heidelberger Spazierganges, bei dem ich achtlos die Neckarseite gewechselt hatte, über die Alte Brücke wieder zum historischen Zentrum hinüberschritt. Wirst Du mir glauben, daß ich, während ich über die Brücke ging, das gleiche berauschende und vernichtende Gefühl vollkommener Wahlfreiheit hatte, das ich jedesmal empfunden habe, wenn ich von Brooklyn aus zu Fuß über die Manhattan Bridge lief und durch die Riesenharfen der Seilverspannung auf die ungeheuerlich schönen silbernen Türme der Idioten sah? Die Alte Brücke ist empfindlich kürzer, das gebe ich Dir zu. Aber wir haben hier noch einmal die Windstille der Singularität, das Verschwinden des zweiten Differentialquotienten, die kleine betäubende Leere am Katastrophenpunkt. Ich konnte zurückkehren nach New York. Ich konnte versuchen, Mathematiklehrer zu werden und meinen Vornamen in Johannes ändern zu lassen. Ich konnte einen Laugenbrezel-Stand auf dem Kornmarkt eröffnen und damit meiner anwachsenden Deutsch-*angst* entgehen, das Theaterstück vor meinen mörderisch kritischen Landsleuten aufzuführen, zum ersten Mal in meiner und deren Sprache. Und ob ich es nun während der Arbeit an der Inszenierung mit einer verheirateten Biologin und Mutter zweier Kinder trieb, hing von Zufällen und Gelegenheiten ab und von unser beider sexuellen Energie. Dieses zur Freiheit verdammte Für-sich, das Sartres Tod nahezu unbeschadet überlebt hatte, mußte, während ich seine unwägbare halbe Unendlichkeit über das Kopfsteinpflaster der Brücke trug (vorbei an dem auf einer Art Außenbalkon residierenden, steinern mit sich selbst identischen Kurfürsten Karl Theodor), wählen, ob es die Komödie des Verzichts oder die Tragödie des Hierbleibens spielen wollte, das Drama, sich rettungslos davonzumachen, oder die Posse des tatsächlichen oder bloß ersehnten Ehebruchs mit Kindern, Fischottern, Indianern und Flußkrebsen. Noch als ich unter dem hochgezogenen, tatsächlich existenten Fallgatter des Brückentores hindurchging, schien es mir vom cartesianisch-kühlen Standpunkt meines Pour soi aus am besten, mich nicht ernst zu nehmen und mir nur die befreite, wenn auch flache Figur eines verworrenen Lebensfilms vorzustellen, in dem es kein Drama und keine Konsequenz zu geben brauchte und in dem Camilles Stelle von neuen Geliebten, neuen Huren oder sogar neuen liebenden Ehefrauen eingenommen werden konnte.

Aber nachdem ich das Ringelsockentor durchschritten und mich nach rechts gewandt hatte, hielt mir der Heidelberger Affe den Spiegel vors Gesicht. Vor Jahren hatte ich einmal von diesem Affen gelesen und daran gedacht, am Anfang eines meiner Filme eine solche Figur zu verwenden. Die Idee war mir dann zu herablassend und zu übermütig erschienen, aber das mittelalterliche Heidelberg war fröhlich genug gewesen, an seinem Stadttor das Publikum aufzufordern, sich im Affenspiegel zu vergleichen. Daß es in der Stadt nun wieder einen solchen Affen gab, überraschte mich mehr, als ihn persönlich anzutreffen. Es handelte sich um eine moderne Bronzeskulptur, wohl in den achtziger Jahren hergestellt, einen schäferhundgroßen Mandrill, der den Spiegel mit einer Hand, fast wie einen Ping-Pong-Schläger beim Abfangen eines schwach geschlagenen gegnerischen Balls, hielt. Er saß auf seinem Sandsteinpodest mit einem wie mir schien wundersamen Gespür für seine Notwendigkeit; auf seinen gespitzten Lippen jedoch lag das Lächeln der Kontingenz. Selbst wenn man sie täglich poliert haben würde, hätte die kreisrunde Bronzescheibe in seiner Hand wohl kaum das Gesicht eines Menschen widerspiegeln können. Gerade das machte großen Eindruck auf mich. Wenn die Tiere, die besseren Buddhisten, uns an das blinde Nichts erinnerten, das wir waren und sein würden, dann war es an der Zeit, die tatsächlichen Grenzen abzustecken, also die exponentiell abnehmende Folge der Möglichkeiten zu betrachten, die es für uns gab, die wir überlebten, denen wir standhielten, an die wir uns einigermaßen gewöhnten, die zu verwirklichen uns eine Aussicht auf das Glück eröffneten. Vor diesem lächelnden bronzenen Verwandten Hegels, der seinen blinden Spiegel mühelos, mit weit in das nächste Jahrtausend reichender Geduld Zehntausenden von Touristenkameras entgegenhalten würde (vielleicht, um all diese objektivbewehrten Gesichter im opaken Speicher seiner Bronzeplatte zu archivieren), mußte ich zugeben, daß ich, seit ich Klara verlassen hatte, nur noch an zwei Tagen wirklich glücklich gewesen war: heute, an diesem Tag, in den dauererregten Stunden auf Camilles Achterbahn, und drei Jahre zuvor, während des Unwetters in Chiapas. Folglich gab es für mich nur noch zwei lohnende Wege, denn Klara war so unerreichbar geworden, als hätte ich sie ermordet. Gelbe Herbstblätter wirbelten vom Boden her auf. Eines klebte sich an die kräftige linke Schulter des Affen – wie eine Auszeichnung oder um in der Zukunft eine verletzliche Stelle zu bilden, wenn er regungslos durch das Drachenblut der Zeit gewatet war. Ich drehte mich um und wurde von einer Gruppe japanischer Touristen etwa fünffach, in einer Art Kartenfächerperspektive, als Referenzfigur zum Heidelberger Affen abgelichtet. Auch dieser Vorgang erschien mir bedeutsam. Ich besaß genügend Geld, um mir noch an diesem Tag eine Videoausrüstung zuzulegen und mit diesen Leuten in die Zeit und an die Orte ihrer Heimat zu reisen, an denen dieser Augenblick wiedererstehen würde. Camille war das einzige Hindernis vor dieser Reise oder besser: das einzige ihr ebenbürtige Ziel. Während ich in Richtung Heumarkt und Fußgängerzone ging, rief ich mir ihr gekonntes Schauspiel bei

Dr. Sandberger ins Gedächtnis, ihre verheißungsvolle, offenbar aus eigener Anschauung gewonnene Kenntnis meiner Filme. Ich fragte mich, ob sie ermessen konnte, welche furcht- und fruchtbare Rolle sie in meinem Leben gespielt hatte. Sollte ich ihr dies je erklären? Sie hatte kein Drehbuch über mich geschrieben. Sie kannte keinen Dämon mit meinem Gesicht, meiner Stimme und Dutzenden von Variationen meines Schwanzes. Sie war nicht um die halbe Welt gereist, um mich zu suchen. Sie hatte nicht meinetwegen ihren Mann verlassen – aber nein, Klara und ich hatten unsere gemeinsame Liebe ganz ohne Camille ermordet, grauenhaft leise. Unser Zusammenleben war deshalb trügerisch lange vollkommen gewesen, soweit vollkommen wie jedes Leben, das auf einen Traum angewiesen ist (es gibt kein anderes). Als die Zerstörung offensichtlich zu werden drohte, brauchte ich einen Alptraum und eine Vision, und ich erfand mir aufs neue Camille. Dies schließt nicht aus, daß meine wahnsinnige Sehnsucht nach Camille eine Metapher gewesen ist für die Sehnsucht, mich selbst wiederzufinden, und die CAMILLEBINICH!-Parole berechtigt ist, die Du mir von Chie mit japanischen Schriftzeichen auf ein Stirnband sticken lassen wolltest, als ich Dir mit dem Nachdenken über diese Frau wirklich einmal auf die Nerven ging. Vielleicht war mit all diesen Bedeutungen, die Camilles Leben für mein Leben hatte, auch noch die positive Antwort auf die allerwichtigste Frage verträglich, nämlich ob diese Sehnsucht, die mein Leben in den vergangenen fünfundzwanzig Jahren immer wieder definiert und verändert hatte, nur für eines stand: die Liebe zu Camille, zu diesem einen und nur zu diesem einen Menschen, ihre vollkommene Unersetzlichkeit in meinem Leben. Schon immer hatte sich diese Liebe vollkommen klar dargestellt, angefangen bei dem Licht des neuen Lebens nach meinem LSD-Horror-Trip in S. bis hinein ins Große Mexikanische Bordell und meine New Yorker Arbeit an dem Theaterstück über Malinche.

Dann fiel mir vor einer großen städtischen Uhr in der Fußgängerzone zu meinem Erschrecken auf, daß meine Armbanduhr fünf Minuten nachging. Ich begann zu laufen, ich kam aber genau fünf Minuten zu spät zum Stehcafé. Niemand erwartete mich dort. Zwei Stunden lang blieb ich an dem Tisch stehen, an dem ich mit Camille gestanden hatte, und trank

Kaffee, bis mein Herz raste. Ich dachte an Eisenstein und diese eine Nacht in Mexiko, in der ich davon geträumt hatte, daß man mich im Jahre 2007 operieren werde und Camille meine Chirurgin sei. Das Skalpell ihrer Abwesenheit drang tief in mich ein, zugleich mit dem Gedanken an die herausgerissenen Herzen auf den Steinaltären der Azteken. Man verliert Herzen in Heidelberg, Du erinnerst Dich. Was hatte es mir schon geholfen, dieses Theaterstück zu schreiben? Aber wir wollen es nicht übertreiben, denn ich war doch auch bis zu einem gewissen Grade erwachsen geworden in den letzten beiden Jahrzehnten, in denen ich die Bilder dieses Heidelberger Vormittages nie für möglich gehalten hätte. Die überaus genaue Erinnerung an die in spekulativer Hinsicht aufregendste nackte Stelle an Camilles Körper verfolgte mich, an jenen schmalen, zumeist verborgenen Damm sonnengeschützter und infolgedessen fast weißer Haut. Jedoch war die Tatsache, daß Camille keinen Ehering trug, ebensowenig ein Grund zu hoffen wie meine Scheidung für Camille ein Grund hatte sein sollen, mich zum Bleiben aufzufordern. Langsam glitt ich in diesen Zustand aufmerksamen Einschlafens, der sich am besten für den Beginn der Kinovorführung eines Films eignet, für eine lange Reise wohl auch oder für einen bewußt vorbereiteten Tod. Alle Figuren im Stehcafé erhielten diese angenehme, leicht narkotisiert wirkende, fluide Unwirklichkeit. Die Geräusche wirkten gedämpft, die Abschiede und die Übergänge folgten so rasch und gleitend, daß ich das Gefühl hatte, der großen Cutterin zusehen zu können, der Feindin der Mnemosyne, die den Film unseres Lebens schneidet und an unberechenbaren Kreuzpunkten unseres Gedächtnisses wieder zusammenklebt.

Es war schon zwei Wochen später in Rom, als ich in einem der so viel häufiger anzutreffenden und ganz anders gearteten Stehcafés, den feinstporigen Schaum eines Cappuccino auf den Lippen, plötzlich Camille im Nachmittagslicht quer über den Corso zu mir herankommen sah, in einem roten, knielangen Kostüm. Die Frau kam mir und dem Raumschiff-ähnlichen Zuckerstreuer auf der Theke so nahe, daß sie selbst ganz genau die Enttäuschung in meinem Gesicht studieren konnte, die der Unterschied zu Camille auslöste, obwohl diese Römerin jünger und an den Maßstäben des herkömmlichen Castings gemessen auch schöner war. Ich hatte meinen Videofilm mit dem

Regen über der Via Appia begonnen und deren einstigem Verlauf weiter folgen wollen bis nach Süddeutschland. Dr. Sandberger, dem ich am Telefon die Aufführungsrechte für *Malinche* zusagte, hatte mir jedoch den Kontakt zu einem japanischen Freund vermittelt und über diesen sogar eine nicht unbeträchtliche Teilfinanzierung meines Projekts. So sieht es nun nicht mehr wie eine endlose, triefende Reise in den Tod aus, wenn ich der Idee folge, die mir das Unwetter in Chiapas eingegeben und der Spiegel des Heidelberger Affen bestätigt hat. Es ist ein ungeheurer Luxus, nirgendwo sein zu müssen, zu leben, als sei ich dafür geschaffen worden, die Sintflut zu filmen, aber aus Gründen höherer Ironie ein wenig zu spät. Noch ist mir das Muster meiner eigenen Bewegung nicht klar. An möglichst vielen Punkten der Erde den Regen aufzunehmen, der vor der Jahrtausendwende fällt, ist aber eine vielschichtige, kaum erschöpfliche Idee. Noch hänge ich zu sehr an den Städten, an ihrer Leuchtkraft, ihrer Geometrie und ihrem Schrecken. Vielleicht weil sie sich im Regen am stärksten verwandeln, vielleicht weil sie sich in meinen Augen am stärksten mit allen Schattierungen und Facettierungen der Liebe verbinden, die von wirklichem Interesse sind, mit der Traurigkeit und dem Grenzenlosen, das die Hoffnungen aufpeitscht und zunichte macht, mit der Nacktheit schließlich, weit jenseits der Unschuld und immer im Suchfeld der Kamera. Das Gitter von kobaltblauen Horizontalen und roten Vertikalen, das an diesem nässeverschwommenen Abend über Hokkaido liegt, ist so schön und grausam wie das Ende der Welt.

Dear maryproc@columbia.edu!
An dieser Stelle endet der öffentliche Teil dieses Briefes, an dem ich drei Monate lang geschrieben habe und den ich Dir nun per Mausklick überstelle. Er wird Dich nicht überraschen, weil ich Dir ja auf meinen Postkarten immer schon die Schlagzeilen geliefert habe. Dies war nichts als die wortreiche, gewundene, zottige und zotige Innenseite der glücklichen Verzweiflung, in der ich nun lebe – erneut ohne Camille. Bis zum nächsten Jahrtausend!

Yours
G.

Lieber Georg,

es war sehr interessant, aber auch erschreckend, von Dir in dieser Form zu hören. Ich habe noch nie eine E-Mail aus Japan erhalten und noch nie eine E-Mail dieser Länge.

Etwas mühsam versuche ich meine Gedanken zu ordnen. Weshalb schickst Du mir einen romanlangen Brief, der doch eigentlich an eine andere Frau, an diese Amerikanerin gerichtet ist? Nur weil es technisch ohne weiteres möglich ist? Gut, Dir ging es um die Transparenz, um die »Fensterhaut«, wie Du sagst. Ich habe nicht Dein verrücktes Sprachvermögen, wirklich. Nimmst Du Drogen, bevor Du schreibst? Oder: Was wolltest Du, mit Deinen Talenten, denn immer mit mir? Ich bin zu gar nichts sonderlich begabt, ich finde mich nur zurecht. Noch diese Woche muß ich einen wissenschaftlichen Artikel zu Ende bringen, einen Beitrag zum klinischen Forschungsprojekt Neuropsychiatrische Erkrankungen mit antineuronaler Autoimmunität. Außerdem ist Monika, meine Tochter, schwer erkältet. – Woher wußtest Du, wie sie heißt? – Ich sage das nur, um zu erklären, weshalb ich nicht so viel Zeit zum Schreiben aufwenden kann wie Du, und um anzumerken, daß ich üblicherweise keine Mikrochips in Flußkrebse implantiere.

Was müßte ich Dir alles erklären. Aber muß ich es denn?

Soll ich eine Tabelle anlegen, Kolonnen auf Millimeterpapier zeichnen oder die Apparatur schalten, die mir zeigt, was ich Dir sagen und aufschreiben möchte?

Du hast richtig bemerkt, daß ich keinen Ehering trug. Ich trage keinen mehr seit der Scheidung von Manfred, im Dez. 1995. Frank will ständig an meine Titten. Aber um meinen Penisneid zu stillen, gönne ich mir lieber Dieter (ausnahmsweise keinen Forscher, sondern einen Musiker) und die nackte glatte Riesenspinne meiner rechten Hand, die auf Bananen reitet – so würdest Du es wohl beschreiben –, wenn ich wegen der Kinder tagelang abends nicht aus dem Haus komme und allein in meinem Bett schlafen muß.

Ach, es ist fürchterlich. Ich habe keine Lust, auf Deinen Ton einzugehen, von dem man nie weiß, ob es sich um einen Gebetstext handelt oder um Pornographie. Habe ich Dich nun ans Kreuz geschlagen und mußt Du meinetwegen durch alle Himmels- und Höllenkreise, oder bin ich wie eine zerknitterte

Fotografie in einem Sexheftchen, auf der Dein Sperma von gestern die Seiten verklebt? Es wird wohl Deine Form von Liebe sein, die diese Extreme benötigt, zumindest in sprachlicher Hinsicht. Deine Filme sind viel klarer und ruhiger. Als ich *Die Reise nach England* sah, 1993 in Berlin, habe ich zum ersten Mal geglaubt, Dich zu verstehen. Nicht daß ich dachte, Du seiest wie Chandrasekhar. Ich begriff, daß Du das künstlerische Vermögen hattest, einen solchen Menschen darzustellen, und überhaupt alles darzustellen, was Du wolltest. Du konntest ein guter Regisseur werden. Mit diesem Gefühl saß ich in dem Berliner Café, als Du mit diesen drei Frauen hereinkamst. Ich hatte jahrelang kaum mehr an Dich gedacht, Georg. Es war kompletter Zufall, daß ich Claudia in Berlin besuchte, als gerade die Festspiele angelaufen waren. Welche der Frauen war Klara? War eine der drei überhaupt Deine Ehefrau? Du hast mich von oben herab betrachtet, von Deinem Erfolg aus, zwischen Deinen Bewunderinnen, eiskalt, ohne auf mich zuzugehen. Ich hatte mein Kind verloren, es ging mir sehr schlecht damals. Nach den Jahren in Australien hatte ich auf eine Stelle gehofft, wenigstens halbtags, aber auch das war zunächst schiefgegangen. Dann diese Fehlgeburt, und ich spürte auch schon, was bald passieren würde, nämlich, daß meine Ehe kaputtgehen würde. Mein Ex-Mann lebt heute wieder in Australien – mit seiner Lieblings-Doktorandin, soviel zu den harten Wissenschaften.

Vieles in Deinem Brief war vollkommen unverständlich, aber ich will Dich in diesem Antwortbrief nichts fragen. Solltest Du mich tatsächlich erfunden haben, dann ist es Dir nicht so gut gelungen, wie ich es mir hätte wünschen können. Wir sind alt genug, um zu den Liebhabern des Einzigartigen, Irreversiblen zu zählen, auch wenn wir in Heidelberg einmal glücklich auf der Zeitspirale in der Gegenrichtung gewandert sind. Ich denke, das wäre früher nicht möglich gewesen – so wie es auch nicht wiederholbar ist. Ich nehme an, der Gedanke gefällt Dir, es ist die Metaphysik unserer Schleimhäute.

Vieles in Deinem Brief war dennoch auch wunderschön. Danke. Aber wenn ich das *unmögliche* Land bin, in dem Du Dich zu Hause fühlst, dann gibt es wohl nicht viel zu retten, oder? Daß Du in Deiner wirklichen Hochzeitsnacht von mir geträumt hast, daß Du all Deine Film-Ideen nur mir verdankst, daß Du meinetwegen um die Welt gereist bist und Deine Frau verlassen hast, daß alles, was an diesem letzten Tag in Heidelberg passiert ist, für Dich wie eine neue Hochzeit war – das ist schwer zu ertragen. Es tut mir außerordentlich leid, sofern ich etwas dafür kann. Dazu sage ich noch was am Ende, falls ich es schaffe.

Ich bin nicht Malinche, wenn wir in ihr einmal den Inbegriff der Liebesverräterin sehen wollen. Bis ich fünfundzwanzig war, habe ich die Männer verlassen; seither verlassen sie mich. An dieser Rechnung kann man etwas aufzeigen. Aber zu uns, mein Lieber – das sage ich plötzlich ganz ernst: mein Lieber! Es war schön und notwendig, daß wir uns einmal auch körperlich geliebt haben. – Seit ich Dich verlassen habe, mit fünfzehn, hast Du mir bei jedem Treffen beweisen wollen, daß ich einen schrecklichen Fehler gemacht habe und Du mir grenzenlos überlegen bist. Beweis: Du spricht noch heute von der Szene im Eiscafé, Du mußtest bei jedem unserer Zusammentreffen Deine Pfauenräder schlagen, und ebenso herablassend und stellenweise fürchterlich ist diese lange E-Mail schließlich, in der Du einer anderen Frau beschreibst, daß mein Anus »rührend verletzlich aussieht, wie ein vor Jahren ausgestochenes Auge«. (Möchtest Du ihn nicht noch mal sehen? Ich könnte Dich anscheißen!) Gib zu: Du wolltest mich immer haben, und Du hast es nie geschafft, obwohl Du wenigstens bei Deinem ersten Besuch in K. gute Chancen hattest. Ich war aber noch ziemlich verklemmt, ich konnte nicht direkt mit Dir über Sex sprechen und wollte vielleicht Sex mit Dir haben, vielleicht sogar mehr. Meine damalige Gesprächstherapeutin hat mir das so erklärt. Aber ich glaubte ihr nicht, nur als ich das nächste Mal mit meinem damaligen Freund schlafen wollte, hatte ich einen kleinen hysterischen Anfall, den ich ganz und gar ihm in die Schuhe schob. Er war der letzte, den ich verließ, mit fünfundzwanzig eben. Ich bin dennoch der Auffassung, daß die Unaufrichtigkeits-Theorie Deines Freundes Jean-Paul phallokratischer Mist ist. Erotik ist ein Spiel auf vielen Ebenen, und zwischen uns hat es eben nur ein einziges Mal geklappt.

Georg, es tut mir leid, daß ich nicht im gleichen Atemzug obszön und zärtlich sein kann wie Du. Vielleicht kann ich es nur bei Dir nicht. Irgendwie fand ich es auch schön, daß nie etwas zwischen uns passiert war. Du schienst dann der Ritter Georg geblieben zu sein, und ich blieb die Jungfrau, die er retten sollte, auch nachdem ich das zweite Mal Mutter geworden war. Jetzt aber lebe ich schon so lange unter den Drachen, und wenn ich Dich alle fünf Jahre an meinem Schloßfenster vorbeireiten sehe, erschrecke ich über die neuen Narben und das vertrocknete Blut auf Deiner Rüstung. Wir haben eben nie zu der gleichen Geschichte gehört, daran wird es liegen. So kommt es wohl auch, daß Du Dich mit den Azteken beschäftigst und nach Mexiko (ins Bordell?!) fährst, wenn Du meine indianische Vergangenheit aufklären möchtest. Ich lasse meine Kinder trotzdem Karl May lesen, wenn sie mögen, ungeachtet etwaiger späterer Deviationen ihres Sexualverhaltens. Daß ich Humor besitze, hast Du ja daran gemerkt, daß ich nicht auf Kondomen bestanden habe. Aber wenn Du Dich schon für Dinge wie den Cervixschleim interessierst, dann lies doch einmal eine ausführliche Geschichte der Squaws – und sei es nur der Scham und des Mitleids wegen.

Jemand aus unserem Rechenzentrum (er verwirrt mich mehr als Deine E-Mail) sagte mir, daß diese Antwort wahrscheinlich bei Dir ankommen wird, obwohl Du einen kostenlosen Server in Tokio benutzt hast. Du könntest Deine Mail weltweit abholen, quasi ohne eine Adresse oder ein Gesicht haben zu müssen. Für mich hast Du kein Gesicht, Georg, ich weiß nicht genau, weshalb.

Gerade habe ich noch einmal die Stelle Deines Briefes gelesen, an der Du Dich entschieden hast, zum Café zurückzugehen, um mich zu treffen. Es war ein Spiel mit zwei Möglichkeiten für Dich, fast wie ein Gottesurteil. Für mich war es nicht so, ich habe mich bewußt dagegen entschieden. Ich kann nicht mit einem Menschen glücklich werden, der kein Gesicht hat. Auch wenn es mich schmerzt. Ich gehe mit anderen Augen durch die Stadt seit unserem schönsten Tag, Georg. Das Stehcafé kann ich nicht mehr betreten, und ich meide die Gasse, in der die Dachwohnung liegt. Natürlich habe ich immer ein wenig Angst, auf Dr. Sandberger zu treffen, aber ich habe ihn ja auch vor unserem Zusammentreffen niemals gesehen.

Letzte Woche, nachdem ich Deinen langen Brief aus Tokio erhalten hatte, bin ich bei dem Affen am Tor zur Alten Brücke vorbeigegangen. Zur Zeit liegt Schnee, und ich hatte die seltsame Vorstellung, daß es in Tokio einen gleichartigen Affen gibt, vor dem Du gerade stündest, während im Hintergrund Japanerinnen im Winterkimono, mit hohen Holzschuhen und bunten Papierschirmen zum Schutz gegen den Schneefall, vorbeitrippelten.

Leb wohl, Georg!
Deine Camille

Danksagung

Ich danke all meinen Freunden, insbesondere aber Michael Kleeberg und Werner Wondra, für die immer zuverlässige Ermutigung während der Arbeit an diesem Werk.

Inhalt

Vorläufiges Ende 9

1. Die Abenteuer in S. 19
2. Ein Tag und eine Nacht 129
3. Nabokovs Katze 179
4. Der zweite Garten 219
5. Film und Wahn 267
6. Cortés landet 319
7. Die Traumreise 375
8. Der schönste Tag 435

Danksagung 510